City Editions

Deux maris sinon rien

« Un roman prenant, truffé de moments plus vrais que nature. » *Company*

« Un mélo habile, plein de rires, de larmes, de ruptures, de réconciliations – bref, le cocktail idéal ! » *Mail on Sunday*

« Drôle, grave et direct. » *Cosmopolitan*

« Une nouvelle "histoire de filles" savoureuse signée Adele Parks. » *Heat*

« Excellent, joliment construit et finement observé. » *Daily Mail*

« Un livre impossible à lâcher, avec de la passion, de l'humour et des choix cornéliens ! » *Elle*

Du même auteur, en français :

- *Amour double*, J'ai Lu.
- *Vu à la télé*, J'ai Lu.

Quelques mots sur Adele Parks :

Elle est née il y a une trentaine d'année à Teesside, dans le Nord-Est de l'Angleterre et a étudié les Lettres et la Littérature à l'Université de Leicester. Après avoir obtenu son diplôme, elle a vécu en Italie et en Afrique, mais a passé l'essentiel de sa vie à Londres.
Adele Parks vit actuellement à Chiswick avec son mari et son fils. Ses cinq autres romans ont tous été des best-sellers traduits dans plus de vingt pays.

Deux maris sinon rien

Adele Parks

Traduit de l'anglais par
Philippe Vigneron

City Editions
Roman

POUR MON MARI
ET MA SOEUR

ISBN : 2-915320-65-9
Code Hachette : 50 1984 9

Photo de couverture: Barbara Donninelli

Rayon : Roman

Collection dirigée par Christian English et Frédéric Thibaud

Traduction de l'anglais par Philippe Vigneron

Catalogue et manuscrits : www.city-editions.com

Dépôt légal : premier semestre 2006
Imprimé en France

1. Tomorrow is a Long Time (Demain, c'est si loin)

Dimanche 9 mai 2004

BELLA

— D'accord ? Je t'appelle demain, Amelie. Ça va aller, promis ?

— Oui, répond Amelie en soupirant.

Sa voix n'a rien de rassurant.

Je presse le bouton rouge du combiné, raccroche au nez de ma belle amie. Et me retrouve accablée par le chagrin, terrassée par un sentiment d'inutilité totale. La souffrance est une chose si intime. Elle souille tout ce qu'elle touche et dresse de hauts murs invisibles entre soi et les autres. Je devrais le savoir : ma mère est morte d'un cancer quand j'avais neuf ans. Depuis, pas un jour ne s'est écoulé sans que je me sente trahie. J'aurais tellement voulu dire à Amelie des paroles sensées, apaisantes, réconfortants, sincères - mais je n'ai pas pu. Cela fait presque dix mois que j'essaye de trouver ces mots. À croire qu'ils n'existent pas. Avec un soupir de frustration, je serre les poings et me frotte mes yeux. Quand le téléphone a sonné, je venais de terminer ma gymnastique du soir : travail des muscles du plancher pelvien et huit séries d'abdominaux enchaînées en serrant les dents. J'étais en train de nettoyer, tonifier et hydrater mon visage mais, à présent, je n'ai plus la force de continuer. Tout ces soins me semblent si vains, si absurdes, comparés à la douleur d'Amelie.

On prend tellement de risques quand on aime.

Je regarde mon mari, Philip, qui s'est endormi pendant que j'étais au téléphone, un exemplaire de *The Economist* entre les mains. J'allume ma lampe de chevet, éteins le plafonnier, lui retire le magazine des mains et dépose un baiser sur son front. Je l'aime encore plus quand je viens de discuter avec mon amie veuve. Le chagrin nous rend égoïstes. J'aimerais ne plus penser, chaque fois que j'ai parlé avec Amelie, « Dieu merci, il est encore là », mais je me le dis toujours. Sans doute ne suis-je pas une personne aussi gentille que je me l'imagine.

Je me blottis contre Phil, contre la masse de son corps musclé. Ma respiration ralentit doucement et les martèlements de mon cœur se font moins furieux dans ma poitrine. Pendant ma discussion avec Amelie, il battait si fort… J'avais l'impression qu'il cherchait à s'échapper.

Souvent, j'ai l'impression que mon cœur a envie de s'échapper.

Avec Philip, je me sens en sécurité. Il a neuf ans de plus que moi, et ça doit certainement jouer. C'est un homme gentil, respectueux et réfléchi, même après l'amour. Les types avec qui je sortais avant Philip ne pouvaient pas en dire autant – y compris *avant* l'amour. Nous nous sommes rencontrés il y a presque deux ans et demi. J'étais serveuse dans un bar – oui, comme dans cette chanson de Human League dont je me souviens à peine mais que Philip adore. Anecdote amusante à sortir pendant un dîner, certes, mais croyez-moi, la vie d'une serveuse de bar est plutôt lugubre. Philip est l'un des traders les mieux cotés de la City et, bien que cette activité reste un mystère pour moi, je sais qu'elle lui vaut de toucher chaque mois un salaire indécent. Il a pris d'assaut ma vie avec l'arsenal habituel de cadeaux, de dîners dans des restaurants chics, de lingerie coquine (enveloppée dans du papier de soie et discrètement glissée dans un sac en carton), allant même parfois jusqu'à dégoter le CD ou le livre qui me rappelaient tant de souvenirs... À cela s'ajoutait toute une panoplie de nouveaux atouts : Philip est un adulte, il s'enflamme en parlant stock-options, plans de retraite et dividendes comme d'autres se passionnent pour le football, leur PlayStation ou les marques de bière. Il se souvient de choses que j'oublie, comme par exemple déposer au contrôle technique ce tas de ferraille qui me sert de voiture ou renouveler mon assurance habitation. C'est ce côté débrouillard qui m'a complètement fait craquer.

À l'époque où nos chemins se sont croisés, j'étais ce qu'il est convenu d'appeler une véritable épave. La chose qui me définissait le mieux devait être mon découvert, et l'homme avec qui j'entretenais ma relation la plus intense était mon banquier. D'ailleurs, j'y pense, je n'ai jamais rencontré mon banquier *en vrai*. Par conséquent, l'homme avec qui j'entretenais ma relation la plus intense était la fille du Service clientèle (probablement situé à New Delhi) que j'appelais régulièrement pour lui expliquer mes derniers malheurs.

Ce n'est pas que je claquais tout mon fric en vêtements griffés ou en produits de beauté ruineux. Je ne possédais pas grand-chose : ni voiture tape-à-l'œil, ni appartement. Pas même une collection de chaussures. Difficile à croire quand on sait que toute une génération de femmes élevée à *Sex and The City* et à *Friends* sont convaincues que posséder une collection mortelle de chaussures ou de robes, c'est vraiment… eh bien, mortel.

Ce n'est pas non plus que j'étais paresseuse. Depuis l'obtention d'un très banal diplôme universitaire, j'ai travaillé presque tous les jours. Le problème, c'est que je n'ai jamais fait preuve de beaucoup de cohérence dans mon plan de carrière. Je me suis retrouvée au bas de l'échelle de nombreux métiers, mais je n'en ai jamais gravi les échelons très haut. Le problème, c'est que je ne sais pas ce que je veux faire, encore moins ce que je veux être. Voyons les choses de manière positive : au terme de toutes ces années, je sais que je ne veux pas être comptable (trop d'examens à passer), ni banquier (costume-cravate, pas mon truc), ni calligraphe (de toutes façons, le secteur n'embauche pas des masses), ni dentiste (passer ses journées dans la bouche d'inconnus… beurk !), ni bosser dans les relations publiques, et encore moins dans l'industrie de la musique. Le métier idéal continue d'être, à mes yeux, responsable du rayon chocolat chez Harrod's mais l'opportunité ne s'est encore jamais présentée.

À vrai dire, plus les années passent, plus les opportunités se font rares. Quand on sort de fac, s'inscrire à un programme de formation professionnelle et être incapable de le mener à terme reste dans le domaine de l'acceptable. Mais après plusieurs années d'échecs répétés à toute forme de programme de formation professionnelle, les recruteurs potentiels commencent à percevoir – à raison – l'étendue de mon incapacité à m'impliquer dans la vie active.

Je sortais avec Philip depuis dix-neuf mois quand il me posa *la* question – bon, arrondissons à deux ans, ça me semble plus… approprié. En réalité, il ne m'a pas vraiment posé la question : elle lui a échappé, dans un moment très peu « Philip ». Si j'étais d'un tempérament joueur, j'aurais parié que Phil était le genre d'homme à faire sa demande en mariage au restaurant, ou dans un lieu symbolique, ou devant un coucher de soleil. J'aurais parié qu'il aurait acheté à l'avance une bague, aurait posé un genou à terre et récité de mémoire un petit discours pour me demander si j'acceptais de lui faire l'honneur… etc., etc. Au lieu de quoi il s'est mis à brailler, pour couvrir le bruit des robinets (il portait des gants en caoutchouc à ce moment-là), quelque chose comme : « Eh, miss catastrophe ! On ferait mieux de se marier pour limiter la casse, non ? »

Quelle fille résisterait à ça ?

À cette période, j'occupais l'appartement d'une célèbre et richissime créatrice de mode – une amie d'une amie d'Amelie – pendant qu'elle parcourait le globe, cherchant l'inspiration dans les odeurs des souks marocains, les couleurs des plages de Cape Town – à moins que ce ne soit l'inverse. Elle avait exactement le job qui, pensais-je, m'irait comme un gant, même si je ne voyais qu'approximativement en quoi il consistait – pour moi, ça ressemblait *à peine* à un job (sans nul doute l'une des raisons pour lesquelles il m'attirait tant). Un vrai travail, selon moi, se résumait à une succession de petits boulots ternes entrecoupés de soirées passés à servir des cocktails à de minables employés de banque en goguette.

Je trouvais l'« espace de vie » de Mme Clerkenwell horriblement intimidant. Tout y était trop branché. « Appartement » était un terme bien trop terre-à-terre pour le qualifier. Les planchers vernis couraient sur plusieurs hectares, et je me disais que quelques tapis chaleureux ne leur auraient pas fait de mal. Les fenêtres montant jusqu'au plafond étaient bordées de plinthes impressionnantes, et laissaient pénétrer dans les pièces un flot de lumière certes revigorant mais qui me donnait à peu près autant d'intimité qu'un poisson rouge dans son bocal. Quant à la réduction de la palette de couleurs à une unique teinte blanche – « comme une tragédie monochrome à grande échelle » m'avait expliqué Clerkenwell -, elle était tout simplement insupportable. Bien sûr, j'étais reconnaissante à la propriétaire de cet « espace captivant à force de stylisation » de m'y laisser vivre, mais ma gratitude devait davantage au loyer proche du zéro absolu qu'à la stylisation captivante de la décoration. Bien sûr, je ne l'ai jamais avoué – autant dire tout de suite qu'on est la dernière des incultes.

En dépit de responsabilités limitées qui m'incombaient dans cet appartement, j'ai réussi – comme on aurait hélas pu le prévoir – à saloper deux ou trois choses. J'étais chargée d'allumer et d'éteindre les lumières, d'ouvrir et de fermer les stores et de brancher le système d'alarme quand je sortais. Tout ce que j'avais à faire, c'était *vivre* dans cet endroit. Pourtant, cela me semblait une tâche ardue. J'étais cernée par des murs blancs, des draps blancs, des canapés blancs, de la vaisselle blanche et des serviettes blanches, et tout ce blanc paraissait appeler la tache, l'accroc, l'éraflure, la saleté. Pendant trois mois, j'ai vécu dans un état de nervosité permanent. Fatalement, mon pire cauchemar a fini par se réaliser : j'ai mis hors d'usage le broyeur à ordures hi-tech en y jetant les restes d'un très passable repas acheté chez le traiteur chinois et, un matin, je suis partie travailler en laissant un robinet ouvert – mais j'étais tellement en retard !

À mon retour, l'évier était bouché et la cuisine inondée.

Philip arriva sur les lieux du désastre trente minutes après mon SOS. Il déboucha l'évier, passa la serpillière et m'assura qu'il se chargeait de racheter du carrelage et de le faire poser. C'est à ce moment-là que j'ai accepté de l'épouser.

Entre temps, pendant que Philip était flashé par des radars alors qu'il fonçait vers l'East London pour me porter secours, j'avais reçu un coup de fil d'Amelie m'annonçant, avec un calme irréel – l'effet du choc, comme je le compris plus tard – que Ben, son compagnon depuis onze ans, avait été renversé par un bus.

Quels sont les risques qu'un tel accident se produise *réellement* ? Les gens disent : « Allez, je reprends une part de gâteau, tant pis pour le cholestérol. Si ça se trouve, je vais me faire écraser en sortant d'ici, alors... » Mais personne ne s'y attend vraiment. Pas plus qu'on ne s'attend à être enlevé par des extraterrestres. Ben, lui, y avait eu droit. Le merveilleux Ben, toujours plein de vie, drôle, exubérant, était sorti s'acheter *Esquire* et un paquet de chewing-gum dans un kiosque - et, l'instant d'après, il était mort.

C'est le bus, pas la plomberie bouchée, qui m'a donné le courage de dire « oui » à Philip. Mais jamais je ne reconnaîtrai une chose pareille. La tristesse et la peur sont sans doute des raisons déplacées pour accepter une demande en mariage.

2. One Broken Heart for Sale
(Cœur brisé à vendre)

LAURA

Il est 22h45, mais je considère que c'est une heure tout à fait décente pour appeler ma meilleure amie Bella. Elle sait qu'avec les journées que je mène, je n'ai pas le temps de bavarder plus tôt. Non que je place mes amies en dernier sur la liste de mes priorités. C'est juste que mon fils Eddie, quatre ans et pourtant doté d'une intelligence assurément supérieure à la moyenne, semble brutalement frappé de stupidité lorsque je prononce certaines phrases comme « Va t'amuser tout seul, maman veut téléphoner » ou « Au lit ! ».

J'ai déjà essayé de mener une conversation lorsqu'il est encore debout mais mes amies (notamment celles qui n'ont pas encore connu les joies de la maternité) finissent par en avoir assez de m'entendre hurler, à intervalles réguliers, « On ne touche pas ! » ou « Non, pas de sucette, prends plutôt une pomme » – cette dernière phrase visant à masquer à mon interlocutrice le fait que je suis au même moment en train de gaver Eddie de sucreries dans l'espoir qu'il me laisse un peu de temps pour parler avec elle. Et quand Eddie s'écroule enfin, vaincu par le sommeil, les deux heures suivantes disparaissent dans un maelström de tâches domestiques.

Oh, ne vous méprenez pas, je n'ai rien d'une fée du logis. Je ne suis pas de ces femmes qui se relèvent la nuit pour préparer le goûter qu'elles donneront le lendemain à leur gamin. (Et n'oublient pas d'y glisser au passage quelques gourmandises maison, des trucs bio, des fruits et autres aliments végétariens.) Je navigue, hélas, bien plus à l'instinct. L'essentiel de mes activités ménagères consiste à jeter à la poubelle les fonds de sauce tomate et les restes de bâtonnets de poisson qui jonchent l'assiette en plastique d'Eddie, à nettoyer les traces de yaourt que ses doigts ont semées à travers tout l'appartement, à enfourner du linge sale dans la machine, à enchaîner éventuellement sur un peu de repassage (si je n'arrive pas à lisser les plis à la main) *et* à écluser au moins une demi-bouteille de vin. Le temps d'arriver au cycle « Essorage », le vin a commencé à faire son effet et je me sens suffisamment purifiée de toute la crasse accumulée au fil des jours pour décrocher mon téléphone et composer le numéro de Bella.

Nous ne sommes jamais à court de sujets de discussion. À une époque, nous parlions beaucoup de mon divorce et de mon enfoiré d'ex-mari, Oscar. Ensuite, ç'a été le mariage de Bella et aujourd'hui, nos vies respectives n'ayant pas connu de bouleversements majeurs ces derniers temps, nous discutons de la prochaine couleur de ma salle de bains et de la prochaine couleur de son vernis à ongles.

Ça n'a vraiment aucune importance si, à cause d'un de mes coups de fil tardif, Bella a du mal à s'endormir jusqu'au petit matin : elle n'est pas obligée de se lever pour aller travailler ou pour s'occuper d'un enfant. (Je n'essayerai même pas de faire comme si je n'étais pas jalouse.)

Quand je l'ai rencontrée, voilà trois ans, sa situation était bien différente. En ce temps-là, elle ne passait pas ses journées à courir les salons de beauté, les coiffeurs hors de prix, les cabinets de nutritionniste et les clubs de fitness. De 8h30 à environ 19h45, elle remplissait la fonction d'esclave dans une agence de relations publiques car elle disait avoir vaguement envie de travailler « dans la communication ». Des gens lui disaient souvent qu'elle avait sûrement un talent pour ça. En réalité, Bella n'est pas spécialement douée pour communiquer mais elle est jolie et d'innombrables filles jolies se sont déjà entendu dire qu'elles devraient tenter leur chance dans « la communication ». Comme ces filles sont persuadées que bosser dans « la communication » est synonyme de soirées branchées à n'en plus finir, elles s'y essayent pendant un temps, sans avoir le moindre intérêt pour le métier. C'est dans cette catégorie que rentrait Bella.

Elle finissait la journée en servant des cocktails dans un petit bar minable, quand elle ne prenait pas des cours du soir en technologies de l'information (car quelqu'un lui avait conseillé d'améliorer sa pratique de l'informatique ; elle s'y était attelée dès qu'elle avait compris que PC n'était pas les initiales de « politiquement correct » mais de « *personal computer* ».) Le week-end, enfin, elle reprenait son tablier de serveuse, mais dans un café cette fois. C'est là que je l'ai rencontrée.

Elle était surchargée de travail, sous-payée et pas glamour pour deux sous. Aujourd'hui, c'est exactement le contraire.

Moi, je venais tout juste de rompre avec Oscar. « J'ai besoin de faire le point » m'avait-il expliqué, formule bien connue des lâches du monde entier signifiant en réalité : « J'ai rencontré quelqu'un. » Il me laissait seule avec Eddie, six mois. « Dans une situation délicate », comme disent les Anglais. « Dans la merde jusqu'au cou », comme nous disons, nous autres femmes. Les membres de ma famille vivaient à des milliers de kilomètres et l'avion était trop cher pour que je songe à les rejoindre. J'avais plaqué mon boulot juste avant d'accoucher et je n'étais pas assez proche de mes rares connaissances pour leur demander de passer à la maison avec une double réserve de Kleenex. Mes autres amies étaient pour la plupart des moitiés de couples qui avaient été *nos* amis et même si elles tentaient de se rendre utiles et compréhensives, j'avais du mal à me confier à elles. Je craignais qu'elles aillent tout répéter à leur mari qui, par la suite, pourrait laisser échapper quelques indiscrétions auprès d'Oscar. Car « parler » signifie, de toute évidence, casser du sucre sur le dos des gens, condamner sans pitié et critiquer sans vergogne. Eddie suffisait amplement à remplir mes journées en réclamant de la nourriture, des couches propres, des câlins et des bains mais le retour affectif était plutôt maigre et ne dépassait pas « gaga, ma, ma, ma, ma, gaga ».

J'étais tellement seule.

Je fis la connaissance de Bella juste deux mois après avoir pris cette claque monumentale. À l'époque, quand je quittais la maison, je ne m'aventurais jamais au-delà du café de la grand-rue, celui dont la vitrine annonçait : « Enfants bienvenus ». C'était un endroit où je n'avais aucune espèce d'effort à faire – là résidait pour moi son principal intérêt. Tous les clients étaient accompagnés de bébés criards trottinant en tous sens. Dans ce lieu, les visages hâves et décharnés, les tenues débraillées et la cellulite post-natale faisaient office de dress-code. J'étais certaine de me fondre dans cette bruyante parade et c'est ce que je recherchais. Dans l'idéal, j'aurais voulu m'effacer complètement. C'est un état d'esprit assez habituel quand votre mariage est mort et enterré. Pourtant, ma tenue de camouflage (mocassins caoutchouteux, visage grisâtre, cheveux crasseux) n'était pas aussi efficace que je le supposais : je continuais à me détacher du décor. Je m'en aperçus le jour où une serveuse (Bella) lança en me voyant :

— Vous, on dirait vraiment que vous avez touché le fond, pas vrai ?

J'avais l'intention d'ignorer ce commentaire et de m'installer quelques tables plus loin mais la curiosité et l'instinct prirent le dessus : je ne pus résister à l'envie de jeter un coup d'œil à l'auteur de cette entrée en matière si peu britannique. Je levai alors la tête et tombai sur un large sourire et une paire avide d'yeux noisettes qui scintillaient en me regardant. Pour la première fois en deux mois, je vis là, devant moi, la gentillesse à l'état pur.

— Complètement, confessai-je.

Bella posa une assiette sur ma table : deux grands beignets poisseux, avec une glaçage au sucre et à la cannelle. Deux boules luisantes et appétissantes. J'accueillis le cadeau avec un élan disproportionné de reconnaissance. Je n'avais guère mangé depuis le départ d'Oscar. Enfin si, j'avais beaucoup mangé mais rien de bon. La simple perspective d'entrer dans un supermarché (avec son cortège de ménagères pimpantes) me semblait si insurmontable que je préférais bricoler un repas avec ce que je trouvais à la maison. Au début, je me nourrissais convenablement mais, à mesure que le frigidaire et les placards se vidaient, je me voyais contrainte de tester les associations culinaires les plus audacieuses : filets de poissons (bon) aux céréales (bizarre) ou haricots blancs froids aux spaghettis. Pour un de mes repas, j'avais vidé un bocal d'anchois et un gâteau de riz en conserve. Bref, mes papilles gustatives avaient été violentées comme jamais.

— Ce sont les beignets que je préfère, précisa la serveuse. Je me suis dit qu'ils vous plairaient aussi.

— Merci, marmonnai-je.

Est-ce que je connaissais cette ravissante jeune femme aux sombres cheveux bouclés et au sourire éclatant ? Je ne pensais pas, mais elle se comportait avec moi comme si nous étions amies depuis toujours.

— Mangez ! ordonna-t-elle.

J'obtempérai : je pris un des beignets et mordis dedans. De minuscules flocons de sucre et de cannelle saupoudrèrent aussitôt mes lèvres. Un goût de pâte chaude et moelleuse emplit ma bouche. C'était le paradis.

— Moi c'est Bella.

Je parvins juste à articuler « Laura » - puis je me mis à pleurer. Bella me tendit un mouchoir. Elle l'avait déjà utilisé, je crois, mais je m'en fichais.

C'est comme ça qu'elle est devenue ma meilleure amie.

Chacune retrouvait en l'autre des points communs. Certes, Bella n'avait pas été abandonnée par son mari, elle n'élevait pas seule un bébé, loin de là. Elle n'avait jamais été mariée et, d'après ce qu'elle me racontait, elle n'était jamais parvenue à dépasser dans une relation amoureuse les trois premiers mois, dits « période gaga ». La ressemblance se situait ailleurs : nous étions toutes les deux des voyageuses, en quête de quelque chose.

Je suis née à Wollongong, en Australie. On y trouve tout ce dont une fille peut rêver : un grand port, une usine d'extraction par fusion et une aciérie. Wollongong est l'équivalent esthétique australien de Birmingham. C'est du moins ce qu'on m'a dit, je n'ai jamais mis les pieds à Birmingham, je suis certainement injuste envers l'une ou l'autre de ces villes. Je suis la cadette d'une famille de quatre enfants. Mes frères et ma sœur ont tous grandi en s'épanouissant, ont passé et réussi leurs examens, sont partis à l'université, sont rentrés à la maison, ont épousé la fille ou le fils des voisins et se sont installés pour vivre le même genre de vie que mes parents.

D'aussi loin que je me souvienne, j'ai toujours voulu plus. Pas plus d'argent : nous avons toujours eu assez d'argent mais pas trop, et par conséquent je n'ai jamais accordé à l'argent plus d'attention que ça. Non, je voulais vivre plus d'expériences. Voir plus de pays, faire plus de choses, sentir, goûter, toucher *plus*. Et je ne suis pas partie à l'université ; au lieu de décrocher un diplôme, j'ai enchaîné plusieurs boulots à temps partiel et commencé à économiser pour me payer un jour un voyage autour du monde. Je voulais voir le Taj Mahal, l'Empire State Building, la Tour Eiffel et tous ces monuments qui finissent tôt ou tard sous les flocons de neige d'une boule en plastique transparent.

Je voulais rencontrer des gens différents de ceux du voisinage, qui étaient charmants mais effroyablement interchangeables. J'ai quitté l'Australie en 1993, à l'âge de vingt et un ans, en route pour l'aventure ! C'est vrai, quand on a vingt et un ans on part toujours en route pour l'aventure : ça s'appelle la vie. Mais mon aventure me semblait plus significative, plus vitale, parce que c'était *la mienne*.

J'ai traversé l'Europe. Et chaque seconde était de l'or pur, exactement comme je l'avais rêvé ; et parfois c'était horrible, exactement comme ma mère l'avait redouté. Au palmarès de mes meilleurs souvenirs, l'année où j'ai travaillé dans un cirque. Non pas dans des numéros exotiques ou acrobatiques tels que cracheuse de feu ou trapéziste : je vendais des tickets et torchais les éléphants. Autre grand moment : ma rencontre avec une Française lesbienne qui allait devenir une très bonne amie. Un temps, je me suis même demandé si nous n'allions pas finir ensemble, juste pour voir, mais elle m'a présenté son frère qui était exactement comme elle avec une bite en plus, donc c'est avec lui que j'ai eu une histoire. J'ai vu la Tour Eiffel, le Vatican et les champs de tulipes en Hollande. Parmi les moments faibles de ce périple : dame-pipi dans des toilettes publiques en Espagne et trois nuits passées à dormir par terre dans la gare de Florence parce que je n'avais pas trouvé de travail et que je n'avais plus un sou. Mais passons.

J'ai rencontré une myriade de gens ; certains fascinants, d'autres si inexpressifs qu'ils confinaient à la *rigor mortis*, d'autres encore malins comme des singes et je ne suis pas près d'oublier leur leçon de sagesse ; il y avait aussi les « complètement jetés », mais leur babillage surréaliste surgit encore par bouffées dans ma mémoire, en général quand ce n'est pas le moment. En 1998, à vingt-six ans, j'ai rencontré Oscar. Je ne m'étais jamais dit que j'étais à la recherche de l'Homme, que ma quête et ma soif de courir le vaste monde étaient motivées par un but aussi prosaïque. Pourtant, dès que je l'ai vu, j'ai senti un à un les morceaux de mon existence se mettre en place.

Oscar avait vingt-huit ans, deux ans seulement de plus que moi, mais il m'apparaissait comme le prototype de la maturité sophistiquée. Il était propriétaire de son appartement, un petit studio au-dessus d'un pressing à Fulham. Il avait sa propre voiture. Il invitait des amis à dîner. Quelques mois à peine s'étaient écoulés lorsqu'il me proposa de raccrocher mes rangers de baroudeuse pendant qu'il essayait de me trouver un emploi d'hôtesse d'accueil dans la boîte où il travaillait. Je ne devais jamais voir le Taj Mahal ni l'Empire State Building.

Sur le coup, ça ne me posait aucun problème : je me sentis soulevée par une gigantesque secousse sismique. Quelque chose comme une vague de soulagement s'abattit sur moi et je m'empressai d'accepter. Je pensais que, maintenant que j'avais trouvé l'amour de ma vie, toutes les questions que je me posais, toutes mes envies, avaient trouvé leur réponse. Et c'était *forcément* lui, l'amour de ma vie, n'est-ce pas ? Il était assez intelligent, assez mignon et même s'il n'avait pas voyagé (deux semaines de vacances *all-inclusive* en Crète ou à Ibiza ne comptent pas comme des voyages), il semblait prendre plaisir au récit truculent des mes aventures *et* il me plaisait tellement que je crépitais presque physiquement dès qu'il entrait dans la même pièce que moi. Bref, si ça ne ressemblait pas à de l'amour, qu'est-ce qui y ressemble ?

Trois ans, un mariage blanc, un bébé et un divorce plus tard, j'ai compris que je n'avais jamais cessé mon voyage dans la vie. Loin de répondre à toutes mes questions, l'existence d'Oscar m'avait obligée à m'en poser de nouvelles, encore plus dures.

Bella n'avait pas exactement usé son passeport et sauté d'un continent à l'autre comme moi, mais elle était toujours à la recherche de nouvelles expériences ; elle était comme une pierre qui roule sans amasser de mousse. Quoique née en Écosse, elle avait l'air d'une vraie méditerranéenne et s'était installée à Londres à vingt ans. Je ne sais pas à quoi exactement elle a occupé sa vie avant, elle ne parle pas beaucoup de sa famille. À mon avis, elle a un passé de brave fille des classes moyennes et un gentil diplôme de première de la classe. Ce qui ne cadre pas tout à fait avec la vie de bohème qu'elle aime mener, donc elle préfère garder le silence sur son adolescence.

Nous avons sympathisé parce que nous étions toutes

les deux fauchées et éprouvions dans notre chair l'ennui du travail en intérim. Nous avons sympathisé parce que nous avons découvert que nous adorons la compagnie d'un bon vieux livre de poche, que nous avons la même carte de fidélité chez Lush et le même penchant pour le shopping et le vin blanc. Nous avons sympathisé parce que nous pensons toutes les deux que mieux vaut rire sans quoi les larmes ne tardent pas et que les horoscopes ne disent pas que des bêtises. Nous avons sympathisé parce que Bella dit des choses adorables sur mon fils (même endormi dans son landau, elle a tout de suite vu qu'il était d'une intelligence supérieure à la moyenne et d'un tempérament créatif). Nous avons sympathisé, en somme, parce qu'elle est la bonté faite femme.

Sa ligne sonne. Elle décroche le téléphone presque aussitôt. Philip est sans doute en train de dormir et elle ne veut pas qu'il se réveille.

— Hey !

Je n'ai même pas besoin de dire qui est l'appareil.

3. I Need Somebody to Lean On (J'ai besoin de quelqu'un sur qui me reposer)

Lundi 10 mai 2004

BELLA

Philip a déjà mangé un demi-pamplemousse et deux tranches de pain de mie lorsque j'entre dans la cuisine. Il est debout devant l'évier, occupé à rincer les assiettes avant de les mettre dans le lave-vaisselle. Une précaution nécessaire car, m'a-t-il expliqué, un bouchon de miettes, de grains de riz ou même de sauce tomate peut finir par détraquer le mécanisme de la machine et, ajoute-t-il, personne n'a envie de plonger les mains dans le filtre pour en extraire un tas de petits pois ou de spaghettis dégoulinants. Il a raison, c'est indéniable, et pourtant, j'en ai bien conscience, je rince rarement ma vaisselle. Il sourit et s'essuie les mains dans un torchon avant de me préparer une tasse de ce café de Colombie, bien noir et bien corsé, indispensable à mon début de journée.

— Tu n'es pas obligée de te lever, dit-il. Il n'est même pas 7 heures.

C'est vrai : rien ne m'oblige à me lever. Officiellement,

je me repose - là-dessus, Philip et moi sommes tout à fait d'accord. Mais de *quoi* je me repose, et pour faire quoi ? Ça, c'est beaucoup plus complexe. Je crois que je me repose d'une vie entière passée à jongler avec des métiers qui ne me convenaient pas. Aujourd'hui, je cultive l'espoir qu'en m'accordant un tête-à-tête avec moi-même, je finirai par trouver ma vocation. Philip pense que je me repose pour préparer mon corps à l'enfantement. Bah, il a peut-être raison... C'est peut-être la conclusion à laquelle j'aboutirai à l'issue de mon tête-à-tête. Ou peut-être pas. C'est un problème. Une situation complexe.

Je vois bien que certains enfants sont adorables. Ceux de mes amies, par exemple. Freya et Davey (huit et six ans) les enfants d'Amelie, ou Eddie le fils de Laura sont des « enfants adorables ». S'ils ne l'étaient pas, je ne verrais sans doute plus leur maman, en tout cas pas avant qu'ils ne soient tous au lit. Si, un jour, je devais avoir des enfants, je voudrais moi aussi qu'ils soient « adorables », comme Freya, comme Davey, comme Eddie. Mais « si » et « un jour » sont les mots qui reviennent le plus souvent quand je parle d'enfants, alors que Philip a déjà choisi des prénoms et des écoles pour l'équivalent de toute une équipe de football.

Je ne cesse de lui répéter que je n'ai que trente ans, que rien ne presse. Venant de moi, un discours aussi pondéré surprend Philip et mes amies ; je suis réputée pour mes décisions à l'emporte-pièce (avec le recul, et de mon point de vue, rares sont celles à s'être révélées brillantes). Par le passé, j'ai changé de job et déménagé plus souvent que d'autres changent leurs draps. Je n'ai pas été plus fiable dans mes histoires avec les mecs. C'est pourquoi je suis assez fière de mon approche prudente et réfléchie de la question de la maternité. Philip n'est pas de cet avis. Nous

nous sommes mariés il y a six mois et, dans son monde idéal, je devrais déjà arborer un ventre gonflé depuis cinq mois. Alors que je viens à peine de m'habituer à commander pour *deux* quand je téléphone au livreur de pizza...

— J'aime bien me lever pour te voir te préparer.

Je souris et écrase un baiser mouillé sur les lèvres de Phil. Il me donne une tape sur les fesses et sourit en connaisseur. Je sais qu'en secret, il est ravi que je rampe hors du lit tous les matins pour lui dire au revoir quand il part travailler. C'est un effort qu'il apprécie. Je le gratifie d'un bâillement à me décrocher les mâchoires.

— Tu étais au téléphone jusqu'à tard cette nuit avec Amelie, non ?

J'acquiesce d'un signe de tête.

— Avec Amelie puis Laura.

— Comment vont-elles ?

— Amelie était assez silencieuse. C'était l'anniversaire de Ben hier. Il aurait eu trente-sept ans.

— La pauvre. Elle bataille, c'est vraiment impressionnant...

— Je sais. Elle a déjà dû subir Noël, l'anniversaire des enfants, son propre anniversaire. C'est tellement triste. Avant, c'étaient des occasions de faire la fête, désormais ce sont juste des jours horribles qu'elle essaye de traverser le plus vite possible. Et ça va se répéter, encore et encore.

J'ai fait la connaissance d'Amelie Gordon voilà six ans, en décrochant un emploi d'agent d'entretien et de bonne à tout faire au Théâtre de Richmond. À l'époque, je me disais vaguement que je voulais « travailler dans le théâtre », peut-être en tant que maquilleuse ou décoratrice. Ben était auteur dramatique et, cette saison-là, Amelie participait à la création de l'une de ses pièces. J'ai très vite compris qu'Amelie était une battante. Elle qui venait de donner naissance à Davey s'occupait aussi de la vente des billets et de résoudre les divergences artistiques entre les comédiens. Elle s'est même retroussé les manches pour m'aider à peindre une partie des décors. Le succès de Ben doit beaucoup au talent et au dévouement d'Amelie.

Elle est de ces femmes qui affrontent la brutalité du monde et les réalités de la vie avec courage et humour. Je n'ai pas son énergie de pile Wonder. Je ne suis pas non plus un frêle camélia, d'accord, mais je n'ai pas cette capacité à attaquer de front les problèmes. Quand des difficultés inévitables ou même des inconvénients passagers se mettent en travers de mon chemin, j'essaye de les ignorer. C'est mon côté mec, je suppose. Je remplis ma vie de préoccupations futiles, je fais ma danseuse, et quand la réalité devient trop dure à gérer, je plonge et j'esquive. Le genre de tempérament que je détestais quand je devais donner ma démission et ça m'est arrivé plus d'une fois ! Invariablement, je finissais par envoyer un e-mail juste avant de quitter le bureau le vendredi soir, dans lequel j'annonçais à mes collègues qu'ils ne me reverraient pas le lundi matin – ni moi, ni mon agrafeuse. J'avais la même attitude un peu lâche quand il s'agissait d'éconduire les hommes. Je ne répondais pas aux coups de fil de mes prétendants, leur posais des lapins et laissait se flétrir les brassées de fleurs qu'ils m'envoyaient plutôt que de leur dire que je ne voulais plus les voir.

Si Amelie est une chouette, alors je suis une autruche et Laura est un cygne. Elle se verrait plutôt comme un canard, mais c'est parce qu'elle a une mauvaise image d'elle-même. Non, Laura est un cygne.

Même si Amelie est l'une de mes meilleures amies, j'ai été estomaquée de la voir se présenter à mon mariage seulement quelques mois après la disparition de Ben. Durant toute la journée, si nos yeux se croisaient, je sentais la culpabilité me lacérer jusqu'à l'os. Comme s'il y avait quelque chose d'irresponsable à me sentir belle et heureuse devant Amelie qui dissimulait son émotion derrière un gigantesque chapeau vermillon. Si j'avais été à sa place, je serais restée à la maison avec une grande boîte de mouchoirs et une boîte encore plus grande d'antidépresseurs. Mais Amelie est venue à mon mariage et a fait preuve d'une dignité, d'un courage et d'un sang-froid incroyables. Elle incarne au XXIe siècle l'équivalent du « *fighting spirit* » des Anglais pendant la Seconde Guerre mondiale. Je suis à jamais en admiration devant elle.

— Les choses vont s'arranger pour elle, j'en suis sûr, m'annonce Philip en m'embrassant sur le crâne.

— Et pour Laura, est-ce que tu vois une rencontre avec l'homme de sa vie, une grande histoire d'amour fou ?

— Absolument.

Il sourit. J'aime son calme, ses réponses assurées. Chaque fois que je parle à Amelie, il me semble impossible de voir un jour son chagrin s'atténuer, et j'ai du mal à imaginer l'homme qui saura rendre Laura heureuse – sur ce plan, le fait qu'elle ne voie plus personne ne me facilite pas la tâche. Mais quand je discute avec Philip, j'arrive à croire que leur vie va encore leur apporter beaucoup de bonheur

Phil et moi ne sommes pas identiques, nous sommes bien assortis. Son ambition compense mon absence totale d'ambition. Il a su me donner une direction et m'impulser un élan quand je menaçais sérieusement d'errer *ad infinitum* dans les méandres de mon rabâchage. Ma nature grégaire compense ses moments de timidité. Grâce à mon instinct vestimentaire stupéfiant, il ne risquera plus jamais de se faire traiter de vieux garçon. *Et* il prépare un café absolument divin.

— Quel est le programme, pour toi, aujourd'hui ?

— Un petit déjeuner avec Laura. Puis, sans doute, un peu de gym. Ensuite je pense vider le dressing de ma garde-robe d'hiver et préparer des paquets pour des organisations caritatives. Et puis réfléchir à ce que j'ai envie de me mettre cet été.

J'essaye de donner à cette liste un aspect tant soit peu industrieux, même si ma journée va consister pour l'essentiel à traîner à la maison et à me prélasser. Philip a l'élégance de ne pas remarquer mon oisiveté – disons, de ne pas me la faire remarquer.

— Joli programme. Je vais me raser.

— Un baiser !

— Je vais te piquer.

— Je m'en fous.

Nous nous embrassons. Et je suis la femme la plus heureuse de la planète.

4. Money honey
(Fille à fric)

LAURA

Ce matin, comme à peu près chaque matin, je me suis levée approximativement deux heures avant de me réveiller. Le sommeil est aussi peu important pour Eddie qu'il est vital pour moi. Je pose le pied par terre et je passe en mode « zombie ». Je peux chanter, réciter des comptines, répondre à une rafale interminable de « pourquoi » et pourtant je ne suis pas pleinement consciente.

J'essaye de garder Eddie soit dans sa chambre soit dans la mienne jusqu'à au moins 6 heures, horaire auquel débutent les émissions pour enfants à la télé. Alors, il fonce dans le salon tel un bouchon de champagne propulsé hors de son goulot. Je le laisse seul avec la télécommande (domptée à l'âge de deux ans) et retourne profiter d'un sommeil brumeux, maintes fois interrompu quand je l'entends zapper de Oui-Oui aux Tortues Ninja, ou galoper lourdement à travers la pièce en menaçant un monstre imaginaire (« JE VAIS TE TUER ! »). Je rêve de cloisons plus épaisses. Une cloison plus épaisse n'atténuerait pas les pulsions délinquantes de mon fils mais j'en serais moins consciente.

À 7 heures, je me traîne jusqu'à la douche et ouvre le robinet à fond. L'eau glacée me fait hurler.

— Problème, maman ? me demande Eddie de cette voix posée qui est sa signature.

Tout à coup, je suis frappée de constater qu'Eddie n'a aucune idée de ce qu'est un vrai problème. Il a la chance de vivre dans un état de Nirvana permanent, où je peux faire disparaître tous les problèmes en lui donnant une glace ou en acceptant de l'emmener faire du vélo dans le parc. Je me demande comment je vais me débrouiller quand il grandira et sera confronté à de véritables difficultés. Mon cœur se brise presque quand je pense qu'un jour, une petite pétasse le jettera parce que sa voiture n'est pas *cool* ou qu'il ne sait pas danser. J'ai déjà envie d'arracher les têtes des abrutis qui ne seront pas gentils avec lui dans la cour.

— Non, pas de problème, mon chéri. Maman a eu froid, dis-je en bégayant tout en m'essuyant avec une serviette pendant que j'enfile une jambe dans mon pantalon.

Plus d'eau chaude, encore. Eddie s'en contrefiche. Je peux m'estimer heureuse si je parviens à lui débarbouiller le visage avant de le déposer au jardin d'enfants, tant il a de prédispositions pour la crasse. Je grommelle :

— Ces foutus ouvriers ont dû bousiller la minuterie…

— Foutus ouvriers, répète Eddie, et je me dis que je devrais faire appel à quelqu'un d'autre pour évoquer mes déboires avec les ouvriers.

Justement, les voilà. Je suis en train de coiffer Eddie tout en m'efforçant de refermer le couvercle de son panier à goûter. Il voulait que je mette des sandwiches au jambon, des biscuits et une tranche de gâteau au chocolat. J'ai fait une contre-proposition avec des sandwiches au jambon, une pomme et un yaourt. Mais je sais déjà qu'il obtiendra ses sandwiches, ses biscuits et son gâteau au chocolat. De nous deux, c'est lui – de loin – le meilleur négociateur.

Les autres matins, ils sont toujours arrivés à 8h30. Là, ils ont une demi-heure de retard. Dès qu'ils entrent, Henryk le contremaître me sert son habituel discours sur l'importance de la ponctualité. Cette tirade a le don de me désarmer sur-le-champ, et je perds toute faculté - c'était bien son intention, d'ailleurs - de lui faire remarquer que, précisément, il est en retard.

Je hausse mentalement les épaules et me raisonne : 8h30, c'est tôt pour convoquer des ouvriers. En outre, ils défient tout stéréotype d'ouvrier : ils sont propres, soigneux et très pointilleux. Mais ils finissent tout de même par se conformer au stéréotype en ce qu'ils campent dans mon appartement depuis trois mois alors qu'initialement je croyais ne devoir jouir de leur compagnie que pendant quatre semaines. Henryk aime bien faire la causette avec moi : il est Polonais et voudrait améliorer son anglais rudimentaire ; au début, comme j'étais contente de renouer avec des contacts adultes, j'ai encouragé ces échanges. Mais il s'avère qu'Henryk serait capable d'imposer le bavardage comme discipline olympique. Ceci étant l'une des raisons pour lesquelles ces travaux n'en finissent pas.

L'autre raison, c'est qu'il y a plein de choses à réparer dans mon deux-pièces délabré et que, chaque jour, Henryk et ses hommes en trouvent de nouvelles. « Ouvrier » est un terme générique. Ils sont tous électriciens-plombiers-décorateurs-débrouillards. Quand j'en ai parlé à mon père lors de mon coup de fil bi-hebdomadaire à Wollongong, il m'a rappelé ce dicton : « Touche-à-tout mais bon à rien ! » Ça ne m'a pas été d'un grand secours. Puis il m'a demandé si je les payais à l'heure, comme si j'étais la reine des pommes. Papa m'a aussi demandé si tous ces travaux étaient vraiment nécessaires. Malheureusement, la réponse est « oui ». Henryk n'est pas un escroc. Quand il découvre chez moi un truc cassé, mal fichu ou pas pratique, c'est parce c'est cassé, mal fichu ou pas pratique.

Je soupçonne papa d'être un peu jaloux parce que je lui ai dépeint Henryk à la fois comme le fléau de mon existence et comme mon sauveur. Double rôle traditionnellement dévolu au père. Papa m'a fait remarquer qu'en tant que plombier qualifié, il pouvait me faire tous ces travaux gratis. Je lui ai rappelé que, si cette idée me paraissait excellente d'un point de vue théorique, nous vivions sur deux continents distincts et que le prix du billet d'avion risquait de coûter plus cher que la facture d'Henryk. Hélas, je doute fort que ce soit encore le cas et, du reste, mon père sait comme moi qu'il n'a aucune envie de prendre l'avion pour le Royaume-Uni ; ce que veulent mes parents, c'est que *je* prenne l'avion pour rentrer à la maison. Ils n'ont pas cessé de le vouloir depuis ce jour de 1993 où ils m'ont vue passer le guichet des douanes à l'aéroport. La férocité de leur désir s'est accrue avec la naissance d'Eddie, et ma rupture avec Oscar l'a décuplée. Comme ils ne m'ont jamais particulièrement accablée de demandes, je me sens d'autant plus cruelle de leur refuser cela.

Henryk a la petite cinquantaine. Il est moustachu, avec du bide. Si je le signale d'emblée, ce n'est pas parce que je suis une personne creuse qui juge les gens sur leur physique mais parce que *Bella* est comme ça et agit comme ça. Au début, je parlais d'Henryk avec emphase et je lui tressais des lauriers, ravie que j'étais d'avoir enfin trouvé quelqu'un capable de réparer la fuite dans ma douche et de déboucher mes toilettes – non seulement capable, mais qui allait *effectivement* les réparer. Le jour où j'ai commencé à l'appeler Monsieur H, Bella en a déduit que j'avais un faible pour lui.

Le fait que je l'aie surnommé, disait-elle, en était la preuve irréfutable. Cette déduction m'a déprimée sur-le-champ. Ne me faites pas dire ce que je n'ai pas dit : Monsieur H est un bon gros nounours, mais je le vois surtout comme une figure paternelle. Je constate simplement que ma meilleure amie me voit comme une malheureuse divorcée qui craque pour un ouvrier. Grand moment de solitude.

Henryk est intelligent. Il a une bonne dizaine de diplômes – comme c'est semble-t-il le cas de la plupart des habitants de l'Europe de l'Est –, et tous ces mois de bavardage m'ont laissé entrevoir qu'il connaît suffisamment la littérature, l'art et l'histoire pour soutenir une discussion avec des experts de chez Sotheby's. Il est enthousiaste et ses yeux pétillent. D'accord, il a dû être drôle dans une vie antérieure, peut-être même séduisant, mais je n'ai pas – non, non, *non* ! – craqué sur lui.

C'est clair ?

Je lui prépare un thé, ainsi qu'à ses ouvriers, et me résigne à l'inévitabilité de mon retard au jardin d'enfants. Henryk est en train de raconter ses déboires avec une femme au foyer qui a changé trois fois d'avis au sujet du carrelage de sa salle de bains. J'éprouve déjà de la haine pour elle, supposant qu'elle hésitait entre des carreaux très chers en ardoise texturée, un marbre classieux ou une mosaïque vendue à un prix criminel. Moi, j'ai pris du carrelage blanc classique avec un petit filet bleu. L'ensemble est charmant mais je mourais d'envie d'avoir des mosaïques comme celles qu'on voit dans les W.C. de ces pubs à la mode. Enfin, je dis ça, ça fait une éternité que je n'ai plus mis les pieds dans un pub à la mode. Si ça se trouve, les W.C. sont à nouveau tapissés de lambris de chêne et les mosaïques sont devenues ringardes ?

Soudain, Monsieur H tente une attaque.

— La porte, là. Vous, contente avec ?

Nous regardons tous les deux ma porte d'entrée, celle qui donne sur le palier de mon étage.

— Oui…

J'ai répondu d'une voix hésitante, sur la défensive. Je suis certaine que ce « oui » trahit une ignorance crasse en matière de porte ou, à tout le moins, un manque de goût accablant.

Monsieur H secoue la tête et laisse échapper un « tss… tss ».

Je regarde à nouveau ma porte.

— Peut-être qu'un petit coup de peinture ne lui ferait pas de mal, concédai-je.

Ma réponse ne rassure toujours pas Henryk.

— Vous êtes contente du trou ? Vous aimez courants d'air, mauvaise isolation thermique ?

Il me dévisage d'un air incrédule.

— Le trou ?

— Le trou sous la boîte aux lettres ? Le trou en haut de porte ? Porte mal posée. Travail de chimpanzé ! Regardez sol !

Le sol est lacéré d'éraflures. Je l'avais déjà remarqué mais je m'y étais stoïquement habituée, comme je m'habitue à toutes les imperfections qui jalonnent mon existence. Je n'utilise pas de fil dentaire tous les jours. Ni Eddie ni moi ne consommons cinq portions quotidiennes de fruits et légumes, nous serions plutôt dans une moyenne de quatre portions tous les deux jours. Je suis humaine.

J'observe la boîte aux lettres. Sous mes yeux, le trou prend des proportions effarantes. Tout à coup, je suis prise en embuscade par la vision de mon argent si durement gagné et si vite dilapidé. Dix, vingt, cinquante livres dévalant les escaliers.

Je soupire et demande à Henryk s'il peut réparer la porte. Il dit qu'il le peut, et qu'il le fera. Il a la bonne idée de ne pas m'angoisser en m'annonçant combien cela risque de me coûter. De la même façon, j'ignore tout autant ce que va me coûter la réparation du radiateur ou du faux contact dans le plafonnier de la chambre d'Eddie. Je me demande quand il va me présenter la facture et combien je pourrais obtenir si je faisais commerce de mon corps (nous n'avons pas d'argenterie familiale à mettre au clou). Comme je doute que cela suffise, je rejette aussitôt l'idée. Et puis, je préférerais faire des heures supplémentaires plutôt que montrer mon corps nu à qui que ce soit. À part aux douches de la piscine municipale, ça fait bien longtemps qu'il n'a été montré à personne.

Je me libère d'Henryk et fonce déposer Eddie au jardin d'enfants. Il y va le lundi matin et toute la journée du mardi, du mercredi et du jeudi, ce qui me permet de travailler comme réceptionniste au cabinet médical du quartier trois jours par semaines et, donc, de vivre comme un être humain normal et indépendant un matin par semaine : le lundi. Jour où j'ai rencontré Bella au café. Ça me permet de bien débuter la semaine et ça lui donne une bonne raison de se lever – sans notre rendez-vous, elle compterait sûrement les heures jusqu'au vendredi soir.

La discussion avec Monsieur H a ruiné toutes mes chances de me donner un coup de peigne ou de sortir mon rouge à lèvres. C'est sans doute une bonne chose que je n'aie rendez-vous qu'avec mes amies pour boire un café matinal. Tous les spécialistes le confirment : cette saison, la tendance n'est ni au visage hagard ni aux cheveux ternes.

5. How's the World Treating You ? (Comment le monde te traite-t-il ?)

BELLA

Laura est en retard, mais seulement de trois quarts d'heure ce qui, pour elle, n'est pas si mal. Où est le problème ? Le tapis de footing de la salle de gym ne va pas prendre feu si je ne suis pas là.

Elle fait irruption dans le Starbucks avec un enthousiasme que ce genre d'endroit ne justifie pas. Je connais certains Starbucks qui ont réussi à préserver un côté assez intime malgré la décoration passe-partout ; ce n'est pas le cas de celui-ci. Avant, cet endroit était une boucherie et je jurerais qu'on sent encore l'odeur du sang. La salle n'a pas les bonnes dimensions pour accueillir un long comptoir avec, derrière, quelques tables et chaises où cancaner et ricaner. Les chaises sont alignées bizarrement et il faut toujours les écarter quand on passe.

— Bonjour ! dit Laura

Elle se penche pour m'embrasser sur la joue (un baiser, pas deux, parce que nous ne bossons pas dans les médias et que nous ne sommes pas françaises non plus).

— Tu es splendide, dis-je.

— Je suis affreuse, riposte-t-elle sans s'apitoyer.

Ni l'une ni l'autre n'a raison. Laura est *pas mal*. Elle

pourrait être splendide. Elle pourrait être une bombe mais, la plupart du temps, elle ressemble à ce qu'elle est : une maman fragile. Pour se rapprocher de son statut bombesque, il suffirait qu'elle fasse l'effort de se tenir droite. Elle est grande, pas loin de 1m75. Moi, je culmine à 1m55. C'est évident, Dieu lui a donné les dix centimètres qui auraient dû me revenir. Une erreur administrative de la part des anges, sans doute. Elle ne sait pas quelle chance elle a d'être grande. Elle n'a jamais connu la frustration de ne pas pouvoir repérer le meilleur chemin pour atteindre le bar dans un club bondé. Elle ignore tout de l'obligation de faire un ourlet de dix centimètres à chaque fois qu'on achète une nouvelle paire de jean.

Je serais tellement heureuse qu'elle puisse, d'une façon ou d'une autre, reconquérir sa magnificence passée – magnificence dont j'ai vu les preuves : des photos montrent Laura, âgée d'une vingtaine d'années, avec un corps tout en courbes, des seins généreux, des épaules et des cuisses bien dessinées. C'est après la naissance d'Eddie qu'elle a commencé à se ratatiner. À l'âge de deux ans il pesait dix-huit kilos et elle en avait perdu à peu près autant. Chaque once de graisse et de chair semblait fondre sur son corps. Quand Oscar l'a quittée, on aurait dit qu'elle commençait à rapetisser aussi. Elle se tient si voûtée à présent que ses épaules se touchent presque au milieu de sa poitrine.

Laura a aussi des cheveux magnifiques, naturellement blonds et bouclés. Elle les tire généralement en arrière pour se faire une queue de cheval pratique et sans fantaisie. Dans les rares occasions où elle les lâche, ils encadrent son visage avec énergie en une masse luxuriante de bouclettes qui ravivent ses taches de rousseur. Ses boucles sont la négation de sa vie actuelle ; elles évoquent la joie, la fête, une grande cascade de rires. Ça doit être pour ça qu'elle garde les cheveux noués : elle ne veut pas paraître sardonique. Aujourd'hui elle porte un t-shirt que je n'ai encore jamais vu. Je crois bon de le lui faire remarquer.

— Mignon, ce petit haut.

Laura sourit.

— Oui, hein ? Je l'ai trouvé chez Top Shop. Ils ont toujours des chouettes trucs, tu sais.

Je sais. On faisait souvent du shopping ensemble. On passait nos samedis matins à piaffer devant les rayonnages des boutiques de prêt-à-porter. S'il ne restait plus qu'un seul pantalon vieux rose (sublime et importable), on le jouait au bras de fer. On gardait à tour de rôle la poussette d'Eddie pendant que l'autre essayait ce petit top fluide chatoyant ou cette jupe brodée. C'était une façon sympa de dépenser trente livres.

Aujourd'hui, on ne se voit plus si souvent que ça le week-end. Laura et Eddie débarquent parfois à l'improviste le dimanche matin mais tous mes samedis, je les passe avec Philip. Je me sens parfois coupable de la délaisser mais Laura m'assure que je n'ai aucun scrupule à avoir. Elle m'approuve entièrement de consacrer du temps à mon mari, « c'est tout à fait normal ». J'adore passer du temps en compagnie de Philip donc, oui, « c'est tout à fait normal ». Mais quand Laura me le dit, elle s'arrange pour donner à sa phrase un je-ne-sais-quoi de moralisateur.

— Pourquoi on se donne rendez-vous ici ? me demande-t-elle tout à trac. Il y a des dizaines de petits cafés adorables à Wimbledon ou Shepherd's Bush. Starbucks, c'est sans âme…

— Parce que c'est central et que les autres endroits où nous sommes allées servaient un instantané insipide.

— Ah, c'est vrai.

Elle sourit.

— Pourquoi les choses ne sont-elles pas comme je les imagine ?

— Matinée difficile ?

Malgré le nouveau t-shirt et le sourire presque permanent, Laura et moi savons qu'elle traverse une passe difficile. Ce serait méprisant de ma part de prendre sa bonne humeur pour argent comptant.

— Pas particulièrement, non. Sauf que, quand j'ai laissé Eddie au jardin d'enfants, il s'est cramponné à moi et s'est mis à pleurer.

— Je croyais qu'il avait trouvé ses marques.

— Oui, oui… Ça doit être juste un jeu.

Laura est accablée par le poids d'une culpabilité catholique pire que celle du Pape. Et elle n'est même pas catholique.

— Quand il pleure, j'oublie tout de suite que le jardin d'enfants est un lieu idéal pour les enfants, avec un personnel aux petits soins pour eux. Ça devient une espèce de dictature fasciste où on arrache les ongles aux gosses qui refusent de manger leurs carottes.

Je tapote sa main.

— Il avait l'air tellement désemparé ce matin… je me suis même demandé si je n'allais pas tenter à nouveau le coup avec Oscar.

— Tu plaisantes ?

— Oui. Linda, la jeune femme qui s'occupe d'Eddie, l'a récupéré entre ses gros seins.

— Il a souri ?

— Non, il est encore trop jeune d'une douzaine d'années. Il m'a juste regardée de ses grands yeux bleus tristes pendant que Linda déclarait avec conviction : « C'est vraiment idiot de s'agripper comme ça ! »

— Elle exagère, c'est encore un bébé.

— Elle parlait pour moi, Bella.

Je vais au comptoir et je nous prends deux cafés avec des muffins aux myrtilles. Nous attendons toujours notre deuxième café pour prendre un gâteau. Un rituel qui me rappelle ma mère : elle ne laissait jamais une goutte d'alcool franchir ses lèvres après 19 heures. « C'est primordial d'avoir des principes », répétait-elle. Elle avait une façon bien à elle d'aborder les choses. Comme moi, elle était née et avait grandi à Kirkspey, un petit village dans un coin terne et monotone du Nord-Est de l'Écosse vivant pour l'essentiel de l'industrie de la pêche. À Kirkspey, le whisky était appelé « l'élixir de vie » et était aussi estimé que le lait maternel. Je suppose qu'il devait anesthésier la douleur et la peur devant l'éternelle menace de la mort ou de la souffrance physique — des perpsectives que l'on redoute mais auxquelles on s'attend dans une petit ville dédiée à la pêche. De nos jours, tout le secteur est infesté par la drogue, le chômage galopant et l'inexorable déclin économique. À tous les coins de rue on tombe sur un chantier naval à l'abandon, mais la passion pour « l'élixir de vie » est inentamée. Elle serait même plus féroce. Moi, j'aime bien boire un verre ou deux (d'accord, parfois trois ou quatre) avec des amies, mais à Kirkspey je passerais pour une buveuse d'eau. Là-bas, c'est le règne des bagarres sans raison, de l'insulte injustifiée, des agressions verbales et physiques contre les étrangers, des flaques de vomi et d'urine dans les rues, des auto-mutilations, de l'exhibitionnisme, des amnésies soudaines et de l'insolvabilité. Tout ça parce que trop de personnes vénèrent « l'élixir de vie » et n'ont pas eu de mère « à principes » comme la mienne. Les muffins aux myrtilles, cela va de soi, sont bien plus inoffensifs.

J'efface de mon esprit toute image de Kirkspey – un

exercice pas trop difficile, car je le pratique depuis des années – et demande à Laura :

— Tu sais ce qu'il me faudrait ?

— Un beau millionnaire d'1m85 qui boit tes paroles et veut faire de toi une femme honnête ?

— Ce n'est pas ce que j'allais dire.

— Tant mieux. Parce que tu es *déjà* une femme honnête, veinarde.

— Une sortie entre filles, un soir.

— Au-dessus de mes moyens.

J'ai l'habitude des réponses toutes faites de Laura. Je la connais depuis trois ans et, depuis trois ans, elle n'a jamais cessé de me les ressortir, avec une vigueur nouvelle d'ailleurs depuis que j'ai épousé Philip. Quand nous étions toutes les deux d'humeur dragueuse, elle était toujours partante pour écumer les bars, les pubs et les clubs le vendredi soir mais aujourd'hui, elle est plus réticente. Comment lui en vouloir ? Dehors, c'est un vrai film catastrophe.

Je contre-attaque.

— On n'est pas obligées d'aller dans un endroit cher.

— Mais même si ce n'est pas cher, il faut que je paye la baby-sitter, à supposer que j'en trouve une qui ne pose pas un million de conditions préalables. La dernière en date précisait quel service de livraison de pizza elle voulait *et* refusait de me laisser enregistrer ma série télé préférée parce qu'elle voulait la regarder tout en enregistrant autre chose !

Je connais l'histoire. C'est révoltant.

— Tu peux venir chez nous avec Eddie. On pourrait s'ouvrir quelques bouteilles.

— Et payer pour rentrer en taxi ?

— Reste dormir.

— On dérangerait. Philip travaille dur, il n'a sûrement

pas envie de rentrer chez lui pour trouver du monde à la maison.

— Philip est en déplacement toute la semaine et ne rentrera que vendredi très tard. Je serais contente d'avoir de la compagnie.

Je vois qu'elle se laisserait bien tenter. Elle pense sans doute combien il pourrait être agréable de se retrouver pendant vingt-quatre heures dans un environnement sans poussière ni outillage électrique. C'est le moment de porter le coup fatal.

— Et puis, ça pourrait amuser Amelie, je crois.

Laura paraît à la fois excitée et foudroyée mais acquiesce immédiatement. Excitée à la perspective d'une soirée entre filles et foudroyée par l'idée de la passer avec Amelie. Le drame d'Amelie a eu des répercussions sur tout le monde. Mentalement, quand nous pensons à elle nous disons « cette pauvre Amelie » et parfois, ça nous échappe, on le dit tout haut. Amelie serait choquée de l'apprendre.

Nous nous mettons d'accord pour vendredi soir, puis je sors de mon sac un exemplaire de *Heat* et nous le dévorons à quatre mains, avides de prendre notre dose de potins. J'achète ce magazine le jour de sa parution, religieusement, et en signe d'amitié ne jette pas le moindre coup d'œil à l'intérieur jusqu'à ce que je voie Laura. Alors, nous le déflorons de notre regard virginal. Un rituel qui n'est pas totalement désintéressé vu que les commentaires de Laura toujours hilarants et cinglants. La conversation tourne autour de cette nouvelle mode chez les starlettes de seconde zone : exhiber leur ventre gonflé comme une outre par la maternité.

— Le sien n'est pas mal, commente Laura

— Moi, ça me retourne l'estomac. Pas seulement parce qu'elles se servent de leur grossesse pour arracher quelques lignes dans un journal mais aussi parce qu'elles sont vulgaires et ne s'en rendent même pas compte.

— Tu ne dirais pas ça s'il s'agissait de toi.

Laura sourit et enchaîne sur ce truc que me font de plus en plus de gens depuis que j'ai épousé Philip : un clin d'œil complice.

Je mords dans mon muffin et tente de retrouver sa saveur sucrée mais, inexplicablement, c'est le goût de la peur que je sens dans ma bouche.

6. Guitar Man
(L'homme à la guitare)

LAURA

Bella et moi sortons ensemble du Starbucks et restons quelques instants devant la vitrine d'une boutique qui vend des t-shirts pour enfants avec des inscriptions humoristiques : « Le chouchou de Mamie », « Ils ont parlé de moi pendant 9 mois, maintenant ils vont m'entendre ! ». Je résiste à l'envie d'acheter le t-shirt « Le petit homme de Maman » pour Eddie. Parce que c'est vrai et, par conséquent, pas du tout drôle.

Eddie est l'être que j'aime par-dessus tout et mon unique raison de ne pas détester Oscar, puisqu'il est en partie responsable de l'existence de mon fils – encore que je ne sache pas au juste ce que cette responsabilité implique aujourd'hui. Parfois j'ai peur de trop aimer mon enfant. J'aurais peut-être préféré qu'Oscar m'abandonne avec deux enfants (dont une fille ?), afin que je répartisse un peu plus équitablement mon amour et qu'Eddie ne grandisse pas en pensant que le monde tourne autour de lui. En même temps, cela suppose tellement de lessive supplémentaire… Sans parler du risque décuplé de marcher pieds nus sur une des ces petites pièces de Lego (aucune douleur n'est comparable à *ça*).

Je laisse Bella à sa petite balade dans Soho qui se transformera sans doute pendant quelques heures en séance de lèche-vitrines, à admirer les vieilles affiches de films, les jolis articles de papeterie ou les gros godemichés argentés. Je mets le cap sur la direction opposée, vers la station de métro. Nous nous sommes tellement amusées à dégommer l'une après l'autre nos vedettes que j'ai perdu toute notion du temps. Il me reste désormais trente-cinq minutes avant d'aller récupérer Eddie. Je déteste arriver en retard quand je vais le chercher. Outre les regards condescendants de l'équipe du jardin d'enfants et le surcoût exorbitant (7,50 £ de frais supplémentaires pour chaque heure non prévue), la pire des punitions est l'expression sur le visage d'Eddie. Être le dernier enfant à attendre que ses parents viennent le chercher est un terrible stigmate. Je suis à un métro de retard d'infliger à Eddie un tel affront.

Je dévale l'escalator conduisant aux entrailles de Piccadilly Line. À mi-chemin, le sentiment d'urgence qui s'est emparé de moi s'évapore à cause d'Elvis. Pas du vrai Elvis. Je *sais* qu'il est mort, merci. Mais de quelqu'un qui chante à la manière d'Elvis. *« All Shook Up »* gravit une à une les marches de l'escalator et je m'aperçois que je suis en train de taper joyeusement du pied tout en pianotant des doigts sur ma hanche. Dans l'intimité de mon propre salon, nul doute que j'aurais claqué des doigts en me déhanchant avec enthousiasme. Remarquable, dans la mesure où rien n'est plus éloigné de l'enthousiasme que ma vie actuelle. Je ne suis pas amoureuse, et suis incapable de me rappeler la dernière fois qu'un homme m'a laissée toute frémissante — à part de colère ou de déception. Et pourtant : impossible de ne pas sourire en fredonnant ces paroles. Rien d'étonnant à ce que les chansons d'Elvis continuent d'être jouées à chaque mariage, même trente ans après sa mort. Le King a été mis sur Terre pour nous rendre la vie meilleure. Et je n'ai rien d'une fan. Je ne possède pas d'étincelantes lunettes de soleil à monture dorée — juste le CD *Elvis' 30 #1 Hits*. Je l'ai reçu à Noël il y a quelques années, et je l'ai mis en boucle toute la journée du lendemain. Cela dit, je crois bien que c'était aussi la dernière fois que je l'ai écouté...

La musique s'arrête brutalement. Le musicien a été interrompu. Certains sont accrédités par le London Underground et c'est à eux que revient en priorité le stationnement sur le quai. Je suppose qu'il faut passer une audition pour pouvoir jouer. À l'évidence, Elvis bis l'a séchée.

En m'engageant sur le second escalator, j'aperçois un contrôleur du métro qui oblige le musicien à remballer ses affaires et à partir. Je remarque que le type a une guitare, et ça me surprend. Il est sacrément bon, en fait : j'avais l'impression qu'il chantait sur un accompagnement enregistré. C'est vraiment nul de l'obliger à partir. Il ne faisait qu'une chose : embellir la journée des banlieusards.

En passant devant lui, je lui adresse un demi-sourire/demi-haussement d'épaules. « Vraiment sympa, merci », dis-je en lançant une pièce dans l'étui ouvert de sa guitare. Le contrôleur me jette un coup d'œil en marmonnant que chanter sans accréditation est illégal. Je lui réponds d'un regard qui signifie : rien à foutre.

La rame arrive, ô bonheur, dans les trois minutes et, plus extraordinaire encore, il y a des places assises. Je me précipite sur l'une d'elles puis fouille dans mon sac à la recherche de mon bouquin. Quelqu'un s'assied à côté de moi. Ça n'est pas bon signe. Seuls les fous dangereux se serrent contre vous quand ils peuvent s'asseoir ailleurs.

— Merci pour votre soutien, dit le fou dangereux.

Je coule un regard par en dessous pour voir s'il parle à quelqu'un d'autre. Ce fragile espoir disparaît quand je m'aperçois que cette partie du wagon est déserte. Mauvaise nouvelle, à double titre : le fou me parle à moi et il n'y a personne pour me venir en aide si les choses tournent mal. Je ne suis pas d'un naturel pessimiste mais quand un inconnu vous adresse la parole dans le métro, il y a de grandes chances pour que les choses tournent mal. Je n'ai jamais vraiment compris cette loi urbaine. En arrivant d'Australie, je persistais naïvement à donner du « Salut ! » aux inconnus dans le métro. J'ai fini par remarquer qu'ils changeaient vite de place ou descendaient à la station suivante. Je n'ai pas mis longtemps à comprendre que parler à des inconnus dans le métro n'était pas tant considéré comme une entorse à l'étiquette que comme une preuve de démence.

— Maintenant, j'ai l'impression de vous avoir volé. Vous n'avez pas vraiment eu le temps de m'entendre chanter. On ne peut pas dire que vous en ayez eu pour votre argent !

Je lève les yeux et reconnais l'étui à guitare avant le musicien — à qui je n'avais pas donné plus qu'un rapide sourire.

— Pas de problème, dis-je prudemment.

Je ne suis pas d'humeur conviviale. Il est musicien, d'accord, ce n'est pas pour autant qu'il n'est pas fou. En fait, j'ai toujours pensé que quiconque tentait de gagner sa vie en faisant la manche et en comptant sur la générosité des Londoniens devait avoir une case en moins.

Le musicien sourit et me tend la main.

— Stevie Jones. Enchanté.

Au moment exact où je me dis que ce serait mal élevé de ne pas lui serrer la main, je me rends compte que Stevie

Jones a le plus beau sourire que j'aie jamais vu. Et ses yeux ne sont pas mal non plus. Son visage se fend d'un sourire encore plus grand, et j'ai l'impression de casser un œuf au-dessus d'une poêle à frire. J'adore cet instant. L'instant où la fragile coquille se fissure sous la pression de mes doigts et où l'œuf se métamorphose en cette chose annonciatrice d'un plaisir imminent. C'est un instant de transformation, d'attente et de soulagement. Le sourire de Stevie Jones me fait le même effet.

— Laura Ingalls.

Dans ma petite culotte, un feu d'artifice. Eh-eh ! Si ce n'est pas de l'émoi sexuel, ça... Indéniable : je suis sous le choc. Après tout, je porte des vêtements en coton gris-blanc qui n'ont jamais été conçus pour mettre qui que ce soit en transe. Encore mieux : j'avais oublié que mon corps était capable d'entrer en transe, et d'aimer ça. J'en étais venue à le considérer comme une sorte de réceptacle pour nourriture doublé d'un jouet d'éveil pour Eddie. Étrange.

— Laura Ingalls ? Vous plaisantez...

Il éclate de rire.

— Non, non, pas du tout. Mes parents n'avaient jamais vu ni entendu parler de *La Petite Maison dans la prairie* quand ils m'ont donné ce nom. C'est bien ça, le drame...

Est-ce qu'on peut *voir* l'émoi sexuel ? Ce type sait-il que je l'imagine nu ? J'espère que non.

— J'imagine que vous avez dû souffrir quand c'est devenu une série culte.

— Oh, oui !

La plupart des gens supposent que je devais être une fan de *La Petite Maison dans la prairie* pour porter le même nom que son intrépide héroïne aux airs de garçon manqué. Seule une intelligence surhumaine aurait pu comprendre que jamais de la vie je n'aurais voulu partager mon nom avec une gamine cinglée, gaffeuse, criblée de taches de rousseur et affublée de bonnets ridicules.

— Notez, ça aurait pu être pire. Ils auraient pu vous appeler Mary.

Stevie et moi frissonnons à cette perspective terrifiante. Mary était la plus jolie petite fille de la série, mais aussi la plus gnan-gnan et la plus exaspérante.

— À l'époque, je rêvais d'un prénom plus rock'n'roll. Zara, Zandar et Zuleika étaient mes préférés.

— Et vous êtes restée longtemps en froid avec votre identité ?

Stevie a toujours son sourire d'œuf sur le plat, et ma crainte d'avoir affaire à un fou s'évanouit presque aussi rapidement que je prends conscience de ce qui est en train de se passer : il me drague.

— Pendant toutes les années 70 et une bonne partie des années 80. Jusqu'à ce que je commence à accepter le fait qu'être appelée Zara, Zandar ou Zuleika ne me rendrait pas plus populaire parmi mes camarades et ne me vaudrait pas de décrocher la casquette de capitaine de l'équipe de handball.

Il rit.

— Laura, c'est un très joli prénom, je trouve.

En un clin d'œil, voilà que *j'adore* mon prénom.

— *Scoubidou* était mon dessin animé préféré quand j'étais gamin.

Le passage du coq-à-l'âne me paraît tout à fait logique.

— Moi, c'était *Les Fous du volant*, renchéris-je, enthousiaste.

Et on commence à bavarder, à parler des petits trucs de notre enfance au lieu des grandes choses de la vie. Et on bavarde toujours lorsque la rame atterrit à Barons Court.

— Je descends à la prochaine, dis-je.

Et ensuite, qu'est-ce que je dis ? « Embrasse-moi : c'était notre *brève rencontre.* » Non, ressaisis-toi. Ses yeux sont d'un vert brillant et transparent qui me rappelle la gelée. Ils pétillent, ils sont appétissants. Je m'aperçois que je le décris comme si son visage était une assiette à l'heure du thé mais ça fait bien longtemps que je n'ai pas regardé un homme avec un véritable intérêt. En comparaison, la nourriture est une passion ininterrompue.

— Moi aussi, répond Stevie.

— Je prends la Hammersmith and City Line. J'habite près de Ladbroke Road.

Je dis tout ce qui me passe par la tête, au risque de ne plus paraître si détendue ou raisonnable.

— Moi je vais à Richmond. Pour un genre d'entretien d'embauche.

— Vraiment ?

— Oui. Des concerts réguliers. C'est mon boulot : imitateur d'Elvis. En tout cas, c'est mon boulot du soir.

— Vraiment ?

Je souris en espérant montrer mon approbation et mon intérêt, à défaut d'arriver à les exprimer verbalement.

Le métro entre bien trop tôt à Hammersmith. Nous descendons tous les deux et, l'espace d'un instant, nous hésitons. À l'évidence, nous avons tous les deux envie de dire quelque chose, *n'importe quoi*, mais rien de décisif ne s'impose à nous.

— Eh bien, bonne chance pour l'entretien… euh, le truc des concerts.

— Merci ! À un de ces jours, hasarde Stevie.

Nous savons parfaitement que nous ne nous reverrons pas. Pas s'il disparaît dans la foule en direction de District Line et que je me fonds dans le flot de voyageurs qui passent les tourniquets pour rejoindre Hammersmith and City Line. Ça ne devrait pas m'ennuyer. Mais ça m'ennuie.

— Bon, au revoir, dis-je en marmonnant.

Alors, il m'embrasse. Stevie Jones se penche vers moi et, après avoir partagé une familiarité d'environ quinze minutes et demie, il m'embrasse. Très doucement, sur la joue, à quelques millimètres de mes lèvres.

Plusieurs ripostes me viennent à l'esprit. Je pourrais le gifler — hypothèse très improbable puisque je ne suis pas une star dans un film en noir et blanc des années 30. Je pourrais agripper ce corps dépenaillé et crasseux, l'attirer vers moi et couvrir son visage de baisers. Tout aussi improbable. Même si j'ai maintenant pu m'apercevoir qu'il était effectivement dépenaillé et crasseux (cheveux longs, carré d'épaules, plus d'1m80, mince — presque maigre — avec un joli cul). Mais je ne le connais pas depuis assez longtemps pour être aussi audacieuse.

Son baiser était doux et gentil. Attentif et prometteur. Je n'ai pas l'habitude qu'on me touche avec une telle tendresse. C'était un baiser réussi.

Tellement réussi, en fait, qu'une seule réponse me semble appropriée : courir. Aussi vite que possible. Grimper l'escalier, sortir de sa vie, sans même laisser derrière moi une pantoufle de vair.

7. All Shook Up
(Complètement secoué)

Vendredi 14 mai 2004

BELLA

J'ai fait un effort tout particulier pour que la maison soit belle. Et, vu le crédit astronomique remboursé par Philip, le moins que je puisse faire est de la remplir d'amis et de changer les fleurs de temps en temps.

Quand nous nous sommes mariés, j'ai quitté « l'espace de vie » de Clerkenwell et il a vendu son appartement de Putney. J'y aurais emménagé avec joie mais il voulait vraiment que nous prenions un nouveau départ. Nous avons donc acheté une maison avec cinq chambres à Wimbledon. Le lieu idéal, selon Philip, pour élever une tribu de jolies jeunes filles et de rudes gaillards. Qui étais-je pour émettre la moindre objection ? Je n'ai même pas à m'occuper du ménage : c'est le travail de Gana, notre domestique thaïlandaise.

Si l'idée de départ était de construire notre foyer ensemble, c'est Philip et lui seul qui s'est chargé de la décoration. Ça n'était pas prévu initialement mais, chaque fois que je rapportais quelque chose à la maison, il secouait la tête et déclarait que c'était charmant mais pas vraiment à sa place dans un intérieur victorien. Parfois je contestais, mais pas suffisamment pour que ça fasse débat. Et au fond, il n'avait peut-être pas tort concernant la boule à facettes ou la lunette des toilettes à motifs de vaches. Nous avions tous les deux ce que nous voulions : moi, une identité bourgeoise à endosser ; lui, la certitude d'avoir essayé de faire au mieux.

Grâce à Philip, nous avons rapidement été cernés par des secrétaires, étagères, commodes, chaises et tables *authentiques* appelant la protection de napperons et de plaques de verre. Je constatais que j'avais grandi d'après des petits détails : chacun avait son rouleau de papier dans le placard des toilettes et, dans le garage, un carton contenait des ampoules de rechange. J'avais stocké les décorations de Noël au grenier et notre cuisine Poggenpohl était truffée de gadgets dont seuls quelques-uns avaient été déballés.

Au printemps, nous tirons parti de chaque jour de beau temps et nous nous retrouvons souvent au jardin pour boire un verre et contempler les arbres qui renaissent lentement à la vie, leurs minuscules bourgeons se métamorphosant en feuilles grasses. J'ai l'intention de passer tout mon été dans le jardin. C'est si paisible.

Les cinq chambres vont être réquisitionnées ce soir. J'ai bien pris soin d'aérer celles de Laura et d'Amelie. J'ai laissé quelques numéros de *Vogue* et de *Now* pour Laura, posé un catalogue d'agence de voyages et un exemplaire de *Tatler* sur la table de chevet d'Amelie. Les garçons se partageront une chambre – ils adorent ça – et Freya dormira toute seule dans un lit double – idem. Même si je ne suis pas pressée de me faire appeler « maman », j'adore jouer le rôle de la Gentille Marraine. Chaque fois que Freya, Davey ou Eddie viennent nous voir, je mets un point d'honneur à ne leur refuser aucune petite gâterie. Je loue des films pour enfants chez Blockbuster, achète des sacs remplis de bonbons et des tonnes de chocolat, des bandes dessinées, des petites voitures et du coca. L'argent ne fait pas le bonheur ? Si, à condition de faire ses courses au bon endroit.

Amelie arrive la première, affichant un air sérieux et résolu. Elle l'avait déjà avant d'être veuve mais je le remarque davantage depuis qu'il n'est plus compensé par l'insolence et la désinvolture de Ben. Non qu'Amelie Gordon soit ennuyeuse. Elle est profonde, sa conversation est très stimulante — c'est juste la moins folle de toutes mes amies. Elle lit des journaux pointus. Elle a une maîtrise en histoire religieuse et en philosophie, et connaît bien la scientologie (pas seulement le fait que Tom Cruise est tombé dans le panneau). Elle a lu la Bible, peut parler intelligemment du bouddhisme, de l'hindouisme, de l'islam, du judaïsme, du shinto, du sikhisme et du taoïsme. En bref, elle ressemble à ce que je voudrais être quand je serai grande : soit Amelie, soit une des trois drôles de dames.

Les enfants déboulent dans la maison avec une tonne de bagages. Ils ne se séparent jamais de leur sac de couchage Disney, de multiples vêtements de rechange et d'une montagne de jouets. Amelie est tout aussi imperméable au concept de « voyager léger » : elle est arrivée avec toute la gamme de soins dermatologiques Estée Lauder, des vêtements propres pour demain (deux tenues : une pour la balade dans le parc, l'autre pour déambuler dans King's Road), une tenue pour la nuit, des fleurs (pour moi), des barres chocolatées (pour tout le monde), des livres, articles découpés dans des magazines qui l'intéressent et que je devrais trouver intéressants (Amelie suppose que les gens se passionnent pour les débats épineux, et s'est fait de mon intellect une idée plus haute que quiconque), ainsi qu'une bouteille de chablis (déjà frais).

— J'ai envie de m'acheter une pince céramique et je crois me souvenir que tu en as une. Je pourrais l'essayer ? me demande-t-elle, me rappelant fort à propos qu'elle est également sensible à la frivolité.

Je confirme que je possède le modèle dernier cri et qu'il accomplit des miracles.

— Tata Bella, tu veux bien me percer les oreilles ? demande Freya qui a regardé *Grease* au moins cinquante fois et se prend pour Olivia Newton-John.

— Non ! répondons-nous en chœur, sa mère et moi.

La sonnette de la porte d'entrée se fait entendre.

— Amelie, le four doit être chaud, maintenant. Tu veux bien mettre les pizzas à cuire ?

Pendant que je vais ouvrir, Amelie s'active dans la cuisine et les enfants sont déjà en train de fouiller dans la pile de DVD et de se disputer pour savoir s'ils vont regarder *Shrek* ou *Mrs Doubtfire.*

Laura et Eddie font leur entrée dans un brouhaha général. Eddie arrive juste à temps pour faire pencher la balance en faveur de *Shrek.* Freya accuse le coup mais semble rassérénée lorsque je lui annonce qu'ils auront sans doute le temps de regarder les deux films. Voyant s'éloigner la perspective d'envoyer au lit leur progéniture avant 22 heures, Amelie et Laura me dévisagent comme si j'étais devenue folle. Je hausse les épaules : après quelques verres de vin, ces deux-là, je le sais, se montreront beaucoup moins tyranniques.

Dans un quart d'heure, les enfants monteront s'installer devant la télé. Les pizzas seront bientôt prêtes et les effets du vin se feront déjà sentir dans notre cerveau. On bavarde dans la cuisine, adossées au bar. Chaque fois que je me trouve avec Amelie, mon premier réflexe est de lui demander comment elle va.

— Quelles nouvelles, Amelie ?

J'ai parlé en penchant légèrement la tête sur le côté. J'ai lu dans un magazine que cette attitude encourage les confidences.

— Oh, tu sais… répond-elle puis, prenant la boîte de chocolats que j'ai achetée (ils viennent de Suisse et coûtent une fortune mais c'est justifié) : tu crois qu'on l'ouvre avant d'attaquer les pizzas ? On tente le coup ? Le sucré avant le salé ?

— Maman n'est pas là, glousse Laura. Elle ne va pas nous taper sur les doigts !

Amelie retire le couvercle et prélève un chocolat qu'elle avale d'un coup. J'attends toujours qu'elle réponde à ma question. Au lieu de quoi elle se tourne vers Laura et déclare :

— Tu es ravissante.

Je n'ai pas eu l'occasion de jeter plus qu'un coup d'œil à Laura depuis qu'elle est arrivée – j'étais trop concentrée sur Amelie et les enfants – mais mon amie a raison : Laura est resplendissante. Elle sourit et paraît détendue. Elle s'est lavé les cheveux et a pris le temps de bien les sécher, laissant ses boucles prendre du volume. Elle porte un nouveau petit haut, rose à motifs floraux, très sympa, pas du tout le genre « maman ». Et à tous ces changements extérieurs s'ajoute ce que je perçois comme un changement intérieur. Elle est rayonnante.

— J'a rencontré quelqu'un.

— Tu as rencontré quelqu'un ?

Amelie et moi avons parlé d'une même voix ravie et incrédule.

— Où ? Au jardin d'enfants ? Je le connais ?

Laura sourit d'un air malicieux à ma question. Elle aime bien être le centre d'intérêt des discussions.

— Je l'ai rencontré après t'avoir quittée, lundi dernier.

— Tu l'as rencontré *lundi* et tu attends *vendredi* pour m'en parler ?

Je suis un peu vexée. Dans la mesure où Laura me téléphone parfois pour me parler d'une nouvelle marque de lessive, je ne comprends pas qu'elle ait pu garder si longtemps pour elle un séisme d'une telle magnitude.

— J'avais trop envie de voir vos têtes. Et puis... il ne s'est encore rien passé.

— Raconte-nous toute l'histoire, dit Amelie en sautant sur un tabouret du bar et en tapotant le tabouret juste à côté d'elle.

— Eh bien, d'abord... ça me paraît incroyable mais je n'ai pas tout de suite remarqué à quel point il était mignon. Je l'ai juste entendu chanter dans le métro et...

Je la regarde, ébahie, et m'exclame :

— Un chanteur de rue ?!

— Ben oui. Et alors ? riposte Laura avec véhémence, comme si elle s'attendait à ma remarque.

À son regard, je comprends que je ferai mieux de garder ma douche froide pour moi.

— Il était en train de se faire virer par un contrôleur alors...

— Ah, parce qu'il n'est même pas accrédité ?

Est-ce moi qui ai dit ça ? Ça m'a échappé.

— En fait, ça n'est pas son vrai boulot. C'est un imitateur d'Elvis.

À l'entendre, une situation plus prestigieuse que Chancelier de l'Échiquier[1]. J'ai la nausée. Peut-on imaginer pire ? J'ai envie de lui dire que les types qui se contentent d'imiter leur idole ne font jamais rien d'autre. Et pour commencer : quitte à être un artiste, pourquoi choisir imitateur ? Pourquoi ne pas être soi-même ? Je vois déjà Laura dans un bar, sirotant un cocktail dans un public composé d'alcooliques et d'employés de bureau dilapidant leur maigre salaire pour assister au numéro d'un type qui, en coulisse – c'est-à-dire derrière un simple rideau tendu au fond d'une scène improvisée – s'efforce de rentrer dans un costume à paillettes. Je dissimule mes critiques derrière un grognement réprobateur.

— Voilà qui devrait impressionner le banquier.

Laura me fusille du regard.

— Pardon. Je me tais. Continue.

— Je suis montée dans la rame et deux secondes après il était assis à côté de moi et on discutait. Il a un sourire à tomber.

— De quoi vous avez discuté ?

— De *La Petite Maison dans la prairie.*

— Oh.

— Et quand je suis descendue, il m'a embrassée.

— Il t'a embrassée ?

Même Amelie n'en revient pas, mais elle sourit, comme si se faire harceler et voler un baiser par un musicien de rue était une histoire charmante !

— Quand est-ce que tu le revois ? demande-t-elle.

— Je ne sais pas. C'est ça, le problème. Je ne lui ai pas demandé son numéro.

— Mais tu lui as donné le tien, complète Amelie.

Laura secoue la tête. Puis elle raconte à nouveau l'histoire

---

1 Équivalent anglais du ministre des Finances
(Toutes les notes de bas de page sont du traducteur).

avec force détails sanglants. Elle parle de « connexions entre les âmes », dit sentir « quelque chose flotter dans l'air ». Je suggère : « La pollution ? » Elle fait comme si elle ne m'avait pas entendue.

— Tu es inconsciente, dis-je, puis je me mets à paniquer. C'est peut-être un dingue, tu sais ! Un *vrai* dingue.

— C'est aussi ce que j'ai pensé, au début, mais il était vraiment trop mignon, répond Laura en souriant.

— La folie porte toutes sortes de déguisements, même ceux d'un expert en drague.

Une remarque qui me donne l'impression d'être sa mère.

— Heureusement que, ce matin-là, j'avais mis mon nouveau t-shirt, soupire-t-elle, rêveuse.

Tous les types intéressants que j'ai présentés à Laura défilent en cortège dans ma tête. Aucun n'a jamais éveillé en elle la plus petite once d'intérêt. Aucun n'a fait pétiller ses yeux, ni ne l'a fait rayonner comme elle rayonne à présent. Elle est éblouissante. Ce bref flirt, qui a duré à peine une poignée de minutes, qui n'aurait pas même fait vibrer mon échelle de Richter sexuelle, lui est de toute évidence monté à la tête.

— Je me demande comment tu vas pouvoir retrouver sa trace, murmure Amelie.

— Pourquoi est-ce qu'elle voudrait le revoir ?

— Mais regarde-là, Bella ! Elle est toute retournée.

Je nous ressers du vin et tente de trouver un autre sujet de discussion. Non pas que je ne veuille pas le bonheur de Laura. Je voudrais qu'elle ait tout ce que j'ai, mais ce n'est pas avec un imitateur d'Elvis qu'elle va le trouver. Aucune chance d'être heureuse sans une vie stable, des revenus réguliers. Je n'ai pas épousé Philip pour son argent mais je suis très contente qu'il en ait. Laura a besoin de quelqu'un qui puisse l'aider à élever Eddie. Disons qu'en tout cas, elle devrait éviter un homme qui dépense beaucoup plus d'argent qu'Eddie avec des revenus à peu près identiques.

— J'imagine qu'on pourrait découvrir dans quel bar de Richmond il fait son tour de chant, à supposer qu'il ait décroché le job, propose Amelie.

— Elle ne peut pas débarquer comme une vulgaire groupie, interviens-je.

— Pourquoi pas ?

Amelie sourit à Laura qui lui renvoie un sourire plein d'espoir.

En signe de protestation, je fais beaucoup de bruit avec les assiettes en servant les parts de pizza. J'espère que je me fais bien comprendre. Mon cou raide produit des craquements et mon estomac des borborygmes complexes inconnus des salles de gym mais tout aussi douloureux que des abdominaux. J'ai l'impression qu'une main invisible me tord les boyaux et les envoie rencontrer Mike Tyson sur un ring pendant quelques rounds avant de me les renfoncer dans la gorge. Je n'ai jamais aimé Elvis Presley.

Je monte aux enfants des assiettes et des serviettes, et tant pis si leurs mères me prédisent des années de nettoyage de tapis 100% pure laine. Je les ignore, non seulement pour leur montrer à quel point je suis détendue et accommodante, mais aussi parce que je me contrefous du tapis 100% pure laine.

Quand je redescends dans le salon, mes amies discutent d'une rediffusion des *Oiseaux se cachent pour mourir* mais je vois Laura se perdre avec un grand sourire dans ses pensées. Je refuse de la laisser s'abandonner à la vision de son chanteur et multiplie les sujets de conversation : les émissions gastronomiques, les meilleures adaptations télévisées de romans, la coiffure qui irait le mieux à Amelie (elle a envie de se donner un petit coup de jeune). À minuit, après avoir vidé chacune une bouteille de vin, je décide d'aller me coucher. Laura et Amelie insistent pour rester debout encore un peu – elles ont envie de regarder quelques bons vieux films des années 80. Mais, à peine ai-je fermé la porte du salon, j'entends Amelie demander à Laura : « Alors, qu'est-ce qu'il chantait comme chanson ? »

Je me sens étrangement exclue et déraisonnablement ronchonne, même si je sais que personne d'autre que moi ne m'impose cet exil – et que je n'en veux qu'à une personne : moi-même.

8. If I Can Dream
(Si je peux rêver)

Mardi 18 mai 2004

LAURA

Amelie n'est pas vraiment mon amie. C'est l'amie de Bella, même si je l'ai rencontrée en de nombreuses occasions à des « soirées Bella » (rebaptisées récemment « réceptions Bella » puisque, ces temps-ci, elle s'est lancée dans des entreprises plus spectaculaires ne relevant plus du tout de la catégorie « soirée »). Évidemment, je sais tout de la perte tragique qu'a subie Amelie. Je veux, si tant est que ce soit possible, lui rendre la vie un peu plus supportable — dans l'idéal, un peu plus agréable. C'est un fondement aussi valable qu'un autre pour construire une amitié, et sans doute meilleur que le fait de partager le même code postal.

Mon expérience m'a montré qu'en général, les femmes ont un instinct territorial très développé dans le domaine de l'amitié. Elles n'aiment pas mélanger. La raison en est, je crois, qu'une langue un peu trop bien pendue peut faire de gros dégâts et que, fatalement, un ragot colporté par l'Amie A à l'Amie B au sujet du mari rasoir/prochain amant/rapport névrotique à l'argent de l'Amie C rend impossible la rencontre entre cette dernière et l'Amie B, car une gaffe est si vite arrivée. Bella a le mérite de toujours essayer de mélanger ses amies. Vendredi dernier en est un bon exemple : c'était très gentil à elle de m'inviter avec Amelie à venir dîner. Les enfants s'entendent à merveille et la conversation a de bonnes chances d'aller au-delà de « les canapés sont délicieux » et de « chouette, du champagne, j'adore ça ! », qui constituent l'essentiel de nos échanges lors des « réceptions Bella ». Cela dit, je ne suis pas certaine que Bella serait remplie de joie en apprenant pourquoi Amelie m'a téléphoné aujourd'hui.

— Je l'ai trouvé.

— Comment ?

— Ce n'était pas trop difficile. J'ai récupéré sur Internet la liste de tous les pubs de Richmond. Je leur ai téléphoné l'un après l'autre pour leur demander s'ils avaient un numéro avec un imitateur d'Elvis. J'ai eu de la chance dès le neuvième pub. Apparemment, Stevie Jones vient de se faire embaucher par le Bell and Long Wheat pour jouer les Elvis tous les derniers vendredis du mois.

— Oh, Amelie, tous ces coups de fil… tu es une vraie fouille-merde !

— En d'autres termes… ça te fait plaisir ?

— Comment pourrais-je te remercier ?

— Je voulais le faire, m'assure-t-elle d'un ton sans appel.

Je n'insiste pas. Je dois être un cas particulièrement désespéré si une amie d'amie pense que j'ai besoin d'un coup de main dans ma vie amoureuse.

— Si tu veux, je peux venir jouer les baby-sitter un de ces soirs, reprend-elle.

— Parce que tu crois que je devrais aller le voir ?

— Eh bien, oui, ça va de soi. Le propriétaire du pub m'a dit qu'il pensait que ton Stevie allait rameuter une vraie foule. Tu ne voulais pas le revoir ?

Si. Non. Peut-être. Tout à coup, je me sens à la fois terrifiée et ravie. Stevie Jones vient de tomber dans mon escarcelle.

— Je serais incapable d'y aller toute seule.

— Emmène Bella, propose Amelie.

Nous restons silencieuses quelques secondes, puis :

— Non, peut-être pas.

Depuis vendredi dernier, Bella n'a fait allusion à Stevie qu'à deux reprises, en l'appelant « le musicien fou qui t'a harcelée ».

— Bon, rectifie Amelie, on lui demandera de faire la baby-sitter et je t'accompagnerai. On n'est même pas obligées de lui dire où tu vas si tu penses que ça risque de compliquer les choses.

— Et s'il ne se souvient pas de moi ?

— Il se souviendra de toi.

— Je n'ai rien à me mettre.

Une excuse vieille comme le monde.

— Conneries, rétorque Amelie d'une voix qui signifie qu'elle sait reconnaître une connerie quand elle en entend une et qu'elle n'est pas prête à se laisser emberlificoter.

Je fouille mon cerveau à la recherche d'une autre excuse mais le placard est vide. Cela fait des années qu'un homme ne m'a pas vraiment plu. J'ai du mal à me l'avouer mais je ne me rappelle pas avoir rencontré un homme qui m'ait plu autant que Stevie. J'ai toujours vécu avec Oscar et, si je me suis dit lors de notre première rencontre que c'était un véritable étalon, cette sensation de « waouh !» s'est étiolée après quelques années de vie commune. Et elle a disparu à tout jamais le jour où j'en suis arrivée à fouiller dans ses poches pour trouver des factures et autres preuves accablantes.

Après notre rupture, j'ai eu une brève liaison avec mon ostéopathe. On s'entortillait énergiquement tous les jeudis soirs. On ne mangeait pas ensemble, on ne dormait pas ensemble, on ne se parlait même pas beaucoup. Je le considérais comme une alternative agréable au Prozac. Notre liaison s'est arrêtée aussi brusquement qu'elle avait commencé lorsque mon dos a cessé de me faire souffrir et que mon ostéopathe s'est trouvé une petite amie (une femme sans enfant et qui n'avait pas à gérer la perspective menaçante d'un divorce). Je ne crois pas qu'il m'ait jamais manqué.

Mais, déjà, Stevie me manque. Cela fait des jours que je ne pense à rien d'autre ni à personne d'autre. Je n'ai eu aucun mal à être adorable avec Monsieur H, je suis la patience personnifiée avec Eddie. Hier, nous avons joué à Capitaine Crochet et Peter Pan pendant plus de quatre heures d'affilée. Ce qui signifie être poursuivie sans répit par un serpent en peluche, me rouler par terre pour lui échapper, puis être encore capturée et me retrouver à marcher sur la planche des condamnés, au-dessus des flots (une rangée de coussins posés sur la moquette). Et je n'arrêtais pas de sourire, tellement je me sens sur un petit nuage.

Je me suis rejoué en boucle *La Conversation* et *Le Baiser*. Stevie Jones trouve que Laura Ingalls est un joli nom, et cette pensée me réchauffe comme une bouillotte dans une housse en cachemire. Je pense à son sourire, à ses doigts et aux poils microscopiques sur ses lobes d'oreille. Je lui dresse une statue. Quelle conne. Je venais à peine de réussir à contrôler la situation en me rappelant que Stevie Jones n'est qu'une figure fantasmatique et que mes sentiments pour lui ne sont pas sans rappeler ceux que je nourris à l'égard de Robbie Williams (du reste, les chances de voir l'une ou l'autre de ces « relations » se métamorphoser en quoi que ce soit de réel sont à peu près identiques). Mais Amelie a retiré la barrière de sécurité. Elle semble décidée, coûte que coûte, à donner à Stevie Jones plus de consistance qu'un bric-à-brac flou de désirs mal définis et de rêves éveillés.

Je me demande si j'oserais aller au Bell and Long Wheat. Dans la bouche d'Amelie, cela paraît si facile.

— Enfile ton t-shirt rose à fleurs, ton Wonderbra et ton plus beau sourire, insiste-t-elle.

— Mais de quoi nous parlerons ?

— Tu trouveras bien, répond-elle, confiante. Viens chez moi à 19h30. Amène Eddie. Pour le baby-sitting, j'arrange le coup avec Bella.

9. I Really Don't Want To Know (Je ne veux vraiment pas savoir)

Vendredi 21 mai 2004

BELLA

Je me révolte à l'idée d'être mêlée à cette farce. Chaque os de mon squelette hurle que c'est une erreur. Mais ce serait encore pire de rester sur la touche.

Amelie a sonné chez moi et m'a demandé, l'air de rien, si j'étais occupée vendredi. Je lui ai dit que je n'avais rien de prévu et elle m'a demandé si je pouvais garder ses enfants. Avec plaisir, ai-je répondu. Puis elle a ajouté qu'elle comptait sortir avec Laura et m'a demandé si je pouvais aussi m'occuper d'Eddie. J'étais furieuse. Bien sûr, je refusais de me l'avouer.

— Ah ? Vous allez tester un nouvel endroit sympa ?

— Un pub à Richmond, The Bell and Long Wheat.

Inutile d'en dire davantage.

— Le musicien fou ?

— Le premier type auquel Laura semble s'intéresser depuis des lustres, a rectifié Amelie d'une voix calme mais laissant entendre une critique implicite. Elle est vraiment emballée. S'amuser un peu lui ferait le plus grand bien. La vie est trop courte pour ne pas saisir toutes les opportunités.

J'ai trouvé assez mesquin mais efficace son « la vie est trop courte ». J'ai accepté de jouer les baby-sitters.

— Tu sais ce qui lui ferait encore plus plaisir ? a demandé Amelie.

— Non.

— Que ce soit toi plutôt que moi qui aille avec elle. Ce serait tellement important pour elle de penser que tu l'approuves.

— Ce n'est pas le cas.

— C'est toi, son amie. Moi, je ne suis qu'une remplaçante.

— Oooooh… ai-je gémi, flattée par Amelie et furieuse de me sentir manipulée.

À 19h52 précises, me voilà poussant la porte du Bell and Long Wheat. Je suis aussitôt submergée par l'odeur de cigarette et d'alcool, la prolifération de t-shirt à motif léopard, d'oreilles ornées de gigantesques créoles et de sacs à main pailletés à l'effigie d'Elvis. Je ne pensais pas que des gens s'habillaient encore comme ça, à part dans les sitcoms. Les clients des bars à vin que je fréquente portent généralement des costumes noirs, des chemises élégantes et des cravates discrètes.

— C'est génial, non ? demande Laura.

— Ça va, pour un pub, dis-je d'un ton maussade.

Je suis tellement opposée à l'idée que ma meilleure amie craque pour un musicien fou que tout ce qui est associé à lui me fait horreur. Hors de question, donc, d'admettre que cet endroit est bourré de charme. Les fenêtres sont en vitrail, et les petits diamants colorés qui les composent projettent leurs reflets dans le bar et sur les bouchons verseurs. Des angelots baroques grimpent aux murs, laissant derrière eux un sillage de lauriers dorés. Les chaises sont dépareillées et usées ; leur bois a été poli par des fesses gigoteuses et le revêtement en velours des bancs est usé jusqu'à la corde. Les murs sont couverts d'énormes miroirs ornementés, piquetés de noir. En tout autre circonstance, j'aurais adoré ce pub mais je marmonne que l'atmosphère enfumée est irrespirable et qu'on aura du mal à s'asseoir.

— De quoi j'ai l'air ? me demande Laura, trop excitée pour être juste nerveuse.

Malgré moi je souris.

— Fabuleuse. Ce type est un petit veinard.

Nous nous frayons un chemin jusqu'au bar, commandons nos Pernod (c'est n'est pas notre breuvage préféré mais Laura veut passer inaperçue) puis mettons le cap sur deux chaises oubliées dans un coin de la salle.

— Je suis surprise de voir tout ce monde, dis-je.

— Tu parles des dames qui ont passé un certain âge ? demande Laura.

— Non. Les vieilles peaux, je m'y attendais. Ce sont surtout les jeunes filles et les garçons qui m'étonnent.

— Je suppose qu'ils accompagnent leur maman pour leur éviter des ennuis, ricane Laura.

L'attente flotte dans l'air, presque palpable. Quelques irréductibles, arborant leur t-shirt Elvis brodé de perles, restent assis en silence, gardant leur place d'un air grave.

Laura et moi jetons un coup d'œil à notre montre. Le musicien fou doit faire son entrée dans un quart d'heure.

— Les stars ne commencent jamais leur concert à l'heure, déclare Laura.

— Ce n'est pas exactement une star, si ?

Elle ignore ma remarque et s'efforce d'afficher un air radieux et plein d'attente.

Je jette un regard circulaire sur toutes ces femmes au mascara trop appuyé et aux lèvres trop rouges. En un instant, je me retrouve dans un endroit où je n'aurais jamais voulu revenir.

— Tu ne trouves pas ça bizarre et morbide, Laura, que ces femmes passent leur vendredi soir à idolâtrer une imitation de cadavre ?

— Non. Je trouve ça plutôt romantique, qu'un seul homme ait pu influencer la vie de tant de personnes.

— Seigneur… dis-je dans un murmure.

— Elvis, c'est tout.

Je ne suis pas certaine qu'elle ait volontairement mal compris.

— Tu as vu leur tête ? On dirait des culs qui viennent de recevoir une fessée !

— Bella, ce sont juste des gens normaux. Évidemment, toi, tu ne fréquentes que des canons.

— Eh bien oui, je préfère la beauté. Je suis superficielle, c'est ça ?

— Tu es superficielle.

Je la fixe du regard, jusqu'à ce qu'elle propose d'aller nous rechercher à boire. Elle joue des coudes pour atteindre le comptoir et en revient, cette fois, avec deux vodkas-orange. Nous les buvons bien trop vite. Laura est soit nerveuse soit exaltée et, pour ma part, j'ai décidé que toute cette soirée serait moins ennuyeuse avec un coup dans l'aile.

— Tu crois qu'on a le temps d'en prendre une autre ?

— On va se gêner ! me lance Laura.

C'est à moi d'aller chercher du ravitaillement. Je commence par lancer des sourires enjôleurs pour qu'on me laisse accéder au bar, mais bientôt je me trouve obligée de distribuer des coups de coude dans le dos des gens. Je suis dans une jungle peuplée de prédateurs. Tout le monde veut aller s'acheter à boire et revenir à sa place avant l'entrée en scène du musicien fou. Je sens l'odeur mêlée du parfum et de l'after-shave camouflant les effluves plus âcres de la sueur, que décuple l'attente d'un événement imminent. Avec cette chaleur, mes cheveux commencent à friser, trahissant ma sophistication étudiée. La dernière fois que j'ai laissé mes cheveux boucler, c'était le jour de mon mariage – quand je me suis aperçue que la moitié des deux cents invités avait les cheveux raides, l'autre moitié étant constituée de chauves.

Au moment où je récupère nos deux gin tonics, la foule se met à applaudir. J'entame ma retraite vers nos places. Elvis est dans nos murs. Soudain, la salle est submergée par le rythme trépidant de « *Return to Sender* ». Un bon choix pour débuter le concert, me dis-je : tout le monde connaît les paroles, y compris moi. Et tous les clients du pub, cela va sans dire : ils forment une masse de hanches ondoyantes et de larges sourires. Tout le monde chante, claque des doigts, tape du pied. Les grands-mères sourient tous chicots dehors, les filles virevoltent, exhibant des tailles fines et de fesses haut perchées. Tout cela sonne horriblement familier.

Lentement, j'avance entre les danseurs. Laura regarde la scène, béate. Elle s'agite et secoue la tête avec plus d'enthousiasme que je ne m'y serais attendue pour une première chanson. Les rares fois où nous sortons en boîte, Laura, oubliant qu'elle est une Australienne toujours prête pour la rigolade, se conforme à l'étiquette de la timidité britannique et traîne des pieds pendant dix chansons avant de se mettre à danser. Mais ce soir, elle renoue avec ses racines et refuse de se laisser intimider. Amelie a raison, cette fille est sacrément mordue. Je suis son regard pour voir par moi-même l'objet de son adoration. Et aussitôt, dans un crissement de frein, mon univers pile brutalement, m'envoyant valdinguer sous l'effet d'un mauvais karma, d'un destin malveillant ou de cette saloperie de loi de l'emmerdement maximum.

Car Elvis n'est autre que Stevie Jones.

10. His Latest Flame
(Sa dernière flamme)

LAURA

Bella a raté la première chanson parce qu'elle était au bar. C'est vraiment dommage : Stevie Jones est encore meilleur que dans mon souvenir. Qui l'eût cru ?

Même si mes fantasmes depuis douze jours étaient assez élaborés, je n'avais pas imaginé la tenue qu'il porterait ce soir (dans la plupart de mes scénarios, il est nu ou bien en train de se déshabiller). L'image la plus forte que je garde de lui est celle d'un homme légèrement crasseux sur le quai d'Hammersmith. Aujourd'hui, il est d'une propreté immaculée qui le rend encore plus sexy : pantalon taille haute, chemise de soirée élégamment froissée, le style du jeune Elvis. Ses épaules de déménageur et son petit cul sont mis en valeur avec le maximum d'efficacité. Ses cheveux en broussaille de surfeur ont été sculptés à coup de gel et il a l'air plus cool que n'importe quel autre homme à houppette. La dernière fois, je n'avais pas remarqué qu'il avait des bras aussi costauds.

La salle est en effervescence et, en même temps, l'assistance est comme paralysée. Les cœurs et les esprits sont tout entiers dans leur hommage à Stevie. Pour son entrée, il a chanté et dansé à la perfection sur « *Return To Sender* ». Son imitation d'Elvis était à la fois intelligente et impeccable : il reproduit fidèlement la gestuelle si suggestive des mains, cette façon de traîner des pieds, comme un boxeur, ces haussements d'épaule ironiques.

Je suis amoureuse. Pas d'un amour véritable, plutôt d'un genre très luxurieux. D'ailleurs, c'est le cas de toutes les femmes dans la salle, et aussi des garçons. Bella est de retour, une expression nerveuse sur le visage.

— Dommage pour la foule, dis-je d'un air compatissant, mais tu as vu ? Il est incroyable !

— Je ne peux pas rester ici ! hurle Bella.

— Quoi ?

Je ne suis pas sûre d'avoir bien entendu.

— Il assure, pas vrai ?

Ma question a beau être purement rhétorique, je serais ravie que Bella partage mon enthousiasme. Mon homme est une bête sexuelle bourrée de talent. Des femmes grimpent sur scène juste pour être prise en photo avec lui. Enfin, quand je dis « scène » je parle de cette zone d'un mètre cinquante de long sur un mètre de profondeur, légèrement surélevée d'une trentaine de centimètres. Ce qui n'empêche pas certaines fans de faire semblant de trébucher pour que Stevie les rattrape. Je les fusille d'un regard hostile.

— Tu es obligée de reconnaître que ce n'est pas juste un chanteur de rue. Pas quand tu le vois comme ça. Il a quelque chose de spécial.

Bella parle toujours des gens qui font leurs preuves, qui ont un impact sur les autres. C'est d'ailleurs pour ça qu'elle admirait tant Ben : il a laissé quelque chose derrière lui. Ses pièces – à la fois burlesques et poignantes – donnent à réfléchir. Stevie aussi a un impact : il rend les gens heureux. Même s'ils n'est pas au Royal Albert Hall devant des milliers de personnes, même s'il se produit juste dans un pub à Richmond. Bella peut bien se moquer : dans le public, des filles le prennent en photo avec leur téléphone portable pour le montrer à leurs copines.

Les premières notes de « *Jailhouse Rock* » se font entendre.

— C'est dingue qu'on connaisse les paroles de ces chansons. On n'était même pas nées quand elles sont sorties ! Je ne suis pas fan d'Elvis mais j'ai tous ses titres là-dedans, dis-je en me tapant le crâne.

Je me retourne vers Bella, espérant la voir aussi excitée que moi. Rien à faire : on dirait qu'elle est sur le point de vomir, ou de s'évanouir, ou d'être victime de combustion spontanée.

— Bon sang, Bella ! Tu ne te sens pas bien ?

C'est comme si elle ne m'avait pas entendue. Je passe un bras autour de ses épaules et la secoue. Ce n'est pas une grosse buveuse et, ce soir, nous n'y avons pas été de main morte sur les mélanges. Elle n'a pas l'air de remarquer ma présence. La seule fois où je l'ai vue dans cet état, c'est quand nous étions allées assister à un spectacle d'hypnotisme à Brighton. Elle avait été désignée pour monter sur scène et le type l'avait persuadée qu'elle était une poule en train de couver. J'aurais tellement voulu avoir une caméra ce soir-là ! Je claque des doigts devant les yeux de Bella et la secoue encore. Lentement, elle semble revenir à elle. Ses yeux s'assombrissent et ses pupilles se rétrécissent.

— Je m'en vais, lâche-t-elle. Et tu devrais me suivre.

— Non, Bella, ne me fais pas ça ! Je sais que tu préférerais me voir avec un banquier ou un agent immobilier mais Stevie me plaît. Il me plaît, il me plaît ! Je veux rester.

— Nous ne sommes pas à notre place, ici, répond-elle.

On dirait que je lui demande de rejoindre un groupe de fanatiques dans une secte religieuse, alors qu'il s'agit juste de boire quelques verres en matant le déhanché du beau gosse du mois. C'est *quoi*, son problème ?

— Ces gens ne sont pas comme nous. Nous ne sommes pas du même monde.

— Qu'est-ce que tu racontes, enfin ?

— La fumée me pique les yeux… je ne vais pas tarder à avoir une crise d'asthme.

— Tu n'es pas asthmatique.

— Il faut que je parte. S'il te plaît, viens.

— Non, Bella.

Je regarde dans la salle les gens que Bella vient de prendre exagérément et désagréablement en grippe. Bien sûr, on devine qu'ils mangent sans se soucier de leur cholestérol, qu'ils font trop peu de sport et qu'ils ont une propension à rêver leur vie plus élevée que la moyenne. En somme, ils me ressemblent pas mal. Je me tourne vers Bella pour le lui dire mais elle a disparu.

Quelle chieuse, quelle chieuse, quelle chieuse ! J'attrape mon sac. Il faut que je parte à sa recherche, et je meurs d'envie de rester là, à baver d'admiration devant Stevie Jones. Mais Bella est ma meilleure amie, même si en ce moment je serais ravie de pouvoir l'étrangler. À l'instant où je m'élance à travers la foule, *« Jailhouse Rock »* est remplacé par *« Stuck On You »*.

La voix de Stevie, plus grave que dans mes souvenirs – un rien plus râpeuse, aussi –, s'élève au-dessus du vacarme.

— Mesdames et messieurs… je dédie cette chanson à Laura Ingalls.

Le public applaudit machinalement. Ils n'ont aucune idée de qui se cache derrière ce nom, hormis une gamine cinglée, gaffeuse, criblée de taches de rousseur et affublée de bonnets ridicules, mais ils applaudissent quand même, si intense, quoique éphémère, est leur amour pour Stevie.

Stevie verrouille ses yeux sur moi et son visage irradie la joie. Il m'adresse le plus énorme et le plus joyeux des sourires que j'aie jamais vu chez un adulte. Je suis soufflée. Même avant qu'Oscar ne piétine l'image que j'ai de moi, je connaissais mes limites. En général, les hommes me regardent et pensent « bonne copine » au lieu de « déesse ». Je suis le genre de fille dont les mecs tombent amoureux après s'être habitués à mon humour tordu et à mon incapacité à reboucher le tube de dentifrice. Quand je suis assez folle pour demander à un homme pourquoi il m'aime, il me répond invariablement : pour mes connaissances encyclopédiques sur le monde du cinéma. Je ne suis pas de ces femmes devant qui les voitures s'arrêtent (sauf si je traverse sur un passage clouté), mais là, en cet instant précis, je sais, je sais *sans l'ombre d'un doute* que la façon dont Stevie Jones me regarde est importante. Elle signifie que je suis importante pour lui.

Et il en va de même pour d'autres personnes dans la salle. Les hommes m'observent avec intérêt, les femmes avec une envie mal dissimulée. Tous veulent voir pour qui Stevie Jones chante cette chanson. Soudain, je ne suis plus certaine de bien connaître les paroles de *« Stuck On You »*. Alors j'écoute avec attention. Au début, j'essaye de ne pas trop chercher de message caché. Ce n'est pas comme s'il me disait *vraiment* que, si *nous* étions ensemble, rien ne pourrait *nous* séparer.

C'est juste une chanson.

Non, Stevie n'a pas l'intention de *m'attraper*. Il ne me connaît même pas. Il doit faire ce petit numéro tous les soirs. Il choisit une femme dans l'assistance, chante quelque chose qu'elle trouvera émouvant et lui lance son fameux sourire. Il lui donne l'impression qu'elle est la seule femme sur Terre. Je suis l'épicentre du moment affreusement vulgaire et banal de ce concert. Je n'ai même pas de longs cheveux noirs, comme le dit la chanson. Je me rappelle que je n'ai rien de spécial. Ce moment n'est en rien *spécial.*

Et pourtant... tandis que mon esprit me répète que tout cela n'est qu'un stratagème ringard et prévisible, mon cœur bat dans ma poitrine avec une telle violence que j'ai l'impression qu'il va s'en échapper et sauter sur scène pour danser avec Stevie. Ce moment *a l'air* extrêmement spécial. Et, si je ne suis pas totalement mystifiée ou bourrée (deux possibilités, pas deux probabilités), on dirait que, pour Stevie, me regarder est un peu comme voir tous ses Noël et tous ses anniversaires se produire en même temps. Je ne pense pas que son comportement soit uniquement fondé sur l'hypothèse que je puisse être une fille facile. D'accord, en autorisant un parfait inconnu à m'embrasser après avoir échangé avec lui environ cent cinquante mots dans un wagon de métro, j'ai peut-être donné l'impression que j'étais « disponible » (ou, à défaut, « une sacrée rigolote »). Mais, quand bien même : si Stevie est à la recherche d'une fille facile, il n'a que l'embarras du choix. Ce soir, à peu près toutes les femmes présentes dans ce pub seraient heureuses de remplir ce rôle.

Je commence à chalouper des hanches. Et des épaules. Pendant au moins six chansons, je suis la femme la plus belle et la plus parfaite de l'univers. Une sorte de croisement entre Kate Moss et Keira Knightley avec, pour faire bonne mesure, une aura de mystère façon Liz Hurley. Pendant *« (Let Me Be Your) Teddy Bear »* et *« A Big Hunk o' Love »*, j'ai un plus beau cul que Kylie Minogue. Lorsque Stevie entame *« Wooden Heart »*, je suis certaine d'être plus rapide en calcul mental que Carol Vorderman[2] et meilleure jardinière que Charlie Dimmock[3]. Je suis capable de récurer un four, de nettoyer derrière un canapé et de détartrer les robinets de ma salle de bains plus vite que Kim et Aggie, ces deux femmes de ménage qui ont leur propre show télévisé sur Channel 4. Je suis *invincible*. Ceci dit, plus je regarde mon sexy Stevie, plus je suis convaincue que ces talents de femme d'intérieur ne seront pas nécessaires. Je commence plutôt à envisager de prendre comme modèle Lucy Liu et sa plastique tout en souplesse.

Je passe la meilleure soirée de ma vie. Stevie me dédie des chansons, m'envoie des baisers, encourage le public à m'applaudir car je suis une femme merveilleuse. Et on m'applaudit. Des inconnus m'offrent à boire. Ils trinquent avec moi et me félicitent à pleins poumons, sans que je sache au juste pour quoi. Aux yeux de ses fans, avoir attiré l'attention de Stevie mérite tous les éloges – j'aurais plutôt tendance à être d'accord.

Je bois presque tous les verres qu'on m'apporte, ce qui doit certainement contribuer à consolider l'illusion que je suis la plus belle femme de l'univers et à endormir en moi toute crainte de passer pour la dernière des imbéciles.

Mon impatience de voir le concert s'achever est presque douloureuse. Si j'aime voir Stevie se donner sur scène, je n'aime pas l'idée d'avoir à le partager. Je ne pense presque plus à Bella. Je me dis qu'elle a dû prendre un taxi. Et puis, elle déteste qu'on s'inquiète pour elle quand elle ne va pas bien, alors…

---

2 Présentatrice de Channel 4 passionnée par les mathématiques et célèbre pour son QI de 167.

3 Célèbre présentatrice d'une émission de jardinage sur la BBC.

11. You Don't Know Me
(Tu ne me connais pas)

Samedi 22 mai 2004

BELLA

Amelie me téléphone à 8h30. Je me demande pourquoi elle a attendu si longtemps.

— Tu as intérêt à avoir une bonne excuse pour avoir planté Laura hier soir, attaque-t-elle.

— C'est le cas.

— Eh bien ?

Je regarde Philip, qui dort paisiblement à côté de moi. Emmitouflé dans des draps d'épais coton blanc, le visage enfoui dans un tas d'oreillers, il ressemblerait presque à un bébé. Il est mort de fatigue. Il a passé tout son vendredi en Suisse, pour voir un client. Son avion a eu du retard et au retour de l'aéroport, son taxi s'est retrouvé coincé dans un embouteillage. Il est arrivé à la maison à peu près en même temps que moi. Comme Amelie, il s'est montré surpris que j'aie abrégé ma sortie avec Laura et m'a demandé pourquoi.

Je lui ai expliqué que je m'étais soudain sentie submergée par l'envie d'être avec lui et, par-dessus tout, d'être loin de ce pub, de ces grosses femmes mal fagotées, de la fumée de cigarette et de l'odeur de l'alcool. Je voulais revenir dans notre maison immaculée, décorée avec goût, exposée plein sud. Je voulais passer mes bras autour de son cou et me blottir contre sa poitrine. Philip a adoré ma réponse et nous avons aussitôt enchaîné sur un petit « *quickie* » dans les escaliers. Pour une fois, notre désir était plus fort que nos envies de confort.

— Je voulais juste être avec Philip, dis-je en toute sincérité à Amelie.

Elle marque une pause, le temps de réfléchir à ma réponse. Contrairement à Philip, il y a fort peu de chances pour qu'elle se sente flattée.

— Pourquoi ? Qu'est-ce qui se passe ? demande-t-elle avec plus de perspicacité que je ne l'aurais souhaité.

Malgré la lumière ensoleillée qui inonde la chambre en cette belle journée printanière, je frissonne. Je décide de ne pas répondre à la question et demande :

— À quelle heure Laura est rentrée chez elle ?

Soudain, la panique.

— Elle est *bien* rentrée chez elle, n'est-ce pas ?

— Pourquoi ? Tu as peur qu'on la retrouve en train de cuver, dormant sur le trottoir ?

— Non. J'ai peur qu'elle ait couché avec Stevie Jones.

Ça m'a échappé. Un cri du cœur.

— Qu'est-ce qui t'arrive, Bella ? Bon sang, qu'est-ce qui t'a pris de la planter comme ça ?

À nouveau, j'hésite. Onze années d'entraînement intensif contre l'envie fugace de me laisser aller. Puis-je vraiment mettre entre parenthèses les règles rigoureuses que j'ai moi-même instaurées ? Puis-je dire la vérité à Amelie ? J'effleure doucement le visage de Philip. Je suis le contour de ses sourcils, de ses pommettes. J'ai tellement à perdre. J'ai tout à perdre.

Malgré notre avide et énergique partie de jambes en l'air hier soir, je ne me suis pas écroulée d'un sommeil repu. À l'inverse, Philip s'est traîné avec difficulté du palier jusqu'à la chambre et au lit, où il a aussitôt fermé les yeux. J'ai essayé de lire mais les mots sautaient dans tous les sens, me refusant cruellement leur diversion. J'ai bu un verre de lait chaud mais il m'a juste laissé un drôle de goût fade dans la bouche. Alors je suis restée éveillée toute la nuit, revisitant le passé, imaginant l'avenir. Le premier était déprimant, le second morose. La dernière chose dont je me souviens, c'est d'avoir regardé le réveil à 5h45. Après, j'ai dû finir par m'endormir. L'appel d'Amelie m'a tiré d'un pauvre rêve où, juchée sur un immense monticule de déjections canines, j'étais poursuivie par Big Ben.

— Amelie, je peux passer, là ? Je ne peux pas te parler de ça au téléphone.

— Je mets le café en route, répond-elle d'un air menaçant.

Amelie m'ouvre la porte et je la sens nettement partagée entre deux envies : me passer un savon ou me prendre dans ses bras.

— Je suppose que tu t'es mise dans une sorte d'impasse ? demande-t-elle.

— On peut dire ça comme ça. J'ai besoin d'un café.

Elle me conduit dans la cuisine où, comme promis et comme d'habitude, la cafetière est remplie. Elle me verse une tasse et s'en remplit une. Je m'empare d'un croissant chaud sans attendre qu'elle me le propose.

Ne sachant par où commencer, je choisis de ne rien dire. Je regarde par la fenêtre Freya et David jouant dans le jardin. Sous leur manteau, ils sont toujours en pyjama mais ont enfilé des baskets. Contrairement à ce que pourrait penser un observateur non averti, il n'y a aucun lien entre ce chaos vestimentaire et le fait qu'Amelie soit veuve. Amelie, Ben et les enfants gardaient souvent leur tenue de nuit pendant toute la durée du week-end, sauf s'ils s'aventuraient au-dehors ou invitaient des gens à la maison. Ben m'avait expliqué que c'était une façon symbolique de rompre avec la tyrannie de la semaine de travail. En réalité, vu qu'il travaillait à domicile, sa semaine n'était en rien marquée par des contraintes vestimentaires. Après sa mort, Amelie avait perpétué cette tradition bohémienne. Je suis frappée de voir combien elle est parvenue à trouver le juste équilibre entre changer certaines choses et en préserver d'autres.

— Amelie, qu'est-ce que tu penses de moi ? finis-je par lâcher.

Amelie me fixe, considérant sans doute cette question comme passablement débile.

— À quoi ça t'avancerait de le savoir ?

Elle joue la prudence. Normal. Elle ne va pas se lancer à brûle-pourpoint dans une charge virulente ou une célébration glorieuse de ma personne.

— Eh bien… je fais confiance à ta perspicacité. Cela fait six ans que tu me connais. Nous nous sommes vues dans des moments heureux, dans des moments malheureux… et dans d'autres franchement horribles…

Je presse sa main. Elle a un sourire fugace. Courageux.

— Bref… tu dois sans doute penser que tu m'as à peu près cernée, non ?

— Je ne pense pas, non, répond-elle avec tact. Tu sais,

Bella, tu n'es pas si facile à cerner, comme tu dis. Tu es une femme d'un genre assez impulsif.

— Tu trouves ? La plupart des gens considèrent ma vie comme une compilation effrayante de clichés.

Amelie paraît perplexe.

— Je suis une vagabonde incapable d'avoir de la suite dans les idées et de tirer son épingle du jeu dans les nombreuses entreprises où j'ai tenté ma chance. Je travaillais comme serveuse quand j'ai rencontré mon mari, un homme plus âgé et extrêmement riche. Du coup, les gens pensent que j'ai épousé Philip uniquement pour sortir de mon trou.

Je fixe les miettes de croissant semées sur mes genoux, le comptoir de la cuisine et le sol. Je me fais vraiment pitié. Je me demande s'il est trop tôt dans la journée pour me mettre à pleurer.

— Quels gens ? Écoute, c'est n'importe quoi, déclare Amelie. Il est évident que tu l'aimes et qu'il t'aime. Vous vous êtes disputés ?

Je serre à nouveau sa main. Pauvre Amelie. Je ne voulais pas l'inquiéter.

— Non, non, rassure-toi. Ce sont les collègues de Philip et les serveuses du bar où je travaillais qui me voient comme un cliché.

— Tut tut tut ! lance Amelie avec un geste de la main. Mais non, voyons ! Et même si c'était le cas, on s'en fiche non ? Ces personnes ne représentent rien pour toi.

— J'aime Philip. Je ne l'ai pas épousé simplement pour que des clients obsédés et ivres morts arrêtent de me coller des mains aux fesses. Mais je peux comprendre le scepticisme de certaines personnes.

— Mais toi, Bella, tu as des doutes parfois ?

J'inspire une grande bouffée d'air et tente d'être aussi

claire et honnête que possible. Il est capital que je me fasse bien comprendre d'Amelie si elle doit ensuite m'aider.

— Eh bien, en réalité…

— J'ai faim !

Je me retourne pour voir qui m'a interrompu.

— Bonjour Eddie. Ouh là là ! Tu as dû jouer avec ton Captain Buzz jusque très tard, hier soir !

Eddie prend son air méfiant. Il pensait sans doute qu'utiliser une lampe électrique sous les couvertures aurait suffi pour donner le change à Amelie. Cette dernière ne s'appesantit pas sur la question : elle dit toujours que, pour garder son sang-froid, une maman doit choisir de se battre sur les sujets qui en valent vraiment la peine. Se coucher tard pendant le week-end n'entre à l'évidence pas dans cette catégorie.

— Freya et Davey sont debout depuis très très longtemps, tu sais ! ajoute-t-elle.

— Oh !

Eddie se désintéresse aussitôt de la nourriture et se précipite vers la porte de derrière.

— Je peux jouer aussi ?

— Tu ne veux pas prendre ton petit déjeuner ? demande Amelie, bien trop professionnelle pour insister sur ce point. Il mord à l'hameçon.

— Oui, peut-être… D'accord. Salut, tata Bella.

Il me sourit. Je suis incapable de résister à son sourire et à mon surnom. Normalement, je devrais me baisser, le prendre dans mes bras et, le serrant très fort, lui claquer des bisous sur tout le visage. Ce matin, j'ai du mal à faire autre chose que marmonner : « Salut Eddie. »

Eddie est encore chez Amelie. Eddie a passé la nuit ici. Ce qui signifie… J'essaye de garder mon calme. Peut-être Laura est-elle ici, elle aussi ? Peut-être a-t-elle appelé

Amelie dans la nuit et, pour ne pas réveiller Eddie, elles ont décidé que Laura viendrait dormir chez Amelie, ou rentrerait seule chez elle ? *Seule* étant le détail crucial. Comme si Eddie devinait la question à laquelle je voudrais connaître la réponse, il demande :

— Où elle est maman ? Elle vient me chercher quand ?

Amelie est occupée à verser des Rice Krispies dans un bol.

L'espace d'une nanoseconde, elle vacille. Eddie ne le remarque pas, mais cette hésitation presque imperceptible m'apprend tout ce que je dois savoir.

— Maman viendra te chercher pour le déjeuner.

Eddie hoche la tête et s'installe devant son bol.

Amelie et moi nous asseyons en silence jusqu'à ce qu'il ait terminé ses céréales. Puis, après qu'il a également avalé trois tartines (ce gamin aurait-il le ver solitaire ?), enfilé son manteau et ses baskets et s'est précipité dans le jardin pour vivre ses premières aventures de la journée, je me retrouve de nouveau seule avec Amelie et je peux lui demander :

— Elle a couché avec lui ?

— Eh bien, rien n'est sûr mais elle a appelé hier soir pour me prévenir qu'ils allaient dans un autre endroit après le concert et me demander si je pouvais m'occuper d'Eddie ce matin.

— Elle a couché avec lui.

Le répéter une deuxième fois ne rend pas l'information plus facile à croire ou à avaler.

— Elle est majeure, me fait pertinemment remarquer Amelie. Où est le problème, Bella ? Tu n'aimes pas les imitateurs d'Elvis ? Non, ne me dis pas que c'est ça ?

Je ne veux pas lui mentir, mais je ne veux certainement pas lui dire la vérité non plus.

— J'aime Philip. Je l'aime vraiment. Ça n'a rien à voir avec la somptueuse maison, bien que je me félicite qu'il ait un bon job – je ne le nie pas. Avant de le connaître, j'avais seulement un carte de fidélité chez Lush. Aujourd'hui, je frémis de bonheur quand je sors ma carte de cliente privilégiée chez Harrod's. Mais c'est seulement parce que j'aime leurs sacs de courses, pas parce que faire ses achats chez Harrod's signifie qu'on est riche ! Évidemment, j'adore partir en vacances pour des destinations exotiques, mais c'est d'y aller *avec Philip* qui me rend heureuse...

Je m'embrouille.

— J'aime tous les bonus qui vont avec, mais au départ c'est Philip que j'aime.

Soudain, je sens que j'en fais trop et je me tais.

— C'est *quoi* le problème ? répète Amelie.

— J'ai tellement à perdre...

— De quoi tu parles, à la fin ?

Je ne peux retenir plus longtemps l'information que j'ai farouchement gardée pour moi pendant toutes ces années. J'ai tellement de chance d'avoir rencontré Philip. C'est vrai, il m'a arrachée de la spirale sans fin des boulots sans avenir, et maintenant il paye les factures pendant que je réfléchis à ce que je pourrais faire de ma vie. Il le fait patiemment, sans se plaindre, alors que nous savons tous les deux que l'attente peut être longue — quelque chose comme le siège de Troie. Mais au-delà de ça, j'ai de la chance parce qu'il est charmant, drôle, intéressant, gentil. C'est un époux formidable et je veux – je voulais – être une épouse à la hauteur mais... je sens que la roue du destin tourne. Et ma chance aussi. Car le secret est sur le point d'être révélé.

Je suis terrifiée.

— Il se trouve que... j'ai une caractéristique surprenante. Pas du tout cliché. Voilà... techniquement parlant, je suis bigame.

Je l'ai dit. Mes paroles flottent entre Amelie et moi pendant une interminable et silencieuse fraction de seconde.

Amelie reste immobile. Puis, lentement, elle me demande :

— Tu plaisantes, pas vrai ?

Sa voix est précautionneuse, comme si elle s'adressait à une ado qui vient d'avoir une poussée d'acné et menace de se tuer si on l'oblige à aller au lycée. Je me sens insultée mais, en même temps, je comprends sa réaction.

— J'aimerais bien, dis-je. Je suis mariée à Stevie Jones.

— Elvis ?

Cette fois, c'est une incrédulité palpable que je perçois dans sa voix. J'acquiesce.

— L'Elvis de Laura ?

— *Mon* Elvis, en fait.

Le pire, c'est que je ressente le besoin de rectifier.

12. I Got Lucky
(J'ai eu de la chance)

STEVIE

Je me réveille avant 8 heures bien qu'on soit samedi, et bien que Laura et moi ayons bavardé jusqu'aux petites heures du matin. D'ordinaire, après un concert, je dors jusqu'à une heure tardive et prends rarement la peine de me réveiller avant le match du soir à la télé, mais aujourd'hui, c'est différent. Je me sens bourré d'énergie. Je me sens comme un gosse qui se réveille un samedi en sachant que c'est le jour de l'argent de poche, qu'il n'y a pas école et que le monde lui promet des plaisirs infinis et mystérieux – dont certains sont même autorisés !

Je traîne dans la cuisine et branche la bouilloire. J'ouvre le frigidaire pour trouver ce que je redoutais : pas grand-chose. Il reste un quart de fond de lait dans une brique en carton mais l'odeur confirme qu'il ne présente plus d'intérêt, à part pour un biologiste. J'enfile un jean, un t-shirt et des chaussettes – le week-end, j'oublie le caleçon –, chausse mes baskets, attrape les clés et sors faire les courses.

À mi-chemin, je me rends compte que j'aurais dû laisser un mot pour Laura. Il y a toutes les chances pour qu'en se réveillant, elle n'ait aucune idée de l'endroit où elle se trouve. Cette nuit, quand nous sommes rentrés d'un pas titubant chez moi, elle avançait au radar. Elle n'arrêtait pas de me dire qu'elle n'était encore jamais venue à Highgate et je n'arrêtais pas de lui répondre que ce n'était pas pour ce soir vu que j'habite West Hampthead. Je me sens nul de ne pas lui avoir laissé de petit message. Il n'y a rien de pire que l'incertitude. Ma plus grande angoisse, depuis une certaine histoire… Je décide de rentrer aussi vite que possible.

J'adresse un signe de tête à M. Patel

— Salut !

Il sourit et hoche la tête à son tour. Il me reconnaît : j'ai l'habitude de foncer chez lui en pleine nuit pour acheter du pain, du lait, du fromage, des frites surgelées, etc. Il est toujours d'humeur amicale – ce qui n'est pas un mince exploit, pour un homme confronté quotidiennement à des hordes de voleurs à l'étalage, d'ivrognes puants et de clients qui, les poings serrés, viennent se plaindre de ses prix.

Ses prix sont honteusement gonflés, c'est vrai, mais je les supporte sans broncher pour plusieurs raisons. D'abord, je ne suis pas sûr de savoir ce que quoi que ce soit doit ou devrait coûter. Quand je m'aventure dans un supermarché, je regarde rarement les étiquettes. Non que je sois plein aux as, loin de là, mais je ne vois pas l'intérêt de se mettre en rogne parce que le paquet de chips est passé de douze à quarante-cinq pennies. Je veux dire… Brigitte Bardot était la femme idéale et aujourd'hui, eh bien… c'est fini. C'est la vie. Ensuite, je paye aussi pour le côté pratique, et je n'ai jamais trouvé fermée la porte de M. Patel, même le jour de Noël, en 2002, quand j'avais désespérément besoin d'une bouteille de brandy. Enfin, je ne veux pas que M. Patel me mette dans le même panier que tous ses clients mécontents. Si on commence à se plaindre de ce genre de choses, on finit par faire le détail de l'addition de la pizzeria avec ses amis. Ça craint.

Je prends un panier et le remplis d'une brique de jus d'orange, d'un pain de mie, de deux bouteilles de lait (lait entier dans l'une, lait écrémé dans l'autre car il paraît que les femmes aiment ça). Je n'arrive pas à choisir entre des croissants ou du bacon, des œufs et des saucisses. J'ai le sentiment que Laura est du genre à préférer les petits déjeuners un peu élaborés mais je ne suis pas certain qu'elle soit prête à l'admettre, à ce stade de notre relation. Les femmes veulent toujours faire croire aux hommes qu'elles mangent moins que ce qu'elles mangent en réalité. Précaution ridicule : on s'en contrefiche !

Je décide d'acheter le tout et ajoute une boîte de haricots ainsi que des champignons un peu jeunes mais qui auront sans doute meilleure mine une fois cuits. M. Patel a manifestement reconnu dans mes achats le panier-type des samedis matins. Il m'indique la bouteille de jus d'orange dans le frigidaire, qui sera certainement meilleure. J'échange ma brique en carton contre la petite bouteille 100% pur jus, hésite, en prends deux autres. Je m'attends à ce que Laura ait besoin de reconstituer son stock de vitamine C.

C'est une belle matinée de printemps. L'air est froid mais le ciel d'un bleu franc et serein. Les rues sinueuses de West Hampthead sont, pour la majeure partie, bordées d'épais cerisiers en fleurs dont les pétales commencent à parsemer le trottoir. Les voitures garées juste en dessous paraissent fin prêtes pour un mariage indien. Cette étendue de rose me ravit (une vraie jeune fille, c'en est presque gênant). Étrange de constater que je me force pour résister à l'envie de ramasser une poignée de pétales et de les jeter en l'air, pour le seul plaisir de les voir voleter puis retomber par terre. Je me contente de taper sur les troncs d'arbre en espérant en déloger quelques-uns. J'ai intérêt à enfouir soigneusement ce genre de pulsion quand je sortirai boire un coup avec mes potes ce soir – c'est un coup à me faire virer de l'équipe de fléchettes.

Laura est adorable.

Laura, qui embrasse les musiciens de rue, ou plutôt qui m'a laissé l'embrasser quand je chantais dans le métro, est adorable.

Je ne suis pas un musicien de rue. Le jour, je suis prof de musique dans le secondaire. J'aime mon métier mais ce n'est pas toujours facile. Rares sont les élèves doués ou confiants. Et faire étalage de ses talents dans une école publique n'est en général pas recommandé – sauf sur un terrain de foot ou une scène de théâtre pendant la fête de fin d'année. Passée la classe de cinquième, les élèves trouvent le violon trop triste. Pour la plupart, les gosses à qui j'enseigne ont choisi l'option musique parce qu'ils considèrent que c'est la planque rêvée : pas de verbes à conjuguer, pas d'équations du deuxième degré à résoudre.

À une époque, mon numéro d'Elvis, je le faisais pour ainsi dire à plein temps. Je pensais même que ça pourrait devenir mon métier ; beaucoup de gens gagnent correctement leur vie de cette façon. Mais il en est allé différemment. Aujourd'hui, je suis Elvis de temps en temps parce que j'aime voir des gens s'éclater sur de la musique, et ce n'est pas exactement l'image que me renvoient mes élèves de dix ans et plus. Je limite mes apparitions à quelques mariages, quelques anniversaires et, désormais, à ce concert mensuel au Bell and Long Wheat.

L'heureuse conséquence de mes concerts est que mes cachets mettent du beurre dans mes épinards et que les gamins à l'école ont fini par me vouer à contrecœur une sorte de respect depuis que j'ai assuré le spectacle au mariage d'une tante de Mark Barker. Mark Barker est aussi dur qu'un roc et à peine moins agréable qu'un bouton d'acné purulent et sanguinolent. Pourtant, mes collègues, moi-même et les enfants lui faisons une cour effrénée – et nous nous haïssons de nous abaisser à ça. J'ai de la chance car Mark ne m'a jamais complètement méprisé, alors qu'il méprise beaucoup d'autres professeurs. Il est vrai que je n'ai pas commis ce péché mortel de dépasser trente-cinq ans. (Mark ne daigne pas adresser la parole aux futurs cadavres.) Ni celui de porter, en toute saison, des mocassins et des chaussettes. Je crois que, secrètement, il m'a toujours trouvé assez sympa sans jamais réussir à totalement me pardonner le fait d'être professeur. Si je concevais des sites Internet, voire si je vendais des espaces publicitaires, Mark pourrait admettre que je suis un type bien. Me présenter au mariage de sa tante déguisé en Elvis n'y changerait rien.

C'est vrai, les gamins n'avaient pas d'autre choix que de se foutre de moi le jour où ils ont su que j'avais décroché un boulot du soir. Mais, après tout, je suis leur *prof de musique*, je ne peux pas descendre plus bas dans leur estime. Il y eut une période où, chaque fois que je traversais les couloirs gris de l'école, mes tympans étaient assaillis d'innombrables interprétations dissonantes de « *Jailhouse Rock* » ou de versions bâtardes de « *Return to Sender* » – en matière d'imitation, les gosses sont très persévérants mais guère créatifs. Et puis, un jour, Mark Barker m'a proposé de prendre ma guitare et de venir dans sa classe. Je m'étais jusqu'alors toujours refusé à jouer les Robin Williams dans *Le Cercle des poètes disparus*. Mais je dois dire que je me suis régalé à improviser ce petit récital acoustique informel.

Ensuite, la rumeur n'a pas tardé à se répandre : je n'étais pas « si nul que ça ». Mes cours ont commencé à devenir nettement plus animés, constructifs et, en fin de compte, bien mieux suivis. Je prenais mon pied quand les élèves se lançaient avec une énergie et un enthousiasme jusque-là inexistants dans de grandes discussions sur la musique.

Les gamins semblaient voir en Elvis le chaînon manquant entre Beethoven et ce rap qu'ils écoutent à longueur de journée. La conception erronée selon laquelle toute chanson dont les paroles recèlent une charge blasphématoire ou injurieuse est géniale et tout ce qui en est dépourvu est nul s'effaça peu à peu. Nous avons parlé de l'importance de la musique, de la possibilité d'en vivre et de la valeur que la société moderne lui accorde. L'une de ces discussions déboucha sur le pari/l'expérience sociale/le défi éhonté que je serais capable de gagner de l'argent en chantant dans la rue. C'est Mark Barker qui m'avait provoqué : je ne pouvais pas me défiler.

C'est pourquoi, le jour de ma rencontre avec Laura, je faisais semblant d'être un musicien de rue. Mais je suppose que *faire semblant*, c'est quand même *être* un musicien de rue, même si c'est pendant quelques heures, au moment du déjeuner. Si vous faites semblant d'être coiffeur et que vous coupez vraiment les cheveux de quelqu'un, alors pendant le temps que dure cette action vous *êtes* un coiffeur. Ce qui, selon moi, est merveilleux, car cela nous donne la liberté d'être plein de choses différentes.

Quand j'ai rencontré Laura, j'ai pensé : excentrique. Et j'ai toujours trouvé attirantes les femmes excentriques, malgré des expériences répétées prouvant que les femmes excentriques sont, autant que possible, à éviter (il en faut très peu pour passer d'« excentrique » à « complètement dingue »). J'ai aussi pensé : mignonne, joli accent. J'aime bien les Australiennes : elles savent lancer les frisbees. Et quand elle m'a embrassé – quand elle m'a laissé l'embrasser, j'ai pensé : « Waouh, sympa ». Mais je ne m'attendais pas à la revoir. Trois millions de personnes utilisent chaque jour le métro, et je ne suivais même pas ma direction habituelle, mais comme disait mon grand-père : « Ne sous-estime jamais ce dont une femme est capable pour obtenir ce qu'elle désire. » Et, apparemment, Laura désirait me revoir.

À cette pensée, je ne peux m'empêcher de faire un petit bond en tapant des talons. Je note mentalement de répéter cette cabriole devant Laura si l'occasion se présente – ou peut être provoquée. Les femmes adorent quand un homme redevient un gosse. Je me demande si, aujourd'hui, j'aurais l'opportunité de lui montrer que je sais marcher sur les mains.

Je sais : à la croire, c'est sa copine qui m'a retrouvé et l'a forcée à venir au concert. Laissez-moi rire ! Si c'était le cas, où était la fameuse copine ? Laura est venue m'écouter seule. Je ne m'en plains pas. La savoir capable de jouer les détectives la rend à mes yeux encore plus fougueuse et précieuse.

J'introduis ma clé dans la serrure de mon immeuble et grimpe les escaliers quatre à quatre. J'ouvre doucement la porte de mon appartement – je ne veux pas réveiller Laura si elle dort encore ; avec son fils, elle ne doit pas souvent s'offrir des grasses matinées – mais ma précaution se révèle inutile : je suis immédiatement cerné par des signes d'activité.

La douche coule à gros jet, et Laura a trouvé MTV sur ma télévision. Elle a monté la volume à un niveau bien trop élevé pour cette heure de la matinée – le type qui habite l'appartement d'en-dessous risque bientôt de taper au plafond avec un manche à balai, car c'est déjà ce qu'il fait quand je regarde MTV. Je me souris à moi-même. Nouvelle preuve que Laura est une fille géniale.

Je commence à préparer le petit déjeuner. Je passe les croissants au four et balance tous mes autres ingrédients dans une poêle avec une grosse goutte d'huile. Je me sens ridiculement nerveux. « Ridiculement » parce que j'ai plutôt l'habitude de passer du bon temps avec les femmes, et le petit déjeuner est le repas dont je me suis occupé le plus souvent. Je ne veux pas jouer les machos de base mais il est vrai que, si je veux, je peux ramener chez moi une fille après chaque concert. Les femmes dans le public sont rarement des conquêtes difficiles. Et si rien ne pique mon intérêt, je peux toujours faire appel à de vraies groupies. Mes groupies sont des filles qui couchent avec moi en s'imaginant coucher avec Elvis Presley. D'accord, ça a un petit côté bizarre, mais certaines sont ravissantes et fredonner quelques passages de *« Love Me Tender »* est un prix dérisoire à payer pour une partie de jambes en l'air enthousiaste et sans arrière-pensée avec une fille ravissante. Je ne me considère pas comme un salaud : c'est biologique. Rares sont les hommes capables de trouver dans leur cœur (ou dans leur pantalon) la force de dire non.

Mais Laura est différente.

Laura est une femme, pas une fille. Elle n'est pas la dernière pour rigoler mais, quand on prend la peine de parler avec elle, on s'aperçoit que sa vie est extrêmement sérieuse. C'est comme une copine, mais sexy. Une copine sexy. J'ai déjà hâte de la présenter à toute ma bande parce que John la fera rire (et hier soir, j'ai découvert à quel point c'est bon, quand Laura rit), Dave renverra une bonne image de moi – il est très impliqué dans la défense de l'environnement, la sauvegarde des baleines, ce genre de trucs, et les filles sont toujours impressionnées par des types comme lui (même si elles ne sortent jamais avec eux). Et mes potes seront impressionnés par Laura. Ils la trouveront drôle, brillante, mignonne. Ils sont *obligés* de l'aimer.

— Salut.

Laura interrompt mes pensées à propos de Laura. Je sursaute comme si elle venait de me surprendre devant un film porno. Le résultat, c'est que je suis à deux doigts de lâcher la poêle.

— Salut, dis-je d'une voix grêle.

Je tousse et agite une serviette au-dessus de la poêle, comme si la fumée affectait mes cordes vocales. Je tente autre chose, en espérant que ma voix ressemblera moins à celle d'un adolescent pubère :

— Tu as bien dormi ?

Laura rougit. Franchement, elle est magnifique. Elle me rappelle tous ces Poèmes du Temps Jadis que je lisais quand j'étudiais la littérature anglaise. Des poèmes louant les chastes damoiselles aux joues invariablement couleur de rose. Je trouvais ça cucul-la-praline mais, à présent, je perçois tous les attraits de cette timidité rehaussée d'une pointe presque imperceptible d'impudeur.

— Est-ce qu'on a couché ensemble ? me demande Laura.

Entendre cette question dans sa bouche me procure un rapide frisson au niveau du pénis. Sensation plaisante mais vaguement déplacée.

— Hélas non, admets-je.

Laura paraît soulagée.

— Tant mieux.

Elle perçoit la déception sur mon visage. Je ne fais du reste rien pour la dissimuler. L'expérience montre que vouloir une femme est la meilleure façon de l'obtenir.

— Je veux dire… j'aurais préféré m'en souvenir si nous l'avions fait, rectifie-t-elle.

Je souris.

— Tu t'en serais souvenue, crois-moi.

Elle rougit encore et s'agrippe au col de son peignoir – en l'occurrence, mon peignoir. C'est agréable de la voir porter un vêtement à moi. Elle réfléchit encore un instant puis ses mains redescendent. Elle tente de me dissimuler que, dans le mouvement, l'encolure s'est entrouverte, laissant apparaître le sillon entre ses seins. Je la veux de plus en plus.

— Nous avons parlé, dis-je.

— Ça, je m'en souviens.

Elle sourit.

— Enfin… de presque tout. Est-ce qu'à un moment j'ai raconté des conneries ?

— Non. Tu étais passionnante.

Nous savons tous les deux que ce n'est pas une phrase creuse.

— Qu'est-ce que tu nous as préparé ?

— Saucisses, bacon, œufs, haricots, la totale. Il y a même des champignons d'un aspect douteux.

— Génial.

Laura sourit. Je confirme :

— Génial.

13. Girl of Mine
(Celle que j'aime)

PHILIP

J'émerge d'un rêve curieux : j'assiste à une course de chiens et, par chance, celui sur lequel j'ai parié l'emporte. Mais alors, je m'aperçois que s'il a bien un corps de dachshund, sa tête est *la mienne*. Plutôt déconcertant, même pour un type aussi rationnel que moi qui ne prête aucune attention aux rêves. Personne n'aime se voir comme une espèce de mutant. Je tends la main vers Bella. Elle aime connaître la moindre de mes pensées, consciente comme inconsciente, et m'entendre lui raconter mes rêves. Elle pense qu'ils ont tous une signification et les décrypte en utilisant tout un jargon psychanalytique de magazine féminin. Un vrai charabia, évidemment, mais si ça lui fait plaisir, de quel droit l'en priverais-je ? Et puis... elle considère mon rêve avec Naomi Watts comme un défi direct à sa féminité, et insiste pour que nous le rejouions aussi souvent que possible. Donc, je suis gagnant sur les deux tableaux.

C'était bon, notre *« quickie »*, hier soir. Inattendu. Tendu. Rajeunissant. J'aime ma femme.

Je m'étire doucement, me demandant comment il se

fait que je *remarque* quand je me sens jeune. Serait-ce une exception, et non une règle ? Certes, je suis beaucoup plus près de cinquante ans que de vingt et un. Une pensée qui donne à réfléchir. Et que je ne partagerai pas avec Bella, malgré son besoin de toujours savoir ce qui me trotte dans la tête.

Le lit est froid de son côté. Elle doit être debout depuis longtemps. Je me traîne hors du lit et descends les escaliers, en espérant la trouver dans la cuisine ou dans le jardin d'hiver. Mais les deux pièces sont vides et, après une rapide inspection de la maison, je comprends que Bella est sortie. Je vérifie le calendrier dans le garde-manger, cherche sur le bar de la cuisine un mot qu'elle aurait pu m'écrire. Mes recherches restent infructueuses, mais ça n'a rien de surprenant : Bella n'est pas le genre de femme à laisser des petits messages rassurants ou même explicatifs concernant ses allées et venues. Parfois, j'ai l'impression qu'elle est restée bloquée sur ses années d'adolescente rebelle. C'est l'une des choses qui me plaisent chez elle.

Je me fais un café et envisage un petit déjeuner complet. Bella préfèrerait que je mange un pamplemousse et me serve un bol du muesli qu'elle prépare tous les lundis, avec exactement ce qu'il faut d'avoine, de noisettes, de raisins et de tout le reste pour qu'il dure toute la semaine. Si je n'en prends pas, elle le verra. Et pas question de le remplacer par du muesli industriel – trop de sel et de sucre. Elle se méfie du cholestérol (pour moi) et des matières grasses (pour moi et pour elle).

Ce genre de préoccupation peut sembler, à première vue, tout à la fois touchante et responsable. Mais, si on y regarde de plus près, elle apparaît comme une manifestation anodine de la double personnalité de Bella. Faire attention à ne pas consommer trop de matières grasses est, à n'en pas douter, une attitude très adulte. Que cette attitude soit déclenchée par la lecture d'un article de magazine féminin disant que 70% des couples prennent en moyenne 3,5 kilos la première année de leur mariage, l'est nettement moins. J'ai supplié Bella de ne pas accorder trop d'importance aux statistiques. Je l'ai fait rire quand je lui ai dit que 87% des statistiques étaient inventées sur-le-champ par ceux qui les citaient. N'empêche : pendant plusieurs semaines, nous n'avons mangé que des salades.

Ce qui me préoccupe sérieusement, c'est cette manie qu'a Bella de se référer à des sources pas toujours fiables. Elle ne lira pour ainsi dire jamais une brochure dans un cabinet médical, mais dévorera avidement chaque article de tabloïds détaillant le nouveau régime minceur, la dernière mode en matière de décoration d'intérieur, l'interprétation des rêves ou les mille et une façons d'impressionner son patron (particulièrement inutile, dans la mesure où elle n'en a presque jamais eu). Elle prendra aussi pour paroles d'évangile les conseils du père du beau-frère d'une amie, ou du type sympa venu relever le compteur à gaz. Bella est, selon moi, toujours à la recherche de réponses. Si possible à des questions que personne ne prend la peine de poser. Je me demande souvent comment elle aurait été si elle avait eu une mère. J'ai l'impression qu'en perdant sa mère si jeune, Bella s'est retrouvée pour toujours seule et un peu perdue – même si elle ne l'avouerait pour rien au monde.

Je choisis le pamplemousse et le muesli-maison car penser à la mort de la mère de Bella m'attriste et j'ai envie de faire quelque chose de gentil pour elle. Pourtant, Bella ne me serait pas reconnaissante de me faire du souci pour elle ; elle trouverait ça ridicule. Par bien des aspects, Bella cultive une indépendance farouche. Quand je l'ai rencontrée, je me suis demandé si je serais jamais capable de percer l'armure métallique de son autonomie et de la convaincre qu'il est possible de préserver son indépendance au sein d'une relation de couple. Dès que je l'ai vue, j'ai su que je la voulais. Pas seulement pour le sexe ; pour toujours. C'était l'un de ces fameux moments de coup de foudre romantique auxquels je n'avais jamais crus, et m'étais encore moins attendu. Au début, je pensais qu'elle ne voulait pas de moi. Ni de personne. La boutique était fermée. Je suis devenu obsédé par l'envie de lui faire comprendre combien il peut être fantastique de vouloir et de désirer quelqu'un, et d'être voulu et désiré en retour. Je crois que j'y suis parvenu. Il est tellement évident que Bella, comme la plupart d'entre nous, a besoin d'être protégée. Pas tout le temps, pas toujours par la même personne, mais de temps en temps, elle a besoin d'un petit coup de main.

Après le petit déjeuner, je rince mon bol, remplis le lave-vaisselle, prends une douche, me rase et parcours la moitié de la forêt tropicale habilement camouflée en pages de journal. Quand j'ai terminé, Bella n'est toujours pas rentrée. J'appelle son téléphone portable. Il sonne dans la cuisine. J'appelle Laura : son téléphone est éteint. J'essaye chez Amelie.

— Bonjour Amelie.

— Bonjour Philip. Comment ça va ?

— Bien, à part que j'ai perdu ma femme.

Crétin. Quelle horrible chose à dire à quelqu'un qui vient *réellement* de perdre son compagnon. Mentalement, je me roue de coups. Puis j'en rajoute une couche :

— Enfin, pas exactement « perdue »… en fait, je…

Je renonce.

— Bref, est-ce que par hasard elle serait avec toi ?

— Hum… elle est là sans être vraiment là…

Amelie hésite. Je suis surpris. J'attends qu'elle précise.

C'est la plus réfléchie des amies de Bella. C'est un esprit pragmatique, efficace et accommodant. En temps normal. Je me demande si je l'ai vraiment blessée – car, en ce qui concerne ma question, je ne vois pas en quoi elle pourrait prêter à confusion.

— Elle était ici il y a quelques minutes, mais elle est sortie.

— Où ça ?

— Avec les enfants. Oui. Elle a emmené Freya et Davey se balader dans le parc. Elle voulait me laisser un peu respirer.

— Dans quel parc ? En me dépêchant, je peux peut-être les rejoindre.

— Écoute, tu sais quoi ? Elle ne me l'a pas dit.

— Eh bien… ça doit être le parc près de chez toi, non ?

— Probablement. Mais elle a aussi pu marcher jusqu'à Kensington. Davey adore l'aire de jeux Peter Pan.

— Elle t'a dit quand elle comptait revenir ?

— Non.

— Bon. Écoute, je vais quand même aller faire un tour dans le parc de ton quartier.

— Je ne voudrais pas que tu perdes ton temps. Tu sais comment sont les enfants : ils en auront marre très vite et ils seront rentrés à la maison avant que tu sois arrivé. Tu ferais mieux d'appeler un de tes amis pour lui proposer une partie de golf.

— Peut-être bien, oui. Merci Amelie. Demande-lui quand même de me passer un coup de fil quand elle rentrera, d'accord ?

— Promis. Au revoir, Philip.

Je presse le bouton rouge. Comme c'est curieux. On ne m'accuse pas souvent de laisser mon imagination me jouer des tours mais j'ai la certitude qu'Amelie m'a menti. Très bizarre.

D'un autre côté, pourquoi me mentirait-elle ? Il n'y a pas la moindre raison. Allons, c'est une splendide journée, je ne vais pas la gâcher. Je décroche à nouveau le téléphone, compose le numéro de mon frère et lui propose une partie de golf.

14. I Just Can't Help Believin'
(Je ne peux pas m'empêcher d'y croire)

LAURA

— C'était délicieux.

Je souris en nettoyant avec un morceau de pain la dernière trace d'œuf dans mon assiette.

— Un vrai petit-déj' ! Tu essayes de m'impressionner, c'est ça ?

Je souris, espérant que ma remarque est aussi mignonne qu'astucieuse.

— J'aurais dû deviner que nous n'avions pas couché ensemble : tu fais encore des efforts.

Oups. C'était censé être une blague mais je me demande si ça ne sonne pas un peu blasée ? Ne dit-on pas que dans chaque plaisanterie se cache une part de vérité ?

Stevie paraît un peu décontenancé mais ne répond pas. Et puis, qu'est-ce qu'il pourrait répondre ? S'il me disait que je peux lui faire confiance, qu'il ne me laissera pas tomber, que tout ce qu'il veut c'est me chanter des chansons et me faire rire, qu'il s'intéressera encore à moi *après* qu'on aura fait l'amour (même si je suis une mère qui élève seul son fils, et divorcée par-dessus le marché)... eh bien, je le trouverais franchement bizarre.

Oui, c'est exactement ça que je voudrais l'entendre dire.

Chaque fois que je le regarde, mes entrailles se mettent à danser le twist donc, non, ce n'est pas absurde d'avoir envie de l'entendre m'annoncer que je suis la femme la plus fascinante qu'il ait jamais eu le plaisir de rencontrer. Ou, en tout cas, que je ne suis pas mortellement ennuyeuse. Je m'en contenterais. Je secoue la tête, souriant de mes incohérences et des mes failles. Pas étonnant que les hommes ne comprennent pas les femmes ; moi-même, j'ai du mal à me comprendre, parfois.

C'est sans doute les martèlements de la gueule de bois dans mon crâne qui m'empêchent d'avoir les idées claires. Je ne *pense pas* qu'il me voie comme une fille ennuyeuse ou comme un épouvantail. Je lui coule un regard par en-dessous – en espérant avoir l'air séduisante plutôt que gênée par une poussière dans l'œil. Stevie croise mon regard et me lance une large sourire – mais il peut aussi bien rire de moi, et non *avec* moi. À vrai dire, il ne donne pas l'impression de s'ennuyer ; plutôt d'avoir envie de plaire. Mais ça fait bien longtemps que je ne joue plus à ce jeu ; je peux facilement me tromper dans mes interprétations. J'aimerais tant redevenir la femme que j'étais avant de rencontrer Oscar ; avant qu'il ne foule aux pieds ma confiance et ma vivacité d'esprit. L'ancienne Laura n'aurait eu besoin que de quelques secondes pour décrypter à la perfection la situation. Je me détourne, gênée par la femme que je suis devenue.

Sans doute serait-il plus constructif de récapituler tous les événements de la veille. M'en tenir aux faits objectifs devrait m'aider à savoir si Stevie a fait l'effort de me préparer un petit déjeuner parce qu'il espère encore pouvoir me sauter mais qu'ensuite, il compterait les minutes jusqu'à ce que j'enfile ma veste, ou s'il s'est montré gentil avec moi parce que… euh, parce que… il m'aime bien.

Je reste assise en silence pendant quelques minutes avant de décréter que je suis *presque* certaine que nous avons passé une délicieuse soirée. Et je dis bien *nous*, pas uniquement moi. Petit à petit, mes souvenirs se précisent. Et cela me semble miraculeux que, défiant toute probabilité, mes attentes, pourtant déraisonnablement élevées, aient pu être dépassées par la réalité.

Je ne me rappelle pas avoir jamais été aussi heureuse qu'hier soir au Bell and Long Wheat. Je ne me rappelle pas avoir été si déchaînée, si séductrice, si positivement fascinante. Stevie chantait pour moi. Ses douces paroles effleuraient ma conscience, me portant au bord de l'orgasme aussi sûrement que si ses doigts m'avaient caressé aux bons endroits. Il m'a appelée quand j'allais partir, m'a souri, a été aux petits soins avec moi… Toutes les femmes présentes dans le pub auraient voulu être à ma place… C'était exaltant !

Nous sommes sortis peu après 23 heures. J'avais déjà bu plus que je n'aurais dû mais je m'empresse d'ajouter que l'une de mes premières qualités est d'avoir l'alcool gai. Ni Stevie ni moi n'avions envie de rentrer. Une fois passé le coup de fil à Amelie pour m'assurer qu'Eddie pouvait dormir chez elle, nous étions libres d'aller où bon nous semblait. Bien sûr, je n'ai pas expliqué à Stevie qu'Amelie était d'accord pour s'occuper de mon fils *toute la nuit*, je ne voulais pas qu'il me sache aussi disponible que ça. J'ai juste dit que je n'avais aucune contrainte d'horaire. Suffisamment disponible, donc.

Il a laissé sa guitare et son matériel dans la réserve du pub, puis enfilé un jean et un t-shirt bien plus en phase avec ce millénaire. Nous avons grimpé dans un taxi et avons bavardé pendant tout le trajet. Il m'a expliqué qu'il n'était pas musicien de rue, ne voyait pas dans ce concert l'occasion de percer dans le métier, mais qu'il enseignait la musique à des écoliers et s'offrait des concerts pour le plaisir.

— Ça te déçoit ou ça te rassure ? m'a-t-il demandé.

— Ni l'un ni l'autre, je m'en fiche.

J'étais sincère, mais je savais que Bella serait rassurée.

Nous nous sommes arrêtés pour manger un morceau au Vingt-Quatre, sur Fulham Road. Je n'y étais jamais entrée mais je me rappelais être passée devant, un soir tard, et avoir remarqué une file d'attente jusque sur le trottoir. J'essayais d'arrêter un taxi pour rentrer à la maison après une expédition aux urgences pédiatriques du Chelsea and Westminster Hospital (Eddie s'était coincé un petit Lego dans une narine, mais c'est une autre histoire).

Je m'étais demandée comment ce restaurant pouvait attirer une foule pareille, de l'extérieur il n'avait rien de spécial. Il s'avère qu'il est remarquable sur deux points. Primo, comme le nom le laisse entendre, il est ouvert vingt-quatre heures sur vingt-quatre, sept jours sur sept, ce qui en fait le paradis des clubbers qui ne se nourrissent que d'amuse-gueules. Deuxio, et c'est encore mieux, à la fin du repas, l'addition est apportée avec une coupelle remplie de Smarties. Qui pourrait résister à ça ? Certainement pas Stevie et moi.

Un serveur nous a conduits à travers la petite salle bruyante jusqu'à une table en retrait. J'ai aussitôt pris note du décor (hyper-branché, mais d'une façon rétro, pas trop ostentatoire) et de la clientèle (éclectique, ça allait de femmes BCBG enveloppées dans leur pashmina aux clubbers engoncés dans leur jean Diesel). Tous avaient une chose en commun : une humeur étonnamment festive. Stevie a choisi un hamburger-frites, j'ai pris le saumon fumé sur toast et ses œufs brouillés. En même temps, j'avais les plus grands doutes quant à ma capacité à avaler quoi que ce soit devant lui. Je me sentais redevenir affreusement adolescente.

Une fois notre commande notée, la serveuse branchée jusqu'au bout des ongles mais un rien trop affable a fini par nous laisser tranquilles.

— Ici, les gens sont les rois du pétrole, non ? ai-je remarqué.

— Comment ça ?

— Eh bien, on voit rarement ces nénettes BCBG sourire, pas vrai ? Pourquoi, ça je l'ignore ; de mon point de vue, être belle, riche et soignée me semble une raison suffisante pour sourire. Et tous ces jeunes qui portent les dernières fringues à la mode ont l'air tellement détendus ! Pourtant, ils n'ont encore rien pris, ils ne sont pas dans leur trip « j'aime le monde entier »...

— C'est vrai, a-t-il reconnu, tout le monde a l'air heureux.

— Et ce soir, pendant ton concert... On aurait dit que le public avait respiré des gaz hilarants !

J'étais submergée par une vague d'amour.

— Je n'avais jamais vu autant de personnes souriantes au même endroit depuis que j'ai quitté l'Australie. Ça doit être toi, ai-je ajouté avant que mon cerveau ait eu le temps de déterminer si cette remarque sonnait suffisamment décontractée.

Par chance, la serveuse est venue me sauver de la noyade : elle a déposé sur la table une bouteille d'eau du robinet (plutôt qu'une eau minérale hors de prix), fait une remarque sur « le monde qu'il y a, ce soir » et nous a demandés si nous n'étions pas gênés d'être installés si près de la cuisine. Pendant ce temps, j'ai observé Stevie à la dérobée : miracle ! Loin de lui arracher une grimace, mon compliment un peu trop explicite le faisait sourire.

— Et en plus, la serveuse est une perle !

J'avais du mal à cacher ma stupeur. Stevie a haussé les épaules : manifestement, il n'avait rien remarqué. Pour qu'il remarque quoi que ce soit, il aurait sans doute fallu que la serveuse lui renverse un bol de soupe sur la tête *et* omette de lui proposer une serviette pour s'essuyer.

Stevie semblait tellement détendu qu'il glissait vers l'horizontale. Ça me plaisait bien.

— Les serveuses, c'est un peu toujours pareil, non ?

— Non. La compétence et leur charme sont en général inversement proportionnels à leur beauté/élégance. Plus elles sont belles, plus elles sont certaines de ramasser un pourboire, même si elles sont désagréables. Donc, elles sont rarement autre chose que désagréables. Les serveuses moins glamours font plus d'efforts.

Je parlais en bonne connaisseuse : serveuse, j'avais déjà donné.

— Toutefois, cette équation s'annule avec les serveuses extraordinairement laides. Celles-là savent que, quoi qu'elles fassent, elles n'auront jamais de pourboires. Alors elles se montrent le plus souvent aussi peu aimables que les serveuses extraordinairement belles.

— Une théorie très déprimante, a conclu Stevie sans se départir de son grand sourire, comme si tout ce que je disais le ravissait.

— Hélas bien réelle, ai-je répondu d'un ton sinistre.

— Tu penses vraiment que le monde est aussi superficiel ?

— Sur beaucoup de plans, oui. Il faut que tu sois sacrément adorable pour ne pas l'avoir remarqué, surtout en bossant dans une école.

Ses yeux se sont écarquillés.

— C'est moi ou je viens encore d'avoir droit à un compliment ?

— Pas du tout, je t'ai insulté. J'ai dit que tu ne voyais rien.

J'ai souri pour que Stevie ne se sente pas vexé. Ça n'était pas le cas : il a éclaté de rire. Son rire a jailli de son ventre et résonné dans tout le restaurant, et sans doute aussi dans toute la ville.

Nous avons continué à parler, cancaner, nous raconter des histoires, échanger des points de vue, nous interrompant à peine pour reprendre notre souffle. J'ai pu enfin développer mes théories sur l'énorme quantité de sucre que les ouvriers du bâtiment mettent dans leur thé (ils doivent s'en servir pour mélanger leur ciment, ou quelque chose dans le genre). J'ai parlé d'Eddie, un long monologue, si long que je n'arrêtais pas de demander à Stevie : « Ça va, je ne t'ennuie pas trop ? » Et il m'assurait que non.

Lui m'a parlé de son travail, de ses amis et du rôti dominical de sa maman. J'ai failli prendre mes jambes à mon cou – je ne supporte pas les hommes qui n'ont pas résolu leur complexe d'Œdipe et je ne crois pas à cette théorie selon laquelle l'attitude d'un homme avec sa mère révèle l'attitude qu'il aura avec sa petite amie. À l'âge de Stevie, une relation mère-fils fusionnelle n'indiquerait qu'une chose : son incompétence face au cadran de programmation du lave-linge.

J'ai été soulagée lorsque, au lieu de me parler du rôti-à-tomber-par-terre de sa génitrice, Stevie m'a avoué qu'elle était nulle en cuisine et qu'on servait généralement sa sauce en demandant : « Un bloc ou deux ? »

En sortant de fac, Stevie avait traîné quelque temps à Edimbourg puis avait fait le grand saut : il était parti pendant trois ans, passés à bourlinguer à travers le monde. J'adore rencontrer d'autres explorateurs. Nous avons parlé de tous les endroits où nous avions vécu, de tous ceux qu'il nous restait à découvrir. Seul un autre voyageur peut sincèrement s'enthousiasmer en entendant la description d'un coucher de soleil qu'il n'a pas admiré lui-même. Stevie avait l'air vif, animé, serein et détendu. Des qualificatifs qui, avant l'ère Oscar, auraient aussi pu me caractériser.

Il était 4 heures passées quand nous sommes sortis d'un pas chancelant dans la rue. Nous étions pris d'un fou rire, j'étais pliée en deux – qu'est-ce que Stevie avait pu dire de si tordant ? Je ne m'en souviens plus. Je passais une soirée fabuleuse et, d'après ce que j'avais pu observer, lui aussi. Ça m'a paru très naturel qu'il passe un bras autour de mes épaules, et ce n'était pas seulement pour m'empêcher de me casser la figure et d'atterrir le cul dans le caniveau.

— Qu'est-ce que tu veux faire maintenant ? m'a demandé Stevie.

J'ai aperçu la lumière d'un taxi tout au bout de Fulham Road.

— Tu as une copine ?

En discutant, nous avions abordé à peu près tous les aspects de notre vie mais soigneusement évité d'évoquer notre parcours sentimental. En ce qui me concerne, j'avais deux bonnes raisons : d'abord, je ne suis pas certaine d'avoir un parcours sentimental à évoquer ; ensuite, si j'en ai un, il ne m'a certes pas rendue complètement amère et cinglée, mais m'a laissé quelques cicatrices et quelques angoisses. Des caractéristiques qui, je crois, n'ont rien de glamour pour un premier rendez-vous – si c'était bien un premier rendez-vous, au sens où on l'entend d'habitude. Et ça l'était. Je me sentais assez d'humeur, en tout cas.

Et Stevie, quelle était son excuse pour être resté si discret ?

— Non. La place reste à pourvoir.

J'ai été à deux doigts de lui demander s'il voulait que je postule mais, même alcoolisée comme je l'étais, je n'ai pas osé être aussi directe. Il ne porte pas d'alliance mais j'ai tout de même voulu vérifier.

— Tu n'es pas marié ?

Ses yeux ont plongé sur la pointe de ses chaussures.

— Eh bien, en fait…

— … tu es marié à la musique, c'est ça ? l'ai-je coupé.

Évidemment, qu'il ne pouvait pas être marié ! Question stupide. Une insulte à son intégrité. J'étais mortifiée.

— Ce n'est pas ce que j'allais dire, non.

Soudain, une pensée accablante monta en moi.

— Tu es homo ?

— Pas depuis la dernière fois que j'ai vérifié. Pourquoi ? Tu es homophobe ? a-t-il demandé, mi figue-mi raisin.

— Non, bien sûr que non. Je n'ai juste pas envie que tu soies homo. Même si ça signifie que je pourrais dire des phrases comme : « L'un de mes meilleurs amis est homo. »

— Ah, parce que je vais devenir l'un de tes meilleurs amis ?

Était-il en train de flirter ? Oui.

— J'espère que nous allons être amis, l'ai-je rassuré.

Amis et beaucoup plus que ça, mais je ne l'ai pas dit car le taxi venait de ralentir et de s'arrêter à notre hauteur.

— Je vous dépose quelque part ? a demandé le conducteur.

— Oui ! avons-nous répondu d'une même voix.

En arrivant à l'appartement de Stevie, je me suis aperçue que j'étais nerveuse comme jamais. Je n'arrêtais pas de mélanger West Hampstead et Highgate et j'ai eu du mal à lui faire comprendre que je prenais mon café noir, avec un sucre.

— Je crois que j'ai oublié comment faire ça, ai-je avoué.

— Quoi ?

— Ce qu'on s'apprête à faire... quoi que ce soit, d'ailleurs, ai-je marmonné.

Est-ce que je venais de lui proposer de coucher avec moi ? Oui, pas vrai ? Ou c'était tout comme.

D'un sourire, Stevie a dissipé ma nervosité.

— Eh bien, je m'apprête à te montrer mon énorme... collection d'albums photos de mes voyages en Inde, en Thaïlande et en Malaisie. Je te demande juste de faire semblant d'être intéressée. C'est facile. Mais attention ! Si tu es trop convaincante, tu auras aussi droit aux photos de mon séjour en Amérique du Sud, il y a très longtemps.

Tout en parlant, il brassait des enveloppes de photos en fouillant dans les tiroirs mal rangés d'une commode. Et c'est ainsi que nous avons passé notre nuit, jusqu'à ce que le soleil se lève et que nos yeux avides de sommeil se mettent à picoter.

Je me rappelle à présent m'être écroulée dans le salon, à même le sol, pendant qu'il tentait d'exhumer une plaquette de chocolat qu'il avait vue traîner quelque part – dans le frigidaire, ou alors dans un placard, ou bien dans le tiroir à chaussettes...

Ce matin est particulier. Ce matin, c'est notre intimité si évidente qui me perturbe. Je suis à peu près sûre qu'on devrait être maladroits l'un avec l'autre. Est-ce que nous nous sentons si à l'aise parce qu'il ne sent pas cette électricité dans l'air ? Moi je la sens, je peux presque la toucher, la goûter… Je ne lui plais pas ? Sommes-nous juste amis ? Cette maudite épitaphe, qui interdit tout espoir. Et autre chose me perturbe : est-ce que nous nous sommes embrassés ? Parce que si c'est le cas et qu'il est aussi calme, je suis la pire des embrasseuses. En même temps… si on ne s'est pas embrassés… eh bien, pourquoi ?

Je perds pied. Stevie est craquant – vraiment très, très spécial –, donc je n'ai pas forcément envie de rester trop longtemps dans le coin pour m'entendre dire qu'il ne ressent pas la même chose pour moi. Ce serait une catastrophe pour mon ego s'il m'expliquait que je suis une chouette fille mais pas du tout son genre. Mieux vaudrait partir tout de suite, avec le souvenir intact de notre nuit si belle et si exaltante. Je suis sur le point d'annoncer que je dois m'habiller et partir parce que j'ai une journée oh-tellement-occupée ! quand Stevie me demande :

— Tu as des projets pour le reste de la journée ?

— Aucun. Enfin, je dois aller chercher Eddie mais, non, après nous sommes complètement libres.

— Pareil pour moi. Tu crois qu'Eddie aimerait aller faire un tour au Musée de la Science ? J'adorais ce genre de truc quand j'étais môme.

— Je crois qu'il aimerait beaucoup, dis-je en souriant.

Une sensation de soulagement m'envahit. Eddie aimerait ça presque autant que sa maman.

15. Baby, Let's Play House (Viens jouer au papa et à la maman)

BELLA

— Ne m'oblige plus jamais, *jamais* à mentir pour toi, compris ? vocifère Amelie.

— Je ne t'ai pas demandé de mentir.

Je déteste quand mes amies prennent leur air supérieur avec moi. Comme si moi, dans le passé, je n'avais jamais menti de temps en temps pour couvrir Amelie ? J'y réfléchis de plus près et me rends compte que non. Mais si je *devais* mentir pour elle un jour je n'hésiterais pas. C'est aussi à ça que servent les amies. Et merde. C'est pour ça que je n'ai jamais dit mon secret à personne.

— Tu me mets dans une position intenable. Je l'aime bien, Philip.

— Et moi je l'aime tout court.

— Bien sûr, réplique-t-elle sèchement. C'est pour ça que tu l'as épousé alors que tu étais déjà mariée à un autre en secret.

— Mais...

Amelie lève la main pour me couper. Elle fouille dans le placard à alcools, en sort une bouteille de whisky et nous en verse une généreuse rasade dans nos tasses, bien que l'heure du petit déjeuner soit déjà passée. Ce geste m'attriste car c'est exactement celui que je faisais pour elle durant nos innombrables discussions après la mort de Ben, quand la seule alternative était d'anesthésier la douleur et le choc.

— Bon…

Amelie bégaie, s'arrête avant d'avoir commencé à parler. Manifestement, elle ne sait pas trop quoi dire.

Je respire profondément et raconte mon histoire.

— Stevie était mon premier amour. Il est arrivé dans notre village quand j'avais seize ans. C'était comme une lumière scintillante dans mon existence monotone. Contrairement à la plupart de mes copines, je n'avais jamais aimé les garçons avec qui j'allais à l'école. Notre village était si petit qu'on se connaissait tous depuis le jour de notre naissance ; pour moi, ils faisaient partie de la famille, c'était un peu mes frères. Le jour où je suis entrée en seconde, je n'avais pas encore choisi mes matières principales…

Amelie, qui a un côté terriblement scolaire, m'interrompt, choquée.

— Tu n'avais pas encore choisi, alors que l'année avait déjà commencé ?

— Non, Amelie. Je ne suis pas comme toi ou comme Ben, je n'ai pas de talent particulier ni de vocation. Je n'en ai jamais eus. J'attendais de voir chaque professeur pour choisir mes matières ; je comptais choisir les cours dont les profs paraissaient les plus sympas, autorisaient le maquillage ou donnaient le moins de devoirs. Mais Stevie Jones est apparu devant le portail de l'école et je n'ai plus pensé qu'à une chose : comment faire pour l'approcher ? Quand j'ai découvert qu'il avait l'intention de suivre les cours de littérature, d'éducation civique, de musique et d'histoire, je l'ai suivi.

— Des décennies de combat féministe pour arriver à *ça*... murmure Amelie.

— Je me disais que ça n'était pas important. Aujourd'hui, je ne peux pas m'empêcher de penser que j'aurais mieux fait de prendre géographie et sociologie à la place d'éducation civique et musique. Enfin bon... on est un peu hors-sujet, là, non ?

Amelie hoche la tête.

— Dans l'école, on ne parlait que de Stevie. Il avait un an de plus que tout le monde parce qu'il avait pris une année sabbatique, qu'il avait passée en Amérique du Sud. À seize ans. Tu imagines un peu l'aura que ça lui donnait ? Il était parti en famille, avec des cousins, et il paraissait tellement plus sophistiqué que les autres garçons. Il était farouche, sombre, ténébreux... Toutes les filles craquaient pour lui, tous les garçons voulaient être à sa place. Le jour de la rentrée, trois filles lui ont demandé de sortir avec elles.

— On ne perdait pas de temps, dans ton école, remarque Amelie.

— Si on veut s'amuser un peu quand on vit dans une petite ville, on est obligé de provoquer les choses. Par chance, il habitait à côté de chez moi et, à la fin de la première journée, on est rentrés ensemble. C'était une belle après-midi de septembre : un ciel clair, des feuilles dorées, le soleil était bas et les ombres s'étiraient. Nous marchions côte à côte et je sens encore l'odeur des haies et des herbes folles.

C'est mon unique souvenir météorologique car, la plupart du temps, le retour de l'école était au mieux sinistre et lugubre, quand une pluie cinglante ne nous obligeait pas à piquer des sprints olympiques.

— Tu sais quoi, Amelie ? Depuis Stevie, je ne compte plus les soirées romantiques que j'ai pu passer avec un échantillon sacrément représentatif de la population mâle. J'ai été courtisée, flattée, prise d'assaut, appelle-ça comme tu veux, dans les meilleurs restaurants, sur des bateaux, des plages et même face à deux des Sept Merveilles du monde moderne.

— Ah oui ? Lesquelles ?

L'esprit inquisiteur d'Amelie n'est jamais en repos.

— Le Golden Gate à San Francisco et le tunnel sous la Manche.

— Ah tiens ? Le tunnel sous la Manche, une des Sept Merveilles du monde moderne ? Ça alors…

Je la fixe du regard, espérant que mon agacement est perceptible. Nos conversations ont ceci de commun avec la marée qu'elle ont elles aussi un flux et un reflux. Souvent, en sortant de chez Amelie, je pense : « Oh, et je ne lui ai pas dit que… » ou « Je n'ai pas terminé mon histoire à propos de… » Mais aujourd'hui, je ne suis pas sûre d'être d'humeur pour notre babillage habituel.

— Oui, j'ai lu ça sur Internet. Mais tu veux peut-être qu'on discute de ces sujets fascinants ?

J'ai parlé d'un ton cassant, dissimulant à peine mon impatience.

Amelie reste pensive pendant quelques secondes.

— Non, reviens à ton histoire. On reparlera du pont et du tunnel une autre fois.

— Je disais juste que rien de ce que j'ai vécu ensuite n'a jamais été aussi romantique que ce retour à la maison en compagnie de Stevie.

— Rien ?

— Rien.

— À l'exception de la demande en mariage de Philip, me souffle Amelie.

— Pas vraiment, suis-je bien obligée d'admettre.

Je ne veux pas la rassurer en lui mentant.

— En fait, Stevie n'était ni farouche, ni sombre, ni ténébreux. Il était aussi timide que n'importe quel ado mais, quand on réussissait à établir le contact, il se révélait si intelligent, si drôle… On a dépassé sa maison et il m'a raccompagnée jusqu'à la mienne parce qu'il ne voulait pas me quitter, et à mon tour je l'ai raccompagné devant chez lui, et ensuite…

— … il t'a raccompagnée devant chez toi.

— Oui.

Je souris, malgré la gravité de la situation. C'est un souvenir merveilleux, empreint d'innocence.

— On a fait l'aller-retour comme ça de 16 heures à 19 heures, jusqu'à ce que mon père rentre à la maison et m'ordonne d'arrêter de faire l'andouille et de venir boire un thé. Alors, devant mon père et tout et tout, Stevie m'a embrassée sur la joue.

— Ça, on dirait que c'est sa signature.

Je lui lance un regard noir.

— Et ça a suffi. Nous étions devenus un tout. Il est rentré avec moi, a bu un thé avec mon père et mes frères puis on a passé la soirée à jouer au Reversi.

Et d'ajouter fièrement :

— Je l'ai laminé.

Jusqu'à ce soir-là, notre maison avait vécu dans un silence lugubre, ponctué par le tic-tac de l'horloge, le grésillement du charbon dans la chaudière du salon et les éclats de voix ponctuels dus à la colère ou à l'alcool. Je repense aux paysages de mon enfance, à cette campagne, à ce bord de mer gris et froid, et j'ai du mal à voir cette beauté qui a fait leur réputation ; à mes yeux, ils seront toujours angoissants et déprimants. Stevie a réchauffé la maison avec son bavardage joyeux et impertinent. Même mon père l'aimait bien, et répondait à ses questions sur la pêche avec une patience qu'il avait rarement montrée vis-à-vis de moi. Stevie était un lever de soleil sur l'horizon après une longue nuit obscure. Je le voyais comme la réponse. À toutes les questions.

— Nous sommes restés inséparables tout au long de la seconde et de la première. C'était l'amour fou, comme seuls des adolescents peuvent le vivre. On révisait ensemble, on se lisait des poèmes, il chantait et jouait de la guitare… Nous irions à la fac ensemble, ça nous paraissait évident. J'avais toujours cru que Stevie m'emmènerait loin de tout ça. Son étrangeté était la première chose qui m'attirait en lui. J'ai attendu que Stevie choisisse son université et je l'ai suivi. On s'est retrouvés à Aberdeen, un fac géniale mais j'étais quand même un peu déçue qu'on n'ait pas trouvé une destination plus lointaine.

— Et ce chevalier à l'armure étincelante, d'où est-ce qu'il était originaire ?

— Blackpool[4].

— Blackpool ? répète Amelie, la voix empreinte d'une incrédulité bien compréhensible.

— Je n'avais quitté l'Écosse que deux fois dans ma vie, à chaque fois pour un voyage scolaire, l'un à Lake District, l'autre à Whitby. Blackpool, à côté, c'était presque exotique.

Je rougis de ma naïveté. Vit-on jamais fille plus innocente ?

4 Station balnéaire touristique au Nord-Ouest de l'Angleterre.

— Et ton père, il ne s'est pas opposé à ce que vous partiez ensemble ? La plupart des parents encouragent leurs enfants à aller voir de nouveaux horizons.

— Il ne s'est jamais mêlé de ma vie privée.

De ma vie tout court.

— Je crois que ça lui faisait surtout plaisir de me voir partir étudier ailleurs plutôt que de rester dans le village, à ronger mon frein.

J'enjolive. Je ne pense pas qu'Amelie comprendrait si je lui disais que mon père était ravi de me voir prendre mes valises et se fichait bien de ce que je pouvais faire de ma vie du moment que je ne traînais pas dans ses pieds avec mon air malheureux. Une fois, je l'ai entendu marmonner qu'aller à l'université ne me servirait à rien vu que « pour une fille, c'est des conneries ». Et il a conseillé à Stevie de se mettre plutôt à chercher du travail. « Continue de faire ce que tu fais le mieux, mon gars, sans quoi tu vas finir comme tous ces glandeurs, à regarder qui pisse le plus loin ! » Je me demande ce qu'il dirait s'il savait que Stevie avait suivi son conseil et était devenu sosie officiel d'Elvis. Il le voyait plutôt pêcheur ou couvreur.

— Ç'aurait peut-être été différent si maman avait toujours été avec nous.

Je prends sur moi pour refouler tout accent d'auto-apitoiement.

Par où dois-je commencer mon explication ? Je parie que si on procédait par association d'idées autour du mot « enfance », Amelie me sortirait des réponses comme « été », « télévision », « bonbons ». Moi, ce serait plutôt « tristesse », « peur », « culpabilité ». Pour mon père, les sucreries, le chauffage et même les sourires étaient un luxe dont on pouvait se passer. Pour lui, la vie dans le Nord-Est de l'Écosse impliquait nécessairement – *de préférence*, même – des privations. Il aimait les fauteuils durs, les vents froids et l'hiver, mais sa caractéristique principale était son absolu manque de confiance en moi.

Mon père était pêcheur professionnel. Ils sont du genre superstitieux. Cela remonte à plusieurs siècles, et c'est sans doute compréhensible étant donné qu'avant l'avènement de la navigation moderne et de la détection électronique du poisson, pêcher reposait en grande partie sur la chance.

La liste des superstitions régissant la vie de mon père était interminable. Les superstitions déterminaient ce qu'il portait comme vêtements, ce qu'il mangeait, ce qu'il disait. Un nom de bateau se terminant par une voyelle porte malheur ; un bateau peint en bleu porte malheur ; sortir du port un vendredi porte malheur ; avoir un prêtre sur un bateau porte malheur ; siffler sur un bateau porte malheur. Il en va de même des lapins, des cochons, des saumons et des femmes – surtout des femmes. J'imagine que cette défiance ancrée au plus profond du pêcheur remonte à la mythologie, quand les sirènes provoquaient le naufrage des navires ; à moins que ce ne soit pure misogynie. Nous n'avions pas le droit d'approcher des bateaux et des règles précises stipulaient quand on devait faire la lessive, s'adonner aux tâches domestiques, cuisiner ou même se coiffer.

Ayant engendré quatre fils, mon père s'estimait particulièrement chanceux, mais le jour de ma naissance un de ses marins tomba à la mer. C'était forcément de ma faute. Il ne lui vint pas à l'idée d'accuser la mauvaise météo ou la mer capricieuse.

Très victorien, n'est-ce pas ? Risible, plutôt.

Quand j'étais gamine, je rêvais de partir pêcher avec mon père et mes frères. Leur vie paraissait tellement excitante et courageuse. Et puis, en dehors de la pêche, il ne se passait jamais rien à Kirkspey et je ne voulais pas rester sur la touche. Un jour, je me suis faufilée à bord et j'ai essayé de me cacher. Je pensais que je voyagerais clandestinement jusqu'à ce que le bateau arrive en haute mer. Alors, je sortirais de ma cachette, je me joindrais aux autres et j'entonnerais avec eux leurs chansons de marins. Bien sûr, ce n'était qu'un rêve d'enfant : il se brisa quand je fus découverte, avant même que les amarres ne soient larguées. Par malchance, ce jour-là mon père glissa et se cassa la jambe. Cette fois encore, c'était de ma faute.

La preuve définitive que j'étais le diable en jupette survint le jour où mon père me surprit en train de me démêler les cheveux, alors que mes frères étaient en mer. Il m'a hurlé dessus, m'a traitée de calamité, est-ce que je voulais leur ruine à tous ? La nuit suivante, ma mère est morte ; et il a fini par me faire croire en ma capacité à provoquer des désastres. « Aucun morsure de fouet n'est aussi cuisante que la brûlure du péché. » Ces sornettes superstitieuses me paraissent absurdes aujourd'hui, tandis que je suis assise dans la cuisine propre et accueillante d'Amelie. Impossible de lui expliquer tout ça.

D'ailleurs, je n'en ai pas besoin ; Amelie me demande :

— Et les parents de Stevie, qu'est-ce qu'ils ont pensé ?

— Ils étaient divorcés. Il n'avait pas revu son père depuis des années. Il vivait avec sa mère, qui m'aimait bien. Elle était très heureuse que nous partions ensemble. Elle s'était mis en tête qu'avec moi, Stevie ne courrait jamais aucun danger.

— Quand l'as-tu épousé ?

— Quand j'ai eu dix-neuf ans.

— Si jeune !

— J'aimais ça. J'aimais l'idée que nous avions tout ce temps devant nous. J'étais certaine que notre histoire durerait toujours.

Je marque une pause, et repense à cette époque où je croyais encore à « toujours ». C'est une pensée presque douloureuse.

— Nous nous aimions tellement… c'était une étape logique – aujourd'hui, ça paraît complètement dingue. C'est drôle comme, avec du recul, les perspectives changent du tout au tout. Nous avons décidé de nous marier sur une impulsion soudaine. Nous sommes allés au bureau de l'état civil, à moitié groggy après une soirée de folie la veille. Nos témoins, on les a récupérés dans la rue. Et, comme l'Écosse n'est pas le Nevada et que nous avions tous les deux plus de dix-huit ans, ça n'a pas été trop compliqué de nous marier. Ça avait quelque chose de romantique. Comme une grande aventure.

— Qu'est-ce qui n'allait pas, alors ?

— Le plus évident : nous étions *trop jeunes.* Presque aussitôt, on s'est sentis honteux, on a pris peur… Bref, on n'a pas osé annoncer la nouvelle à nos parents, ni à qui que ce soit d'autre.

— Vous pensiez qu'ils se mettraient en colère ?

Je pensais que ça ne regardait personne d'autre que nous.

— En quelque sorte, oui. Nous avions privé la mère de Stevie de l'occasion de porter un chapeau. Mon père aurait été furieux d'avoir loupé une bonne raison de boire, mais aussi soulagé de ne pas avoir eu à payer pour la fête.

Je hausse les épaules d'un air contrit, comme si je m'excusais pour cette erreur de jeunesse.

— Je pensais qu'en me mariant, j'arriverais enfin à me sentir indépendante, mais il n'en a rien été. Je me suis juste sentie stupide. Nous savions que tout le monde critiquerait notre cérémonie hâtive, la considèrerait comme une plaisanterie idiote et irresponsable… parce qu'après tout, c'est ce que c'était, n'est-ce pas ? Nous n'avons rien dit parce que nous ne voulions pas entendre ce que nous savions déjà.

Amelie fonce vers un placard, en sort une boîte de biscuits puis se rassied. Elle me propose un biscuit au chocolat, de ceux pour lesquels j'ai un faible – mais je secoue la tête. Elle le mange en deux bouchées et en prend un deuxième.

— Tout allait bien tant qu'on était à la fac. D'une certaine façon, on aimait avoir ce petit secret. Quand on vit en cité universitaire, on n'a pas vraiment de responsabilités. Nous étions juste deux gosses jouant aux grandes personnes. La réalité, on ne se l'est prise en pleine face qu'une fois diplômés. Nous avons déménagé à Edimbourg et nous avons trouvé la vie chère. Nous n'avions pas d'argent, pas de travail, et quand nous avons fini par trouver du travail – des petits boulots –, nous n'avions toujours pas d'argent car tout ce que nous gagnions passait dans le loyer.

Tandis que je raconte cet épisode de ma vie, je sens toute chaleur se retirer de mes doigts et de mes orteils. J'avais toujours froid dans notre appartement – une vraie maison des courants d'air ! Froid et peur. Ça n'était pas assez différent de Kirkspey.

— Stevie répétait qu'il voulait être musicien mais il n'y avait pas des masses d'opportunités à Edimbourg. Tout le monde nous conseillait d'aller vivre plus au sud, peut-être même à l'étranger. Mais Stevie refusait. Il croyait que quelqu'un repérerait son talent pendant qu'il servait des frites en chantonnant chez McDonald's. J'ai commencé à le détester. Ça me paraissait tellement puéril, de croire qu'un jour quelqu'un se mettrait à crier : « Eh, vous, là-bas, avec la salière ! Depuis le temps que je rêvais de vous découvrir... » Mais la situation passa de terrible à désespérée quand il renonça à ses rêves de chanteur pour sombrer dans son truc d'hommage à Elvis.

— Sombrer ?

— Des imitations d'Elvis, il en faisait déjà quand il était tout môme. Sa mère avait l'habitude de l'emmener faire la tournée des pubs. J'ai vu des photos : tu n'en reviendrais pas, Amelie. Quel genre de mère oblige son enfant à enfiler des pantalons patte d'éph bleu électrique et à chanter devant un public composé d'inconnus et d'alcoolos ?

— Ça ne lui plaisait pas ?

— Il adorait ça.

— Alors s'il adorait, sa mère ne le tyrannisait pas, si ?

Le raisonnement on ne peut plus logique d'Amelie m'exaspère.

— Mais tu vois un peu le rêve qu'elle offrait à son fils ? Un rêve inutile, misérable. Elle n'aurait pas pu le pousser à cultiver son talent d'une autre manière ?

— Elle faisait sans doute de son mieux.

— Oui.

Je hoche la tête mais ce souvenir me bouleverse. Je n'ai jamais compris...

— Quand l'argent a commencé à manquer à Edimbourg, Stevie a eu l'idée folle de refaire cette tournée des pubs. Le pire, c'est qu'il était vraiment bon. Nous avons enchaîné les soirées dans des clubs sordides, Stevie dans son joli costume, braillant les chansons d'un autre. Je ne me voyais pas passer le reste de ma vie à le suivre dans des pubs crasseux.

Je soupire.

— Je comprends mieux ton dégoût pour les sosies d'Elvis, à présent.

— Cela dit, mes perspectives de carrière n'étaient pas plus reluisantes. Je n'avais aucune idée de ce que je voulais faire de moi, alors je restais assise dans notre appartement minable, à guetter la dépression. Et puis, certaines personnes ont commencé à nous demander si nous avions des projets de mariage. Nous n'arrivions pas à leur dire que nous étions *déjà* mari et femme. D'autres personnes, plus perspicaces, ont commencé à nous demander *pourquoi* nous étions encore ensemble, alors que nous avions à l'évidence chacun des projets différents. Il nous paraissait impossible d'expliquer ce que nous vivions à quiconque. Notre secret si excitant se transforma en épée de Damoclès.

Ah, si seulement je fumais… Ç'aurait été le moment d'allumer une cigarette. Sauf que je déteste cette accoutumance chez les autres et n'ai jamais eu envie d'y céder. À la place, j'avale une gorgée de whisky-café.

— Il n'a pas fallu attendre longtemps pour que les premiers agacements se manifestent. Puis nous sommes passés aux disputes à grande échelle. Nous avons dégringolé avec une rapidité indécente de notre jeune rêve d'amour à un cauchemar macabre. Alors je suis partie.

— Comme ça ?

— Comme ça.

— Pourquoi est-ce que vous n'avez pas divorcé ?

— On n'a jamais réussi à s'y mettre.

— Vous n'avez…

Amelie est trop incrédule pour achever la phrase.

— Comment avez-vous pu être aussi nonchalants ! Aussi irresponsables ! Se marier jeune, ça arrive, tout le monde fait des erreurs. Choisir avec qui tu vas passer le restant de ta vie, c'est assez compliqué. Beaucoup de personnes se trompent, la première fois. Mais vous auriez dû divorcer !

J'acquiesce. J'ai toujours su ce que j'aurais dû faire, mais faire ce qu'il faut n'est pas toujours facile. J'aurais voulu me dire que rien de tout cela ne s'était passé…

— Bon sang, et comment tu as pu accepter la demande en mariage de Philip ? Pourquoi tu n'as pas parlé, à ce moment-là ?

C'est probablement la question la plus difficile qu'Amelie puisse me poser. Je rassemble tout mon courage.

— Il me l'a faite quelques minutes après que j'aie appris la mort de Ben. Avant même que j'aie eu le temps de lui apprendre la mort de Ben. J'ai eu peur. Tu dois...

Je n'ose pas continuer. Elle doit comprendre ça. Elle doit comprendre que je voulais me raccrocher à la vie et qu'à cet instant rien ne me semblait particulièrement réel ou précis en-dehors de mon amour pour Philip et de sa demande en mariage. Je voulais me sentir en sécurité, alors j'ai dit oui.

Ce n'est pas son compte en banque ou sa débrouillardise qui m'ont donné ce sentiment de sécurité. C'était autre chose. Quelque chose sur quoi j'ai du mal à mettre des mots. Ça avait peut-être un rapport avec son appartement. En particulier l'épaisse moquette beige, la plus profonde et la plus sensuelle que j'eus jamais foulée. Ou le nombre impressionnant de photographies dans des cadres argentés montrant que Philip connaît d'innombrables personnes élégantes dont l'unique occupation semble être de mener une vie formidable. Même les plus âgées paraissaient incroyablement séduisantes – des grands-mères arborant une coupe au carré grisonnante, portant des costume-tailleurs noirs et des diamants. Pas un bigoudi, pas un bas plissé à l'horizon.

J'étais rassurée par les énormes vases regorgeant de voluptueux lis beiges et trônant sur les tables du salon, de l'entrée ou sur les étagères de la salle de bains. J'ai toujours adoré les voluptueux lis beiges, ils symbolisent à mes yeux tout ce que peut offrir une vie confortable. D'une façon ou d'une autre, les lis au teint de cire incarnent l'été, leur parfum est sexy et coûteux. Nous avions des dizaines de bouquets de lis le jour de notre mariage, malgré les plaintes des invités à propos des taches de pollen orange sur leurs vêtements. Peu m'importait : je voulais que notre mariage sente l'été, la prospérité, le sexe… et la sécurité.

J'ose à peine regarder Amelie. Je me demande si ma remarque l'a blessée ou si elle l'a comprise.

— Est-ce que tu es en train de m'expliquer que tout ça est arrivé… à cause de Ben ?

— Non, non Amelie, ne crois pas ça !

Je m'oblige à lever les yeux vers elle afin qu'elle voie ma sincérité.

— J'aimais Ben. Je n'ai jamais tenté d'utiliser cette tragédie comme excuse pour mes erreurs… C'est *parce que* j'aimais Ben que mes pensées étaient confuses.

Amelie semble accepter mon explication. Elle inspire profondément puis laisse l'air s'échapper de ses narines.

— Et avant votre mariage, tu n'as jamais trouvé l'occasion de lui dire que tu étais déjà la femme d'un autre ?

— J'ai essayé. Mais, tu sais, c'est comme quand on te présente quelqu'un et que tu oublies aussitôt son nom. Tu le revois plusieurs fois, et chaque fois tu bredouilles quelque chose d'inaudible au lieu d'avouer que tu ne te rappelles plus son nom. Puis arrive le moment où tu ne peux *plus* poser la question…

— Je vois.

— Eh bien, j'étais un peu dans la même situation. En un million de fois plus difficile et plus horrible. Quel aurait été le bon moment pour lui annoncer : « Au fait, Philip, je t'ai dit que j'étais déjà mariée ? » Je voulais parler, je le voulais *vraiment.* Mais une fois que le projet a commencé à prendre forme, je me suis laissé emporter.

Je me force à me taire. Il n'y a pas d'explication. La seule explication valable c'est que je suis une lâche. Une lâche qui espérait pouvoir se tirer d'affaire.

Mon mariage avec Philip s'est déroulé dans la précipitation mais avec la manière. Nous avons organisé une grande fête avec plus de deux cents invités. Je voulais en mettre plein la vue. La mort de Ben m'avait terrifiée et rendue vulnérable. Je n'étais pas uniquement terrifiée à l'idée que, si je ne prenais pas la vie à bras le corps pour m'y accrocher, le bus serait pour moi la prochaine fois – encore qu'il devait y avoir un peu de ça. Non, le pire pour moi était que, si je mourais demain, je n'aurais pas eu le temps de faire mes preuves.

En tant que dramaturge, Ben avait connu un certain succès. Ses œuvres avaient été régulièrement montées pendant des années, la critique les avait toujours accueillies avec énormément d'intérêt et on évoquait régulièrement la possibilité d'en voir une ou deux percer sur un théâtre du West End. Ben était mort à l'orée d'une formidable réussite critique et financière, cela ne faisait aucun doute. Mais il ne faisait aucun doute non plus qu'il avait connu, toute sa vie durant, une formidable réussite sentimentale. Amelie l'aimait d'un amour inépuisable, sans équivoque – une vision tellement encourageante. Ben était un père impliqué et inspiré, un ami adoré et respecté… Sa mort n'en était que plus tragique ; sa vie n'en était que plus digne d'avoir été vécue.

C'était ce que je voulais : une vie digne d'être vécue.

Étant incapable d'écrire une pièce, je fis ce qui s'imposait : j'achetai une robe de mariée chez Vera Wang et organisai une réception dans un hôtel chic de Londres.

Ne riez pas. Pour moi, c'était un vrai départ. Comme je l'ai dit, le chagrin ne rime à rien.

On dit souvent qu'un grand mariage nécessite plusieurs années de préparation et d'organisation. C'est faux. D'après mon expérience, ça a pris exactement quatre mois, une semaine et deux jours. Bien sûr, dans l'heureuse position que j'occupais depuis peu en tant que fiancée de Philip, je pouvais me permettre de dégainer mon portefeuille chaque fois qu'un obstacle se présentait. Le harpiste, le traiteur et le pasteur commencèrent par m'expliquer qu'ils ne pouvaient pas se libérer dans un délai si court, jusqu'à ce que je leur propose de dépasser leurs honoraires habituels ou de faire un don pour rénover le toit de l'église – les miracles se produisaient aussitôt. Ma robe était exceptionnellement simple et simplement exceptionnelle. Je m'étais offert la totale : des chaussures Jimmy Choo, des dessous Agent Provocateur, des cheveux somptueusement bouclés par l'un des coiffeurs londoniens les plus cotés. C'était une tout autre affaire que mon entrée fracassante avec Stevie dans le bureau de l'état civil.

— La dernière fois que j'ai entendu parler de Stevie, c'était pour apprendre qu'il était de retour à Aberdeen. Mais, bon sang, je ne me serais jamais attendue à le voir sonner à ma porte. Ou pire : à la porte d'une amie. Qu'est-ce que je vais devenir ?

— Je me demande quelle est la position de Stevie dans toute cette histoire ?

— Oh *mon Dieu* !

Toute l'horreur de la situation me frappe de plein fouet. J'ai envie de vomir. Laura, l'une de mes meilleures amies, est peut-être en train de coucher avec mon mari ! L'un de mes maris, en l'occurrence.

— Nous devons nous attendre à ce que Laura lui parle

de toi, poursuit Amelie. Je me demande s'il dira : « Le monde est petit ! Tu vas rire : figure-toi que ta copine est aussi ma femme. »

Mon esprit est pris dans une spirale si vertigineuse que je remarque à peine le ton sarcastique. *À peine.* J'essaye de rester concentrée.

— Non, ça ira. Elle m'appellera sûrement Bella.

— Oui, répond prudemment Amelie. Après tout, c'est ton prénom.

— Pas à l'époque. À l'époque, je m'appelais Belinda. Ça peut me faire gagner un peu de temps...

— Tu as changé de prénom ?

— Je n'ai jamais aimé Belinda. C'est tellement...

Je ne prends pas la peine de finir.

— Alors Bella, c'est un surnom ?

— Non. J'en ai changé selon une procédure légale. Bella *est* mon prénom.

— Mon dieu, quel tempérament ! Dire que j'ai toujours cru que tu étais de ces gens prêts à tuer pour que personne ne sache ce qu'ils ont mis dans les chaussons de Noël... Et voilà que tu te révèles une experte ès-mensonges ! Si seulement Ben était encore en vie... il adorerait ça !

Pour ma part, je n'adore pas. J'ai même l'impression que je ne vais pas tarder à pleurer.

16. Is It So Strange ?
(Est-ce si étrange ?)

Mardi 25 mai 2004

LAURA

Depuis le naufrage de mon mariage, il m'arrive assez souvent, au réveil, de me demander comment on peut décider de venir vivre à Londres. Moi, je n'ai pas le choix : je vis à Londres parce qu'Eddie a besoin de voir son père régulièrement et je doute que cela serait possible si je m'installais plus loin. Si j'essayais, alors je ne me retiendrais pas de donner libre cours à ma répugnance pour Oscar, de sorte que très vite je le rendrais responsable d'à peu près tout ce qui fonctionne mal dans ma vie – et, en premier lieu, de mes problèmes d'argent, de mon boulot ingrat et de la mauvaise image que j'ai de moi. Je peux passer des heures à trouver un rapport de cause à effet entre les défauts d'Oscar et les dysfonctionnements du métro londonien, le manque d'espaces verts dans la capitale (ou même d'espaces verts non pollués par les déjections canines), les frais de scolarité, le prix des parkings, les impôts locaux et la hausse de l'immobilier.

Parfois aussi, je suis suffisamment lucide pour voir qu'il y a beaucoup de choses que j'aime à Londres et me rappeler que j'ai passé la moitié de mon enfance à rêver d'y habiter un jour. Et je n'associe jamais Oscar à cet aspect de la vie londonienne.

J'aime pouvoir acheter du pain à minuit, et avoir le choix entre panini, bruschetta, pain à la cannelle, pain aux céréales, pain noir et pain de seigle. J'aime qu'Eddie soit baigné par la diversité culturelle et grandisse sans voir en l'Autre un intrus ou quelqu'un de *différent*. Et c'est formidable qu'il y ait toujours quelque chose à faire, quelque part où aller, et que la plupart des musées soient gratuits.

Bien sûr, mon agacement d'habitante de Londres surgit à nouveau quand j'attends le métro hors de prix, bondé et très en retard qui doit m'emmener travailler à Shepherd's Bush. Mais pas aujourd'hui. Nous sommes mardi matin et, tandis que je suis en route vers le cabinet médical, je m'aperçois avec étonnement que je ne suis pas rebutée par ce métro plein à craquer. Au contraire, quand la rame s'immobilise, je me recule pour laisser descendre les passagers au lieu de me précipiter à l'intérieur dans l'espoir de dégoter, sinon un siège, du moins un peu d'espace vital. Je souris à… eh bien, à tout le monde. Et je ne me vexe même pas s'ils ne me renvoient pas mon sourire.

J'arrive au cabinet avant 9 heures et je ne rouspète pas en constatant que Sally, la collègue qui occupe l'autre mi-temps de ce poste, m'a laissé une fois de plus tout le classement ; je garde *aussi* mon calme alors qu'elle a donné deux fois trop de rendez-vous pour la première heure et que tous les patients dans la salle d'attente me fusillent du regard. Je travaille avec une efficacité et un plaisir sans précédent jusqu'à midi, heure à laquelle je décide de ne pas manger mon sandwich au jambon en faisant les cent pas dans la réserve mais de prendre un peu l'air en allant me promener dans la grand-rue. Je pourrais même m'offrir un petit sandwich au Café Bianchi. C'est un petit café crasseux, authentiquement italien, tenu par un vieux couple et leurs innombrables fils, tous plus beaux les uns que les autres. Au départ, ils ne servaient que des cappuccinos et des espressos mais, voilà quelques mois, ils se sont diversifiés et ont commencé à servir des paninis. Je mangerais bien un panini mozzarella-basilic ; l'idée en elle-même a quelque chose d'exotique.

Shepherd's Bush est en pleine activité. Je distingue une bonne sœur, des ouvriers du bâtiment, des grands-parents, des jeunes mamans, des frimeurs et même un groupe de fumeurs. Je suis stupéfaite par la taille de notre monde. C'est évident mais j'ai l'impression de remarquer pour la première fois que les gens autour de moi vivent leur vie. Ils font des choses banales – boire un café, bavarder, acheter des timbres, secouer un landau, se sentir abandonné, préoccupé, blessé, plein de tendresse, d'amour, d'amitié, fatigué, enthousiaste – et aucun d'eux n'a de rapport avec Oscar ou avec ma tristesse. Cette prise de conscience s'abat sur moi comme une brique tombée du ciel, mais c'est un soulagement. Je me sens fébrile. Ainsi, ni Oscar ni ma tristesse ne sont éternels.

Quand j'étais jeune et que je venais de découvrir le bonheur de lire un bon roman, je passais mon temps dans les librairies, à regarder les rangées interminables de livres sur les étagères. Je me sentais prise d'une excitation qui menaçait de me submerger, mais n'y parvint jamais tout à fait. Quand je sortais de la librairie, j'avais toujours une nouvelle « vie » sous le bras, avec laquelle je pourrais me colleter, entrer en sympathie ou me brouiller. Les livres ont nourri mon désir de voyager car ils me montraient qu'il y avait tant de vie autour de moi. Les vies des gens pouvaient être spectaculaires, enchanteresses, amusantes. Et, quand j'ai quitté mon travail pour partir à la découverte du monde, c'est exactement ce que j'ai fait, pendant quelque temps. J'ai mené une vie bien remplie, guidée par la curiosité.

Je n'avais pas réalisé que la douleur m'avait échaudée et que je vivais au ralenti. Jusqu'à maintenant. Maintenant, je me sens sur le point de remettre les gaz à fond. Je me sens dans le même état d'esprit qu'en quittant l'Australie : excitée, épanouie et prête à me battre. Shepherd's Bush n'est pas le quartier le plus sûr de la ville, mais il mérite le détour. Il y a des boutiques, des bars, des cafés, des hôtels, un club de remise en forme assez chic, un théâtre, une salle de concert. Il y a un parc, une station de métro, des travaux de voirie, des gamins qui font l'école buissonnière, des contractuelles zélées et des agents de la police montée. Est-ce qu'il y a toujours autant d'activité ? Je suis restée endormie si longtemps ? J'observe tous ces gens qui s'affairent et je ne me sens pas dépassée, superflue ou insignifiante. Tout le contraire. Parce que moi aussi je m'affaire. J'achète des sandwiches exotiques.

Et je flirte avec Stevie par textos interposés.

Stevie est drôle et me rappelle que je le suis aussi. Ses remarques spirituelles et caustiques émaillent nos discussions ; parfois aussi il fredonne, ou il chante. Et il écoute. Il semble trouver tout ce que je dis important ou bien amusant. Stevie, Eddie et moi avons passé trois journées merveilleuses. Je n'aurais jamais cru que le Musée de la Science pouvait être aussi fascinant. De toute évidence, on y trouve plein de choses à apprendre : la loi de la gravitation universelle, les voyages dans l'espace, l'écologie, etc. Vraiment, c'est fascinant. Mais je n'imaginais pas que le

Musée de la Science m'en apprendrait autant sur le facteur « waouh ».

Par exemple, à la lumière bleutée de l'une des salles les plus impressionnantes du musée, les petits poils sur les avant-bras de Stevie sont tout simplement irrésistibles. J'ai pris sur moi à chaque seconde pour ne pas tendre la main et les caresser. Grâce au Musée de la Science, j'en ai aussi beaucoup appris sur la structure du squelette humain : pendant que Stevie montrait à Eddie les maquettes de fusées, j'ai pu observer longuement sa mâchoire et ses pommettes. Sans son costume, il ne ressemble pas vraiment à Elvis. Avec ses cheveux longs et broussailleux, on dirait plutôt Noel Gallagher. Et sa mâchoire est plus fine que celle du King. Quand il entre dans la peau d'Elvis, il est plus mystérieux. Quand il redevient Stevie, il est plus direct. En tant qu'Elvis, c'est un comédien. En tant que Stevie, il est à 100% tel qu'on le voit. Un type qui ne triche pas. Et j'aime ça.

Dimanche, nous nous sommes promenés parmi les étals du marché de Camden Lock. Les objets prétendument artisanaux – la plupart inutilisables, pour ne pas dire hors d'état – revêtaient soudain un certain charme. Vases, tableaux, meubles et bijoux scintillaient au soleil et, ma main dans celle de Stevie, j'étais tentée de céder à quelques achats impulsifs – et, compte tenu de mes moyens, excessifs. Je cherche toujours la place dans ma cuisine pour placer un casier à bouteilles couleur lavande. Le chandelier sculpté (un couple au stade pré-copulatoire) rendrait assez bien près de la fenêtre de la salle de bains. Le truc, c'est que la présence de Stevie à mes côtés me donne l'impression de scintiller moi aussi au soleil. Au vu des circonstances, deux achats sur un coup de tête ne me paraissent pas si exagérés.

Le seul grain de poussière dans la mécanique est Bella.

Elle doit bouder parce que je ne l'ai pas suivie quand elle a quitté le pub vendredi. Ou alors elle est à l'article de la mort. Je ne sais pas ce que je préfère. Je n'ai aucune envie de jouer les punching-balls de Bella. L'un de mes plus grands plaisirs dans la vie est de lui téléphoner pour notre petite séance de cancans quotidiens. Et à présent que je suis pleine à craquer de nouvelles croustillantes, elle ne répond pas à mes messages. Elle a annulé notre café du lundi matin. Cette torture par le silence, c'est pire que le supplice de la goutte d'eau. Il y a une semaine, j'aurais attendu patiemment que ça se termine : je n'avais pas la confiance nécessaire pour risquer une confrontation directe. À présent, je décide de passer à l'action – même si, en l'espèce, cela consiste juste à appeler Amelie pour voir si elle peut éclairer ma lanterne sur cette situation. Je prends mon portable.

— Salut Amelie ! C'est Laura.

— Bonjour Laura ! Comment ça va ?

Comme toujours, sa voix ruisselle de gentillesse.

— Le bonheur. Tout va à merveille.

Je ris.

— Toujours sur un petit nuage avec Stevie, si je comprends bien ?

— Comme tu dis…

Je m'efforce de ne pas paraître trop extatique.

— Tu as eu des nouvelles de Bella, dernièrement ?

J'ai posé ma question d'un ton nonchalant.

— Je ne l'ai pas vue depuis samedi.

Samedi matin, Bella est venue prendre le petit déjeuner chez Amelie. Stevie et moi l'avons ratée quand nous sommes passés chercher Eddie. Nous avons dû la louper de peu car Eddie semblait croire qu'elle était encore là. Absurde, bien sûr : elle n'était nulle part. À moins de se planquer dans l'appentis…

— Elle m'a posé un lapin hier, sans explication. Elle ne répond pas aux messages que je laisse sur son répondeur. Tu crois qu'elle est malade ?

— Très malade, oui, c'est possible, répond Amelie, mais elle n'a pas l'air préoccupée outre mesure.

— Je voulais lui dire que Stevie n'est pas musicien de rue, mais prof de musique ! Ça paraissait tellement l'inquiéter, que je puisse être attirée par un homme qui ne serait pas fait pour moi… Je voulais juste la rassurer.

— Laisse, je m'en occupe. Retourne travailler, moi je me charge de l'appeler et de voir si tout va bien.

Je remercie Amelie et raccroche. Je suis contente qu'elle prenne la situation en main. Sans que l'une de nous n'ait eu besoin de le dire, j'ai bien senti qu'elle me comprenait : selon moi, Bella se terre parce qu'elle n'aime pas les sosies d'Elvis. Et qu'elle nourrit une aversion presque pathologique envers Stevie Jones.

17. It's Now Or Never
(C'est maintenant ou jamais)

Jeudi 27 mai 2004

BELLA

C'est Amelie qui a eu l'idée de ce déjeuner de retrouvailles. Je suis déchirée. Impossible de me dire que je ne vais plus voir Laura jusqu'à la fin de mes jours, ne serait-ce que parce qu'elle m'a téléphoné au moins dix fois depuis samedi soir. Au début, je laissais le répondeur. Les messages étaient comme je m'y attendais : un mélange confus d'excuses pour ne pas être sortie du pub avec moi et de gloussements parce qu'elle a « tellement de trucs » à me raconter. Je me sens un peu coupable en entendant ses excuses – après tout, c'est moi qui ai pris la fuite – mais je pourrais aussi joyeusement lui tordre le cou quand je l'entends glousser comme une écolière. Elle ne comprend pas que Stevie a été envoyé sur Terre pour faire de *moi* une écolière, de moi et pas d'elle ni de personne d'autre ? Oh mon Dieu ! Je suis mariée avec un homme et jalouse à cause d'un autre… Un autre auquel je suis *aussi* mariée ! Comment pourrais-je décrocher le téléphone ?

Laura doit avoir appelé Amelie car Amelie m'a appelée pour me dire que ce n'était pas juste d'ignorer Laura. Elle commence à penser que je suis très malade.

— Laura n'a rien fait de mal ! m'a-t-elle dit.

Elle n'avait pas besoin de préciser qui avait fait quelque chose de mal.

— Tu dois faire face au problème, Bella : il ne va pas disparaître tout à coup.

Pourtant, je voudrais tellement qu'il disparaisse. Rien n'a changé sur le plan matériel. Je suis exactement dans la même situation que la semaine dernière. La semaine dernière, j'avais deux maris et je n'y pensais même pas. Pendant des années, j'ai travaillé avec une volonté de fer à ignorer ce détail lourd de sens. Ça n'a pas été facile et j'ai dû consentir à des sacrifices mais j'y suis peu à peu arrivée.

J'avais raconté à Amelie qu'un jour je m'étais réveillée et que j'avais quitté Stevie. C'est vrai. « Un jour », c'était un jour très particulier : celui de la finale de du Concours du Plus Grand Artiste Imitateur Européen. Une manifestation qui se déroulait à Blackpool, ce qui de mon point de vue, remet en perspective la notion de « Plus Grand Artiste *Européen* ». Stevie ayant vu le jour et grandi à Blackpool, il adorait l'idée de revenir à la maison pour remporter le titre du « King of Kings » 1996.

Les mois qui avaient précédé ce terrible soir de janvier, Stevie avait participé à trois tours qualificatifs en Grande-Bretagne. Sa participation à ces qualifications était devenue une pomme de discorde entre nous. Il s'était facilement qualifié pour la finale, dès la première étape de sélection, et je comprenais mal pourquoi il insistait pour passer les autres tours. Il m'expliquait que c'était pour prendre la mesure de la compétition ; je lui répondais en gémissant qu'il ferait mieux de prendre la mesure de notre découvert bancaire. J'ai refusé de l'accompagner aux autres épreuves. J'avais commencé ma glorieuse carrière de serveuse dans un petit bar louche du côté de Leith ; je ne pouvais pas prendre mes samedis soirs, et nous avions déjà du mal à payer un seul billet d'autocar pour Portsmouth, Saltburn et Newquay. Alors deux…

Et puis, tout ça commençait à me fatiguer.

Tout le contraire de Stevie : il faisait preuve d'un enthousiasme effréné que je ne lui avais plus vu depuis qu'il me récitait des poèmes dans ma chambre d'adolescente. Quand il rentrait à la maison après chaque épreuve, il était surexcité, et m'annonçait que Larry King avait une belle voix mais un costume affreux, que Mike King portait une veste fabuleuse mais que sa voix flanchait dans les ballades, que Kevin King était trop petit, Garry King trop nerveux… Bref, Stevie était persuadé d'avoir d'excellentes chances de l'emporter. De devenir le Champion d'Europe. De pouvoir enfiler les chaussures en daim bleu du King. Enfin, pas les véritables chaussures en daim bleu d'Elvis (elles sont exposées dans un musée à Las Vegas), juste une copie.

Je le regardais ébahie, mais pas dans le bon sens du mot ; je faisais des remarques sournoises au sujet des noms des participants (bizarre, non, qu'ils se ressemblent autant ?). Comme il ne pouvait pas croire que je puisse m'abaisser à être sarcastique, Stevie m'expliquait patiemment que ce n'était pas leurs vrais noms mais des noms de scène.

Le vainqueur empochait mille livres. Une coquette somme pour nous, surtout à l'époque. Mais j'étais sûre que de centaines de livres étaient déjà passées en hôtels, costumes, voyages. Quand j'en faisais la remarque à Stevie, il m'assurait que s'il remportait (et non *quand* il remporterait) le concours, il décrocherait des contrats qui nous mettraient à l'abri du besoin. Ça pourrait chiffrer jusqu'à trente mille livres par an.

— On gagne aussi un bon d'achat de mille trois cents dollars pour un costume en lamé rouge et une ceinture dorée expédiés directement des États-Unis.

Il m'avait dit ça avec un grand sourire. Je restais perplexe.

— D'autres couleurs sont possibles. Elvis avait des costumes de trois couleurs différentes.

Fascinant.

Malgré tout, Stevie sait se montrer convaincant. Après l'avoir entendu pendant des mois répéter dans la salle de bains puis me parler, d'une voix frémissante, des bonnes vibrations pendant le concours, j'étais suffisamment curieuse pour accepter d'assister à la finale. Nous avions eu des disputes violentes et je voyais cette compétition comme une façon d'apaiser l'océan furieux qui s'était déchaîné entre nous. Après tout, à défaut de bonne volonté, c'était sans doute important que je manifeste mon soutien et que j'encourage mon époux dans la voie qu'il avait choisie – si ridicule pût-elle m'apparaître. Je me dis que Blackpool nous offrirait une petite pause, voire une occasion de nous amuser. Je nous imaginais déambulant sur la jetée, main dans la main, ou batifolant pieds nus sur la plage. Nous verrions les célèbres illuminations et nous moquerions des passants arborant une casquette « Embrasse-moi tout de suite ! ». Nous étions mariés depuis trois ans et nous n'avions pas encore pu nous offrir de vacances. Peut-être avions-nous besoin de ça en ce moment. Peut-être Stevie avait-il raison : sa carrière d'imitateur d'Elvis pouvait aboutir à de grandes choses, des choses splendides. *En plus*, j'allais pouvoir jeter un coup d'œil au passé de mon homme – je connais peu de filles qui résisteraient à cette envie. Pendant la dernière ligne droite du concours, je me répétais que ce week-end pouvait être le meilleur de ma vie.

Ce week-end fut le pire de ma vie.

Si je trouvais Stevie séduisant, c'était en partie parce qu'il venait d'ailleurs que ma ville natale. Je ne savais rien de Blackpool, mais je la voyais plus élégante, plus sophistiquée, plus prometteuse que Kirkspey. Ce chez-moi où je ne m'étais jamais sentie chez moi. Quand nous sommes descendus du car à Blackpool et avons longé le front de mer à la recherche de notre Bed & Breakfast, j'ai commencé à comprendre pourquoi Stevie cadrait si bien avec Kirkspey : Blackpool était exactement pareil.

À Kirkspey régnaient le froid, l'obscurité, la cruauté et la crédulité. Les rues étaient pleines d'hommes toujours prêts à cogner leurs verres avant de se cogner tout court, juste pour tuer l'ennui. Le coup de boule était un divertissement raffiné, les gueules de bois une compétition locale. Menaces confuses, plaintes absurdes et bagarres obscènes étaient monnaie courante. Un lieu misérable et destructeur. Blackpool lui ressemblait, les guirlandes clignotantes et les danseuses à seins nus en plus. Je croisais des tas d'hommes à la dentition douteuse – tout en trous et couronnes dorées –, pirates des temps modernes qui traînaient aux coins de rues et s'observaient avec méfiance, suintant la solitude et le désespoir.

Le B & B se trouvait à plusieurs kilomètres en dehors de la ville – certainement pour cette raison qu'il rentrait dans notre budget – donc nous avons pris le tramway. Il faisait un froid terrible, par conséquent le tram était plein à craquer. J'avais oublié de prendre en considération la météo dans ma version rêvée de notre « petite pause ».

Nous avions beau être en plein après-midi, beaucoup de passagers étaient saouls. À Kirkspey, la plupart des habitants étaient saouls tout le temps – et les femmes, saoules et/ou enceintes. Il n'y avait rien d'autre à faire, alors… Les émanations de bière et la condensation brouillaient ma vision. J'ai toujours détesté la condensation. Pour moi, elle est synonyme de désespoir – haleines fatiguées, vie fatiguées. En arrivant dans notre B&B, je savais que mes rêves d'intermède heureux étaient définitivement enfouis. Je regardai par la fenêtre de la chambre et vis le littoral froid et terne, un autre littoral froid et terne, différent mais semblable.

— C'est du givre, sur les vitres ? demanda Stevie.

— Non, juste de la crasse.

Je soupirai et allai me mettre en boule sur le lit dur et maigrelet. L'oreiller avait gardé une odeur de cheveux gras. Qu'est-ce que Stevie pouvait bien aimer dans cette vie ? Elle n'était pas glamour, elle n'était même pas *propre.*

— Tu viens te balader ?

— Non, trop de vent.

Je savais d'expérience que les bourrasques de vent envoient voler le sable partout, dans votre petite culotte, dans votre sang, incrusté en sillons et rides sur votre visage. Stevie sortit se balader tout seul sur la jetée.

Le concours était pire que tout ce que j'avais pu imaginer. Il se déroulait dans un hôtel qui, un million d'années plus tôt, aurait pu être considéré comme élégant. Les chandeliers et les corniches étaient le testament d'un passé plus glorieux ; la clientèle moderne était plus violente qu'une tempête en haute mer.

Le public était constitué en majorité de femmes – épouses, petites amies, mères – exagérément fières ou faussement modestes. Je connaissais trop bien leur existence pour avoir envie d'être à leur place. Ce serait au-dessus de mes forces. Je ne pourrais pas cacher mon désespoir. Je ne voulais pas être une épouse d'Elvis. Je ne voulais pas être toute ma vie une spectatrice.

À Blackpool, les décolletés plongeants étaient à l'évidence de rigueur, même après la ménopause. Quelques femmes portaient des tatouages sur la poitrine, signe qu'elles avaient été à une époque désirables et courtisées, au moins par elles-mêmes, mais leur peau désormais flasque trahissait l'excès de cigarettes et de petits remontants. Les plus jeunes étaient toutes blondes avec des racines noires, et les permanentes semblaient très à la mode. Les plus âgées s'étaient spécialement « préparées » pour l'occasion – l'une avait gardé ses bigoudis, l'autre, en chaussettes, avait enfilé des sandales dorées.

Alignés contre les murs de la salle, des bébés attendaient dans leur poussette. Personne ne s'était demandé s'il était bien approprié de les amener dans cette atmosphère enfumée et alcoolisée. Les enfants plus âgés, entre sept et neuf ans, se couraient après en s'injuriant ou vidaient les pintes de bière qui traînaient. Il n'y avait qu'une poignée d'hommes dans l'assistance, quelques fans de rock vieillissants, ou les pères de certains concurrents. Un grand-père arborait un mulet qui lui tombait jusque dans le dos.

L'animateur de la soirée présenta les juges. Il était particulièrement fier et rempli d'orgueil car l'un des juges était le beau-frère d'un cousin d'Elvis. Un autre était le coiffeur d'un musicien qui, un jour, avait joué avec Elvis. Je ne savais pas qui était le plus déprimé, de moi ou des types qui avaient fondé leur carrière sur leur lointaine parenté avec Elvis et qui, à présent, jugeaient les participants à un concours de huitième zone…

Stevie alla enfiler son costume d'Elvis (les coulisses

étaient un simple coin de scène fermé par un rideau) puis vint s'asseoir à côté de moi pour regarder les numéros des autres concurrents. Certains étaient nerveux, d'autres trop sûrs d'eux. Serein, Stevie gardait le silence. Je m'en fichais. Neuf autres Elvis attendaient dans le public, et l'effet produit était assez surréaliste. Tous avaient un air vaguement familier parce qu'ils ne ressemblaient pas vraiment à quelqu'un qu'ils n'étaient pas – et qu'aucun d'entre nous, du reste, n'avait jamais rencontré.

Il devint rapidement évident que l'assistance se montrait trop charitable. Toutes les personnes assistant à la compétition aimaient tellement Elvis qu'elles se montraient trop polies et trop bienveillantes, même envers les concurrents réellement dépourvus de talent, voire extrêmement laids. Ces types bondissaient maladroitement sur scène, s'adressaient au public en marmonnant quelque banalité et recevaient en retour des applaudissements apparemment sincères. Nulle part ailleurs une telle médiocrité n'aurait été tolérée, encore moins encouragée.

— Superbe, magnifique ! On se demande où vous trouvez cette énergie ? dit l'animateur, Neil Curran, en tapant dans le dos d'un autre Elvis poisseux qui venait d'offrir un spectacle lamentable.

— Joli costume, enchaîna-t-il en souriant au candidat suivant. Quelle allure ! Dites-moi, mon gars, pourquoi avoir choisi cette chanson ?

Le nouvel Elvis expliqua que c'était la chanson préférée de sa chère vieille grand-mère qui n'était plus de ce monde. Le public laissa échapper un « Aaaah » ému, suivi d'une salve d'applaudissements.

— C'est vraiment débile, murmurai-je à l'oreille de Stevie. Le public prend uniquement ses décisions en fonction de ses émotions.

— C'est un jeu qui repose sur l'émotion. Elvis fonctionnait entièrement sur ses émotions.

C'est alors que je m'aperçus qu'il avait applaudi, sifflé et crié avec ardeur pendant toute la soirée.

— Ce type a choisi une chanson parce qu'un de ses vieux parents lui a dit que c'était sa préférée. Pourquoi il n'a pas plutôt choisi la chanson qu'il interprète le mieux ? Ça manque de niaque, tout ça…

— Ces gars sont là pour nous divertir, Belinda, pas pour faire partie d'une unité de protection d'élite chargée de protéger la Couronne !

— Eh bien, je ne trouve pas ça divertissant du tout. C'est ennuyeux.

Mais c'était Stevie qui m'ennuyait. Cette pensée traversa mon esprit. Je tentai de la faire disparaître mais elle continuait de voleter en moi.

— Ça me paraît tellement prétentieux, dans le fond. Personne ne lui ressemble, personne ne bouge ou ne chante comme lui. Il était craquant.

Stevie me regarda avec un grand sourire.

— Je crois que c'est la première chose gentille que je t'entends dire à propos d'Elvis.

Et la dernière.

Je ne suis pas restée pour voir Stevie faire son numéro. Je lui ai dit que j'allais aux toilettes mais je ne suis jamais revenue pour finir mon Blue Angel tiède.

Dans la rue, l'air était frais, même s'il bruinait. Pour une fois, j'appréciais le vent glacé du littoral, même si l'odeur de tabac restait accrochée à ma veste et dans mes cheveux. J'ai commencé à marcher en direction du B&B. En chemin, je passai devant un immeuble éclairé par une enseigne : « La Fleur du pêché. Pour les Go-go Girls, c'est par derrière. » Gracieux, non ? Je passai ensuite devant d'effrayantes salles de jeux et d'innombrables épiceries vendant de la nourriture presque lumineuse à force d'être luisante de graisse. De retour dans la chambre, je ramassai les quelques affaires que j'avais emportées puis mis le cap sur la gare routière. Je n'ai pas laissé de mot. Je n'ai pas regardé en arrière.

En quittant Stevie et en sautant dans le premier autocar à destination de Londres, j'espérais qu'il se lancerait à ma poursuite. Je croyais presque qu'il me retrouverait et que nous nous remettrions ensemble. Je me disais qu'à Londres, Stevie avait des chances de devenir un musicien, un vrai musicien, pas un imitateur. Et moi, je pouvais être... eh bien, je ne sais pas, quelque chose d'aussi glamour, sûrement. Est-ce que Londres n'était pas la ville glamour par excellence ?

Mais Stevie n'a pas cherché à me retrouver. Il faut dire que je n'ai rien fait pour lui faciliter le travail : je n'ai pas laissé d'adresse et, quand je lui ai envoyé une carte postale pour lui dire que j'étais toujours vivante, je n'ai pas pris le risque d'écrire autre chose que : « Je suis partie dans le Sud. » Je voulais qu'il suive son propre chemin, qu'il prenne des risques tout seul. Je voulais qu'il me prouve qu'il n'était pas ce genre de types sans espoir, sans ambition, sans énergie, auxquels j'avais fini par l'associer. Mais il n'a rien fait pour contredire mes préjugés. Il n'a rien fait du tout.

Alors j'ai commencé à reconstruire ma vie. J'ai mis entre parenthèses ma déception et mon chagrin et je me suis trouvé un travail. Je ne me rappelle plus lequel. Peut-être consultante junior en ressources humaines ? Ou bien d'abord la télévente, et ensuite les ressources humaines ? Honnêtement, je ne m'en souviens plus. Aucun de ces boulots n'était particulièrement excitant, ce qui réduisait à néant ma théorie selon laquelle, à Londres, les opportunités fabuleuses couraient les rues. Du moins rapportais-je à la maison un salaire décent.

Je me suis fait de nouvelles amies, me suis installée dans un appartement insalubre et exigu encore plus cher que celui d'Edimbourg, mais je le préférais de loin. Tout me plaisait à Londres. Les choses que la plupart des nouveaux venus trouvent horribles ou accablantes me fascinaient et m'excitaient. J'aimais la taille de la ville, le bruit, la complexité ridicule du plan de métro, le fait que certaines épiceries ne ferment jamais, la mélodie trépidante de la population s'affairant… J'étais patiente et pleine de bonne volonté pour tout : les touristes trop lents, les usagers du métro trop pressés, les groupes d'écoliers, les ricanements des écolières. J'étais subjuguée.

Je n'ai pas dit à mes nouvelles amies que j'étais mariée. C'était plus simple comme ça. Je voulais m'intégrer et avouer que j'étais une épouse de 22 ans fuyant son mari n'allait pas m'y aider. Je gardais toujours mon secret dans un coin de mon cerveau mais je ne le laissais jamais investir ma conscience ou, pire, se déverser hors de ma bouche. Londres me proposait toutes sortes de distractions : je courais prendre en photo Trafalgar Square, la Cathédrale Saint Paul, la Tour de Londres… Je restais des heures dans les bars et dans les cafés. Je faisais du lèche-vitrines. Il m'arrivait même d'aller au bureau. Les mois se transformèrent en années, et un jour, en me réveillant, je me fis la réflexion que je n'avais plus pensé à Stevie depuis plusieurs semaines. Plusieurs *semaines.* Il ne faisait plus partie de ma vie, même si une ridicule feuille de papier prenant la poussière dans un bureau de l'état civil d'Aberdeen prétendait le contraire.

Pour préserver ce secret, j'ai été obligée de renoncer à des choses que les gens tiennent en général pour acquises. Une véritable intimité était impossible. Je gardais mes petits amis à distance respectueuse. Les filles avec qui je travaillais ou partageais mon appartement me voyaient comme une phobique de l'engagement. Jusqu'à ce que Philip fasse son apparition.

Et merde.

Je ne suis pas quelqu'un de délibérément cruel. Je n'ai voulu faire de mal à personne. Tomber amoureuse était exactement le genre de complication que j'essayais d'éviter. Même dans mes pires cauchemars je ne pouvais imaginer que Stevie reviendrait dans ma vie sous la forme du nouveau mec d'une de mes meilleures amies. Ce que le destin peut être mesquin, parfois. Je n'ose même pas penser au cataclysme nucléaire si Philip apprenait un jour la vérité.

Amelie ne m'aide pas beaucoup. Son seul conseil – grotesque ! – est de me mettre à table. Ah ah ! Ben voyons ! Et comment je m'y prends, moi ? *Philip, mon chéri, tu te rappelles notre mariage à quarante milles livres, il y a six mois ? Eh bien, il n'a aucune valeur parce que je suis déjà l'épouse d'un autre homme.* Non, vraiment je ne crois pas... Par chance, Philip est en voyage d'affaires pour toute la semaine, il n'assiste donc pas à mon ping-pong nerveux entre l'angoisse et la fureur.

De toutes façons, j'ai mon plan.

Si Laura n'est pas trop impliquée avec Stevie (et comment pourrait-elle l'être, après seulement quelques jours ?), je la persuade de le plaquer dès que possible. Une fois qu'il est sorti de nos vies, tout peut reprendre comme avant. J'ai expliqué mon plan à Amelie et elle m'a dit que je me berçais d'illusions. Avant de m'annoncer qu'elle avait prévu un déjeuner avec Laura et moi.

Amelie a réservé une table au Palais du Jardin, à Covent

Garden. En temps normal, c'est un de restaurants que je préfère, mais là j'ai le plus grand mal à me concentrer sur le cadre d'un raffinement extrême ou sur le menu pourtant alléchant.

— On est près de la fenêtre, parfait ! s'exclame Laura en riant.

Elle n'est sans doute jamais venue ici auparavant et ses yeux se repaissent du luxueux décor de cuir et de bois riche en nuances subtiles de bruns et de gris. Elle a dû travailler en heures supplémentaires au cabinet médical pour payer la garderie où elle a déposé Eddie pour la journée. Elle met une telle détermination à se comporter comme une personne normale plutôt que comme une serpillière usée que c'en est troublant. Charmant. Désastreux.

— Tu as couché avec lui ?

J'ai posé ma question d'une voix un peu plus forte que je n'aurais cru. La moitié des clients du restaurant regarde dans notre direction.

— Je n'en reviens pas que tu me poses la question avant même qu'on ait ouvert le menu, murmure Laura.

J'essaye de déterminer si elle est vexée, méfiante ou indignée ou si elle réagit ainsi parce qu'elle a, ou non, couché avec mon mari. C'est forcément un de ces cas de figure.

Je cherche des yeux un soutien auprès d'Amelie. Elle me lance un regard froid puis étudie son menu.

— Et si on se prenait du champagne ? propose-t-elle.

— Oh, oui, fantastique ! renchérit Laura sans même s'inquiéter du prix, contrairement à son habitude. Manifestement, elle est trop heureuse pour y songer.

Amelie attire l'attention du serveur, à qui elle commande un bouteille de champagne et une eau minérale. Dès qu'il repart, j'insiste :

— Alors ? Tu as couché avec lui ?

— Stevie Jones m'a séduite par les mots, déclare Laura d'une voix grandiloquente.

Je sais qu'elle a longuement travaillé cette entrée en matière, ce qui m'agace un peu plus.

— Pas seulement les mots profonds, mélodieux et mélancoliques des chansons d'Elvis – et encore moins ceux de ses chansons les plus débiles, les plus prévisibles et les plus sirupeuses. Tenez, comme « *Surrender* », par exemple : « Quand on s'embrasse mon cœur est en feu / Brûlant d'un désir étrange »... franchement, je vous demande un peu ?

Et elle roule des yeux pour bien souligner qu'elle est bien au-dessus d'une telle enfilade de clichés. Mais son petit effet tombe à plat car, si je devais décrire Laura à ce moment précis, je dirais qu'elle ressemble exactement à une femme dont le cœur est en feu et brûle d'un désir étrange. Du coup, il m'apparaît difficile de me moquer des paroles de « *Surrender* ». Je jette un coup d'œil à Amelie, qui semble tout aussi stupéfaite – elle a remarqué, elle aussi : Laura a grandi. Elle se tient plus droite, elle est plus forte et plus magnifique que nous ne l'avons jamais vue.

— Il m'a séduite avec *mes* propres mots, conclut Laura avec un sourire éclatant.

— Comment ça ? demande Amelie.

— Stevie Jones me pose des questions, écoute les réponses puis me pose d'autres questions. Je ne me suis jamais sentie aussi intéressante de toute ma vie ! Je sais, Bella, je devrais avoir honte d'être restée l'autre soir au pub alors que tu partais. Est-ce que tu m'as pardonnée ?

J'acquiesce. J'ai même la décence de rougir légèrement – j'espère qu'Amelie a remarqué.

— C'était une connerie, reprend Laura. Je sais qu'une

vraie amie aurait pris son sac sans tenir compte du fait que Stevie chantait pour elle…

Je bredouille :

— Il chantait pour toi ?

— Oui !

Laura est radieuse.

— J'aurais dû sortir du pub et te courir après dans la rue et essayer de comprendre pourquoi tu t'étais brusquement transformée en zombie, mais je n'ai pas pu. Je suis désolée. Comment tu te sens, maintenant, d'ailleurs ?

— Encore un peu… nauséeuse.

En toute franchise.

— J'ai pensé que c'était peut-être un truc que tu avais mangé, ou alors le fait d'avoir mélangé nos boissons… En tout cas, tu devrais quand même consulter ton médecin. Il y a un truc qui traîne en ce moment, une espèce de virus, non ?

— Je me sens mal depuis environ six jours.

Le serveur dépose une bouteille d'eau sur la table et nous apporte le champagne dans un seau de glace. À peine nous a-t-il servies que j'ai déjà vidé ma coupe. Je m'en sers une deuxième.

— Santé ! dit Laura en souriant. Vous êtes assoiffées on dirait !

Je suis sur le point de hurler pour la troisième fois « Tu as couché avec lui ? » lorsque Laura déclare :

— Je n'en reviens pas de me sentir aussi heureuse alors qu'on n'a même pas encore couché ensemble…

Alléluia ! J'ai envie de brandir le poing en l'air mais Amelie et Laura risqueraient de remarquer le geste.

— Nous nous voyons tous les jours depuis six jours et, croyez-moi, j'ai été tentée… Il est complètement « waouh » !

Laura enchaîne en imitant l'orgasme simulé de Meg Ryan dans *Quand Harry rencontre Sally*. Dans d'autres circonstances, ça m'amuserait.

— Mais j'ai choisi d'y aller progressivement, dit-elle d'une voix pétillante.

— Ce n'est pas la pire façon de faire, confirme Amelie en me lançant un regard lourd de sous-entendus.

Ouf ! Je respire. Au moins, leur histoire n'en est qu'aux prémisses. Maintenant que je sais qu'ils n'ont pas encore fait le grand saut, je me sens assez détendue pour commander un loup de mer avec des frites. Amelie choisit la même chose. Laura préfère une salade de crevettes, même si elle est déjà maigre comme un râteau et pourrait très bien se permettre de prendre un kilo. De toutes façons, elle ne doit pas être d'humeur à attaquer joyeusement un plat riche en glucides – j'imagine qu'elle n'a pas trop la tête à s'alimenter depuis sa rencontre fatale avec le musicien de rue.

— Mais alors, *qu'est-ce* que vous avez fait, si vous ne vous êtes pas envoyé en l'air ? demande Amelie.

Je trouve sa question à la fois astucieuse et utile, même si elle sonne la glas des rituels courtois au XXIe siècle.

— Samedi, nous avons emmené Eddie au Musée de la Science.

J'interviens.

— Ce n'est pas un peu tôt pour les présenter ? Ça risque de déstabiliser Eddie, si Stevie est juste un petit coup de folie passagère.

Ce que j'espère bien.

— On s'est intéressés aux lois de la gravitation universelle et de la locomotion, on n'a pas grimpé aux rideaux ! répond Laura en riant.

Elle commence à bien me plaire, avec ses rires et ses gloussements.

— En fait, Stevie a vraiment fait attention avec Eddie. Il ne m'a même pas tenue par la main. Il s'est comporté comme si nous étions juste amis. Il a passé la plupart du temps à jouer avec Eddie, pas avec moi !

— Peut-être qu'il n'aime pas les manifestations publiques de tendresse ? C'est fréquent chez certains hommes. Surtout les indécis.

— En tout cas, me répond Laura, quand Eddie a passé le dimanche avec son papa, nous on est allés à Camden puis à Islington, et Stevie ne m'a pas lâché la main de la journée.

— Pourtant… tu crois que c'est vraiment le type qu'il te faut ? Un chanteur de rue ? Ce n'est pas ce que j'appelle un métier stable.

— Il n'est pas chanteur de rue, Bella, il est prof ! Ce truc de chanter dans le métro, c'était un pari, rétorque Laura en agitant la main d'un air dédaigneux.

Je suis soulagée. Aussi stupide que cela paraisse, une infime partie de moi n'aimait guère l'idée que l'un de mes maris était chanteur de rue. En même temps, le fait qu'il ait un vrai métier n'arrange pas mon plan pour Laura.

— Il est tellement drôle ! Il a de l'esprit… vous voyez ce que je veux dire ?

Je vois très bien.

— Avec lui, j'ai l'impression d'avoir seize ans.

Je vois très bien.

— Lundi, il est venu me chercher au travail et nous n'avons pas fait grand-chose. Il m'a aidée à donner son bain à Eddie. On lui a lu une histoire pour qu'il s'endorme et puis on l'a bordé. Après, vous voyez, on a juste…

Elle rougit.

Je me demande ce qui peut la faire rougir s'ils n'ont pas couché ensemble.

— On a juste discuté. Échangé des points de vue, refait le monde… Mardi soir, après l'école, on est allé voir une démonstration de skate sur Ally Pally.

— Tu n'aimes pas le skate, fais-je remarquer à Laura. Ce n'est pas ta tasse de thé. Tu fais ce genre de trucs juste pour faire plaisir à ton Stevie ? Tu n'as pas l'impression que vous n'avez pas tant que ça de choses en commun ?

— Eddie a adoré.

— Oui, sans doute parce qu'il a pu rester debout tard. C'est normal qu'il reste debout tard le soir alors qu'il a école le lendemain ? Est-ce que Stevie fait des compromis lui aussi ou c'est juste ta vie qui est bouleversée ?

J'ai l'impression de jouer à la fois le rôle de la mère et celui du père.

— Mercredi, il m'a accompagnée à un anniversaire auquel Eddie était invité. Il a passé deux heures et demie a promener sur son dos des gamins aux doigts poisseux et au nez dégoulinant. Et pour ce soir, j'ai pris une baby-sitter parce que nous allons voir *Chicago*, la comédie musicale !

Elle a dit ça d'un ton triomphal. Nous savons toutes les deux qu'elle a gagné. C'est le problème, avec Stevie : c'est un type… euh… bien, je suppose.

Je contemple mon loup de mer. Je n'ai plus faim.

Pendant tout le déjeuner, je dresse une liste de tous les écueils possibles au début d'une nouvelle histoire. C'est une démonstration assez difficile à étayer puisque la sagesse populaire prétend que tomber amoureuse est en général un événement heureux.

— Ce serait dommage qu'un flirt t'empêche de mener à bien ta formation.

Laura suit à mi-temps une formation pour être réflexologue.

— Je peux m'entraîner au massage avec lui, sourit-elle.

— Tu te plains toujours de ne pas avoir de temps pour toi, entre cette formation ton travail et Eddie. Il va forcément y avoir de la casse…

— Ah oui ? Ma carrière de bonne-à-tout-faire du cabinet médical va en pâtir ? Oh mon dieu, je suis dévastée… Écoute, Bella, je ne sais pas comment l'expliquer mais, d'une façon ou d'une autre, Stevie s'est faufilé dans ma vie en douceur. Il ne me tire pas dans une autre direction. Il me *pousse* dans ma direction. Tu n'imagines pas comme c'est merveilleux d'avoir quelqu'un pour m'aider à mettre Eddie au lit.

J'ai envie de souligner les défauts de Stevie : il manquait d'ambition, il voulait vivre à des kilomètres de l'endroit où je voulais vivre, il était complètement obsédé par Elvis… Mais je ne suis pas certaine que ça ait la moindre importance pour Laura. Même moi je vois bien que, si Laura devait avoir une relation suivie avec Stevie, les congés scolaires dont il doit bénéficier seraient parfaits pour Eddie. Pas une seconde je ne prétends qu'elle *devrait*. C'est juste que, s'il ne s'agissait pas de Stevie mais de tout autre type baladant des gosses sur son dos et emmenant Laura voir des comédies musicales, on en serait sans doute à se demander quand ils comptent faire un deuxième bébé. Je me souviens du corps fabuleux de Stevie ; d'après ce que j'ai entrevu samedi, on ne dirait pas qu'il se soit laissé aller. Je me rappelle qu'il était gentil, spirituel, profond et drôle. Je ne vois pas comment ces détails pourraient m'aider à le griller aux yeux de Laura.

— Tu ne sais rien de lui, dis-je à tout hasard.

Et je comprends aussitôt que je me trouve en terrain miné. C'est tout de même frustrant que la seule et unique information susceptible de provoquer la rupture entre

Laura et Stevie – le fait qu'il soit déjà marié – soit aussi peu flatteuse pour moi.

Je tente de rattraper le coup.

— Il est peut-être encore… sous le coup d'une déception amoureuse ? Ou gay ? Ou drogué ?

Laura m'observe, pleine de compassion.

— Vous permettez ? Je m'absente aux toilettes, dit-elle dans un excès de politesse.

Amelie attend que nous soyons hors de portée et attaque :

— Bon sang, à quoi tu joues, Bella ?

— J'essaye de l'aider à décrocher avant qu'elle ne soit trop accro !

Amelie me regarde comme si j'étais devenue folle.

— Bon… en tout cas ils n'ont pas couché ensemble, donc ce n'est pas sérieux.

— Tu plaisantes, c'est ça ? me demande Amelie. Ils n'ont peut-être pas couché ensemble mais il y a une chose qui crève les yeux : c'est sérieux. Laura a parlé *calmement* d'Oscar en disant « le papa d'Eddie » ! C'est plus sérieux qu'une histoire de sexe ! Elle est tellement accro à Stevie qu'elle éprouve déjà moins d'amertume au sujet d'Oscar.

— Alors tu crois que Stevie joue le rôle du pansement ? Elle se sert de lui pour faire son deuil d'Oscar ?

— Non. Le pansement, c'était l'ostéopathe. Et il ne l'a pas aidée à faire son deuil d'Oscar, de toute façon. Ce que je dis, c'est qu'avec Stevie ça a l'air sérieux.

— Non !

J'ai crié. Je me sens frustrée et en colère contre Amelie, Stevie, Laura et moi-même. Surtout moi-même.

— Ça me fait tellement plaisir pour elle… déclare Amelie avec un sourire béat.

Je ne partage pas son enthousiasme.

— Il va falloir que j'accélère le mouvement pour qu'elle le plaque.

— Je n'en reviens pas que tu penses ça. Toi, Bella ! Comment peux-tu envisager quelque chose d'aussi dégueulasse et d'aussi égoïste ?

— Question de survie, dis-je dans un murmure.

— Laura était une ruine quand tu l'as rencontrée. L'incarnation de la déchéance. Si tu n'étais pas devenue son amie, on la verrait encore traîner en cardigan et pantalon de grossesse. Tu lui as redonné confiance et espoir. C'est formidable, ce que tu as fait. Et maintenant, ce que tu voudrais faire, c'est… terrible.

Je déteste quand Amelie s'imagine qu'elle peut me parler aussi directement.

— Désolée de te paraître dure mais à quoi servent les amies, sinon à te dire quand tu te goures ?

J'ai envie de lui répondre que les amies servent à parler dernières tendances de la mode. Les amies servent à ne jamais se retrouver seule à vider des litres de vin. Mais l'heure n'est pas à l'ironie.

— Je n'ai jamais vu Laura si joyeuse et en confiance. Elle est radieuse et… excuse-moi si tu trouves que je manque de tact, mais il a l'air de bien l'aimer, lui aussi.

Je fixe Amelie, horrifiée.

— Tu crois ?

— Oui. Il l'emmène voir *Chicago*, la comédie musicale, voyons ! Tu es obligée de reconnaître qu'à ce niveau-là, c'est de l'idolâtrie.

— Il lui dira, dis-je, menaçante.

— Tu dois lui dire en premier. Et tu dois parler à Philip.

— Non !

J'ai encore crié, et encore une fois des dizaines de cous

se tordent dans notre direction. Nous sommes bel et bien l'attraction du Palais, aujourd'hui.

— Il doit bien y avoir un autre moyen… Peut-être que je pourrais parler à Stevie d'abord ?

— Ce serait un début.

— On pourrait peut-être obtenir un divorce-éclair. De nos jours, ça se règle en deux minutes, non ? Après tout, ça fait des années que nous sommes séparés, ça doit être un motif suffisant. Ensuite je pourrais annoncer à Philip que nous ne sommes pas tout à fait légalement mariés.

Le visage d'Amelie se ferme.

— Je ne vois pas le problème ; ou vous êtes mariés, ou vous ne l'êtes pas.

— Oui, d'accord, nous ne sommes pas mariés.

Ce constat me brise le cœur. Je veux être l'épouse de Philip. Je me *sens* l'épouse de Philip.

— Mais ce serait tout de même mieux que de lui parler maintenant, parce que je ne serais pas obligée de lui dire que je suis mariée à un autre. Je pourrais simplement lui expliquer qu'il y a eu un problème administratif… qu'il y a eu une erreur dans les documents de notre mariage. Ce n'est même pas faux.

Pour la première fois depuis six jours, je m'autorise à entrevoir une lueur d'espoir.

— C'est loin d'être la vérité, toute la vérité, rien que la vérité. Il voudra que tu précises. Philip n'est pas le genre d'homme à se satisfaire du flou artistique. Mieux vaudrait tout lui raconter, Bella.

— Je vais éluder, contourner le problème.

J'ai joué les autruches pendant des années et je n'ai pas l'intention de sortir la tête du sable aujourd'hui.

— Après, Philip et moi pourrions nous remarier tranquillement. On n'a même pas besoin de le faire savoir.

Quant à Laura et Stevie, ils peuvent faire… bah, ce qui leur chante.

Je ne peux pas aller plus loin dans la magnanimité et le sacrifice. Je ne veux plus de Stevie, certes, mais l'offrir à une autre, emballé dans un joli papier-cadeau reste assez pénible. Quelque part en moi, profondément enfouie, gisait la conviction qu'il était à moi. Il l'a toujours été, en quelque sorte pour toujours, depuis l'aube des temps. Je ne l'ai plus vu depuis huit ans, je n'ai plus pensé à lui depuis des mois et pourtant, quelque part dans mon subconscient, Stevie s'est vu apposer l'étiquette : « Propriété privée. » Si j'en crois l'expression de son visage, qu'elle réserve d'ordinaire à Freya et Davey quand ils se chamaillent, Amelie ne mesure pas l'ampleur de mon sacrifice.

Laura revient à table. Son aura toute récente a quelque peu faibli. Je me demande si elle attendait un coup de fil qui n'est pas venu ou si elle a juste reçu un texto d'adieu. Impec ! S'il la jette, je ne serais même pas obligée de le revoir.

— Un problème ?

— C'est drôle que tu me demandes ça, Bella, j'allais justement te poser la même question. Tu vas bien ? Tu as un comportement très étrange aujourd'hui.

Je la contemple d'un regard vide, sans laisser la moindre émotion affleurer à la surface de mon visage.

— Écoute, je voudrais que tu me dises franchement : qu'est-ce qui te pose problème chez Stevie ?

— Rien du tout.

— Tant mieux ! Parce que s'il y a quoi que ce soit, il faut que tu m'en parles. Je sais que tu étais réticente de me voir entichée d'un chanteur de rue mais ce n'est pas un chanteur de rue.

— Oui, tu me l'as dit, il est professeur de musique.

— Si tu avais la moindre raison *valable* de me dissuader de sortir avec Stevie, alors en tant qu'amie je te demande de me la donner maintenant.

C'est le moment ou jamais. Je pourrais me confier à elle comme je l'ai déjà fait tant de fois par le passé, pour des sujets certes plus légers. Quand j'ai commencé à prendre des pilules amincissantes, Laura a été la seule de mes amies à en être informée – bien sûr, elle m'a expliqué que c'était comme pisser dans un violon et m'a envoyé m'inscrire dans un club de gym. Quand je n'ai pas eu mes règles juste avant mon mariage, c'est Laura qui attendait devant la porte de la salle de bains pendant que j'urinais sur la petite tige du test de grossesse. Fausse alerte : le stress des préparatifs avait chamboulé mon corps. Laura savait à quels hommes j'avais posé un lapin, et de quels hommes j'avais attendu désespérément un coup de fil. Elle savait quand je m'étais fait faire des mèches, et que je porte toujours un Wonderbra lors d'un premier rendez-vous. Elle sait tout de moi – enfin, presque – et s'est tenue fidèlement à mes côtés pendant trois ans. Je n'ai pas envie que ça change.

Un instant, je me demande si, dans l'hypothèse où je lui dirais la vérité, Laura se rangerait à mon avis et ferait tout pour éviter que Philip apprenne mon secret. Peut-être pourrais-je la convaincre… Mais si j'échoue ? Si, sous le coup de la colère et de la déception – une réaction assez envisageable –, elle insistait pour que je dise tout à Philip ? Je sens qu'Amelie retient sa respiration, m'exhorte à cracher le morceau, à prendre la bonne décision. Mais je ne peux pas. Je n'ose pas.

Mon plan doit à tout prix marcher.

Je secoue la tête, écœurée par ma propre honte.

— Je m'inquiète pour toi, c'est tout.

C'est vrai. Mais le plus lamentable, c'est que c'est surtout pour moi que je suis inquiète.

— Je ne veux pas te voir souffrir.

Et *je ne veux pas* voir Laura souffrir. Elle a traversé une rupture terrible qui l'a presque tuée et, Amelie a raison, elle craque complètement pour Stevie. Si je pouvais mettre entre parenthèses la question de ma bigamie et considérer Stevie et Laura comme un couple, je serais obligée d'admettre qu'ils sont parfaits l'un pour l'autre. Je veux que mon nouveau plan marche, pour le bien de tout le monde.

— J'aimerais bien le rencontrer, dis-je.

— Ah oui ?

Le visage rayonnant de Laura réapparaît.

Je souris malgré moi.

— Oui. Toute cette histoire a débuté sur de mauvaises bases.

C'est le moins que je puisse dire.

— Pourquoi toi et Stevie ne viendriez-vous pas dîner à la maison samedi ?

— Ce serait génial ! Oh, non, il a un concert de prévu, pour un mariage. La semaine prochaine, ce serait possible ?

Je me demande quelle quantité de dégâts peut être amassée en une semaine. Mais comme je n'ai pas le choix, j'acquiesce.

— Il sera tellement content ! s'exclame Laura, enthousiaste. Il meurt d'envie de vous rencontrer. Je lui ai beaucoup parlé de vous.

Je décide de prendre pour argent comptant ce commentaire et l'impatience de Stevie à l'idée de rencontrer les amies de Laura car, si je pense le contraire – Stevie se doutant que je suis Belinda McDonnel de Kirkspey et non

Bella Laurance de Wimbledon – je me transforme sur le champ en statue de pierre.

— Et tu viendras aussi, Amelie, d'accord ? dis-je.

— Je ne voudrais rater ça pour rien au monde.

Et moi, j'aurais donné le monde pour ne pas avoir à lancer cette invitation.

18. Tonight Is So Right for Love (Ce soir, c'est le moment d'aimer)

Vendredi 4 juin 2004

LAURA

— Il dort ?

— Presque, dit Stevie en entrant dans la cuisine. Je lui ai lu *Le Chat chapeauté*, *Peter Pan* et *Little Nemo*.

— Ah, tu t'es fait avoir ! dis-je en souriant car les trois histoires sont assez longues. Tu sais, avant de commencer la lecture à Eddie, je fixe toujours les règles : deux histoires courtes et une longue histoire. Jamais deux longues histoires. Trois longues histoires, c'est une première ! Je parie qu'il te garderait avec lui toute la nuit, s'il pouvait…

— Ça ne me dérange pas. En fait, ça m'a bien plu.

Je le regarde par en-dessous et remarque une légère rougeur sur ses joues. Apparemment, cet aveu lui a un peu coûté. Je trouve ça charmant.

— Tu as de la chance de ne pas nous avoir rencontrés l'année dernière. Il voulait toujours que je lui lise le même livre, un truc barbant, sans aucune tension, sans histoire d'amour, sans…

— Dénouement ?

— Exactement.

Voilà que je me sens timide, tout à coup. Il est temps de changer de sujet.

— Bon… je crois que j'ai terminé. Et si tu prenais une bouteille de vin au frigidaire, histoire d'attendre gentiment au salon que les steaks aient fini de mariner et les légumes de rôtir ?

J'ai préparé le dîner pendant que Stevie s'occupait de coucher Eddie. Ce dernier avait insisté pour que Stevie lui donne son bain, lui brosse les dents et lui lise une histoire. En temps normal, j'adore ce moment de la soirée – et pas seulement parce qu'il indique que l'heure d'aller dormir est proche. J'adore cette sensation d'intimité quand je me blottis contre mon fils et que je commence à lire, laissant retomber toute la frénésie de la journée. J'adore voir ses paupières se faire de plus en plus lourdes jusqu'à ce que toute son excitation le submerge et que ses yeux se ferment. Je pourrais passer ma vie à contempler ses longs cils effleurant ses joues roses. Je me pelotonne tout contre lui, m'imprégnant de son essence, humant son odeur d'enfance. Je savais qu'un jour mes services seraient en surplus par rapport à la demande et je ne m'attendais certainement pas à ce que ce jour arrive si tôt mais quand Eddie a demandé Stevie pour son bain et pour son histoire au lit, je me suis senti totalement à l'aise.

Des éclats de rires et des bruits d'éclaboussures n'ont pas tardé à me parvenir de la salle de bains. Quand je suis entrée pour récupérer le linge sale, les murs et le sol étaient trempés ; manifestement, l'heure du bain était une occasion plus joyeuse avec Stevie qu'avec moi – pas étonnant qu'Eddie rigole autant. Puis j'ai écouté Stevie lui lire l'une des histoires habituelles, mais d'une façon inhabituelle.

Il prenait plusieurs voix pour interpréter les différents personnages et insistait pour jouer les scènes de cape et d'épée. Je craignais qu'Eddie ne puisse jamais se calmer, bien trop excité et surpris par cette montée de testostérone dans la maison, jusqu'à ce que j'entende Stevie lui chanter une berceuse d'une voix douce et mélodieuse. Je me suis forcée à ne rien faire de stupide, comme par exemple pleurer au-dessus des légumes. Après tout, ce n'étaient pas des oignons.

J'avais promis à Stevie un dîner très spécial, ce soir. Nous sommes déjà sortis cette semaine et je n'avais pas trop envie de faire encore appel à une baby-sitter. Stevie m'a proposé de prendre les frais à sa charge, arguant qu'ainsi il participait de moitié à la soirée. Je lui ai expliqué que l'argent n'entrait pas en ligne de compte, c'était juste que je me sentais mal de laisser à nouveau Eddie. Ces deux dernières semaines ont été exceptionnellement remplies pour nous trois et je sentais que nous avions besoin d'une petite pause. J'ai annoncé à Stevie mon projet d'un dîner à la maison, en ajoutant que, sans vouloir m'envoyer des fleurs, mon steak au romarin risquait d'être le meilleur qu'il ait jamais mangé de sa vie.

En plus du baby-sitting, un autre motif important pour rester à la maison rôde dans mon esprit tordu : je crois encore qu'un bon petit plat est le meilleur chemin vers le cœur d'un homme. Pour dire les choses de façon plus directe : j'espère que ma cuisine va donner à Stevie l'envie de me faire passer à la casserole…

C'est très étrange. Je suis à peu près certaine que Stevie m'aime bien – m'aime vraiment. Nous avons quand même presque passé toutes nos soirées ensemble depuis notre rencontre… Aussi, c'est un peu embarrassant de constater que, quinze jours exactement après le concert au Bell and

Long Wheat, Stevie et moi ne nous connaissons toujours pas charnellement. Pas *du tout*. Nos amygdales n'ont même pas été présentées… Je me sens perdue.

Je suis consciente du fait que mes seins se font la course pour savoir qui des deux arrivera le premier à ma taille ; je sais que j'ai des pattes d'oie autour des yeux (et ce ne sont pas des rides d'expression ; même Bozo le Clown n'en a pas autant, et Dieu sait qu'il a passé sa vie à rire). Ceci dit, j'ai déjà surpris Stevie m'observant d'un air agréablement concupiscent. Samedi dernier, quand nous sommes allés au zoo, il ne quittait pas des yeux mes jambes. À cause de ma minijupe, il a raté une bonne partie des animaux… Donc, je suis presque sûre que je ne le repousse pas physiquement. Et s'il passe tout son temps libre avec moi, il y a de bonnes chances pour qu'il ne déteste pas ma compagnie. Ce qui rend tous ces rendez-vous à base d'abstinence sexuelle encore plus incompréhensibles… Il n'est pas timide. Ni inexpérimenté. D'après ce que je sais, il ne souffre d'aucune maladie terrible. Oui, je me sens perdue.

J'ai pensé appeler Bella. En général, elle arrive bien à décrypter le comportement masculin. Contrairement à moi, elle ne voit pas les hommes comme les extraterrestres qu'ils sont. En outre, je me tourne toujours vers elle quand j'ai un problème. Que ce soit l'art de faire monter les meringues (son conseil pertinent : aller en acheter de toutes prêtes chez Marks & Spencer) ou l'attitude à adopter vis-à-vis de mes ex-beaux-parents (mes excités, comme elle les appelle). Pourtant, cette fois je ne l'ai pas appelée. Le problème, c'est que, malgré cette invitation à dîner demain soir et son désir de nous voir tous devenir amis, je ne la crois pas. J'aimerais la croire.

Depuis deux semaines, je n'ai vu Bella qu'une seule fois et je ne l'ai eue au téléphone qu'à deux reprises. Et dans les deux cas, pour une conversation des plus formelles puisqu'elle concernait les modalités de son invitation. Quelque chose entre nous a déraillé. Je ne sais pas ce que j'ai fait pour la contrarier. J'ai l'impression très nette qu'elle ne supporte pas Stevie, mais ça me semble absurde puisqu'elle ne l'a jamais rencontré.

En tout cas, puisque je ne peux pas lui demander son avis à propos de lui, je n'ai plus qu'à me fier à mon instinct. Par le passé, j'aurais eu tendance à me dire : Stevie craque pour moi mais pas pour Eddie. En tant que mère célibataire, j'annonce toujours la couleur : moi et Eddie, nous formons un lot, à prendre ou à laisser. Je ne cherche pas un père pour Eddie, il en a un, mais quel que soit l'homme avec qui je sors, il doit être conscient de mes responsabilités et savoir qu'il passera toujours après mon petit garçon. Seul une race d'hommes très particulière peut faire preuve d'aussi peu d'égoïsme. Seulement Stevie craque *bel et bien* pour Eddie. Après un interminable débat intérieur, un bref passage à vide concernant l'image que j'ai de moi, suivi d'un vigoureux coup de pied aux fesses, j'en suis arrivée à la conclusion que Stevie n'a pas encore eu l'occasion d'entrer dans un rapport de séduction tant soit peu frontal avec moi. Je ne suis pas du tout convaincue par cette explication mais, à défaut d'en trouver de plus convaincantes, je m'en tiens à celle-là.

J'ai donc décidé d'offrir à Stevie l'opportunité de tenter sa chance. J'ai supprimé tous les feux rouges : au dîner fait maison s'ajoutent les lumières tamisées, une douce musique d'ambiance (supputant que Barry White risquait d'être un peu trop explicite, j'ai acheté une compil lounge « Café Costes ») et une dizaine de bougies semées à travers le salon. Je ne doute de rien. Et je m'en fiche : je ne cherche pas la subtilité. J'ai même envisagé de m'allonger nue par terre, dans l'obscurité totale, en espérant qu'il finirait par trébucher sur moi.

Bref, ma patience est à bout.

Et je me suis habillée dans un unique but : l'impressionner. Plus exactement : je suis habillée pour être déshabillée. Jeudi, après le déjeuner, je suis allée en vitesse chez La Senza (l'équivalent d'Agent Provocateur pour les filles normales) et j'ai choisi un soutien-gorge à balconnet en dentelle et une culotte moulante assortie. Rouges. J'ai eu un moment d'angoisse en me demandant si ça ne faisait pas un peu pute. En fin de compte, j'ai décrété que ce n'était pas plus mal. Je vous l'ai dit : je ne cherche pas la subtilité.

Je suis Stevie jusqu'au salon en fixant le bout de mes chaussures – je ne me sens pas assez courageuse pour croiser son regard quand il entendra la musique et verra les bougies, plus nombreuses que dans l'abbaye de Westminster à Noël. Mais pas question de flancher si près du but. Je m'effondre sur le canapé, tapote le coussin à côté de moi et, agitant deux verres vides :

— Viens par ici avec le vin, je meurs de soif !

Stevie obtempère : il vient s'asseoir à côté de moi et nous sers.

— Merci. À quoi est-ce qu'on trinque ?

Si ce n'est pas une des plus grandes perches tendues de tous les temps, alors je rends mon tablier parce que, même si je ne suis plus sortie avec un mec depuis... euh... trop longtemps, je me rappelle d'innombrables occasions où, ayant posé cette question à mon partenaire, il répondait infailliblement : « À nous. » C'est écrit dans le scénario. Ça n'a jamais raté. Et, après avoir heurté nos verres, clic !, il se penchait vers moi pour un baiser. « Nous » => clic ! => baiser. Chaque fois.

Je consulte ma montre. Les steaks doivent mariner pendant encore quarante-cinq minutes. Il n'est pas impossible que, d'ici-là, on se soit déjà jetés l'un sur l'autre avant même d'être passés à table (d'ailleurs, je préférerais : j'aurais le ventre moins rempli).

— À Elvis ! répond Stevie.

— Quoi ?

J'en ai le souffle coupé. D'alanguie, je reprends la position verticale. Ça suffit, je me casse. *Je rends mon tablier!* Je porte des dessous en dentelle rouge, mes lèvres luisent de la même couleur, je bats des cils suffisamment pour provoquer des courants d'air, j'affiche un décolleté hardi et... monsieur veut lever son verre à *Elvis* !

— Trinquons à Elvis, répète Stevie avec un sourire démesuré.

Si je ne suffoquais pas de déception, je serais obligée d'admettre qu'il ne m'a jamais paru aussi craquant.

— Je mourais d'envie de t'en parler...

Ses mots jaillissent telle une joyeuse cascade.

— ... Il y a un concours annuel, la Convention des Artistes Rendant Hommage à Elvis. Le vainqueur sera désigné « King of Kings » de l'Europe entière. J'ai déjà passé les qualifications en Angleterre. Eh oui, *baby*, tu ne le sais pas encore mais je suis le King anglais !

Je réponds d'un sourire idiot tandis que j'essaye de tout comprendre.

— Le truc auquel je ne m'attendais pas du tout c'est que... je suis sélectionné pour la finale ! Et elle se déroule à Las Vegas !

Sans cesser de sourire, je hoche la tête mais je n'arrive pas à en placer une.

— Las Vegas, tu te rends compte ? D'habitude, la Convention se déroule dans des patelins comme Blackpool ou Newquay. Mais pour l'anniversaire de ce qui aurait été les soixante-neuf ans d'Elvis, les sponsors ont remis la main à la poche et voilà !

— Pourquoi ne pas avoir attendu le soixante-dixième anniversaire, histoire d'avoir un chiffre rond ?

— Pour éviter la confusion avec la Convention globale de l'année prochaine, qui risque d'éclipser le concours européen.

— Je n'avais pas saisi que c'était une industrie d'une telle envergure.

— Mais la cerise sur le gâteau, c'est que je peux emmener trois personnes avec moi ! Tous frais payés pour un long week-end. Tu le crois ? Dave et John sont partants. Qu'est-ce que tu en dis ?

— C'est fantastique.

Impossible de ne pas se sentir heureuse pour lui.

— Ta mère doit être folle de joie, non ?

— Ma mère ?

Stevie a un mouvement de recul. Avec toute cette excitation, je ne m'étais pas aperçue que son visage était si près du mien. À quelques millimètres à peine.

— Je ne l'ai pas encore appelée. Ouais, elle sera folle de joie.

Il semble un peu gêné.

— Elle a beaucoup voyagé ?

J'en doute. Stevie vient d'un milieu où l'argent économisé sert rarement à partir en vacances à l'étranger.

— Bon sang, je me sens tellement merdique…

Son exaltation s'effondre comme un château de cartes.

— Pourquoi ?

— Je n'avais même pas pensé à emmener ma mère. C'est nul, non ? J'espérais que tu pourrais venir.

— Moi ?

Je souris, ébahie.

— Mais si tu crois que je dois le proposer à ma mère…

— Oh, non. Enfin, si. C'est-à-dire, si tu y tiens.

J'essaye de ravaler ma déception. Moi et ma grande gueule… Je jette un coup d'œil à Stevie : il sourit.

— À vrai dire, elle n'adore pas les longs voyages. Elle considère un trajet en train jusqu'au bourg voisin comme une véritable expédition et a besoin de plusieurs semaines pour se faire à l'idée. Et elle n'aime pas le soleil. Alors que toi, j'ai l'impression que tu adorerais sortir d'une piscine et laisser les rayons du soleil te sécher.

— Oh, oui, ça oui !

Je parle tout en riant.

— Mais Eddie ?

— Est-ce que son père ne pourrait pas s'en occuper ? Profiter de l'occasion pour passer un peu de bon temps entre hommes ? Ou alors, une de tes amies pourrait le prendre – Amelie, Bella. Elles peuvent bien te donner un coup de main. Tu mérites des vacances.

De fait, je *mérite* des vacances. En tout cas j'en ai tellement envie que tous les arguments sont bons pour les justifier. Je suis certaine qu'Oscar acceptera de prendre Eddie pour quelques jours. Amelie me dépannerait volontiers. Bella aussi, évidemment. Probablement. Et puis, ce ne sont pas des vacances ordinaires. C'est une opportunité à saisir. C'est gratuit, et avec Stevie. Il m'invite en vacances. Il veut que je le soutienne pendant sa compétition.

— J'adorerais venir. Si tu es sûr de toi.

— Sûr et certain. Marché conclu, alors ?

— Marché conclu. Tope-là !

Je tends la main pour que Stevie tape dedans.

Mais, au lieu de ça, il prend ma main puis, doucement,

du bout du doigt, trace sur ma paume une ligne qui part du pouce vers mon avant-bras.

— À vrai dire, Laura… j'espérais qu'on pourrait conclure le marché d'une façon un peu plus intime…

Ouiiiiiiiiiiiiiiiiiiiiiiiii.

19. Baby I Don't Care (Je m'en fiche)

Samedi 5 juin 2004

BELLA

— Amelie, tu crois que c'est une idée stupide ?

J'ai posé ma question en chuchotant. Nous nous trouvons dans la cuisine et Philip est à la cave en train de choisir le vin pour ce soir, mais je préfère redoubler de précautions. Bien sûr, je fais allusion au fait d'avoir invité mon ex-mari, ou pour mieux dire mon pas-du-tout-ex-mari, à dîner ce soir.

— L'idée stupide, c'était d'épouser deux types, chuchote à son tour Amelie, avec cette honnêteté brutale qui est sa signature.

Je suis démoralisée. Elle ne sait pas que le rôle d'une amie est d'aider son amie à se sentir mieux, quelle que soit la circonstance ? Elle ne regarde jamais *Sex and the City* ? Elle doit quand même remarquer que cette situation n'est pas exactement réjouissante pour moi car elle ajoute, d'un ton plus chaleureux :

— Oh, Bella, quel gâchis. Essaye au moins de réparer ce que tu as fait, d'accord ?

Nous nous regardons en tentant de dissimuler notre peur et notre désespoir. Amelie est très forte pour réparer. Elle envoie souvent des fleurs ou des chocolats à des gens pour leur remonter le moral ou se faire pardonner. Quoique le pire qu'elle puisse se reprocher est d'oublier parfois les anniversaires. Mais dans le cas présent, Amelie doit se rendre compte que même Interflora ne serait d'aucun secours.

— Tu es certaine que tu ne veux pas tout simplement le dire à Philip ?

— Certaine, dis-je avec force.

Me retrouver en tête-à-tête avec Stevie est une perspective horrible – toute la semaine, mon estomac s'est retourné à cette idée – mais ce n'est rien en comparaison d'une explication avec Philip. Il ne me pardonnerait jamais. Il ne comprendrait pas – qui pourrait comprendre ? Moi-même j'ai du mal.

— Philip ne triche même pas au Monopoly, Amelie ! Il remet toujours de l'argent dans le parcmètre à temps ! Il envoie sa déclaration d'impôts *en avance.* Il pique une crise s'il n'arrive pas à rendre les DVD au vidéo-club à l'heure. Ce n'est pas un homme qui enfreint la loi. Il risque de prendre ça mal. Qui prendrait ça bien, d'ailleurs ?

Amelie hoche patiemment la tête.

— Je sais mais…

— Il n'y a pas de mais. Je me suis fourrée toute seule dans ce guêpier, je m'en sortirai toute seule. Je peux le faire. Je dois le faire.

Je m'aperçois que j'ai opté pour la solution la plus risquée. Quand j'ouvrirai la porte à Stevie ce soir, il va recevoir un sacré choc. J'espère que, sous le coup de la surprise, il n'aura pas le temps de faire une gaffe avant que je puisse le supplier de ne pas dévoiler le pot-aux-roses. Je retourne à mon plan de travail et mets toute mon énergie à émincer les poivrons aussi finement que possible. J'essaye de faire le vide sur tout le reste – après tout, je m'y suis bien entraînée.

Je me demande si Stevie aimera des linguinis frais à la sauce roquefort. Quand nous nous sommes rencontrés, il se nourrissait exclusivement de croquettes au poulet Findus avec des haricots en boîte nappés d'une sauce marron. Quand je l'ai quitté, ses goûts n'étaient guère plus sophistiqués. Je me demande s'il sera impressionné de voir que je suis un vrai cordon-bleu et que j'ai une cuisinière professionnelle six feux ? Ou pensera-t-il que je suis devenue snob, la pire de nos insultes, à l'époque ?

Je secoue la tête et tente de repousser cette pensée.

Bien sûr que non. Je suis sûre qu'il se réjouira de voir que je me suis bien débrouillée dans la vie – en tout cas, qu'il s'en serait réjoui si nous nous étions revus dans un contexte différent.

— Je peux faire quelque chose pour t'aider ? demande Philip en émergeant de la cave, plusieurs bouteilles de vin entre les bras.

Il met les deux bouteilles de vin blanc au frigidaire et débouche celle de vin rouge pour lui permettre de respirer.

— Tu peux nous servir un petit verre, dis-je.

Il nous prépare nos apéritifs préférés : gin tonic pour moi, vodka à la canneberge pour Amelie.

— Alors, le copain de Laura, à quoi il ressemble ?

Je réponds du tac au tac :

— Aucune idée. Jamais rencontré.

— En tout cas, il doit être très spécial pour qu'on lui

déroule comme ça le tapis rouge. Huîtres, linguinis, soufflé chocolat-orange… Et toi, ma chérie, tu es splendide. C'est une nouvelle robe ?

Je rougis.

— Ça fait une éternité que je l'ai !

Je mens. Pour la première fois, je me prends à souhaiter que Philip soit un peu moins attentif. En cet instant précis, je l'échangerais volontiers contre un de ces types qui croient leur femme invisible.

La vérité, c'est que j'ai mis le paquet sur mon apparence. En temps normal, quand des amis viennent dîner, je change de haut, éventuellement j'enfile un jean un brin plus habillé. Ce soir, je porte une robe Dolce & Gabbana noire qui descend jusqu'aux genoux, sans manches, avec un corsage moulant et de très fines bretelles. Le laçage dans le dos lui donne un petit côté à la fois dominatrice et bergère innocente. Je sais que je suis à tomber. Je veux avoir l'air à tomber. Et je refuse de me demander pourquoi.

— Il a l'air gentil. En tout cas, il rend Laura très heureuse, précise Amelie.

— Tu l'as rencontré ? demande Philip.

— Une fois, rapidement, répond-elle d'une voix dégagée. J'avais gardé Eddie à la maison et ils sont venus ensemble le chercher.

Je tombe des nues.

— Ah bon ? Tu ne m'en as jamais parlé !

Je l'interroge d'un regard dur mais, loin d'arborer une expression penaude, elle répond :

— Non ? Ça a dû me sortir de la tête.

Ce n'est pas si important que ça, mais je me sens trahie. Je n'arrive pas à m'ôter de l'esprit qu'Amelie essaye de me donner une leçon. J'ai envie de lui hurler que, bordel, oui ! je sais que j'ai commis une erreur et je n'ai pas besoin qu'elle le prenne de haut et me fasse la leçon, mais la sonnerie de la porte d'entrée nous sauve *in extremis*.

— Mince, ils sont en avance !

Je lâche mon couteau à émincer et me débarrasse de mon tablier. J'inspecte au passage mon reflet dans la porte en aluminium du frigidaire.

— Pas de panique, ma chérie. Je vais leur ouvrir.

— Non, je m'en occupe, dis-je en écartant Philip.

Je fonce vers la porte, si tant est qu'il soit possible de foncer avec onze centimètres de talon. C'est important que ce soit moi qui accueille Stevie et Laura. Je ne veux pas que Stevie se détende grâce à Philip, qui ne manquera pas de lui servir à boire et de discuter avec lui. J'ai besoin de cueillir Stevie par surprise, quand il est le plus vulnérable et le plus malléable. Je lui demande juste de rester silencieux toute la soirée et juste après, pendant très peu de temps. Ensuite, tout rentrera dans l'ordre : je pourrai réparer ce misérable gâchis et la vie reprendra son cours normal.

J'ouvre la porte et m'écrie « Laura ! » tout en l'entourant de mes bras pour l'attirer vers moi. Par-dessus son épaule, je jette un coup d'œil à Stevie. Mon mari. Je ne peux pas nier que je suis davantage que simplement curieuse. Il s'est détourné pour admirer la Jaguar, que Philip n'a pas encore eu le temps de rentrer dans le garage. Puis, lentement, il se tourne pour me saluer.

Pauvre Stevie. À quoi s'attendait-il ? La copine de sa nouvelle petite amie. Une élégante maîtresse de maison ? Une ancienne serveuse métamorphosée en femme au foyer oisive ? Laura lui a-t-elle beaucoup parlé de moi ? S'est-il déjà formé une opinion sur Bella Lawrence ? La soupçonne-t-il d'être un rien pourrie-gâtée, dans sa gigantesque demeure de Wimbledon ? Ou Laura lui a-t-elle fidèlement raconté l'histoire de notre amitié ? Sait-il que j'ai déjà fait toutes mes preuves en tant qu'amie ? Que j'ai épousé Philip par amour, et non pour son train de vie ? Je l'ignore, mais quel que soit ce à quoi il s'attend, ce n'est sûrement pas Belinda McDonnel.

Il se tourne vers moi et nos yeux se rencontrent. Il vacille pendant une seconde, me reconnaît mais n'arrive pas à y croire, espérant sans doute se tromper. Je comptais sur ce choc initial.

— Et vous devez être Stevie. J'ai tellement entendu parler de vous.

Je me penche vers lui pour une accolade aussi chaleureuse qu'avec Laura. Je sais que ça peut passer pour excessif, mais Laura pensera certainement que je me montre extrêmement amicale. Lorsque mon corps entre en contact avec la sien, il s'adoucit et se fond dans son physique plus tonique et plus dur. Son odeur n'a pas changé. C'est l'odeur de ma jeunesse. Pas celle du déodorant, du gel capillaire bon marché, mais cette odeur de garçon qui a enivré ma jeunesse. J'avais toujours cru qu'elle était le résultat du mélange entre sa sueur de jeune homme bientôt homme, la mousse Clearasil et les soins de la gamme Imperial Leather, mais je présume qu'il n'utilise plus ces marques. Par conséquent, l'odeur qui m'a bercée de la fin de mon adolescence au début des mes vingt ans devait être celle de sa peau. L'odeur de Stevie, tout simplement. Et, à sentir « Stevie, tout simplement » ce soir, je mesure que son odeur m'a manquée depuis presque dix ans.

Je m'approche de quelques millimètres supplémentaires, espérant que ce mouvement est imperceptible, et le hume doucement. Je tremble. Lui aussi.

Bon sang.

Et je murmure à son oreille :

— Surtout, pas un mot.

Puis lentement et – oh, mon dieu ! – à regret, je m'écarte de lui.

Stevie se redresse et me fixe au fond des yeux. Son regard traverse mes pupilles pour exploser dans mon esprit, dans mon âme. Il paraît troublé, contrarié, blessé. Puis ravi. La réaction la plus déstabilisante. Je sais ce qu'il ressent. Je vis dans ce bouillonnement coupable d'émotions depuis deux semaines. Quelque chose de minuscule et de souterrain vient d'être ramené au jour et Stevie est, de toute évidence, heureux de me voir.

— Entrez, entrez ! Bella, ne les laisse pas sur le porche, intervient Philip derrière moi.

S'ensuivent les dix minutes d'activité habituelles : après les présentations, on passe au salon pour l'apéritif. Laura me tend un énorme bouquet de fleurs. Ce n'est pas dans ses habitudes quand elle vient dîner, et j'en déduis que ces fleurs signifient la fin de notre complicité évidente. Je la remercie mais ne tiens pas à aller en cuisine pour les mettre dans un vase. Je ne veux pas risquer de laisser Stevie seul avec les autres. Je demande à Amelie de s'en occuper. Elle obéit sans enthousiasme – on sent bien qu'elle préférerait rester à l'épicentre de l'action. Stevie tend à Philip une bouteille de vin. Il semble intimidé. Ce que Philip attribuera sans l'ombre d'un doute au fait que les hommes sont rarement à l'aise dans ce genre de circonstances sociales. Je suis la seule à savoir qu'en temps normal, Stevie serait très heureux de rencontrer les amis de sa compagne. Cela fait bien longtemps qu'il a vaincu sa timidité d'adolescent pour devenir un homme sociable et charmant.

Je regarde ces deux hommes, qui se tiennent côte à côté, et je suis frappée par leurs ressemblances et leurs différences. Ils font à peu près la même taille, environ 1m85. Peut-être Stevie est-il plus petit d'un ou deux centimètres. Tous deux ont des cheveux foncés et des yeux verts. Les cheveux de Philip se distinguent par quelques filaments gris, tout à fait à leur place – après tout, il a huit ans de plus que Stevie. Comme toujours, les yeux de Stevie scintillent de malice, de fébrilité et d'impatience. Ceux de Philip sont sereins, ils proclament au monde entier qu'il est à la hauteur de la situation. Philip est plus corpulent. Ils ont tous les deux de grands pieds. Ce qui les distingue le plus, ce sont leurs vêtements. Stevie a enfilé un t-shirt Diesel à la dernière mode et un jean taille basse. Je vois son caleçon.

J'ai la gorge sèche. J'avale une grande gorgée d'alcool.

Philip porte un pantalon en velours côtelé beige et un t-shirt Gap. Jusqu'à présent, j'avais toujours pensé qu'il était à la fois élégant et jeune dans cette tenue. Et là, soudain, je me demande s'il ne pourrait pas essayer de porter des vêtements un tout petit peu plus à la mode. Cette pensée superficielle me fait rougir.

C'est Philip que j'aime.

Stevie, c'est de l'histoire ancienne.

Mon corps se meut au ralenti mais mon cœur bat à toute vitesse. Je me demande si ces deux réactions physiques contradictoires peuvent me déchirer en deux ? Ce serait peut-être ça, la réponse idéale. Je porte mon verre à mes lèvres et renverse un peu de liquide sur ma robe.

— Ça va, ma belle ? me demande Philip.

Je bafouille en passant une main sur le tissu.

— Oui, oui, bien.

— Tu ne vas pas renverser des choses sur ta nouvelle robe !

— Elle n'est pas nouvelle.

— Bien sûr que si. Tu sais, ça m'est égal. Pourquoi tu ne le reconnais pas ? Je te trouve magnifique.

Philip en fait toujours des tonnes dans le registre des

compliments. Il me trouve beaucoup plus jolie que je ne le suis. La plupart du temps, j'encourage cette erreur de jugement mais ce soir, je voudrais juste qu'il la ferme.

— Stevie, vous ne trouvez-pas qu'elle est magnifique ?

— Charmante, bredouille Stevie.

Suis-je la seule à voir son embarras ?

— Philip, c'est bon, dis-je.

— Tu as fait tellement d'efforts, ma chérie ! Pourquoi tu ne te contentes pas d'accepter ces compliments ? Et pourquoi je ne peux pas demander l'avis d'un autre mec ? Ça ne dérange pas Laura, au moins ?

Laura répond d'un sourire compréhensif. Elle n'a jamais paru aussi belle et, clairement, elle ne voit aucun inconvénient à ce que l'avis de son homme soit sollicité concernant une autre femme. Elle est manifestement sûre d'elle. Je devine ce qui lui donne cette aura printanière. Philip aussi.

— Toi aussi, Laura, tu es splendide ce soir. Ainsi qu'Amelie, bien sûr.

Amelie sourit : le compliment de Philip lui est venu après coup mais ça ne la gêne pas.

— Stevie, nous avons vraiment de la chance d'être entouré par une telle assemblée de beautés.

Je sais que Philip essaye de toutes nous inclure dans son hommage, mais je voudrais qu'il se taise. Il en fait des tonnes et doit paraître pompeux et insincère.

— Si nous passions à table ? dis-je d'une petite voix en indiquant la salle à manger.

20. You've Lost That Loving Feeling (Tu as perdu ce sentiment d'amour)

STEVIE

Bordel. Bordel de merde. Belinda McDonnel. Bon dieu, Belinda McDonnel… Ma femme, mon ex-femme je suppose, est en train de me servir… qu'est-ce que c'est que ce truc ? Encore dans un état de choc, j'en suis tiré par une assiette remplie de coquillages à l'aspect gluant. Ça ressemble à l'écoulement nasal d'une personne méchamment enrhumée. Des huîtres ? Belinda McDonnel sert des *huîtres* à ses invités du samedi soir ? C'est trop d'informations d'un seul coup…

D'abord, j'ai cru que je me trompais. Apparemment, cette Bella ne me connaissait ni d'Eve ni d'Adam, donc j'ai pensé à une erreur de ma part. Ça ne pouvait pas être ma femme perdue de vue depuis si longtemps. Elle lui ressemblait un peu mais, comme j'ai pu m'en rendre compte, beaucoup de femmes ressemblent à Belinda. Au fil des ans, j'en ai croisé plus d'une qui avait sa démarche, sa taille, ses cheveux. J'ai entendu des rires identiques au sien. J'ai suivi des passantes dans la rue mais, quand je leur tapais sur l'épaule et qu'elles se retournaient, l'illusion se dissipait aussitôt.

Je me suis joué la scène de nos retrouvailles un nombre incalculable de fois. Pour moi, on tomberait forcément nez à nez l'un avec l'autre pendant un concert ou dans une bibliothèque municipale. Ou alors carrément à l'étranger, au Panthéon – ouais ! au Panthéon, ça le fait bien… Ou encore pendant un orage – la pluie et la foudre ajoutant une petite touche dramatique. Mais des milliers de scénarios accumulés dans ma tête, pas un ne montrait Belinda m'accueillant sur le porche d'une énorme baraque à Wimbledon où elle m'a invité à dîner. Et ce n'est pas étonnant : Belinda McDonnel était nulle en cuisine.

Pendant un quart de seconde, je me suis demandé si notre élégante hôtesse n'était pas une cousine éloignée de ma femme disparue. Parce que cette Bella est l'épouse de Philip, plus âgé qu'elle et plutôt bel homme, or jusqu'à preuve du contraire Belinda est toujours mariée avec moi. Oh, mon dieu ! Serait-il possible que nous ayons divorcé sans que je le sache ? Je déménage pas mal, mon courrier ne suit pas forcément… Toujours est-il que, après avoir imaginé ce moment pendant huit ans, selon une fréquence grosso modo quotidienne, lorsque je me suis vraiment retrouvé face à ma femme, j'ai eu du mal à croire que c'était elle. L'espace d'un instant, ce que je n'avais cessé d'espérer est devenu ce que je redoutais de croire.

Mais elle m'a pris dans ses bras.

Et j'ai senti qu'elle n'avait pas changé. En une seconde, tous mes doutes se sont évanouis. Le corps de Belinda s'est collé contre le mien et ils s'ajustaient à la perfection. Elle est toute mince et s'est glissée sous mon bras comme pour remplir un espace qui n'attendait qu'elle. Je ne m'étais jamais aperçu que je vivais avec ce vide autour de moi. Ou alors si ?

Elle a pas mal changé. Avant, ses cheveux formaient une imposante masse de boucles préraphaélites ; à présent, ils sont raides et lisses comme un pan de verre poli. Ils sont plus sombres, aussi – ça fait longtemps qu'ils n'ont plus vu une bouteille de shampooing raviveur d'éclat, je parie. Son visage s'est affiné, elle a perdu ses rondeurs d'enfant. Ma Belinda McDonnel était mignonne. Cette Bella je-ne-sais-plus-quel-est-son-nom est renversante. L'une des plus belles femmes que j'aie vues depuis longtemps.

Quand elle m'a pris dans ses bras, j'ai respiré son odeur, essayé de me remplir les poumons de son essence. Son parfum n'est plus le même – celui-ci est épicé, sophistiqué. Il lui va bien. Et quand elle s'est écartée de moi (pourquoi était-ce un déchirement pareil ?), j'ai remarqué sa tenue. Oubliés, les Doc Martens, les collants en laine épaisse, le gros pull informe, la jupe courte en velours et les grandes créoles qu'elle portait dans tous mes scénarios de retrouvailles – pas assez irréprochables, et encore moins à la mode. Elle a choisi le total look noir et, ça, c'est sexy… Une robe coûteuse, de toute évidence. De celles qu'on achète dans des boutiques où je ne vais même pas en rêve. Tenues par des femmes intimidantes qui vous dévisagent comme si votre balourdise dépassait tous leurs seuils de tolérance. Je me demande quelle proportion de mon salaire le prix de cette robe représente.

Je n'aurais pas imaginé qu'elle aurait à ce point changé. Qu'elle aurait pris un chemin si éloigné. Éloigné de moi. Ce qui est sacrément naïf de ma part, vu le contexte. Certaines personnes diraient qu'elle ne m'avait jamais caché vouloir s'éloigner *à ce point* de moi.

Je l'observe attentivement tandis qu'elle s'active et sert ses invités.

Belinda avait un accent du Nord-Est de l'Écosse. Un accent à couper au couteau. Aujourd'hui, elle parle comme la Reine.

— Je ne suis pas sûre que les petits pains soient suffisamment tièdes pour mettre en valeur les huîtres, si ? demande-t-elle à Amelie qui, sans se départir de son sourire, répond par un haussement poli des épaules.

À ce geste, je la range dans ma catégorie des femmes OK. N'entrent pas dans cette catégorie les femmes qui se préoccupent de savoir si les petits pains sont suffisamment tièdes pour mettre en valeur les huîtres. Belinda ne peut pas être sérieuse quand elle dit ça. Je suis assis devant elle. Moi, son mari de tous les Noëls précédents. Dans la maison qu'elle a achetée avec son mari de ce Noël-ci. Et c'est de la température des petits pains qu'elle s'inquiète ?

Plus je l'observe, plus je me dis qu'elle a changé jusqu'à devenir méconnaissable. Et si elle est tellement à part, comparée à tous les gens que je peux connaître, ce n'est pas à cause de sa robe de couturier ou de sa coupe de cheveux coûteuse. Ce n'est pas parce qu'elle a policé son accent, changé de nom ou de couleur de cheveux. Elle a changé d'une façon plus profonde. Elle est aussi dure que ses ongles parfaitement manucurés. Je frissonne.

La soirée se déroule dans un brouillard épais. Quelqu'un me tend un verre. Quelqu'un m'en tend un autre. On me place à côté de Laura, en face de Belinda. Quelqu'un me sert encore à boire. Je me demande qui peut bien vider mes verres ? C'en est trop. Je l'ai retrouvée puis perdue dans la même soirée. Elle a épousé Philip. Elle porte le diamant qu'il lui a offert – serti dans le platine de son alliance. La simple alliance en or que je lui ai donnée est invisible. Non qu'elle ait été toujours bien en vue quand nous étions encore ensemble : par crainte d'être surprise par quelqu'un qui nous connaissait, Bella préférait la laisser dans son tiroir à chaussettes.

Quand ai-je divorcé ?

Pour la troisième fois de la soirée, Laura me donne un coup de coude dans les côtes, et je comprends que je tiens très mal mon rôle de petit ami amusant et plein de verve.

— Tu as entendu, Stevie ? Phil te demande comment tu t'es retrouvé à interpréter Elvis en concert ?

Je me débrouille pour marmonner une réponse. Je suis en pilote automatique. Je suis persuadé que l'adorable Laura comprendra ma nervosité face à ses amis que je ne connais pas. Parce que, bien sûr, comment pourrait-elle imaginer *à quel point* je connais sa meilleure amie ?

Adorable Laura. Ah, quel salaud je fais ! Adorable Laura. C'est comme ça que je l'appelle parce que, vraiment, elle est adorable. J'adore le mot « adorable ». Un mot simple mais aux significations si riches. Attirante, délicieuse, charmante, gentille. Pleine d'amour. Laura représente tout cela et j'ai une histoire avec sa meilleure amie et elle n'en a pas la moindre idée. Laura est drôle et impertinente et je sais qu'elle veut que je la voie uniquement ainsi, mais je sais aussi qu'elle est vulnérable et craintive. Je ne veux pas la blesser. Dois-je parler ? Dois-je prendre mon couteau pour tapoter mon verre (du cristal, on dirait. Qui aurait pu croire que Belinda McDonnel posséderait un jour quoi que ce soit de plus brillant qu'une barrette ?) Dois-je faire une annonce ? « Désolé d'interrompre une soirée si géniale mais, Philip, mon gars, je dois te dire : j'ai été le mari de ta femme. Je pensais que tu devais en être informé. C'est la vérité, n'est-ce pas Belinda ? Désolé, Laura. Désolé tout le monde. Désolé. »

Je prends mon couteau.

— Vous n'aimez pas trop les huîtres, on dirait ?

Ce sont les premières paroles que Belinda m'adresse directement depuis son « surtout, pas un mot ». Le fait qu'elle me pose cette question à cet instant précis me laisse penser qu'elle lit dans mon esprit. Nous le croyions vraiment, à une époque. Le souvenir de notre intimité passée envoie une décharge à travers tout mon corps et réveille un sens de la loyauté enfoui… Bien sûr, j'ai pensé à elle pendant toutes ces années. Pendant des années je n'ai pensé *qu'à* elle. Mais aujourd'hui, je regarde de moins en moins souvent en arrière. C'est trop bouleversant, trop… putain, c'est trop triste. Parfois je me demandais quel genre de vie elle menait, mais je ne pense plus à notre histoire, à notre amour. Pas question. Je ne me suis plus autorisé ce…

Plaisir.

Parce que, bon Dieu, elle m'en a apporté, du plaisir. Si mon esprit part en arrière, j'arrive presque à *sentir* le soleil, tellement mes souvenirs sont vivaces. Si heureux, si réels.

Je ne peux pas faire une annonce en plein dîner alors qu'elle m'a demandé de me taire. Je dois lui donner une chance de s'expliquer.

— Hum… en fait, non. C'est surtout la texture qui me gêne…

— C'est un goût qu'on acquiert. Vous devez faire un effort pour y arriver.

— Mais pourquoi devrais-je faire un effort ?

Laura me donne un coup de genou. J'ai dû paraître grossier. Mais bordel, tant pis ! Souvenirs heureux, vivaces et ensoleillés mis à part, Belinda se montre tellement condescendante. Cette fille utilisait du Tippex pour peindre ses hauts talons ! Qui est-elle pour me parler des goûts que je dois acquérir ? Il faut que j'arrête de boire autant. Il faut que je me ressaisisse.

Belinda tend le bras vers moi et me prends mon assiette.

— Peut-être puis-je vous servir autre chose. Des œufs ? Une salade ?

— Non, merci…

Je la regarde dans les yeux.

— … je n'ai plus vraiment d'appétit.

— Sans doute la chaleur, commente Laura en prenant mon set de table et en s'en servant comme d'un éventail. Enfin, je ne me plains pas. Avec une météo de moins en moins clémente, c'est rare qu'il fasse aussi beau pour un début juin.

Je remarque le teint rosâtre de Laura. C'est peut-être l'alcool, ou la chaleur, ou la gêne d'en être réduite à tenir avec ses amis des propos banals sur le temps qu'il fait. Pauvre Laura. Tellement tendue, tellement désireuse que tout le monde s'entende bien. Tout à l'heure, en chemin vers chez Belinda (ou Bella, puisqu'elle la connaît sous ce nom), Laura m'avait expliqué que son amie s'était montrée très réservée quant à notre relation – une réticence qu'elle ne s'expliquait pas. Eh bien, voilà au moins un mystère de résolu.

— Stevie, vous pourriez me donner un coup de main en cuisine ? me demande Belinda.

— Ne demande pas à un invité, Bella, intervient Philip. Je m'en charge.

C'est un type bien, ce Philip ; mais clairement, il est à la botte de sa femme.

Je me lève et la suis. J'entends Amelie dire à Laura :

— Relax ! C'est le roquefort qu'elle veut faire fondre, pas Stevie. En tout cas, il est charmant.

En d'autres circonstances, le commentaire m'aurait fait plaisir. Mais là, tout est trop embrouillé dans ma tête pour que j'y prête seulement attention.

Hier soir, j'ai fait l'amour avec Laura. Je veux dire : j'ai *vraiment* fait l'amour. On n'a pas baisé, niqué, on ne s'est pas envoyés en l'air… Non, rien de tout ça. On était complètement dans ce qu'on faisait. C'était évident qu'on était énormément attirés l'un par l'autre. Et je voulais être sûr de moi avant de me lancer dans une histoire sérieuse avec Laura. Elle est encore bien secouée par son divorce et c'est une fille trop bien pour jouer avec ses sentiments. Non que j'aie l'habitude de jouer avec les sentiments de quiconque : je veux juste dire que certaines femmes sont émotionnellement plus solides que d'autres. Alors, sauf si on pense pouvoir tomber amoureux de Laura, c'est plus élégant de la laisser tranquille.

La nuit dernière, j'aurais juré que j'étais amoureux d'elle.

C'était presque le cas, d'ailleurs. Tandis que nous étions étendus, épuisés et rassasiés, baignés de nos sueurs et de nos humeurs, je me suis trouvé tout près de prononcer les deux petits mots. Et ce n'était pas seulement parce qu'elle m'avait taillé la meilleure pipe que j'aie jamais eu le plaisir de recevoir. Ce n'était pas seulement parce que nous venions de feuilleter et de sillonner une bonne partie des pages du Kama Sutra avec une aisance et une confiance généralement réservées aux couples qui se connaissent de longue date. J'ai passé deux semaines avec cette femme et son fils. Elle est drôle, résistante, aimante, enjouée. Elle a tout de la mère parfaite selon moi – et Eddie a l'air de partager mon avis. J'ai vu comment elle se comportait avec ses ouvriers, ses voisins, les vendeuses dans les boutiques et les mamans à l'école : elle est parfaite. Elle a le rire facile, mais ne dégaine pas ses moqueries à tout bout de champ. Je sais que, quand elle se sent mal, elle a tendance à endosser facilement le rôle de la victime, mais elle sait garder une attitude de vainqueur. C'est ce mélange entre ses doutes intérieurs et son extraordinaire présence extérieure que j'admire tant. Je n'ai jamais vu ça chez quiconque auparavant.

La nuit dernière, j'étais sur le point de lui dire que je l'aimais. Ou en tout cas, en bon mec qui se respecte, de trouver une formule détournée – quelque chose comme « je m'imagine bien tomber amoureux de toi ». Mais une chose m'a retenu. Non pas le risque de me ridiculiser et de recevoir, pour toute réponse, un éclat de rire. Pas même le fait que cette déclaration, alors que nous nous connaissons depuis deux semaines, pourrait l'effrayer. Ce qui m'a retenu, c'était Belinda McDonnel.

Comment avoue-t-on à sa petite amie que l'on n'est pas totalement sûr de son propre statut marital ? Aucune idée. Vraiment. Et j'ai retourné cette énigme dans ma tête à plusieurs reprises pendant toutes ces années. Je voyais cette incertitude comme le signe qu'il est plus simple de s'en tenir à des relations de surface avec les dames, et jusqu'à présent ça ne m'avait pas posé problème. Mais la nuit dernière, aujourd'hui et même maintenant, je pense que je pourrais tomber amoureux de Laura, qu'elle est la fille idéale pour moi.

Alors comment se fait-il que, tout en suivant Belinda dans la cuisine, je me demande si, une fois seuls, nous allons nous tomber dans les bras l'un de l'autre ?

Ce n'est pas une pensée entièrement bizarre – enfin, pas dans le contexte de cette soirée. Je ne veux pas *sérieusement* que ça se produise. C'est juste qu'en voyant son cul splendide osciller devant moi et, sur son épaule, ce grain de beauté que j'ai si souvent embrassé, je sens mon bas-ventre secoué par un frisson. J'ai honte. Et je me sens furieux. Furieux de constater qu'elle peut encore me faire cet effet. Alors, au lieu de nous tomber dans les bras l'un de l'autre dès que nous nous trouvons seuls, je fais en sorte de revenir à une autre de nos habitudes.

— Tu peux m'expliquer ce qui se passe, Belinda ? dis-je d'un ton cassant.

— Je ne peux pas t'expliquer ici, répond-elle dans un sifflement tout en jetant un coup d'œil furtif par la porte de la cuisine.

— Il va bien falloir que tu te mettes à table, pourtant !

— Écoute, je suis désolée.

— Désolée ? Désolée de quoi, au juste ? De m'avoir épousé ? Ou d'avoir divorcé sans me prévenir ? À propos, ça remonte à quand ? Je n'aurais pas dû recevoir un courrier d'un avocat ?

Le visage de Belinda perd d'un coup toutes ses couleurs. Son blush fait comme des ecchymoses sur ses joues gris cendre. Ses lèvres sont une balafre rouge vif. Un instant, toute trace de beauté s'efface de son visage : elle ressemble à un clown.

— Nous ne sommes pas divorcés, murmure-t-elle.

— Nous ne… nous ne sommes pas… ?

Tâtonnant, comme un aveugle, je trouve un tabouret et grimpe dessus. Bordel, pourquoi cette nouvelle me fait plaisir ? Belinda était à moi et je l'ai perdue. Ce soir je l'ai retrouvée, mais seulement brièvement car, étant mariée à Philip, je croyais qu'elle ne l'était plus avec moi. Durant une fraction de seconde, j'avais ressenti une douleur violente car tous les fantasmes que j'avais nourris à propos de notre réconciliation passaient d'un coup à la trappe. Non que je la veuille vraiment, ça non. Je viens à peine de rencontrer

Laura. Retrouver Belinda ce soir devrait être perçu comme un terrible, horrible inconvénient. Alors, bordel, pourquoi cette nouvelle me fait plaisir ?

— Mais tu as épousé...

— Philip, oui.

— Alors ça fait de toi...

— Une bigame, oui, murmure Belida.

Elle s'assied sur le tabouret à côté de moi et me prend la main.

— Regarde-moi, Stevie. S'il te plaît. C'est important. Nous n'avons pas beaucoup de temps.

Je la regarde. La femme sophistiquée qui, il y a cinq minutes, avalait des huîtres a disparu. Tout à l'heure, dans la salle à manger, pendant quelques instants, j'avais presque détesté Bella, avec ses airs suffisants et son dédain glacé pour mon désarroi. Désarroi dont *elle* est responsable. Mais la grâce et la confiance de Bella se sont dissoutes. Et je retrouve Belinda. Son regard chancelant, tourmenté, m'est familier. Quelque chose en moi accuse le coup, et pas seulement au niveau de mon bas-ventre. Je me sens poussé vers elle par un élan de tendresse, une envie de la protéger. Laissez-moi descendre de ces satanées montagnes russes ! Ça ne m'amuse pas du tout !

— Je t'en supplie, Stevie, ne dis rien. S'il te plaît, accorde-moi du temps. Nous allons nous revoir. Je t'expliquerai tout. Nous sommes dans une telle pagaïe, ici.

— C'est *toi* qui es dans la pagaïe, pas nous, fais-je remarquer.

— Et Laura ? Tu n'es pas inquiet pour elle ?

Et revoilà Bella : froide, s'efforçant de reprendre le contrôle. D'un souffle, elle éteint mes sentiments de tendresse. Elle ne veut pas que je sois de son côté, elle veut que je sois l'adversaire qu'elle va vaincre. Elle sait que, par mon silence complice jusqu'à maintenant, je suis déjà en position de faiblesse. Ça faisait sans doute partie de son plan. Belinda a toujours eu un côté impitoyable.

— Je m'inquiète pour Laura. Mais peut-être qu'en sortant de la cuisine j'annoncerai à tout le monde ce que tu viens de m'expliquer.

— Tu ne peux pas faire une chose pareille.

— Et pourquoi pas ?

— Parce que Laura serait dévastée. Quel que soit le stade où en est votre relation, tout volerait en éclats.

Sur ce coup-là, elle a raison. Laura est vulnérable. Je ne veux ni la blesser, ni la perdre.

— Et aussi…

— Oui ?

— Je te demande de ne rien dire.

Je regarde Belinda, impassible.

— Je te *supplie* de ne rien dire. Donne-moi la possibilité de m'expliquer… en souvenir du bon vieux temps.

— Je ne sais pas quoi faire, dis-je en me passant une main dans les cheveux.

— Alors écris-moi l'adresse de ton école et je t'attendrai à la sortie lundi à 16h15, dit-elle en me tendant un bloc-notes et un stylo. Je remarque une longue liste de courses chez l'épicier – je ne connais même pas les noms des produits. Coco-plats et christophines ? Ça se mange, ça ? Bella soulève une lourde soupière et s'apprête à sortir de la cuisine. Devant la porte, elle s'arrête, se tourne vers moi.

— Tu sais, Stevie… je suis vraiment désolée.

Je ne sais si je dois la croire.

21. Trying To Get to You
(Pour te reconquérir)

PHILIP

— Tu as passé une bonne soirée ? dis-je à Bella quand enfin elle me rejoint au lit.

Elle a débarrassé et nettoyé toute la vaisselle du dîner car elle ne voulait pas se réveiller demain matin dans l'odeur des assiettes sales. Elle m'a pressé d'aller me coucher, me rappelant que je devais profiter de mes week-ends pour bien dormir car, en semaine, je dois me lever tôt – ce qui est exact. Pourtant, elle ne m'a pas convaincu en disant qu'elle allait faire la vaisselle pour ne pas troubler mon repos. J'ai plutôt eu l'impression qu'elle ne voulait pas que je traîne dans ses pattes. Quand elle est venue dans la chambre et a constaté que j'étais toujours éveillé, en train de lire *Newsweek*, une ombre de déception est passée sur son visage, vite effacée par un large sourire.

J'insiste :

— Tu as passé une bonne soirée ?

Elle ne répond pas à ma question.

— Tu sais, Philip, je dois faire ma gym. Tu veux que j'aille dans une autre pièce ? Je ne veux pas te gêner.

— Viens te coucher, Bella. Tu ne vas pas faire des abdos avec le ventre plein.

Je repousse la couette. Bella soupire et se met au lit.

— Tu gardes ta culotte ?

Nous avons l'habitude de dormir nus. Une nudité synonyme d'intimité, et j'aime ça. Elle signifie que nous sommes ouverts l'un à l'autre, prêts à faire l'amour. Parfois, Bella choisit de porter des culottes sexy, avec des dentelles ; une façon de me dire, sans ambiguïté, qu'elle est d'humeur coquine. Mais ce soir, elle porte sa culotte de règles alors qu'elle n'a pas ses règles. Je me demande ce qu'elle veut me dire.

— Le ventre plein, tu l'as dit. Je me sens obèse.

— C'est ridicule. Tu es splendide.

— Je ne suis pas splendide, répond-elle sèchement en me tournant le dos.

Je soupire, repose mon magazine et me blottis contre elle. Je suis soulagé quand ses fesses viennent se lover dans mon bas-ventre. Ça signifie que, si Bella paraît contrariée, ça n'est pas de ma faute. Maintenant, il s'agit de savoir à cause de qui ou de quoi elle est contrariée.

— Alors, dis-je pour la troisième fois, tu as passé une bonne soirée ?

— Oui, c'était bien.

— Juste « bien » ?

— Oui, bien.

Je suis désarçonné. En général, après nos dîners, elle met une éternité à se calmer. Elle passe en revue les propos de chacun, qui portait quoi, est-ce que la cuisine leur a plu ? Comment tu as trouvé le pudding ? N'est-ce pas, que nos amis sont géniaux ? Ce soir, je m'attendais à un interrogatoire complet pour savoir ce que je pensais de Stevie, suivi d'une contre-analyse détaillée par Bella et d'une estimation de la durée de vie de sa relation avec Laura. J'avais même réfléchi à une réponse car, souvent, Bella me reproche de ne pas assez m'intéresser aux gens. Je suis un peu irrité de me voir refuser la possibilité de donner mon point de vue.

— Le repas était délicieux, mon amour.

— Merci.

— Dommage que Stevie n'ait pas aimé les huîtres.

— Oui, dommage.

— Un type sympa, quand même, tu ne trouves pas ?

Silence.

— Un peu timide, peut-être. Ou alors juste nerveux, qu'est-ce que tu en penses ?

— Pourquoi nerveux ? riposte Bella du tac au tac.

— Eh bien, ce n'est jamais évident de rencontrer les vieux amis d'une nouvelle compagne, sans compter que nous sommes tous assez protecteurs vis-à-vis de Laura. C'est presque comme rencontrer ses parents.

— Ah.

— Tu l'aimes bien ?

— Pas vraiment eu l'occasion de parler avec lui.

— Il a dit qu'il était allé en fac en Écosse. Est-ce que…

— Il y a beaucoup de facs en Écosse. Qu'est-ce qui te fait croire qu'il était dans la même que moi ?

— Chérie, je sais que l'Écosse est un grand pays et pas un petit village. J'allais juste te demander si tu savais dans quelle fac, c'est tout.

Bella s'emporte facilement dès que l'Anglais trahit son ignorance de la réalité écossaise. En supposant, par exemple, que tous les Écossais se connaissent entre eux, puisque leur pays est à peine plus grand qu'une paroisse. Je change de sujet.

— En tout cas, il est beau mec…

— Ah bon ?

— Allez… tu as bien remarqué, non ? dis-je en lui pinçant les fesses pour la taquiner.

Ça ne me pose aucun problème qu'elle remarque quand un type est beau, pas plus qu'elle n'est gênée quand je lui montre une belle femme. Nous sommes mariés, autrement dit liés l'un à l'autre, mais pas aveugles.

— En tout cas, ça n'a pas échappé à Laura. Elle en est complètement gaga…

— Eh bien, c'est tout ce qui compte.

Bella me tourne toujours le dos et il semblerait que, malgré tous mes efforts, elle ne soit pas d'humeur à participer à la conversation. Bien sûr, je pourrais lui demander de but en blanc pourquoi elle est contrariée mais je sais que c'est le meilleur moyen de la braquer encore plus. Je poursuis donc en empruntant une voie détournée.

— Je me demande s'il joue au golf.

— Ah, ça, non.

— Comment le sais-tu ?

— Je… n'en sais rien. Simple supposition. Il ne ressemble pas à un joueur de golf.

— Il a vécu en Écosse pendant plusieurs années ; il y a d'assez bonnes chances pour qu'il joue au golf. Je lui demanderai s'il veut venir faire un parcours dans mon club.

— Pourquoi ?

— Pour être agréable. Toi et Laura pourriez partir faire des courses un samedi après-midi, comme dans le temps, pendant que Stevie et moi irions jouer au golf.

— Je ne crois pas que ce soit une bonne idée.

— Pourquoi ?

— Leur relation peut très bien tourner court.

— Eh bien, dans ce cas-là ce ne serait pas un déchirement pour moi de perdre un nouveau partenaire de golf, et si leur histoire dure ce serait une façon pour moi d'apprendre à mieux le connaître ou de…

— Laisse tomber, Philip, me coupe Bella.

Puis, se retournant vers moi :

— Laisse tomber, c'est tout.

Son visage, d'ordinaire si composé, est crispé par l'irritation.

— Pourquoi est-ce que tu ne l'aimes pas ?

— Ce n'est pas que je ne l'aime pas…

Bella tend le bras par-dessus moi et éteint la lampe de chevet.

— Écoute, j'ai mal à la tête. Est-ce qu'on peut dormir, maintenant ?

Je reste allongé dans l'obscurité, comptant sur mes doigts le nombre de jours avant les prochaines règles de Bella. C'est la première fois que je suis confronté à des SPM aussi violents…

22. Love Me Tender
(Aime-moi tendrement)

LAURA

Stevie et moi mettons Amelie dans le premier taxi qui passe, puis faisons signe au suivant, quelques minutes plus tard. Nous sommes assis sur la banquette arrière, dans la pénombre et le silence. Sans que je puisse dire pourquoi, je sais que ce dîner n'était pas une réussite. Malgré tous les efforts de Bella, qui sont indéniables : le repas était délicieux, les arrangements floraux exquis, sa robe magnifique. C'est peut-être ça qui a provoqué toute cette tension, d'ailleurs. Stevie a dû trouver mes amis complètement coinços. J'aurais préféré qu'elle opte pour la formule « fish & chips » ou qu'elle se fasse livrer des plats indiens. Je ne veux pas paraître ingrate mais quand Laura en fait des tonnes dans le rôle de la maîtresse de maison, la soirée est rarement conviviale.

Amelie non plus ne se ressemblait pas. Elle s'est montrée adorable avec moi ces derniers temps mais il y a de la friction entre elle et Bella. Ce soir, à deux reprises au moins, j'ai surpris Bella en train de la fusiller du regard, et Amelie prenait la mouche facilement avec elle. Alors qu'elle s'entendent si bien d'habitude. Seul Philip était égal à lui-même, chaleureux et détendu.

J'observe Stevie à la dérobée et soupire intérieurement. Avec lui, c'était pire. De toute évidence, il ne s'est pas beaucoup amusé. Il a beaucoup trop bu et ne s'est exprimé que par monosyllabes. Je suis à moitié déçue pour lui, car il n'a pas accroché avec mes amis, et à moitié en colère, car il ne s'est pas aperçu des efforts de Bella. Est-ce qu'il n'aurait pas pu se montrer un peu plus perspicace ? Ou nous raconter une anecdote de son cru, voire une blague, même un peu limite, histoire de briser la glace ?

La tête appuyée contre la vitre du taxi, il a l'air hypnotisé par le ballet des lumières de Londres. Est-il agacé, fatigué, ou juste bourré ? J'aimerais ne pas prendre ça tellement à cœur. Je devrais contenir mes sentiments, garder mon sang-froid, être complètement calme, détendue, sophistiquée au point d'être quasi-indifférente. Mais bon, c'est un peu tard. J'ai couché avec lui. Hier soir j'ai crié et gémi assez fort pour réveiller les morts et je n'ai même pas simulé ! Jouer l'indifférence ne rimerait pas à grand-chose.

J'avais attendu si longtemps ce premier baiser sur la bouche. Depuis qu'il m'avait embrassé sur la joue sur le quai à Hammersmith. Et ce baiser-là, je l'avais même attendu depuis trente ans. Un baiser peut signifier tant de choses, ou rien du tout. Leur variété, dans la forme comme dans la signification, m'a toujours étonnée. Un baiser peut être une façon de dire bonjour ou au revoir, un acte de dévotion ou de trahison ; un baiser peut apaiser, réconforter ou exciter. Le doux baiser sur le quai à Hammersmith, le bruit feutré de ses lèvres effleurant ma joue, était d'une ambiguïté alarmante. Était-ce un baiser qui signifiait tout pour moi et presque rien pour lui ? Ou était-ce un baiser annonciateur de beaucoup d'autres ? Le bruit feutré était resté en moi et m'avait revigorée pendant ces trois semaines stériles où il m'arrivait de penser que notre relation ne serait jamais rien d'autre que cette maudite épitaphe : « Juste de bons amis ». Vendredi soir, quand il m'a enfin embrassée sur les lèvres, le bruit feutré avait volé en éclats, remplacé par le tourbillon d'un long baiser passionné, fiévreux et sans ambiguïté.

Ses baisers étaient tendres et attentifs. J'y répondis avidement ; avec douceur mais fermeté, je leur fis gravir un échelon supplémentaire en mordillant, grignotant ses lèvres, et en dardant ma langue. Il m'embrassa délicatement la mâchoire, le cou, les oreilles, me donnant l'impression d'être redevenue une adolescente – ça ne fait pas de mal. C'est surprenant que la plupart des hommes négligent le baiser, alors qu'il peut agir comme le plus érotique et le plus intense des préambules. D'instinct, Stevie le savait : ses baisers étaient d'une intensité variable, jouaient sur une gamme allant du poli au passionné, de l'agaçant à l'obstiné. Je pressai mon corps contre le sien. Les seins écrasés contre son torse, je me demandai s'il sentait mes tétons durcir à travers le soutien-gorge et les vêtements. Je me demandai si j'allais oser plonger la main vers sa queue. Étrangement, je ne me sentais ni nerveuse, ni angoissée, ni déplacée – un état d'esprit pour ainsi dire habituel depuis ma séparation d'avec Oscar – ; j'étais juste tendue, excitée et curieuse.

Il caressait mes cheveux, palpait mes cuisses, glissait les doigts vers mon entre-cuisse, attendait, s'attardant à l'orée de mes zones plus intimes. Faisant durer le plaisir. Il effleurait mes épaules, descendait le long de mes bras, sur mes côtes, mes hanches, mes fesses. Sentir ses mains sur moi me mettait en confiance, réveillait mon envie, me laissant étourdie et vibrante de désir. Le contact de sa peau me guérissait, m'apaisait, me rassurait. Puis, brusquement, le rythme changea. Ses mains remontèrent sur mon chemisier et firent prestement sauter les boutons – un, deux, trois, quatre. Je me rappelle avoir pensé que ses doigts étaient très expérimentés mais cela ne m'a pas inquiétée – au contraire, mon impatience a décuplé. Je voulais sentir ses doigts experts sur mon corps. Il a déboutonné mon jean avec la même aisance et la même rapidité et je l'ai laissé me le retirer. En quelques secondes, il s'était débarrassé de son t-shirt et son jean lui tombait sur les chevilles

Il m'a relevée et fait reculer jusqu'à la cloison du salon. Je me suis laissée faire, passive, savourant la sensation de laisser quelqu'un d'autre contrôler la situation. Ses doigts se sont frayés un chemin sous ma culotte de pute – puis à l'intérieur de moi. Leur fraîcheur a adouci ma chair brûlante puis, pendant un instant de pure folie, j'ai eu l'impression qu'il faisait partie de moi. Qu'il était une partie manquante de moi que mon corps cherchait depuis toujours. Un plaisir hallucinant est monté en moi. J'ai joui presque tout de suite.

J'agrippais, embrassais, léchais tout ce que je pouvais. Ses lèvres, ses cheveux, ses épaules. Mes doigts se sont emparés de sa queue qui se dressait, fière et superbe. J'ai retiré ma culotte tandis qu'il enfilait une capote puis je l'ai guidé en moi. Nous nous regardions dans les yeux, sans nous lâcher. Pas une seconde. C'était une sensation incroyable. Une sensation impérieuse. Une sensation parfaite.

Nous avons recommencé, après avoir mangé. Mais cette fois bien confortablement, dans mon lit. Un lit où j'avais dormi, à une époque, avec Oscar, mais j'avais enterré ses fantômes et je m'en suis aperçu brusquement, au bout de vingt-quatre heures. Nous avons fait l'amour rapidement, violemment. Nous avons fait l'amour tendrement, paisiblement. Je n'arrêtais pas de jouir. J'avais l'impression qu'il m'adorait. Ses baisers étaient comme des hommages rendus aux parties les plus sexy de mon corps, et il embrassait les autres parties, moins fermes voire plutôt flasques, avec le même enthousiasme. Il adorait aussi les petits couinements qui m'échappaient quand le plaisir me submergeait. Il riait en entendant les bruits de succion produits par les frottements lubriques et poisseux de nos corps…

Une fois totalement éreintés, repus et fourbus, nous nous sommes blottis l'un contre l'autre – nos corps fondus, emboîtés l'un dans l'autre. Malgré la chaleur, nous ne voulions pas nous séparer. Stevie souriait en me regardant. Conséquence de la passion et de la fatigue, ses yeux restaient dans le vague.

— Laura, j'ai tellement de chance de t'avoir rencontrée… Tellement, tellement de chance !

Il avait parlé dans un murmure puis dans un rire. Ce furent ses derniers mots avant de s'écrouler de sommeil

Ça s'est passé hier.

Mais là, ça se passe aujourd'hui. Et ce soir, tout ce que je demande c'est de ne pas sombrer à nouveau dans le désespoir. Je dois garder mon indépendance et ma dignité. Le taxi se gare devant mon immeuble. Je prends mon sac et mets un temps extraordinairement long à zipper mon sweat à capuche. Stevie ne donne aucun signe de vouloir bouger.

— Tu montes boire un dernier café ? dis-je en souriant.

La question devait me donner un air charmeur ou, à tout le moins, narquois ; je crois qu'elle sonne aussi pathétique et démunie qu'on pourrait le craindre.

— Il est tard… j'ai besoin d'aller au lit.

— J'ai un lit.

Je *m'entends* être lourde.

— Il faut que je dorme.

— Tu peux dormir chez moi.

Oubliée la dignité : je suis désespérée.

Je soupire et m'apprête à partir quand Stevie marmonne :

— C'est bon, et il paye le chauffeur de taxi.

Je vérifie que la baby-sitter a bien repris sa voiture puis je nous prépare du café. Je n'ai pas soif mais il faut que je fasse quelque chose. Stevie arpente l'appartement comme un lion en cage. Cette idée ne me fait pas bondir de joie.

— Assieds-toi, dis-je.

Il s'installe sur une chaise de la cuisine qui interdit tout câlin, toute caresse, tout enlacement. Le message me parvient 5 sur 5.

Une pensée odieuse surgit dans mon esprit. Et si Stevie était un de ces types qui sont gentils avec vous et qui, dès qu'ils ont pu tirer leur coup, deviennent les derniers des salauds ? Possible. Mes expériences passées, tout ce que je lis dans les magazines et à peu près toutes les anecdotes que j'entends, laissent penser que la grande majorité des hommes appartiennent à cette catégorie. Après tout, j'ai pu complètement me tromper sur lui. Son regard tandis qu'il me pénétrait était à la fois sincère et étonné. C'était peut-être ma crédulité ou la malformation de mon col de l'utérus qui l'étonnaient. Je suis percluse de honte. Il y a quelques minutes je le suppliais quasiment de venir chez moi. De toute évidence, je ne l'ai pas assez impressionné pour qu'il ait envie de répéter sa prestation d'hier. Cette situation est ignoble. Je me fais l'effet d'être une limace qu'on vient de saupoudrer de gros sel.

Je rassemble les quelques miettes de dignité éparpillées au plus profond de mon ego et bredouille :

— Tu peux partir si tu veux.

Stevie a l'air surpris. Réaction naturelle, puisque je l'ai presque menacé de le dénoncer aux flics s'il ne montait pas chez moi.

— Je n'ai pas envie de partir. Tu veux que je parte ?

— Non non… c'est juste que tu ne t'es pas beaucoup amusé ce soir, pas vrai ?

— Pas beaucoup, en effet.

Au moins il est honnête. Je me ressaisis. J'ai toujours été de ces femmes qui retroussent leurs manches de chemise et font face aux problèmes.

— Est-ce que tu es comme ces types qui traitent une fille comme un princesse juste pour la sauter puis après se comportent comme des salauds ? Parce que si c'est le cas, ça me va.

Mensonge, évidemment. Mais qui me donne au moins une petite touche plus sophistiquée, plus XXIe siècle. Selon sa réponse, je prévois de le foutre à la porte ou de le tabasser avec ma nouvelle poêle Tefal. La bien lourde.

— Non, pas du tout, répond-il en souriant. Et toi, tu es de ces femmes qui appellent un chat un tigre, c'est ça ?

— Je veux juste savoir dans quoi je mets les pieds.

Je croise les bras d'un air intimidant et plein de défi. Qui me permet aussi de dissimuler mes mains tremblantes.

— Je suis le genre de type qui sait reconnaître quand quelque chose d'important se prépare et qui ressent quelque chose de très fort pour la fille avec qui il vient de passer la nuit. C'est clair ?

Le visage de Stevie s'est violemment empourpré. Même si je doutais de ses paroles, je n'aurais pas le cœur de mal interpréter son attitude. Je souris, soulagée. Ravie, en fait.

Il écarte sa chaise de sous la table et, d'un tapotement

sur les genoux, il fait signe de monter en selle. J'obéis et me retrouve dans une position inconfortable, en déséquilibre. Je n'ai jamais aimé m'asseoir sur les genoux d'un homme. Même quand j'avais quatorze ans – l'âge maximum au-delà duquel ce comportement devient ridicule. Stevie m'embrasse dans le cou, ce qui suffit à rendre le supplice acceptable.

— Je n'aime pas les huîtres ni le roquefort, murmure-t-il.

— Ni mes amis.

— Je ne dirais pas exactement ça.

— Je sais que ce n'était pas une soirée facile pour toi. Bella en a fait des tonnes mais je t'assure, quand tu apprends à la connaître elle est adorable. Quant à Amelie, elle a été un peu dure avec elle. Elles ont dû se disputer juste avant...

— À propos de la température des petits pains, sans doute, dit-il sans cesser de sourire.

Je lui donne un coup pour rire.

— Ne sois pas méchant !

Nous nous embrassons. Un long, très long baiser insistant.

— On va au lit ? propose-t-il.

— OK.

Je me fiche bien de savoir si j'ai l'air séduisante, nonchalante ou calme. Je dois avoir l'air d'en mourir d'envie. J'éteins dans la cuisine et suis Stevie dans la chambre. Il me tourne le dos et retire son t-shirt. C'est magnifique. Je *veux* que ça marche.

— Stevie, il faut que tu sois patient. Si tu pouvais donner à Bella une deuxième chance, je suis sûr que tu verrais qu'elle en vaut la peine.

— Tu crois ?

— C'est mon amie.

Pas question de lui mettre la pression mais j'ai envie qu'ils deviennent amis. Sa réponse me met donc du baume au cœur :

— D'accord Laura. Je vais lui donner une deuxième chance. Pour toi, je veux bien faire ça.

23. How the Web was Woven (Comment la toile s'est tissée)

Lundi 7 juin 2004

BELLA

— Je t'offre un verre ? Je crois qu'on en a besoin tous les deux.

— C'est le moins que tu puisses faire.

Stevie a raison : c'est le moins que je puisse faire, mais je n'apprécie tout de même pas qu'il me le fasse remarquer. Je ne suis pas sûre de faire ce qu'il faut, mais c'est quoi déjà le code de conduite quand une femme retrouve son mari à un dîner qu'elle a organisé avec son autre mari ? Je ne sais pas si je veux le charmer, le menacer ou lui proposer mon amitié.

Toute la journée j'ai envisagé la possibilité d'envoyer à ce rendez-vous quelqu'un à ma place. Mais qui ? Amelie m'a clairement fait comprendre qu'elle ne souhaitait pas s'impliquer dans cette histoire puisque je n'avais pas l'intention de suivre son conseil – entre nous – très naïf et de tout avouer à Philip. Pas question de faire appel à un avocat dans la mesure où j'ai enfreint la loi. Je n'aime déjà pas les menottes dans une chambre, fussent-elles en fourrure rose ; l'idée d'en voir de vraies me jette dans une peur panique. J'ai pensé me tourner vers un détective privé mais j'ai tout de suite eu la vision d'un homme dans un costume graisseux usé aux genoux et aux coudes, un petit homme trapu qui roule ses cigarettes lui-même et postillonne quand il rit : de quoi me retourner l'estomac. Et puis, on engage un détective pour des boulots sordides, or Stevie n'a pas toujours été un secret sordide. Il fut un temps où je l'aimait beaucoup. Non, je dois venir moi-même pour tout lui expliquer. C'est la moindre des choses.

— Je me demandais si Laura t'avait déjà parlé de moi… dis-je timidement.

— Non. Elle a parlé de son amie Bella Edwards. Moi, je connais, je connaissais une Belinda McDonnel.

Sa voix est chargée de reproches.

— Je préfère Bella à Belinda. Bella me paraît juste plus… approprié.

— Qu'est-ce qui te déplaisait dans Belinda ? Pas assez glamour pour ta nouvelle vie à Londres ?

Je fixe Stevie d'un œil noir mais je ne trouve rien à riposter car il a entièrement raison. De fait, même si je m'étais appelée Flavia, Camilla ou Jemima, j'aurais quand même voulu changer de prénom quand j'ai quitté Edimbourg. Il ne comprend donc pas ? Je voulais tout laisser derrière moi.

— Joli, ce pub que tu as choisi. Enfin quelque chose qui te ressemble.

Je regarde autour de moi pour essayer de comprendre si Stevie se montre délibérément agressif. Oui, à tous les coups il essaye de m'insulter. Oui, ce pub rappelle un peu celui de Kirkspey, et tous ceux que nous fréquentions quand nous étions étudiants, mais je doute que Stevie trouve cet endroit agréable.

Ce pub est crasseux. Totalement déprimant. Lugubre. Partout flotte un remugle de cigarette refroidie et d'alcool : dans l'air, sur les tapis, sur les sièges. Je suis allée aux toilettes il y a quelques minutes pour me rafraîchir le visage et l'odeur du vomi, qui date sans doute des excès de la nuit dernière, n'était même pas dissimulée par celle du désinfectant bon marché.

Même s'il n'est que 16h30, il y a déjà une clientèle d'habitués. Un petit groupe de vieilles femmes trop grosses, assises les mains sur les hanches, exposant leurs collants et leur cuisses variqueuses et flasques. Elles sont accompagnées d'hommes silencieux qui ont l'air de n'avoir jamais mangé un repas correct de toute leur vie. Ingérer une vitamine ou une eau gazeuse les enverrait sans doute directement à l'hôpital. Deux types d'une quarantaine d'années jouent aux dominos. D'après leurs jeans tachés de plâtre et de peinture, ils viennent directement du chantier d'en face. Tout le monde (sauf moi) est à la bière. Je reste fidèle au Coca light. En temps normal, on ne verrait pas mon cadavre dans un bouge pareil. Je l'ai choisi car j'étais sûr que personne ne me reconnaîtrait.

— Tu aurais pu écrire, reprend Stevie.

Apparemment, nous en avons fini avec les banalités d'usage. Je ne sais pas par quel bout commencer mon explication mais je ne lui fais pas l'affront de prétendre que je ne comprends pas de quoi il parle.

— J'aurais dû, admets-je.

— Pourquoi tu ne l'as pas fait ?

— Je ne sais pas.

— Pendant toutes ces années, il m'est arrivé de penser à tout ce qui s'était passé en me disant que c'était juste un mauvais rêve.

— Merci bien.

Je me demande pourquoi j'ai pris ce ton vexé pour répondre. Est-ce que je ne me suis pas dit exactement la même chose ?

— Je ne parle pas du mariage, Belinda. Je parle de tout ce secret après la séparation – être incapable de savoir où tu étais partie, ce que tu étais devenue…

Je me tortille inconfortablement sur ma chaise.

— Ça n'allait plus entre nous, Stevie.

— Non. Ça n'allait plus.

Il ne tente même pas de savoir pourquoi. Aucune parole de regret ne sort de sa bouche. Mais à quoi je m'attendais ? Ça s'est passé il y a un million d'années. Je n'ai pas envie de feuilleter l'album des photos souvenirs. Je veux divorcer. Nous devons agir de façon aussi rapide et dépassionnée que possible. Nous devons rompre avec notre passé et reprendre le chemin de notre avenir.

— Ça remonte à loin, dis-je. Nous avons pris de nouvelles directions, tous les deux.

— Parle pour *toi.*

Stevie avale une rasade de Guinness. Il a toujours été d'une franchise douloureuse, qui confine à la rudesse. Il se fichait pas mal de ce que les gens pouvaient penser de lui ou de ses opinions – ce qui, curieusement, lui valait la sympathie de tous. J'avais toujours trouvé cette franchise particulièrement irrésistible, mais aujourd'hui j'ai peur qu'elle ne devienne gênante.

Je me demande dans quelle mesure *je* devrais faire preuve de franchise. Non que je vive en permanence dans l'immonde fange du mensonge. Dans un monde idéal, je préférerais dire la vérité plutôt que mentir. Mais je ne vis pas dans un monde idéal et, par conséquent, l'honnêteté est souvent un luxe que je ne peux pas me permettre.

J'ignore si Stevie me déteste ou s'il est prêt à m'aider.

La situation pourrait s'envenimer – il pourrait essayer de me faire chanter, ou refuser un divorce rapide juste pour me faire payer mon départ. Qui pourrait le lui reprocher ? Mon dieu, s'il m'avait laissée de façon aussi abrupte, j'aurais envie de lui faire mal, même huit ans plus tard. Je dois être prudente. Philip est un homme riche, ce qui me met à la merci de toutes sortes de goujats, malotrus, canailles ou imitateurs d'Elvis. Je ne connais pas Stevie, il est peut-être devenu une véritable ordure à présent.

Je dois avouer qu'il n'en a pas l'air. Il semble aussi gentil, doux et charmant qu'il l'a toujours été. Le vieux Stevie ne serait jamais devenu une ordure ou un tordu. Son esprit n'a jamais été hanté par le chantage ou la vengeance Le Stevie que je regarde en ce moment est en tous points semblable au Stevie du passé, sauf qu'il est un tout petit peu plus large – pas gros, non, il fait juste un peu plus… homme. D'un seul coup je décide de jouer cartes sur table. Une approche qui aura au moins le mérite de l'originalité pour moi.

— Il faut qu'on divorce, Stevie. Je n'ai pas parlé de toi à Philip.

— Ah.

Un nuage vaporeux de bière s'échappe des lèvres de Stevie et retombe sur l'atroce petite table en bois, manquant de peu une manche de ma veste. Je ne suis pas sûre que l'arrosage ait été intentionnel ; manquer ma manche, si.

— C'est ce que j'ai cru comprendre hier soir. Bon sang, qu'est-ce qui t'a pris ? Te marier alors que tu étais déjà mariée à un autre ? C'est une escroquerie ? Tu as l'intention de le dépouiller ? Malgré tout ce que tu as fait, je ne t'avais jamais prise pour une hors-la-loi…

Sa dernière phrase m'arrache un cri outragé.

— Mais non, enfin !

Une demi-douzaine d'yeux se tournent vers nous. Non

qu'ils soient curieux : à leur âge, ils pensent avoir déjà tout vu (entre nous, je parie qu'ils n'ont pas vu *ça*). Ils nous regardent parce que nous avons interrompu le cours tranquille de leur après-midi.

Je me penche vers Stevie et chuchote :

— Oui, bon, techniquement c'est vrai, je suis hors-la-loi. Mais mon mariage avec Philip n'a rien d'une escroquerie. C'est pour de bon. Je l'aime.

— Alors, pourquoi tu n'as pas demandé le divorce ?

— Je... je ne sais pas. Je ne savais pas où te trouver.

Je sais, pas très convaincant.

— Tu as essayé de me chercher là où tu m'avais quitté ?

Je n'ai pas envie de croiser ses yeux, mais je les sens qui tentent de percer mon esprit. Il cherche à savoir s'il peut me faire confiance et s'il accepte de m'aider. Ou s'il me laisse tomber.

Je me demande combien de temps ça lui a pris, de faire son deuil. Est-ce qu'il m'a attendue pendant des mois ? Est-ce qu'il est retourné au pub dès le lendemain pour coucher avec une inconnue piochée au hasard ? Combien de temps s'est écoulé avant qu'il retombe amoureux ? Des années ? Ou est-ce qu'il a craqué pour l'inconnue piochée au hasard ? Je suis curieuse. Non, je meurs d'envie de savoir. J'en appelle à mon auto-discipline aiguisée. Dans le cas qui nous occupe, je ne peux pas me permettre de jouer les fouineuses. Si je me lance dans ce genre d'interrogatoire, je suis incapable de faire machine arrière.

Je préfère me rabattre sur un :

— Laura t'aime beaucoup.

À peine ces paroles prononcées, je sens un frisson honteux remonter ma colonne vertébrale. C'est déplacé de dire un type que votre amie est accro, sauf si elle vous a expressément demandé de le faire ; et puis, je sais que je dis ça pour rappeler à Stevie que lui aussi a beaucoup à perdre dans cette histoire. Tout ce petit marchandage m'accable.

— Ah oui ?

Stevie sort de la poche intérieure de sa veste un paquet de Marlboro Light. Je suis surprise. Je sais qu'il fumait quand on était ensemble – je détestais ça – mais je pensais qu'il avait fini par y renoncer, comme toute personne tant soit peu sensée. D'un geste ostensible de la main, je dissipe la fumée qui dérive vers moi.

— C'est quand même tordu, non ? Tu sors avec ma meilleure amie.

— Je n'ai pas l'intention d'arrêter de voir Laura.

Je m'empresse de le rassurer :

— Je ne te demande pas ça. C'est du sérieux, de ton côté ?

— Je crois, oui.

Puis, plus catégorique :

— Oui.

Même au milieu de ce chaos, ça me fait plaisir. C'est le bordel mais c'est une bonne nouvelle. J'aimerais pouvoir le dire à Laura. En tout cas ma réaction me prouve que je suis encore quelqu'un de bien. Je commençais à en douter.

— Nous nous sommes mis d'accord pour sortir exclusivement ensemble. De toutes façons, je n'ai plus vraiment d'aventures. Chat échaudé craint l'eau froide.

Soudain, le glaçon qui fond dans mon verre devient fascinant. Je ne le quitte plus des yeux. Je voudrais tellement parler. Trop parler. Je me contente de :

— Laura ne doit pas savoir, pour nous.

— Ça me met dans une position difficile.

— Je suis désolée.

— Tu l'as déjà dit.

Stevie a un soupir de lassitude.

— Tu veux un autre Coca ?

Je hoche la tête. Je l'observe pendant qu'il est au comptoir. Il échange quelques mots avec le barman, ils rient. L'espace d'un instant, j'entraperçois le Stevie joyeux, vivant, que j'ai connu jadis. Mon dieu, qu'est-ce que j'ai fait ? Quelle terrible erreur… Il y a tellement de douleur dans tout ça. Tellement de dégâts. Ce n'est pas un jeu mais j'ai bien peur qu'il y ait des perdants.

Stevie revient s'asseoir, s'allume à nouveau une cigarette suivie d'une autre gorgée de bière.

— Tu es heureuse ?

— Très.

J'ai répondu du tac au tac. « Très heureuse », en tout cas, je l'étais avant que Stevie ne fasse son grand come-back dans ma vie.

— Et toi ?

— Oui.

— Eh bien, tu t'en es plutôt bien tiré, alors ?

À cette remarque stupide, Stevie secoue la tête – de dégoût, je suppose.

— Quel âge a Philip ?

— Trente-neuf.

Stevie s'étrangle avec sa bière.

— Ne sois pas si puéril ! Quand on avait seize ans, trente-neuf ans, ça nous paraissait vieux mais…

— Quand on avait seize ans, vingt-trois ans nous paraissait vieux…

— Exact, dis-je en pensant que sa remarque apporte de l'eau à mon moulin, mais il sourit, comme si c'était l'inverse.

— Ça a l'air de plutôt bien marcher, pour lui.

— Nous nous en sortons, merci.

Je ne vois pas en quoi ça le regarde.

— Tu ne travailles pas ?

— Pas pour l'instant, non. Mais je ne l'ai pas épousé pour son argent, si c'est que tu penses.

— Non non, bien sûr que non, répond-il sans se départir d'un petit sourire en coin.

Je n'ai pas à me justifier. Certes, je dois à Stevie un certain nombre d'explications, mais pas celle-là. J'essaye de revenir au sujet qui me préoccupe.

— Tu crois que nous pouvons faire annuler notre mariage ?

— Sur quel motif ? Sûrement pas la non-consommation, si ?

Le silence tombe entre nous. Je me demande si son esprit est assailli par des visions de ma chair nue – comme le mien s'égare vers des images de lui...

Oh, mon dieu, il était craquant. Un corps ferme, bronzé. Mince et musclé. Un type drôle, charmant... Il n'a pas beaucoup changé.

C'est avec lui que j'ai perdu ma virginité. Pas vraiment une « perte », d'ailleurs – quelle expression terrible. Disons plutôt que j'ai balancé par-dessus bord ma virginité et ma timidité, et avec plaisir encore ! C'est drôle que, dans le domaine du sexe, on fasse toute une histoire de la « première fois » En tant que représentant du sexe masculin, Stevie m'avait pour ainsi fait des avance dès qu'il avait posé son premier jeton sur le plateau de Reversi. L'obligation de résister, de faire preuve de prudence et de méfiance me revenait entièrement parce que j'étais la fille. *Mais* j'avais envie de lui tout autant qu'il avait envie de moi. J'avais tellement envie de lui que c'en était douloureux. Malgré cela, il dut négocier âprement pour parvenir à ses fins.

Un paquet de trois capotes (achetées aux toilettes

Hommes du pub local) en poche, il partit avec moi à la recherche de l'endroit approprié pour la grande première. N'ayant pas de voiture à garer sur le parking devant la plage, nous ne pouvions pas, comme tous nos camarades, nous offrir une partie de galipettes chaotiques sur la banquette arrière. Je ne voulais pas que notre première fois se déroule contre la remise à bicyclettes ou dans les bois, allongée sur sa parka (même si, par la suite, ces endroits me paraîtraient parfaitement adaptés). La mère de Stevie ne sortait jamais, donc impossible d'aller chez lui ; à l'inverse, mes frères et mon père sortaient tout le temps mais, comme ils n'étaient pas vraiment synchrones, il y avait toujours quelqu'un à la maison. Frustrant. En même temps, je ne me voyais pas me faire sauter dans ma chambre. Rien n'y avait bougé depuis la mort de ma mère. C'était – et, pour autant que je le sache, c'est toujours – un patchwork miteux et flippant d'imprimés fleuris criards. Il y avait des fleurs sur le jeté de lit, d'autres sur le papier peint, d'autre encore sur la moquette. Sur les murs, des posters de boys-bands proclamaient que j'étais encore une ado – doublée d'un vrai bébé, à en croire les peluches sur les étagères. J'aurais eu le plus grand mal à me concentrer sur Stevie sous les regards souriants de Take That et de Teddy Bear…

En fin de compte, nous avons pris un train pour la ville voisine de Newburgh et avons pris une chambre dans un Bed & Breakfast. C'était une maison défraîchie dont la propriétaire ne posait pas de question du moment qu'on la payait rubis sur l'ongle. Parfait. C'est donc sur un lit étroit que Stevie me soulagea enfin de ma virginité. Le sommier grinçait, le couvre-lit grattait. Et pourtant, j'ai entrevu le paradis.

Stevie a un pénis énorme. Évidemment, à ce moment-là je n'avais aucun élément de comparaison à part une reproduction du *David* de Michel-Ange. Je suppose qu'un pénis de taille moyenne m'aurait paru gigantesque. Mais depuis, je suis allée plus d'une fois au charbon et ma première impression n'était pas fausse. La première fois, ce fut plutôt désagréable, et expédié en quelques secondes. Les dimensions de son engin, ma nervosité et notre inexpérience se sont combinées pour rendre l'exercice plutôt décourageant. Alors, pourquoi est-ce l'un de mes plus beaux souvenirs ? Je me rappelle toujours précisément son regard lorsqu'il s'est détaché de moi. Malgré la brièveté de l'action, nous étions si fiers et si heureux ! D'excitation, Stevie s'est mis à crier que nous étions amants désormais. Nous étions des adultes et plus des gosses dont le seul plaisir était de traîner près de l'épicerie ou du monument aux marins péris en mer, en sirotant du cidre et en shootant dans des canettes. Nous étions *amants*. Stevie me fit la promesse qu'il s'améliorerait au lit avec un peu d'entraînement, donc nous avons remis le couvert deux fois cette nuit-là. Non seulement nous avons amorti le prix de la chambre, mais il a pu prouver ce qu'il avançait : avec de l'entraînement, c'était de mieux en mieux au lit.

La question de savoir où nous pouvions nous envoyer en l'air ne se posa plus. Après cette première fois, et par accord tacite, nous décidâmes que nous ferions l'amour chaque fois et partout que nous pourrions. Je me fichais éperdument du sable dans ma culotte ou de la boue sur sa parka : nous nous sautions dessus dans l'élan juvénile de notre désir, nous arrêtant juste pour coincer contre la porte le panier de linge sale ou tout autre élément du mobilier. Les dortoirs de la fac offraient un certain degré de confort. En tout cas, sur ces petits lits, nous n'avions pas besoin de garder un œil sur la poignée de porte. Nous faisions l'amour avec passion, excitation, intensité, imagination et tendresse. C'était rarement confortable.

Peut-être aurais-je dû subodorer qu'arriverait un moment où j'en aurai assez de me brûler les fesses sur de la moquette parfumée à l'urine de chat. Toutes les filles rêvent un jour ou l'autre d'enfiler de la lingerie en soie et de faire l'amour sur une couette en plumes d'oie, entourée de coussins en satin – exactement comme avec Philip.

— Tu as déjà parlé de nous à quelqu'un ? dis-je pour me forcer à revenir au fond du problème.

— Non.

Une sensation d'apaisement traverse mon corps. Stevie rejette la tête en arrière, souffle un nuage de fumée.

— Euh... attends, à bien y réfléchir... si, une personne.

Aussitôt, mon corps se tend à nouveau.

— Qui, bon sang qui ça ?

— Je ne me rappelle plus son nom.. Une Helen... ou Ellen... ou Ella. Un truc dans ce genre.

Il hausse les épaules, balayant d'un geste la femme qui détient le plus important de tous mes secrets.

— Je l'ai rencontrée en Thaïlande, sur une plage. On avait pas mal fumé... Elle m'a demandé de l'épouser, par plaisanterie, parce qu'elle se sentait relax, et je lui ai dit non. Elle l'a mal pris.

— Je n'en doute pas. Après avoir noué des liens aussi profonds...

Abrutie. Je suis jalouse qu'il ait fumé de l'herbe avec une inconnue sur une plage.

— Je n'ai pas voulu la vexer alors je lui ai dit que j'étais déjà marié.

— Tu as raconté à la première pétasse venue sur une

plage que nous étions mariés ! me mets-je à hurler, furieuse ? Et si jamais je la rencontrais ? Ou Philip ?

— Elle avait des tresses et un jean délavé. Je doute qu'elle se pointe un soir à l'un de tes dîners.

— Comment peux-tu être aussi…

J'ai failli dire « stupide ». Je lis sur son visage qu'il s'y attend, donc je me retiens.

— Ne déconne pas avec moi, Belinda. Ce n'est pas moi qui me suis remarié.

Un point pour lui. Pas de réplique possible, à part respirer profondément.

— Rassure-toi : elle ne m'a pas cru, de toutes façons. Même quand je lui ai montré ta photo.

— Tu avais une photo de moi sur toi ?

— Toujours.

Stevie tousse et détourne la tête pour m'empêcher de voir ses yeux.

— Par habitude, c'est tout, m'assure-t-il.

Je ne le crois pas. Pire : je n'ai pas envie de le croire.

— Ça s'est révélé utile quand je te cherchais.

Je me prends la tête à deux mains, et laisse toutes les implications de cette situation pénétrer en moi. Ces dernières semaines, j'ai été tellement absorbée par mon propre foutoir et la façon de m'en sortir sans mettre en péril ma relation avec Philip… c'est seulement maintenant que je commence à comprendre tout ce que j'ai fait subir à cet homme que j'aimais et qui m'aimait. Cet homme dont la seule erreur avait été de m'épouser quand nous étions trop jeunes.

— Parle-moi du délicieux Philip, dit Stevie en regardant au fond de sa pinte.

— Tu n'en as pas envie.

— Si. Je veux comprendre tout ça. Je veux te comprendre.

À une époque, Stevie et moi étions si proches que nous pensions que nos âmes avaient été taillées dans la même portion de ciel. Je l'entends encore me le dire. Aujourd'hui, je n'arrive pas à me dire que nous avons quoi que ce soit en commun. Je présume qu'il ressent la même chose et qu'il veut mettre à jour ses informations. Je me sens plutôt mal à l'aise mais je ne suis pas en position de négocier.

— Nous sommes mariés depuis…

— Vous n'êtes pas mariés, me coupe Stevie d'une voix sinistre.

— Bon, disons « dans le cadre de cette discussion », d'accord ?

Il hausse les épaules et me laisse poursuivre.

— Nous sommes mariés depuis six mois.

— Ça ne représente rien du tout.

Un accent moqueur dans sa voix. Stevie ne voit pas mon mariage avec Philip comme un vrai mariage. Il se trompe. C'est mon mariage avec *lui* qui était une blague.

— J'ai bien l'intention de fêter nos noces de vermeil avec Philip.

Je suis en colère. Je sais que je suis sur une corde raide. Six mois, c'est vrai, ça ne représente *rien du tout*. C'est assez court pour que Philip tire un trait dessus comme si ça n'avait été qu'une erreur grotesque – et je suis sûr qu'il verrait les choses comme ça s'il apprenait ma bigamie.

— Nous sommes sortis ensemble pendant presque deux ans avant de nous marier. Tous nos amis nous trouvent parfaits l'un pour l'autre. Quand nous leur avons annoncé notre mariage, ils nous ont demandé pourquoi nous avions attendu aussi longtemps.

— Tu aurais pu l'expliquer, Belinda. Tu aurais pu dire que tu n'étais pas en mesure de t'engager.

Sous l'effet du sarcasme, je me tortille de nouveau sur ma chaise.

— Tout le monde s'attendait à ce que, une fois présentée à Philip-la-proie-évidente, je le jette après le premier ronflement post-coïtal. Je vis à Londres, où les célibataires acceptables sont une espèce en voie de disparition. À 28 ans, je me sentais comme un bébé mais les inconnus me donnaient du « madame ». Philip allait entrer au classement des plus grandes fortunes du *Times* et *en plus* il est gentil.

— Mais alors, il ne te plaisait pas ?

— Si, il me plaisait. Il me plaît.

Je me mets à bafouiller.

— Beaucoup. Je n'étais pas aveugle. Je voyais bien que Philip est un beau parti. C'est un homme raisonnable, il a de l'allure et ce qu'il faut d'argent mais je n'envisageais pas de me marier. J'essayais de ne *pas* tomber amoureuse de lui.

J'observe Stevie, guettant une réaction. Il a un sourire méprisant. Ce n'est pas exactement à ça que je m'attendais. Quelle conne ! Je m'attendais à quoi ? Il est incapable de comprendre.

Je n'avais pas attendu de demande de mariage. Je savais parfaitement que je n'étais pas en mesure de m'engager. Et j'avais l'intention de parler de Stevie à Philip. Ou, en tout cas, de retrouver Stevie pour lui demander le divorce avant de passer aux choses sérieuses avec Philip. Une fois, j'ai même consulté un site de recherche d'amis sur Internet mais Stevie n'était pas inscrit. Je n'aurais pas dit « oui » à Phil s'il ne m'avait pas demandé ma main le jour où Ben a été tué. Je ne dis pas que je ne voulais pas épouser Phil. Je voulais l'épouser. Un jour.

Mais comme je n'arrive pas à m'expliquer clairement, je bredouille :

— Ce n'est pas un crime d'épouser un homme qui vous adore.

— Eh bien, si, en fait : si tu es *déjà* mariée.

— Oui, bon, dis-je en souriant à contrecœur.

Je suis étonnée d'être capable de sortir le moindre sourire.

— Mais si je n'avais pas été mariée, ça n'aurait posé aucun problème…

Je frotte mes tempes. Je suis épuisée.

— Écoute, je baigne nuit et jour dans l'amour. Je ne vais pas te présenter mes excuses pour ça. Je n'ai pas épousé Phil pour son argent, Stevie. Je l'ai épousé pour son envergure.

Je me demande si *ça*, Stevie peut le comprendre. Je voulais me sentir protégée. Stevie doit le comprendre, il me connaît – ou plutôt, il me connaissait – mieux que personne. Il sait d'où je viens. Malheureusement, il ne savait pas où je voulais aller.

— Philip est grand, fort et…

— Vieux ?

La bulle romantique explose. Je rêve d'être comprise, mais j'ai rendu ça impossible. Stevie serait-il jaloux de Philip ?

— Oui, il vieillit mais j'aime ça.

— Plus on prend de l'âge, plus le portefeuille gonfle.

— Et plus on est mature, aussi.

Stevie a l'air blessé. Je suis ravie.

— Je n'ai pas à t'expliquer pourquoi j'aime Philip. Je

n'ai pas à t'expliquer pourquoi je l'ai épousé. C'est un bon mari. Un excellent mari.

Je jette un coup d'œil au visage de Stevie. Il paraît souffrir. Je tends la main et presse son bras.

— Je sais que tu m'as aimée, toi aussi. Mais nous étions…

Je veux dire « trop jeunes », Stevie m'interrompt.

— … une erreur. Je sais, tu me l'as dit.

J'ai l'impression que, quoi que je dise, la situation risque d'empirer, aussi restons-nous silencieux quelques instants. Nous vidons nos verres et Stevie sort encore une clope. Une fois dehors, seulement, j'ose lui demander :

— Tu veux bien m'aider, Stevie ?

Je pose ma main sur son avant-bras. Sa peau est douce, chaude, agréable. Stevie reste immobile puis, après une éternité, acquiesce d'un mouvement de tête.

— Oui, Belinda, je vais t'aider. Parce qu'il y a des choses qui ne changent jamais.

La sensation de soulagement me submerge, je me sens comme lavée même si, je le sais, je ne pourrai jamais être à nouveau complètement propre.

— Stevie, autre chose.

— Quoi ?

— Ma photo, dans ton portefeuille. Il faut que tu la jettes.

Il hoche la tête.

— Bah, de toutes façons elle craint. Tu as un mascara bleu électrique.

24. That's All Right, Mama
(Ça va, maman)

LAURA

On frappe à la porte.

— Stevie, Stevie, Stevie, Stevie ! dit Eddie en sautant devant la télévision, ravi et impatient.

J'ouvre la porte.

— Salut ! dis-je avec un grand sourire. On ne t'attendait pas ce soir.

— Je peux partir sur tu veux, répond-il en se détournant.

— Pas question, beau gosse ! Tu es ici maintenant.

Je le tire par la manche dans l'appartement en feignant de ne pas remarquer son agacement.

— Tu as ta guitare ? Tu vas chanter ? demande Eddie.

Stevie se baisse et regarde mon fils dans les yeux.

— Désolé, bonhomme. J'avais promis de l'apporter la prochaine fois que je viendrais, je sais. Mais je n'avais pas prévu de venir ce soir. J'ai oublié.

Stevie paraît vraiment contrarié de décevoir Eddie. Eddie, lui, s'en fiche complètement ; il est déjà passé à autre chose.

— Tu aimes les Lego ?

Et les voilà qui se mettent à fabriquer des robots en Lego pendant que je finis mon repassage. Nous avions convenu de ne pas nous voir ce soir parce qu'après trois nuits d'affilée sans sommeil, j'avais décidé qu'un petit coup de ménage ne ferait pas de mal à ma maison, et que j'avais moi-même besoin de repos. Une décision rationnelle prise au téléphone à l'heure du déjeuner. Pourtant, l'apparition irrationnelle de Stevie me fait plaisir, même s'il me découvre dans toute ma splendeur non maquillée. En même temps, il m'a déjà vue dans toute ma splendeur non habillée. Je ne vais pas m'inquiéter parce qu'il me surprend sans mascara.

— Tout va bien ?

Tout ne va pas bien, ça saute aux yeux. Il ne s'agit pas d'une de ces visites surprises où votre petit ami débarque chez vous parce qu'il a trop envie d'arracher vos vêtements et de vous faire subir les derniers outrages. Stevie a l'air fatigué et stressé. Il est venu parce qu'il considère mon appartement comme son refuge. Je suis heureuse. Enfin, je suis désolée qu'il soit fatigué et stressé mais je ne peux pas m'empêcher d'être heureuse qu'il se tourne vers moi pour trouver un peu de réconfort.

— C'est encore ces gamins qui t'ont embêté ? dis-je en souriant.

Stevie interrompt son jeu avec Eddie, se relève et va s'affaler sur le canapé, qui tremble sous son poids. Oscar était beaucoup plus ramassé que lui ; j'ai toujours l'impression que Stevie va crever le plafond. Tout mes meubles semblent fragiles et efféminés quand il est chez moi.

Il donne une tape sur le coussin à côté de lui.

— Viens t'asseoir et serre-moi fort, Laura.

J'abandonne avec joie mon repassage et obtempère.

— Dure journée ?

— Oui.

— Les élèves ? Les parents ? La paperasse ? Le vieux type qui bouffe tous les gâteaux au chocolat dans la salle des profs ?

— Rien de tout ça.

Un long silence s'ensuit, et juste au moment où j'allais renoncer à connaître la cause de son tracas, il murmure :

— Ni John ni Dave ne peuvent venir à Las Vegas.

— Tu plaisantes ?

— Oh non. John ne peut pas se libérer et Dave a une réunion de famille ou un truc dans le genre.

— Il ne peut pas y couper ?

— C'est le mariage de sa sœur donc, non, c'est plutôt compliqué.

— Oh, mon pauvre, quel dommage. Tu avais tellement envie qu'ils soient là.

— Oui, dommage.

— À qui tu peux demander de venir, maintenant ?

— Aucune idée.

— Tu as sûrement d'autres amis. Des collègues, à l'école ?

— Pas le genre de types que tu as envie d'inviter pour qu'ils te soutiennent quand tu essayes de conquérir le monde dans un concours d'imitateurs d'Elvis Presley. Bon sang, quel gâchis ! Deux billets d'avion et un chambre d'hôtel…

Je ne peux que compatir. Si j'étais à sa place, avec trois invitations pour un séjour tous frais payés à Las Vegas, je demanderais à Bella et Amelie de venir. Si elles n'étaient pas libres, ce serait une catastrophe. Je ne me sens pas assez proche de Sally ou des médecins qui travaillent au cabinet pour m'imaginer chantant devant eux en costume à paillettes, même si j'avais autant de talent que Stevie.

C'est la faute de la télévision. Nous vivons dans l'hyperréalité. La télévision est devenue plus réelle que la réalité. Nous sommes tous persuadés que nous devrions vivre comme Monica, Rachel ou Ross. Une vie où passer son temps dans un café avec une bande de chouettes amis serait la norme. Mes amis n'ont pas le temps de vivre dans les cafés – enfin si, Bella depuis peu, mais elle n'a pas toujours vécu comme ça. Si on croyait tout ce que nous dit la télé (et c'est le cas), on aurait l'impression que les amis prêts à donner un rein comme on donne un caramel se bousculent au portillon. Ce n'est pas comme ça dans le monde réel. C'est un peu plus difficile de trouver de vrais amis. J'aimerais dire à Stevie que nous allons passer un moment formidable à Las Vegas rien que tout les deux, mais j'ai peur de lui paraître insensible ou trop sûre de moi.

En vérité, je ne suis *absolument pas* certaine que notre week-end va être formidable. Je l'espère, mais tout cela est si intense, si précipité. Ça a quelque chose d'effrayant. Et je n'arrive pas à savoir si c'est la pire ou la meilleure chose qui me soit jamais arrivée.

Je suis en train de tomber amoureuse de Stevie.

Je sais, je sais, c'est ridiculement prématuré de dire une chose aussi énorme mais comment expliquer autrement le fait qu'aujourd'hui je me sois surprise à chanter *à haute voix* dans le métro ? Pour un peu, je serais malheureuse. *Pour un peu*. Une partie de moi a envie de ruer, de se cabrer, de gueuler un bon coup. J'ai envie de faire asseoir Stevie et de lui expliquer, en mots d'une syllabe, que j'ai enterré cette Laura-là. Je ne fais plus confiance. Les hommes sont tous des salauds. De temps en temps, il y en a bien un qui réussit à le cacher – pour donner l'impression qu'il est différent des autres tarés esclaves de leur testostérone – mais, en fin de compte, il est comme tous les autres et tous les autres *sont* des salauds. Toutes les fibres de mon être en sont convaincues parce que les preuves sont là, pas vrai ?

Alors qu'en fait, je suis la dernière des grandes romantiques.

Les parties irrationnelles de moi-même, l'âme et le cœur, continuent de me harceler. Les parties un peu molles en rajoutent une couche : tous les hommes ne sont *pas* des salauds. Mon père est sympa. Eddie est encore mignon. Et Stevie… Stevie a l'air d'un type bien.

Je crois en l'amour. En l'amour éternel. Et ce n'est pas de tout repos. Après le fiasco Oscar, on aurait pu croire que j'allais gagner en sagesse. Il n'en est rien. Avec Stevie, tout semble facile et amusant. Les choses qui devraient nous gêner ne nous gênent pas. Ce soir, par exemple : il me voit plongée dans les tâches domestiques, sans maquillage, les cheveux sales vaguement arrangés en queue de cheval. Tout pour le rebuter. Mais je sais qu'il n'est pas rebuté. L'intimité avec lui est d'une simplicité désarmante.

Je serais plus heureuse si John et Dave avaient pu se libérer pour Las Vegas.

— Eddie est presque endormi, dit Stevie. Qu'est-ce que tu dirais de le mettre au lit pendant que je fouille dans ton frigidaire pour trouver de quoi préparer ce qui pourrait passer pour un dîner ?

Je souris.

— Marché conclu.

Après avoir avalé des œufs brouillés, des toasts et un verre de vin, nous retournons sur le canapé avec une bière chacun.

— J'aime bien ton appartement, Laura. Je m'y sens bien.

— Vraiment ?

Je suis particulièrement sensible à ce genre de compliments car l'opinion d'Henryk, partagée par beaucoup, selon laquelle mon appartement pourrait être pas mal à condition de tout chambouler avait doucement commencé à me ronger. J'avais cessé de voir qu'en fin de compte, il était plutôt agréable.

— J'aime beaucoup les couleurs que tu as choisies.

Il est très coloré, c'est vrai. Chaque mur est pour ainsi dire peint d'une couleur différente. Parti-pris de décoration autant que souci d'économie : j'achète souvent chez B&Q[5] ces pots de peinture en promotion que des clients ont retournés parce que la couleur était trop vive, tape-à-l'œil ou vulgaire.

— Elles sont très… vibrantes, ajoute Stevie, plein de tact.

— J'ai eu la chance de pouvoir utiliser la moitié ou le quart des pots que Bella a laissés en rade quand elle a redécoré sa maison. Une touche de bleu pâle ou de beige sur quelques murs, ça permet d'atténuer l'effet général. De l'assourdir un peu.

— Je préfère les couleurs vives. Et c'est très joli, toutes ces images partout. Et ces guirlandes, aussi.

C'est vrai, mon appartement est rempli d'images. Des affiches achetées dans les marchés, ou les galeries ; des cartes postales coincées un peu partout, derrière une décoration, un livre ou une tasse – je garde toutes les cartes postales qu'on m'envoie. Il y a également des photos, en majorité d'Eddie mais aussi quelques-unes de ma famille, de Bella et d'autres amis. J'ai lu dans un guide du feng-shui que mettre des photos de gens qu'on aime chez soi est excellent pour le Chi. Après tout, pourquoi pas ? Dans

5 Chaîne de grands magasins anglais spécialisés en bricolage et décoration.

certaines périodes, on aime bien se faire aider de toutes les façons possibles.

Et puis j'ai accroché des guirlandes un peu partout. Elles sont trop jolies pour les laisser dans une boîte jusqu'à Noël. Il y en a autour des portes et des fenêtres, autour des vases, des cadres et des étagères. Je m'accroche aux choses. Me débarrasser des choses, mêmes celles qui sont inutiles ou laides, me paraît toujours très difficile (cf. Oscar). Cette attitude n'est pas très bonne pour le Chi, j'en suis consciente. Selon la philosophie orientale, on ne doit rien garder chez soi qui ne soit ni beau ni utile – exceptée une grenouille en céramique.

J'en suis arrivée à considérer mes choix décoratifs comme globalement chaotiques – c'était en tout cas le point de vue d'Oscar. Je ne crois pas qu'Henryk les approuve non plus, mais il limite ses critiques aux portes mal agencées ou aux taches odorantes d'humidité. Je ne vis pas dans un endroit aussi élégant et confortable que l'appartement d'Amelie, ni aussi chic et classe que la maison de Bella. C'est indéniable. Disons que mon cadre de vie est plus bohème. Après les compliments de Stevie, j'ai tendance à voir ça comme un supplément d'âme.

— Quand Oscar est parti, j'avais la ferme intention de garder l'appartement. Surtout parce que la perspective de déménager me terrifiait.

Ça m'a échappé. Je n'ai pas encore vraiment parlé d'Oscar à Stevie. Parce que le sujet me met trop facilement en colère, et que les hommes tolèrent l'amertume chez un citron, pas chez leur copine.

— Pourquoi ça ?

— Je n'aime pas toutes les démarches administratives, pour ne rien dire du jargon effrayant des agents immobiliers. Et puis, je ne me voyais pas passer en revue les appartements d'autres personnes, à la recherche du lieu qui nous conviendrait à Eddie et à moi.

Stevie reste silencieux. Une invitation à poursuivre qui me convient tout à fait.

— La chasse à la maison, j'ai déjà pratiqué. Les vendeurs font toujours des efforts surhumains pour te présenter la maison parfaite, la famille parfaite…

— Comment ça ?

— Les gens qui t'accueillent chez eux ont préparé du café du Brésil, fait griller du pain, redonné un petit coup de parfum d'ambiance, mis des bouquets de fleurs fraîchement coupées sur toutes les tables. Les épouses essayent d'être souriantes et agréables, les maris redoublent d'efforts pour paraître spirituels et affables. C'est insupportable.

Je suis sur le point de laisser échapper que, sans Oscar, Eddie et moi semblions avoir du mal à former une famille. Effacés ainsi, nous ne pouvions plus supporter l'odeur du pain grillé et la vue de ces familles exemplaires.

— Comment tu t'en es sortie ?

— J'ai racheté à Oscar sa part de l'appartement en suppliant la banque de m'accorder un prêt plus important. J'ai diminué de moitié toutes nos économies, qui sont devenues d'une maigreur gênante, et j'en ai pris mon parti.

— Tu avais un bon avocat ?

— Je n'ai pas fait appel à un avocat. Je voulais une sortie aussi rapide et digne que possible.

À l'époque, j'avais déclaré que je ne voyais pas l'utilité de prendre un avocat parce que je n'étais pas intéressée par l'argent. Six mois plus tard, j'ai compris que seules les personnes pleines aux as peuvent dire qu'elles ne sont pas intéressées par l'argent. Parce que les directeurs des compagnies du gaz, de l'eau et de l'électricité s'y intéressent beaucoup, et le percepteur, et le conseiller clientèle de ma carte

Visa, pour ne citer que ceux-là. Si je suis d'accord pour dire que l'argent ne fait pas le bonheur, il sert bel et bien à s'en acheter des ersatz à peu près acceptables. Je ne dis rien de tout ça à Stevie. Je marmonne juste :

— Dieu merci, Bella était là. Elle m'a tellement aidée…

Elle m'a obligé à me faire couper les cheveux et à m'acheter des vêtements neufs. Mais cette information aussi est classée top-secret. Je ne veux pas laisser Stevie croire que je me négligeais au point d'être devenue une pauvre loque puante, même si c'était le cas. Bella m'a écoutée ressasser tous les détails de ma rupture avec Oscar. Elle m'a laissée pester, geindre, me désespérer. Puis, pendant des heures et des heures, elle m'a encouragée, cajolée, aidée à mettre au clair mes idées. J'étais une étrangère pour elle, et je n'étais vraiment pas à mon avantage, mais elle n'avait pas l'air de s'en soucier ni même de le remarquer. Il y avait de la place pour moi dans son cœur. Elle m'a aidée à retrouver une sorte de sens de l'humour ; une sens de ce que j'étais, aussi. Pour Stevie, je limite mon explication à :

— Elle m'a aidée remettre de l'ordre dans mes finances. Elle a réussi à définir combien je devais, quelles étaient mes rentrées d'argent, puis m'a aidée à trouver un travail qui me permettrait de combler la différence. Et puis, elle m'a aidée avec Eddie, aussi.

— Elle s'est occupée d'Eddie ?

— Oui. Tu as l'air surpris.

— Elle ne correspond pas vraiment à l'idée que je me fais d'une fille dingue des gosses.

— Oh, si ! Elle est géniale avec les enfants. Eddie l'adore.

J'ai envie de lui expliquer que moi aussi, j'adore Bella.

Tout le monde l'adore. Et Stevie ne ferait pas exception à la règle, si seulement il la connaissait.

— Je t'assure, tu ne l'as pas vue à son meilleur samedi soir. Je ne peux pas te dire à quel point elle est fabuleuse. J'aimerais tellement que tu arrives à mieux la connaître.

Stevie regarde dans le vide. Même s'il a accepté de donner une deuxième chance à Bella, je n'ai pas l'impression qu'il soit totalement convaincu. Et tout à coup, l'idée de génie !

— Et si on demandait à Phil et Bella de venir avec nous à Las Vegas ?

— *Quoi ?*

— Tu l'as dit toi-même : les billets et la chambre d'hôtel vont être perdus ! Et puis, tu n'imagines pas à quel point ce serait important pour moi que tu aies un geste gentil envers Bella. Elle offre toujours des cadeaux extraordinaires à Eddie, et quand on boit un verre ou qu'on sort au restaurant, c'est toujours elle qui invite.

— D'après ce que j'ai vu, elle peut se le permettre.

— Tu sais, même avant son mariage avec Philip elle était incroyablement généreuse. Pas seulement avec son argent, avec son temps aussi. Je n'ai jamais eu les moyens ou l'occasion de la remercier pour ça, et ce séjour serait parfait !

Je suis tellement excitée par ce projet que je remarque à peine l'effronterie de ma proposition. Après tout, je demande à Stevie de donner son prix à mes amis. En une fraction de seconde, je me dis qu'ils seront bientôt ses amis. Très bientôt, si nous partons ensemble et qu'ils prennent le temps de bavarder. Mon sens de l'hospitalité australien entre en ébullition, déborde… et je deviens généreuse pour deux, en m'attribuant les billets de Stevie. Je reprends ma plaidoirie :

— Sans compter que ça te donnerait l'occasion de mieux les connaître…

— Je ne sais pas, répond Stevie en détachant chaque syllabe.

— Tu as une bonne raison de ne pas vouloir ?

Stevie est livide. Presque terrifié. Bon sang, mes amis ne sont pas terrifiants, quand même ! Mais il ne me répond pas. Prenant son silence pour un acquiescement, je l'attire vers moi et l'embrasse à pleine bouche.

Assez parlé pour ce soir.

25. Trouble
(Problème)

Mardi 15 juin 2004

BELLA

— Partir avec lui, c'est une idée ridicule ! s'exclame Amelie.

Nous sommes au Costa Coffee de mon quartier. J'ai convoqué une réunion d'urgence. Je regarde par la fenêtre : la pluie déferle sur la rue, agressant les piétons qui se précipitent à la recherche d'un abri. État des lieux déprimant en janvier, et pire encore en juin. La semaine dernière je portais un t-shirt et étais sur le point d'opter pour un short – bon, disons un caleçon long. Cette semaine je ne peux pas sortir de chez moi sans un parapluie et un imperméable. Cette situation pénible est quelque peu adoucie par le fait que mon imperméable est un Burberry's. L'incontournable de Noël 2003. Je suis peut-être frigorifiée et trempée jusqu'aux os mais je suis *classe*.

Amelie a raison, évidemment. Partir avec Stevie est une idée grotesque.

— Je sais, mais je n'ai pas eu la possibilité de dire non.

Laura a téléphoné et parlé à Philip qui s'est tout de suite déclaré ravi à l'idée qu'on parte avec eux pour un week-end tous frais payés à Las Vegas. Il a accepté sans même me consulter.

— Tu n'as pas essayé de te défiler ?

— Bien sûr que si. Mais il m'a expliqué que, depuis trois ou quatre semaines, il me trouvait d'humeur grincheuse. Selon lui, une petite pause serait la bienvenue.

— Il te connaît bien, remarque Amelie.

J'arbore une mine renfrognée. En effet, mon humeur a été grincheuse et Philip comme Amelie ne se sont pas privés de m'en faire la remarque. Ce qui, naturellement, n'a rien fait pour atténuer mon irritabilité. *Bien sûr* que je suis irritable ! Quelle femme ne le serait pas, si elle était mariée à deux hommes qui fréquentent les mêmes sphères sociales et risquait de voir à tout moment la vérité éclater ? Laura elle aussi a dû remarquer mon sale caractère, mais elle a décidé, fort diplomatiquement, de ne pas aborder le sujet avec moi. Je sais qu'elle s'est déjà forgée sa propre conclusion (je n'apprécie pas Stevie), donc je freine des quatre fers. Elle a 100% raison et 100% tort en même temps.

— Si tu as la moindre suggestion pour m'aider à couper court à la corvée, je t'en prie n'hésite pas, dis-je.

— Dis la vérité.

— Je parlais d'une suggestion réaliste, envisageable ou, au minimum, non-suicidaire.

— Alors non.

— Dans ce cas, Amelie, tu devrais peut-être rester en-dehors de tout ça. Ce n'est pas un jeu. C'est du sérieux.

— Ah tiens, tu as remarqué ?

Amelie soutient mon regard plus longtemps que je ne peux le supporter. Je craque la première et détourne les yeux.

D'habitude, je ne me permettrais pas de parler si durement à Amelie mais je suis parvenue à un point crucial. Cela fait plus d'une semaine que j'ai revu Stevie. Depuis, avec son accord, j'ai pris rendez-vous avec un avocat, ce qui est un pas en avant, *et* j'ai été embarquée de force dans un voyage de quatre jours à Las Vegas avec ma meilleure amie et mes deux maris, ce qui est un pas en arrière. Que dis-je, un pas, un saut quantique en arrière ! Cette perspective me glace le sang.

— Je me demande bien comment Stevie a pu accepter que vous partiez avec eux, murmure Amelie comme pour elle-même.

— Laura l'a certainement obligé.

— Oui. Ou alors il veut te donner une petite frayeur...

— Non. Il ne ferait jamais une chose pareille. Pourquoi ferait-il ça ?

— Parce que tu l'as traité de la pire façon. Tu l'as épousé en secret, tu t'es enfuie et maintenant tu veux divorcer. Ajoute à cela que tu lui demandes de mentir à sa compagne et de se mouiller dans toutes sortes de magouilles potentiellement explosives.

Je commence à la trouver sérieusement déplaisante. Et ce sentiment est nourri de mes propres insuffisances, qui décuplent son intensité. La bonté d'Amelie me donne l'impression que le diable a racheté mon âme. La bonté, c'est bien d'y être confronté si on est soi-même bon. Si on n'est pas bon, et en ce moment je ne suis pas du tout bonne, alors la bonté est simplement exaspérante.

— Je lui demanderai à quel petit jeu il joue quand je le verrai demain.

— Demain ?

— Oui. On doit se revoir.

— Pourquoi ?

— Je le tiens au courant de l'évolution de la situation.

— Je croyais qu'elle n'avait pas évolué ?

— Eh bien, d'ici à demain il y aura du nouveau. Je vois l'avocat dans la matinée.

— Tu ne peux pas te contenter d'envoyer un mail à Stevie ?

— Trop risqué.

— Pourquoi ? Tu ne lui fais pas confiance ?

— Non, ce n'est pas ça. Il m'a dit qu'il allait m'aider, il le fera. Stevie est un homme de parole. Mais un e-mail peut tomber sous les yeux de n'importe qui…

— Tu pourrais être vue avec lui. Ça me paraît bien plus risqué.

— Non. On se retrouve dans un endroit à l'écart. Ni lui ni moi ne courons le risque d'être découverts.

— Un vrai rendez-vous clandestin… persifle Amelie en haussant un sourcil, signe de méfiance et de mécontentement.

— Crois-moi, Amelie, ça ne m'amuse pas.

— Et j'espère que ça ne va pas changer. Un autre café ?

J'accepte, entre autre pour rester un peu seule – même quelques minutes, le temps qu'Amelie aille passer commande et nous rapporte nos deux cafés au lait. Je finis par regretter de lui avoir exposé mon horrible dilemme. Elle se comporte comme mon Gémini Cricket personnel.

Je regarde la salle. En temps normal, j'adore ce café. Souvent, quand je me balade vers midi dans ce quartier, j'atterris au Costa. Leurs sandwiches sont mortels et je préfère en acheter un ici qu'en manger un toute seule chez moi. Mon grand plaisir, c'est de m'étaler dans un de leurs canapés en cuir marron et de déguster mon café en lisant un roman. Ayant été serveuse pendant plus d'années que je ne voudrais pouvoir le compter, je ne connais pas de bonheur aussi intense que celui de s'offrir une pause pour prendre le temps de boire un café. Avec un petit amaretti trempé dedans… D'accord, ce sont des biscuits plutôt chers et d'aucuns prétendent qu'ils ont le goût du carton, mais ils symbolisent pour moi la vie urbaine et, en tant que tel, leur attrait est irrésistible.

Il y a à peine un mois de cela, je me rappelle être entrée ici pour déjeuner, après un rigoureux entraînement au club, et avoir pensé : ma vie est parfaite. Enviable au plus haut point – totalement. Je sentais mon corps délicieusement délié après ma séance de gym. Mon estomac était tout aussi détendu (petit café au lait, sandwich mozzarella/pesto/tomates séchées, assez bon, un poil trop salé). Je n'étais attendue nulle part. Je ne devais de l'argent, des excuses ou du temps à personne. Oui, ce jour-là je me suis dit que ma vie ne pouvait pas être plus idéale. Aujourd'hui, je me dis que je suis à peu près aussi enviable que Job. Et Amelie a une façon très lugubre de consoler Job. Comme pour ponctuer mes pensées, la voilà justement qui revient avec trois tasses et une Laura rayonnante.

— Devine qui je nous ramène ?

Je me lève et, assaillie d'émotions contraires, serre Laura dans mes bras. Son sourire, sa chaleur, sont et seront sans doute toujours un ravissement pour moi. Le sentiment de culpabilité qui se cramponne à mes entrailles et les déchiquète est un peu moins plaisant.

— Qu'est-ce que tu fais ici ?

J'espère que Laura percevra dans ma question une tonalité heureuse et curieuse plutôt que méfiante et angoissée.

— Amelie m'a prévenue par SMS ce matin que vous

vous retrouviez, et m'a proposé de venir. Ça ne te dérange pas, si ?

Une lueur d'appréhension passe dans son regard. Un regard qui ne la quittait pour ainsi dire jamais, mais qui est désormais plus ou moins banni. C'est triste de le voir réapparaître. Je me sens terriblement désolée, surtout parce que, en ce qui me concerne, *oui*, elle me dérange. Et elle n'y est pour rien.

— Tu es folle ! C'est formidable, de te voir !

Je la serre de plus belle et tente de me persuader de ce que je viens de dire.

— Où est Eddie ?

— Chez son père.

J'attends la tirade sur Oscar. D'habitude, elle ne rate pas une occasion de raconter sa dernière indélicatesse. Il y a toujours quelque chose qui ne va pas. Non content d'avoir abandonné Laura et Eddie, Oscar est coupable de plusieurs crimes contre l'humanité : ne jamais choisir le bon parfum de yaourt pour son fils, laisser son fils tomber d'une cage à écureuil (tout le monde sait qu'Eddie serait tombé, quel que soit l'adulte qui le surveillait, seulement cet adulte était Oscar), ne pas être intraitable sur l'heure du coucher, nourrir Eddie de cochonneries trop salées et artificielles (Laura pourrait elle aussi plaider coupable), être en déplacement le jour de l'anniversaire d'Eddie, et lui acheter des cadeaux mirobolants pour essayer de se faire pardonner ses absences… J'imagine – et j'en ai peur – que la liste est infinie. Mais aujourd'hui, il semblerait que Laura n'ait rien à déclarer à propos d'Oscar.

— Je n'arrête pas de penser à Las Vegas ! Dire que dans trois semaines et un jour nous serons dans l'avion !

Elle rit comme une gamine.

— Moi aussi, j'y pense sans arrêt, dis-je.

Le sourire de Laura est immense, et se fond dans une chanson. Laura chante plutôt bien – sa voix ressemble à celle que les anges auraient dû me donner.

Elle rayonne, elle est éclatante… et elle n'imagine pas une seule seconde qu'elle est en train de me laminer. Je sais que je devrais me réjouir qu'elle ait enfin trouvé quelqu'un qui tienne à elle et à qui elle tienne. Mais tout ce que je vois, ce sont les problèmes que cette situation risque d'entraîner. Ça ne va jamais disparaître. Même si Stevie et moi parvenons à divorcer en secret, même si Philip gobe mon histoire de dossier administratif bâclé et accepte que nous nous remarions, ma vie sera tout de même gâchée parce que Laura est amoureuse de Stevie. Et… gros soupir… que se passera-t-il si Stevie est amoureux d'elle ?

La possibilité qu'ils décident un jour de se marier s'abat sur moi. S'ils passent à l'acte, il y aura d'autres démarches administratives, des tas questions. Stevie devra déclarer qu'il a déjà été marié, et ça entraînera d'autres questions délicates… À supposer que nous réussissions à négocier ce problème épineux, il y en aura encore après. Je ne pourrai pas assister à leur mariage car la mère de Stevie me reconnaîtrait. Comment expliquer ça à Laura ? Pour la même raison, Laura et Stevie ne pourront pas être invités à des soirées organisées par ma famille, car mon père ou mes frères le reconnaîtraient. Je me demande quel miracle assez énorme me permettrait de traverser sur la pointe des pieds les quarante prochaines années en évitant toute révélation catastrophique. Mais je n'en parle pas à Laura. Je lui dis plutôt :

— Et si on allait chercher des vêtements pour le voyage ?

— C'est gentil de le proposer, Bella, mais tu sais quoi ? J'ai fait des folies !

— Ah bon ?

Je suis stupéfaite.

— Ouais ! Une razzia chez Mango et chez Top Shop ! Pas la peine de dépenser une fortune. Quelques t-shirts, un bikini, une petite jupe. Toute la différence se fait dans l'accessoire !

Puis soudain, son expression se transforme et devient préoccupée.

— C'est terrible, non, ce qui arrive à la pauvre Freya ?

— Quoi donc ?

— Je ne l'ai pas encore dit à Bella, intervient Amelie.

— Dit quoi ?

— Freya s'est fait un peu... malmener à l'école...

— Ah bon ? Mais par qui ? Tu es allée en parler aux maîtresses ? Pourquoi tu ne m'en as pas parlé ?

Je suis furieuse que Freya me l'ait caché.

— Tu as d'autres problèmes en ce moment. Et puis je ne crois pas que ce soit si grave que ça. Freya est une gamine solide, physiquement et mentalement. Je garde un œil sur elle.

— Amelie !

Je suis outrée. Est-ce qu'une mère ne doit pas se battre aux côtés de ses enfants ? Comment peut-elle être aussi calme ?

— Raconte-moi toute l'histoire.

— Une petite fille lui a dit que sa queue de cheval était ridicule et a tiré dessus. Elle lui a pris ses crayons. Ce genre de choses. Ah oui, elle l'a mordue aussi, ce qui est inacceptable à leur âge. Mais la maîtresse est au courant. Par chance, Freya n'a aucun scrupule à moucharder. Cette histoire l'a perturbée un jour ou deux, et puis elle a décrété qu'elle préférait porter des nattes.

— Les enfants peuvent être tellement cruels, dis-je. Les

cours de récréation, c'est la jungle. C'est vrai, après tout combien d'adultes t'ont mordue la semaine dernière ?

Laura rougit.

— Pas dans un contexte sexuel, Laura !

— Freya a conscience que tout a commencé parce que l'autre gosse est jalouse, reprend Amelie. C'est une tempête dans un verre d'eau.

Je sens le feu de la colère grésiller et crachoter en moi. Il est évident qu'Amelie n'a jamais été embêtée dans la cour de récréation. Si c'était le cas, elle mourrait d'envie d'arracher la tête de la tireuse de queue de cheval.

— Et ça dure depuis quand ? Depuis que Ben est… ?

— Pourquoi tu crois que ça a un rapport avec la mort de Ben ? demande Amelie.

— Simple supposition.

— Est-ce que tu as eu des problèmes à l'école après avoir perdu ta mère ? insiste-t-elle avec cet air supérieur que lui donne parfois sa perspicacité.

— Ce n'est pas de moi qu'on est en train de parler, là.

C'est vrai. Et pourtant je suis surprise de constater que des larmes commencent à s'amonceler au bord de mes paupières.

— Je crois bien que si, déclare calmement Amelie.

— J'étais une petite fille très populaire.

Ce n'est pas tout à fait vrai. Je n'ai pas *toujours* été populaire.

— Alors tu embêtais tes petites camarades ? demande Amelie.

Elle feint la nonchalance en tournant son sucre dans son café mais je sais qu'elle ne prend pas de sucre.

— Non. Absolument pas.

— Alors dans ce cas, c'est toi qu'on embêtait. C'est la loi de la jungle, tu l'as dit toi-même.

— Je ne veux pas parler de mon passé.

Je fusille du regard Amelie, la suppliant en silence de laisser tomber. Pourquoi est-ce qu'elle me met la pression ?

— Tu t'es sentie abandonnée quand ta maman est morte ?

Je ne bouge pas. Si je fais ne serait-ce qu'un hochement de tête, les larmes vont se mettre à couler. Je ne vais pas pleurer parce qu'on m'a harcelée et négligée voilà plus de vingt ans ? Ce serait stupide. Je me sens si vulnérable tout à coup. Sûrement à cause de tout ce stress, ces dernières semaines…

— Je suis certaine que ton papa et tes frères ont fait de leur mieux mais ça a dû être difficile de grandir dans une maison remplie d'hommes.

De leur mieux ? Ils ont été nuls, oui. Mais pas question d'en parler. Les autres gosses disaient que je ressemblais à un garçon. Ils avaient sans doute raison, puisque je portais les vêtements qui n'allaient plus à mes frères. Nous avions très peu d'argent après la mort de ma mère car mon père ne pouvait plus travailler – pas parce qu'il s'occupait de nous ou qu'il était ravagé par le chagrin. Parce qu'il était toujours bourré. Les gamins disaient que je sentais la crasse des garçons et la bière. Pour ça aussi, ils avaient sans doute raison.

— Qui t'a sauvée, Bella ? me demande Amelie.

— Je n'ai pas envie de parler de ça.

Je me force à la regarder bien en face. Elle a au moins la décence de blêmir quand nos yeux se croisent, mais c'est une femme déterminée.

— Et pourquoi pas ? Quand nous parlions de la mort de Ben, je ne t'ai jamais entendue dire « je suis passée par là moi aussi ». Pourtant ça a bien dû être le cas, non ? D'une façon ou d'une autre ? Quand tu as perdu ta mère, tu as dû de sentir affreusement triste, en colère, effrayée… Comme moi quand j'ai perdu Ben.

— J'étais toute gosse.

— Alors ça a dû être encore pire pour toi.

Je prends une profonde inspiration. J'ai besoin de me calmer. De rester détendue. Ce n'est surtout pas le moment de me laisser aller à des confidences. Je sais ce qu'Amelie essaye de faire, et je lui reconnais une certaine compétence dans la psychanalyse de bazar. De tout ce que je lui ai déjà raconté, et surtout de tout ce que je ne lui ai pas raconté, elle a conclu que mon enfance avait été un vrai calvaire à compter du jour où le cancer de ma mère a été diagnostiqué. Jusqu'alors, j'avais eu une enfance merveilleuse, parce que c'était une enfance moyenne. J'avais eu mon compte de succès et d'échecs, de confiture et de glaces, de devoirs à la maison et de varicelle. J'avais été la première enfant du village à rouler en vélo-cross Raleigh. À huit ans, j'avais eu droit à ma poupée Bout d'Chou, avec certificat d'adoption et tout le toutim.

Et puis, maman est tombée malade. Et elle est morte. Je ne veux pas en parler. Je ne veux pas ruminer mon passé. Il me suffit de dire que les sept années qui suivirent furent d'une tristesse crasse. Je vivais dans un état de chagrin permanent et je serais probablement toujours en train de sombrer dans cette parcelle d'enfer si Stevie n'avait pas emménagé dans notre village. C'est à Stevie que je dois d'avoir renoué avec la tendresse, avec le bonheur. À Stevie.

Évidemment, Amelie a à peu près reconstitué les pièces du puzzle. Elle me donne l'occasion d'expliquer à Laura ce que j'ai fait et pourquoi, mais je voudrais juste qu'elle me laisse tranquille. Qu'elle sorte de mon merdier personnel. Je ne veux rien dire de tout ça à Laura. Ni à Philip. J'ai bien pris soin de ne pas insister sur les rapports que mon père entretient avec l'alcool. Je n'ai jamais prononcé le mot « alcoolisme ». J'ai mis toute la distance possible entre Philip et le village de mon enfance, pour qu'il ne voie pas la pauvreté, la crasse et, pire que tout, l'indifférence de ma famille à mon égard. Je ne veux pas que ce coin du voile soit soulevé. Je ne veux pas m'épancher. Je ne veux rien expliquer. Je ne demande qu'une chose : ne plus jamais avoir peur.

— Nous parlions de Freya, dis-je, imperturbable.

— Exactement, Bella ! Nous ne parlons jamais de toi. *Tu* ne parles jamais de toi. Est-ce que tu as réussi à assumer la mort de ta mère ?

Je vois Laura serrer le bras d'Amelie. Elle essaye de lui faire discrètement comprendre qu'il vaut mieux changer de sujet de converdation.

— C'est la vie privée de Bella, Amelie. Je crois que tu devrais la respecter.

Mais il en faut plus pour détourner Amelie de son idée fixe.

— Pourquoi tu ne parles jamais de la disparition de ta mère ? Pourquoi tu ne parles jamais de ton passé ? Comme si ta vie n'avait pas commencé avant ton installation à Londres.

— Peut-être qu'elle n'avait pas commencé avant Londres, oui. Pas vraiment commencé.

J'ai utilisé la voix que je réserve aux banquiers ou aux contractuelles. indifférente, lointaine, polie mais qui ne signifie qu'une chose : « Va te faire foutre. »

— Euh… quand j'étais une petite fille, les enfants m'appelaient Centrale électrique à cause de mon appareil dentaire.

Contribution de Laura pour essayer de me tirer de ce pétrin. L'ironie, c'est qu'Amelie aussi croit qu'elle me tire du pétrin. Elle veut nous aider toutes les deux. Nous sommes toutes pleines de bonnes intentions, mais si près de nous détruire l'une l'autre…

— Tu étais dans une école municipale, pas vrai Bella ? Rappelle-moi, comment s'appelait ton village ?

Le regard que je lance à Amelie est un pur condensé de poison.

— Kirkspey.

De toutes façons, si je ne l'avais pas dit, Amelie s'en serait chargée pour moi.

— Vraiment ? s'écrie Laura, ravie d'être tombée par hasard sur ce qu'elle croit être une digression. C'est là que Stevie a passé toute son adolescence !

— Ah oui, vraiment ? Le monde est petit, commente Amelie.

— Tu dois te tromper, dis-je. C'est un tout petit village. Quel âge a Stevie, rappelle-moi ?

— Trente et un ans.

— Un an de plus que moi. Nous nous serions forcément rencontrés. Or ce n'est pas le cas. Donc tu dois te tromper.

— Je suis sûre qu'il m'a parlé de Kirkspey.

— Tu devrais vérifier avec lui, intervient Amelie.

Elle ne peut pas se taire, celle-là ? J'insiste, très calme :

— Kirk veut dire « église ». Il y a beaucoup de villages qui commencent par ce mot en Écosse.

Je sais qu'Amelie ne va pas lâcher l'affaire, alors je fais la seule chose en mon pouvoir. Ma riposte habituelle. Je prends mon imperméable, jette quelques pièces sur la table et sors. Dossier classé.

26. I Forgot to Remember to Forget (J'ai oublié de me souvenir d'oublier)

Mercredi 16 juin 2004

STEVIE

Bella porte une robe beige à dos nu avec de grosses bottes. Je ne suis pas un expert ès-mode mais je parierais volontiers que sa tenue lui a coûté l'équivalent de ce que j'ai dépensé pour m'offrir une Fiat d'occasion. Le pire, c'est ce qui me vient tout de suite à l'esprit : ça le vaut largement. Bella est sublime. Une pensée effrayante s'insinue à moi : *je suis fier de ma femme.*

Je me réprimande intérieurement en me rappelant que 1) ce n'est pas elle qui s'est payée cette tenue sexy, c'est son *autre* mari et si quelqu'un doit éprouver de la fierté c'est lui ; 2) Je suis avec Laura. Laura. Nous formons un tout elle et moi, et je ne suis pas censé remarquer qu'une autre femme est sexy, surtout si je suis marié avec.

— Salut ! dis-je avec une nonchalance étudiée.

C'est terrible que j'aie encore des sentiments pour elle, si confus soient-ils, mais ce serait encore plus terrible si elle savait.

J'ai toujours accueilli comme une bénédiction de la vie le fait de n'éprouver aucune attirance pour les salopes. Je ne suis pas de ces hommes qui craquent pour des femmes à l'air hautain qui les saignent à blanc et les piétinent. Je n'ai pas de penchant masochiste. La vie est sacrément trop courte pour m'imposer ce genre d'épreuve. Et puis, le monde est rempli de femmes agréables, mignonnes, et c'est avec elles que je veux passer du temps. Curieux, dès lors, que je trouve Belinda – métamorphosée en Bella, cette bourgeoise doublée d'une bombe – pour ainsi dire irrésistible, alors qu'elle fait clairement partie de ces femmes cruelles. Je ne me comprends pas.

Je m'oblige à repenser à ce moment où j'ai accepté en silence de « l'aider » – euphémisme pour « divorcer ». Accepté de me retirer du jeu comme un monsieur bien élevé, sans faire de scandale ni ruer dans les brancards. J'ai bien vu son corps retrouver brusquement toute sa souplesse sous l'effet du soulagement, alors qu'il était resté raide pendant toute la durée de notre entrevue. Jamais je ne me suis senti aussi insulté. Non seulement elle voulait se débarrasser de moi mais elle n'était même pas sûre que c'était aussi ce dont j'avais envie. Quelle sale petite gonzesse arrogante ! Qu'est-ce qu'elle croyait ? Que je m'effondrerais, inconsolable, à l'idée de perdre un femme aussi exceptionnelle, et que je la supplierais de ne pas demander le divorce ? Que, durant cette dernière décennie, j'ai nourri le rêve qu'un jour nous irions ensemble chez Ikea ?

Je prends un plaisir macabre à penser que c'est une bonne chose, qu'elle ait perdu toute notion de la réalité au point de claquer autant de fric dans des fringues de marque ou chez son esthéticienne. C'est une bonne chose qu'elle ne soit plus une personne digne, avec de l'ambition ou même un travail, qu'elle traite ses amies de façon aussi sournoise, qu'elle soit incapable de me fournir ne serait-ce qu'une explication acceptable pour justifier son comportement lamentable envers moi. Tout cela est parfait ! Bella Edwards est une femme odieuse, et je ne craquerai pas pour elle. Je ne ferai pas de sentiments. Même si elle est délicieuse.

Je suis plongé dans ces pensées vicieuses et distantes lorsqu'elle fait quelque chose qui me désarme : elle se penche vers moi et m'embrasse sur la joue. Pas deux baisers à la va-vite ; un vrai baiser. Et soudain je ne vois plus que Belinda McDonnel. Ses lèvres sont moelleuses et voluptueuses. Sa joue est douce.

— Qu'est-ce que tu veux boire ? dis-je en me levant de mon siège, mais elle pose gentiment sa main sur mon épaule.

— C'est ma tournée. Tu prends quoi ?

Je regarde ma bouteille. Il doit y avoir une fuite car elle est déjà vide. Devant mon air surpris, Bella sourit.

— Une autre Beck's.

Bella part au bar et en revient avec deux boissons. Plusieurs hommes se retournent sur son passage. Ils sont intrigués mais ne se font aucune illusion sur leurs chances de parler à une femme comme Bella Edwards – encore moins de sortir avec elle. Elle est calme, élégante, raffinée et distante. C'est vrai, à la regarder en ce moment je me dis qu'elle à l'air de s'être trompée de stratosphère, de jouer dans une division qui n'est pas la sienne, et dans un contexte comme celui-ci, l'apparence prime tout le reste. Mais les hommes dans ce pub sont semblables à son père, à son grand-père, à ses oncles et à ses frères. Les hommes dans ce bar sont semblables à ceux que son père imaginait épouser sa fille. Persuadés que les fléchettes sont un sport, ils ne s'inquiètent pas du nombre de tartes et de bières qu'ils engloutissent. Ils jouent aux dominos et s'imaginent que ça exerce suffisamment leurs neurones – ça et la lecture du *Sun*.

Belinda déteste les pubs, depuis toujours. Je parie que Bella préfère les bars à vin. Quand elle était gamine, elle attendait souvent dans l'épave qui servait de voiture à son père que ce dernier ait fini de se « descendre une petite bière rapide », et bientôt toute une série d'autres beaucoup plus lentes, au troquet du coin. Si elle avait de la chance et qu'il se rappelait sa présence, il lui rapportait un Coca et des chips. S'il l'oubliait, elle pouvait parfois l'attendre jusqu'à l'aube. Les lois sur la consommation d'alcool étaient assez laxistes et sa capacité à boire avait fait le tour de la région. Il trouvait Belinda endormie sur la banquette arrière, emmitouflée dans le drap du pique-nique. Alors, il la réveillait et lui annonçait qu'ils allaient devoir faire à pied les cinq kilomètres qui les séparaient de la maison parce qu'il était trop saoul pour conduire. C'était sa conception du père responsable. Les autres pères essayaient de négocier les routes sinueuses malgré les hectolitres qu'ils avaient avalés. Je ne connaissais pas Belinda quand elle était petite fille, c'est elle qui m'a raconté ces histoires.

Je regarde Bella Edwards et j'ai du mal à croire que cette femme ait jamais pu ressentir la froid, l'ennui, la peur ou la faim.

Bella m'annonce qu'elle a vu l'avocat ce matin et qu'obtenir le divorce sera « extrêmement simple ». Elle ne cache pas son soulagement. Pas le moindre soupçon d'incertitude ou de regret ne traverse son visage. Elle veut tirer un trait sur moi aussi rapidement et tranquillement que possible. J'ai du mal à me concentrer sur ses explications. Je suis perturbé par la vision de Bella faisant le tri dans sa garde-robe et jetant dans un grand sac marqué « Croix Rouge » ses vêtements de la saison écoulée. Moi, je suis le « fabuleux petit sac à main » de l'an dernier.

— N'importe quel juge considèrera qu'une séparation de huit ans est un cas de « rupture *de facto* », poursuit Bella avec un sourire radieux.

— La loi a tout prévu, dis-je d'un ton sarcastique.

— Nous avons le choix : ou nous demandons le divorce par consentement mutuel après une séparation de deux ans…

Je l'observe, incrédule. On dirait qu'elle passe en revue les dates possibles pour la prochaine réunion des habitants du quartier. Son efficacité et son enthousiasme me filent la nausée.

— … ou tu demandes le divorce en invoquant l'abandon du domicile conjugal. Une séparation de deux ans suffit pour que le juge déclare que j'ai…

Elle laisse sa phrase en suspens.

— … bel et bien voulu te quitter, et pas oublié notre adresse après être sortie pour aller boire une menthe à l'eau.

— Oui, reprend-elle en piquant un fard. Il faut juste prouver que nous ne sommes pas restés en contact.

— Ça paraît jouable.

— Il y a quelques formulaires à remplir… Nous devons signer une convention provisoire et ensuite…

— Et l'adultère ?

La rougeur disparaît instantanément des joues de Bella. Je regarde par terre, m'attendant à voir se dessiner une flaque de sang. Je relève les yeux : son visage est devenu vert.

— Quoi, l'adultère ?

— Je ne peux pas divorcer pour cause d'adultère ou

d'entorse grave ? Je veux dire, épouser un autre homme me semble être une entorse plutôt grave…

— Je croyais que tu voulais un divorce rapide et sans drame ?

— Ah, ça c'est ce que *toi* tu veux.

Je ne sais pas pourquoi je mets à raconter ça. Bien sûr qu'en cas de divorce je préfère que ce soit rapide et sans drame. Avec tout ce que j'ai encaissé, ce serait absurde de renoncer à ma dignité. Mais je me sens irrité.

J'ai l'impression que Bella s'efforce de respirer lentement et profondément. Finalement, je cède.

— C'est bon. On choisit le consentement mutuel.

Elle attrape la balle au bond.

— La procédure est identique pour tous les types de divorces. Entre l'ouverture du dossier et la convention définitive, il faut compter quatorze semaines. Tout peut se régler par courrier. Il n'est pas nécessaire de se présenter au tribunal.

Je signe le document qui doit nous conduire jusqu'au divorce.

Bella m'adresse un large sourire. Je sais que je devrais partager son enthousiasme. Après tout, ma vie aussi va s'en trouver simplifiée.

— C'est une bonne chose que ni toi ni moi ne possédions quoi que ce soit, ça aurait compliqué les choses.

— Je suis quand même propriétaire de mon appartement et de ma voiture, dis-je.

— Ah bon, c'est vrai ?

Elle paraît ébahie.

— Moi qui avais peur que tu ne possèdes jamais que ta guitare… Enfin bon, ça ne change rien. Je présume que ces biens sont à ton nom, et de toutes façons je ne vois pas pourquoi je te les réclamerais !

Elle rougit encore. Nous comprenons tous les deux le sens de cette phrase : Philip peut s'amuser à acheter et revendre dix fois tout ce que je possède.

— J'ai aussi souscrit à un compte-retraite. Depuis mes vingt-quatre ans. Je ne sais pas à combien il s'élèvera quand j'arrêterai de bosser…

Pourquoi ai-je besoin de préciser ça ? Je me le demande. Je veux l'impressionner en lui montrant que je suis un type responsable ? Bon dieu, oui… je *veux* l'impressionner.

— Dans ce cas, nous devrons sans doute signer une attestation selon laquelle quoi qu'il arrive, nous renonçons à tous les biens de l'autre. Histoire d'assurer nos arrières. Nous devons tout régler proprement.

Je résiste à l'envie d'ajouter : « Cette fois. » Je sais que Bella ne me réclamera jamais d'argent, je n'ai pas besoin d'un document légal qui me le certifie.

— Qu'est-ce que tu feras une fois le divorce prononcé ?

— Je me remarierai avec Philip, répond-elle d'une voix posée.

— Et tu comptes lui dire pour … nous ?

— Seigneur non ! dit-elle avec emphase. J'ai l'intention de lui dire qu'il y a eu un problème administratif quand on s'est mariés.

Encore des mensonges.

— Et selon toi, il marchera ?

— Je peux être très convaincante. Je vais au bar, je te reprends une Beck's ?

J'accepte. Bella me doit tellement de choses, elle peut bien m'offrir quelques verres.

Elle revient s'asseoir avec deux bouteilles et trois grands sachets de chips.

— Chips à la tomate ! jubile-t-elle. Je n'en ai plus vues

depuis que j'ai dix-sept ans, alors j'en ai pris tout un stock. Tes chips préférées, non ?

— *Tes* chips préférées.

Elle hausse les épaules et sourit ?

— Bon, on les aimait bien tous les deux. Vas-y, attaque.

C'est étonnant le nombre de situations pénibles qu'un peu de nourriture et de boisson permet d'alléger. La fête de fin d'année à l'école était toujours une épreuve douloureuse, jusqu'à ce qu'un prof propose une vente de vin et de barils de Maltesers pendant l'entracte. Tout à coup, le bégaiement de nos chères têtes blondes et le syndrome des « deux pieds gauches » sont devenus moins insupportables. Qui serait capable d'assister à un enterrement sans la promesse de se retrouver ensuite autour de sandwiches et de bouteilles de vin ? De la même façon, Bella et moi préférons la compagnie de l'autre avec quelques verres et un sachet de chips.

— Merci de nous avoir proposé de venir à Las Vegas, dit Bella, mi-souriant mi-grimaçante.

— Laura pense que ce sera une bonne occasion pour qu'on apprenne à se connaître, toi et moi. Je comptais sur toi pour décliner l'invitation.

J'étais furieux que Bella n'ait pas utilisé ses fameux talents de raconteuse de bobards pour sortir de son chapeau une bonne raison de ne pas venir. Les choses sont déjà suffisamment pénibles pour ne pas y ajouter de gentilles vacances à quatre.

— Désolée. Ça t'angoisse ?

Ça m'angoissait il y a encore trois minutes, quand Bella était redevenue Belinda et m'avait acheté trois paquets de chips à la tomate. Chips qu'elle est en train de mâchonner et qui se coincent entre ses dents. Elle met le doigt dans sa bouche et part à la recherche de la pâte molle sans doute restée coincée dans une molaire. Je l'observe jusqu'à ce qu'elle prenne conscience de son attitude.

— Oh, pardon ! Ce n'est pas très poli de ma part…

Bien sûr, nous savons que nous sommes suffisamment intimes pour ne pas nous interdire ce genre de démonstration publique. Récemment, j'ai passé pas mal de temps à réfléchir à notre intimité. Avec une obsession digne de Gollum, je me suis focalisé sur notre première fois et notre dernière fois. J'ai calculé que, pendant toutes ces années, nous avions dû faire l'amour environ mille fois, sur la base de quatre fois par semaine la première année puis trois fois les cinq années suivantes. Nous avons séché beaucoup de cours.

Nous faisions l'amour selon toutes les configurations imaginables – en tout cas imaginables à notre âge. Timidement, vigoureusement, doucement, salement, comme des marathoniens, à l'intérieur, en plein air, debout, sur une chaise, un canapé, en voiture, au lit, dans beaucoup de lits différents – au tout début, surtout des lits simples ou les lits d'amis de nos parents. Notre exploration du sexe nous paraissait audacieuse à l'extrême.

Jusqu'à Edimbourg. Une fois à Edimbourg, le sexe est devenu un exercice rapide, fatigué, énervé. Étrange, n'est-ce pas ? On ne sait presque jamais quand on vient de faire l'amour avec une personne pour la dernière fois… Nous l'avons fait le jour de sa disparition. Un petit coup en passant, plus par devoir que par envie, soi-disant pour me souhaiter bonne chance avant le concours. Nous avions pris l'habitude de baiser en levrette. Elle savait que je ne tiens pas longtemps dans cette position, l'affaire était expédiée plus vite pour elle et elle n'était pas obligée de me regarder. La vision de son petit cul ferme allant et venant sur moi ne rend même pas ce souvenir savoureux…

— Tu retournes souvent chez toi ? dis-je pour repousser toute vision charnelle loin, très loin.

— Non. Et toi ?

— Ma mère est revenue vivre à Blackpool pour être plus près de ma grand-mère. Je vais la voir à peu près une fois tous les mois.

Bella se met à bafouiller.

— La vache ! Moi je fais le maximum pour éviter ma famille par périodes d'au moins deux ans…

— Tu ne leur rends pas visite à Noël ?

— Non. À vrai dire, je déteste la neige.

— Tu fais quoi à la place, alors ?

— Je pars skier.

— Absurde.

Elle hausse les épaules.

— Comment vont tes frères ? Ils pêchent toujours ?

— Martin et Iaine, oui. Mais plus sur notre propre bateau. Ils travaillent en ville, sur un gros chalutier. Ron, lui, a dû renoncer. Il s'est blessé au dos, je ne me rappelle plus les détails…

— Qu'est-ce qu'il fait maintenant ?

— Il regarde la télé.

— Et Don ?

— Il est retenu ailleurs.

— Bref, ils vont tous bien, dans l'ensemble ?

— Je suppose, bredouille-t-elle d'une voix renfrognée. Tu sais, j'en avais marre de veiller sur eux quand je vivais avec eux, alors je ne suis pas mécontente de les laisser se débrouiller tout seuls, maintenant.

Je ne relève pas son sarcasme.

— Et ton père, ça va ?

— Je pense, oui. Je ne l'ai pas revu depuis le mariage.

— Il est venu, alors ?

Je suis content d'apprendre que la nouvelle Belinda a réussi à plaire à son père.

— Si j'avais pu ne pas l'inviter, ni mes frères, je l'aurais fait mais Phil a insisté. Au moins, papa a réussi à marcher droit jusqu'au moment du dîner. Ce qui n'est pas un mince exploit puisqu'il avait commencé à picoler à 10 heures.

— Tes frères sont venus ?

— Seulement Martin et Iaine. Rob n'avait pas envie de se déranger et Don, eh bien, comme je t'ai dit, il était…

— … à l'ombre ?

— Oui.

Elle soupire.

— Il y a eu de la casse à cause d'eux ?

Les frères de Bella sont maladroits à jeun, et agressifs quand ils ont trop bu.

— Non. Je dois leur reconnaître ça : tout ce qu'ils voulaient, c'était se fondre dans le papier peint. Aucune chance, évidemment, avec leur pauvres chemises et leurs cheveux sales. Ils n'avaient même pas mis de veste ! Je leur avais proposé de leur offrir un costume à chacun mais rien à faire… Des chiens dans un jeu de quilles, voilà ce que c'était ! L'avantage, c'est qu'ils se sentaient si peu à l'aise qu'ils n'ont pas osé péter les plombs.

Elle est toujours en colère contre eux. Et honteuse. J'espérais qu'elle était sortie de tout ça.

— Qu'est-ce que tu voudrais d'eux, Bella ?

— Je voudrais qu'ils soient complètement différents.

C'est très certainement la chose la plus sincère que m'ait dite Belinda depuis que nos chemins se sont rejoints. Je la plains de poursuivre un rêve impossible.

— Je voudrais qu'ils soient charmants, impliqués dans

la vie, fascinants. Au mariage, j'aurais aimé que papa casse les oreilles des invités en leur expliquant combien j'étais une petite fille adorable, pendant que mes frères auraient flirté avec mes amies célibataires.

Elle essaye de sourire mais je la connais : elle en rêvait tellement que c'en est douloureux. Alors sourire… c'est presque impossible.

— Tu sais que ça n'arrivera jamais. Tu ne les changeras jamais, même si toi tu as changé du tout au tout.

— Tu as raison, reconnaît-elle en soupirant. Faire la cour à une fille, pour mes frères, c'est lui demander si elle veut des chips avant ou après l'amour. Quant à l'indifférence de mon père à mon égard, elle s'est révélée dans toute sa splendeur quand je lui ai expliqué qu'il n'était pas obligé de faire un discours. Je ne voulais pas non plus qu'il me conduise à l'autel mais Philip m'a dit que c'était la tradition et un signe de respect. J'ai failli lui dire : « Rien à foutre du respect. Mes frères et mon père m'ont traitée avec respect quand je vivais avec eux ? Non. »

— Et pourquoi tu ne l'as pas dit ?

— Je ne parle pas beaucoup de ma famille à Philip. Ma famille est à des années-lumière de la sienne. Il n'arriverait pas à comprendre ce que j'ai vécu.

— Tu devrais avoir l'esprit plus ouvert.

— Ne commence pas ! Bon dieu mais pourquoi tout le monde veut remuer le passé ? Le passé, c'est bien ce que ça dit : *passé.* Si le passé reste dans le passé, il y a une bonne raison !

Bella consulte sa montre.

— Écoute, je crois qu'on s'est dit tout ce qu'on avait à se dire pour ce soir. Merci d'avoir signé le document. Je te revois à l'aéroport.

Et sur ce, elle se lève et décolle.

27. Viva Las Vegas

Mercredi 7 juillet 2004

BELLA

— Oh mon dieu ! *Première classe* ! C'est la première fois de ma vie que je vole en première classe...

Le gigantesque sourire de Laura menace de fendre son visage en deux. J'ai eu beau imaginer toutes sortes de désastres pour m'éviter ce voyage, je n'avais pas prévu la rupture du visage de ma meilleure amie pour cause de sourire extatique.

Elle se comporte comme une enfant excitée depuis que la limousine est venue nous chercher ce matin. Comment le lui reprocher ? En plus de la limousine, le champagne coule à flots, Laura n'était plus partie à l'étranger depuis quatre ans, et elle est accompagnée de sa meilleure amie *et* de l'homme de ses rêves.

La seule ombre au tableau, c'est que c'est aussi l'amour de ma vie.

Oh mon dieu ! Je pense vraiment ça ?

J'essaye d'éviter Stevie. J'essaye, mais ce n'est pas facile. À l'aéroport, pendant que les autres profitaient des apéritifs servis dans le carré VIP, je suis allée faire un tour dans la galerie duty-free. Mais en constatant que les étalages de parfums et de lotions ne me faisaient ni chaud ni froid, que les sacs en cuir à prix bradé et les vêtements m'indifféraient, j'ai commencé à paniquer. Ce n'est pas seulement inhabituel chez moi ; ce doit être un grave problème de santé. Je n'ai pas éprouvé la moindre étincelle d'excitation en dépensant mon argent (oui, bon, l'argent de Phil). Tout ce que je voulais, c'était être auprès de Stevie. Stevie avec son corps parfait, tonique, son sourire en technicolor, son rire, son humour, sa guitare – bon sang... Ce séjour se présente mal...

Je viens de passer les six semaines les pires de ma vie.

J'ai essayé de ne pas penser à lui. J'ai essayé de ne pas avoir envie de lui. Mais c'est comme débuter un régime : le jour où vous décidez d'arrêter les graisses, vous vous mettez à fantasmer sur des pâtisseries, des barres chocolatées, des platées de frites... J'ai honte de l'avouer mais nous nous sommes vus plusieurs fois depuis que nous avons décidé de divorcer. La première entrevue était nécessaire ; les suivantes, un caprice de ma part.

La première fois, nous avons signé les documents relatifs au divorce en trois minutes. Puis j'ai proposé à Stevie de boire un verre et il a accepté tout de suite. J'aurais dû m'en tenir à un rendez-vous pratique et impersonnel. Mais ça me plaisait d'être là. En tout cas, jusqu'à ce qu'il se mette à rabâcher à propos du passé. Le pire, c'est que je lui répondais longuement, avec sincérité, comme au bon vieux temps, quand nous nous disions tout. Ce n'est pas sain. C'est même assez dangereux. Alors j'ai coupé court dès que j'ai pu.

En sortant du pub, je me suis jurée que Stevie n'aurait

plus jamais de place dans mes pensées, et que c'était notre dernier rendez-vous.

À la fin de la semaine, nous avions une nouvelle entrevue.

Je lui avais raconté qu'il fallait revoir ensemble certains détails de la procédure. Le plus étrange, c'est qu'une fois installés dans ce petite pub de Covent Garden – un lieu de rendez-vous moins clandestin et plus confortable –, il n'a fait aucune allusion à ces prétendus détails à régler. Il savait que c'était un prétexte mais il était venu quand même.

Pendant la soirée, nous avons rattrapé le temps perdu. Comme deux vieux amis, avec affection, avec sincérité. Nous avons ri, bavardé, évoqué nos rêves, nos succès, nos compromis. Stevie a parlé de sa carrière, de ses amis et des filles avec qui il était sorti. Il est resté silencieux sur Laura. J'ai parlé de tous mes métiers, des mes amies y compris Laura (rien de plus facile, j'ai été unilatéralement gentille) et des hommes (en tant que groupe homogène). Je suis resté silencieuse sur Philip. Puis nous avons décrété que nous avions faim et commandé des spaghettis au lieu de rentrer chacun chez soi pour manger avec les personnes que nous n'avions pas mentionnées.

Ensuite, nous nous sommes fixés un autre rendez-vous au All Bar One sur Cambridge Circus. Un endroit très fréquenté. Façon de souligner que tout cela était parfaitement innocent, et que nous n'avons rien à cacher. L'hypothèse d'Amelie selon laquelle je voulais être surprise en compagnie de Stevie ne tenait pas la route.

L'air était chargé de fumée de cigarette et de curiosité. Cette fois, nous avons laissé tomber les politesses d'usage et les généralités pour plonger dans une intimité chaleureuse et reprendre notre échange là où il s'était interrompu des années plus tôt. J'ai parlé, avec précaution, de quelques souvenirs très lointains ; il m'a expliqué ses dernières théories, ses idées, ses projets. Il n'arrêtait pas de gigoter sur son tabouret, moins par gêne ou nervosité que d'excitation, je suppose. Il n'avait aucune réticence à me faire partager les idées enthousiasmantes ou mélancoliques qui l'avaient traversé depuis huit ans. Il était ravi de voir que je m'intéressais aux unes comme aux autres et (du moins pour le moment) il ne semblait pas m'en vouloir d'avoir été absente quand il élaborait sa théorie sur ce qui rend les gens heureux. Stevie avait grandi. Cela me réjouissait et m'attristait dans des proportions à peu près égales, et également troublantes.

— Au bout du compte, tout le monde cherche la même chose, dit-il.

— Quoi donc ?

— Le bonheur.

— Oui, bien sûr. Mais tu ne peux pas t'en tenir à ça. C'est trop vaste.

D'accord, Stevie a des pectoraux splendides et le t-shirt qu'il portait ce soir-là les mettait en valeur à la perfection, mais j'étais légèrement déçue qu'il n'ait pas approfondi sa démonstration. Philip n'aurait jamais toléré un tel manque de rigueur. Je développai :

— Le bonheur, pour certaines personnes, c'est d'arriver au sommet d'une montagne. Pour d'autres, accumuler une montagne de fric. Pour d'autres encore, avoir une grande famille ou être indépendant. Ça ne suffit pas de dire que tout le monde cherche la même chose.

Terrifiée, je constatai alors que je ne m'intéressais pas à ce qui, selon Stevie, rendait les gens heureux. Tout ce qui m'intéressait, c'est ce qui *lui* le rendait heureux.

— Se contenter de ce qu'on a ! lança-t-il sans que je lui aie rien demandé. Je suis heureux quand je suis content de ce que j'ai et que je ne désire pas quelque chose que je n'ai pas, que j'ai perdu ou que je n'ai jamais eu.

Il leva sa bouteille et porta le goulot à ses lèvres mais, au lieu de boire, il me fixa du regard. Ce fut comme un coup de scalpel en pleine poitrine. J'avais l'impression qu'il me déshabillait dans ce pub bondé et m'exposait au regard des autres telle que j'étais : une femme cruelle, destructrice et puissante.

— Je ne sais pas si je me suis jamais contentée de ce que j'avais.

— Je sais, Belinda, dit Stevie qu'une toux obligea à se détourner, brisant la tension entre nous.

Il se mit ensuite à parler de musique, de romans, de poésie. Nous avons commencé à nous réciter des vieux poèmes appris par cœur à l'école. Je lui avouai que je trouvais toujours T.S. Eliot difficile, mais que j'avais donné leur chance à des poètes plus récents, parmi lesquel Liz Lochhead et Douglas Dunn étaient mes préférés. Il m'avoua qu'il détestait toujours Jane Austen, qu'il trouvait sirupeuse. Je lui dis que je l'aimais toujours et que je n'étais pas prête de changer.

— Tu te rappelles quand tu te cachais dans la bibliothèque ? Pour échapper à la pluie, quand ce n'était pas à ton père ou à tes frères ?

— Oh, que oui ! Ça fait des années que je ne suis plus entrée dans une bibliothèque.

— Celle de mon école est identique à celle de Kirkspey. Même odeur de reliures en plastique poisseuses et de moquette poussiéreuse. Une odeur qu'on garde toujours en soi, pas vrai ?

Tout à coup, je me suis retrouvée transportée dans la bibliothèque de l'école. Avec ces horribles étagères et cet horrible éclairage, les taches d'humidité au plafond et d'encre sur la moquette. Et pourtant, c'était un endroit génial, un endroit merveilleux. Il renfermait une telle somme de connaissances, d'amusements, tant de voyages et tant de rêves. Je me suis toujours sentie heureuse dans les bibiothèques.

— C'est drôle, le pouvoir d'évocation des odeurs. Je me rappelle que votre maison sentait toujours la cire d'abeille !

J'ai ri.

— Chez les McDonnel, si mes souvenirs sont bons, c'était plutôt…

— … le tabac froid et les chiens ! dis-je aussitôt.

— J'allais dire l'essence. Tu te souviens, Martin rangeait sa moto dans votre salon ?

Je me suis trémoussée sur mon tabouret, mal à l'aise. Pourquoi ne nous sommes-nous pas assis à une table, comme tout le monde ? Remarquant ma gêne, Stevie s'est penché pour glisser derrière mon oreille une mèche rebelle. Un geste ridicule et complètement cliché. Mais allez dire ça à mes tétons ! Ils ont durci instantanément.

— Ce n'était pas si horrible, Belinda.

— Bella.

— Bella, comme tu veux. Écoute, peu importe le prénom que je te donne ou que tu te donnes, d'accord ? Je te connais. Ton enfance n'était pas si horrible. Il y a bien des choses dont tu te souviens avec tendresse, non ?

J'ai réfléchi.

— Des choses qui me manquent, oui.

— Comme quoi ?

— Tu te rappelles le vieux cinéma ?

— Oui.

— Eh bien, les femmes qui vendaient des glaces me manquent.

— Les ouvreuses ?

— Oui. Elles avaient une espèce de charme archaïque. Acheter un pot d'Häagen-Dazs pendant les bande-annonces, c'était un truc incomparable…

— Quoi d'autre ?

— Les disputes avec mes frères quand on recevait l'édition de Noël de *Radio Times*[6]. On ne le recevait qu'une fois par an et c'était toujours le bonheur. On adorait noter tous les programmes qu'on avait envie de voir pendant les vacances.

— Quoi d'autre ?

— Prendre le bus pour Newburgh et acheter une nouvelle tenue tous les samedis pour aller en boîte le soir.

— Tu en avais de très chouettes.

— Ben voyons ! Minijupes, mini t-shirts… La classe faite femme.

— Tu étais jeune. C'est comme ça que les ados s'habillent. Ça s'appelle être « fun », tu sais ?

J'ai coupé court à ce déballage et ai proposé un autre verre à Stevie. Je n'osais pas poursuivre car je savais que la prochaine phrase serait pour dire que je suis nostalgique de cette époque où je me sentais bien. Je ne veux pas de goût amer dans la gorge. Je veux ne pas avoir fait cette terrible erreur.

Laquelle ? Épouser Stevie ? Quitter Stevie ? Épouser Philip ?

Des pensées vagues se sont mises à embrumer mon cerveau et j'ai pris peur. Il y était question de Destin, d'« homme de ma vie », du caractère sacré du mariage… J'ai essayé de rejeter ces idées sombres et refusé de les examiner de plus près.

---

6 Le bulletin des programmes de la BBC.

Est-ce qu'au moins je crois au Destin ? J'ai décidé de m'interdire de ne pas y croire.

Je n'ai pas pour habitude de sortir le soir pour me saouler : ces temps-là sont révolus. Philip et moi aimons bien boire un verre de vin par-ci par-là en semaine et nous offrir une gentille petite cuite le samedi soir. Pourtant je dois encore mentir à mon docteur pour passer sous la barre des quinze unités hebdomadaires. Avec Stevie, par contre, me murger en beauté me semble la chose la plus naturelle du monde. Une irresponsabilité puérile s'empare de nous lorsqu'on est ensemble. Ça s'est toujours passé comme ça. C'est facile de renouer avec de vieilles habitudes, d'imaginer que nous sommes redevenus des étudiants pleins de vie, de révoltes mal définies et d'idéaux glorieux. Nous écumons tout un assortiment de sujets – la cruauté des guerres de religion, la difficulté de circuler en voiture à Londres, les effets peu avantageux des bustiers. Durant toutes ces soirées, je me suis rappelée que l'impression de jeunesse et de vivacité d'esprit étaient sans doute étroitement liées à l'absorption d'alcool et présageait une gueule de bois carabinée au réveil. Le lendemain de nos rendez-vous, je me sentais effectivement pitoyable – irrémédiablement pitoyable – sauf quand je me sentais euphorique.

Je me sens pitoyable sans Stevie et pitoyable de l'avouer. Je me sens euphorique quand je suis avec lui ou que je pense à lui. Mais je me sens aussi pitoyable. Mes sentiments envers Stevie sont périlleux. Illégaux. J'ai pour ainsi dire une liaison extra-conjugale, mais sans sexe et avec mon mari. C'est perturbant au-delà de toute proportion. Le problème, c'est que les ouvreuses et les virées shopping à Newburgh ne sont pas les seules choses à me manquer. Stevie me manque. Stevie me manque tellement.

Pendant le vol, Philip et moi sommes assis derrière Laura

et Stevie. Ce dernier suit mes instructions à la lettre. Il est distant vis-à-vis de moi, on dirait une tout autre personne que l'homme avec qui j'ai eu des rendez-vous secrets ces derniers temps. Et tout en lui sachant gré de suivre le plan que nous avons arrêté, je ne peux m'empêcher de me sentir à la fois vexée par sa froideur et blessée par ses élans envers Laura. En d'autres termes : je suis la dernière des salopes. Je les observe tandis qu'ils trinquent, se donnent des noix de cajou à grignoter, regardent le même film ensemble (alors qu'ils ont chacun un écran et un casque). Ils ont choisi une comédie romantique. Un flot de bile monte dans ma gorge. Quand Philip me demande quel film me ferait plaisir, je lui dis que je préfère dormir. Il me propose tout de même du champagne et, alors que je ne refuse jamais au grand jamais une petite coupe, je lui réponds que je suis fatiguée et que l'alcool m'empêcherait de m'endormir. Il est suffisamment élégant pour ne pas énumérer toutes les occasions où j'ai bu juste avant d'aller me coucher.

Philip est un homme intelligent. Il choisit les batailles qu'il veut mener. Récemment, il a eu recours à une nouvelle stratégie : m'ignorer. Pas m'ignorer *moi* en tant que telle mais cette Bella raisonneuse, morose et renfrognée qui est une autre version de moi. Il ne fait aucun commentaire quand il me voit regarder longuement par la fenêtre, quand je rate le repas voire ne parviens pas à passer correctement commande d'une pizza. Il ne crie pas quand je lui crie dessus parce qu'il a oublié de fermer une porte ou qu'il a semé des pages de journal dans toute la maison. Sa patience infinie me rend honteuse et, paradoxalement, décuple mes pulsions égoïstes. Parfois j'aimerais qu'il m'envoie bouler, me dise que mes caprices sont insupportables, m'ordonne de cesser immédiatement et me demande des explications. Je voudrais qu'il m'arrache des aveux.

D'autres fois, cette pensée m'horrifie et je deviens angélique.

Pour le moment, Philip ne s'est pas encore rebellé. Mais il m'observe en permanence. De près, avec attention, et ses yeux trahissent son inquiétude. L'autre soir, il m'a demandé comment je m'étais débrouillée pour participer à mon club de lecture alors que j'avais oublié à la maison mon exemplaire de *La Mandoline du capitaine Corelli*.

Par chance, je n'arrive presque jamais à rester éveillée pendant les voyages. Je dors donc pendant la majeure partie du vol jusqu'à Las Vegas. Un repos bienvenu après ces nuits passées à contempler le plafond de la chambre. Je n'ouvre les yeux que lorsqu'un steward me réveille et me demande de redresser mon siège en vue de l'atterrissage.

Pendant que l'avion roule jusqu'à la passerelle de débarquement, les passagers qui sont restés bloqués à leur place pendant plusieurs heures commencent à bouger. Je déplie lentement les jambes et fais tourner mes pieds, dans un sens puis dans l'autre, comme le suggère le magazine de la compagnie aérienne, afin de diminuer les risques de caillot sanguin. Je tourne la tête à droite et à gauche, jetant un coup d'œil aux passagers en classe économique. Ils sont déjà debout, prêts à sortir. Avant de rencontrer Philip, je voyageais très peu et quand ça m'arrivait, c'était toujours en classe économique, avec des billets pas chers, impossibles à changer et à bord d'avions où le papier toilette était souvent considéré comme un luxe inutile. Je jouais des coudes dans les files d'attente ; j'ai même dû érafler quelques jambes de voyageurs en traînant derrière moi ma valise (défraîchie, sans roulettes) dans la salle de retrait des bagages. J'étais sûre que ce serait la course pour attraper le bus (pas question de se payer un taxi). J'avais peur que le bus parte sans moi, parce qu' à l'époque c'était ça, pour moi, la vie : une succession de bus qui partaient sans moi.

Trouver un travail et un appartement potable en location étaient mes deux défis majeurs. J'avais le sentiment d'être dans un cycle sans fin, courant, courant mais n'arrivant jamais en tête, ne décrochant jamais le premier prix. Mes différents métiers ne rassasiaient pas mon âme – ils avaient déjà du mal à nourrir mon corps. Mes différents appartements avaient en commun des traces de moisissures et des propriétaires libidineux. Quand je débarquais pour les soldes, le dernier article disponible était forcément un ignoble caleçon long orange à paillettes. Non, je n'étais jamais contente de ce que j'avais.

Philip a été le seul premier prix que j'aie jamais remporté. Serein, fort, compréhensif : Philip a été ma médaille d'or.

Les portes de l'avion s'ouvrent sur un grand soleil. Soudain, tout paraît plus propre et plus lumineux. Les passagers de première classe sont conduits jusqu'à la sortie. Je m'arrête et me tourne vers Philip.

— Je t'aime, Philip.

Il sourit. Il aime quand je le lui dis. En outre, je ne le lui ai guère montré depuis quelques semaines.

— Je sais, ma chérie.

Il m'embrasse sur les lèvres, un baiser rapide mais brûlant.

— Et maintenant, viens. Tu bloques tout le monde là. Et en route vers un week-end de rêve, d'accord ?

Tandis que les rayons du soleil et l'odeur de kérosène m'accueillent à la porte, je prends une grande décision : une fois que j'aurai divorcé de Stevie, je ne le reverrai plus *jamais*. Si ça signifie que je ne peux pas revoir Laura non plus, eh bien tant pis. Je dois réduire en miettes mes émois de gamine avant que la situation échappe à tout contrôle.

Encore un fois. Je ne peux plus me permettre cette nostalgie. Qu'est-ce que je peux bien en attendre ? Je déteste mes origines. C'est pour ça que je suis partie. Je dois à tout prix éviter toute situation potentiellement explosive. Pour commencer, j'arrête de boire – la sobriété est plus sûre. On finit toujours par dire la vérité sous l'effet de l'alcool. Philip est la meilleure chose qui me soit arrivée ; je veux être la meilleure chose qui lui soit arrivée.

Je veux être une bonne épouse.

28. Can't Help Falling in Love (Je ne peux m'empêcher de tomber amoureux)

LAURA

Las Vegas est aussi excitant, palpitant, clinquant, fou et merveilleux que je l'avais espéré, et imaginé.

Après avoir passé la douane et être entrés dans le terminal, nous repérons un type tenant une pancarte avec le nom de Stevie. Il porte un costume de chauffeur un peu désuet et une casquette – symbole de déférence en des temps reculés – contrastant avec ses lunettes de soleil branchées et sa longue queue de cheval.

— Bonjour, monsieur ! dit-il à Stevie. Je m'appelle Adrian et je suis très heureux d'être votre chauffeur aujourd'hui. Monsieur, c'est un honneur d'accueillir un homme aussi talentueux que vous dans ma limousine. Un véritable honneur.

Il serre vigoureusement la main de Stevie – un peu trop à mon goût car c'est cette main qui bat la mesure, et j'ai peur qu'Adrian ne l'abîme.

— Les gagnants, moi, j'adore, monsieur, j'adore, reprend-il de sa voix traînante.

— Je n'ai pas encore gagné, mon vieux, précise Stevie,

qui paraît un peu gêné de tout ce tapage que lui vaut son statut de finaliste au concours du « King of Kings ».

— Monsieur, vous êtes un gagnant. Je le sens dans mes veines. Vegas est la ville des gagnants.

Je sens qu'il serait grossier de répondre qu'à l'évidence, Vegas compte bien plus de perdants que de gagnants parmi ses visiteurs et ses habitants. En outre, comme il y a quinze « Elvis » en compétition, Vegas sera pour quatorze d'entre eux synonyme de défaite après la soirée de samedi. En même temps, la confiance que le chauffeur place en Stevie me plaît bien. J'ai envie de croire qu'il a un sixième sens pour détecter les gagnants.

Nous prenons place à l'arrière de la limousine, où nous attendent des verres d'un vin pétillant qui n'est pas exactement comme du champagne. Le « pas exactement » ne gêne personne hormis Bella. Laquelle ajoute que, de toutes façons, elle ne boirait pas si tôt dans la journée, même si on lui proposait un Cristal Roederer. Je sais que c'est un mensonge mais je ne suis pas d'humeur à le lui faire remarquer. Et puis, je n'ai aucune idée de l'heure. Ici à Las Vegas il peut bien être 14h30, mais à Londres il est 22h30. De fait, ce n'est pas une heure pour boire de l'alcool.

Pendant le trajet, je partage mon regard entre des passages de mon guide touristique et le paysage au-dehors. J'écarquille les yeux. Pas devant ce décor aride, ponctué spasmodiquement de panneaux publicitaires annonçant le plus grand, le meilleur ou le moins cher quelque-chose. Non. Je me laisse aller à un rêve éveillé dont le thème est : comme j'ai de la chance d'être ce que je suis !

Les six semaines qui viennent de s'écouler ont été un fabuleux cataclysme – six semaines en or ! Je suis tellement émerveillée de la facilité avec laquelle Stevie s'est glissé dans ma vie. Quand je me retrouve seule avec lui et Eddie, je me surprends à penser des trucs aussi niaiseux que : j'ai trouvé mon âme sœur. Je veux dire… on ne fait pas plus cul-cul, non ? Mon âme sœur. « L'homme de ma vie. » Ce genre de clichés. À mon âge, je devrais arrêter de prendre des rêves pour la réalité. Mais justement : cette réalité, c'est un vrai rêve ! Avec Stevie, j'ai l'impression d'avoir une infinité de choix, des possibilités illimitées. Son sourire est une porte grande ouverte. J'ai confiance en moi, en lui, en nous – en tout, vraiment. Tout se met en place sans aucun effort.

Je me force à ravaler ce sourire stupide et essaye de me concentrer sur mon guide.

— Nous pouvons aller voir un spectacle ce soir ! dis-je.

À l'étranger, ma philosophie à toujours été : à Rome, agis comme les Romains. Je n'avais pas senti à quel point voyager m'avait manqué jusqu'à ce je monte dans l'avion. J'adore. J'adore tout – depuis la drôle d'odeur qui s'accroche aux vêtements après un long vol jusqu'aux drôles de billets et de pièces en passant par les différentes langues et les différents accents, cet extraordinaire éventail de possibles. J'adore le frisson qu'on éprouve en arrivant dans un pays inconnu, en ouvrant une carte et en partant à l'aventure. Et si le voyage en première classe est une nouveauté pour moi, quelque chose dont je ne faisais que rêver au temps de mes périples sac au dos, l'excitation devant les nouvelles odeurs, les nouveaux visages et les nouveaux climats est toujours identique.

— Nous pouvons, oui, répond Stevie. Ce soir et demain, nous avons quartier libre. Vendredi soir j'ai répétition générale, et bien sûr samedi soir le grand show ! D'ici-là, rien ne nous empêche d'aller voir un spectacle si ça vous dit. Tu as vu quelque chose en particulier ?

— Je ne sais pas… il y a de tout. Comédie musicale,

spectacle de magie, cabaret… Oh ! Là, ils annoncent : « Filles chaudes et boissons fraîches » !

Je montre une publicité dans le guide et glousse devant un slogan aussi racoleur.

— Rien de Shakespeare ou de Noel Coward, je suppose ? me coupe Bella. Alors, il n'y a pas vraiment de tout.

Bella a assisté à une représentation de *Maison de poupée* et a passé un diplôme de littérature anglaise. D'où son petit côté pénible quand on parle de sortir au théâtre…

— Ah, je t'arrête, intervient Philip. Tu ne savais pas que Noel Coward est déjà venu jouer à Las Vegas ?

— Non, j'ignorais.

Je la vois lutter pour faire coïncider ses préjugés sur Las Vegas et cette nouvelle information. Je lui viens en aide en changeant de sujet.

— Sinon on peut sortir en boîte ? Il n'y a que l'embarras du choix : le Bikinis Beach & Dance Club, ça vous dit ? Une plage reconstituée dans une salle de 14 000 mètres carré ? « Pour une nuit époustouflante. » Ou la Cleopatra's Barge, un night-club flottant, vous vous rendez compte ?

— Je suis trop vieux pour la toge, plaisante Philip.

— Moi aussi, dis-je.

— Toi ? Tu es un bébé ! rétorque-t-il, avec son charme et sa gentillesse spontanée.

— Hélas ! Tu oublies cette loi universelle qui oblige les femmes à cesser d'exhiber leur chair bien plus tôt que les hommes.

— Pas d'accord ! protestent en chœur, et dans un éclat de rire général, Philip et Stevie.

— Il nous reste le Club Armadillo le Texas Station, le Club Madrid, le Club Rio, le Coyote Ugly, un saloon de western où on peut danser, un autre endroit qui s'appelle

The Curve, réservé apparemment à une clientèle branchée et select.

Et je n'en suis qu'à la lettre D du répertoire des night-clubs ! Las Vegas est vraiment un terrain de jeu pour adultes. La ville du divertissement et de la tentation.

— Le Dragon – c'est le club de notre hôtel. Le Drais, un repaire de filles splendides, dit le guide.

— Tout ça est tellement creux, ricane Bella avant d'afficher un sourire. On ferait mieux de rentrer.

Nous arrivons à notre hôtel, qui s'appelle simplement The Hotel. J'adore cette arrogance. En réalité, The Hotel est construit *à l'intérieur* d'un autre hôtel, le Mandalay Bay. Complètement fou, non ?

Le hall, extraordinaire, est entièrement recouvert de dalles de marbre noir. Nous avons marché pendant des kilomètres pour atteindre la réception. Je suis assez surprise de l'impression d'élégance qui se dégage du lieu. Quoique impressionnants, les hôtels photographiés dans mon guide sont un hymne au mauvais goût et à la ringardise. Cet hôtel-ci est bien plus stylé, même si tout est immense et respire l'opulence. Les couleurs sont discrètes, le cuir et la ronce de noyer ont été préférés au nylon et aux dorures. Les plantes culminent à deux mètres dans des pots d'un mètre de diamètre. Les fauteuils en cuir pourraient facilement accueillir toute une famille. Je me sens comme Alice aux Pays des Merveilles en train de rapetisser.

Deux belles femmes nous accueillent avec ce professionnalisme décontracté que j'associerais à New York, si tant est que les séries télé puissent en donner une idée à peu près juste. Elles nous accompagnent jusqu'à nos suites où nos bagages sont censés nous attendre. J'en doute et pourtant c'est le cas. S'il y a un pays où le client est roi, c'est bien les États-Unis. Les séduisantes réceptionnistes nous souhaitent une bonne journée.

La suite est ahurissante, encore plus immense que ce dont j'avais rêvé. La salle de bains principale est plus grande que mon salon. J'explore les lieux de long en large, ouvre les placards, les armoires. La taille de la télé et de la salle de bains m'arrache un cri d'extase. La quantité et la variété de bières dans le frigidaire m'émerveille. Je saute sur le lit, entre dans la baignoire (tout habillée), bref je galope à travers les pièces, excitée comme une gamine le soir de Noël. Je ne m'interromps que pour bécoter les lèvres de Stevie et l'enlacer.

— Je sais que c'est crétin de dire ça, Stevie, mais je veux que tu le saches : pour moi, tu es déjà le King of Kings et tu le resteras quoi qu'il arrive samedi soir.

— Vraiment ? demande-t-il d'un ton grave.

— Vraiment, dis-je avec un grand sourire.

Puis je pars en quête d'un maillot de bain enfoui dans ma valise. Je veux tester la piscine le plus tôt possible. Cet après-midi, j'ai rendez-vous avec le soleil.

— Laisse-moi cinq minutes et je suis prête pour aller faire trempette. J'ai prévenu Bella et Philip que nous les retrouvions à la piscine.

Stevie a l'air déçu. Après les baisers, il espérait manifestement que nous irions baptiser le lit king size.

— On ne peut pas passer un peu de temps ensemble ? demande-t-il en venant m'entourer de ses bras et en essayant de m'attirer vers la chambre.

— Non on ne peut pas, espèce d'obsédé ! Je veux bronzer ! Je te rappelle que je vis à Londres, que nous sommes en juillet, et que mon teint est toujours vaguement bleuâtre. Je veux une peau dorée !

Je repousse doucement mais fermement ses mains de me seins et poursuis l'exploration de ma valise.

— D'accord, d'accord, je sais reconnaître une femme déterminée. Mais je suis trop excité pour rester assis au bord d'une piscine. Si on allait faire une petite balade, rien que tous le deux ? Rien que tous les deux, c'est ça le plus important. Très égoïstement, j'ai envie de te garder pour moi.

— Oh, je ne sais pas…

C'est vrai. J'aimerais bien me retrouver seule avec lui, mais ça me semble un peu grossier.

— Allez, Laura ! C'est à nous qu'ils doivent d'être ici. Ils peuvent bien se prendre un peu en main, non ? Et puis, je parie qu'eux aussi ont envie d'être un peu tous les deux.

J'accepte de me laisser convaincre par ce dernier argument. Après tout, ce que veut Stevie, c'est aussi ce que je veux.

Las Vegas est une ville délirante.

Sans l'air conditionné, la température est étouffante, mais nous avons préféré renoncer au monorail pour marcher le long du Strip[7]. Nous commençons, comme le veut la tradition, au pied du grand panneau « Welcome to Fabulous Las Vegas, Nevada », slalomant au péril de notre vie entre les voitures pour prendre une photo. Puis nous traversons dans l'autre sens et remontons le boulevard en direction du nord. Aussitôt, nous nous retrouvons à l'un des carrefours les plus denses de la ville, quand Tropicana Avenue croise Las Vegas Boulevard pour relier les hôtels-casinos aux quatre coins. Des milliers de piétons montent et descendent les escaliers mécaniques ou traversent à toute

7 Surnom du Las Vegas Boulevard, où se trouvent les plus grands hôtels-casinos de la ville.

vitesse les passerelles en hauteur. Stevie et moi nous regardons, légèrement déphasés et brusquement inertes.

— Regarde, nous sommes à New York ! dis-je en indiquant un hôtel dont la façade imite le panorama des gratte-ciels new-yorkais.

— C'est tellement Las Vegas ! répond Stevie en riant. Tu peux voir la Statue de la Liberté, Brooklyn Bridge et même l'Empire State Building sans quitter le Nevada ! Tu as toujours rêvé de voir l'Empire State Building, pas vrai ?

— Et comment ! Mais n'essaye pas de te débarrasser de moi avec une ruse aussi grossière !

Je plaisante, mais je suis secrètement heureuse de voir qu'il s'en souvient. Nous restons quelques instants à admirer le Chrysler Building, Times Square et le Manhattan Express puis nous repartons. Très vite, il devient évident que Las Vegas est la ville du « toujours plus ». Ce qui pourrait juste être dit est crié, ce qui pourrait juste être chanté est braillé. Même par une après-midi torride, Las Vegas est une folie scintillante, clignotante et pailletée, truffée de néons tape-à-l'œil de toutes tailles et de toutes formes. Cette fantastique cour de récréation est une intarissable source de surprises. Tout ce sur quoi notre regard tombe nous amuse ; il paraît impossible de prendre au sérieux quoi que ce soit à moins d'être complètement timbré. Il n'y a qu'à Vegas qu'on peut voir la Tour Eiffel, une montgolfière, l'Arc de Triomphe, le Colisée et une pyramide égyptienne sans avoir à marcher plus de vingt mètres. Il n'y a qu'à Vegas qu'on peut admirer toutes les heures, à l'intérieur d'une galerie commerciale, un superbe coucher de soleil et une aurore magnifique ; ou rester sur un trottoir et admirer tous les quarts d'heure une éruption volcanique, ou un combat entre des sirènes court vêtues et des pirates patibulaires.

Pendant ce spectacle, un type bâti comme un dieu vient m'entretenir du temps qu'il fait (une approche nulle, me dis-je, parce qu'au milieu du désert il fait toujours beau et chaud). Je me cramponne à mon sac, craignant qu'il ne me l'arrache avant de s'enfuir. C'est en regardant le type se fondre dans la foule sous le regard de Stevie que je finis par comprendre.

— Il me draguait ?

Stevie acquiesce en souriant. Je rougis, embarrassée.

— Je l'encourageais ?

Je lui avais répondu avec animation – quoi de plus normal, je suis surexcitée.

— Dis, Stevie, est-ce que je lui ai donné l'impression que je flirtais ?

Il rit.

— Ce n'est pas ta faute ! C'est un homme, il a des yeux, et tu es magnifique. Il ne pouvait pas faire autrement que tenter sa chance.

Je suis magnifique. Cette idée me donne le vertige, mais peu importe : je passe le reste de l'après-midi à éviter de croiser le regard des hommes séduisants et à me demander si on voit ma culotte à travers mon short. Cela fait des années que je ne m'en suis plus inquiétée. Mais si je suis le genre de filles à qui des inconnus adressent la parole dans la rue, je dois aussi être le genre de filles dont ils regardent les fesses. Personne n'aime être réduit à l'état d'objet mais j'ai quand même du mal à m'indigner. L'attention et l'affection de Stevie créent une aura de séduction autour de moi, et ça me plaît. J'aime être désirée.

Nous continuons notre promenade, nous arrêtant pour sentir la (fausse) pluie tomber du Palms Casino Hotel et regarder les fontaines du Bellagio : des milliers de litres d'eau crachés par des milliers de gargouilles, s'intégrant dans la chorégraphie d'un spectacle sons et lumières. Nous voyons une reproduction du David de Michel-Ange en deux fois plus grand (comme si l'original n'était pas assez impressionnant !) Nous progressons de boutique en boutique. Malgré ma pratique du lèche-vitrines, je finis par me sentir rassasiée vers 19h30. Nous nous trouvons dans la section « Paris », nous avons chaud, nous sommes poisseux et mourons d'envie de nous reposer.

— On se prend un café ? propose Stevie.

— Non, j'ai besoin d'un truc plus fort. Viens, je t'offre le champagne. Il faut fêter ça. Je suis si heureuse d'être ici, Stevie.

Nous entrons à Paris, Las Vegas, un hôtel-casino offrant l'un des plus beaux spectacles de toute la ville : une réplique sur cinquante étages de la Tour Eiffel, qui traverse la plafond du casino du haut de ses 165 mètres. Nous achetons un ticket pour aller au onzième étage, où se trouvent le piano-bar et le restaurant.

On nous place à une table devant la fenêtre. Le soir commence à tomber et nous regardons, admiratifs, la ville qui s'étend sous nos yeux. La cité du péché brille de tous ses néons, comme le plateau de tournage d'un film de science-fiction. Cela défie l'entendement. Une débauche de fantasmes qui auraient pris corps, un lieu où l'argent n'est pas un but en soi et, en même temps, le seul but possible.

— Je suis explosée, dis-je.

— Mais toujours avec le sourire ?

— Comment ne pas l'être ? Je m'amuse comme une folle. Ma fatigue, je vais la faire disparaître à coup de champagne.

— Tu as la santé… ça me plaît, commente Stevie en souriant.

Je rougis – de plaisir, pas par timidité – au souvenir

de la nuit dernière, quand lui et moi avons montré toute l'étendue de notre santé d'une façon assez différente.

— Tu crois que nous devrions retourner à l'hôtel et partir à la recherche de Bella et Philip ?

— Pas la peine, m'assure Stevie. Savourons plutôt nos coupes. Tu sais ce que Dom Pérignon, le moine aveugle français qui a inventé le champagne, a dit la première fois qu'il l'a goûté ?

— Non ?

— Mes frères, venez vite ! Je bois des étoiles !

— Comment le sais-tu ? dis-je, impressionnée.

— Je l'ai lu sur cette boîte d'allumettes, admet Stevie.

Il hausse les épaules et la fait glisser vers moi. Je l'attrape et la glisse furtivement dans ma poche. Je sais déjà que je veux garder des souvenirs de cette soirée.

Je bois une gorgée de champagne glacé et songe que Dom Pérignon avait dit vrai. La vie est tellement belle. Je regarde l'amoncellement de sacs autour de nous. Nous nous sommes limités aux achats les plus idiots, les plus rigolos et les moins chers – des cadeaux pour les enfants d'Eddie et d'Amelie – mais Stevie a insisté pour m'offrir une robe Armani Exchange. J'ai d'abord refusé, arguant que le séjour à Las Vegas était déjà un superbe cadeau et qu'il n'avait pas besoin de m'offrir des vêtements de couturier.

— De couturier ? Mais ma chérie, c'est une marque dérivée, voyons !

Il se moquait gentiment de Bella, qui nous avait expliqué quelques jours plus tôt ce qu'était une marque dérivée. En tant que béotiens dans le domaine de la mode, nous ignorions que les marques dérivées correspondent aux produits les « plus accessibles », et donc les moins chers, d'une maison de couture.

— Ça reste quand même trop cher pour tes revenus, avais-je insisté.

— Le cadeau, ce sera pour moi quand je te verrai la porter.

La robe en question est un bain de soleil, dos nu, en jean. Impossible de nier que je la trouve sublime.

Le piano égrène une douce musique d'ambiance, les néons clignotent à nos pieds et Las Vegas ressemble à une énorme caverne d'Ali Baba. Le champagne est glacé, Stevie chaud comme la braise… rien ne pourrait être plus romantique. C'est le genre de soirée où les amoureux parlent d'amour. Je respire profondément et…

— Stevie, je voulais juste te dire…

— Ça alors, vous êtes là vous deux ? De tous les bars de Las Vegas, il a fallu que vous veniez dans celui-ci !

L'imitation d'Humphrey Bogart est maladroite mais nous voyons à peu près ce que Philip avait en tête.

Je fais semblant d'être réjouie par cette interruption. Après tout, c'était mon idée d'inviter Phil et Bella, et mon envie de les voir se rapprocher de Stevie. Ce serait injuste de ma part de vouloir le monopoliser. Mais la soirée s'annonçait tellement parfaite… J'affiche un sourire éclatant en pensant qu'à présent nous allons passer une soirée parfaite *tous ensemble*. Philip sourit aussi. Seuls Stevie et Bella restent impassibles.

— Vous permettez ? demande Philip en tirant déjà deux chaises.

Bella s'assied à côté de Stevie. Elle est resplendissante. Elle porte une nouvelle robe de couturier – à coup sûr, pas une marque dérivée. On dirait qu'elle vient de passer la journée dans un spa et chez son coiffeur. Moi, j'ai l'air d'une femme qui rentre d'un périple dans la chaleur et la moiteur de la ville. J'enrage d'avoir oublié mon rouge à lèvres.

— Eh bien ? Qu'est-ce que vous avez fait de beau ? demande Philip d'un ton jovial.

Je lui raconte rapidement le programme de notre après-midi puis lui demande poliment :

— Et vous ?

— Eh bien, moi je suis resté au bord de la piscine à lire un bon bouquin et Bella a passé la journée dans un spa et chez le coiffeur. N'est-ce pas, ma chérie ?

Petite grimace.

— Je suis tellement sensible au soleil, maintenant, geint Bella. Je m'installe rarement dehors quand il fait aussi beau. Je préfère me rafraîchir dans une cabine d'hydromassage.

Elle doit sentir que son excuse est boiteuse. Elle lance des regards nerveux en direction de Stevie.

— Et puis, je voulais y aller doucement. Depuis notre arrivée à l'aéroport, j'ai une affreuse migraine. C'est à cause de la petite musique de Las Vegas.

— Qu'est-ce que c'est que ça ? demande Stevie.

— Le bruit incessant des pièces tombant des machines à sous. On l'entend partout, c'est horrible.

Je vide ma coupe et croise les bras en espérant que la conversation s'améliore.

29. The Wonder of You
(Tu es si merveilleuse)

STEVIE

Dieu existe, j'en suis sûr. Mais ce n'est pas un vieux bonhomme bienveillant, le croisement entre un oncle sympa et le Père Noël. Non, évidemment. Si c'était le cas, y aurait-il la guerre, la famine, Céline Dion ? Le Dieu dans lequel je crois est plus spirituel qu'Oscar Wilde et plus impitoyable que Simon Cowell[8]. Philip a raison : « De tous les bars de Las Vegas… »

Je regarde ma femme avec une fascination indéniable. C'est un vrai caméléon. Un soir elle boit un verre dans un pub avec moi, me parle avec humour et sincérité, exhume tous ces vieux souvenirs que j'avais enterrés depuis longtemps et ça me plaît. Le lendemain elle est glaciale et ennuyeuse. Mais je suis peut-être trop gentil ? Caméléon est un terme trop poétique. Serait-elle juste une salope ?

De toute évidence, la situation n'est plaisante ni pour elle ni pour moi. Mais je la comprendrais mieux si elle bégayait ou bredouillait quand nous sommes tous ensem-

---

8 Chanteur devenu célèbre dans le rôle du « méchant » juge de la *Star Academy* anglaise.

ble. Ce n'est pas le cas. Elle est détendue, calme, distante. Je suis écœuré, jaloux aussi, de sa capacité à se désengager. On peut disposer de moi aussi facilement ? Bella est un iceberg. Quand on la rencontre, on ne voit que cinq pour cent de ce qu'elle est. Le reste est immergé dans des eaux profondes et boueuses. Et moi, je suis le *Titanic*.

À l'inverse, Laura se déchiffre comme un livre ouvert. L'intégrité et la franchise suintent de chaque pore de sa peau. Elle est drôle, intéressante, pas facile à convaincre et c'est une bombe au lit. Dans ce cas, pourquoi est-ce que je passe tout le dîner à regarder les seins de Belinda, offerts dans cette robe qui les fait saillir ?

Nous mangeons un peu et buvons beaucoup. Ou plutôt, tout le monde boit beaucoup excepté Belinda. Laura et Philip éclusent coupe sur coupe parce qu'ils sont dans l'insouciance de leurs vacances. Je m'adapte à leur rythme parce que je suis en train de vivre une sorte de cauchemar macabre et que je n'ai ni la force morale ni l'impudence immorale de faire face à cette situation sans l'aide de l'alcool. J'imagine que Bella – parce que, merde, je ne vois aucune trace de Belinda ce soir – ne boit pas pour me prouver qu'elle a bien plus de self-control que moi.

Je me sens insulté et furieux qu'elle me traite avec un tel mépris devant son « mari ». Elle ne m'a pas félicité pour avoir remporté les tours préliminaires du concours, alors qu'elle est ici mon invitée. Elle ne fait pas l'effort de produire ne serait-ce qu'un petit rire quand je plaisante. Elle ne prend même pas la peine de discuter avec moi. D'accord, je ne la vois pas me demander quels sont mes souvenirs les plus fous ou les plus romantiques, quel est mon statut marital ou quelle femme est à l'origine de mon premier chagrin d'amour. Entendu. Mais elle pourrait proposer quelques sujets sans conséquences – la météo, les résultats sportifs, quelle est la meilleure marque de whisky.

Un whisky. Bonne idée. Je vais en prendre un double pour faire la soudure entre les deux bouteilles de champagne.

Quel pouvoir Belinda McDonnel exerce-t-elle sur moi ? C'était déjà pareil à l'époque où… Elle avait mis au point ce petit scénario puéril, cette fuite romantique à deux, et j'étais justement l'abruti prêt à la suivre n'importe où. Pourquoi ai-je accepté sans réticence de mentir avec un grand M à ma nouvelle compagne pour aider Belinda ? Comment ai-je pu la laisser me bercer d'illusions sur la possibilité d'une authentique amitié entre nous ? Parce que le cœur du problème, c'est que – vous allez rire – je pensais avoir *de l'importance* à ses yeux. L'autre soir, au All Bar One (l'équivalent alcoolisé des Starbucks, uniformisé mais sans mauvaise surprise), j'ai cru à l'existence d'un lien entre nous. J'ai cru que nous commencions à tisser de fragiles fils de réflexion, de rire et de confiance conduisant tout droit à une authentique relation humaine. Mais ce n'était rien. Ça ne signifiait rien. J'ai été trompé. Bella Ewards est une salope sans cœur, manipulatrice et directive. Et je suis un crétin, faible, maladroit et crédule.

Elle a des jambes d'enfer.

Vraiment sublimes pour son âge. Comme si elles s'étaient améliorées avec le temps. J'ai toujours trouvé suprêmement érotique l'arrière des genoux, et chez Bella ils sont fermes et puissants.

Sitôt servi, le whisky a disparu. J'ai trop bu.

— Combien de verres tu as descendu ? chuchote Bella, comme si elle avait lu mes pensées.

Je ne pensais pas que nous pouvions encore nous adresser la parole. Elle a profité de ce que Philip est allé parler au pianiste tandis que Laura s'éclipsait pour les toilettes.

— Pas assez, dis-je d'un ton morne.

— Je crois que tu devrais ralentir.

— Pour ce que j'en ai à foutre, de ce que tu crois !

Une expression stupéfaite s'affiche sur le visage de Bella. Ça fait du bien. Qui est-elle pour me dire que je bois trop ? Juste pour l'énerver, je commande une bière.

Laura est de retour.

— Stevie, chéri, commence-t-elle en souriant, tu devrais faire attention à ne pas trop boire. Demain, c'est la séance de photos, tu te rappelles ? Ce serait dommage que tu te sentes patraque.

— Tu as bien raison, ma belle, dis-je en me penchant pour l'embrasser.

Mon baiser est un appel à la luxure. Je mords doucement sa lèvre inférieure, glisse ma langue dans sa bouche, mon verre de bière s'attarde contre ses seins… Je ne sais pas trop qui je cherche à provoquer, de Laura ou de Bella. Je suis trop saoul pour faire attention.

Philip revient s'asseoir.

— Ah ! L'amour, chantonne-t-il.

— Eh oui, dis-je d'un air béat.

Je n'ai pas encore dit à Laura que je l'aimais, pas exactement. Je ne veux pas la faire marcher. C'est tout le contraire. Je ne veux rien dire de définitif, avec ces casseroles que je me traîne. Laura non plus n'essaye pas de jouer à la plus maligne. Elle n'en a même pas envie. C'est l'une de ses nombreuses qualités. Elle n'est pas compliquée, c'est très revigorant.

Les femmes peuvent tellement se complaire dans les complications. Sans aller jusqu'à Belinda – qui bat tous les records dès qu'il s'agit de semer d'embûches inutiles sa vie et la vie de ceux qui ont la malchance de croiser sa route –, les autres filles ne sont guère mieux. Elles mentent sur leur âge, leur poids, le nombre d'hommes avec qui elles ont couché. Elles mentent, sans ciller, en disant qu'elles ne sont pas attirées par les hommes mariés, les compagnons de leurs amies, les hommes riches. Elles mentent sur la couleur de leurs cheveux, leur capacité à manger du chocolat tout en restant mince, les exercices de gymnastique qu'elles s'infligent chaque semaine. C'est tellement absurde. Nous savons que vous mentez ! Les hommes savent que les femmes mentent !

Mais Laura est différente. Elle pense comme un mec. Durant la première soirée que nous avons passée ensemble, elle a dit qu'apprendre à connaître quelqu'un était déjà suffisamment difficile, pourquoi vouloir à tout prix passer pour quelqu'un qu'on n'est pas ? J'ai avalé ma bière de travers. Elle a *tellement* raison. C'est tellement simple. Évident. Sa doctrine se situe aux antipodes de celle qui régit la vie de Bella.

Et la mienne. Bordel ! Plutôt déprimant, comme constat.

— Eh, mon gars ! Montre-leur un peu qui tu es ! me lance Philip en désignant le pianiste.

— Qui je suis ?

Bon sang, oui, qui suis-je ? Le petit ami de Laura ou le mari de Belinda ? Ma tête tourne…

— Un finaliste du concours King of Kings ! Le pianiste était impressionné quand je lui ai dit ça.

Je hausse les épaules, modeste.

— Il voudrait que tu le rejoignes et que tu nous chantes quelque chose.

— Oh ! Oui, mon chéri, vas-y ! s'écrie Laura en trépignant.

— Non, je suis complètement schlass…

— Je ne t'ai jamais vu dans tes œuvres, dit Philip. Ça me ferait vraiment plaisir.

— S'il te plaît, s'il te plaît, s'il te plaît, glousse Laura.

D'autres personnes dans la salle se joignent au mouvement et commencent à m'encourager. Ils crient les titres de chansons qu'ils aimeraient entendre. L'envie est là, c'est évident. J'ai connu des situations identiques en Grande-Bretagne, lors de mariages, quand les convives sont assez ivres, ce qui est souvent le cas. Pendant les tours préliminaires, le public pouvait être fervent, mais ce n'est rien comparé aux Yankees. Ils n'ont aucune gêne à encourager ou à complimenter. C'est délicieusement nouveau. Seule Bella ne me pousse pas à monter sur scène – elle ne l'a jamais fait. C'est autant sa réticence que l'enthousiasme des autres qui m'incitent à accepter.

Je m'avance vers l'estrade d'une démarche chaloupée – à cause de l'alcool, pas du trac. Je n'avais remarqué qu'un pianiste en me levant mais, comme on peut s'y attendre à Vegas, un petit orchestre vient de se matérialiser sous mes yeux. Outre le pianiste, on compte à présent un batteur et quelques types aux cordes. Ils m'accueillent tous avec un sourire de 100 watts et me demandent ce que je vais chanter.

Bonne question.

Bourré, j'ai toutes les chances de virer sentimental, indiscret ou hargneux. Impossible apparemment de choisir une chanson sans qu'elle paraisse chargée d'une signification spéciale. D'emblée, je rejette *« Love Me Tender »*, *« Don't Be Cruel »* et *« Hard Headed Woman »*, même si ce dernier titre me fait ricaner intérieurement. Et la question se pose de savoir pour qui je vais chanter ? Laura ou Belinda ? Chacune sera persuadée que je chante pour elle.

Que je me lance dans un numéro tonitruant ou dans une ballade de crooner, elles y chercheront une signification biaisée. Ce sont des femmes, elles ne pourront pas s'en empêcher, et elles finiront par trouver un double sens là où il n'y en a pas. Donc, le choix de la chanson est primordial. Si seulement je connaissais les paroles de « *Old Shep* ». Là, il n'y aurait vraiment aucun risque.

Je regarde en direction de notre table. Laura est debout, lumineuse, une vraie Amazone. Elle sourit, agite les bras puis met deux doigts dans sa bouche et siffle. Elle a l'air folle de joie – pour moi, et d'être avec moi. Je ne vois rien d'autre en elle qu'un plaisir sans mélange. Je lui souris. Puis je regarde Belinda. Elle a l'air grave, nerveuse. J'ai l'impression qu'elle rapetisse à vue d'œil. Elle a du mal à croiser mon regard. Je ne vois rien d'autre en elle qu'un immense regret et un immense gâchis.

Elles me fascinent toutes les deux.

Je commence à chanter « *The Wonder of You* ». Et j'ignore à laquelle des deux je m'adresse.

30. Good Rocking Tonight
(Ça balance ce soir)

PHILIP

— Waouh ! Ce type sait chanter !
— Il se débrouille, dit Bella.
— Franchement, je suis admiratif.

Je déboutonne ma chemise et la plie soigneusement avant de la ranger dans le tiroir de la penderie. Notre suite est tellement fabuleuse que je ne veux rien déranger. Bella n'a pas les mêmes scrupules : dans la salle de bains, je suis assailli par tout un arsenal de lotions et de crèmes qui essayent de s'extirper de leurs bouteilles et de leurs emballages en une tentative d'évasion désespérée. Jamais Bella n'aurait l'idée de remettre son bouchon sur un flacon. Je referme un par un les nombreux pots et tubes, puis nettoie les diverses traînées graisseuses en fredonnant « *The Wonder of You* », que Stevie a interprété ce soir. Je n'arrive pas à me sortir la mélodie de la tête. Je ne me souviens plus trop de ce que ça raconte – une fille qui est tout pour lui, grâce à elle il se sent comme un roi… Des bonnes paroles. Simples, directes, efficaces.

Stevie a du talent, bien plus que ce que je croyais. Non

que je sois un expert en imitateurs d'Elvis, mais j'en ai déjà vu quelques-uns : à l'université, lors d'une fête de la boîte et, souvenir mémorable, dans un restaurant chinois branché (et kitsch) de Clapham où tous les serveurs étaient des sosies du King. Mais Stevie est d'une tout autre trempe. Il est largement meilleur que tout ce que j'ai jamais pu voir, même à la télé.

Le plus drôle, c'est qu'il ne ressemble pas tellement à Elvis. Mais ce soir, quand il s'est emparé du micro, il y a vraiment eu des moments où j'avais l'impression d'être devant le King. C'est dingue, non ? Il a parfaitement capté les inflexions mélodiques qui faisaient la renommée d'Elvis. Ce ton si particulier, mélange de douce supplication, de respect et de sincérité mélancolique. Ce n'était pas juste le champ'... J'ai senti une grosse boule se former dans ma gorge et, pendant un bref instant, je me suis aperçu que je ne pouvais rien avaler, pas même boire.

— Lala laaaa, laaa...

— Tu ne peux pas arrêter cinq secondes, Phil ? me coupe Bella en entrant dans la salle de bains.

Elle fait référence à mon fredonnement, pas à mon rangement. J'arrête aussitôt, mais je continue dans ma tête. Cette pièce est gigantesque : il y a deux lavabos et deux miroirs. Nous sommes l'un à côté de l'autre, elle se lave les dents, je nettoie son bazar. J'adore sa façon de se laver les dents. Une opération si précise, si réfléchie, si minutieuse. Elle se brosse toujours pendant trois minutes et se sert du fil dentaire deux fois par jour. Incroyable. J'aime cette façon résolue et pointilleuse de s'occuper de ses dents ; cela montre sa capacité à s'investir dans quelque chose. Peut-être pas dans un métier, ni même dans l'entretien de sa garde-robe ou de sa trousse de maquillage mais elle place très haut son hygiène personnelle et ne sortirait jamais sans rouge à lèvres. C'est sa façon à elle d'être consciencieuse.

— Je prends une petite douche, m'annonce-t-elle. Je suis étonnée qu'il y ait autant de fumeurs dans les lieux publics. Je croyais que c'était illégal aux États-Unis.

Bella ne supporte pas l'odeur du tabac. Elle ne peut pas s'endormir sans avoir nettoyé à fond sa peau et ses cheveux de tout résidu d'odeur. Je l'attends au lit.

Quinze minutes plus tard, elle se glisse sous les draps. Elle porte une veste et un pantalon de pyjama mauve assortis. Très mignon, à défaut d'être sexy. Elle dort de moins en moins souvent nue ces derniers temps. Notez bien, le contraire serait inquiétant, avec cette climatisation forcenée. C'est un coup à attraper froid. Je pose mon guide de Las Vegas et lui demande :

— Tu as passé une bonne soirée ?

— Oui, merci.

Elle est en train de s'enduire les mains de crème.

— Même en ayant fait l'impasse sur le champagne ?

— Oui.

— Pourquoi tu n'as rien bu ?

— Pas envie.

— Toujours cette migraine ?

— Quelque chose comme ça, oui.

Autant arrêter de la questionner. Il est possible, voire probable, que Bella ait mal à la tête. Elle n'a cessé de se plaindre du cliquetis incessant des machines à sous, et de la petite musique d'ambiance dans les casinos. Alors pourquoi ai-je le sentiment qu'il y a autre chose qu'une simple migraine ?

Ces jours-ci, elle n'a cessé d'osciller entre les remarques continuelles et le silence buté, une humeur adorable et une humeur chagrine. Elle qui est d'ordinaire si sereine, si homogène... J'ai l'impression d'être marié à deux femmes : la Bella fiable, aimante, calme, de tempérament égal, et la mégère hystérique, cassante et geignarde qui sursaute dès que le téléphone sonne et refuse parfois d'aller ouvrir la porte. Elle ne dort pas bien et a pris l'habitude de sauter les repas – et aussi, malheureusement, nos câlins. Sa soudaine sobriété fait suite à plusieurs soirées qui l'ont vu rentrer à la maison en titubant, dans un piteux état.

J'ai longuement réfléchi à la question et la seule explication possible selon moi, c'est qu'elle ne supporte plus l'oisiveté. Elle n'a peut-être pas eu l'occasion de mener une brillante carrière mais elle n'en a pas moins une éthique du travail très forte. Jusqu'à notre mariage, elle n'avait jamais passé une journée sans travailler. Je l'ai convaincue de prendre du temps pour réfléchir à ce qu'elle voudrait faire de sa vie. Je commence à penser que c'était une erreur. Ça me fait mal et ça m'inquiète de l'avouer, mais Bella montre depuis quelque temps des signes classiques de dépression – alternant des phases maniaques, léthargiques, extatiques ou larmoyantes.

Un ami à moi, Bob, est devenu coach, ou gourou. Il travaillait avec moi à la City mais, le jour où il est devenu père, il a procédé à la réévalutation habituelle de son existence. Et en a conclu que sa vie manquait d'éléments fondamentaux : du temps passé avec sa famille, se sentir fier et épanoui dans son travail, donner du sens à chacune de ses journées. Du sérieux, quoi. Alors il a tout laissé tomber et s'est recyclé comme coach, dans l'espoir qu'il pourrait aider d'autres gens à tirer les mêmes conclusions que lui sur leur vie. Je ne me suis pas montré particulièrement encourageant quand il m'a annoncé la nouvelle – allant jusqu'à dire que j'espérais que ses futurs clients auraient remboursé le crédit de leur maison à six chambres à Notting Hill avant de suivre son exemple en plaquant leurs métiers lucratifs. Franchement, j'ai toujours considéré ces coachs comme des charlatans. Nom d'un chien, où va le monde si chacun se met à avoir besoin d'un coach pour l'aider à prendre des décisions – qui épouser, comment préparer son thé... ?

Je crois que les raisons sont claires : cette impression de ne pas être à sa place ou d'être inutile que tant de personnes se plaignent de ressentir est symptomatique de nos modes de vie frénétiques et interchangeables où l'on n'a même plus le temps de vivre auprès des siens. L'art ancestral de la bonne vieille conversation s'éteint progressivement. Pas besoin d'un expert pour en arriver à ce constat. Ou peut-être que si, puisque les gens ne s'adressent plus la parole. Enfin bon, nous étions potes, donc Bob ne s'est pas vexé quand je lui ai fait part de mes réserves.

C'est très frustrant mais il se trouve que j'avais raison sur un plan : l'art ancestral de la bonne vieille conversation s'éteint bel et bien. En tout cas, entre ma femme et moi. Malgré mes questions répétées sur ce qui la tracasse, je ne cesse de me heurter à un épais mur de silence. Et j'avais tort sur un autre plan : un coach peut se révéler utile.

En tout cas ç'a m'a été utile de téléphoner à Bob et de lui parler des humeurs changeantes de Bella. Il a émis l'hypothèse qu'elle était peut-être dépressive. Je n'avais jamais envisagé la dépression : ça ne ressemble pas à la femme que j'ai épousée. Mais c'est une connerie de croire qu'une personne déprimée sort nécessairement du casting de *Vol au-dessus d'un nid de coucous*. Bob m'a expliqué que les symptômes dont je lui parlais étaient typiques d'une personne qui s'interrogeait sur son identité. Apparemment, c'est assez répandu chez les jeunes mariés. Ils luttent pour préserver leur identité au moment où chacun forme la moitié d'un couple. L'autre catégorie de personnes sujettes à des crises dépressives sont les chômeurs. En suggérant à Bella de rendre son tablier de serveuse après notre mariage, je n'aurais fait qu'aggraver les choses ? Je voulais simplement l'aider. Bob m'a dit qu'il n'y avait pas grand-chose à faire, hormis inciter Bella à tirer ses propres conclusions et la soutenir dans cette démarche. Il a commencé à parler d'amour et de tous ces trucs que deux types en train de boire une bière évitent en général d'aborder. J'ai apprécié son sacrifice.

Je cherche un moyen de venir en aide à ma femme.

— Qu'est-ce qui ne va pas, Bella ?

— Qui ne va pas ? Rien du tout.

Elle me sourit.

— Pourquoi quelque chose n'irait pas bien ?

— Je ne sais pas, j'ai l'impression que tu as des soucis en ce moment. Quoi que ce soit, je veux t'aider. Tu le sais, n'est-ce pas ? Parle-moi, je t'aiderai.

— C'est adorable…

Elle m'embrasse sur la joue.

Je me sens comme un retraité de Chelsea qui vient juste de lui proposer de l'aider à traverser la rue. Je soupire et change de sujet.

— Laura a l'air très heureuse.

— Oui.

— Elle est raide dingue de Stevie, ça saute aux yeux.

— Oui.

— Et même si je me suis fait une règle de ne pas aller fouiner dans la vie sentimentale de mes amis – c'est un travail de femme, ça –, je suis très content de voir que Stevie ressent la même chose pour elle. Tu ne trouves pas ?

— Tu sais, Phil, j'ai vraiment sommeil. Ça te va si on éteint ? Une bonne nuit de repos me fera le plus grand bien pour calmer cette migraine, tu ne crois pas ?

Mais elle se fiche bien de ce que je crois : elle dépose un autre baiser claquant sur ma joue et éteint la lampe de chevet, me laissant seul, yeux ouverts, dans l'obscurité.

Hum hum. Ça saute aux yeux que Laura est dingue de Stevie, mais aussi que Bella ne supporte pas ce type. Elle s'est efforcée de le dissimuler à tout le monde, mais pour moi c'est évident. La seule chose qui l'est moins, c'est : *pourquoi* ? Bella m'avait déjà interdit de jouer au golf avec lui, alors que ma proposition visait seulement à lui laisser, à elle, un peu de temps pour voir Laura. Je pensais que ça lui redonnerait le moral, mais elle était formellement opposée à cette idée. Et elle ne voulait pas non plus venir à Las Vegas. Elle m'a sorti tout un tas de prétextes faiblards et peu plausibles pour y échapper mais j'avais déjà accepté la gentille invitation de Laura. À mes yeux, Bella avait grand besoin de faire un break. Elle est coincée dans une ornière et elle ne sait pas comment faire pour s'en dégager. Bob est de mon avis : un nouvel environnement pourrait l'aider à prendre une décision quant à son destin professionnel ou, au moins, l'aider à cesser d'être aussi mélancolique.

Pour moi, l'aversion farouche de Bella envers Stevie reste une énigme. Je trouve que c'est un type plutôt bien, malgré son penchant pour les costumes en lycra blancs et argentés tellement moulants qu'on voit quand il a la chair de poule. Tournoyer devant un public habillé de cette façon montre au moins qu'il a un certain sens de l'humour.

— Tu sais ce que j'ai appris ce soir ? dis-je à la bosse formée sous les draps par Bella qui fait semblant de dormir.

— Quoi ? marmonne-t-elle.

— Stevie aussi est allé à l'Université d'Aberdeen. C'est un de *tes* anciens camarades de fac !

Aucun commentaire de Bella.

— Il a quel âge ? Tu le sais ?

— Je n'en suis pas sûre.

— À peu près le tien, je dirais.

— Hum… je dirais plus jeune que moi. Ça fait sûrement partie de son personnage.

— Je me demande ce qu'il étudiait. Tu crois que vos chemins auraient pu se croiser ? En tout cas, vous avez certainement des amis communs.

J'essaye de trouver un terrain commun à Bella et à Stevie, mais je n'ai pas grand-chose à exploiter.

Comparée à d'autres femmes, qui n'aiment rien tant que parler d'elles-mêmes (ou de leurs ex), Bella n'évoque son passé qu'avec réticence. Elle a l'intelligence de comprendre que je ne m'intéresse pas aux précédents de sa vie sexuelle ; je sais ne montrer aucune curiosité quand ça m'arrange. D'un autre côté, j'aimerais bien rencontrer ses anciennes amies. Elles sont certainement intéressantes.

— Il a dû étudier la musique, répond Bella. Et dans cette discipline, les étudiants restaient toujours entre eux. Si nous nous étions déjà croisés, je m'en souviendrais tout de même !

— Surtout s'il portait des rouflaquettes et des lunettes dorés, dis-je en plaisantant.

— Effectivement.

Soudain, surprise : je sens sa chaleur près de mes lèvres. Nos souffles se mêlent. Elle m'embrasse. Des baisers lents, longs, appuyés. D'un mouvement habile, elle s'installe sur moi. La plupart du temps, Bella est si fine que je remarque à peine son poids mais ce soir elle descend sur moi, tout son corps se presse contre moi. Je sens ses tétons durcir sous sa veste de pyjama, et je sais qu'elle sent ma queue durcir contre elle. Je passe mes bras autour d'elle et la serre plus fort. Ses doigts passent dans mes cheveux, les miens palpent sa chair. Elle commence à déposer des baisers sur mes lèvres, mes oreilles, mon cou, mon torse, puis ses doigts prennent le relais. Elle introduit mon sexe entre ses lèvres et nous ne parlons plus.

De toutes façons, le voudrait-elle qu'elle ne pourrait pas.

31. My Happiness
(Mon bonheur)

Jeudi 8 juillet 2004

BELLA

Stevie a remporté un sacré prix. Jamais de ma vie je n'aurais imaginé qu'imiter Elvis pouvait rapporter autant. Je dois reconnaître que cet hôtel est adorable. Aveu que je limite à mon for intérieur, tandis que j'admire, impressionnée, cet ensemble luxueux à thème tropical surgi de nulle part.

Le Mandalay Bay a été construit autour d'un « lagon », possède sa propre distillerie de rhum (allez comprendre), deux piscines et une plage de sable fin. La plage est balayée par des vagues produites par une machine capable de déclencher des rouleaux suffisamment puissants pour qu'on puisse surfer dessus. Le résultat est convaincant. Je me trouve une chaise longue et m'installe pour profiter au mieux des rayons du soleil. J'entends les cris et les rires des enfants jouant dans la piscine, des bribes de discussion entre « deux mecs » qui ont réussi à « choper la vague », et je me laisse aller à croire que je suis sur une vraie plage.

Je me concentre pour me détendre – c'est contradictoire, je suppose. Je décide de ne pas penser aux deux sujets suivants : ma situation maritale et la conversation d'hier soir avec Phil – totalement flippante. Il voulait savoir ce qui me tracassait. Moi qui croyais donner l'impression plutôt convaincante que tout allait bien. Apparemment, j'ai tout faux. Il m'a demandé si quelque chose me causait du souci, m'a proposé de m'aider. Proposition adorable mais que je n'ai pas l'intention de mettre à l'épreuve. Si *seulement* il pouvait m'aider… Il n'y a rien que je désire plus au monde que me lover entre ses bras musclés, poser ma tête sur son torse puissant et pleurer. Si seulement il pouvait régler tous mes problèmes. Mais c'est impossible. Ce n'est pas comme signer un chèque pour régler un PV ou m'assurer que je parais toujours aussi svelte dans ce pantalon en cuir ridiculement cher – achat d'impulsion chez Joseph, que je regrette amèrement. La seule personne de laquelle Philip ne peut pas me sauver, c'est moi.

Oh mon dieu. Ce serait tellement affreux s'il avait ne serait-ce qu'une petite idée de ce qui me tourmente. Comment pourrait-il tenter de me comprendre, de me pardonner ou de m'aider ? Notre discussion, déjà pénible, est devenue carrément cauchemardesque lorsque j'en suis venue à mentir. Jusqu'à présent, j'avais bien pris soin de contourner la vérité, d'omettre certains détails – des détails assez costauds, il est vrai, par exemple : mon mariage – mais, jusqu'à hier, je n'avais jamais basculé dans le mensonge caractérisé. Or, hier, j'ai nié catégoriquement avoir jamais connu Stevie. Puis je me suis jetée sur Phil. Et je lui ai fait l'amour en silence, accablée par la culpabilité. Pour lui, c'était juste très réussi (le sexe désespéré, angoissé, a un certain piquant) mais il me haïrait s'il savait pourquoi j'avais tellement envie de le distraire cette nuit. Il me haïrait plus encore s'il savait à qui je pensais en jouissant.

Qu'est-ce qui me prend, de penser à ça ? Je ne veux plus y penser.

Comme je ne veux plus penser au fait que Laura et Stevie s'entendent à merveille. Comment a dit Philip ? Ah oui, qu'ils étaient dingues l'un de l'autre. Ça doit être vrai si Phil l'a remarqué. Et c'est tant mieux. N'est-ce pas ?

Et enfin, je ne veux plus penser à Stevie.

— Salut.

Je reconnais sa voix instantanément, même si je garde les yeux fermés.

— Salut, dit-je d'une petite voix.

Je m'assieds et chausse mes lunettes de soleil. Je ne veux pas lui laisser voir mon âme dans mes yeux. Même à travers des verres teintés rose, Stevie a l'air un peu pâle, mais ce serait mon unique critique. En dehors de ça, il est mince et bien foutu. En un mot : bandant. Il est debout devant moi avec sa serviette et son tube de crème solaire. Je jette un coup d'œil aux abords de la piscine et constate avec horreur que la seule chaise longue libre se trouve à côté de la mienne.

— Je ne m'étais pas rendu comte que tu étais là, bredouille-t-il d'un air maussade.

Je ne m'étais pas rendu compte que je devais lui donner mon emploi du temps détaillé.

— Eh bien, je suis là.

— Je vois ça.

Une pause. Nous sommes incapables de faire surgir dans notre esprit la moindre ébauche de conversation badine.

— Tu préfères que j'aille bronzer ailleurs ? finis-je par demander.

— Seulement si tu préfères.

Il y a un accent acerbe et boudeur dans sa voix.

— Nous ne pouvons pas bronzer ensemble, tout de même, fais-je remarquer.

— Non, sans doute pas.

Stevie regarde autour de lui et arrive aux mêmes conclusions que moi concernant la disponibilité des chaises longues.

— En même temps, reprend-il avec un haussement d'épaules, quel mal y a-t-il à cela ?

Ça fait mal de voir qu'il peut être complètement amorphe en ma présence. J'ai la nette impression que ça lui est égal que je bronze à côté de lui ou de l'autre côté du globe. Que puis-je dire ? « Désolé, mon vieux, tu ne peux pas t'étendre si près de moi parce que tu es presque nu et que, comme je nourris déjà pas mal de fantasmes sur toi, je ne suis pas certaine d'être capable de me contrôler » ? Non. Bien sûr que non. La seule attitude tant soit peu digne est d'affecter la même indifférence envers lui.

— Aucun problème. Nous devons juste nous éviter devant Laura et Philip. Tout ce qui se passe strictement entre nous est notre petit secret, pas vrai ?

Comment une phrase aussi maladroite a pu germer dans mon cerveau, et pire encore, sortir de ma bouche ? Garantie 100% pure drague. Je joue avec le feu alors que c'est moi qui ai fixé les règles et inventé le jeu. Je sais qu'il me suffirait de prendre ma serviette et de partir à la recherche de Philip, quelque part du côté de la salle des jeux, mais une force invisible me plaque sur ma chaise longue. Je rougis, furieuse. Stevie reste quelques instants perplexe, puis m'ignore. Il étale sa serviette sur la chaise à côté de la mienne et s'installe. Je prends mon roman. Il prend sa crème solaire. Du coin de l'œil, je l'observe en train d'huiler ses cuisses, ses bras, son visage et son ventre. Sacré spectacle.

— Ça alors, je ne t'aurais jamais imaginé mettant de la crème !

C'est sorti tout seul. Erreur, erreur, erreur ! Encore une phrase totalement inappropriée. À cause tout d'abord de la critique implicite qu'elle renferme – le Stevie Jones que je connaissais était trop ridiculement macho pour utiliser de la protection solaire. Ensuite, parce qu'elle renvoie au Stevie Jones que j'ai connu, jadis. Et *aimé*.

— Qu'est-ce que tu entends par là ? Que je suis trop balourd pour prendre au sérieux les mises en garde du gouvernement contre le réchauffement climatique et les cancers de la peau ?

— Non, pas du tout. C'est juste que… eh bien… c'est juste qu'on ne pensait jamais à ce genre de choses quand on était gamins, si ?

Je commence à me demander s'il existe des sujets de conversation réellement inoffensifs pour nous ou si nous sommes en train de traverser l'équivalent verbal d'un marais infesté de crocodiles.

— Je veux dire… l'idée de trop s'exposer au soleil ne nous empêchait pas de dormir, quand on vivait à Kirkspey.

Je souris dans l'espoir que Stevie comprenne que je ne suis ni cynique ni critique. Juste nerveuse.

Il m'observe longuement, quelque chose comme trente secondes ou deux heures.

— Non, en effet. Tu peux me mettre de la crème dans le dos ?

Il me tend sa crème, comme si ce qu'il me demandait là était raisonnable.

Je prends le tube. Je ne vois aucune alternative. Quel

prétexte trouver ? Une crampe dans le bras ? Une allergie à la crème solaire ? Mon incapacité à toucher le dos de mon mari sans me rappeler combien je l'ai toujours trouvé désirable ? Aucune de ces raisons ne paraît valable, surtout la vraie.

Stevie se met sur le ventre. Je me place au-dessus de lui. Que faire ? J'ai envie de m'asseoir à califourchon sur lui. Caler doucement mon entrejambe contre ses fesses, jambes de part et d'autre de son corps pour qu'il aperçoive mes ongles vernis rouge impeccablement manucurés et mes jambes bronzées. J'ai envie d'enduire de crème son dos tendu et musclé, jusqu'à ce qu'il soit obligé de lutter contre une érection. Dans l'idéal, j'ai envie de retirer le haut de mon bikini et de m'allonger sur lui, pressant mes seins contre son dos et ses épaules ; j'ai envie de me retrouver avec lui à l'hôtel, dans l'intimité d'une suite.

Le soleil a tapé dur, apparemment.

Je secoue la tête, essayant de dissiper ce fantasme dégoûtant. Puis je claque sur son dos et ses épaules une bonne dose de crème. J'espère qu'il ne va pas prendre de coup de soleil, parce que je n'ai pas exactement fait ce qu'on appelle un travail consciencieux – et même en étant si rapide, j'ai dû me forcer à penser à nettoyer sous le frigidaire et derrière la cuvette des W.C. Des pensées sordides pour neutraliser la fabuleuse douceur de sa peau.

Je me rassieds sur ma chaise longue et reprends mon roman. Stevie se retourne – et c'est une bonne chose, au moins son dos sera protégé ; et c'est une mauvaise chose car il remarque aussitôt :

— Tu tiens ton livre à l'envers.

— Oh ! dis-je vivement. Bah, de toutes façons ce n'est pas très bon.

— Qu'est-ce que c'est ?

— Rien, un truc léger…

J'essaye de cacher la couverture. Il lit tout de même :

— *Anna Karénine*, Léon Tolstoï.

— Oui.

— Un chef-d'œuvre.

— Oui.

— Pas vraiment ce que j'appelle un « truc léger ».

— Non.

Stevie marque une pause, sourit.

— Tout ça est quand même très compliqué, non ?

— Oui, dis-je dans un grand sourire, soulagée de n'être pas la seule à trouver cette situation invivable.

— Tu veux boire quelque chose ?

— J'essaye d'éviter.

— Pourquoi ? Tu es en vacances.

— Parce que je ne veux rien faire que je puisse regretter.

C'est comme ça, avec Stevie : il donne envie d'être sincère.

— Et ce serait quoi, par exemple ?

Il me sourit. Si un autre homme m'avait regardé avec ce lent sourire sexy, il y aurait eu du flirt dans l'air. Mais ça ne peut pas être le cas. Ça ne doit pas être le cas.

— Quelle autre gaffe tu pourrais commettre ? Ce n'est pas comme si tu risquais de te saouler et de te marier sur un coup de tête parce que tu es à Las Vegas. Tu es *déjà* marié aux deux hommes qui t'accompagnent. Bien sûr, tu peux toujours tenter le coup du chapeau et t'offrir un mariage lesbien avec Laura.

Je regarde Stevie en me demandant s'il est cruel ou juste rancunier. Mais ses yeux étincellent de malice. Il essaye simplement de rire de la situation, parce que c'est la seule chose à faire. Si nous ne rions pas, il ne nous reste plus qu'à pleurer. Je décide de céder à quelques éclats de rire. C'est une sorte de soulagement.

— Je ne suis pas sûre que les mariages lesbiens soient légaux, même dans le Nevada.

— Oh, la loi, ça ne t'a jamais vraiment posé problème, répond Stevie dans un éclat de rire redoublé.

Il fait signe à un serveur et lui commande une bouteille de vin blanc avec deux verres. Je n'émets aucune objection : les résolutions que j'avais embarquées par pelletées dans l'avion ont fondu au soleil.

Nous passons deux heures formidables. Nous louons une énorme bouée en forme de pneu, suffisamment grande pour nous permettre de nous y glisser tous les deux et nous nous laissons dériver dans la piscine en forme d'anneau, hurlant chaque fois que nous passons sous la « cascade ». Nous barbotons dans la « mer », buvons du vin et dévorons des sandwiches énormes – ni Stevie ni moi n'avons pris de petit déjeuner. Il fait très chaud, et nous sommes cette fois-ci un peu plus sûrs de nous pour nous enduire réciproquement de crème solaire. La discussion coule aussi naturellement que l'eau des fontaines entourant la piscine. Nos propos sont sans conséquence : les lieux où nous sommes allés, les hôtels où nous sommes descendus, les bars où nous avons bu. Je ne suis jamais partie à l'aventure avec un sac à dos, je n'ai jamais logé dans une auberge de jeunesse ; Stevie n'a pas bu au Sanderson ou à l'Ice Hotel, en Suède ; aussi avons-nous plein de choses à nous raconter.

Nous plaisantons, parfois nous ne sommes pas d'accord, mais seulement en surface. Par exemple, quand j'ai dit que, passé un certain âge, les femmes devaient cesser de porter des bikinis et opter pour des maillots de bain une-pièce avec un paréo, il a éclaté de rire et répondu que les gros, les laids et les vieux avaient tout autant le droit de sentir la caresse du soleil sur leur peau que les jeunes naïades.

Nous nous sommes lancés des défis stupides, comme faire la planche le plus longtemps (l'ennui a très vite raison de moi, et Stevie devient le champion incontesté de la planche). Il frime en faisant de l'équilibre sous l'eau et en passant entre mes jambes. Un vacancier nous observant verrait sans doute en nous le prototype du couple joyeusement délirant. Je parie qu'on nous prend pour de jeunes mariés en pleine lune de miel. Mais si cette matinée est délicieuse, je suis triste parce qu'elle ne m'appartient pas : je l'ai volée. Cette pensée me dégrise. Je nage jusqu'au bord de la piscine.

— Je vais me sécher, dis-je en me hissant hors de l'eau.

Stevie m'imite et je reste un instant hypnotisée par la vision des gouttes d'eau scintillantes jouant sur ses épaules et sur ses jambes. Moi aussi je scintillerais si j'étais accrochée à lui comme une seconde peau. Son large torse fait bien plus « homme » et moins adolescent que je me le rappelais. Sans doute parce que la toison a épaissi, même si, dieu merci, ce n'est pas non plus une moquette ! Ses épaules sont carrées et dégagent une impression de puissance.

— Tu fais de l'exercice ? dis-je, sans m'apercevoir du compliment déguisé.

— Selon toi ? répond-il en me lançant un clin d'œil coquin.

Je détourne les yeux. Je suis consciente d'utiliser le même truc que le jour de mon mariage avec Phil. Tout le monde m'avait prévenue (à juste titre) que le grand jour passerait à toute vitesse, dans un tourbillon de sourires et d'excitation, et qu'avant d'avoir eu le temps de dire « ouf », tout serait terminé. Amelie m'avait conseillé de ne pas trop boire et d'essayer de préserver deux ou trois choses inoubliables qu'une pellicule ne pourrait pas immortaliser – un parfum, un contact, un goût particulièrement évocateurs. Elle m'avait dit de les garder pour moi comme un trésor que je pourrais contempler à loisir chaque fois que le besoin s'en ferait sentir. En cet instant précis, je hume le parfum du soleil et de l'ambre solaire sur la peau, je bois l'image des reflets étincelants à la surface de l'eau. Je voudrais capturer chaque son, chaque vision, chaque odeur, chaque sensation et les garder en réserve, parce que je vis sur du temps volé au temps. Je m'amuse avec un homme volé à une autre. Cette pensée me frappe de plein fouet. Je m'oblige à évoquer les sujets que nous avons tenté d'éviter.

— Où est Laura, ce matin ?

Stevie se raidit. Mentionner son nom sonne comme une réprimande, nous en sommes tous les deux conscients.

— Quand je l'ai laissée, elle était au téléphone avec Eddie. Je lui ai réservé une séance de spa. À l'heure qu'il est, elle doit en être aux soins du visage ou au massage.

— C'est une bonne idée, dis-je en souriant.

Il a un geste dépité.

— Ce n'est pas facile d'élever un enfant toute seule.

— Je suppose que non.

— Et Phil, où est-il ? demande-t-il en guise de représailles.

— Il écume les machines à sous.

— En fait, je ne crois pas. Ce n'est pas lui, là-bas, avec Laura ?

Je regarde dans la direction qu'indique Stevie et, en effet, j'aperçois Phil et Laura qui avancent vers nous, entre les rangées de chaises longues. C'est comme si nous les avions fait apparaître avec des incantations vaudou. Ils sourient et agitent joyeusement les mains. Laura paraît détendue après ses soins, et Phil crie qu'il a gagné quelque chose comme 380 dollars. Si seulement je pouvais me réjouir de les voir.

32. Treat Me Nice (Sois gentille avec moi)

LAURA

Je ne me rappelle pas quand j'ai passé une journée aussi géniale pour la dernière fois. Je suis restée toute la matinée au spa, un cadeau offert par mon amoureux légendaire, et l'après-midi s'est déroulé au bord de la piscine en compagnie de l'amoureux légendaire sus-nommé et de Phil. Bella est partie faire des courses et ne nous a rejoint qu'assez tard. Puis elle s'est endormie à l'ombre, prétendant que le soleil était son pire ennemi. Une attitude on ne peut plus raisonnable, sans aucun doute, mais qu'on ne compte pas sur moi pour prendre exemple, compte tenu de la pénurie de soleil dans ma vie. Phil, Stevie et moi avons piqué fou rire sur fou rire en jouant aux cartes – un entraînement car nous avons prévu de faire un malheur au casino ce soir. Nous avons fait les fous dans la piscine, dégusté des cocktails aux couleurs chatoyantes. Vers 16 heures, Stevie est parti pour la séance de photos organisée par l'attachée de presse du concours. Ça l'ennuyait un peu, mais nous n'allions pas le plaindre – quelques obligations pendant que nous profitions de l'après-midi, ça n'a rien d'accablant.

— Je pars faire du shopping, dis-je à Bella. Tu m'accompagnes ?

Elle plisse les yeux en me regardant, puis ses mains tâtonnent à la recherche de son livre, qui est sous sa chaise longue.

— Ce serait avec plaisir mais je meurs d'envie de savoir ce qui va se passer dans mon roman.

Je m'abstiens de toute réflexion sur le fait qu'elle ne lisait pas quand je lui ai adressé la parole, et demande :

— Qu'est-ce que c'est ?

— *Anna Karénine.*

— Viens avec moi, Bella. Tu l'as déjà lu, tu sais comment ça se termine : elle s'envoie en l'air avec le beau mec puis, comme elle ne supporte pas de vivre dans l'adultère, elle se tue.

— Ce n'est pas aussi simple que ça. Ce livre raconte le martyr d'une âme passionnée. D'une femme qui a essayé de vivre en dehors du carcan moral de son époque et a échoué tragiquement.

Elle a répondu avec plus de ferveur que je l'aurais cru.

— Alors j'ai dû passer à côté de quelque chose quand je l'ai lu. Tu sais, les femmes adultères essayent toujours d'enjoliver leur âme corrompue, mais ça se finit toujours d'une façon horrible. Enfin bref, pour parler d'un sujet plus joyeux, tu ne veux vraiment pas faire du lèche-vitrines avec moi ? Je voudrais faire une surprise à Stevie en m'achetant quelque chose de vraiment glamour à porter ce soir. Je veux qu'il me trouve fabuleuse.

Bella me dévisage pendant un très long moment puis :

— Tu peux te le permettre ?

J'essaye de ne pas rougir.

— Eh bien, non, non pas vraiment. Je n'ai pas ce qu'il faut sur mon compte en banque, mais il reste quelque chose sur ma carte de crédit et j'ai *tellement* envie d'avoir l'air sensationnelle.

— Viens avec moi ! dit Bella en me prenant par la main et en m'emmenant à l'hôtel.

— C'est sublime.

J'en ai le souffle coupé.

Nous sommes dans la suite de Bella et le vêtement dont je parle est une robe rose-fuchsia étendue sur le lit. C'est la robe pivoine signée Matthew Williamson que Kate Beckinsale et Laura Bailey, j'en suis certaine, portaient au printemps. Une robe séduisante et ludique, et sans aucun doute la chose la plus sexy sur laquelle j'aie eu le plaisir de poser les yeux.

Tout en étant très heureuse pour Bella – ça doit être magique de posséder une robe aussi fabuleuse –, je sens mon cœur se serrer. Manifestement, si elle a choisi de la porter ce soir, mon envie de trouver une tenue n'est plus de la coquetterie : c'est une question de vie ou de mort. Je n'ai rien qui puisse faire la paire, encore moins rivaliser, avec cette robe. Je jette un coup d'œil discret à ma montre : 16h50, et nous devons retrouver Stevie au bar à 21 heures. Est-ce que j'ai le temps de trouver une tenue aussi grandiose ? Quelque chose d'aussi ravissant existe-t-il sur cette planète ou, pour rester pragmatique, dans les centres commerciaux de Las Vegas ? Normalement, je ne suis pas prise de vertiges devant des vêtements, et je n'ai pas non plus l'esprit de compétition – ces dernières années, j'ai pris l'habitude de voir Bella dans des robes à un million de dollars alors que les miennes coûtent… eh bien, considérablement moins cher. Mais ce soir, je veux briller de mille feux. Ce soir, je veux que Stevie ne voie que moi.

Parce que, ce soir, j'ai l'intention de lui dire *exactement* ce que je ressens pour lui.

Je sais, je sais, une fille est censée attendre que le type y soit allé de sa déclaration. C'est plus élégant, plus raffiné et sans aucun doute plus sage : personne n'aime se prendre une veste. Mais je n'en peux plus d'attendre ! Hier soir, j'ai failli craquer – j'aurais craqué si Bella et Philip ne nous avaient pas interrompus. Après tout, ce n'est pas plus mal d'avoir eu à attendre ce soir. Au moins, je serai toute belle et détendue. Hier soir, j'étais luisante et écarlate – et ça n'avait rien de flatteur.

J'ai hâte de lui dire que, depuis qu'il est entré dans ma vie, tout a été chamboulé. Tout ce qui était sombre et sinistre s'est envolé. Tout ce qui était drôle et agréable l'est devenu encore plus. J'adore cette façon qu'il a d'écouter avec sérieux tout ce que je lui raconte, même des bêtises comme mon idée du dénouement de *Coronation Street*[9]. Et j'adore le fait qu'il ait *lui aussi* sa petite idée sur la question. C'est un vrai don de pouvoir parler des sujets les plus futiles tout en posant des questions qui montrent de la sensibilité et de l'intelligence. Il pense que j'ai ce don. Je pense qu'il a ce don. Il est drôle – très, très drôle. Il me fait rire à gorge déployée, il n'a pas cet humour trop-malin-pour-toi tellement pratiqué à Londres. Il a un esprit tranchant, il est très informé sur tout un tas de domaines. La musique, l'action du gouvernement, les films de la semaine, tous ces sujets susceptibles d'alimenter les discussions en salle des profs, mais Stevie connaît aussi le dernier projet de loi que le gouvernement essaye de faire passer, la littérature, les motos, les rituels de chasse d'anciennes tribus nomades

9 Le plus célèbre et le plus ancien des soap-opéras anglais, diffusé depuis 1960 sur ITV.

africaines. Le système éducatif écossais est peut-être vaste, mais je suis quand même impressionnée.

Et il y a le reste. Ses yeux se posent sur moi et embrasent mon âme. Tatouent dans mon cœur et dans mon esprit une promesse, un message d'espoir.

Et puis, il est tellement déchaîné au lit que c'est impossible de ne pas l'aimer. Vegas est l'endroit où les gens viennent jouer et prendre des risques ? Je place ma mise sur le Roi de Cœur. Je vais me consumer sur place si je ne lui parle pas.

— C'est la robe que tu portes ce soir ? dis-je en m'asseyant sur le lit de Bella et prenant garde de ne pas la toucher, car je suis encore poisseuse de crème solaire et de sueur.

Comme à son habitude, Bella a posé la robe à côté de superbes accessoires assortis : une paire de talons aiguilles à mourir, un sac orné de sequins et des boucles d'oreilles. On se croirait en plein *shooting* de photos de mode. Je lui dis souvent qu'elle pourrait être styliste. Qu'une femme débordant de talent et d'intelligence comme elle mette un point d'honneur à ne rien faire de sa vie reste un mystère pour moi.

— Je ne trouve pas que le fuchsia soit ma couleur, commente-t-elle.

Je la regarde, intriguée.

— Tu *dois* la porter. Cette robe mérite d'être montrée. La laisser dans sa housse, c'est une insulte pour le couturier.

— En plus, elle est un chouïa trop longue pour moi. Mais dis-moi, le rose, c'est ta couleur préférée, non ?

Bella me pose cette question avec un énorme sourire.

— Tu plaisantes ?

Je viens de comprendre : elle m'offre la robe.

— Non, je ne plaisante pas. Je l'ai achetée pour toi – en l'occurrence, Phil l'a achetée pour toi. Son argent, mon choix. Nous voulions te remercier de nous avoir invités pour ce merveilleux séjour. C'est pour ça que j'étais dans les boutiques tout l'après-midi. Regarde, c'est ta taille. Et les chaussures aussi.

Je prends les délicats escarpins à bride et les examine soigneusement. De toute beauté. Un mélange de paillettes, de strass et de satin. Tout ce que j'aime. Les talons ne sont pas aussi hauts que les chaussures habituelles de Bella. Elle a vraiment réfléchi à son cadeau.

— Oh mon dieu ! Je vais être sublime !

Bella commence à rire.

— J'aime ta modestie ! C'est rafraîchissant.

Puis nous nous prenons dans les bras. C'est un geste assez courant entre nous – bonjour, au revoir, quand Eddie a un mot hyper-mignon, ou simplement quand l'une de nous en a envie. Mais nous ne nous sommes pas beaucoup prises dans les bras récemment, et j'en prends seulement conscience quand Bella me serre contre elle. C'est moi qui ai initié le geste, mais la voilà qui s'agrippe. Lentement, doucement, je me détache d'elle. Je baisse les yeux et regarde la fille face à moi. Ça doit être un effet de ma taille : elle paraît aussi vulnérable qu'une brindille. Une pichenette et elle se briserait.

— Eh, Bella, ça va ?

Elle semble sur le point de pleurer.

— Je suis contente que la robe te plaise. Je ne voulais pas que tu me trouves frimeuse.

— Sois aussi frimeuse que tu veux, surtout en ayant aussi bon goût.

Je m'assieds sur le lit et me mets à rêvasser en admirant

la robe. Je n'arrive pas à croire qu'elle est à moi ! J'ai hâte de l'essayer mais d'abord, une douche.

— Tu sais, reprend Bella, je me rappelle. Je me rappelle quand j'avais envie de choses chères et que je n'avais pas les moyens de me les offrir.

— Je sais, ma belle. Nous avons passé un temps fou à dévaliser les boutiques en pensée...

Je souris.

C'était notre grand jeu, à Bella et à moi. Assises dans le canapé, nous feuilletions le dernier numéro de *Vogue* ou un catalogue de VPC, peu importe. L'idée, c'était de choisir *obligatoirement* un article, et un seul, par page – tant pis si plusieurs nous faisaient envie, ou au contraire si on tombait sur la page des meubles range-chaussures.

— Non, répond Bella. Je voulais dire : avant ça. Toi et moi, nous étions tout le temps fauchées mais jamais *pauvres.* Nous avions de quoi payer le loyer et acheter à manger. Moi, je parle de la *pauvreté.* Quand j'étais petite, après la mort de ma mère, mon père a arrêté la pêche. Du coup, on n'a plus eu d'argent. Plus *du tout* d'argent, Laura.

Elle me regarde droit dans les yeux.

— On ne pouvait plus se payer des vêtements neufs, pas même des culottes ou des chaussettes.

— Comment faisiez-vous, alors ?

— Les voisins nous dépannaient. Ils nous donnaient des trucs pour nous aider, en attendant que les garçons soient en âge de travailler. Je ne...

Elle n'arrive pas à finir sa phrase.

— C'était la misère, tu comprends ? Il faut aller au-delà des apparences. Les choses ne sont pas toujours aussi simples qu'on croit. C'est tout ce que j'essaye de dire.

J'ignore pourquoi Bella choisit ce moment précis pour me faire cette confession, surtout après des années où elle n'a presque rien lâché sur son enfance, mais je comprends que c'est important. Tout comme je comprends qu'elle n'a pas envie d'en dire plus lorsqu'elle déclare :

— Bon, et maintenant, va vite essayer tes frusques. Moi, je vais me prendre un bon bain.

33. Hard Headed Woman (Dure à cuire)

BELLA

— Amelie ? Salut, c'est moi.
— Hmpffrnnn ?

Le son produit par Amelie ne rappelle aucun mot connu. Je regarde ma montre.

— Oh merde, désolée ! J'ai zappé le décalage horaire… Il est quelle heure, chez toi ?
— Une heure du matin, articule-t-elle.
— Pardon, je te laisse alors.
— Ça ne va pas non ? Je veux les dernières nouvelles ! Attends, je vais me chercher un verre d'eau.

Une minute plus tard, sa voix résonne de nouveau dans le combiné – un peu plus réveillée.

— Alors, quoi de neuf ? La bombe a explosé ?
— Non.

J'ai du mal à cacher mon irritation. J'aimerais qu'Amelie soit moins convaincue que la situation va dégénérer. Qu'est-ce qu'elle a fait de son sens de l'humour ? Pourquoi ne me laisse-t-elle pas croire à une issue indolore ?

— Alors, qu'est-ce que tu as fait de beau ?

— J'ai passé la matinée à la piscine.

— Seule ?

Comment sait-elle ?

— Avec Stevie.

— Joli, murmure-t-elle d'une voix lourde de sarcasme.

— Et cet après-midi, je suis allé faire des courses avec Laura.

— Parce que tu te sentais coupable ?

— Non. parce que je voulais la remercier.

— Ça se passe bien, alors ?

— Si on veut.

Par où commencer ? Je suis tellement troublée. Que je scrute mon âme ou mon cœur, je ne trouve rien de clair à raconter. J'ai besoin de parler à quelqu'un mais mes confidents habituels – Phil et Laura – sont hors-concours. Je n'ai pas l'impression qu'Amelie va se montrer particulièrement compréhensive mais je suis si désespérée que je lui déballe ce que j'ai sur le cœur.

— Et si j'avais épousé le mauvais mari ?

— Duquel tu parles ? répond-elle sèchement. Je te rappelle que tu as épousé les deux.

— Je me sens attirée par Stevie, admets-je.

— Attirée… comment ?

Je ne peux pas lui avouer que j'observe à la dérobée les bras, le torse, les épaules de Stevie. Je ne peux pas lui dire que je suis fascinée par son ventre plat, et que le fin sillon duveteux qui mène au contenu de son slip de bain a des allures de route du bonheur. Le problème est qu'il est sexy. Pas d'une façon qui saute aux yeux – enfin, si, justement, ça saute aux yeux – mais aussi d'une façon drôle, excentrique. Semblable à ce qu'il a toujours été. Je me tortille sur ma chaise et réfléchis aux sentiments dont je *peux* parler à Amelie.

— C'est facile de lui parler. Après tout, je le connais depuis toujours.

— Tu ne lui as pas parlé depuis huit ans. Tu ne le connais pas. C'est une envie très humaine – l'intimité éternelle. Mais tu ne connais personne *depuis toujours* et personne ne te connaît depuis aussi longtemps.

— Je pense tout le temps à lui, dis-je d'une voix fluette.

— Tu y penses de quelle façon ? demande-t-elle d'une voix grave.

Je botte en touche :

— De *cette* façon... de cette façon qu'ont les femmes de penser aux hommes. Être avec lui, c'est quelque chose de particulier... Tu crois que c'est révélateur ?

— Qu'est-ce que tu veux que je te dise ? Je ne peux pas répondre à cette question, Bella. Cette situation est aussi nouvelle pour moi que pour toi. Je ne sais pas ce que tu devrais ressentir.

En tout cas, une chose est sûre : je ne suis pas censée éprouver du désir, ni me languir de lui, ni me trouver loyale.

— Je voudrais ne plus penser à lui. J'essaye de toutes mes forces.

— Parce que c'est un *effort* pour toi ?

— Oui. Et à chaque fois ça rate. J'essaye vraiment d'être raisonnable. J'ai même renoncé à l'alcool.

— Excellente idée.

— Oui, enfin... pas quand je suis avec Phil.

— Ce serait plus raisonnable de ne pas boire en présence de Stevie ?

— Possible.

C'est un aveu.

— Je ne sais plus où j'en suis. J'ai changé d'avis au moins cinq fois depuis que je suis arrivée.

— Et tu en es où ? Revenue au point de départ ?

— Je ne sais pas. J'ai la tête qui tourne. Aujourd'hui, quand je me suis retrouvée seule à la piscine avec lui, je me suis surprise à utiliser ce truc que tu m'avais appris pour le jour de mon mariage.

— Quel truc ?

— Tu sais : comment garder en mémoire des détails inoubliables qui ne peuvent pas être captés sur pellicule.

— Et quels détails as-tu gardés ?

— L'odeur du soleil et de la crème solaire sur la peau tiède… les reflets du soleil dans l'eau…

— Je parlais du jour de ton mariage avec Phil, rectifie brutalement Amelie.

— Oh !

Je suis prise de court.

— Eh bien… l'odeur des lys, je dirais, et le contact de la veste de Phil quand il a passé son bras autour de mes épaules dans la voiture au moment de quitter la réception.

— C'est là-dessus que tu dois te concentrer, insiste Amelie d'un ton sévère.

Je m'empresse de poser la seule question à laquelle j'ai vraiment besoin d'une réponse :

— Tu crois que c'est possible d'aimer deux hommes en même temps ?

— Non.

Réponse franche et directe.

— Mais ça arrive ! C'est pour ça qu'il y a des chansons comme « *Torn Between Two Lovers* » !

Je me mets à fredonner ce refrain où il est question de choix impossibles et de règles à enfreindre.

Amelie m'interrompt, impatiente.

— Tu m'as demandé si *je* croyais possible d'aimer deux hommes en même temps, et je ne crois pas. Le véritable amour est un sentiment trop exclusif. On peut ressentir de la curiosité, de la mélancolie, l'envie d'être désirée peut-être…

Je vois où elle veut en venir, mais ça ne me dit trop rien. J'essaye d'éveiller sa compassion :

— En tout cas, ça doit être sacrément douloureux, comme position, tu ne crois pas ? Aimer deux hommes à la fois… Surtout quand on est mariée aux deux…

— Bella ! Tout ce que je vois, moi, c'est à quel point il est horrible d'être Laura ou Philip en ce moment. Tu n'es pas amoureuse de Stevie. Je pense même que vous n'êtes pas vraiment faits pour vous entendre. C'est facile de devenir sentimentale quand on essaye de mettre un terme à une histoire.

— Mais c'est une vraie bombe, ce type !

— C'est toujours délicat de mettre un terme à une histoire quand on a affaire à un dieu du sexe. Mais ne mélange pas tout Bella. Ne mets pas en péril tout ce que tu as avec Phil juste pour une histoire de cul.

— Si c'est juste une attirance sexuelle, alors peut-être que je devrais juste me le taper, une bonne fois pour toutes, et passer à autre chose. Ça m'aiderait à mettre un point final, pas vrai ?

Je viens d'avouer mon fantasme le plus fou, sous forme d'une plaisanterie. Mais Amelie n'est pas dupe.

— On ne plaisante pas avec les liaisons extra-conjugales, Bella.

— Ce ne serait pas une liaison extra-conjugale. Je suis mariée avec les deux.

— Réfléchis juste à ce que tu viens de dire, Bella. Nom de nom, *réfléchis* !

— Oui, oui…

Je n'arrive déjà pas à me convaincre moi-même, aucune chance de convaincre Amelie.

— Faut que j'y aille !

Je raccroche au moment où Phil entre dans la chambre.

34. Shake, Rattle and Roll (Bouge-toi, vibre et remue)

LAURA

J'arrive à l'hôtel à exactement 20h45. Bella et Phil sont déjà en train de m'attendre. Philip laisse échapper un sifflement admiratif et Bella applaudit.

— Tu es magnifique ! dit Philip.

— Elle te va à merveille. N'est-ce pas, que j'ai l'œil ? dit Bella en souriant. Tu es à tomber !

Ils ont raison. Cette robe est top. Elle bruisse, tournoie et volète aux bons endroits. Je me sens à la fois hyper sexy et hyper féminine. Elle est décolletée dans le dos, et le dos est l'un de mes points forts (sujet d'innombrables plaisanteries au fil des ans : tu es vraiment belle de dos, etc. etc. Ah ah ah !) Bella, pour sa part, a choisi une robe de cocktail noire, très classique, très discrète. Je la soupçonne d'avoir délibérément opté pour une tenue sobre afin de me mettre encore plus en avant. Je suis touchée par cette preuve ultime de générosité.

Stevie revient de sa séance photo à 21 heures piles. D'emblée, ma robe produit l'effet désiré.

— Waouh ! Ce que tu es belle !

— Merci, monsieur.

Je joue avec une boucle d'oreille, essayant d'avoir l'air détendue, calme et sereine. Stevie fond sur moi, dépose un baiser sur la joue et murmure :

— Cent pour cent sublime.

Je rayonne.

— Tu n'es pas mal non plus, dans ton genre.

Stevie a gardé son costume d'Elvis. Pour les besoins de la séance photos, tous les concurrents avaient reçu la même tenue, mais j'ai cru comprendre que durant la finale, chacun serait libre de l'adapter selon ses envies. S'il nous retrouve au bar déguisé en Elvis, c'est sûrement pour nous amuser.

— Joli paquet, pour un homme blanc, dis-je en regardant son pantalon moulant.

J'éclate de rire et ne résiste pas à l'envie de passer mes bras autour de son cou. Tant pis pour l'air détendu, calme et serein.

— Tu vas te changer ? demande Bella.

— Ne fais pas ça ! s'écrie Philip en riant. Si tu gardes ta tenue, on se fera offrir des boissons pendant toute la soirée !

— Si je reste comme ça, je suppose qu'il faudra que je chante pour payer le dîner. Ça risque de devenir fastidieux quand on en sera à notre troisième bar de la soirée et que le videur me demandera de chanter « *Jailhouse Rock* » avant d'enchaîner sur « *Hound Dog* » pour faire plaisir au barman…

Comme une confirmation, il est aussitôt interrompu.

— Oh mon dieu ! Vous êtes *tellement* comme le vrai !

Ce n'est pas à proprement parler exact : Stevie n'est pas comme le vrai. Le vrai est mort ou, si vous êtes client de ces théories du complot, c'est un obèse sénile vivant sur une île quelque part. Dès lors, il est évident que Stevie ne lui ressemble pas. Stevie ne pèse que 77 kilos et ne présente aucun signe de rigidité cadavérique.

— On peut faire une photo avec vous ?

Le troupeau de minuscules et maigrelettes jeunes filles blondes tend à Bella un appareil photo puis me bouscule comme si j'étais invisible, malgré ma robe de couturier. Pour ce qui est du physique, du sourire et des gloussements, il est clair que ces femmes sont les championnes. Leurs corps musclés ont passé des heures sur des vélos d'appartement et dans des cours d'aérobic. Le temps cumulé de leur présence dans des clubs de gym doit se chiffrer en décennies. Je suis un peu soulagée de constater qu'elles semblent moins jeunes qu'au premier abord. Elles se sont habilement maquillées, leurs longs ongles sont manucurés et leurs cheveux décolorés. De loin, on leur donne une bonne vingtaine d'années, et de près au moins dix de plus.

Elles font la moue, lissent leurs plumes et prennent la pose. Elles embrassent Stevie sur la joue, prennent des photos et quelques libertés – l'une d'elles lui pince les fesses, une autre son bas-ventre. Ça avait l'air de lui plaire, en tout cas jusqu'au pincement du bas-ventre. À ce moment-là, il les a vite fait dégager.

Je salue l'incident d'un rire jovial, censé dissimuler mon envie de leur planter mes talons aiguilles dans les yeux.

Stevie décide d'aller boire un verre en tenue d'Elvis, mais il devient rapidement clair que nous n'allons pas être tranquilles de toute la soirée. Tous les gens se comportent comme s'il était le parrain de leurs enfants. On lui offre un verre en le suppliant de bien vouloir pousser la chansonnette. D'autres nous écartent – nous, ses amis et sa petite amie ! – pour le prendre en photo. Un couple a entendu parler de la finale du concours King of Kings.

— Ah oui ? dit Stevie, flatté mais essayant de paraître

décontracté. Vous avez… euh, vu une pub ou un article dans un journal ? J'ai cru comprendre qu'ils faisaient tout un battage dans les médias locaux. Loin de moi l'idée de me lancer des fleurs, mais je crois que les organisateurs ont fait un excellent boulot en insufflant une certaine envergure à cet événement.

— À vrai dire, nous sommes ici parce que nous accompagnons l'Elvis italien, lui répond l'homme.

— C'est mon frère, dit la femme en souriant. Nous sommes venus le soutenir !

— Oh, évidemment, répond Stevie en hochant la tête.

Il regarde autour de lui.

— Il est ici ce soir ? Je crois que je vois de qui vous parlez. J'ai discuté avec un Italien pendant la séance photo.

— Non, il n'est pas ici. Il se repose. Demain, c'est la grande répétition. Il préfère éviter la gueule de bois.

Je me demande si Stevie prend ça comme une tape sur les doigts.

— Hum… eh bien, souhaitez-lui bonne chance de ma part.

— Il n'a pas besoin de chance, il est très bon, rétorque la sœur.

Je résiste à l'envie de la provoquer en duel, le lendemain à l'aube. Après tout, je suis sûre que Stevie se défendra très bien tout seul quand sonnera l'heure de la compétition. J'annonce donc que nous devons y aller : nous sommes pressés d'essayer les casinos.

Nous n'arrivons pas à trouver celui par lequel nous allons commencer. Le choix est si vaste. Finalement, nous nous arrêtons sur le Bally's : il n'est pas situé à des millions de kilomètres et Philip veut voir les danseuses. Stevie n'a pas l'air de partager son excitation mais il pourra toujours se soustraire aux regards des fans. Nous décidons d'y aller à pied plutôt qu'en taxi, la soirée est si agréable. Pour tout dire, j'aime assez toutes ces têtes qui se retournent sur notre passage. Je sais, nous offrons un spectacle fascinant. Stevie est Elvis, je suis la femme en rouge (enfin, en rose-fuchsia) et Bella et Phil sont semblables à eux-mêmes : un couple magnifique.

L'arrivée au Bally's est tout aussi grandiose : nous prenons un grand escalier mécanique flanqué d'une chute d'eau, de pylônes éclairés et de palmiers géants. Je suis presque gênée de me sentir à l'aise au milieu de cette débauche de n'importe-quoi. À l'entrée du casino, un spectacle son et lumières avec turbine à vent et fontaines se déclenche. Magnifique, sans nul doute, quoique un peu répétitif pour les clients de l'hôtel.

— L'eau est une vraie vedette, ici, remarque Bella. Regardez : dans *Jubilee*, un show à plusieurs millions de dollars, le *Titanic* coule tous les soirs sur scène !

Elle est en train de lire une affiche qui représente des femmes à peine vêtues – une tenue peu convenable pour le *Titanic*.

— Quel programme ! Il faudra qu'on y aille, dis-je.

— Oui, on verra plus tard, répond Stevie. Pour le moment, on commence par quoi ?

Nous faisons face au plus incroyable enchevêtrement de lumières, panneaux, machines à sous, tables de craps, roulettes et tables de poker. La couleur dominante est le rose tirant sur le rouge : les joueurs, les boissons, les murs, les croupiers et les machines. Je ne sais pas si cette nuance rougeâtre est le résultat des éclairages ou de l'appât du gain immédiat. C'est un spectacle bruyant, tapageur, excitant.

— En tout cas, pas par le baccarat, dit Philip. J'ai lu quelque part que ce sont les tables où vont les joueurs qui parient des centaines de milliers de dollars en une fois. Des « baleines », selon le jargon des casinos.

Bella est livide – elle n'a jamais aimé jouer, même pour acheter un billet de loterie.

— C'est de la folie ! glapit-elle. De toutes façons, c'est toujours la banque qui gagne. Jouer, c'est bon pour ceux qui aiment perdre.

— Mauvais état d'esprit, ma chérie, remarque Philip. Surtout ici, à Las Vegas, en plein casino.

— C'est plus fort que moi, je déteste ces endroits.

C'est sûr, Bella ne va pas adorer se retrouver devant un tapis vert. Mais après discussion, nous réussissons à la convaincre qu'une petite partie de blackjack peut se révéler amusante. Les chances de gain sont plus élevées. L'esprit compétitif de Bella démarre au quart de tour et, peu à peu, elle se pique au jeu, surtout avec la possibilité de miser 5 dollars. Pour ma part, j'essayerais bien le poker, mais Stevie me taquine en prétendant que ce n'est pas un jeu pour moi.

— Pourquoi ça ?

— Eh bien, le langage des corps est très important au poker. Un tic, un sursaut, un rire nerveux... il y a toujours quelque chose qui trahit les joueurs. Toi, ton visage se lit comme un livre ouvert.

— Je peux tromper mon monde, quand je veux.

— Oh non !

Stevie sourit et m'embrasse.

— Chacune de tes expressions s'adresse au monde entier.

Je le fixe du regard et me demande s'il lit en moi en ce moment. S'il sait que j'ai une main imparable. Une quinte flush. Est-ce qu'il déchiffre ce que dit mon visage : je t'aime ?

Apparemment pas car il se retourne vers Bella et lui dit :

— Toi, je pense, tu serais bonne au poker.

Elle n'a pas l'air d'avoir entendu.

Nous nous accordons à chacun une modeste mise de fonds que nous nous autorisons à perdre. Stevie fait remarquer, à raison, que l'argent que nous allons perdre représente le prix de cette forme particulière de divertissement, et que nous devons le considérer comme le prix du billet d'entrée de ce parc à thèmes. Du coup, je me sens moins mal quand je glisse mon dernier dollar dans la fente de la machine à sous. À un moment j'avais gagné 17 dollars, maintenant je suis lessivée. Mais je me suis quand même bien amusée.

Les sosies d'Elvis surgissent de partout à Vegas. Hier, j'en ai repéré un en compagnie de deux danseuses, un autre devant une chapelle (difficile de dire si c'était le marié ou le pasteur), et un troisième qui lavait les voitures dans le parking près de l'héliport. Aussi suis-je assez surprise de la curiosité suscitée par Stevie ce soir. Au craps, on nous offre des lancers de dés – d'accord, ils sont perdants –, on nous paye plein de coups à boire, et le défilé des gens lui souhaitant bonne chance est ininterrompue. Ces marques d'attention sont en grande partie agréables. À l'exception des blondes qui viennent le submerger. Elles flirtent, feulent, le flattent, et me foutent sur la touche.

Elles sont tellement obsédées par Stevie que je n'apparais même pas sur leur écran radar. Elles s'amassent autour de lui et m'expulsent petit à petit. Bella affiche une expression morose : elle est désolée pour moi. Elle nous propose de quitter le casino pour nous réfugier dans un bar. Je marche devant avec elle et Phil, Stevie nous suit en essayant de se débarrasser de ses groupies.

— Ça doit être génial d'être un mec ici, dis-je à Philip qui me tend un Martini.

— Pourquoi dis-tu ça ?

— Parce qu'il y a beaucoup plus de jolies filles que de types séduisants.

— Tu penses que tu as des tendances lesbiennes ? demande-t-il en riant.

Il a l'air plein d'espoir et je sais qu'il est prêt à me proposer de filmer.

— Ce serait trop beau !

Je me demande s'ils voient à quel point je ne suis pas sûre de moi. C'est terrible, que je ne sois pas sûre de moi avec une robe pareille. J'aimerais que Bella ait une parole rassurante, mais elle regarde Stevie qui se fait photographier avec deux autres blondes autour du cou. Elle a l'air préoccupée. Philip suit son regard.

— Ah, je vois. Ne t'inquiète pas, Laura. Les filles qui ont pris d'assaut Stevie sont des blondes professionnelles. Elles n'ont rien de menaçant pour toi.

— Des blondes professionnelles ? Tu veux dire des putes ?

Je suis horrifiée, et un peu curieuse.

— Non. Ça ne va pas jusque-là. Tu ne vois pas ce que c'est parce que cette race de femmes est en voie d'extinction en Grande-Bretagne. En tout cas à Shepherd's Bush, dans ton cabinet médical et au jardin d'enfant, bref là où tu passes le plus clair de ton temps. L'unique but de ces femmes dans leur vie est de plaire aux hommes. Du moins aux hommes riches ou célèbres.

— C'est supposé me remonter le moral ?

Je vide mon Martini et en commande un autre.

— Ça doit plaire à Stevie, non ? Je veux dire, d'un point

de vue masculin, des femmes dont le seul but dans la vie et de plaire aux hommes, ça sonne plutôt bien.

— À vrai dire, il n'y a pas un homme dans les parages qui n'apprécie pas ce genre de femmes. Mais jamais il ne l'avouerait : à cause de la tyrannie du politiquement correct, ou à cause de sa femme...

Il fait un clin d'œil à Bella, qui l'écoute attentivement.

— J'ajoute qu'il n'est pas indispensable d'être blonde pour être une blonde professionnelle, ou BP. Les brunes et les rousses peuvent postuler. Évidemment, il y a de grandes chances pour qu'elles finissent par se teindre en blonde, quelle que soit leur couleur de cheveux naturelle.

— Là, tu parles de blondes idiotes. Celles-là ne m'ont pas l'air idiotes du tout.

— La BP n'est pas stupide. Au contraire. Elle est assez rusée et confiante en ses capacités pour dissimuler son intelligence, afin de ne pas inquiéter les hommes riches qu'elle connaît ou a envie de connaître mieux. La BP sait que, en secret, les hommes sont fondamentalement peu sûrs d'eux-mêmes.

J'attends que Bella donne un coup de poing à son orateur de mari et lui demande de descendre de son estrade, mais elle n'en fait rien. Elle se montre plus patiente qu'à l'accoutumée, quand il développe avec emphase une de ses théories psychanalytiques sur la pop-culture. Si ça se trouve, elle l'écoutait avec intérêt. J'espère de tout cœur qu'elle n'y trouve pas la moindre parcelle de vérité, car je respecte vraiment l'opinion de Bella au sujet des éternelles négociations de paix entre les sexes. Et la guerre des sexes n'est pas encore terminée.

— Cette femme-là ne travaille pas, reprend Phil. Son métier, c'est d'être belle pour son homme. La BP est bien foutue, avec un corps ferme et des seins achetés sur Harley

Street. Elle voue un culte à son coach personnel, à son coiffeur, à ses appareils de muscu, à son prof de yoga, à sa carte Visa Platinum, à son conseiller en shopping et à son image. Mais la triste vérité, c'est qu'un type assez malin pour la percer à jour ne s'en formalisera pas, parce que cette fille est canon. On peut voir ça comme un arrangement financier assez équitable.

— Phil, tu crois que je suis une blonde professionnelle ? demande Bella, incapable de dissimuler son effroi.

Il embrasse sa femme sur la bouche.

— Non, mon amour. Bien sûr que non.

— Mais je ne travaille pas, j'ai un coach personnel, je fais du yoga et tout le reste... Je ne suis pas comme ça, dis, Phil ?

Bella n'a rien bu ce soir, et je m'en réjouis. Sinon, elle n'aurait pas cette attitude si policée ; elle aurait déjà piqué une crise ou envoyé valdinguer un verre de vin.

— Mon amour, si Laura n'a pas reconnu ce type de femmes, c'est parce qu'elles sont très différentes de vous deux. Vous êtes d'une autre trempe : vous vous plaisez d'abord, et par conséquent vous plaisez à votre homme. Vous appartenez à cette catégorie de femmes plus classes, plus branchées, qui continuent d'aller chez leur coiffeur à une fréquence exagérée mais s'autorisent quelques kilos en trop et des seins pas forcément fermes. Elles ont envie de se plaire et que leurs amies les trouvent adorables ; ce que pense leur homme passe en second. Dans l'ensemble, je préfère nettement ce genre de femme. Elle est plus drôle quand le ton monte, et moins susceptible de fondre en larmes si on ne lui offre pas le nouveau sac à 6 000 £ qu'elle a repéré dans *Vogue.*

Phil se penche et embrasse à nouveau Bella. Cette fois, c'est un baiser appuyé, profond, qui me met mal à l'aise, avec l'impression de tenir la chandelle. J'entends Phil lui dire :

— Je te connais mieux que tu ne crois, Bella. Parfois mieux que tu ne te connais toi-même.

Puis, à mon intention :

— Laura, je ne crois pas que Stevie soit sensible aux BP. C'est toi, sa tasse de thé. Et maintenant, si on allait le libérer, histoire d'aller manger quelque part ?

35. Always On My Mind
(Toujours dans mes pensées)

BELLA

Tout à coup, il est 2 heures du matin. Le temps a filé à toute vitesse. L'essentiel de la soirée s'est résumé à une quête épuisante de nourriture. Phil et Stevie se sont mis en tête de manger dans trois endroits différents, en partie pour satisfaire l'obsession de Phil (qui voulait à tout prix découvrir les restaurants recommandés par son guide), en partie pour semer les fans de Stevie. Phil voulait tester en un soir trois spécialités servies dans trois établissements différents. Son argument : comme nous ne restons pas longtemps à Vegas, autant essayer de faire le maximum de choses. Ça se tient. J'ai accepté parce qu'avec un tel plan, il y avait peu de risques de voir la conversation se tarir ou devenir trop profonde, deux perspectives également terrifiantes. Du coup, la discussion a beaucoup tourné autour du décor des restaurants, de la distance entre deux établissements ou de la direction à suivre pour aller de l'un à l'autre. Sujets peu nocifs.

Nous avons pris notre entrée au Delmonico Steakhouse, dont la réputation tenait apparemment beaucoup à sa salade de crevettes au parmesan servie avec des frites aux truffes. Ça avait l'air délicieux. J'ai réussi à en avaler quelques bouchées. Puis nous sommes allés au Nobu, dans le Hard Rock Hotel, pour manger des sushis. Ils servaient justement mon plat préféré : du cabillaud mariné dans le miso. Malheureusement, je n'avais plus faim. Quant aux sushis, ils se sont révélés décevants. Il semblerait aussi que le dégoût éprouvé par Stevie devant les huîtres s'étende à toute forme de poisson autre que le cabillaud pané. C'est drôle, ses goûts n'ont pas vraiment évolué en huit ans. Moi, les sushis, c'est mon péché mignon. Selon Laura, c'est impossible de ne plus avoir faim après en avoir mangé. Sa remarque sur les appétits à satisfaire n'était sans doute pas innocente, mais je n'ai pas relevé. Imaginer les envies que Stevie satisfait pour elle me rendait malade de jalousie.

Notre tournée des grands ducs s'est achevée au MGM Grand avec un pudding à la crème. Qui n'a même pas réussi à me faire craquer. Phil et Laura, qui avaient bu avec une belle constance toute la soirée, se sont partagés ma part. Le MGM Grand Hotel offre tout un panel de divertissements, depuis les lions vivants qui accueillent le visiteur à la réception jusqu'aux danseuses topless sur scène (dont beaucoup ont l'air plus féroces que les lions). Pourtant, sur le coup de 1 heure du matin, nous avons tous convenu qu'il était temps de retourner à l'hôtel – mais pour des raisons différentes : Stevie avait répétition générale le lendemain soir, et commençait à s'en vouloir de ne pas être aussi consciencieux que son concurrent italien. Phil voulait rentrer parce qu'il était saoul, que la tête lui tournait et qu'il espérait avoir encore droit à un câlin. Il n'imagine pas ce qui m'a poussé à me jeter sur lui hier soir. La nature inattendue de cette pulsion – qui défiait les probabilités, surtout après les nuits que nous venions de passer – lui laissait croire à une nouvelle partie de jambes en l'air. Eh oui ! Phil appartient à cette catégorie d'hommes pour qui le verre sera toujours à moitié plein.

Laura, pour sa part, suivait à peu près le même cheminement de pensée. Je n'ai pas cessé de la surprendre en adoration devant son Stevie. Je ne sais pas ce qui me gêne le plus : l'idée de faire l'amour avec Phil ou l'idée que Stevie puisse faire l'amour avec Laura. Deux actes qui s'inscrivent dans l'ordre naturel des choses. Qui, par conséquent, ne devraient pas me déranger. Pourtant ils me dérangent. Aussi exécrable que cela paraisse, le fait que Stevie ait des groupies me gêne, le fait qu'il couche avec Laura me ravage.

Le sexe est en train devenir pour moi un terrain glissant – sans jeu de mots scabreux. Je ne fais presque plus l'amour avec Phil car je me surprends à penser à Stevie et qu'alors je me sens comme la dernière des traînées. Se considérer comme la dernière des traînées a une fâcheuse tendance à gâcher l'ambiance. Et si je ne m'envoie pas en l'air avec Stevie, c'est que… eh bien… que dire ? Il est avec Laura, je suis avec Phil, ou bien l'occasion ne s'est pas présentée ? Je commence à me détester car je m'aperçois que la véritable raison est la troisième.

Pour moi, le sexe est toujours allé de pair avec l'amour. Bien sûr, il m'est déjà arrivé de baiser deux ou trois fois sans amour, mais j'attribue cela à mon éternel optimisme, plus fort que des preuves flagrantes d'absence de sentiment. Chez moi, c'est une règle : je ne couche pas avec des hommes dont je ne suis pas amoureuse, ou sur le point de tomber amoureuse, ou en tout cas dont je pense être amoureuse quand nous en serons à prendre le petit déjeuner ensemble. C'était important d'avoir ces principes à l'époque où je travaillais dans des bars et des clubs, sans quoi la tentation était grande de ramener à la maison, chaque fois que je me sentais seule, un nouveau client au sourire charmeur. Je ne me suis jamais envoyée en l'air simplement parce que j'en avais envie. Pour moi, l'envie de sexe n'est pas comparable à la faim, la soif ou la fatigue. Ce n'est pas un appétit qui demande à être immédiatement comblé. En tout cas ce n'est pas écrit dans mon mode d'emploi.

En d'autres termes, je *dois* être en train de tomber amoureuse de Stevie, pas vrai ? Parce que je n'arrête pas de penser à lui et au sexe. D'avoir envie de me le taper. Comment c'était, comment ça pourrait être. L'autre nuit, j'ai fait un rêve assez dégueu où je nous voyais en train de le faire, debout contre un mur. Comme je pouvais m'y attendre, au début du rêve c'était le mur de la salle de gym du lycée. C'était frénétique, rapide, hallucinant. Ses baisers étaient violents et sombres. Étourdissants. Ses lèvres se fondaient dans les miennes, nous nous embrassions avec une telle force que j'en avais des bleus. Il s'est débattu avec sa fermeture Éclair puis a plongé en moi. Ses yeux étaient verrouillés dans les miens, il ne me lâchait pas. Pas une seconde. C'était une sensation incroyable, essentielle, évidente. Puis le mur s'est transformé. C'est devenu un mur de l'hôtel, le mur de la réception, un mur quelque part dans ma conscience. J'ai compris que ce rêve érotique n'était pas seulement un flash-back salace : je voulais faire l'amour avec Stevie *maintenant*. Je me suis réveillée, et Philip aussi : il était inquiet de me voir en sueur, haletante et apparemment effrayée.

J'ai toujours respecté mon subconscient.

J'ai passé une bonne partie de la soirée à ne pas m'imaginer faisant l'amour avec Stevie. Seigneur… comme si c'était facile, quand il porte sa tenue d'Elvis…

En rentrant à l'hôtel, j'ai dit à Phil que je n'étais pas

fatiguée et que j'avais envie de me dégourdir les jambes avant de monter. Il a eu l'air déçu mais a acquiescé.

Après toutes ces heures passées dans des casinos des restaurants bruyants, tape-à-l'œil et tonitruants, pour ne rien dire du Strip, les jardins de l'hôtel sont un paradis. Je déambule entre les buissons taillés en forme de sculptures abstraites, admire d'un œil distrait les bambous et l'allée en ardoises mais je ne tarde pas à tomber sur un bar à ciel ouvert. Las Vegas ne manque pas une occasion de gagner de l'argent, d'intoxiquer, d'amuser, de séduire et d'exciter. Je voulais me vider la tête de tout ce clinquant criard et lugubre, et voilà que je me laisse tomber sur le premier tabouret de bar qui se présente...

Je n'ai plus aucune volonté. Je demande un brandy au barman. Je ne bois jamais de brandy, mais j'ai le sentiment que c'est ce qu'on boit quand on traîne dans le jardin d'un hôtel de Las Vegas aux petites heures du matin. Mon verre est rempli généreusement – une coutume locale.

— Soirée bien occupée ? dis-je au barman.

Je sais, en ce moment j'ai besoin d'une seule chose : me retrouver seule avec mes pensées. Perspective tellement accablante que je préfère harponner un parfait inconnu. Ça n'a rien de très glorieux, et c'est sans doute ce qui m'attire.

Aux États-Unis, adresser la parole à un employé de bar peut entraîner deux réactions : soit il se comporte comme si vous étiez son frère ou sa sœur dont il a été tragiquement séparé à la naissance, et il se jette sur vous pour vous abreuver du récit de sa vie ; soit il vous traite comme quelque chose de nauséabond dans quoi il vient de marcher. Par chance, je tombe sur un barman de la première catégorie. Je ne crois pas que j'aurais pu supporter quelqu'un qui aurait confirmé l'image que j'ai de moi.

— Pas si occupée que ça, non. Juste trois mariages.

— Trois ? C'est déjà pas mal.

— Le week-end, ça peut aller jusqu'à cinq ou six. En semaine, c'est plus calme. Ce soir, c'était plutôt touchant. Il y avait notamment un marié et une mariée qui avaient l'air de se connaître assez bien.

Le barman esquisse un sourire qui se termine en haussement d'épaules.

— Formidable, dis-je, même si je me demande ce qu'il y a de formidable à trouver qu'un mariage est « touchant » dès lors que les mariés ont l'air de se connaître « assez bien ».

Mais après tout, qui suis-je pour juger ? Je ne suis pas vraiment un modèle en matière de mariage.

— Croyez-moi, reprend le barman d'un ton de conspirateur, ce n'est pas toujours le cas. Vegas compte cinquante chapelles, dont la plupart sont ouvertes tous les jours de 8 heures à minuit, et 24 heures sur 24 pendant les vacances. Beaucoup de gens faibles ou écervelés ne résistent pas à ce genre d'invitation. Vous savez qu'en moyenne, 377 couples se marient chaque jour à Vegas ? Le jour de la Saint Valentin, les robes blanches envahissent la ville. Je me demande combien de couples tiennent…

— Impossible à dire ou à estimer.

— Sauf votre respect, m'dame : c'est des conneries. Vous savez, quand un homme et une femme veulent un mariage express, c'est qu'ils ne sont pas vraiment attachés l'un à l'autre, ou qu'ils ne croient pas au sacrement du mariage. Il y a une chapelle qui propose des chambres où on peut dormir dans un cercueil avec une pierre tombale comme têtes de lit. Avec ça, on voit bien quel genre de couples se marient à Vegas.

— Des fans de musique gothique ?

Brusquement, je me sens prête à défendre tous les gothiques du monde qui s'aiment sincèrement mais ne veulent pas d'un mariage à l'église. Réaction curieuse de ma part, moi qui jusqu'à présent les considérais plutôt comme des gens à peu près cinglés et d'une hygiène douteuse.

— Dans la même chapelle, il y a une chambre Al Capone avec, dans un placard, une silhouette en carton d'un groom bâillonné et ligoté. Qui va prendre ce genre de chambre ? Les futurs ennemis publics n°1 de l'Amérique ? Des chefs du crime organisé ?

Je trouve la chambre Al Capone un peu plus difficile à défendre. Je me contente donc de boire mon brandy en silence.

— Je parie qu'un femme classieuse comme vous a fait les choses dans les règles : entourée par vos amis, votre famille, sous une pluie de fleurs et de confettis. Je parie que votre mariage s'est déroulé à l'église, suivi d'un dîner assis organisé sous un grand chapiteau. Je me trompe ?

Le barman vient de décrire à la lettre mon mariage avec Phil. Je pourrais ajouter que j'ai marché jusqu'à l'autel au son du *Chœur des Fiançailles* de Wagner et que j'en suis revenue au son de la *Marche nuptiale* de Mendelssohn, tandis que les cloches carillonnaient. Il y avait des confettis, du champagne, un dîner assis à cinq plats, un orchestre, un quatuor à cordes et un type chantant du Sinatra. À minuit, nous avons admiré le feu d'artifice en mangeant des sandwiches au bacon. C'était, à tout point de vue, un mariage parfait, une cérémonie et un spectacle magnifiques.

D'habitude, quand je parle à des inconnus – et aussi, du reste, à certains de mes amis les plus proches et les plus chers –, je trouve que la meilleure attitude à adopter est de faire le moins de vagues possible. Ainsi, quand le cher petit vieux chez le teinturier a vu en moi « une de ces poulettes qui font carrière dans la haute finance », je n'ai pas cherché à le dissuader. Idem pour les chauffeurs de taxi londoniens qui pensent que, comme eux, je ne suis pas contre « une bonne taloche de temps en temps pour calmer les gosses ». Je *suis* contre, j'ai ma carte de membre de la Ligue Nationale Contre l'Enfance Maltraitée, mais je n'ai pas le courage de contredire mon chauffeur. Dans les soirées, je rencontre des gens qui sont persuadés de me passionner en me parlant de ce magasin qui vend du linge de lit sublime, ou des vertus thérapeutiques de l'artichaut, ou du péril que les charançons de la vigne font courir à nos jardins… C'est dégoûtant. Rien de tout cela ne m'intéresse. Phil est persuadé que je veux au moins quatre enfants ; je trouve que deux suffisent largement ! Mais à ce train-là, combien va-t-il m'en faire ?

Je n'ai jamais cherché à savoir pourquoi je suis si réticente à l'idée d'exposer mes points de vue. Au mieux, je me dis que je suis polie, et au pire que je n'ai pas envie de m'embêter à discuter avec des gens dont les préoccupations et les idées me paraissent franchement grotesques.

Je me demande, tout de même…

Je retire mes chaussures et frotte mes plantes de pied douloureuses. Pourquoi les femmes continuent-elles de porter des talons aiguilles ? Personne n'a encore inventé une chaussure qui serait à la fois sexy et confortable ?

La vérité, c'est que mes opinions ne cessent d'aller et venir. Je ne sais pas ce que je pense, ce que je représente ni même qui je suis. Parce que je suis *deux femmes*.

Je suis Belinda McDonnel, une gamine maigrichonne originaire de Kirkspey. Je porte de vieux vêtements – au mieux, des fringues de petite pétasse achetées pas cher au marché. Je vis dans une maison à deux chambres, si petite que la salle de séjour, comme l'appelait ma mère, est devenue ma chambre. Ultime concession de ma famille à la respectabilité, sans quoi j'aurais dû partager une chambre avec mes deux frères. La télévision et la table sont entassées dans le salon avec la moto de mon frère et un canapé. Nous n'avons pas de lave-linge, le linoléum dans la cuisine est poisseux, les tapis usés jusqu'à la trame et les toilettes installées dans la cour. Qui croirait que cela existe encore ?

Je suis Bella Edwards, une femme sophistiquée qui ne jure que par les étiquettes de grands couturiers et dont les sacs à main et les chaussures remplissent un dressing complet. J'habite une maison gigantesque de quatorze pièces. La cuisine et la buanderie sont équipées du matériel le plus sophistiqué – broyeurs d'ordures, chauffage par le sol, frigidaire qui fabrique des glaçons. Les quatre toilettes – toutes les quatre *à l'intérieur* de la maison – ont des cuvettes à siège chauffant. De vous à moi, je trouve les sièges chauffants un peu *too much* en matière de luxe. J'ai toujours l'impression que quelqu'un s'est assis juste avant moi et a prolongé son séjour suffisamment longtemps pour chauffer le siège. Une pensée vraiment déplaisante. Qui me ramène à Kirkspey. Je n'ai pas dit à Phil que je détestais les cuvettes WC chauffantes pendant qu'il les faisait installer à grands frais. J'aurais dû.

Comment est-il possible que je sois encore Belinda McDonnel ? Pourquoi, contrairement à ce que j'avais espéré, les étiquettes de grands couturiers ne me protègent-elles pas comme une armure ?

Je ne suis pas prête à répondre à ces questions. Ni maintenant, ni jamais. Mais je ne suis pas non plus prête à laisser ce barman hautain juger et condamner, supposer et exécuter, sans le régaler du récit de mon mariage *légal.*

Je me lance bille en tête dans une riposte.

— Eh bien, voyez-vous, la « femme classieuse » s'est mariée dans un bureau de l'état-civil de la mairie d'Aberdeen. C'est en Écosse. Je portais un jean Levi's acheté dans une friperie. Avec un revers, c'était la grande mode à l'époque. Et des Doc Martens avec des lacets à carreaux. Quant à la tradition, j'y ai rendu hommage par le biais d'un ravissant chemisier bleu qui avait appartenu à ma mère.

L'une des rares jolies choses qui lui aient jamais appartenues.

— Je portais une brassée d'œillets, achetée une fortune – tout est relatif – à un fleuriste sur la grand-rue. Ce n'était pas ce que vous appelleriez un bouquet, c'était vraiment une brassée. Les témoins, on les a dégotés dans la rue. Une femme d'une quarantaine d'années était en route pour aller chez le dentiste, mais elle nous assuré qu'elle ne voyait pas d'inconvénient à arriver en retard. Elle n'aimait pas les dentistes et n'avait pas été invitée à un mariage depuis des lustres. L'autre témoin était un homme, la trentaine, au chômage. Il n'avait rien de mieux à faire. La cérémonie dura en tout et pour tout dix minutes. Puis nous avons échangé nos adresses avec nos témoins et, les deux années suivantes, nous leur avons envoyé une carte à Noël. Notre repas de mariage s'est déroulé dans un Pizza Hut. À l'époque, déjà, ils avaient une formule « tout à volonté ». Nous étions étudiants : ce genre de détails avait son importance. Nous avons fini par un pudding au caramel bien sucré. J'avais dix-neuf ans. J'étais très amoureuse.

Malgré la longueur de ma tirade, le barman est captivé. Il a un sourire béat, me ressert deux grands verres de brandy et les pousse vers moi.

— Waouh ! Sacré histoire, madame ! Vous venez de me redonner foi en l'amour jeune et impétueux ! C'est épatant que vous soyez ensemble depuis tout ce temps. Tenez, c'est ma tournée.

Et il part essuyer ses verres.

Je reste quelques secondes perplexe. Puis je remarque un bras passé autour de ma taille. Je me retourne et tombe nez à nez avec un Stevie à peu près aussi rayonnant que le barman.

— Oh, dieu merci c'est toi !

Le soulagement est violent – pour un peu je tournerais de l'œil.

— Tu imagines si Phil s'était glissé derrière moi et avait tout entendu ?

— Je ne me suis pas « glissé »... Je n'arrivais pas à dormir alors je suis venu me changer les idées. Je ne te cherchais pas.

Il se défend avec trop de conviction. Je ne le crois pas.

— En tout cas, belle histoire.

Je rougis.

— Je me suis laissée un peu emporter.

Je repasse dans ma tête tout ce que je viens de raconter au barman. Je me sens mortifiée, en songeant que Stevie m'a entendue évoquer tous ces détails. Dire que j'avais essayé de lui faire croire que cette journée ne m'avait laissé aucun souvenir... *Et*, comme si je n'étais pas assez troublée, son bras n'a toujours pas quitté ma taille.

Ça m'excite.

Le contact de sa peau me brûle à travers ma robe. Je tressaille. Les mains tremblantes, je bois une gorgée de brandy.

— Le barman s'est mis à déblatérer sur les gens qui se marient sur un coup de tête. Je ne voulais pas le laisser croire que tous ces mariages comptent pour du beurre et se terminent tous en fiasco.

— Oh ! Pourtant, tu penses que le notre compte pour du beurre et qu'il s'est terminé en fiasco.

— Ce n'est pas *exactement* ce que j'ai dit.

Mais Stevie ne veut pas me détacher de son hameçon.

— Dans ce cas, ça te va si nous lui laissons croire que nous sommes toujours un couple heureux, dix ans plus tard ?

Je hausse les épaules. Une fois encore, je ne suis pas arrivée à être totalement honnête vis-à-vis de la situation ni fidèle à la réalité. Une pilule particulièrement amère à avaler, dans la mesure où je m'essayais à un aveu honnête.

— Je me suis arrêtée là dans mon histoire. La fin en « happy end » dépend de la page où tu refermes le livre, dis-je d'un ton léger.

Puis, changeant habilement de sujet :

— Tu n'as plus ton costume d'Elvis ?

— Non. Les organisateurs l'avaient emprunté à je ne sais quel sponsor et ils devaient le rendre dans un état impeccable. Je n'aurais pas dû le mettre ce soir. Si j'avais renversé quoi que ce soit dessus, ç'aurait été un désastre.

— Alors pourquoi l'avoir gardé ?

— Je crois que Laura aimait bien toutes les réactions que ça a provoqué.

— Tss tss… Laura a trouvé que l'omniprésence de tes fans était insupportable.

Et moi donc.

— C'est toi qui voulais être le centre d'attention de la soirée.

— Non, je t'assure. Contrairement à toi, Laura adore mon numéro d'Elvis. Vraiment. Laura m'aime pour ce que je suis. Elle se fiche bien que je sois imitateur du King, professeur, mendiant, tailleur, soldat ou marin. Pour elle, ça revient au même.

Je reçois la critique cinq sur cinq et décide de ne pas répliquer – ça aurait quelque chose d'indigne. Nous prenons les verres de brandy et marchons vers une table métallique avec deux chaises. D'un accord tacite, nous avons choisi la table la plus éloignée du groupe de clients attardés réunis bruyamment autour de la platine du DJ et de quelques bières.

Nous nous asseyons sous un olivier. Les oliviers sont devenus un élément de décoration à la mode dans des dizaines de bars branchés, et c'est pure coïncidence si nous avons pris place précisément là. Mais je ne peux pas m'empêcher de penser au symbole et je réprime un petit rire.

— Qu'est-ce qui te fait sourire ? demande Stevie.

— Rien.

Sans raison particulière, je lui tire la langue.

— Tu as vraiment 12 ans d'âge mental, parfois, rétorque-t-il, mais en souriant lui aussi.

— C'est agréable par ici, non ? C'est un vrai luxe, de pouvoir s'asseoir dehors dans une nuit si tiède.

— Et ça fait du bien d'être à l'écart de la clim et du bruit.

Je suis entièrement d'accord avec lui, mais ce n'est pas la peine de le lui dire. Je lui demande :

— Ta journée a été bonne, sinon ?

— J'ai bien aimé notre matinée à la piscine.

Comment se fait-il qu'à chaque fois, j'oublie combien une conversation avec Stevie peut se révéler dangereuse ? Cette façon insupportable qu'il a d'être franc…

— Et j'ai bien aimé mon après-midi à la piscine avec Laura, reprend-il.

Qu'est-ce que je disais : d'une franchise insupportable. Je détourne les yeux pour dissimuler ma douleur. Je ne devrais pas avoir mal. Stevie apprécie la compagnie de sa petite amie, c'est une bonne chose.

Une bonne chose qui me fait un mal de chien.

— Ça t'a plu, de jouer au casino ?

— Une sacrée partie de rigolade ! Et toi ?

— J'ai détesté. Mon problème, avec les casinos, c'est qu'ils me rappellent les salles de jeux vidéo – des endroits horribles. Le fracas incessant des machines, la musique ringarde, les néons colorés, les chewing-gums collés par terre comme de la petite monnaie… Je détestais ça, quand je voyais des types ivres morts essayer de les attraper, pensant que c'était leur jour de chance. Ce n'était jamais leur jour de chance – ce ne le sera jamais.

— Tu parles de Blackpool, là, me fait remarquer Stevie.

Je me sens gênée. Comment a-t-il deviné ? Je ne veux pas parler de Blackpool. Nous n'en avons jamais parlé et ça va très bien comme ça.

— Las Vegas ressemble à Blackpool, dis-je, maussade.

— Non, pas du tout. Ici, tout est glamour, tout est excitant… Aucune ville natale n'est aussi glamour.

— Moi, je vois partout le même espoir désespéré.

Stevie soupire et renonce à prolonger le débat. Nous restons silencieux jusqu'à ce qu'il ajoute d'une voix calme :

— Cette soirée était quand même pénible. Tout cette situation me tue.

Lui aussi, il avait ressenti ça ? Ce malaise, chaque fois que Laura le touchait ou l'embrassait ? Ce malaise, que j'éprouvais aussi quand Phil m'accablait de compliments ou de marques d'attention ? Est-ce qu'il avait eu envie de se tourner vers moi pour me parler, avant de se rappeler qu'il devait se bâillonner pour ne pas nous trahir ? Avait-il observé les couples dansant sur la piste en se demandant ce que ce serait, de danser avec moi ?

Peut-être…

— Cette situation est horrible, pathétique, et je préférerais être en enfer plutôt qu'ici. Et je t'en veux de m'avoir mis là-dedans…

— Je suis désolée, dis-je pour la millionnième fois.

— Tu m'as dit ça des millions de fois.

Involontairement, un rire m'échappe.

— Qu'est-ce qu'il y a de drôle, encore ?

— J'étais en train de penser exactement la même chose. Ça nous arrive souvent, j'ai remarqué.

Il me semble inutile de préciser qu'il nous arrive encore plus souvent de ne pas être d'accord sur des questions fondamentales ou insignifiantes. Le moment ne serait pas bien choisi.

Stevie lève les yeux vers le ciel obscur et soupire.

— Je me sens tellement embrouillé, Bella. Un coup tout va bien, on est amis – n'est-ce pas ?

— Oui.

Je souris.

— Et soudain, sans prévenir, nous devenons des ennemis.

Il me regarde.

— Qu'est-ce que nous sommes ? Qu'est-ce que nous pouvons être ?

— Je ne sais pas.

Il y a une autre possibilité, bien sûr, mais elle est classée X et je ne peux pas me résoudre à lui en faire part. Je tends la main vers Stevie et lui serre le bras. Mais je n'arrive pas à retirer ma main. J'attends qu'il la repousse. Il n'en fait rien.

De nouveau, le silence retombe entre nous. J'espère

qu'il le perçoit comme un silence détendu. Parce que pour moi, il est chargé de tension sexuelle, et je sais que c'est mal mais en même temps il y a un petit quelque chose qui fait que c'est bien. Je regarde les lèvres de Stevie et je pense que j'ai envie de les embrasser. Pas d'un doux baiser tendre. Je veux me jeter violemment sur lui. Je remarque que ses bras sont bronzés à présent, et un peu roses au niveau du creux entre le bras et l'avant-bras. J'ai envie de l'embrasser là, dans le creux. J'ai envie de l'embrasser partout.

Ces verres de brandy me sont montés à la tête. Je comprends pourquoi je suis censée ne plus boire d'alcool.

Je retire ma main et la glisse sous ma cuisse. Me trouver ici en compagnie de Stevie me chamboule complètement. La chaleur du brandy dans mon ventre commence à faire fondre les cellules de mon cerveau… La douceur de l'air nocturne est un délice… C'est un moment suspendu qui, isolé dans le temps, serait parfait. Vu à une grande échelle, c'est un désastre.

Le temps nous est compté, à Stevie et à moi. Ce matin, c'était du temps emprunté ; ce soir, du temps volé. Quelque part dans un tribunal (quel qu'il soit) de Londres, se trouve un document signé de notre main stipulant que nous voulons divorcer. De la même façon, pendant des années, un document dans un bureau de l'état-civil à Aberdeen indiquait que nous nous étions mariés. Ces deux documents signifiaient à la fois tout et rien. Dans un délai de deux mois, un jugement définitif établira que nos chemins confus sont à jamais dissociés. Et tout sera terminé. Soudain, ce soir m'apparaît comme ma dernière occasion de poser cette question qui m'a tenue éveillée durant tant de nuits, après que j'eus plié bagage et pris la fuite pour Londres.

— Qu'est-ce qui t'a poussé à devenir un imitateur d'Elvis, Stevie ? Comment se fait-il que tu en aies eu tellement envie ?

— Tellement envie, au point de te faire fuir, c'est ça ?

Il a raison. Sans Elvis, ça aurait pu marcher entre nous. C'est pour ça que j'ai besoin de sa réponse. Je commence à retracer son histoire, espérant provoquer en lui le besoin de me donner cette explication si longtemps retardée.

— Tu as toujours aimé Elvis, même quand tu étais gosse. Quand tu es venu vivre à Kirkspey, déjà, tu étais un vrai fan.

— C'est clair. Tu te rappelles toutes les heures qu'on a passées à regarder ses vieux films, à écouter toutes ses chansons ?

— Oui.

À l'époque, la passion de Stevie pour Elvis et sa connaissance quasi obsessionnelle de l'univers du King m'avaient paru séduisantes.

— Ensuite tu es entré en fac…

— … et c'était génial.

— Mais tu ne donnais pas de concerts.

— Non. J'ai commencé à apprendre des tas de choses sur le Cheval de Troie, et à passer beaucoup de temps dans les pubs.

— C'est ce que je dis, Stevie. Je te voyais comme un homme de la Renaissance. Tu étudiais la musique, ton temps libre était consacré à la lecture de l'*Iliade* et de l'*Odyssée*, tout en continuant d'aller au pub avec tes amis. Tu as vraiment décroché un bon diplôme – et voilà que tu te mets en tête de devenir sosie d'Elvis.

J'essaye en vain de cacher mon exaspération.

Stevie me répond avec un mince sourire.

— Imitateur, s'il te plaît. Crois-moi, Belinda…

— Bella, s'il te plaît.

— Crois-moi, Bella, chanter quelques vers de *« Love Me Tender »* me semble bien plus enrichissant que tout ce que j'ai pu apprendre à l'université. Même si ça m'oblige à porter une perruque et un pantalon pattes d'éléphant.

Je suis consciente du fait qu'il tente de rester dans le badinage, mais son ton blagueur ne fait que m'énerver davantage.

— Pourquoi tu ne cherches pas tout simplement à exprimer tout ton potentiel, à être toi-même ?

— … dit la femme qui a changé de nom, de coupe de cheveux, d'accent et de maison, mais a omis de laisser sa nouvelle adresse à son mari.

Brutalement, l'air ne me paraît plus si clément. Je vois où Stevie veut en venir mais ça ne m'empêche pas de le regarder de travers. C'est même précisément parce que je vois où il veut en venir que je me montre si brutale avec lui. Je remarque que mon verre est vide. Je fais signe au barman qui nous apporte bientôt deux cocktails multicolores. Je n'ai aucune idée de ce que je bois. J'aurais dû manger une part de ce pudding à la crème, pour me lester l'estomac. Le barman a eu la même idée que moi car il nous apporte aussi un bol de noix de cajou. J'en mets une pleine poignée dans ma bouche mais je sais qu'elles ne peuvent rien pour moi.

Je respire profondément, tentant de cacher ma confusion.

— Est-ce que je peux te poser une question, Belinda ?

— Tout ce que tu veux.

— Si je ne t'avais pas retrouvée par le biais de Laura, quand est-ce que tu aurais eu l'idée de me recontacter ? À moins que tu aies juste pensé que toute cette affaire allait disparaître comme par enchantement ?

— Dernière hypothèse.

Je soupire.

— Mais le dossier allait se clore de lui-même, je te rappelle : notre temps était presque écoulé.

— L'horloge biologique ?

Je bouillonne intérieurement. Je déteste quand les hommes se mettent à parler d'horloge biologique, ou d'hormones, ou de cycle menstruel. En général, ils ont cette expression dédaigneuse et hochent la tête d'un air d'avoir tout compris. Alors qu'en fait c'est tout le contraire.

— Pas la mienne. Celle de Phil.

— Non. Tu n'as jamais eu l'instinct maternel.

Il boit une gorgée de cocktail, manifestement inconscient de mon envie de lui crever les yeux avec la petite ombrelle en papier. Notre confiance et notre confort sont si facilement menacés.

— Tu ne sais rien de moi, dis-je avec hargne.

— Je suis ton mari, déclare-t-il.

— D'un point de vue technique. Rien de plus.

Soudain, j'ai envie de prendre mon sac et de partir en trombe pour aller me réfugier dans ma chambre. Je veux fuir cette horrible intimité insidieuse, ce discours frontal, cette atmosphère dangereusement propice à l'introspection. Je voudrais courir, courir, mettre de plus en plus de distance entre lui et moi. Mais je ne bouge pas.

— Philip meurt d'envie d'avoir des enfants. Ça devenait de plus en plus difficile de lui expliquer mes réticences… Mais comment pourrais-je avoir des enfants avec lui ? Cela reviendrait à plonger ces nouvelles vies dans ce vaste gâchis qu'est mon passé… Les parents ne devraient jamais faire ça. Le rôle des parents, c'est d'éviter le gâchis à leurs enfants. Je savais que je ne pouvais pas être légalement mariée avec toi et avoir des enfants de Philip. Et puis…

Est-ce que j'ai vraiment envie de continuer ?

— Et puis quoi ?

— Eh bien, même en supposant que le problème de la bigamie soit résolu, je suis toujours angoissée à l'idée d'être une mauvaise mère. Je manque un peu d'exemple...

— Tu seras une mère formidable, Belinda, m'assure Stevie d'un air pénétré.

— Merci. Tu seras un père génial.

Apparemment, mon cerveau n'a pas été consulté avant que mes lèvres n'articulent cette assertion un peu brutale. Sous le compliment, Stevie irradie de plaisir.

Je me jure de ne plus ouvrir la bouche au moment même où ses lèvres rencontrent les miennes.

Nous nous embrassons. Pendant combien de temps ? Je ne sais pas. Une fraction de seconde ou plusieurs minutes. Un baiser tellement délicieux... Il dépasse à toute vitesse les huit années écoulées, mon histoire, mes responsabilités et, oh mon dieu, ma moralité. C'est un baiser qui rime avec *sexe*. Comme tous les baisers de Stevie. Ils me rendaient folle quand j'étais plus jeune. Décuplaient mon envie de lui par les chaudes nuits d'été, quand je dormais seule chez mon père la fenêtre ouverte, laissant pénétrer les bruits du soir et la promesse d'un avenir. Une brise, c'était ça ma promesse, et elle portait toujours la même question : Et si ? et si... ?

Je ne vais pas céder. J'en ai envie. Oh oui, j'en ai envie, et c'est mal, mais pas autant que si je passais à l'acte. Je sais comment il est (ferme), quel goût il a (salé, sexy). Je connais chaque courbe, repli, creux de son corps tellement adorable. Et il y a autre chose. Je sais que baiser avec lui – même si c'était fabuleux à l'époque – doit être *encore meilleur* aujourd'hui. J'ai pu m'entraîner avec d'autres hommes, depuis – pas des masses, quelques-uns. Au tout début… j'étais sans doute plus appréciée pour mon énergie que pour mon expérience. Aujourd'hui, j'ai davantage confiance en mon physique, ce qui est assez paradoxal dans la mesure où ma peau n'est plus aussi douce et où mes seins se sont… comment dire… détendus ? Oui mais voilà : désormais, je sais exactement comment déclencher les bonnes vibrations aux bons endroits.

Et, ne nous voilons pas la face : Stevie a sans doute appris deux ou trois trucs en plus.

Oh mon dieu ! Nous pourrions nous envoyer en l'air en beauté ! Avec passion. Avec intensité…

— Phil, dis-je en repoussant Stevie à peu près au moment où je l'entends murmurer : « Laura ».

Nous nous détachons et je me saisis de mon cocktail – toujours préférable au corps de Stevie.

— Stevie, c'est impossible.

— Nous sommes mariés. Sur le plan légal, nous ne faisons rien de répréhensible, dit-il, pointant du doigt la lacune juridique à laquelle nous pensions tous les deux.

— Oui mais sur le plan moral, nous puons.

Il soupire.

— Ton sens moral me laisse perplexe, Bella. Tu as trouvé plus facile d'être devant l'autel et d'accepter d'épouser Philip ? Tu n'as pas bronché en entendant le prêtre dire « si quelqu'un connaît une raison légale pour laquelle cette union ne pourrait pas être célébrée… », etc. etc. ?

— Je sais que c'est confus, Stevie. Moi-même je me sens très confuse.

Je me lève en chancelant un peu. Je marche d'un pas titubant, Stevie doit penser que c'est à cause de l'alcool. Mieux vaut qu'il ne sache pas la véritable raison. Son baiser était le plus dévastateur que j'aie reçu de ma vie. Je pense qu'il est gravé en moi pour toujours.

Il m'attrape par la main et nos doigts s'enlacent spontanément, comme s'ils avaient gardé le souvenir de leur étreinte.

— Pourquoi tu me fais toujours autant d'effet, après toutes ces années ? Si j'étais vraiment heureuse avec Philip, tu ne pourrais pas t'approcher de moi.

— C'est vrai.

— Pourquoi en ai-je tellement envie ?

— Parce que je suis irrésistible.

Stevie veut avoir l'air effronté et sûr de lui, mais il joue. Je le connais. Il est désespéré, il a perdu tous ses repères.

— C'est l'heure d'aller au lit.

— Excellente idée.

— J'y vais *toute seule*, Stevie.

Il serre ma main, puis l'embrasse.

— Moi non plus je ne devrais pas penser à toi. Je devrais penser à Laura, ou me concentrer sur le concours… mais tu as pris possession de moi. Si seulement je ne t'avais pas entendue parler au barman.

— Je ne savais pas que tu écoutais.

— J'en suis sûr. Tu n'aurais jamais ouvert ton cœur.

Ses yeux vrillent ce qu'il reste de raison en moi.

— Retrouve-moi demain, Belinda. Nous avons encore tant de choses à tirer au clair. Tant de choses que je ne comprends pas.

— C'est de la folie.

Je retire ma main. Nous nous sommes embrassés sous le coup de l'alcool. C'est vrai, nous avons franchi la ligne mais c'était une bévue, pas une cruauté préméditée.

— Je ne peux pas te rejoindre, dis-je en secouant la tête.

— Tu me le dois, Belinda. Il ne s'agit pas seulement de toi. Je serai à la réception à 9 heures. Je t'attendrai.

36. Any Day Now
(D'un jour à l'autre)

Vendredi 9 juillet 2004

STEVIE

Putain, putain, putain…

La situation pourrait-elle être encore pire que ça ? Qu'est-ce que j'ai fait ? Qu'est-ce que j'ai dit ?

— Salut, beau mec, murmure Laura en ouvrant un œil.

Elle ne bouge pas la tête – après tout, c'est humain : elle a bu comme dix, hier soir. Elle parvient tout de même à produire un immense sourire et à l'envoyer voguer dans ma direction.

Je suis assis à la table, parce que c'est l'endroit le plus éloigné du lit. Mes doigts dessinent des vaguelettes sur le plateau. Je ne réponds rien. Son sourire s'élargit encore pendant une fraction de seconde, puis elle ferme les yeux et replonge dans le sommeil. Elle mettra sans doute mon silence sur le compte de ma gueule de bois, ou de ma nervosité à la perspective de la grande répétition d'aujourd'hui, ou bien elle pensera que je n'ai pas voulu la tirer de son demi-sommeil. Quelle que soit sa conclusion, elle sera positive, et je ne mérite pas cette bienveillance.

Presque chaque jour depuis plusieurs semaines, j'ai eu la chance de me réveiller avec le sourire de Laura. Je sais que ça fait bien de qualifier le sourire d'une femme de « craquant », « maladroit », « hésitant » ou « prudent »... Celui de Laura est direct, rapide et engageant. Elle a des lèvres roses rebondies, des dents parfaites d'une blancheur hollywoodienne. Ses parents ont dû dépenser un sacré paquet de dollars chez le dentiste. Ce matin, comme tous les matins, son sourire rayonnant envahit toute la chambre. Ça, et les rayons aveuglants du soleil se déversant par la fenêtre sont les preuves incontestables que je suis un homme condamné. Je sais que, normalement, le soleil et le sourire étincelant d'une jolie femme sont signes de bonheur, mais dans mon cas je les prends pour ce qu'ils sont : les facteurs aggravants de la pire gueule de bois du monde, dont la seule fonction est de venir assécher les dernières traces d'humidité de mon esprit déjà calciné. De pincer méchamment ma conscience dérangée.

Je suis resté éveillé quasiment toute la nuit, alors que c'est de sommeil que j'aurais eu besoin. Enfin, j'aurais surtout eu besoin d'une bonne lobotomie, d'un coup de pied au cul, de revenir en arrière ou de changer de vie. Le sommeil restait le choix le plus accessible de cette liste, pourtant il m'a échappé.

Je n'ai pas fermé l'œil de la nuit. Allongé à côté de la séduisante Laura, je ne cessais de penser à la séduisante Bella. Les membres fins et déliés de Laura étaient étendus tout près de moi, et j'observais cette merveille : cette grâce, cette aisance, cette force, cette musculature. Je voyais sa beauté ; mais j'étais incapable d'en jouir.

J'ai trahi Laura.

D'aucuns prétendront que, dans la mesure où je lui ai caché depuis le début mon mariage secret avec Belinda, je l'avais déjà trahie à plusieurs reprises. Chaque fois que je me suis furtivement glissé dans un vieux pub ou une arrière-salle de bar où m'attendait Belinda, je l'ai trahie. Chaque fois que je me suis refusé à entrer dans le détail de mes « histoires importantes », je l'ai trahie. Chaque fois que j'ai éludé ses questions sur mes études à l'université, j'ai été lamentable. Et pourtant, dans mon cœur, je ne trahissais pas Laura. Jusqu'à cette nuit. Je croyais que je la protégeais. Je me disais que si je me retrouvais dans cet imbroglio foireux, c'était à cause de Belinda, et que Belinda n'est pas une force malveillante : c'est la meilleure amie de Laura. J'ai réussi à me convaincre que si je gardais le secret, c'était pour le bien de Laura. Après tout, il n'était pas directement lié à elle. Et puis, si je me protégeais aussi un peu moi-même – car, par mon silence après la soirée huîtres et linguini chez Bella, je m'étais impliqué dans l'histoire –, il n'y avait pas de mal. Que pouvais-je faire d'autre ? Je croyais vraiment que ma situation était pourrie mais pas irrémédiable, et surtout elle n'était pas de mon fait.

Jusqu'à cette nuit.

J'ai embrassé Belinda. Une réalité impossible à esquiver, à excuser, à défendre ou à innocenter. J'ai trahi Laura. OK, j'avais beaucoup bu et, en ce moment, je suis perturbé. Toute cette histoire a foutu le bazar dans ma tête. Et Belinda est ma femme. Mais… oh, merde, merde ! Voilà que j'essaye d'esquiver, d'excuser, de me défendre, de m'innocenter… et bien sûr, ça ne tient pas la route.

Je me sens sale. Je vais dans la salle de bains et commence à prendre une douche, en silence. Enfin, tant que faire se peut : la douche est une cabine d'hydromassage si puissante que les jets me décapent d'un seul coup. Compte tenu des circonstances, c'est tout ce que je mérite.

Est-ce que j'aime Belinda, oui ou non ? Je l'ai aimée, à une époque. Et si je l'aimais encore ?

Est-ce que j'aime Laura, oui ou non ? Je croyais que oui. J'étais sur le point de le lui dire. Et puis j'ai embrassé Belinda.

Comment est-ce possible de penser autant à deux femmes en même temps ? De vouloir autant deux femmes en même temps ? Réponse : malheureusement, c'est très facile. La question est : avec qui suis-je capable de me projeter dans un avenir immédiat ? Car, si nourrir des sentiments pour deux femmes en même temps est tout à fait envisageable, c'est tout de même loin d'être recommandé, et ce n'est pas le genre de situation qui peut être prolongée durablement. La bigamie est un crime et, malgré l'expérience de Belinda dans ce domaine, je ne peux pas la considérer autrement que comme quelque chose de moralement répréhensible. Idem pour l'adultère. Je n'ai pas envie d'entretenir une liaison extraconjugale avec Belinda. Je ne veux pas tromper Laura. Mais je ne veux pas non plus me tromper de femme.

Je mets ma tête devant la pomme de douche, laissant les jets d'eau brûlante se déverser sur mon visage. Je ne pensais pas que la vie pouvait être si difficile. Comment réagiraient mes deux potes, Dave et John, face à cette situation ? Bon, John se foutrait de moi, certainement. Un dilemme, avoir le choix entre deux filles canon ? Mais je gagne à tous les coups ! Dave, lui, verrait toute l'étendue du drame. Je ne sais pas quoi penser. Je sais juste que je dois voir Belinda. J'ai besoin de réponses.

Je ne suis pas fier de ma décision, mais je n'en vois aucune qui me vaudrait une médaille. Au moins, là, je vais peut-être réussir à apaiser mon esprit. Je me sèche et je m'habille aussi discrètement que possible. J'écris un petit mot pour dire à Laura que je passe la journée aux répétitions.

C'est un mensonge et je déteste ça, mais je préfère encore lui mentir que la laisser sans explications – je parle d'expérience. Puis je me glisse hors de la chambre en refermant doucement la porte derrière moi.

37. Memories
(Souvenirs)

BELLA

— Je n'étais pas certain que tu viendrais, dit Stevie.
— Moi non plus.

Avais-je le choix ? Je ne sais pas. La nuit dernière, je suis restée éveillée, mettant toute mon énergie à ne surtout pas toucher Phil. J'étais terrifiée à l'idée que le moindre contact déboucherait sur une étreinte, une étreinte sur un baiser et ensuite… ? S'apercevrait-il que j'ai embrassé un autre homme ? Bien sûr que non. Ce n'est pas possible. Ça n'existe pas. Mais j'ai tendance à le croire. Cette pensée m'affole. Je ne veux pas faire de mal à Phil. Je n'ai jamais voulu lui faire de mal. J'ai toujours tout fait pour lui éviter de souffrir. Et m'éviter de le perdre.

Cette nuit, je n'ai pas cessé de me répéter que je n'avais pas d'autre choix que de voir Stevie. Je me suis rappelé que, s'il lui en prenait l'envie, il pouvait faire éclater la vérité à tout moment et révéler mon escroquerie au monde entier. En outre, il a tout à fait raison : je lui *dois* des réponses et des explications. C'est un miracle que j'aie pu passer tout ce temps sans lui en donner aucune. Aujourd'hui, je veux lui parler. C'est le mieux que je puisse faire. Et c'est une perspective effrayante.

— Tu as mangé ? me demande Stevie. Si tu veux, nous pouvons prendre un gâteau au café de l'hôtel, ou aller ailleurs ?

Je secoue la tête.

— Je n'ai pas faim.

Et puis, je aucune envie de rester là où Phil et Laura pourraient nous voir. Je n'ai pas d'envie suicidaire.

— Moi non plus. Qu'est-ce que tu veux faire ?

— Quelque chose de sympa. Suis-moi.

Nous quittons la réception et montons dans une limousine en attente. J'annonce en riant à Stevie que, depuis qu'Adrian est venu nous chercher à l'aéroport, j'ai fini par croire qu'il n'existait pas d'autre moyen de locomotion. Stevie semble ravi que je prenne du plaisir à ce séjour qu'après tout il a gagné. Il est vrai que je n'ai guère été démonstrative jusqu'à présent. Il est vrai, aussi, que je ne suis pas en position de me répandre en compliments.

Je demande au chauffeur de prendre le Strip vers l'ouest, par Desert Inn Road, puis de sortir sur Industrial Road.

— Où allons-nous ? demande Stevie.

— Un peu de patience… Ne t'inquiète pas, ce n'est ni un motel avec chambres payables à l'heure, ni un salon de tatouage pour faire graver mon nom au fer rouge sur ton torse.

— J'aime mieux ça, répond-il en feignant d'essuyer la sueur sur son front.

J'essayais de jouer la désinvolture, pour alléger l'atmosphère – et à la place, je donne l'impression de le draguer avec une remarque aguicheuse. De toutes façons, c'est impossible de rester légère dans des circonstances pareilles. D'abord, nous nous sentons tous les deux mal à l'aise d'avoir dû mentir à nos compagnons pour être ensemble aujourd'hui ; ensuite, je dois lutter – *encore* – contre des pensées luxurieuses et scabreuses.

Ce doit être illégal, en tout cas inhabituel, de trouver son mari aussi sexy que je trouve Stevie. Il passe sa langue sur ses lèvres et j'ai le souffle coupé rien que de l'imaginer la passant entre mes jambes. Il étend les jambes devant lui et j'entrevois sa cheville. Une partie du corps qui n'est pas précisément la plus provocante mais je suis obligé de déployer des efforts surhumains pour ne pas me jeter à quatre pattes pour la couvrir de baisers. Je ne fais même pas une fixation sur les pieds – je ne suis pas une suceuse d'orteil. Et j'ai toujours considéré ces femmes qui ont le fantasme de tailler une pipe à leur homme dans une limousine comme des détraquées ou des pauvres filles. Or, presque malgré moi, je suis justement en train de me demander si c'est concrètement réalisable en ce moment. Je me demande si Stevie est lui aussi traversé par des pensées érotiques. Je lui jette un coup d'œil de côté : il me sourit. Mais il s'avère que ce n'est pas pour les mêmes raisons que moi ; quand il rompt le silence, je comprends qu'il était en train de penser à Kirkspey. Kirkspey est toujours très éloigné de mes pensées.

— S'ils nous voyaient !

— Qui ?

— Ma mère, ton père, tes frères, tous ceux de Kirkspey...

L'idée me pétrifie. Stevie poursuit, affable :

— Que penses-tu qu'ils diraient ?

— Ils seraient choqués, dis-je, pragmatique. Pour commencer, personne pendant huit ans n'a jamais su que nous étions ensemble. Ensuite, ma famille me croit mariée à Phil. Donc je suppose qu'ils seraient un peu surpris de nous voir rouler dans les rues de Las Vegas à l'arrière d'une limousine surdimensionnée.

— Ouais... je voulais dire, indépendamment de toutes ces histoires de qui sait quoi et de qui est marié avec qui...

Il sourit de plus belle. Comment peut-il trouver ça amusant ?

— ... Je parie qu'ils n'auraient jamais imaginé que j'irais si loin avec mon numéro d'Elvis.

— Non. Sans doute pas.

Ce scénario se déroule dans un univers tellement en-dehors de toute réalité qu'ils n'ont même pas l'idée d'une telle somptuosité, un tel éblouissement, un tel clinquant. Ils ne peuvent pas visualiser les énormes chambres d'hôtel, les dalles en marbre du hall qui n'ont d'autre fonction que purement décorative. Ils n'imaginent pas de rouler en limousine, d'entrer dans un jacuzzi ou de boire des cocktails dans un bar. Mon père ne croirait jamais que Stevie mène une vie jusqu'alors réservée à des personnages de fiction comme James Bond. Même la connotation ringarde rattachée à Las Vegas, les prostituées, la drogue, les accros du jeu, dépassent tout ce que pourrait concevoir un habitant de Kirkspey.

— Nous y voilà ! dis-je quand nous atteignons notre destination.

Je suis heureuse de pouvoir délaisser le sujet de Kirkspey. Et de pouvoir sortir : même si la cabine de la limousine est gigantesque, nous étions encore trop proches pour nous y sentir vraiment à l'aise. J'ai besoin de garder mon sang-froid jusqu'au bout. Je suis une femme comme les autres, pas la peine de le soumettre à un trop grand stress.

— Où sommes-nous ? demande Stevie.

— Evis-A-Rama, dis-je d'un ton triomphal.

Stevie doit comprendre que cette visite au musée Elvis Presley est un cadeau que je lui fais.

— Vraiment ? Waouh ! s'exclame-t-il avant de sauter de la voiture qui n'est pas encore à l'arrêt.

Nous sommes les premiers visiteurs de la journée et, à ma grande surprise, l'exposition se révèle assez intéressante. Fascinante, pour Stevie. Il salive devant les objets en vitrine, certains le mettent même dans tous ses états. Il y a un canot à moteur, une vieille Cadillac et un piano. Quand le responsable du musée ne regarde pas dans notre direction, Stevie caresse avec émotion le gouvernail, le volant, les touches d'ivoire. Je prends sur moi pour ne pas rire tandis qu'il étreint ces objets froids. Et pour ne pas être jalouse – satané clavier de piano !

Dans une vitrine consacrée à la carrière militaire d'Elvis sont exposés son uniforme et les lettres écrites à son manager à cette période. On trouve aussi un ravissant kimono à festons rouges, d'inévitables combinaisons de scène serties de faux diamants et une paire de chaussures en daim bleu, apparemment assurées pour un million de dollars. Je chantonne au rythme de la musique d'ambiance en passant en revue les affiches de films et les pochettes de disques placardés sur les murs. Au bout d'une heure et demie, mon intérêt trahit des signes de faiblesse, mais Stevie est loin d'avoir fini de rendre hommage à son idole. Je ne suis pas restée aussi longtemps au Louvre. Je déniche un siège devant un écran de projection et me laisse absorber par un film à l'intrigue un peu creuse et aux dialogues douteux.

Je ne comprends décidément pas la passion de Stevie. Elle me passe loin au-dessus de la tête. Elvis était mignon, talentueux et, d'après tous les témoignages, plutôt agréable à fréquenter, mais de là à consacrer sa vie à lui ressembler et à chanter ses chansons… Pourquoi est-ce la voie choisie par

Stevie ? Par Stevie et des dizaines de milliers d'autres ? Ça me dépasse. Je hausse les épaules et ajoute cette question à ma liste de points d'interrogation restés sans réponse.

J'attends aussi longtemps que je peux le supporter puis regarde ma montre : il est presque midi. Je me félicite d'avoir réussi à éviter la grande mise au point avec Stevie, mais aussi d'avoir résisté à l'envie de tomber dans ses bras. Je suis également contente d'avoir échappé à toute allusion à propos de la nuit dernière, quand je n'ai *pas* résisté à l'envie de tomber dans ses bras. Pour l'instant tout va bien. De plus, Phil me croit partie dans une grande expédition shopping et ne se doute pas que je suis bigame. Pas de doute, je m'en tire bien. Alors, pourquoi est-ce que je ne me sens pas mieux ou plus calme ?

J'en veux à Amelie. J'ai commis l'erreur de l'appeler ce matin et, même si cette fois je ne l'ai pas réveillée, elle ne s'est pas montrée plus compatissante ou secourable que lors de mon dernier coup de fil. Quand j'ai essayé de lui expliquer que Phil me comble et me rassure, alors que les baisers de Stevie déclenchent des feux d'artifice dans mon cœur et d'autres parties moins romantiques de mon corps, elle s'est impatientée.

— Tu as l'air de croire que tes maris doivent te fournir des réponses ou compléter une partie de toi. Ça ne marche pas comme ça. Pour aimer vraiment, ton âme et tout ton être doivent être achevés. Phil n'est pas venu sur terre pour te rassurer, ni Stevie pour te donner l'impression d'être sauvage et intrépide. Pourquoi tu n'essayes pas d'abord de savoir qui tu es ? Réfléchis-y un peu.

Elle me fatigue, avec ses petits airs supérieurs. Elle s'est autopromue petite voix de ma conscience et elle n'est pas la bienvenue.

— Amelie, pourquoi es-tu tellement remontée contre

moi ? Toi et Ben, vous ne vous êtes même pas mariés parce que ça ne représentait rien pour vous.

— Tout le contraire de toi, apparemment, puisque tu t'es offert un doublé. Par ailleurs, pour ta gouverne, sache que Ben et moi croyions à l'intégrité, à la loyauté et à l'engagement.

À ce stade-là, je pense qu'elle m'aurait raccroché au nez, mais je ne lui en ai pas donné l'occasion : Phil sortait de la salle de bains, j'ai dû couper la communication.

Amelie ne m'est pas d'une grande aide, si tout ce qu'elle trouve à me dire c'est que j'ai besoin de réfléchir. Le temps joue contre moi et j'ai besoin de soutien.

Je me lève et pars en quête de Stevie – c'est l'heure de déjeuner.

Il y a un joli snack-bar à côté du musée. Le menu ressemble à celui de n'importe quel snack-bar, c'est-à-dire qu'on trouve de tout dès lors qu'on veut manger quelque chose accompagné de frites ou de sirop d'érable. Il se trouve que c'est exactement ce que j'aime, aussi Stevie et moi commandons deux grands hamburgers (au poulet pour lui, aux haricots pour moi) avec une ration de frites et deux milk-shakes aux fraises bien crémeux.

— Tu veux quelque chose au juke-box ? me demande Stevie.

— Oui.

— Qu'est-ce qui te ferait plaisir ?

— Tout sauf Elvis.

Il doit croire que je plaisante parce qu'il choisit *« Viva Las Vegas »*. Je me mors la langue. Bah, je peux supporter ça. Combien de temps dure une chanson ? Trois minutes, maximum. Nous parlons de musique, du musée et du menu en toute amitié et décontraction. Je pense que nous pouvons maintenir ce degré d'affabilité tant que l'on évite le sujet des mariages multiples.

— À propos d'hier soir... commence Stevie, qui n'a semble-t-il pas abouti aux même conclusions que moi.

— Je ne suis pas sûre qu'il faille en parler, si ?

Une question qui, je l'espère, sonne davantage comme une fin de non-recevoir. Mais Stevie la rejette.

— Je crois que si.

— Nous avions trop bu, tous les deux. C'est facile de faire des bêtises quand il y a le clair de lune et... des noix de cajou, ce genre de choses...

Je raconte n'importe quoi.

— Je vois, dit Stevie qui n'a pourtant pas l'air prêt à en rester là. Et pourtant, il devrait. Car quel serait l'autre choix ? Que je saute par-dessus la table en formica pour me jeter dans ses bras, l'embrasser à perdre haleine, soulever ma jupe et le chevaucher jusqu'à épuisement ?

— Ça t'a plu, le musée ? dis-je pour me sortir de la tête ce petit intermède pornographique.

— Oui.

Par chance, il accepte de changer de sujet.

— Mais même ça, c'est troublant, non ? Tous ces bons moments qu'on passe ensemble ?

Pas de changement de sujet en vue. J'essaye à nouveau :

— C'est vraiment incroyable, ce que tu as remporté avec ce concours. Est-ce qu'au moins je t'ai félicité ?

— Non, jamais. Tu as toujours pensé que je ne valais pas grand-chose.

Dans sa bouche, c'est un constat plutôt qu'une remarque vexée ou amère. Je me dois de rectifier :

— J'ai toujours pensé que tu ne valais pas *assez*.

— Explique, m'ordonne Stevie en remuant sa paille

dans son milk-shake et en regardant au-dehors une enseigne clignotante au néon : « La vie est fragile, maniez-là avec soin. » Comme toutes ces petits phrases banales qu'on lit sur les lettres aimantées des frigidaires ou les cartes postales, le message paraît soudain lourd de sens – c'en est presque inquiétant.

Aux yeux de la plupart des gens, Stevie est le type cool par excellence. Mais je remarque le tressaillement d'un petit muscle à la commissure de ses lèvres. Que disait-il au sujet des joueurs de poker, hier soir ? Je sais que Stevie est sur des charbons ardents. Ma réponse est importante pour lui. Elle lui tient à cœur. Je respire un grand coup. Il a raison. Je lui dois une explication, et j'ai l'impression que, pour lui, le moment de payer ma dette est venu. Je me lance.

— Tu parlais des gens de Kirkspey, tout à l'heure. Et tu te trompais complètement en imaginant ce que je ressentais pour eux. Tu te trompes toujours.

— Continue.

— Ils ne sont pas normaux et je voulais juste être normale. À une époque, tu m'es apparu comme une possibilité de m'enfuir, et je suis devenue dingue de toi. Et puis j'ai eu l'impression que tu étais dans leur camp et… eh bien, j'étais toujours dingue de toi, je crois.

— Je ne te suis plus. Rembobine.

— Tu veux remettre de la musique ? J'ai de la monnaie.

Il voit ma proposition comme une tactique de diversion et refuse.

— Explique-moi ce que tu veux dire, Belinda. S'il te plaît.

C'est à Belinda qu'il le demande. Elle n'a jamais pu lui résister.

— D'accord. Quand j'avais seize ans et que nous nous pelotions dans le salon de la maison de mon père, je te voyais comme une créature exotique. Rends-toi compte : tu venais de Blackpool, Angleterre !

— Blackpool ? Exotique ? répète Stevie, dérouté.

— Je ne connaissais pas encore, admets-je, un peu gênée par mon ignorance et mon manque de sophistication accablants à l'époque. Vit-on jamais fille plus naïve ?

— T'aimer, faire l'amour avec toi, c'était mener une vie rebelle, se moquant des règles, chargée de promesses.

Je bois une gorgée de milk-shake.

— Pour la première fois depuis la mort de ma mère, mon existence, et en particulier mon avenir, me semblaient excitants. Je n'avais même pas pensé aller en fac.

— Je sais. Ton père n'avait même pas soulevé la possibilité.

— Mon père me parlait rarement, de toutes façons.

— Ça n'était pas dirigé contre toi : les pêcheurs sont superstitieux avec les femmes, tu le sais bien.

Ça semblait bien dirigé contre moi. Comme toujours, Stevie tente de justifier l'indifférence de mon père. Je ne prends pas la peine de lui faire remarquer que je n'étais pas une femme quelconque : j'étais sa fille. La blessure est ancienne ; je préfère ne pas trop gratter la cicatrice.

— Tu m'as regardée quand personne ne faisait attention à moi. Tu m'as ouvert l'esprit. Tu avais toutes ces idées, ces projets, ces rêves. Je pensais que chacun allait aider l'autre à s'enfuir de Kirkspey. Je pensais que tu m'aiderais à me débarrasser de cette sensation de solitude et d'étrangeté que j'avais en moi depuis toujours.

Je marque une pause et, à contrecœur, prends une frite, la trempe dans le ketchup – mais je ne suis pas suffisamment motivée pour la porter à ma bouche. Nous savons que lorsque je dis « toujours », je veux dire « depuis la mort de ma mère ».

— Quand nous sommes arrivés en fac ensemble, tu m'as aidée à trouver ma place. Je voulais juste être normale, comme n'importe quelle étudiante de la classe moyenne. Tu avais bien plus confiance que moi.

Je reste silencieuse quelques secondes, puis :

— Tu te rappelles, quand nous passions des nuits entières à nous réciter des poèmes ? Tu crois que j'aurais vécu ça avec mon père ?

Je laisse à Stevie le temps de convoquer l'image de mon père : M. McDonnel, un Écossais à casquette plate, franc et direct, célèbre pour ses dimensions gigantesques (1,95 m, 115 kilos tout nu, encore que personne n'ait jamais voulu ne serait-ce que l'imaginer tout nu ; il était largement assez effrayant habillé.) Un pêcheur rude à la tâche. Qui tord le cou des poulets à mains nues. Qui a fait sa cour à ma mère en livrant des kilos de boudin noir à sa mère un samedi après-midi, à l'heure du thé – son frère travaillait dans une boucherie. Ma mère me rappelait toujours cet épisode avec fierté. Fierté que je trouvais déplacée à l'époque, et aujourd'hui encore. Bien sûr, Stevie ne va pas imaginer mon père ouvrant un recueil de poésie pour séduire une femme. Je n'ai aucune envie de me représenter mes parents en plein coït, mais si j'essaye je suppose que c'était une opération silencieuse, de pure formalité, totalement inodore et sans saveur.

— Mais nous nous sommes mariés et alors, tu ne pensais plus qu'à une chose : rentrer à la maison et le dire à tout le monde.

Je soupire, en me sentant aussi exaspérée et abattue qu'il y a onze ans.

— Ce n'est pas la chose à faire, quand on vient de se

marier ? Ce n'est pas *normal*, Mademoiselle-J'Aspire-À-La-Normalité ?

Cette fois, Stevie paraît en colère. Perdu ? Déboussolé ?

— Eh bien, nous n'avions pas été normaux jusque-là, si ? Nous avions pris des chemins de traverse. Et la normalité à laquelle j'aspire, c'est recevoir des amis à dîner à Wimbledon, préparer des repas nécessitant plusieurs types de couverts et discuter des affaires en cours. Pas trois soirs par semaine au pub, une grande sortie le samedi et retour titubant à la maison en mangeant une saucisse-frites. Je ne voulais pas passer ma vie à manger des bâtonnets de poissons sur un plateau télé. Je ne voulais pas d'une garde-robe à base de survêtements. Je ne voulais pas attendre avec impatience que tu m'offres à Noël des bijoux achetés dans un catalogue de VPC.

— Tu es snob.

— Possible. Mais aujourd'hui j'ai trente ans et je dois m'accepter avec mes défauts, ou bien rendre l'âme.

Je pourrais en rester là. Stevie me verrait définitivement comme une petite grue prétentieuse, honteuse de son passé. Il me détesterait sans doute un petit peu plus, mais je n'aurais pas à approfondir la discussion. Ou bien (la solution la plus effrayante) je peux, malgré mon malaise, essayer de lui expliquer les raisons en filigrane. Je peux courageusement avouer à Stevie que ma souffrance n'était pas liée au manque d'argent, mais à quelque chose de plus obscur et de plus révélateur.

— Kirkspey me donnait l'impression d'être limitée. Cernée de toutes parts. Sous-exploitée. Ils n'attendaient rien de moi et, quand je suis avec eux, je ne suis pas grand-chose.

— Ils ?

— Ma famille, mes amis d'enfance, mes professeurs, même. Ils n'attendaient pas grand-chose de moi ni de personne d'autre, d'ailleurs. À Kirkspey, personne n'imagine que son voisin pourrait réussir à être quelqu'un. Ils sont tous morts avant d'avoir vécu. Tu ne les voyais pas comme moi. Alors, notre vie ensemble a fini par m'apparaître impossible.

— Tu pensais que j'étais comme eux ? Un bon à rien ?

J'aurais préféré qu'il ne soit pas aussi perspicace.

— Parfois, oui.

Il a l'air blessé, finit son verre.

— Pas toujours. Mais de plus en plus souvent vers la fin. Tu n'as pas voulu que nous partions dans le Sud, comme je te l'avais proposé.

— Nous n'avions pas les moyens.

— Le jour où tu m'as annoncé que nous pouvions revenir à Kirkspey et vivre avec ta mère a été particulièrement déprimant.

— Ma mère est une vieille dame charmante, s'insurge Stevie.

— C'est vrai, mais pour moi ç'aurait été un terrible bond en arrière.

— Il y avait du travail, là-bas.

— Oui, au bureau de poste !

— Un revenu régulier. Je pensais que c'était ce que tu voulais.

— Je ne sais toujours pas ce que je veux.

Mais je savais déjà ce que je ne voulais pas. Je ne voulais pas que mes enfants grandissent dans une maison dont les murs blancs jaunissent peu à peu à cause de la fumée de cigarettes et où les toilettes servent de cendrier aux invités. Je ne voulais pas d'une maison où personne ne prend la peine de dire « excuse-moi », « pardon », « quoi ? », et sait encore moins si c'est pour qu'on le laisse passer, s'excuser d'un bruit corporel déplacé ou demander qu'une phrase soit répétée un peu plus fort. Je ne voulais pas qu'on voie mes filles comme des enfants désavantagés. Je ne voulais pas que mes fils se sentent obligés, sans raison, de taper sur les fils d'autres mères pour meubler leur vendredi soir. Tous ces rituels me paraissaient barbares. Je voulais juste que les choses soient différentes.

— Et maintenant ?

— Maintenant quoi ?

— Maintenant, tu me vois toujours comme l'un d'eux ? Quelqu'un qui voulait te réfréner ? Limiter ton potentiel ?

— Bordel de merde, Stevie, tu es imitateur d'Elvis ! Tu portes des bijoux et des rouflaquettes ! Comment as-tu pu croire que tu serais capable de te remontrer un jour à Kirkspey ? Tu n'es pas comme eux. J'avais tort de penser ça.

Stevie sourit, un grand sourire de pardon. Il comprend le sens de ce compliment détourné. Ça me donne envie d'être plus gentille.

— Tu t'en es très bien tiré, Stevie. J'aurais bien aimé avoir des profs comme toi à l'école. Et le truc d'Elvis a plutôt bien évolué, non ? Ne te méprends pas : je crois toujours fondamentalement que tu te goures dans cette voix-là. Pourquoi être imitateur quand…

— Arrête, arrête pendant qu'il est encore temps ! me coupe Stevie en riant. S'il te plaît, pas de douche glacée ! Je préfère la chaleur de ton compliment.

Nous nous sourions et je me sens soulagée. Expliquer à Stevie ce que je ressentais, et pourquoi j'ai agi ainsi me procure un bien-être extraordinaire. Jusqu'à maintenant, je n'avais pas perçu le poids de ma culpabilité et de ma honte. Désormais, je me sens un tout petit peu plus sereine. Ma relation avec Stevie me semble un peu plus simple, un peu plus claire : c'est un ex, et je viens d'énoncer toutes les raisons pour lesquelles c'est un ex. Je me sens tellement rassérénée que je tends la main pour prendre la sienne. Je la serre fort en espérant qu'il comprendra ce que j'éprouve. J'espère qu'il va voir, d'une façon ou d'une autre, quelle révolution vient de s'opérer en moi.

— À propos d'hier soir, Belinda.

— Il faut vraiment qu'on en parle ?

C'est vrai, quoi : chaque chose en son temps.

— Oui, je crois.

Décidément, Stevie aime les sauts quantiques.

— Je suis désolée, Stevie, mais je n'en ai pas envie.

Ça me terrifie : la nuit dernière, Stevie m'a embrassé et je n'ai pas seulement embrassé un autre homme que mon mari, j'ai aussi embrassé un homme qui était mon autre mari.

Et j'ai aimé ça.

Énormément.

Je ne veux pas perdre Philip, mais je n'ai pas encore complètement envie de laisser partir Stevie. D'accord, toutes mes actions sont tordues : embrasser Stevie était la meilleure façon de perdre Philip ; signer un jugement définitif de divorce signifie laisser partir Stevie. Je ne peux pas avoir ces deux hommes, mais un seul me suffira-t-il ?

— Et *moi* j'en ai besoin, Belinda. Je suis déchiré. Voilà comment les choses se présentent : hier soir, Laura était sensationnelle. Elle était plus…

Je lui viens en aide :

— … plus belle que moi.

Évidemment. Ça faisait partie de mon plan. Je ne voulais pas qu'il fasse attention à moi parce que je n'aurais pas pu y résister.

— Différente. Elle est toujours ravissante, mais hier elle était splendide. Et avec elle, les choses s'annoncent plus faciles. Elle n'est mariée à personne d'autre. Elle n'est même pas mariée avec moi ! Et pourtant, dans le jardin, je voulais une seule femme : toi.

Stevie retire sa main de la mienne et se prend la tête à deux mains. Pendant une effroyable minute, j'ai l'impression qu'il va pleurer.

— Je ne voulais pas tomber à nouveau amoureux de toi. Mais c'est *toi* que je veux. Ça a toujours été toi. Et en même temps… ça ne peut pas être toi parce que, même si nous sommes mariés, tu es intouchable. Nous divorçons.

La souffrance et le plaisir d'entendre cet aveu explosent simultanément dans mon cœur et dans ma tête. C'est un déferlement d'émotions, et je suis incapable de voir laquelle l'emporte sur l'autre ; un maelström de sentiments surgis de je ne sais où. Bon sang, au moment où je pensais avoir fait un pas décisif… Est-ce aussi simple que ça : ma tête luttant contre mon cœur ? Je ne crois pas. Je pense que mon cœur est en proie à une terrible guerre civile et que ma tête est une puissance étrangère qui tente de l'envahir. Je me lève et fais le tour de la table pour prendre dans mes bras toute la masse de son corps triste.

Et soudain, alors que la tension et la confusion sont à leur comble, j'entends une voix familière tonner à côté de nous :

— Salut mes jolis ! Putain, qui aurait cru ça ? Après toutes ces années, qui aurait pu croire un truc pareil ?

38. Trouble (Problème)

STEVIE

La situation échappe à mon contrôle, et même au contrôle de la toute-puissante Bella Lawrence : le secret qui nous liait n'est désormais plus *notre* petit secret.

Dans un technicolor spectaculaire, il traverse le snack d'un pas lourd et avance vers nous. La coïncidence de notre rencontre illumine son visage. Mais Belinda et moi ne voyons qu'une chose : le visage de la Grande Faucheuse.

— Sacré nom de nom, mes jolis ! Stevie, mon gars ! Belinda ! Je ne t'aurais pas reconnue, ma poule. Maigre comme un clou ! Bon dieu, ça me fait salement plaisir de vous voir !

Neil Curran me donne une grande tape dans le dos, serre Belinda dans ses bras puis, dans un élan d'affection rare chez l'Homme du Nord, me prend à mon tour dans ses bras. Belinda et moi avons quitté notre posture compromettante et accepté ses embrassades mais nos langues sont paralysées. Neil Curran, dont le sens de l'observation n'a jamais été le point fort, ne remarque pas notre silence.

— Ça fait combien d'années ? Six ? Sept ?

— Huit, bredouille Belinda.

J'ai pitié d'elle. Son visage de joueuse de poker s'est envolé, laissant apparaître une expression de désarroi complet. Sans aucune idée du prochain coup à jouer.

— Et ça, c'est une alliance, à ce que je vois ! dit Neil et riant et en prenant la main gauche de Belinda.

Il laisse échapper un sifflement admiratif.

— Jolie... Un carat. Avec un salaire d'imitateur d'Elvis ? Tu t'en tires bien, Stevie. Je suis impressionné.

L'allusion lourdingue au prix de l'alliance de Belinda ne se veut pas insultante – c'est tout le contraire. Évidemment, au vu du contexte, c'est assez vulgaire.

— Des petiots ?

— Non ! répondons-nous aussitôt en chœur.

Je regarde Belinda, attendant ses instructions pour la suite. Elle tente de détourner la conversation vers Neil ; après tout, moins nous parlerons de nous, moins nombreux seront les mensonges.

— Eh bien ! Neil... Neil Curran...

Elle répète son nom et, je dois l'avouer, réussit plutôt bien à donner l'impression qu'elle est vraiment heureuse de le revoir et abasourdie par cette coïncidence – ce dernier sentiment nécessitant, il est vrai, moins de talents de comédienne.

— Après toutes ces années, enchaîne-t-elle d'une voix cajoleuse, tu n'as pas changé !

Si je me rappelle bien, elle n'a jamais pu le sentir. Elle le trouvait con et visqueux.

— Qu'est-ce que tu deviens ?

— Toujours pareil, Bella Linda !

Pendant une fraction de seconde, elle se fige en entendant ce surnom qu'il lui donnait voilà des années. Moi, il me paraissait plutôt sympa et bien trouvé ; elle le détestait.

— Eh ouais… toujours pareil. Bah, j'ai ça dans le sang, hein ! Elvis, le show-biz, et tout le tintouin ! On a ça dans le sang, tu le sais bien, avec ton Stevie… Toujours dans le circuit après dix ans. Je parie que tu ne l'aurais pas cru, au début, pas vrai ?

— Non, répond sèchement Bella. Alors comme ça tu es ici pour le grand concours King of Kings ?

Elle réussit à mettre une touche d'enthousiasme dans sa question.

— Évidemment ! C'est moi qui anime ! J'ai vu ton nom dans la liste des finalistes, Stevie. Mais je n'étais pas sûr que c'était toi, vieux. C'est courant, comme nom, Stevie Jones. Ça fait un bail que je ne t'ai pas vu sur la scène anglaise ! Je ne savais pas que tu comptais revenir. Tu es parti te remplir les poches à l'étranger, et tu prépares ton retour en force ?

— En quelque sorte, oui.

— Bien vu, mon pote ! Le King en personne a fait pareil, à Las Vegas le 31 juillet 1969, à l'hôtel Hilton. Et des centaines de personnes n'ont pas pu entrer, alors qu'il donnait deux concerts, un à 20 heures et l'autre à minuit…

Je connais cette histoire et Neil s'en doute mais il aime trop le son de sa propre voix pour se taire. En outre, il a manifestement déjà un coup dans l'aile et commet la même erreur que la plupart des types bourrés : il croit que ce qu'il raconte est fascinant. Je décroche et passe quelques minutes angoissées à réfléchir à ce que je viens de dire à Belinda, au fait que cette nuit nous nous sommes embrassés et qu'un témoin de notre passé vient de faire irruption dans notre présent. J'observe Belinda et je la soupçonne de faire de même. Elle est d'une blancheur d'albâtre.

— Tu as joué, déjà ? me demande Neil.

— Un peu, oui.

— Et toi, Bella Linda ? Je t'imagine bien à une table de jeu, misant des fortunes en loussedé ! Faut se méfier de l'eau qui dort, pas vrai Stevie ? dit-il en me donnant un coup de coude dans les côtes.

Belinda le fixe du regard, ébahie qu'il l'ait si finement percée à jour. Elle déteste peut-être jouer au casino et aux machines à sous mais c'est vrai, elle aime prendre des risques…

— Mon conseil, ma petite dame : tente ta chance aux bandits manchots. Le jackpot avec deux jetons rapporte souvent 150% de la mise. Le truc, Bella Linda, c'est que la banque crache vraiment au bassinet quand on joue deux ou trois jetons plutôt qu'un seul. Et moins d'un quart des joueurs jouent plus d'un jeton à la fois. C'est-y pas un tuyau qui vaut de l'or, ça ?

Il adresse un clin d'œil à Belinda, qui ne répond pas. Je doute qu'elle goûte le conseil à sa juste valeur.

— C'est génial de vous avoir vus ! Demain, ce sera comme au bon vieux temps. Bonne chance à toi, Stevie. Bonne chance à toi, mon gars.

— Merci.

De la chance ? Oui, je pourrais en avoir besoin…

— Eh bien, nous devons y aller, intervient Belinda en agitant la main frénétiquement pour demander l'addition à la serveuse.

Elle connaît assez Neil Curran pour savoir qu'il est capable de tenir le crachoir pendant tout l'après-midi, sans même que nous ayons besoin de participer à la conversation.

— Stevie doit essayer son costume, et on ne voudrait pas être en retard pour la répétition générale.

— Oh oui ! Sacrément important, la répétition… Les places sont payantes, vous savez, précise Neil avec fierté.

— Ça permet aux organisateurs de faire marcher deux fois plus le tiroir-caisse, c'est ça ? demande Belinda.

— Exact ! sourit Neil, qui ne voit pas le sarcasme.

Belinda se plaignait toujours de l'aspect commercial de ce genre d'événement, alors que les prix en eux-mêmes n'étaient pas très élevés. Elle ne comprenait pas que c'était déjà génial d'en faire partie.

— Je leur ai même trouvé quelques sponsors, ajoute Neil.

Un gars du Nord, la cinquantaine, qui ne se cache pas de sa rouerie dans les affaires d'argent. S'il était né dans le Sud, Neil Curran aurait sans doute dirigé une agence de publicité d'avant-garde ou serait devenu courtier à la City.

— Cette petite fiesta nous a coûté une fortune, surtout qu'on offre aussi le séjour pour trois amis de chaque finaliste…

Et le voilà qui pose la question à laquelle j'aurais voulu n'avoir jamais à répondre dans cette vie-ci :

— Avec qui vous êtes venus, puisque vous n'avez pas de gosses ?

Je ne pense pas que la vérité – ma petite amie et l'autre mari de Belinda – conviendrait à cette discussion badine, aussi suis-je soulagé que Belinda me devance.

Elle embrasse Neil sur la joue.

— C'était vraiment formidable de te revoir ! On te laisse avec ton déjeuner et, euh…

Elle jette un coup d'œil vers la table d'où Neil s'était levé. Elle est jonchée de canettes de bière vide, mais il mangeait seul.

— … avec tes bières.

Elle attrape ma main et m'entraîne hors du snack-bar. Elle a tout de l'épouse dévouée du King, arrangeant ma houppe avant chaque concert important, cousant les paillettes sur mes costumes et écumant Internet à la recherche de l'authentique paire de lunettes en or. Exactement le genre d'épouse que Belinda refusait de devenir.

— On se voit ce soir à la répétition ! lance-t-elle par-dessus son épaule.

— Sans faute, mes jolis ! Vous pouvez compter sur moi ! À plus tard !

Nous réglons au comptoir et sortons. Belinda continue d'afficher une expression souriante jusqu'à ce que nous grimpions dans un taxi. Là, elle lâche ma main comme si elle l'ébouillantait et se jette sur moi telle Attila.

— Putain, Stevie, qu'est-ce que tu as foutu ? murmure-t-elle, furieuse.

— Moi ?

Je tombe des nues.

— Tu n'as pas regardé si tu connaissais quelqu'un dans le comité d'organisation ?

Je me sens stupide. Dans ma chambre, un dossier complet propose une petite biographie de tous les concurrents, des autres artistes et de l'animateur de la soirée. Je ne l'ai même pas ouvert.

— Tout ça c'est ta faute ! déclare Belinda.

C'est injuste.

— *Ma* faute ?

— C'est toi qui nous a emmenés ici !

— Oh, pardon ! dis-je, ironique. Mais tu n'étais pas obligée d'accepter des vacances gratuites. Tu n'avais qu'à dire que tu étais retenue ailleurs.

— J'aurais bien aimé ! aboie-t-elle.

Et merde… Évidemment, ça devait bien foirer à un moment ou à un autre. Comment avais-je pu, moi, craquer pour la pseudo sophistication de Bella Lawrence, sachant qu'il s'agissait juste de Belinda McDonnel déguisée en bourgeoise ? Jamais Belinda n'avait réussi à ruser sans se faire coincer. Enfant, elle se faisait toujours choper quand elle copiait en classe ; au foot, c'est elle qui ratait toujours le penalty crucial ; c'est elle dont la mère est morte d'un cancer du poumon. Avec une poisse pareille, comment pouvait-elle espérer s'en tirer avec cette histoire de bigamie ?

Ça ne sert à rien de se bouffer le nez.

— Bon sang, Belinda, qu'est-ce qu'on va faire ?

Je ne sais pas pourquoi je lui pose cette question. Jusqu'à présent, elle ne s'est guère illustrée dans les idées de génie et les scénarios en béton, mais je me débats sans trouver d'issue.

— Il faut que tu te retires de la compétition.

— Quoi ?

J'en ai le souffle coupé.

— Il n'y a pas d'autre solution. Il croit que nous sommes mariés.

— C'est le cas.

— Sois sérieux, Stevie.

Belinda a disparu. La femme qui me serrait dans ses bras et voulait me réconforter il y a dix minutes s'évanouit sous mes yeux, et laisse la place à Bella, la reine de la survie-à-tout-prix. Dans ma tête, je la vois portant un t-shirt avec l'inscription « Dans la vie, c'est chacun pour MOI. »

— Si tu participes au concours, Laura, Phil et moi serons dans le public. Il y a toutes les chances pour que Neil vienne à notre table après la soirée et mette les pieds dans le plat.

— Dans ce cas, toi et Philip n'avez qu'à pas venir ce soir. Ça pourrait suffire.

— Impossible. Toute cette histoire devient incontrôlable...

Je me demande si elle fait allusion à Neil Curran ou à notre baiser nocturne.

— Promets-moi que tu vas abandonner.

— Ne me demande pas de faire ça.

— Je te le demande. Je te supplie.

— C'est impossible, Belinda. Ça représente beaucoup trop pour moi.

— Et moi, je représente quoi pour toi ?

Je reste silencieux quelques instants. Je ne sais pas comment lui expliquer.

— Tu ne m'appartiens pas, Belinda.

— Il y a quelques minutes à peine, tu disais que tu m'aimais. C'était juste un truc que tu disais pour augmenter tes chances de me retirer ma culotte, ou tu le pensais vraiment ?

Plusieurs pensées traversent mon esprit. L'une d'elles, je l'admets à ma grande honte, est : ainsi, j'avais mes chances de retirer sa culotte ? Les autres sont un peu plus pragmatiques et concernent le fond de sa question : étais-je sincère lorsque je disais que je l'aimais ? Et si oui, qu'est-ce que je suis prêt à faire au nom de l'amour ?

— Je crois que je le pensais vraiment, dis-je d'une voix faible.

On a fait plus impressionnant, je sais. Pas le genre de déclaration tonitruante qui achève de conquérir la dame. Belinda est en train de se débattre, tiraillée entre l'indignation et le bon sens. Je m'en doute, on lui a déjà fait des déclarations plus romantiques, mais je ne veux rien dire que je pourrais regretter. Rien dire que je pourrais regretter *encore plus*.

— Trouve une solution, Stevie, répond Belinda avant de demander au taxi de s'arrêter.

— Mais madame, on est encore loin du Mandalay Bay, remarque le chauffeur.

— Je finirai à pied. Et puis, j'ai envie de faire du shopping.

Puis elle se tourne vers moi, me répète son ordre, « trouve une solution », et bondit hors de la voiture vers un gigantesque centre commercial.

Je reste dans le taxi qui se faufile dans la circulation le long du Strip et je me demande : « Est-ce que je peux trouver une solution ? »

Neil Curran est un animateur tapageur et borné qui, a une époque, avait un petit numéro d'humoriste dans des cabarets de stations balnéaires comme Blackpool ou Yarmouth. Nous l'avions rencontré en 1996, quand je participais aux qualifications pour le Concours du Plus Grand Artiste Imitateur Européen. C'est drôle qu'il anime le spectacle de ce soir : il était déjà là le soir où Belinda m'a quitté. Belinda objecterait sûrement qu'il ne s'agit pas d'une coïncidence, puisque le métier d'artiste-imitateur est assez médiocre et qu'on y retrouve toujours les mêmes têtes. Elle refuse d'admettre, ou même de reconnaître, que l'univers des imitateurs d'Elvis est gigantesque. Elle ne va pas se laisser contredire par les faits.

Le mini drame qui s'est déroulé après le départ de Belinda a fait jaser en ville pendant plusieurs jours – et dans le circuit pendant… eh bien, plus longtemps que je n'aurais cru devoir le supporter. Belinda ne le sait pas, elle ne me l'a jamais demandé mais je n'ai pas gagné le titre de King of Kings ce soir-là à Blackpool. Je n'ai même pas concouru.

Nous n'avions pas passé une très bonne soirée jusque-là – ni une très bonne année, d'ailleurs. Je ne suis pas un imbécile, je m'en étais bien rendu compte. Nous nous querellions sans cesse à propos de notre mariage secret, de nos problèmes d'argent, de ce que nous devrions faire (et où nous devrions aller) pour en gagner plus. Mais rien n'aurait pu me préparer à ce qu'elle m'a fait ce soir-là.

Je n'oublierai jamais mon humiliation, tandis qu'assis à la table je sirotais une bière tiède et lui gardais un verre de mauvais vin blanc en attendant qu'elle revienne des toilettes. Au bout de vingt minutes, j'ai envoyé une cliente la chercher. J'étais embêté pour elle, pas encore inquiet. Je pensais qu'elle avait un problème digestif ou quelque chose comme ça. J'ai commencé à m'inquiéter, à être fou d'angoisse en fait, quand je me suis aperçu qu'elle n'était ni aux toilettes ni ailleurs dans l'hôtel.

Neil insistait : il n'y avait pas de raison de s'inquiéter, le spectacle devait continuer. Mais je ne pouvais pas m'y résoudre. À l'évidence, c'était grave. Votre femme ne va pas aux toilettes pour brusquement oublier d'en revenir.

Comment avait-elle pu me quitter le soir où ma carrière atteignait ce qui était alors son point culminant ? Comment avait-elle pu penser que c'était une façon décente de mettre fin à notre histoire ? À notre mariage ? Elle ne m'avait même pas laissé un mot. Rien. Zéro. Nada. Que dalle. Va te faire foutre.

Jamais je ne me suis senti aussi seul que cette nuit-là. Seul dans ce B & B minable, étendu sur ce lit étroit et inconfortable. Blackpool est ma ville natale et, même si ma mère vivait encore à Kirkspey à l'époque, j'aurais pu appeler d'autres membres de la famille – des tantes, des oncles, des cousins. Tous auraient été heureux de m'accueillir pour la nuit et même de me garder à déjeuner le lendemain. Mais je n'en ai rien fait. J'ai dormi dans des draps rugueux, dans une chambre au radiateur défectueux, parce que je pensais, j'espérais qu'elle reviendrait. Elle avait emporté ses vêtements mais ça ne signifiait pas qu'elle était incontestablement, littéralement *partie*. Je me disais qu'elle était peut-être allée jusqu'à la gare routière, où elle avait constaté qu'il n'y avait plus d'autocar pour Edimbourg avant le lendemain, et qu'elle était donc en route pour le B & B. Nous pourrions parler, mettre les choses à plat et trouver une solution. Ça se terminerait peut-être bien. Ce n'était pas forcément un problème si grave.

Elle n'est pas revenue au B & B, et elle n'était pas dans notre appartement quand je suis rentré à Edimbourg. Je n'oublierai jamais – et Dieu sait que j'ai essayé – le sentiment de peur, de panique et de pure terreur qui a déferlé sur moi quand j'ai ouvert la porte et suis tombé sur : rien. Le néant absolu. Pas de lettre. Pas d'objets disparus. Pas de traces, pas d'indices, aucune raison, aucune explication.

J'ai contacté la police, ai expliqué que mon épouse avait peut-être été enlevée ; mais ni eux ni moi n'y croyions vraiment. Ils ajoutèrent son nom à une longue liste de personnes soupçonnées d'avoir fait un « Reginald Perrin », selon leur jargon[10], et m'annoncèrent qu'ils feraient la tournée des hôpitaux.

Mais, Belinda étant une adulte et aucun signe d'acte criminel n'ayant été relevé, je ne pouvais m'attendre à rien de plus poussé de leur part.

Aucun signe d'acte criminel ? Même si Belinda était

10 Du nom du héros d'une série télévisée anglaise : Reginald Perrin est un cadre commercial qui fait croire à son suicide pour tenter de recommencer sa vie de zéro.

partie de son propre chef et qu'aucun crime n'avait été commis, je considérais le quota d'acte criminel comme très largement dépassé. Ce qu'elle m'avait fait était d'une cruauté si intense, d'une perversité si profonde à jamais impardonnable. C'est ce que je me disais : *impardonnable.* Et puis, j'ai passé des semaines, des mois et des années à réfléchir aux façons de lui pardonner.

Rien ne me réconfortait, rien ne me soulageait. Belinda rirait sans doute si j'essayais de lui expliquer que même les chansons d'Elvis Presley ne parvenaient pas à me consoler en ces mois blafards. Elvis n'avait jamais connu souffrance comparable à la mienne. Jamais il n'avait connu pareille humiliation.

Pendant une éternité, Belinda avait essayé de me faire renoncer à Elvis. L'ironie voulait qu'elle soit parvenue à ses fins en me quittant, et qu'elle n'en saurait donc jamais rien. Mon plus grand amour m'avait volé tout le bonheur que me procurait mon autre grand amour. Ainsi, l'un ne pouvait pas exister sans l'autre. Pas pour moi. Pendant des années, je n'ai pas pu écouter une chanson d'Elvis. Je détestais ce type, en tout cas sa musique. Quand je me trouvais dans une boutique et qu'une chanson du King passait en fond sonore, je sortais aussitôt. J'avais ainsi quitté brutalement plusieurs réceptions de mariages ou bars-karaoké. Je trouvais les paroles ineptes, et même « *Heartbreak Hotel* » ou « *My Baby Left Me* » échouaient à atténuer mon agonie d'avoir été si cruellement jeté au rebut.

Quatre semaines après cette soirée de cauchemar, Belinda m'a envoyé une carte postale pour me faire savoir qu'elle était en vie, mais qu'elle ne se sentait plus vivante en ma compagnie.

Durant un certain temps, je me suis perçu comme une merde, un déchet, un détritus. Je ruminais sans relâche les questions complaisantes et destructrices que tous les amoureux éconduits se posent, quel que soit leur sexe. Les réponses ne me sont apparues qu'un an et demi plus tard, de retour d'un voyage à l'étranger. Qu'est-ce que j'avais fait pour mériter ça ? Rien. Qu'est-ce qui ne tourne pas rond chez moi ? Rien. Pourquoi m'a-t-elle traité comme ça ? Parce qu'elle est cinglée.

Aujourd'hui, cet épisode appartient au passé. Je dis juste une chose : à l'époque, ça a été dur. Dur comme du granit.

Lorsque j'ai posé mes bagages en Angleterre, j'ai décidé de reprendre mes études pour décrocher un diplôme de professeur de musique. Ça m'a pris encore deux ans pour laisser Elvis revenir dans ma vie.

Mais il est revenu, et il n'était pas content. Ma musique avait mûri. J'en avais conscience, et d'autres le confirmèrent pour moi. Je chantais les paroles avec une conviction nouvelle, tant il est vrai que l'épreuve de la perte peut parfois nous faire grandir. Avoir aimé et avoir perdu ce que j'aimais m'avait permis de franchir un palier dans mon art – bien plus que si j'avais été simplement heureux ou content de mon sort. Même si, au jour d'aujourd'hui, j'aurais préféré être un « médiocre » imitateur d'Elvis avec une femme et des gosses plutôt qu'un imitateur « sensationnel » qui se retrouve chaque soir avec une fan différente dans son lit.

La vérité, c'est que je rêvais de remporter les qualifications et le voyage à Las Vegas, mais que je convoite le titre final avec une avidité confinant au besoin obsessionnel.

Bien sûr, je n'imagine pas pouvoir remonter le cours du temps. Je ne peux pas revenir à Blackpool, un soir de janvier 1996. Je n'aurai jamais l'occasion de dire à Belinda : « Ne va pas aux toilettes, parle-moi, dis-moi ce qui ne va pas. » Je ne peux pas modifier l'enchaînement de situations qui a suivi ce fatal départ aux toilettes. Ces situations qui se sont empilées les unes sur les autres pour former ce tas informe que j'appelle – faute de mieux – ma vie. Mais si je participe à la finale de ce soir et si, cette fois, je l'emporte, alors je serai capable de donner à ma vie un nouveau départ, de me remettre en selle. Je pourrais même retrouver une certaine dignité.

J'ai déjà jeté aux orties la compétition pour elle. Et toute ma vie, dans la foulée. Mais je ne recommencerai pas.

Je vais aller aux répétitions et je vais être bon. Je vais chanter avec conviction, avec intensité. Je vais être le King of Kings des Artistes Imitateurs Européens 2004. Et Belinda McDonnel et Bella Lawrence n'auront qu'à se faire une raison.

Je me glisse dans ma chambre, récupère mon costume et m'esquive sans avoir été repéré par Laura. Je lui laisse les billets pour la répétition générale et un petit mot où je lui dis qu'elle me manque. C'est la vérité – une partie de la vérité.

Je saute dans le monorail et, au même moment, une pensée me traverse l'esprit. Qu'est-ce qui me prend ? Je crois vraiment que gagner cette compétition va me permettre de reconquérir ma dignité alors que, ces dernières vingt-quatre heures, j'ai serré deux femmes dans mes bras ? Je suis déterminé à participer aux répétitions et à la finale de ce soir, mais chanter ou ne pas chanter, telle n'est pas la question. Pour cette raison, et elle seule, je décide de me concentrer sur la question.

39. Stuck on you (Je t'ai dans la peau)

LAURA

— Je peux t'offrir un autre verre, Laura ?

— Non, ça va aller, Phil. Je ne veux pas déjà me pinter.

— Et cette vodka-tomate, là, c'était quoi ?

— Un remède pour atténuer ma gueule de bois.

— Ça se tient.

Il s'allonge sur sa chaise longue. Il n'a pas l'air d'avoir envie de boire seul, mais je ne peux vraiment pas l'accompagner aujourd'hui. Même pour être polie.

— Combien de verres j'ai bu, hier soir, en fait ?

Tout en posant ma question, je me penche pour prendre ma lotion solaire et étale quelques gouttes de lait indice 15 sur mes cuisses. C'est la troisième fois que je m'enduis de crème en une demi-heure. Mes pensées sont confuses.

— À peu près autant que moi, grimace-t-il.

— On va dire « trop », alors.

D'habitude, je tiens largement la distance face à Philip et je ne finis jamais la soirée la tête dans le bidet. Mais mon dieu, j'ai trente-deux ans, plus vingt-deux, et j'ai passé l'âge de tester des cocktails qui ont la même couleur que ma solution buccale.

Philip et moi passons quelques heures à nous prélasser au bord de la piscine en échangeant nos trucs contre la gueule de bois. Il recommande un solide petit déjeuner, je préfère avaler deux analgésiques. Comme cette situation exceptionnelle appelle des mesures exceptionnelles, nous optons chacun pour les deux solutions. Nous essayons aussi une petite liqueur, un petit somme et quelques gorgées de bonne vieille eau minérale. Vers 15 heures, je ressemble à peu près à un être humain en état de marche. Je repose mon roman et en informe Philip.

— Je me sens mieux, moi aussi, répond-il. D'ailleurs, ça n'est pas une bonne nouvelle : ça veut dire que ce soir j'aurai oublié comme je me sentais mal ce matin et je vais de nouveau me prendre une cuite.

— Pas moi. Ce soir, je me calme. Je veux me sentir en pleine forme demain pour Stevie.

J'adore ce rôle de petite amie supportrice ; c'est tout nouveau pour moi.

— Tu penses qu'il a de bonnes chances de remporter le titre ?

— Bien sûr !

C'est un cri un cœur. Je marque une pause pour affiner ma réponse.

— Enfin, je n'ai pas vu ce que donnaient les autres concurrents, mais il est tellement bon – tu l'as vu, non ?

— Il m'a impressionné, c'est sûr. Mais ils doivent tous être très doués pour être arrivés à ce stade de la compétition.

Il est prudent, il essaye de tempérer mes attentes.

— Je sais, le niveau est certainement élevé. Rien que pour assister à la répétition de ce soir, l'entrée coûte 30 £.

— C'est quoi, la différence entre le show de ce soir et la finale demain ?

— Pour les concurrents, c'est pareil. Ils doivent chanter les deux mêmes chansons les deux fois. Mais demain, il y aura un spectacle en première partie, des danseuses et un jury.

Phil grimace face au soleil.

— C'est impressionnant, non, de faire partie d'un truc aussi énorme ? demande-t-il.

— De quel truc ? dit la voix de Bella, qui vient interrompre notre discussion et se place juste entre le soleil et moi.

— Salut ! répondons-nous ensemble. Nous parlions de Stevie et de la finale.

Bella prend un air morose. Elle n'est pas du tout impressionnée par la performance de Stevie et rien ne pourra la faire changer d'avis.

— Qu'est-ce que tu as fait de ta journée ? dis-je pour changer de sujet, parce que je n'ai pas du tout envie de l'entendre dénigrer le concours et, indirectement, déverser son mépris sur Stevie.

— Des courses.

— Où sont tes sacs ?

Philip et moi avons posé la question en même temps. Je suis presque sûre que notre curiosité est motivée par deux raisonnements distincts : je suis impatiente de voir les fabuleux achats de mon amie, il est inquiet en pensant à ses factures de carte de crédit.

— Je n'ai rien trouvé qui me plaisait.

— Rien ?

Je suis abasourdie.

— Tu as fait du shopping toute la matinée et une partie

de l'après-midi et tu n'as rien acheté ? demande Philip, qui n'en croit pas ses oreilles – ou ne croit pas à sa chance.

— Exact.

Bella s'étend sur la chaise à côté de Philip et ajoute :

— Je ferais mieux d'enfiler un maillot de bain et d'aller piquer une tête dans la piscine.

Mais elle ne bouge pas. Elle se contente de faire signe à un serveur et de lui demander un jus d'orange.

— Toujours pas d'alcool ? dis-je.

— Non.

— Désintoxication ?

— Hmmm...

Mais elle ne m'en dit pas davantage.

— La sagesse parle par ta bouche. Moi, je me suis sentie aussi rugueuse que le cul d'un hérisson toute la matinée.

En réalité, je trouve la soudaine sobriété de Bella plutôt agaçante. Comme si elle était déterminée à s'amuser le moins possible pendant ce week-end. Et puis, c'est gênant qu'elle se rappelle tous les détails de ma prestation d'hier soir, quand j'ai chanté *« My Way »* au bar du MGM Grand. J'étais possédée, ou quoi ? Question stupide : oui, par l'alcool. Quand je suis sobre je chante juste, ce qui est loin d'être dans mes capacités quand je suis sous ce genre d'emprise.

— Tu dois être très excitée pour Stevie, Laura, non ? me demande Phil.

— Oh, oui ! Enfin... une petite partie de moi a peur, aussi.

— Peur qu'il soit déçu s'il ne gagne pas ?

— Il gagnera, dis-je avec un sourire confiant.

Je suis une adepte de la pensée positive.

— Non, ce n'est pas ça, dis-je en soupirant. Je commence

à en avoir marre de ses fans. J'ai trouvé leur présence un peu envahissante hier soir.

J'ai attendu le retour de Bella pour dire tout haut ce que j'avais sur le cœur, mais je mets mes lunettes de soleil afin qu'elle ne voie pas mes yeux pendant que je me plains.

— Je n'arrive pas à savoir pourquoi, mais hier soir tous les ingrédients étaient réunis pour qu'on passe un moment terrible et en fait c'était seulement… pas mal.

— J'ai eu l'impression que tu t'amusais, remarque Philip, visiblement vexé.

— Oh, Phil, ce n'est pas ce que je veux dire. J'ai vraiment aimé les endroits que tu avais choisis, et on a très bien mangé…

Je me tourne vers Bella.

— … et Bella, je t'en prie, ne crois pas que je sous-estime ta générosité. Cette robe est magnifique, je l'adore.

Bella agite la main pour balayer ma remarque et continue de fixer la piscine. Elle regarde un groupe d'enfants en train de batifoler, de se pousser dans l'eau et de s'éclabousser.

— Mais c'est tout le problème ! Nous sommes à Las Vegas, j'étais avec mes meilleurs amis, je portais la robe la plus fabuleuse que j'aie jamais portée…

— Ça, tu étais exquise, confirme Philip.

J'aime ce genre d'interruption.

— … et pourtant, par moments, j'avais le sentiment que Stevie me filait entre les doigts.

— Tu délires, conclut Philip qui ne connaît rien à ces choses.

Bella, qui en connaît un rayon sur le sujet, reste silencieuse. Je continue.

— C'était un peu comme si je découvrais que mon nouveau sac Vuitton était une vulgaire imitation. À un moment, on a entre les mains le plus bel objet de la Terre, le moment d'après on se sent vaguement honteux. L'objet reste le même, mais on ne peut plus se balader avec en affichant la même arrogance. Hier soir Stevie s'est montré pour l'essentiel attentionné, gentil, drôle mais parfois, sans raison apparente, il devenait distant, distrait, déroutant.

— Tu te fais des idées, insiste Philip. S'il te semble distrait, c'est probablement à cause de la grande finale de demain. Il est juste nerveux, tu vois ?

J'ai envie d'y croire. Trop envie.

Le problème, et ça je ne peux pas en parler devant Phil, c'est que cette nuit Stevie n'a pas voulu se coucher en même temps que moi. Malgré ma robe pivoine. Il n'a pas lu le scénario ou quoi ? Cendrillon va au bal vêtue d'une jolie robe, le prince tombe amoureux d'elle et ils vivent heureux pour le restant de leurs jours. J'avais trouvé un équivalent plus moderne : Cendrillon va au bal vêtue d'une jolie robe, le prince tombe raide de désir et ne peux pas s'empêcher de la tripoter. Après plusieurs mois passés à s'envoyer en l'air à tout bout de champ, ils emménagent ensemble pour partager les tâches ménagères et diviser par deux la facture de téléphone. Certains diront que c'est triste quand même vos rêves prennent une tournure si terre-à-terre mais j'ai toujours eu des aspirations assez réalistes. L'époque des rêves vertigineux est bel et bien révolue pour moi. Quoi qu'il en soit, Stevie n'avait pas lu le scénario. Hier, il est rentré avec moi dans la chambre, a retiré son costume d'Elvis puis m'a baratiné en me disant qu'il avait besoin de se changer les idées.

Je ne suis pas née de la dernière pluie. Je sais pertinemment qu'un homme ne se détourne jamais d'une femme qui l'attend au lit sauf s'il en a une autre sur le feu. Est-ce très paranoïaque de ma part de penser ça, un peu paranoïaque, ou bien plein de bon sens ?

— Cette nuit, il s'est éclipsé à une heure ridiculement tardive, en prétextant je ne sais quel rituel superstitieux qu'il a l'habitude d'accomplir la veille de chaque concert : une longue balade en pleine nuit et des exercices vocaux. Il m'a dit que je ne pouvais pas l'accompagner car il risquait de se sentir ridicule en faisant ses exercices d'élocution devant moi. Je n'y ai pas trop cru. Ça vous semble plausible ?

— Oui ! s'exclame Bella d'un air convaincu. Les personnalités créatives ont toujours des habitudes étranges, des manies rigolotes. J'ai lu dans un magazine que Maria Carey exige d'avoir des peluches de labrador dans sa loge avant tous ses concerts.

Aussitôt je me sens mieux. Pendant un bref instant.

— Regardez un peu par là…

J'indique d'un mouvement de tête une blonde svelte et musclée, l'une des groupies qui, hier, a quasiment violé Stevie. En ce moment, elle est en train de masser avec de la crème solaire un autre type qui, quelle coïncidence, arbore une houppette et de grandes lunettes de soleil à monture dorée.

— C'est une des pétasses d'hier. Regardez-moi ça… pour un peu elle se ferait basculer sur la chaise…

— Ne dis pas de bêtises, intervient Bella, qui essaye quand même de regarder par-dessus l'épaule de Phil.

Je me retourne juste à temps pour voir la blonde retirer son soutien-gorge. Avec elle, le sexe est simple, servi sur un plateau. Un plat fabuleux, peu d'hommes seraient d'un avis contraire.

— Ç'aurait pu être Stevie, dis-je, furieuse.

— Mais ce n'est pas lui, répond calmement Phil.

— Ces femmes-là se fichent bien de savoir avec quel Elvis elles vont baiser !

Je suis indignée.

— Ne t'inquiète pas à propos de Stevie.

— Bien sûr que si, je m'inquiète. C'est un homme. Sois honnête, Philip : si tu étais célibataire et qu'on te proposait une partie de jambes en l'air, comme ça, sans lendemain, tu refuserais ?

— Stevie n'est pas seul. Il est avec toi. Et, entre nous, oui, je pourrais refuser la proposition. Les hommes ne sont pas esclaves de leur pénis, malgré ce que la culture populaire pourrait te laisser croire.

— Dans quelles circonstances tu dirais non ?

J'ai envie de voir une lueur d'espoir.

— Eh bien, si la femme en question était très laide ou complètement folle, je refuserais.

Philip boit une gorgée d'eau. Il a l'air de considérer que sa réponse est celle d'un gentleman. Je n'en suis pas si sûre. En même temps, j'ai le raisonnement embrouillé ces temps-ci.

Est-ce que je suis en train de me ridiculiser ? Ce matin, je faisais semblant d'être endormie pendant que mon petit ami s'affairait dans la chambre, prenait une douche et s'habillait aussi discrètement que possible. À un moment, j'ai compris qu'il ne trouvait pas son portefeuille. Je savais qu'il était dans le premier tiroir de la coiffeuse, je l'avais vu le ranger quand il était rentré de sa promenade et de ses exercices nocturnes. Là aussi, je faisais semblait de dormir. Il a cherché dans ses poches de veste, de jean, et dans le tiroir de la table de chevet avant de trouver le portefeuille. Pourquoi ne lui ai-je pas demandé ce qu'il cherchait puis indiqué la bonne direction, pour lui épargner quelques minutes d'angoisse ? La réponse est : parce que j'avais peur.

Je n'ai pas voulu parler à Stevie ce matin parce que j'ai peur de ce qu'il peut avoir à me dire. Je ne veux pas l'entendre.

— Je ne suis pas certaine que Stevie soit la bonne personne pour moi.

Ce n'est pas ce que je veux dire. Ça sonne dramatique. Je me sens toujours cafardeuse après une cuite. Je pense que Stevie est exactement la bonne personne pour moi. Mais je me fais du souci parce que je suis malade de jalousie.

— Je me mets à observer les femmes, tout le temps. Je remarque leur façon de porter le jean, si elles ont des hanches saillantes, si leurs cheveux sont brillants, leur peau claire, si elles ont de gros seins. Il n'y a qu'à vous que je peux l'avouer : je suis folle de curiosité et de jalousie. C'est sûrement une conséquence de ma relation avec Oscar. Ça me paraît stupide d'avoir à nouveau confiance dans un homme, mais ce serait encore plus stupide de ne plus jamais avoir confiance, pas vrai ? Je perds les pédales. Je suis tellement dingue de lui, vous comprenez ? Je n'ai pas envie de croire que je puisse le perdre un jour…

— Bella ? Ça va, ma chérie ? s'enquiert Philip.

Je suis son regard. Le visage de Bella a tourné au vert.

— J'étouffe, ici, dit-elle.

Elle essaye maladroitement de se lever.

— J'ai besoin d'ombre.

Elle se met debout. Philip se lève pour la suivre mais elle lui fait signe de la laisser.

— Reste avec Laura. Ça va aller. Vraiment, ce n'est rien.

Il retombe sur sa chaise longue, et regarde sa femme rentrer dans l'hôtel.

— Laura, tu penses que…

— Quoi ?

— Non, rien.

Il appelle un serveur et commande deux gins tonic. Je n'émets aucune objection, malgré mon projet de rester l'œil clair et le poil vif pour ce soir. Cette discussion m'a donné soif. Nous restons plongés dans nos pensées, sans rien dire, jusqu'à ce que nos verres arrivent. Philip remue longuement son glaçon. Je comprends que quelque chose le tracasse lorsqu'il porte le verre à ses lèvres sans dire « Santé ! ». Philip est très attaché à la forme et ses manières sont irréprochables.

— Tu penses que Bella va bien ? reprend-il.

Je jette un coup d'œil vers l'hôtel.

— Oui. Ça va aller, elle l'a dit. Elle n'aime pas beaucoup le soleil. Elle a juste besoin de se rafraîchir.

— Tu ne trouves pas qu'elle a un comportement bizarre depuis quelques jours ?

— Non.

Ma réponse est automatique et pas complètement sincère. Elle s'est comportée comme la pire des snobs, avec ses remarques méprisantes sur les imitateurs d'Elvis et tout ce qui s'y rattache, mais je ne me sentirais pas à l'aise d'en parler à Phil.

— Si quelque chose n'allait pas et qu'elle s'était confiée à toi, tu me le dirais ?

La vraie réponse à cette question est « non ». Je ne sais pas si garder le secret de mes meilleures amies fait de moi quelqu'un de bien ou une ordure.

— Bien sûr.

Je mens car, après tout, Bella ne m'a fait aucune confidence. Cette réponse est donc purement théorique. C'est à peu près pareil que quand votre petit copain pète un plomb parce que vous lui avouez que vous avez envie de vous taper Robbie Williams. C'est absurde, puisqu'il n'y a aucune chance pour que ça se produise un jour.

— Je peux te parler ? me demande Philip.

— Vas-y.

Il reste silencieux. J'entends les gens s'amuser autour de nous, sautant dans l'eau, riant, bavardant. Par contraste, Phil semble encore plus immobile. Finalement, il dit :

— Écoute, je n'ai pas envie que tu me prennes pour un fou mais, bon, je ne te parlerais pas si je ne pensais pas que tu peux me comprendre.

— À propos de quoi ?

— Ce truc que tu as dit, à propos des femmes que tu regardes tout le temps. Eh bien, moi aussi.

— Philip !

Je suis choquée, et ne cherche pas à le cacher.

— Pas les femmes, Laura ! Je regarde les autres hommes.

— Philip !

Je suis doublement choquée.

— Pas pour *moi* ! Je les regarde et j'analyse tous leurs gestes parce que je suis jaloux.

— Tu es *quoi* ?

Je pars d'un grand rire, ce qui n'est vraisemblablement pas la réaction sensible et compréhensible que Phil espérait de ma part.

— Je crois que Bella voit un autre homme.

Je le regarde, incrédule.

— Tu es en plein délire, dis-je, sans ambages.

Philip me retourne mon regard. Il meurt d'envie d'être rassuré. Il me ressemble quand je demandais à Oscar de m'expliquer pourquoi il rentrait si tard du bureau et où il était parti pendant tout le week-end. Je suis submergée par la pitié, et j'ai envie d'assurer Philip qu'il n'a rien à craindre de Bella sur ce plan. Il n'y a aucune comparaison entre sa situation et celle que j'ai connue avec Oscar.

En même temps, je suis assez indignée qu'il ait des soupçons aussi grotesques.

— Bella est folle de toi. Jamais elle n'irait voir ailleurs.

— C'est ce que je me suis toujours dit mais elle s'est montrée si nerveuse et secrète, ces temps-ci. Elle n'arrête pas de téléphoner quand je vais prendre une douche et raccroche dès que je retourne dans la chambre.

— Et qui est-ce qu'elle appelle ?

— Amelie.

— C'est sans doute pour lui demander d'arroser les plantes ou quelque chose dans le genre. Tu sais combien elle est perfectionniste.

— J'espérais que ce séjour nous donnerait l'occasion de parler. Je sais qu'elle se fait du souci, et ça ne date pas d'hier. Je voulais savoir ce que c'était et tirer les choses au clair avec elle, mais elle refuse de me parler. J'ai essayé, pourtant.

— Peut-être qu'elle est en train de penser à ce qu'elle veut faire de sa vie. Tu sais, sa carrière, tout ça. Elle a besoin d'y réfléchir toute seule, sans l'aide de personne. Elle a toujours été indépendante. C'est son style. Après tout, elle est censée prendre un temps de réflexion pour envisager son avenir, pas vrai ?

Philip hausse tristement les épaules.

— Je pourrais me contenter de cette explication mais elle est si distante, si bizarre. À vrai dire, elle me manque. J'ai le sentiment qu'elle me cache quelque chose.

— C'est bientôt ton quarantième anniversaire. Évidemment, qu'elle te cache quelque chose…

— Mais elle a l'air déprimée, mélancolique, toujours les larmes aux yeux. Chaque fois qu'on doit se voir tous les quatre, elle annule sous prétexte qu'elle est fatiguée. Bella préférant rester dans sa chambre plutôt que sortir s'amuser, tu trouves que ça lui ressemble ? Et cette nuit *elle non plus* ne s'est pas couchée avec moi. Elle est descendue boire un verre au bar du jardin.

— Et c'est tout ? Ce sont les indices qui te laissent penser que ma meilleure amie a une liaison ?

Je suis terriblement blessée pour Bella, et furieuse contre Philip. Quand s'est-il transformé en saint Thomas ?

— Ce sont des indices un peu plus sérieux que ceux que tu as récoltés contre Stevie, et pourtant toi aussi tu as des doutes.

— Oui. Et tu me trouves ridicule.

Aussitôt, je m'aperçois qu'une partie de moi est cassante. Le délire paranoïaque de Philip rend le mien plus gênant encore. C'est terrible, de voir la confiance s'évanouir d'une relation. Et j'en ai aussi marre parce que je suis sceptique quant à la durée d'une relation amoureuse – je veux dire *mes* relations amoureuses. Je suis persuadée que les couples devraient se battre pour que ça dure, et ça me déprime de voir Philip se mettre à gamberger.

Philip sent bien que je suis choquée. Ça le pousse à un aveu inhabituel :

— Nous ne faisons plus l'amour, marmonne-t-il dans son verre.

Je considère cette information avec tout le soin qu'elle mérite. Je sais qu'il doit en coûter à Philip de se confier à moi à ce sujet. C'est vrai que le comportement de Bella est très curieux depuis plusieurs semaines. Elle s'est montrée irritable avec moi et Amelie, mais j'avais mis ça sur le compte de ma rencontre avec Stevie. Il est évident que ça n'a rien à voir. Soudain, j'en prends conscience.

— Oh mon dieu, Philip !

J'ai poussé un cri. J'ai du mal à croire que je ne suis pas arrivée à cette conclusion plus tôt. Ça crève tellement les yeux ! Toutes les pièces du puzzle s'assemblent d'un seul coup.

— Tu ne comprends pas ? Elle est mélancolique, secrète, fatiguée, et pas très motivée quand vous êtes au lit ?

Philip lève les yeux et attend la suite.

— Tu vas être papa, Phil.

40. Suspicious Minds (Esprits soupçonneux)

Philip

Laura aurait-elle vu juste ? Bon, techniquement bien sûr, c'est *possible*. Mais est-ce probable ? Pourquoi pas… Je chantonne tout en me rasant sous ma douche. Allongée sur le lit, Bella zappe à travers un million de chaînes du satellite, dont aucune ne semble capter son attention. Je l'observe depuis la salle de bains, par la porte entrouverte. Il y a un grand bocal de bonbons sur la table de chevet – elle en a mangé les deux tiers, dévoré une bonne partie d'un sachet de chips et la moitié d'un Snickers. Elle qui n'aime pas les Snickers ! J'ai plutôt l'habitude de la voir manger du poisson et des brocolis – des aliments avec une vraie valeur nutritive et moins d'additifs chimiques. Commencerait-elle à manger pour deux ?

Tandis que je m'essuie, je repense aux mois écoulés à la lumière de ce que m'a dit Laura. La grossesse expliquerait les sautes d'humeur, et sa réticence à chercher un métier. Elle n'a pas du tout envie de se lancer dans un projet professionnel si c'est pour tout recommencer aussitôt. Ça expliquerait aussi pourquoi elle n'a pas voulu venir à Las Vegas

– certaines femmes ont peur de prendre l'avion au début d'une grossesse – et pourquoi elle ne veut plus boire d'alcool. Je pensais que les vacances n'étaient pas le meilleur moment pour redevenir sobre. Ça expliquerait aussi pourquoi elle n'a acheté aucun vêtement depuis qu'elle est ici, et sa nervosité quand nous étions à la piscine.

Mais si elle est enceinte, pourquoi elle ne me l'annonce pas ?

Peut-être par égard pour Laura et Stevie. Elle ne veut pas leur faire de l'ombre : ce voyage est censé être *leur* voyage, pas le nôtre. Bella est tellement délicate…

Plus j'y réfléchis, plus le scénario tient la route. Je me sens léger tout à coup, soulagé, fou de joie. Je me trouve ridicule à présent d'avoir passé la nuit dernière à ruminer des pensées horribles et écœurantes. Comment ai-je pu m'imaginer que ma femme avait une liaison ? Je suis dingue. On est en plein désert, bon sang ! Les seules personnes qu'elle connaît dans tout le Nevada sont Laura, Stevie et moi.

Je sors de la salle de bain sur un petit nuage dégouttant d'amour, une serviette nouée autour de la taille. J'ai pris un peu le soleil et Bella adore quand je viens de prendre une douche et que je suis rasé de frais – elle me l'a souvent dit. Je la rejoins sur le lit et dépose un baiser sur le haut de son crâne. Dire que cette femme porte mon enfant ! Cette femme magnifique, passionnante, surprenante, va être la mère de mes petits ! J'en exploserais presque de fierté. Je reste à côté d'elle, attendant qu'elle éteigne la télé et se tourne vers moi pour que je l'embrasse.

— Tu vas mouiller les draps, ronchonne-t-elle sans quitter l'écran des yeux.

Je regarde ce qui la fascine tant. Une publicité interminable pour des couteaux de cuisine ? Je prends la télécommande et éteins.

— J'étais en train de regarder ! s'écrie-t-elle, indignée.

Elle tourne vers moi son regard assassin, et j'en profite pour lui planter un baiser sur les lèvres. Elle se laisse faire mais garde la bouche fermée, ce qui entrave quelque peu mon plan de séduction.

Elle se détourne et plonge la main dans le bocal de bonbons.

— Je ne sais pas pourquoi je continue d'en manger. Ils me donnent envie de vomir.

Elle a envie de vomir ! Je l'embrasserais, tellement je suis fou de joie ! Je m'étends contre elle, la tête appuyée sur une main.

— J'ai quelque chose de très drôle à te raconter, dis-je.

— De drôle ? Ah oui, ça pourrait me faire du bien en ce moment.

Mais elle ne me laisse pas finir. Elle enchaîne :

— Je suis vraiment fatiguée. Tu crois qu'on pourrait faire l'impasse, ce soir ?

Elle me fixe. Ses gigantesques yeux marrons, bordés de longs cils épais, n'ont jamais autant ressemblé à ceux de Bambi. Elle est épuisée. Ça confirme tout ce que j'espérais. C'est exactement comme si elle m'avait mis sous les yeux son test de grossesse positif. Une famille… c'est tout ce dont je rêve. Ce dont *nous* rêvons. Je suis tellement excité, je pourrais imploser.

— Nous ne pouvons pas louper le spectacle, sauf si nous avons une bonne excuse. Après tout, nous sommes venus ici pour soutenir Stevie. Nous sommes ses invités. Nous ne pouvons pas tirer un trait sur la répétition générale. Ce sera une soirée importante pour son moral et sa confiance.

Je marque un temps, pour souligner mon propos.

— Nous avons intérêt à avoir une bonne, une très bonne excuse pour ne pas venir.

Comme par exemple : ma femme n'est pas dans son assiette parce qu'elle porte notre premier enfant ! J'attends qu'elle confirme mon intuition mais rien ne vient. Bella soupire et répond quelque chose d'inaudible où il est question de « meilleure excuse du monde »...

— Et c'est quoi ?

J'ai presque crié, tant l'excitation m'empêche de contrôler ma voix. Bella paraît surprise mais ne dit toujours rien. Elle roule sur le lit, se lève et va ouvrir la penderie. Elle en sort un petit haut, le premier qui lui tombe sous la main. En temps normal, elle aurait passé des heures à se demander quelle tenue choisir. Peut-être sait-elle déjà que certains de ses vêtements moulants ne vont plus lui aller. Je me demande si son corps a déjà commencé à se modifier... Pas à l'œil nu, mais je ne sais pas au juste quand ça commence à « se voir ». Oh, mon dieu, tout ça est tellement bouleversant ! Ma femme va s'épanouir. Je suis sûr qu'elle sera une de ces futures mamans si belles et si sereines. Je l'imagine rayonnante plutôt qu'en train de vomir. Mais si elle vomit, je serai juste à côté d'elle, lui tenant les cheveux pour dégager son visage. Je veux être avec elle à chaque étape. Je veux masser son dos endolori, et je veux à tout prix assister à la naissance. Mais, plus que tout, je veux qu'elle m'annonce la grande nouvelle ! Je ne peux pas attendre une seconde de plus. Je veux que notre avenir commence tout de suite.

— Bella ?

Elle s'arrête devant la porte de la salle de bains.

— Si nous devons assister à ce truc, Phil, je ferais mieux de me préparer.

— Bella, est-ce que tu es enceinte ?

— Pardon ?

Je me lève du lit et lui sourit d'un air désespéré, attendant que mon rêve se réalise.

— J'ai raison, n'est-ce pas ? Tu es enceinte. Ta fatigue, tes vertiges, tes sautes d'humeur… Non pas que je te reproche tes sautes d'humeurs. Je veux dire… je comprends, c'est une histoire d'hormones…

Je m'embrouille sous le coup de l'excitation, mais je ne veux pas l'énerver – elle s'est montrée *extrêmement* irritable, ces dernières semaines, aussi dois-je procéder avec précaution.

— Et puis, c'est très élégant de ta part d'attendre la fin de la compétition pour l'annoncer, afin de ne pas voler la vedette à Stevie. Mais ma chérie, à moi tu peux le dire ! Je suis tellement excité…

Bella est silencieuse. Elle s'est immobilisée, une main sur la poignée de la porte de la salle de bains. Elle regarde par terre.

— Tu es fou, Philip. Complètement malade.

Mon rêve éclate. Comme un ballon percé par une aiguille. Il crève et disparaît.

— Alors tu n'es pas enceinte, dis-je dans un souffle.

— Non, bien sûr que non. Où es-tu allé pêcher ça ?

Je me rallonge sur le lit et fixe le plafond. Bien sûr, que Bella n'attend pas d'enfant. Elle me l'aurait dit si c'était le cas. Elle n'en aurait rien eu à faire, de la finale de Stevie. En fait, je crois qu'il n'existe rien sur terre dont Bella se fiche davantage que la finale de Stevie. Comment est-ce que j'ai pu m'emballer autant ? Imaginer que quelque chose était vrai en me fondant sur une vague hypothèse, une pure conjecture ?

C'est simple : je voulais y croire. Je veux tellement fonder une famille avec Bella – c'est mon vœu le plus cher. Et ni le bon sens ni la prudence n'y peuvent rien.

Et puis, si Bella n'est pas enceinte, je me retrouve à nouveau confronté à des questions très préoccupantes. Et à une hypothèse accablante.

Bella met plus de temps que d'habitude à se maquiller. Plus de temps que moi à enfiler un pantalon et une chemise. Quand elle émerge de la salle de bains, je constate que l'effort supplémentaire n'était pas inutile.

Je suis toujours fier de mon épouse. Elle est solide, drôle, splendide. Mais ce soir, elle est... quelque chose d'autre. Elle est éblouissante. Sa tenue est pourtant des plus décontractées : jupe beige et haut d'un rouge claquant, deux achats que j'ai faits chez Diesel un samedi, pendant une de nos promenades du côté de Covent Garden. Elle les a déjà portés deux ou trois fois et ils lui donnent un côté « sexy malgré elle » : le haut laisse deviner un ventre ferme (au lieu de l'exhiber), et ses chaussures (talons hauts, nouées sur la cheville) ont un effet imparable. Ses cheveux raides sont polis comme une feuille de glace, et ses ongles fraîchement vernis en rouge vif – une couleur qu'elle réserve généralement aux ongles de ses orteils.

Je sais beaucoup de choses sur Bella. Nos amis disent souvent en plaisantant que nous sommes les candidats parfaits pour ce jeu où des couples sont interrogés sur les habitudes de chacun. Bella et moi connaissons par cœur chacune de nos petites manies, des petites manies qui resserrent nos liens et donnent forme à notre vie. Elle prend du lait écrémé avec son thé, demi-écrémé avec ses céréales, entier avec son café. Elle porte un parfum Jo Malone, sauf qu'on ne dit pas « parfum » mais « eau de Cologne » car c'est plus chic. Elle utilise des soins pour la peau Jurlique. L'odeur qu'elle préfère est celle du basilic, son fromage favori est le gorgonzola et son dessert les fraises à la sauce chocolat chaud. Chaque fois qu'elle s'offre une nouvelle tenue elle doit *impérativement* la porter le soir-même, y compris si nous restons à la maison à regarder un DVD. Elle aime la sensation du sable chaud entre ses doigts de pied mais préfère bronzer au bord d'une piscine plutôt qu'à la plage. Elle est souvent prise d'un fou rire si violent qu'il lui fait mal – d'accord, je ne l'ai pas beaucoup vue depuis plusieurs semaines. Elle adore qu'on vienne la chercher dans les gares ou les aéroports. Elle prend son pied à plonger un couteau dans un pot de miel tout neuf et à lécher la lame, même si elle sait qu'elle ne devrait pas. Et elle est capable de réciter la liste de mes préférences ; je le sais car le frigidaire regorge toujours de ma nourriture favorite, son cul est souvent revêtu de la lingerie qui me fait le plus d'effet, elle m'offre des jeux vidéo que je n'ai pas mais dont j'ai très envie, elle sait me choisir un livre ou une cravate et connaît tous les prénoms, âges et anniversaires de mes nièces, neveux et filleuls.

Mais soudain, je suis paralysé par la peur en me demandant : c'est tout ce que je sais ? Des « trucs » ?

Je ne suis plus certain de savoir quoi que ce soit d'important concernant Bella. De ces choses qui donnent une signification à la vie. Nous avons la forme, mais pas le fond. Pour qui vote-t-elle ? Est-ce qu'au moins elle se bougerait le derrière pour aller voter ? À une élection importante, sans doute, mais pas forcément à une élection locale. C'est choquant. Combien d'enfants veut-elle ? Quatre ? Un seul ? Pourquoi n'arrive-t-elle pas à se décider sur ce qu'elle veut faire de 9 heures à 17 heures, du lundi au vendredi ? C'est *vraiment* si difficile ? Pourquoi est-elle triste en ce moment ? Comment est-ce possible d'en savoir autant sur une personne tout en ne sachant finalement rien d'elle ?

Elle s'est appliquée pour son maquillage. Je le sais parce que d'habitude, elle ne met pas de fard à paupière et qu'aujourd'hui elle arbore deux teintes subtilement fondues, auxquelles s'ajoutent l'eye-liner et le mascara. Je sais qu'elle a rehaussé ses lèvres avec le gloss Perfect Pout, et poudré ses joues de terra-cota Eyeko. J'étais avec elle quand elle a pris d'assaut les instituts de beauté, à la recherche de ces marques. Je sais tant de choses sur elle. Je ne sais rien du tout sur elle. Parce qu'il est une question à laquelle je suis incapable de répondre : son maquillage est-il un masque pour la dissimuler, une armure pour la protéger, un camouflage pour la déguiser ou s'est-elle parée de couleurs florales pour attirer les abeilles ?

Je ne connais pas ma femme, et la douleur de m'en apercevoir dépasse tout ce que je suis capable de ressentir. Je me débats pour adopter une attitude un tant soit peu rationnelle.

— Nous sommes obligés d'aller à ce show ? répète-t-elle.

— Tu es déjà toute prête, lui fais-je remarquer.

— Nous pourrions passer la soirée ailleurs.

J'ignore cette proposition et prends la clé de la chambre ainsi que mon portefeuille.

— Bella ?

— Quoi ?

— Est-ce que tu as un amant ?

— Non.

Elle fixe mon oreille gauche pendant une bonne minute, puis me regarde au fond des yeux et répète :

— Non.

Mais je ne la crois pas.

41. One Night
(Un soir)

BELLA

Nous arrivons à l'hôtel où se déroule le spectacle à 20h45. J'ai fait de mon mieux pour repousser l'inévitable : je n'ai jamais été si longue à me préparer, même le jour de mon mariage. Quoi qu'il en soit, l'exquise politesse de Philip signe mon arrêt des mort. Je jure que j'entends le bourreau aiguiser la lame de la guillotine. J'espérais que, me voyant si sexy, Phil se jetterait sur moi, oubliant sur-le-champ le soutien moral à apporter à Stevie. Mais notre discussion à propos de ma grossesse fantôme a totalement ruiné l'ambiance. Où diable a-t-il pu aller chercher une idée aussi sordide ?

Dans le taxi, j'ai encore dit que je me sentais prise de vertiges. Il a dit d'une voix sombre qu'une bonne cuite suffirait sûrement à me remettre d'aplomb. On dirait qu'il a perdu toute considération et toute prévenance à mon égard. Compréhensible, je suppose, mais il a horriblement mal choisi son moment. Si j'ai jamais eu besoin d'un Phil confiant, gentil et plein de sollicitude, c'est ce soir. Pas de chance. Mauvais timing. Bref : du pur Las Vegas.

Ce soir, Neil Curran va faire éclater la supercherie entre moi et Stevie. Et cette révélation imminente – trop terrible et traumatisante pour que j'ose y penser – sera précédée de toutes sortes de tortures. Quelque chose comme des préliminaires bâclés avant une misérable partie de jambes en l'air, en cent fois pire. Je vais devoir supporter sans broncher quinze numéros d'imitateurs d'Elvis. Je suis sur le point de subir une interminable impression de déjà-vu qui va me laisser lacérée, déchiquetée. Pour un peu, j'aurais envie de tout avouer à Philip, *maintenant*. Pourquoi devrais-je m'infliger un supplice prolongé ?

L'instinct de survie, probablement.

Malgré les probabilités accablantes, une minuscule partie de moi se rebelle (à moins qu'elle ne soit trop naïve) et se demande s'il y aurait tout de même une chance pour que je sorte indemne de cette soirée. Je me mets à espérer que Neil Curran ne m'aperçoive pas dans le public ; ou bien qu'il ne mentionne pas son lien avec Stevie, pour ne pas être accusé de l'avoir pistonné. Je nourris cet espoir qu'en quittant l'hôtel ce soir, je serai encore la femme de Philip Lawrence.

L'établissement est clinquant et criard comme tous ceux que nous avons fréquentés pendant ce séjour, dans mon esprit ils commencent à se fondre en une seule masse homogène de néons. Nous montrons nos billets VIP à un membre zélé et efficace du personnel d'accueil et sommes promptement escortés à travers une série de couloirs obscurs et de portes dérobées jusqu'à une double porte derrière laquelle apparaît une splendide salle de concert.

La moquette est épaisse, les fleurs, lumières, bougies et les cascades de strass derrière la scène sont impressionnantes. Tables et chaises ont été rassemblées en petites grappes autour de la scène et s'étendent aussi loin que possible au fond de la salle. La capacité doit être d'environ six cents personnes. Bien du chemin a été parcouru depuis le King's Arms Hotel de Blackpool. Il n'y a pas à dire, c'est renversant.

Nous sommes en retard : la soirée à déjà commencé. À première vue j'ai l'impression que toutes les chaises sont occupées mais nous sommes conduits jusqu'à une table près de la scène où Laura est déjà assise, seule. Elle regarde un Elvis aux traits méditerranéens interpréter *Blue Suede Shoes*. Il s'agite dans tous les sens et la chose la plus gentille que je puisse dire à son sujet est que son costume est *très* brillant. Laura nous aperçoit, son visage s'éclaire, elle nous fait signe avec enthousiasme. Phil et moi nous frayons un chemin jusqu'à elle parmi les spectateurs. Elle bondit de sa chaise et nous embrasse avec un rire nerveux.

— On a raté beaucoup de numéros ? demande Phil.

— C'est le quatrième concurrent, il vient de Grèce.

— Et il y en avait de bons, avant ?

J'ai posé la question par politesse plus que par véritable curiosité.

— D'assez bons, mais pas encore de rivaux sérieux, dit Laura en souriant. « *All Shook Up* » a déjà été chanté deux fois. Mauvais calcul, parce que maintenant on ne se souvient plus vraiment de l'impact initial de la chanson. Un concurrent allemand a chanté « *Wooden Heart* », un choix assez prévisible puisqu'à l'origine c'était une comptine pour les enfants allemands. Un type a très bien chanté « *Good Luck Charm* » mais ce n'est pas un titre très populaire. Il ne montre pas toute la tendresse d'Elvis, ni l'étendue de sa maîtrise vocale.

Laura est apparemment devenue une expert ès-Elvis. Jamais je n'ai fait preuve d'un tel intérêt.

— Quand est-ce que Stevie entre en scène ? demande Phil.

— Il est le dixième sur la liste.

Je gémis intérieurement. D'ici-là, le scandale aura éclaté. Le pauvre Stevie n'aura même pas la possibilité de faire son numéro, parce que ça deviendra extrêmement délicat de poursuivre une fois que notre mariage aura été révélé. C'en est même stupide de sa part d'avoir insisté pour être tout de même présent ce soir.

Il y a beaucoup d'Elvis dans la foule. Certains sont des supporters, d'autres des concurrents qui viennent s'asseoir une fois leur tour passé, pour assister à la suite du spectacle et jauger le niveau de la compétition. Ils se félicitent l'un l'autre après chaque prestation, et c'est sincère : ils admirent tous tellement Elvis qu'ils sont heureux de voir ses chansons bien interprétées. Évidemment, ils se détestent tout autant. La vie est une chose complexe.

Phil a suivi mon regard.

— Comment on appelle un groupe d'Elvis ? hasarde-t-il. Un troupeau ? Une bande ? Un groupe ? Une meute ?

— Une farce, dis-je sèchement.

Phil ignore ma réponse et propose de commander du champagne. Laura est d'accord. Même si je ne suis pas d'humeur à fêter quoi que ce soit, je décide de prendre une coupe. J'espère qu'elle anesthésiera la douleur. Malgré la salle pleine à craquer, j'insiste pour aller moi-même au bar, qui n'est pas visible depuis la scène. Je calcule ma sortie pour qu'elle coïncide avec la fin de *« Blue Suede Shoes »* par l'Elvis hellène. Ainsi échapperai-je à Neil Curran pendant encore tout un numéro. Je me demande combien d'excuses je peux trouver pour quitter la table à chaque moment stratégique. Aller chercher des petites saletés à grignoter, d'autres coupes de champagne, aller aux toilettes (ma tactique de prédilection). Est-ce que ça peut vraiment marcher ?

Je parviens à atteindre le bar et à passer commande, même s'il me faut d'abord négocier avec trois serveurs qui voient d'un mauvais œil s'envoler leur pourboire. La dernière chose dont ces types aient besoin ce soir, ce sont des clients qui viennent se servir eux-mêmes. Mon stratagème fonctionne : le temps de revenir m'asseoir, Neil Curran a disparu et un nouvel Elvis a fait son entrée.

Je parcours le programme de la soirée (Laura en a acheté trois) et lis que le concurrent actuel est danois. Autant pour moi : je suis impressionnée par la dimension authentiquement européenne de l'événement. À Blackpool, quatorze des quinze finalistes « européens » étaient britanniques. À Las Vegas, il n'y en a plus que huit.

Notre Elvis danois est chauve et grassouillet. D'accord, je veux bien croire que le King était devenu un petit bloc de saindoux à la fin de sa vie, mais il n'a jamais été chauve. Je m'indigne au nom d'Elvis que ce type vraiment – soyons honnête – laid s'imagine lui ressembler d'une façon ou d'une autre. Quelles que soient mes réticences à l'égard d'Elvis, chacun sait qu'il était ce qui se faisait de plus sexy sur deux jambes.

Je ferme les yeux, frustrée – tentative médiocre d'effacer tout ce qui m'entoure. Et puis, quelque chose de curieux se produit. Je commence à penser que peut-être – *peut-être* – ce Danois est bon. Il chante *« Crying in the Chapel »* exactement comme Elvis. Sa façon de chanter à quelque chose de cru et de maladroit qui sonne authentique. Je rouvre les yeux et cette fois ce n'est pas un gros chauve que je vois, mais un homme talentueux qui tient son public en haleine. Il s'agite avec courage et, quoique officiellement dure comme de la pierre, je suis émue lorsque je le vois se pencher (mettant au passage son costume à rude épreuve) pour serrer la main d'une petite fille assise au bord de la scène. Elle ne doit pas avoir plus de sept ans et elle fond littéralement – bon sang, moi aussi ! À la fin de la seconde chanson, je me précipite pour aller chercher de la pitta et de l'houmous après m'être exclamée que je mourais de faim. J'entends de loin l'ovation saluant l'Elvis qui venait du froid et je me surprends moi aussi à applaudir.

Neil Curran à nouveau évité, je retourne à notre table tandis que le sixième candidat attaque « *G.I. Blues* ». Il a enfilé un uniforme : bien joué, me dis-je. Voilà qui rompt avec la succession de costumes blancs ornés de brillants et de plumes. Laura apprécie le spectacle et tape en rythme dans ses mains. Puis elle s'en aperçoit et arrête brusquement.

— Ne crois pas que je fais des infidélités à Stevie, me glisse-t-elle à l'oreille, mais celui-là est vachement bon.

— Ils sont tous bons, dis-je. La qualité des numéros est élevée, c'est vraiment un beau spectacle.

Laura paraît ravie que j'apprécie. Je dois admettre que je suis la première surprise. À Blackpool, le spectacle était d'un niveau effroyablement amateur et j'avais détesté. Les micros mal fixés tombaient tout le temps, la régie cafouillait au début et à la fin de chaque chanson, Neil Curran avait un coup dans le nez et prononçait mal le nom des concurrents. Même les juges semblaient plus préoccupés d'enfiler les pintes de bière que de faire leur boulot.

Ici, à Las Vegas, un grand orchestre a remplacé le playback minable. Le public est composé d'amis et de parents des concurrents, mais en majorité des clients venus assister à un spectacle professionnel. Il y a plusieurs centaines de personnes dans la salle, pas une cinquantaine de pauvres pékins. Le bar propose du Moet, pas un ersatz de champagne bon marché. Il y a une vraie scène, un rideau, des loges et une toile de fond. Les chanteurs sont tous convaincants. Oui, décidément les temps ont changé.

— Je détesterais avoir à les départager, déclare Laura. Ils sont tous *tellement* doués, ils y croient tous à fond.

Moi, je n'ai aucun problème à jouer les juges.

L'Elvis G.I. doit avoir quelque chose de spécial car j'oublie de m'éclipser une fois sa seconde chanson terminée. Je n'ai pas d'autre choix que de plonger sous la table en voyant le maître de cérémonie avancer sur le devant de la scène.

— Qu'est-ce que tu fabriques, ma chérie ?

— J'ai perdu une boucle d'oreille, dis-je en en retirant discrètement une.

Laura et Philip se joignent aussitôt à moi, provoquant un remous dont je me passerais bien.

— Non non, ne vous embêtez pas, regardez le spectacle !

Trop tard.

— Qu'est-ce qui se passe par ici ? demande l'animateur. On a oublié de payer ses impôts et le percepteur est dans la salle, c'est ça ?

Une blague lourdingue digne de Neil Curran, mais l'accent est différent. Ce maître de cérémonie-là est américain. Ma tête émerge de sous la table et je m'évanouis presque de soulagement. Ce type a une trentaine d'années, une corpulence athlétique et des dents si blanches qu'elles étincellent. De toute évidence, ça n'est pas Neil Curran.

Où est-il passé, avec sa réserve inépuisable de jeux de mots scabreux ? Je ne comprends pas. Pourquoi ce sursis ? Je reprends mon programme et le feuillette jusqu'à trouver la liste du personnel de l'organisation. C'est écrit noir sur blanc : Neil Curran est bien le maître de cérémonie. Encore qu'il soit difficilement reconnaissable d'après la description : « Invité spécial et exceptionnel, le grand, le formidable Neil Curran, venu à Las Vegas à la demande générale » (à sa demande à lui, plutôt). La photo qui accompagne le texte date d'au moins quinze ans. Mais bon, malgré tout, il s'agit bien de Neil Curran, alors que s'est-il passé ?

— Le programme annonce un certain Neil Curran pour animer la soirée. Qui est cet Américain au sourire Colgate ? dis-je à Laura.

— Ah, oui ! Vous avez raté le grand psychodrame. Apparemment, le maître de cérémonie initialement prévu était un poivrot de première, il a passé la journée à picoler. Les organisateurs l'ont obligé à aller se coucher et, selon Stevie, il est cantonné dans sa chambre, et sous bonne garde.

— C'est Stevie qui te l'a dit ?

— Oui. Il est venu en vitesse à la table avant le début du show. Il m'a dit que ça pourrait t'intéresser.

Laura sourit. Elle ne comprend pas la signification merveilleuse de cette nouvelle. Dieu soit loué, comment pourrait-elle comprendre ? Et béni soit Stevie. Il a dû vouloir me rassurer. C'est un tel poids qui s'envole de mes épaules… je sens mon corps fondre comme un bloc de cire. Neil m'a paru joyeux à l'heure du déjeuner, rien que de très normal pour lui. Par chance, les Américains sont intraitables sur ce sujet. Je ne mérite pas d'être aussi chanceuse mais je suis heureuse, si heureuse de l'être ! Je souris à Laura, qui me répond de la même façon. Je souris à Phil, qui me regarde d'un air méfiant.

Et merde ! Oui, Philip a des soupçons. Le fait qu'il m'ait demandé si j'étais enceinte (loin de là), puis si j'avais un amant (pas forcément si loin de là), requiert toute mon attention.

Je me penche vers lui et lui demande :

— Ça va ?

Il hoche la tête, mais sans enthousiasme. Je chuchote à son oreille :

— Je suis désolée que tu sois déçu à propos de ma grossesse.

Il hausse les épaules, mais la blessure est visible. Je me rapproche de lui et je l'embrasse – pour la première fois depuis mon baiser avec Stevie. J'espère que ce baiser-ci va lui apporter de la chaleur, une promesse, mes excuses et mon amour. J'espère que Phil ne va y déceler aucune culpabilité, peur, tromperie ou pitié. Je guette sa réaction avec nervosité. Sous la table, il me presse le genou tandis qu'il murmure : « Je t'aime ».

Rassurée, je me rassieds et décide que, puisque j'ai bénéficié de cette chance incroyable, il ne me reste plus qu'à apprécier pleinement le spectacle.

Le huitième Elvis a tout d'un professionnel : il s'avance sur scène et commence à discuter avec le public en imitant le King. J'approuve. Après tout, quitte à se lancer dans ce genre de numéro, autant mettre le paquet. Il se pavane, multiplie les « Ok, baby ? » et les « huh huh », mais sa prestation se révèle décevante. Je ne comprends pas les paroles des chansons. Ce sont les risques du métier : certains Elvis accentuent le côté murmure caverneux, et finissent par ne plus être audibles. Pourtant, je tape du pied en rythme et, aux yeux du monde, je dois donner l'impression de passer un bon moment.

Lorsque le tour du neuvième Elvis arrive (l'Italien qui, conformément à ce que sa sœur nous avais annoncé, est excellent), je commence à trépigner d'impatience. Laura a les nerfs en pelote. Elle veut que Stevie se donne comme jamais. Ce n'est pas le costume à motifs « moulin à vent » (noir, cette année) ni même la récompense financière qui l'excitent. Je ne pense pas non plus qu'elle meure d'envie que Stevie devienne imitateur d'Elvis à plein temps. Elle veut juste qu'il gagne parce qu'alors, il sera heureux. Elle veut qu'il soit heureux.

Et moi aussi.

Qui l'eût cru ? Que les événements puissent changer, se transformer, se retourner, évoluer à une telle vitesse, après avoir stagné pendant des années. Puisque désormais nous avons de bonnes chances de passer inaperçus ce soir, j'ai envie que Stevie fasse un grand numéro. Peut-être pourrais-je persuader Philip que nous ne sommes pas obligés d'assister au spectacle demain soir, et peut-être Stevie remportera-t-il le titre. Eh oui, pourquoi pas ? Il a suffisamment de volonté et de talent. Ensuite, après sa victoire, nous rentrerons tous à la maison et là…

Et là quoi ?

Tout rentrera dans l'ordre. J'aurais réussi. J'ai commencé à réfléchir à ce que je suis et à ce que je veux. Ces derniers mois ont été de vraies montagnes russes, mais un point n'a pas bougé, et ce soir, en me maquillant, je m'en suis souvenu : je ne veux pas perdre Philip. Non, je ne veux pas.

Mes pensées sont interrompues par le maître de cérémonie annonçant l'entrée en scène de Stevie Jones.

Il porte une combinaison bleu ciel, c'est la tenue la plus flamboyante que j'aie vue ce soir. Le col est en plumes et en fourrure, l'encolure plonge jusqu'à une énorme ceinture de diamants. N'importe qui d'autre aurait du mal à apparaître dans cet accoutrement, mais Stevie est incroyablement sexy. Il hésite en avançant vers le public mais je sais que cette timidité fait partie du personnage : il est déjà dans le rôle. Elvis a toujours été d'une timidité touchante. Puis il passe en mode « charmeur », et il est lumineux. Il sourit au public, retrousse ses lèvres et marmonne : « Merci beaucoup, mesdames et messieurs. »

Un tonnerre d'applaudissement soulève la salle.

Stevie est bien foutu, grand, sa tenue est à couper le souffle et il va donner au public ce qu'il attend : Elvis à son meilleur, Elvis à son âge d'or, et tout ça avant même d'avoir commencé à chanter la moindre note.

Me voilà debout, à crier et à l'applaudir. Je m'en rends compte seulement quand la paume de mes mains se met à chauffer.

Stevie commence avec *« Jailhouse Rock »*. Impossible de résister, dès les premières paroles, dès les premiers accords. Il hurle les paroles avec exubérance et sincérité. Debout sur les doigts de pied, il se déplace avec aisance, un fabuleux sens du swing, et son corps ondule sur la scène exactement comme celui d'Elvis. Quand est-ce que Stevie est devenu aussi bon ? Il est bien meilleur que dans mon souvenir. Tel le King en personne, il chauffe les spectateurs, il les provoque, il les rajeunit, il les met à ses pieds. Son contact avec le public est de loin le moment le plus réussi de cette soirée.

La chanson se termine sur une ovation délirante qui fait trembler les lustres.

Il s'accorde une petite pause, essuie son visage en sueur avec le foulard en soie noué autour de son cou puis le retire et l'offre à une femme entre deux âges. À la manière d'Elvis.

Je me demande sur quoi il va enchaîner. Toute la salle attend, retenant son souffle. Une attente qu'on pourrait presque voir, goûter, sentir.

« Are You Lonesome Tonight ? » La question sort des lèvres de Stevie et touche directement sa cible : le cœur de chacun des spectateurs. Même la minuscule mino-

rité d'individus toujours confiants en eux, suprêmement contents de leur sort – ces gens qui n'ont jamais connu la douleur de l'absence, la souffrance de voir s'éloigner l'être aimé – se sentent pris d'assaut par cette immense vague de tendresse. Cette chanson prouve toute la polyvalence de Stevie. Ce n'est pas un imitateur d'Elvis capable de chanter du rock *ou bien* des ballades. Son talent éclate dans les deux genres.

Le passage parlé au milieu de la chanson est négocié avec aisance. C'et un hommage qui s'appuie sur une seule chose : la voix. Pas de frime, pas d'esbroufe, aucune diversion : un simple *riff*, d'une sincérité presque douloureuse, et Stevie s'en tire à la perfection. Il s'en sort comme un chef.

Dans la salle, chaque spectateur pense que Stevie chante pour lui. Je sais que Stevie chante *pour moi*. C'est notre chanson. Enfin, c'est tout comme. Toutes les paroles prennent une signification évidente. Stevie m'appelle, il appelle cette femme qui a étrangement changé, le laissant cerné par un vide éternel. J'entends ce qu'il me dit. J'entends la souffrance de huit années d'angoisse, je vois son cœur en miettes, je vois sa douleur. Et toute la salle aussi car, à la fin de la chanson, les applaudissement, les trépignements de pieds, la *standing ovation* et les cris délirants manquent de faire s'effondrer le plafond.

— Il est excellent ! s'écrie Philip, confiant. Le meilleur, et de loin !

Lui aussi est debout, applaudissant à tout rompre, le visage rayonnant.

— Tu crois ?

Laura frotte ses yeux emplis de larmes de joie qui ruissellent sur ses joues.

— Je suis d'accord, dit-elle. C'est de l'or en barre…

Elle rit, en un moment rare de certitude absolue. Elle applaudit avec une telle frénésie qu'on ne distingue même plus ses mains.

— On dirait qu'il a été élevé pour faire ça, dis-je, aux anges. Sa maman serait si fière de lui. Toutes ces années d'entraînement. Quand Stevie avait huit ans, sa maman lui enfilait ses costumes et l'emmenait dans des concours.

À force de sourire, je sens une crispation dans mes joues. Laura acquiesce – elle sait déjà tout ça.

Phil me regarde.

— D'où tu sors ça ?

— C'est Stevie qui me l'a raconté.

Je ne mens pas, mais j'ai manqué de prudence. Dans ce moment de jubilation et de triomphe, j'ai baissé ma garde. Quelle idiote ! Et quelle imprudence… Je fixe la scène, incapable de me retourner car je sais que Philip m'observe avec beaucoup, beaucoup d'attention. Et je suis terrifiée par ce qu'il pourrait voir en moi.

42. I'll Remember You (Je me souviendrai de toi)

STEVIE

Je suis désolé pour le type qui est passé après moi. Les spectateurs n'ont rien voulu savoir. C'était moi qu'ils voulaient. Ils m'auraient mangé dans la main. Je sais, ça semble prétentieux de ma part – alors que, de retour en coulisses, j'essaye de ne pas paraître trop sûr de moi – mais tout le monde doit s'être aperçu qu'il n'y a pas eu de meilleur Elvis ce soir. Je n'ai jamais été aussi bon de toute ma vie.

Belinda était là.

Elle a risqué de voir sa bigamie révélée pour venir me soutenir. Qu'est-ce que ça peut signifier ? Quelque chose de bon, non ? À supposer que ce soit bon, que Bella me veuille. Ça doit forcément avoir un sens. *Forcément.* Elle m'a supplié de renoncer à la compétition mais je ne pouvais pas faire une chose pareille, même pour elle. Je devais aller jusqu'au bout, et c'était la bonne décision. Demain, si je suis aussi bon, le titre est pour moi. Après toutes ces années, on saura exactement à quoi s'en tenir.

Je vais m'asseoir à la table de Laura, Bella et Phil. Parcourir la dizaine de mètres qui me séparent d'eux prend des heures : tout le monde me veut. Des gens me demandent un autographe, d'autres tendent la main pour me toucher, des femmes se jettent sur moi pour embrasser mon visage, mes mains – c'est surréaliste.

Quand j'arrive enfin à destination, Laura se jette sur moi et me serre de toutes ses forces. Par-dessus son épaule, je vois Bella me sourire timidement. Ses cheveux lisses et ses vêtements chics ne me trompent pas : à travers eux, je vois le bonheur tout simple de Belinda McDonnel. Cette vision m'emplit de fierté. En vrai gentleman, Phil a acheté une bouteille de champagne – et Laura une bouteille d'eau. Elle m'explique en riant qu'elle ne veut pas que j'aie la gueule de bois demain.

— Tu as été fabuleux, me dit Belinda lorsque nous nous asseyons.

— Merci.

Nos yeux se croisent. J'avale un verre d'eau puis une gorgée de champagne. Pure politesse de ma part. C'est bizarre de boire le champagne offert par un type dont j'ai épousé la femme, envers laquelle je nourris des sentiments ambigus. Je veux dire… c'est un type bien. Dans d'autres circonstances, nous serions probablement devenus potes.

— Même si demain tu ne donnes que la moitié de ce qu'on a vu ce soir, tu gagnes ! m'assure Belinda.

Elle rit. Son enthousiasme paraît sincère. J'avais fini par croire que ce jour ne viendrait jamais.

— Bah, ce n'est jamais fini tant que ce n'est pas fini, dis-je. Rien n'est jamais certain dans la vie.

L'entendre dire que le titre est dans la poche me rend nerveux. Même si, c'est vrai, cette pensée m'a traversé. J'ai de bonnes chances, j'en suis conscient, mais Belinda sait, mieux que tout autre, qu'on ne peut rien prédire dans la vie.

— Tu vas gagner. Je le sais, renchérit Laura avant de m'embrasser.

Je détourne maladroitement le visage pour que son baiser atterrisse sur ma joue. Non que je n'aie pas envie d'embrasser Laura. Elle est superbe et n'importe quel homme sain de corps et d'esprit en aurait envie. Mais j'ai le sentiment aigu que l'embrasser devant Belinda serait une muflerie. Et je perçois tout le poids de ma trahison. C'est écrasant.

Je me tourne vers Laura.

— Chérie, tu sais quoi ? Je rentrerais bien à l'hôtel rapidement.

Elle sourit, supposant – pas forcément à tort, mais ça reste une erreur – que je suis d'humeur coquine. Alors que j'ai juste envie de *dormir*.

— Eh bien, si tu es sûr de ne pas vouloir assister à la suite de la compétition.

— J'en suis sûr.

— Alors je prends mes affaires et on y va.

Laura saute de sa chaise et file vers le vestiaire. Dans la foulée, Philip annonce à mi-voix qu'il a besoin d'aller aux toilettes et se lève à son tour. Nous restons, Belinda et moi, face à face.

— Je n'avais jamais vu ton talent, avant, commence-t-elle. Je pense que j'avais refusé de le voir. Mais tu as eu raison de monter sur scène ce soir.

Même après l'ovation frénétique de toute la salle, ce compliment est probablement la chose la plus flatteuse que j'aie entendue. Et celle que j'aie le plus espérée.

— Très bon choix de chansons. Audacieux, original.

Elle respire un grand coup.

— Stevie, je sais ce que tu disais mais…

— Qu'est-ce que je disais ?

Je ne comprends pas où elle veut en venir.

Elle jette un rapide coup d'œil derrière elle et, ne voyant ni Laura ni Philip, décide d'attaquer bille en tête.

— Je suis très flattée que tu aies chanté pour moi, Stevie. Ça signifie beaucoup, quel que soit ce que l'avenir nous réserve.

— Je n'ai aucune idée de ce que tu racontes, dis-je d'une voix blanche.

— « *Are You Lonesome Tonight* ». C'était bien pour moi ?

Silence gêné. Je vois ce qui l'a amenée à penser ça. Les paroles ont dû lui paraître en phase avec ce que nous vivons, mais mon programme est composé depuis plusieurs mois. Bien avant que Belinda refasse irruption dans ma vie. Je me récite les paroles mentalement. Oh, mon dieu… ce que je peux être lourd, parfois. C'est une chanson sur une femme qui n'arrête pas de partir et de revenir, sans explication. Le chanteur – je suis mortifié en y pensant – ne cesse de l'appeler, avec des questions qui traduisent clairement sa douleur et son désir. À quoi est-ce que je pensais ? Pas à Belinda, c'est certain. Ce qui est assez surprenant, en fait.

Je pourrais la laisser croire que mon interprétation de ce soir, la plus belle de toute ma vie, c'est elle qui me l'a inspirée. Mais ce ne serait pas juste. Ce qui s'est passé ce soir est arrivé *malgré* elle. Jusqu'à présent, je n'ai jamais menti à Belinda. Ce serait absurde de commencer ce soir, alors que la situation est déjà tellement foireuse.

— Je n'ai pas choisi cette chanson en pensant à toi. Je l'ai choisie en ne pensant à personne en particulier.

— Oh.

Belinda s'écarte de moi. Elle paraît étonnée. Blessée ?

— Je pensais que…

— Il y a des années, tu m'as appris à ne pas être sous l'emprise de mes émotions dans ce métier. Tu m'as charrié parce que je choisissais mes chansons en suivant mes émotions. Si ce soir j'ai chanté « *Jailhouse Rock* » et « *Are You Lonesome Tonight* », c'est parce qu'elles contrastent l'une avec l'autre et se complètent bien. Elles m'ont permis de montrer l'étendue de mes capacités. Rien de plus.

Belinda prend sa coupe de champagne et en boit une gorgée. Elle réfléchit à ce que je viens de dire. J'observe son visage. Presque impossible à déchiffrer. Est-ce du soulagement que je crois voir ?

— Stevie, il faut que tu chantes demain. J'étais sérieuse tout à l'heure : tu vas gagner. Je ne serai pas là demain. Je vais convaincre Philip – je ne sais pas encore comment – que nous ne sommes pas obligés d'assister à la finale. Ça ne va pas être facile : il est vraiment fan !

Elle m'adresse un petit sourire tandis que j'essaye de digérer la nouvelle.

— Ça m'étonnerait que la chance nous sourie encore demain. Neil Curran sera sobre, à tous les coups. Son salaire en dépend.

Je suis cueilli à froid. Je suis triste. Belinda me trouve génial. Elle pense que je suis le meilleur imitateur d'Elvis au monde, mais elle n'a pas changé d'avis. Elle ne veut pas de moi. Ma déception est…

… moins terrible qu'il y a huit ans. J'attends, guettant le réveil de ma souffrance. La douleur cuisante d'être rejeté. D'être abandonné. Mais rien ne se produit.

Il faut que je tire ça au clair.

— Pourquoi es-tu venue ce soir ?

— Je n'ai pas pu y échapper. Phil a insisté.

— Phil ?

— Oui.

Belinda remarque mon expression.

— Oh, non... Tu pensais que je t'avais choisi ? demande-t-elle prudemment.

Je hoche la tête.

Belinda semble mortifiée.

— Je suis désolée, Stevie. Je ne peux pas faire un choix pareil.

Elle tient sa coupe par le pied. Je vois le champagne bouger. Belinda tremble, un tremblement infime.

Elle me regarde au fond des yeux et je devine la suite. Du temps de Blackpool, elle était incapable de me regarder au fond des yeux. Elle était incapable de rompre nettement, encore moins de se battre pour nous. J'ai toujours pensé que c'était ça le plus moche, dans notre rupture. Ce soir, je la respecte : elle s'y est prise autrement.

— Si je pouvais revenir en arrière, en ayant plus confiance en toi, les choses seraient peut-être différentes, dit-elle lentement. Mais c'est trop tard. C'est trop tard pour nous.

Ce sont les mots les plus tristes et les plus cruels qui soient. Trop tard.

— Oh, quel gâchis, gémit-elle. Et tout est de ma faute.

Je ne vais pas discuter avec elle sur ce point.

Elle reprend son explication en bégayant.

— Ce n'est pas que je choisis Phil plutôt que toi, Stevie...

— On dirait bien, pourtant.

— J'y ai réfléchi tout l'après-midi. En théorie, on pourrait s'en aller – selon la loi, tu es mon mari –, on pourrait s'enfuir et recommencer notre vie de couple marié. Au moins, cela nous éviterait tout ce bazar, et puis j'ai toujours été douée pour fuir, pas vrai ? Mais nous ne nous en remettrions jamais. Nous nous sentirions trop coupables. Le passé nous rattrape toujours. J'en sais quelque chose.

Belinda me fixe toujours. Cette fois, elle ne baisse pas la tête. Quand je détourne le regard, elle me prend le visage à deux mains et me force à revenir vers elle.

— Je ne joue pas à rétablir l'équilibre. Je ne veux pas blesser Philip. Je ne veux pas blesser Laura.

— Mais me blesser moi, tu y arrives.

Remarque gratuite, je sais. Je suis un petit garçon idiot et boudeur. Mais personne n'aime être repoussé.

— Ne me dis pas que je suis trop bien pour toi.

— Ce n'est pas ce que j'allais dire.

Elle sourit.

— Je t'ai fait beaucoup de mal mais tu t'en es presque entièrement remis. Ce malencontreux flash-back nous a perturbés et bouleversés. Mais ça n'a rien de réel. C'est juste une pulsion sans conséquence, un rituel d'adieu. Ça n'est pas réel.

Je réfléchis à ses paroles et une infime partie de moi, enfouie dans des profondeurs abyssales, admet qu'elle a sans doute raison. C'est une première, mais ce n'est pas impossible.

— Avec Laura, tu vis quelque chose de réel. Tu l'as dit toi-même : elle t'adore, que tu sois mendiant, tailleur, soldat ou marin. Elle aime ta musique. Vous aimez tous les deux voyager. Vous riez des mêmes bêtises. Je dirais que c'est un début prometteur… Quant à moi, ce que je vis avec Phil est…

— Incomplet.

Il faut bien que quelqu'un le dise.

Nous étions en train de faire quelques pas décisifs sur la route du « je te le dis comme je le pense ». J'ai cru de mon devoir de l'aider à avancer un peu plus loin. C'est l'amour qui me fait parler. Je ne suis pas sûr de pouvoir définir l'amour que j'éprouve pour Belinda, cette beauté compliquée. Je ne suis pas sûr non plus que l'amour soit fait pour être rangé dans des petites cases bien propres. J'aime peut-être Belinda parce que c'est une vieille histoire, et que nous avons partagé tant de choses ensemble. Mon amour découle peut-être de l'amitié. Ou Belinda réveille peut-être le macho en moi, ce macho qui veut venir en aide à une belle femme déboussolée. Je ne sais pas. Pour l'instant, ça n'a pas vraiment d'importance. Belinda, la jeune fille vulnérable, négligée, accablée de douleur, est ici, juste devant moi. Bella, la femme qui a survécu à toutes les épreuves pour en ressortir plus forte, est elle aussi assise face à moi. Et je les aime toutes les deux.

C'est une révélation.

C'est presque indiscernable. Quelque chose dans le regard, un glissement progressif dans l'attitude... Mais voici que la femme se détache lentement tandis que la jeune fille disparaît. C'est là l'ordre naturel des choses.

— Arrête, Belinda, tu te mens à toi-même. Philip ne sait rien de toi. Toute votre relation s'est construite sur un gigantesque mensonge.

— Sur une intention louable, proteste-t-elle.

— Ça ne fonctionne pas. Tu n'es pas crédible dans le rôle de son épouse.

Je suis cruel pour lui rendre service et elle semble le comprendre.

— Je peux le devenir. Si je saisis l'occasion.

Je regarde ma femme assise devant moi, avalant nerveusement de petites gorgées de champagne pour gagner du temps – ce temps si précieux pour elle – et je comprends qu'elle pense ce qu'elle dit au plus profond de son âme. Elle le pense tellement qu'au même instant ma femme disparaît et mon ex-femme – avec toute l'intimité et la distance que cela suppose – me regarde en haussant les épaules.

— Tu dois lui parler de ton passé, Bella. De moi et de ton père. Tu dois lui dire combien ta mère te manque et pourquoi tu as peur d'avoir des enfants. Tu dois lui dire que, dans ton enfance, tu as souffert le martyre à l'école. Tu dois tout lui raconter et lui donner l'occasion et l'honneur de te connaître entièrement. Parce que si tu ne le fais pas, tout cela n'a aucun sens et votre couple n'a pas la moindre chance de s'en sortir.

43. That's when Your Heartaches Begin (Quand ton coeur commence à souffrir)

BELLA

Stevie a raison, évidemment. Même si l'homme qui me parle porte rouflaquettes adhésives, combinaison brodée et pantalon pattes d'éléphant, j'admets que son conseil est le meilleur que j'aie reçu depuis bien longtemps. Je décide de le suivre à la lettre. Et je me serais conformée à cette décision si, à cet instant, notre table n'avait pas été envahie par mon pire cauchemar. Brusquement, dans un mouvement qui n'est pas sans rappeler l'ouverture des portes de Harrod's un jour de soldes, nous nous trouvons submergés.

Laura et Phil sont de retour. Laura tient à la main son manteau et son sac, Phil un verre de whisky. Double, apparemment. Et Neil Curran tient salon.

— Ah, les enfoirés ! Soi-disant j'étais bourré ! Ils m'ont bouclé dans ma chambre, comme je vous le dis ! Une violation des droits de l'Homme, parfaitement. Le premier con venu peut attaquer en justice qui ça lui chante, par ici, pas vrai ? Eh ben, je vais les traîner devant le juge, moi !

L'indignation de Neil s'évanouit dès qu'il pose les yeux

sur Laura. Il n'a pas changé : toujours prêt à faire du gringue à une jolie dame.

— Tu ne me présentes pas à ta ravissante amie, Bella Linda ?

Je lutte pour trouver les mots, car je sais qu'à présent je ne contrôle plus rien. Je m'effondre sur ma chaise et observe la scène, horrifiée et consciente de ne plus pouvoir rien faire pour sauver la situation.

Laura lance un regard pétillant à Neil et dit :

— Je m'appelle Laura Ingalls. Et je vous fais grâce de vos commentaires !

Elle lève ses jolies mains et les agite comme pour disperser les inévitables mauvaises blagues. Elle a de toute évidence vu à qui elle avait affaire et sait que Neil risque d'être sans pitié avec son nom.

— Pour vous, en revanche, les présentations sont inutiles, poursuit-elle.

D'instinct, elle comprend qu'en tant que petite amie d'Elvis, elle a intérêt à mettre le bonhomme dans sa poche. C'est drôle, j'ai toujours trouvé plus naturel d'être désagréable avec Neil.

— Vous êtes l'infâme maître de cérémonie Neil Curran ! s'écrie-t-elle avec un large sourire.

— Pas si infâme que ça, ma jolie. Un tantinet porté sur la bouteille, peut-être... Mais nom de nom, je suis en vacances ! Enfin, dans pas longtemps...

Il se laisse tomber sur une chaise à côté de moi puis pose à Laura la question que je redoute :

— Alors, d'où est-ce que vous connaissez nos deux tourtereaux ?

Laura paraît légèrement décontenancée par cette appellation. Au terme du moment le plus interminable de ma vie, je la vois opter pour l'hypothèse selon laquelle notre ivrogne d'animateur a sauté un peu vite aux conclusions. Du coup, elle s'efforce de rectifier :

— Bella est ma meilleure amie et je suis la compagne de Stevie.

— Bordel de merde ! Pour être poli… dit Neil en postillonnant. C'est-y pas mignon tout ça ?

— Philip Lawrence, dit Phil en tendant la main à Neil. Le mari de Bella.

Neil lui serre mollement la main puis se tourne vers Stevie et moi.

— Mais putain, c'est qui Bella ?

Je crois qu'il le sait.

— Moi, dis-je dans un chuchotement.

Je n'ai pas le choix.

— Mais tu es mariée avec Stevie, pas avec celui-là, répond-il en désignant Phil.

— Non non ! intervient Laura en riant. Stevie et Bella se sont rencontrés grâce à moi. Bella est avec Phil, Stevie est avec moi.

Elle fait un effort pour être patiente – elle pense qu'il est encore sous l'emprise de l'alcool. Hélas, je sais que Neil Curran n'a jamais été aussi lucide. Je n'ose pas regarder Stevie mais je décèle un mouvement. Je crois qu'il vient de laisser tomber sa tête dans ses mains, l'attitude commune à tous les membres de l'humanité qui viennent de se faire griller.

— Euh, ma mignonne, je ne sais pas ce qui se trame par ici, mais aussi vrai que c'est Neil Curran qui vous parle, je peux vous assurer que Belinda McDonnel et Stevie Jones sont mari et femme. Ils me l'ont dit eux-mêmes ! On est de vieilles connaissances, vous savez. Ça remonte à dix bonnes années…

Peut-être Neil pense-t-il que Laura se moque de lui.

Or, s'il n'a pas son pareil pour balancer des wagonnets de gags, il déteste faire les frais des plaisanteries des autres. Il insiste :

— Deux jolis tourtereaux, ces deux-là. Même depuis tout ce temps. Quand je les ai retrouvés, pas plus tard qu'aujourd'hui, ils se faisaient des amours dans un restau à côté de l'Elvis-A-Rama.

— Qu'est-ce qu'il raconte ? nous demande Laura. Dites-moi qu'il délire. Dites-moi qu'il ment. Il est ivre mort, pas vrai ?

— Je suis désolée. Je…

Impossible d'aller plus loin. Je ne me vois pas dire : « Je suis désolée, je vais tout t'expliquer. » Mes actes défient toute explication.

— Tu es mariée avec mon petit ami ? dit-elle, incrédule.

Je hoche la tête, trop consternée pour pouvoir parler.

En l'occurrence, Laura n'a pas besoin de m'entendre. Elle me balance à la figure le contenu du verre le plus proche et sort de la salle à toute vitesse, en larmes. Stevie s'élance derrière elle.

— On ne s'ennuie pas, avec vous, remarque Neil. Il n'y a jamais de temps mort.

Ses yeux scintillent.

— Bon, ben moi je ne vais pas faire de vieux os. On dirait bien que tu as plein de choses à raconter à ce monsieur, Bella Linda…

Et il s'éclipse, me laissant seule avec Philip.

44. Heartbreak Hotel
(Hôtel du cœur brisé)

PHILIP

J'avais deviné. Quelque dix-huit minutes avant la confirmation par l'autre histrion, j'avais deviné qu'il y avait quelque chose entre Bella et Stevie. Je ne pensais pas qu'ils étaient mariés. Ça, non. C'était trop énorme pour mon imagination. Mais pendant que je regardais Bella regarder Stevie en train de chanter *« Are You Lonesome Tonight ? »*, j'en étais arrivé à la conclusion qu'ils devaient s'en donner à cœur joie dès que Laura et moi avions le dos tourné.

Pardon d'être vulgaire. Mais ça assomme un homme, de savoir que sa femme est bigame. Ma dignité en prend un sacré coup, comme on peut le deviner. À cela s'ajoute un petit détail : on vient de me voler ma vie d'un coup. De piétiner tout mon être.

— Va chercher tes affaires, Bella.

C'est un ordre. Elle obéit sans discuter, ni même se risquer à une explication. Je lui suis au moins reconnaissant de ça. Je préfère que la suite de notre petit drame se joue en privé. Elle part au vestiaire, je l'attends à la table. Il y a un bref moment de flottement pendant lequel je me dis qu'elle est capable de ne pas revenir. Bella a l'habitude de fuir devant les problèmes. Une habitude qui, si j'ai bien compris, ne date pas d'hier. Cependant, elle ne tarde pas à réapparaître. Elle a l'air transparente, minuscule, tandis qu'elle essaye d'attirer mon attention. Je goûte l'ironie de la situation. Car Bella est tout sauf transparente. Je vide mon whisky – un petit remontant pourrait me fortifier – puis nous sortons de la salle en slalomant entre les tables.

Dehors, je hèle un taxi qui nous raccompagne bientôt à l'hôtel.

45. My Baby Left Me (Mon bébé m'a quittée)

STEVIE

Laura s'est faufilée à travers la foule jusqu'à la sortie et a sauté dans un taxi quelques minutes à peine après l'horrible gaffe de Neil Curran. J'essaye, mais en vain, de ne pas la perdre de vue. Bon sang, qu'est-ce que j'ai, moi, avec ces femmes qui me plaquent les soirs de finale du Concours du Plus Grand Artiste Imitateur Européen ? D'accord, la différence c'est que Laura ne s'est pas enfuie. Le terme le plus charitable pour décrire ce que j'ai fait serait : je l'ai laissée tomber (certains diraient « jetée ») sans ménagement. Je me conjure intérieurement de ne pas laisser échapper une remarque désinvolte sur cette impression de « déjà vu », ce serait stupide et irrespectueux de ma part. Je mérite cent fois cette situation lamentable, mais pas Laura.

Je rentre en courant à l'hôtel – il n'est pas impossible que je me déplace plus vite à pied que Laura en taxi, et je pourrais très bien lui bloquer le passage, même si je ne vois pas quoi faire ou quoi dire pour réparer ce gâchis. Belinda avait raison, enfin elle a commencé à dire des choses sensées : cette péripétie complètement folle n'était qu'une diversion, elle n'avait rien de réel. Quand je lui ai parlé de ça au snack, c'étaient des paroles creuses, des foutaises. Ce n'est pas comme si j'avais pensé à elle jour après jour, année après année. Si nous n'étions pas partis à Las Vegas tous ensemble, jamais je n'aurais songé à l'embrasser, et jamais je n'aurais regretté de ne pas l'avoir embrassé. Mais, déjà, je regrette Laura.

Le taxi de Laura m'a devancé. Au moment où je pousse la porte de la chambre d'hôtel, Laura est en train de faire sa valise.

— Ne t'en va pas !

— Va te faire foutre !

Net, concis, direct.

— Espèce de salopard, tu m'as menti ! ajoute-t-elle, au cas où j'aurais eu besoin d'une clarification.

— Laura, s'il te plaît… Je suis désolé, si tu savais.

Je me précipite vers elle mais elle recule, l'œil furieux.

Son dégoût me pétrifie. Je décide de ne même pas tenter de passer mes bras autour d'elle. Au lieu de ça, je m'écroule sur une chaise dans un coin de la chambre. Pendant quelques minutes je ne dis pas un mot, essayant de rassembler mes pensées. Pendant ce temps, Laura parcourt la chambre dans tous les sens, ramasse des culottes par terre, des petits hauts dans les tiroirs, et les fourre dans sa valise sans même les plier. À ce rythme, elle sera partie avant que j'aie eu le temps de bâtir une défense efficace. Qu'est-ce que je raconte ? Elle se sera mariée avant que j'aie eu le temps de trouver une défense tant soit peu *crédible* ! Je commence ma plaidoirie ; mon argumentation risque de ne pas être très convaincante ni même rationnelle puisque même la vérité fait de moi un âne, mais je me dois d'essayer.

— Je suis tellement, tellement désolé…

On dirait Bella.

— Je ne voulais pas te faire de mal.

Un cliché vieux comme le monde.

— Je n'avais pas prévu que les choses se passeraient comme ça. C'est arrivé… sans prévenir.

Même moi, je me trouve pathétique.

— *Qu'est-ce* qui est arrivé sans prévenir ? hurle Laura. Pauvre connard ! Tu es en train de m'expliquer que tu as en quelque sorte épousé ma meilleure amie ? C'est ça, pas vrai ? Tu es marié avec ma meilleure amie ?

— Techniquement parlant, oui.

— Un putain d'engagement *bona fide*, 100% officiel !

— Oui.

— Putain ! Encore plus fort qu'une maîtresse ! À côté de toi, Oscar est un enfant de chœur.

— Je suis désolé.

— Mais Bella est mariée à Philip.

La bonne nouvelle, c'est que Laura a cessé d'empiler ses affaires dans la valise : sa fureur a momentanément arrêté son geste.

— Techniquement parlant, non.

— Depuis combien de temps êtes-vous mariés ?

— Hum… dans les onze ans, je dirais.

— Bordel de merde. Une éternité. Mais c'était un de ces mariages pour les papiers, pas vrai ?

Je perçois une note d'espoir dans sa voix. Si seulement c'était le cas.

— Non.

— Enfoiré. C'est un mariage d'amour, alors ?

— Oui. C'était un mariage d'amour. *C'était.*

— Je te déteste.

— S'il te plaît, s'il te plaît Laura ! Laisse-moi t'expliquer.

Je bondis de ma chaise et avance vers Laura.

— C'est pour ça que les choses ont commencé si lentement entre nous. Je cherchais de quelle façon j'allais pouvoir t'expliquer ma bizarre situation maritale. J'ai voulu t'en parler dès notre première soirée. J'ai essayé mais… tu ne m'as pas laissé aller jusqu'au bout. Tu as sorti une plaisanterie…

— N'essaye pas de me faire porter le chapeau, pauvre con !

— Non, non, je ne dis pas que c'est ta faute, bien sûr que non…

Je ne peux pas m'empêcher de remarquer la détermination et la confiance de Laura. J'en ai déjà eu des aperçus auparavant et à chaque fois ça m'a plu. Je sais que c'est une pensée déplacée, mais il se trouve que je suis tout émoustillé de la voir me traiter de tous les noms et défendre son territoire avec une telle détermination. Je ne peux pas m'empêcher de l'admirer. Je m'aperçois que le temps où je pouvais tirer profit de cette admiration est désormais révolu. J'ai tout gâché. Je ne pourrai plus la reconquérir. Je n'ose même pas en former le vœu. En ce moment, je veux juste lui présenter mes excuses.

— Et l'autre abruti, là, qui dit qu'il vous a surpris aujourd'hui en train de vous faire des mamours… C'est quoi, cette histoire ?

— Nous sommes tombés sur lui dans un snack-bar.

— Vous nous avez fait cocus depuis le début ?

Je prends son mépris de plein fouet.

— Non ! Il y a eu une période où j'étais complètement paumé, et la nuit dernière j'ai embrassé Belinda. C'est pour en parler qu'on s'est donné rendez-vous ce matin.

— Tu as embrassé qui ?

— Bella. Elle s'appelait Belinda quand je l'ai connue. Elle a changé de prénom.

— Elle avait tout prévu, cette pute !

— S'il te plaît, laisse-moi t'expliquer.

Je l'implore. Sans que je sache comment c'est arrivé, me voilà à genoux devant elle, prostré, la suppliant littéralement de m'accorder une autre chance. Ça peut paraître ridicule compte tenu de ma combinaison moulante bleu ciel, mais ce n'est pas le moment de prétendre à un minimum de dignité.

— Explique, m'ordonne Laura.

C'est la première fois, depuis la bourde de Neil Curran, qu'elle me parle sans éprouver le besoin de jurer ou de hurler. Je vois ça comme une sorte de progrès. Elle se laisse tomber sur le bord du lit. Elle paraît si malheureuse, si perdue, si blessée. Ça encore, je l'ai déjà remarqué chez elle. Les rares fois où elle m'a parlé d'Oscar et des coups pendables qu'il lui avait fait, j'ai vu cette expression de chagrin traverser son visage. J'avais tendance à me mettre en rogne contre cet homme que je n'avais jamais vu parce qu'il avait fait du mal à Laura. La voir souffrir en ce moment est un million de fois pire parce que c'est moi qui en suis la cause. Et je ne veux plus qu'une chose : que sa douleur disparaisse.

Je lui raconte dans le détail mon histoire avec Belinda, aussi honnêtement que possible. Je prends bien soin de ne pas laisser entendre que Bella est responsable de tout ce merdier et mets un point d'honneur à assumer toutes mes responsabilités. Je commets une gaffe terrible en expliquant que cette situation m'avait toujours mis mal à l'aise et que j'ai accepté le plan de Bella uniquement parce que Laura m'avait demandé d'apprendre à mieux connaître son amie.

— Espèce de minable ! J'ai dit ça sans rien savoir de la vérité entre vous ! Tu es vraiment une ordure, à essayer de te décharger de ta merde sur moi !

Coincé.

De difficile, cette conversation devient presque impossible quand j'en viens à notre baiser nocturne. Laura est intelligente : elle ne me croirait pas si j'en rendais l'alcool responsable. Et puis, ce n'est pas vrai. D'un autre côté, je ne veux pas donner l'impression que j'en pince toujours pour Bella.

— Dans ton esprit, avec qui tu partais à Las Vegas ? Moi ou elle ? demande soudain Laura.

— Toi. Je partais avec toi. Je ne voulais pas que Bella, Belinda soit là. C'était ton idée.

— Quelle abrutie je fais.

— Tu n'est pas une abrutie.

— Si. Oh que si !

Laura détourne le visage et j'aperçois son expression de tristesse et de regret. Juste punition pour ce que j'ai fait.

— En venant à Las Vegas, je n'avais aucune intention de commencer quoi que ce soit.

Ma voix tremble et monte dans l'aigu, preuve de l'importance que j'accorde à bien me faire comprendre.

— Au contraire. Je voulais tirer un trait bien droit sur tout ce qui nous unissait, Bella et moi. Je voulais y mettre un terme.

Ma respiration s'accélère dans ma poitrine, devient pénible. Je veux tellement que Laura me croie. Je veux tellement que cette explication soit décisive.

— Je passais des moments tellement merveilleux, répond Laura. Je croyais que nous étions en train de tomber amoureux l'un de l'autre, mais pendant tout ce temps tu entretenais une vieille flamme. Comment est-ce possible ? Tu as tout foutu en l'air. Tu as tout souillé. Ce n'était pas notre histoire, ce n'était pas le début de l'aventure. Même si je te crois pour toi et pour Bella, c'est la fin.

— Ça n'est pas forcément incompatible.

— Si.

Laura se lève, ferme sa valise et avance vers la porte.

— J'ai réservé une autre chambre pour ce soir. J'imagine que ça va sans dire, mais je ne reste pas pour la finale. Je vais essayer de changer mon billet de retour pour rentrer demain après-midi.

Elle balaye la pièce d'un coup d'œil circulaire.

— Si j'ai oublié quelque chose, renvoie-le-moi par la poste. Je ne veux plus jamais te revoir, Stevie. Tu comprends ? Je ne veux *plus jamais* te revoir.

Elle claque la porte derrière elle. Un bruit sourd, définitif.

46. I'm Leavin'
(Je pars)

Samedi 10 juillet 2004

LAURA

J'ai pleuré toute la nuit. À croire que c'est plus qu'une habitude, carrément mon destin. Je n'arrive pas à me représenter l'étendue de la trahison qui s'est jouée sous mes yeux. J'ai appelé l'agence de voyages et l'aéroport qui ont fait le nécessaire pour que mon billet soit échangé afin de repartir aujourd'hui. Après avoir sangloté, supplié et être « restée à l'écoute » pendant près d'une heure, j'ai reçu la confirmation que je pouvais rentrer chez moi cet après-midi, si j'acceptais une correspondance à Amsterdam. J'accepterais une correspondance à Tombouctou si elle me permettait de quitter au plus vite cet enfer. J'appelle Amelie pour l'avertir des derniers changements.

— Pourquoi tu rentres plus tôt ? Tu t'es disputée avec Stevie ? Tout va bien ?

Je me sens toute remuée d'entendre son inquiétude vibrer à l'autre bout du fil. C'est tellement bon d'avoir une Amelie pour me réconforter et me consoler. J'ai hâte de me lover dans la mollesse confortable de son canapé et de déballer ce que j'ai sur le cœur. J'imagine déjà sa colère.

— Tu ne me croirais pas si je te le disais.

— Je crois que si, soupire-t-elle.

Quelque chose dans sa voix, une résignation triste peut-être, me pousse à lui demander :

— Tu sais ?

— Oui.

— Comment ?

— Bella m'a tout raconté, depuis le début.

Je raccroche. Amelie sait. Elle savait *depuis le début*. Amelie, une femme comme il faut, honorable, que je prenais pour une amie, faisait partie de cette imposture répugnante et elle n'a pas pensé à m'en parler, à me mettre en garde. Elle n'est pas comme il faut. Ni honorable. Ce n'est pas une amie. Et je me retrouve seule. Encore une fois. Je n'ai personne vers qui me tourner et je n'ai pas d'autre choix que de rester debout. Ça me rend malade.

Je n'appelle pas Oscar pour le prévenir de mon retour précipité. J'ai encore un semblant de dignité et je ne peux pas me résoudre à lui dire que l'homme avec qui je sortais, que je prenais pour l'homme de mes rêves, est en réalité le mari de ma meilleure amie. Je laisse Eddie chez lui jusqu'à lundi, comme prévu, même si je meurs d'envie de serrer mon petit bonhomme dans mes bras. Je connais les vertus rassérénantes de l'odeur de ses cheveux et de sa peau, la chaleur de ses étreintes maladroites.

La perspective de mon retour à la maison est déprimante. Je m'étais imaginée que, dès le vol retour en Angleterre, Stevie et moi filerions le parfait amour. Assis confortablement dans nos fauteuils de première clase, dégustant du champagne offert par la compagnie, nous aurions échangé des serments d'amour… À croire que je n'apprends jamais rien. Je sais que c'est dangereux de se protéger. Alors à quoi je pensais quand je m'autorisais ce fantasme dans lequel Stevie et moi allions chercher ensemble Eddie chez Oscar ? J'avais pris beaucoup de plaisir à imaginer le visage d'Oscar lorsque je lui aurais présenté Stevie. Je l'avoue, voir mon très médiocre ex serrant la main de mon sublime compagnon me procurait d'avance un sentiment assez jouissif. Ça m'apprendra ! J'étais tout particulièrement excitée en songeant au plaisir d'Eddie quand il déballerait tous les cadeaux que Stevie et moi avions choisis pour lui. Maintenant, je ne sais même pas où sont passés ces cadeaux. J'ai quitté si précipitamment la chambre de Stevie.

La chambre de Stevie.

Parce que ce n'est plus la mienne. En fait, la triste vérité, c'est que plus rien n'est à moi. Je n'ai jamais rien eu. Bella n'était pas mon amie, Stevie n'était pas mon amoureux et, comme c'est le mari de Bella, même mes souvenirs ne m'appartiennent plus.

À force de gémir et de ne pas dormir, j'ai un terrible mal de tête. Mes yeux piquent, ma gorge est sèche. Je me sens affamée, mais dès que j'essaye d'avaler quelque chose j'ai envie de vomir. Je ne sais pas à quoi occuper ma journée. À l'origine, on devait faire un peu de tourisme, pour aller voir soit le Hoover Dam, soit le Grand Canyon. Je pourrais y aller toute seule mais impossible de me ressaisir. Devant moi s'étend une vie entière que je pourrai passer à faire des choses toute seule. Rien ne presse. Je n'ai pas envie de bronzer, de boire ni de jouer. Oui, Las Vegas est un désert.

Je descends boire quelque chose de chaud au café de l'accueil. Mais je n'arrive pas à attaquer l'énorme part de gâteau de carotte que je me suis servie. Hier, j'étais passée à plusieurs reprises devant le café et avais admiré les superbes gâteaux alignés derrière la vitrine. Nous nous étions promis, avec Stevie, de nous offrir quelques douceurs en rentrant du dernier concert. Rien de tel qu'une génoise moelleuse nappée de crème pour éponger tout le champagne que nous aurions dans l'estomac. Comment la situation a-t-elle pu basculer en un laps de temps si court ? Un instant, nous sommes si proches que nos rêves, nos pensées, nos rires ne font plus qu'un, et l'instant d'après : deux étrangers.

— Bonjour, Laura. Je te cherchais.

— Oh, seigneur ! Exactement ce qu'il me faut ! Bella Lawrence… ou peut-être dois-je t'appeler Belinda McDonnel ?

Je ne me retourne même pas pour lui parler. Elle se glisse sur le tabouret face à moi.

Je suis surprise qu'elle soit partie à ma recherche. Manifestement, elle a sous-estimé mes envies de meurtre à son égard. Mais la voilà face à moi, et je ne peux pas m'empêcher d'admirer son audace. Même si, en terme d'audace, rien ne saurait surpasser ses frasques depuis huit ans, notamment celles de ces derniers mois.

— Je voulais te parler.

— Un peu tard.

Je me force à la regarder. Elle rougit violemment. Tant mieux. J'espère qu'elle va se consumer sur place. Après environ deux milliards d'années de silence, Bella me regarde au fond des yeux. Ma parole, elle a l'air dévastée. Tant mieux. Je ne suis pas la seule à avoir passé une nuit affreuse. Je n'ai pas souvenir de l'avoir déjà vue aussi misérable. Mon premier réflexe est d'avoir pitié d'elle, puis je me rappelle combien je la déteste. Je me demande comment Phil a réagi. Le pauvre, sa situation est encore pire que la mienne. Je devrais peut-être l'appeler. On pourrait même être invités à l'une des ces horribles émissions de télé de l'après-midi.

— Ce n'est pas plutôt à Phil que tu devrais parler ?

— Si.

Ses mains tremblent. Je la vois mettre trois sucres dans son café. Elle ne prend jamais de sucre, normalement.

— Je voulais vraiment lui parler d'hier soir, mais il ne pouvait pas le supporter.

— Eh bien, on dirait que ce n'est plus toi qui tires les ficelles, pas vrai ?

— En effet. Nous avons rendez-vous à midi pour une grande explication.

— Comme c'est civilisé.

Je repense à la nuit dernière. Je croyais avoir atteint un nouveau degré de maturité en me contentant de balancer des insultes au visage de Stevie. Si la scène s'était déroulée chez moi, c'est un service complet de vaisselle qui aurait volé dans les airs, avec des lampes, des livres, tout ce que vous voulez. En l'occurrence, à peu près tout dans The Hotel est fixé aux murs ou beaucoup trop cher pour qu'on ait envie de le remplacer. Comment Phil et Bella parviennent-ils à se fixer rendez-vous pour une petite engueulade entre adultes ? Phil n'a pas envie de serrer son grand cou de girafe ?

— Je suis désolée d'avoir tout foutu en l'air entre toi et Stevie. Je n'en ai jamais eu l'intention.

— Comment peux-tu dire ça ? Peut-être que nous allons réussir à nous en relever.

Je n'y crois pas une demie seconde mais je ne veux pas lui donner la satisfaction de penser qu'elle a détruit ma vie.

— J'ai vu Stevie ce matin. Il a l'air de croire que les choses sont mal engagées entre vous.

Mes yeux lancent des couteaux. Comment ose-t-elle venir s'asseoir en face de moi et ajouter l'affront à l'injure ? Où trouve-t-elle le culot de venir me dire qu'elle a encore de charmants petits entretiens en tête-à-tête avec Stevie ? Elle n'a peut-être pas fait assez de dégâts comme ça ?

— Stevie est vraiment désolé. Rien de tout cela n'est de sa faute.

— Ne te donne pas tant de mal, dis-je avec plus de morgue que je ne voudrais. C'est un mec, comme tous les mecs il déboule dans la vie d'une fille en trimbalant des valises remplies de merde, c'est presque inévitable.

— Il ne voulait pas te faire un coup pareil.

— Et si on mettait Stevie de côté, hein ? J'aimerais qu'on parle de toi. Comment *toi* tu as pu me faire un coup pareil ?

Bella ressemble à une victime d'accident de la route. Le choc du traumatisme, l'angoisse se lisent sur son visage.

Je sais, c'est ignoble de vouloir qu'elle souffre. Je mérite la mort.

— Comment tu as pu me faire ça ? Pourquoi tu ne m'as pas tout raconté dès que tu l'as vu au Bell and Long Wheat

— Je pensais pouvoir m'en tirer sans faire de vagues.

— Franchement, je t'admire, dis-je, sarcastique.

Puis une pensée me frappe et m'attriste. Je laisse tomber le ton sarcastique.

— Oh, Bella, merde… J'ai toujours admiré ton honnêteté, et maintenant je me rends compte que tu n'as pas cessé d'être fausse avec moi. Notre amitié était fondée sur ce que je savais de toi, et tu admettras que c'était finalement assez sommaire.

— Je suis désolée, répète-t-elle.

Je le jure, si elle dit encore une fois qu'elle est désolée, je lui enfonce le cendrier dans la gorge. De toutes façons, ni elle ni moi ne fumons. Elle pourra le garder en souvenir. Je respire un grand coup. Il faut que je pense à acheter des fleurs de Bach, me dis-je. J'ai cru comprendre que c'était très efficace pour calmer les nerfs.

— Tu t'es sentie insultée d'avoir dû attendre cinq jours pour que je te parle de ma rencontre dans le métro, et tu as mis *trois ans* à m'avouer que tu étais mariée !

— Écoute, Laura, je n'ai rien programmé, et je suis désolée que tu aies été blessée. Je sais que ta vie n'est pas facile, surtout avec Eddie sur les bras et tout le reste. Je n'ai pas voulu te la rendre encore plus pénible, je t'assure.

— Je t'interdis d'être désolée pour moi. J'en ai plus qu'assez de ton obsession à propos de mon statut de mère célibataire. J'en ai plus qu'assez d'être définie de cette façon. Je pensais qu'au XXIe siècle, les gens passeraient un peu à autre chose. Mon mariage a été un échec, d'accord. Et après ? J'ai un enfant merveilleux. J'ai tourné la page et, soit dit au passage, cette épreuve m'a aidée à mûrir. J'aimerais tellement que les autres aussi tournent la page. Si j'étais un mannequin de vingt et un ans riche à millions, ta trahison n'en serait pas moins ignoble. Tu ne comprends pas que le problème, ce sont tes actes et non ma situation ?

— Je ne sais pas quoi dire, admet Bella, avant de bredouiller : Je n'ai jamais voulu venir à Vegas…

— Je suis surprise. Je pensais que Vegas était l'endroit rêvé pour toi. Un endroit où on peut se fiancer sur une plate-forme de saut à l'élastique, dans un jacuzzi ou dans une chapelle entièrement automatisée. Tu aurais pu te marier encore deux ou trois fois.

Attaque mesquine, mais comment résister ? Personne n'a encore mentionné le fait que sa situation était à la fois immorale *et* illégale.

— J'aurais voulu que tu ne m'invites pas, gémit-elle.

Et j'aurais voulu ne pas l'inviter. Là-dessus, au moins, nous sommes d'accord.

— Ça n'aurait rien changé. Tu aurais toujours été mariée avec mon petit ami. Sauf que je n'en aurais rien su. Est-ce que tu as seulement idée de ce que tu nous as fait, à Philip et à moi ?

Elle ne comprend rien à rien, ma parole. Elle croit toujours que le problème, ce n'est pas sa trahison, c'est qu'elle ait été découverte ! Elle est dans la dénégation perpétuelle.

— Oh ! mon dieu… la robe pivoine ! Tu me l'as offert parce que tu te sentais coupable !

— Non. Je voulais que tu aies quelque chose de beau…

— J'avais Stevie !

— J'ai essayé de t'expliquer, bafouille-t-elle.

— Tu parles comme Stevie. Ah, vous faites la paire !

Bella respire profondément, puis :

— Non, on ne fait pas la paire. Écoute-moi bien, Laura : nous n'avons plus rien à faire ensemble, lui et moi. Nous ne sommes d'accord sur rien – Elvis, Las Vegas, le voyage, les sushis, nos ambitions, l'argent, les gens… Nous voulons vivre chacun d'une façon différente. Il est très beau, à une époque j'ai été très amoureuse de lui. Et une infime partie de moi l'aimera toujours.

J'écrase mon gâteau de carotte avec le dos de ma fourchette. J'ai envie d'un geste plus menaçant, écraser son visage avec ma fourchette peut-être ? Je n'ai aucun mouvement de pitié vers elle, alors qu'elle lutte pour ne pas éclater en sanglots.

— Mais nous ne sommes plus faits l'un pour l'autre à présent, et il le sait.

Je cherche du regard quelque chose à lui envoyer à la figure – à moins que ce ne soit une issue pour m'enfuir. Je ne veux pas entendre ça.

— Il est fait pour toi, Laura, et je suis faite pour Phil. Stevie t'appartient. Il n'est pas à moi et, tu peux me croire, c'est tout ce dont j'ai rêvé quand j'étais plus jeune… Je voulais que quelque chose de Kirkspey soit à moi. Ce n'est pas lui.

— Qu'est-ce que tu as encore, à la ramener avec ta ville natale ? Tu ne sais pas que tout le monde entretient un rapport d'amour/haine vis-à-vis de sa ville natale ? Ça passe par là, devenir adulte.

— Moi, j'ai juste un rapport de haine/haine avec Kirkspey.

— Tu as une sacrée névrose, Bella. Tu ne sais jamais quand lâcher prise, tu es incapable d'attaquer de front les problèmes. Au lieu de ça, tu baisses la tête, tu plonges par terre, tu esquives.

Je m'attends à ce qu'elle rejette mon interprétation, qu'elle baisse la tête, plonge par terre, esquive. Mais elle me surprend en répondant :

— Qu'est-ce que tu veux dire ?

— Eh bien, en plus de tout l'épisode Stevie et de ta haine de Kirkspey, on pourrait se demander pourquoi tu te concentres toujours sur les problèmes des autres au lieu de t'occuper des tiens.

— Je ne fais pas ça.

— Oh si. Tu demandes toujours à Amelie comment elle va.

— Parce que je tiens à elle ! répond Bella, indignée.

— Je sais, mais que veux-tu qu'elle te dise ? Qu'elle va bien, alors que manifestement ce n'est pas le cas. Si elle a besoin de te parler, elle t'appelle. Je crois que parfois, elle a simplement envie de parler d'autre chose que de la mort de son mari. Parfois, elle ne veut plus se percevoir comme une victime. Comme je n'ai plus envie d'être vue comme une mère-célibataire. Et *pourquoi* tu n'arrives pas à choisir un métier, à passer la semaine dans un bureau comme tout le monde ?

Je ne sais pas d'où sortent ces reproches. Je croyais être furieuse contre Bella parce qu'elle était mariée à mon petit ami et je constate que ma colère et ma frustration vont bien au-delà de ça. Je suis furieuse contre elle parce qu'elle refuse de grandir.

— Qu'est-ce que tu veux, Bella ? Moi, je veux juste un enfant en bonne santé, partir de temps en temps en voyage, tomber amoureuse. Tu sais, des trucs banals. Ne pas m'ennuyer à périr dans mon travail. Mais toi ! Tu cours après des illusions aux contours vagues. La gloire, le glamour, la sécurité, une forme éblouissante… Je ne sais même pas si ça aide vraiment à se sentir heureuse. Je crois que c'est pour cette raison que tu es incapable de garder un métier plus de cinq minutes. Tu veux diriger la société avant même de savoir comment marche la photocopieuse. Tu veux contrôler tout et tout le monde, mais tu rejettes toute responsabilité dans ta façon de mener ta vie.

Curieuse bestiole, l'amitié féminine. Nous sommes tellement imbriquées l'une dans l'autre que nous pouvons sans problème nous psychanalyser mutuellement, mais nous faisons tout pour rester dignes. Pourquoi, durant toutes ces années d'amitié, n'ai-je jamais parlé à Bella de cette façon ? Ai-je tourné autour du pot parce que je lui étais éternellement reconnaissante de m'avoir accordé son amitié, et que je ne voulais pas tout gâcher ? Avais-je peur de la blesser ? Ou de l'effrayer ? Est-ce que je l'aimais trop, ou pas assez ? Je me mets à crier :

— Que veux-tu ?

Bella paraît ébranlée et désarçonnée mais garde le silence. Pendant un instant, je me dis qu'elle ne va rien me répondre. Mais elle me répond, et ce qu'elle dit me met K.O. :

— Je veux juste me sentir en sécurité.

Je ne lui crie plus dessus parce que de grosses larmes roulent sur ses joues. Je me lève et je pars. Je préfère passer les heures qui me restent à l'aéroport de Las Vegas, plutôt qu'à me noyer dans l'auto-apitoiement de Bella.

47. Stranger in My Home Town (Étranger dans ma ville natale)

BELLA

Je m'asperge le visage d'eau fraîche et me regarde dans le miroir. Ce n'est pas joli à voir. Ma peau est grise et tirée. Mes yeux sont de vilaines fentes rouges. Mes lèvres sont blêmes. J'envisage de partir en quête d'un tube de rouge au fond de mon sac. Je sais que Phil aime que je fasse des efforts, mais je ne me sens pas assez hardie. Autant monter à l'assaut avec ce visage nu, décapé. Ça me paraît plus cohérent.

Oh, mon dieu, qu'est-ce que Phil va me dire ? Laura m'a déjà passée au rouleau-compresseur émotionnel, avec ses observations pertinentes et ses vérités d'airain. Je ne suis pas certaine de pouvoir en supporter davantage.

Mais n'était-ce pas justement de ça qu'elle parlait ? Je n'arrive pas à faire face aux choses. Aurait-elle raison quand elle dit que l'intérêt que je porte à la vie des autres gens n'est qu'une stratégie d'évitement sophistiquée ?

Je redresse les épaules, gonfle la poitrine et sors des toilettes. Je dois retrouver Phil au restaurant de l'hôtel à midi pile. L'heure du duel dans les westerns. Malgré tout, je sais que je dois être là, comme convenu. Je n'ai pas le droit de me défiler cette fois. De fait, il est possible que Phil cherche à me tester. Il sait qu'il y a une chance sur deux pour que je vienne, mais après tout il a toujours aimé jouer. Il a parié sur moi, non ?

Va-t-il engager une action en justice ? Possible. Il est tellement attaché à la forme et légaliste. L'ironie veut que c'est une des nombreuses choses que j'aime chez lui. J'ai enfreint la loi, il se sent peut-être obligé de me dénoncer. Oh, et puis merde. Si je n'ai plus ni Phil, ni Laura, ni Stevie, ni Amelie, autant finir en prison.

Je dis au maître d'hôtel que j'ai une table réservée au nom de Lawrence et que j'ai rendez-vous avec… qui ? Mon mari ? Mais ce n'est plus mon mari. Au sens strict du terme, il ne l'a jamais été. Je dis « un ami ». Le maître d'hôtel me répond que j'arrive la première et me conduit jusqu'à ma place.

Le restaurant est déjà bondé ; il est vrai que les Américains déjeunent plus tôt que les Européens. Je préfère qu'il y ait foule. Phil ne voudra pas faire de scandale, notre conversation ne ressemblera donc pas à un règlement de comptes. Et je doute *beaucoup* que Phil apparaisse avec une escouade de policiers car il n'aime pas davantage faire son cinéma.

Je suis heureuse qu'il ait estimé inutile de commencer une discussion hier soir. Les paroles précipitées finissent le plus souvent par se retourner contre soi. J'ai admiré son silence digne, et je respecte le fait qu'il ait besoin de temps pour réfléchir à notre situation. Nous avions tous les deux besoin de temps pour faire le point. J'ai utilisé chaque minute du mien. Cette nuit j'avais juste envie de me rouler en boule, de pleurer sur mon sort, d'éteindre la lumière et de simplement attendre jusqu'au matin que la bonne tape à la porte pour m'annoncer que la plus longue nuit de ma vie était terminée. Et puis, je me suis aperçue que je n'avais pas une seconde à perdre. Je devais essayer d'ordonner mes pensées et de comprendre mes actions.

Lorsque Phil n'apparaît pas au bout d'un quart d'heure, je commence à paniquer. Lui qui est d'une ponctualité à toute épreuve… Il veut me faire peur ? Ce serait compréhensible. J'attends encore dix minutes. Et s'il ne venait pas *du tout* ? S'il voulait me faire goûter un peu de la potion « Belinda » ? Non… pourquoi ferait-il une chose pareille ? Ce n'est pas son style, il n'est pas mesquin. Je romps mon petit pain et bois deux grands verres d'eau glacée. Toujours aucun signe de lui. Si nous ne nous parlons pas dans très peu de temps, je vais imploser. Cinq minutes d'attente supplémentaires, et il se montre enfin.

— Oh, dieu merci ! J'avais fini par croire que quelque chose de terrible t'était arrivé !

— Plus terrible qu'apprendre la bigamie de ma femme ?

Je rougis.

— J'étais sur le point d'appeler les hôpitaux.

— Je ne suis pas du genre à me faire violence physiquement.

— Non, ce n'est pas ce que je voulais dire. Je pensais que tu t'étais fait renverser par une voiture, ou autre chose.

— La vie n'est pas aussi commode, Bella.

Il s'assied et pose soigneusement sa serviette sur ses genoux.

Décidément, cette discussion ne prend pas le tour que j'avais espéré.

Le serveur apparaît, nous donne nos menus et récite la liste des suggestions du jour. Je ne comprends rien aux plats qu'il nous décrits ; Phil, pour sa part, demande un assortiment de légumes. J'admire sa présence d'esprit. Il n'ouvre pas la carte des vins et, quand je commande un gin, il demande une limonade. Je remplace le gin par un jus de tomate.

— Bois ce que tu veux, Bella. Ça ne me dérange pas du tout.

Ah bon ? Comme c'est déprimant.

— Je préfère garder les idées claires, dis-je d'une voix tremblante.

Phil ne prend que deux plats. Tant mieux. Cela prouve qu'il a envie d'écouter ce que j'ai à dire. Bien sûr, qu'il en a envie : c'est un gentleman. Je demande au serveur de me prendre la même chose que Phil, mais ce dernier me fait remarquer que je n'aime pas les pousses de haricot mungo. Gênée, je parcours le menu et choisis autre chose. Je n'ai aucune idée de ce que c'est.

— Maintenant, me demande Phil, tu peux passer en revue tous les faits depuis le début, Bella ?

J'obtempère. Je mets de côté toutes les justifications, excuses, défenses, suppliques, plaidoiries. Je m'en tiens aux dates, aux périodes et aux lieux. Je lui dis quand et où je me suis mariée et à quel stade j'en suis de la procédure de divorce. Je lui parle de tous mes rendez-vous avec Stevie et, si embarrassant que sois l'aveu, je lui parle de notre unique baiser.

Une fois en possession des faits, Phil me demande :

— Selon toi, pourquoi tu t'es fichue dans ce merdier ?

Je suis estomaquée. Je n'avais jamais pensé à ça.

— Je n'ai pas choisi ce qui est arrivé. C'est arrivé, point.

— Ce n'est pas vrai, n'est-ce pas ?

Il plante sa fourchette dans ses haricots et les porte à sa bouche.

— Je ne sais pas faire face aux situations compliquées, j'en suis bien consciente. Laura dit que je passe mon temps à esquiver, et Stevie…

Je jette un coup d'œil à Phil : il ne flanche pas, il continue de mâcher ses haricots. Je n'arrive pas à savoir si cette réaction détendue, calme et sereine est bon signe ou pas. Est-il jaloux, en colère, ou simplement curieux de découvrir l'imbroglio de ma vie ? Je reprends :

— … Stevie pense que j'ai encore plein de problèmes à résoudre à propos de la mort de ma mère et de mon adolescence.

J'utilise des formules choisies mais Phil voit clair dans ma ruse.

— Et *toi*, tu en penses quoi ? demande-t-il.

— C'est possible.

Je prends mon verre et bois une gorgée de jus de tomate.

— Tu ne t'es jamais demandée si ton attirance pour Stevie ne venait pas de ce qu'il appartient un peu à ton adolescence ?

— Ah ça, ça m'étonnerait ! dis-je, catégorique. Il n'y a rien que j'aime dans mon adolescence alors que…

— … tu aimes Stevie ?

— Oui.

Difficile à admettre, mais impossible à nier.

— Comment est-ce que tu l'aimes, Bella ?

Phil pose la question sans vaciller, mais je décèle, sous son œil, une infime contraction. Ma réponse est cruciale.

— Je sais que ça m'a fait du bien d'explorer mon passé en compagnie de quelqu'un qui me connaissait *d'avant*. Tu ne me connais pas, Phil. Je n'ai jamais voulu que tu me connaisses.

De plus en plus difficile.

— Tu es si horrible que ça ?

Il tente un sourire mais, puisqu'il sait à quel point je suis horrible, son sourire est fragile.

Alors je lui raconte. Tout. Que mon père pense que je n'ai jamais eu de chance, à tel point qu'il me croit maudite. Je lui dis qu'enfant, j'avais fini par penser qu'il avait raison. Peut-être que me brosser les cheveux alors que le bateau était au large a eu une influence sur la mort de ma mère.

— Tu n'y crois plus, aujourd'hui, si ?

— Non. Ce serait de la folie. Mais je me suis sentie malheureuse et coupable pendant une éternité.

Je lui parle du casier judiciaire de mon frère. Je lui explique que je déteste les habitants de Kirkspey pour leur manque d'ambition, et que je me déteste de leur ressembler. Je suis tout aussi incapable qu'eux, la différence étant que je porte des vêtements de marque. Je lui dis que je n'ai aucune idée de ce qu'est « être soi-même ». Je ne suis même pas certaine d'avoir des opinions parce que ça signifierait que je crois en des choses, à commencer par moi-même.

— Je ne suis pas d'accord, Bella. Tu as des opinions très tranchées sur beaucoup de sujets.

— Je t'écoute.

— Tu penses que fumer dans les lieux publics devrait être interdit.

C'est vrai. Pour autant, est-ce que je l'avouerais à un chauffeur de taxi s'il me posait la question ? Pas si je le soupçonne d'être un fumeur. Je ne voudrais pas le vexer.

Je remarque que Phil ne mange plus. Il a posé ses couverts de chaque côté de son assiette et il me consacre désormais toute son attention. Je mets plusieurs heures à évoquer des souvenirs anciens, des hontes enfouies, mes innombrables échecs et déceptions. Je parle des boulots que j'ai plaqués ou dont j'ai été virée, des entretiens d'embauche auxquels je ne me suis jamais présentée.

— Je suis une vraie catastrophe avec les chiffres, les échéances, les ressources humaines, les clients mécontents, les emplois du temps…

Je soupire. Phil agite la main.

— Les emplois du temps, c'est pour les gens incapables d'être spontanés. Tu crois donner l'image d'une excentrique, mais vraiment, tu es capable de gérer plein d'opérations en même temps. Le problème, c'est que la plupart des gens ne s'en rendent pas compte.

Il est gentil. Comment peut-il dire quoi que ce soit de gentil sur moi dans ces circonstances ?

Je continue de parler, m'arrêtant par moments pour vérifier que je ne l'ennuie pas. Il secoue toujours la tête et me demande de continuer. Au début, mon récit est maladroit et trop réfléchi. Je me débats avec la chronologie, je m'apitoie sur mon sort… Pourtant, d'une certaine façon, parler me fait du bien. Je n'en peux plus de faire comme si j'étais quelque chose et quelqu'un que je ne suis pas. Le serveur vient débarrasser notre table, nous commandons deux cafés, mais je ne m'interromps pas pour autant. Il vient nous voir avec un chariot rempli de desserts mais nous le renvoyons et je parle toujours. Tout la vérité sur moi, en version longue déconseillée aux âmes sensibles, se déverse sur la table.

Enfin, j'arrive au moment où j'ai épuisé toutes mes anecdotes. Je respire un bon coup et remarque :

— Je parie que tu es soulagé de savoir que tu n'es pas marié avec moi, maintenant que tu sais que je ne suis pas celle que tu croyais.

— Tu es exactement celle que je croyais, Bella, mais il y a bien plus encore en toi. Je ne comprends pas ce qui t'a rendue si triste et si honteuse. Ta famille était dans le besoin. Et après ? Beaucoup de gens vivent dans la pauvreté, Bella. Ce n'est pas un crime. C'est juste affreux. Alors, il faut faire le dos rond et accepter certaines mauvais cartes. Quitte à se retrouver avec une main composée de quatre couleurs et de petits chiffres.

— Ce qui n'est intéressant qu'au blackjack.

— Tu vois, ça, c'est la bonne attitude !

Il sourit. Il paraît content de moi, ce qui évidemment est inimaginable.

— Ces cartes ne vaudraient rien au poker, mais elles peuvent faire très mal au blackjack. Tout dépend du jeu auquel tu joues.

— Ce n'était pas seulement une question de pauvreté. Mon père et mes frères me détestaient. Pour eux, j'étais juste un parasite en guenilles, qui leur tournait sans cesse dans les pattes. La plus grande ambition de mon père pour moi, c'était que je m'écarte de son chemin ou que je disparaisse complètement.

— Ce que tu as fait en épousant Stevie.

— Le plus drôle, c'est que mon père aimait bien Stevie. Il aurait approuvé le mariage, s'il en avait été averti.

— Tu ne lui as rien dit pour le punir ?

— Peut-être. Je ne sais pas.

Je soupire. C'est un aveu pénible, pathétique. Mais je ne peux pas renoncer, pas cette fois. Je me ressaisis.

— Je pense que c'est un peu plus compliqué. L'accord de mon père aurait été, au début, une petite partie des raisons pour lesquelles j'aurais épousé Stevie. Peut-être qu'à l'époque la bénédiction de mon père avait encore de l'importance à mes yeux. Je ne sais pas vraiment. Tout ce que je sais, c'est que j'ai bien vite compris que c'était un erreur. Je ne voulais pas de l'approbation de mon père, je ne voulais pas faire partie de leur monde, et Stevie en faisait bien partie, lui. Je suis désolée si cet aveu fait de moi quelqu'un de mauvais, mais c'est la vérité.

— Ça ne fait pas de toi quelqu'un de mauvais, Bella. Pas d'après mon expérience.

Je le regarde, rayonnante.

— C'est d'avoir été incapable de divorcer de Stevie. M'avoir épousé devant tous nos amis et nos parents alors que tu étais mariée à un autre homme, voilà ce qui fait de toi une personne horrible.

Alors c'est vrai, ce que j'ai longtemps cru : je ne vaux rien. Le gentil, généreux, intelligent et profond Philip me trouve horrible.

— Pourquoi tu n'as pas divorcé ?

Sa voix est un gémissement déchirant. J'ai envie de passer mes bras autour de lui et de le consoler. Plus encore : j'ai envie de remonter le temps et de divorcer d'avec Stevie avant d'épouser Phil. Deux désirs également impossibles.

Il y a une multitude de réponses à cette question. Mais y en a-t-il une seule qui soit bonne ?

— Je ne savais pas comment m'y prendre. J'avais peur des frais d'avocat. Je n'avais personne à qui demander conseil. C'était plus simple de ne rien faire.

Une réponse simple. Toutes ces raisons sont réelles, et toutes ont été prises en compte, dans une certaine mesure.

Phil a l'air amèrement déçu. S'attendait-il à quelque chose qui m'aurait innocentée, ou du moins présentée sous un jour plus léger ?

Il ne veut plus en entendre davantage. Il demande au serveur l'addition. Je suis presque certaine qu'il ne va pas me dénoncer à la police. Mais je suis tout aussi certaine qu'il ne veut plus jamais me revoir, et c'est une peine déjà accablante. J'ai eu deux grandes chances dans ma vie, avec deux hommes fabuleux. C'est plus qu'aucune autre femme connaîtra jamais. Et les deux fois, j'ai tout gâché. Ce ne sont pas les circonstances qui ont conspiré contre moi. Je suis l'unique responsable de ma propre déchéance.

Phil pose son American Express Platinum sur l'addition et pousse la soucoupe vers le serveur.

— Je crois que nous en avons fini, dit-il.

Presque. Il me reste encore une chose à dire. Je sais que ça ne changera rien à la situation mais je dois la dire.

— Phil, tu te rappelles, le jour de notre mariage, quand mon père t'a remercié de l'avoir débarrassé de moi ? Comme si j'étais la cause de tous ses soucis financiers, ou une vieille fille encombrante…

— Alors qu'en réalité tu étais une bigame au tempérament de feu ?

Je le fixe du regard, tentant de comprendre sa remarque. Son sourire me montre qu'il essayait d'être gentil, en tout cas drôle. Son sourire me donne le courage de poursuivre.

— Le fait de t'épouser m'a aidée. Mon père est intimidé par ta richesse, ton style de vie. Il pense que je dois avoir une sorte de talent – bien caché, il est vrai – pour avoir mis le grappin sur un aussi bon parti. Grâce à toi, je vis mieux que je l'aurais jamais imaginé. Mais je veux que tu le saches, Phil : ni mon père ni mes origines sociales n'ont joué un rôle dans ma décision de t'épouser. Je ne t'ai pas dit « oui » pour impressionner mon père, ou le rayer de ma vie. Je ne t'ai pas dit « oui » pour avoir mes entrées dans les plus grands restaurants jusqu'à la fin de mes jours. Je t'ai épousé parce que je t'aime. Je t'ai toujours aimé. Ce n'est même pas difficile ! J'étais si heureuse, le jour de notre mariage… Je suis tellement désolée d'avoir causé cet affreux quiproquo, d'avoir souillé, infecté la vie de tout le monde avec mon secret…

Je ne veux pas m'arrêter. Si je m'arrête il risque de partir.

— Si je pouvais faire quoi que ce soit pour changer le cours des événements, je n'hésiterai pas. Mais je ne pense pas que ce soit possible, alors je veux juste que tu saches que je t'aime. Je n'avais pas l'intention de te blesser. Je suis souvent embrouillée, chaotique, pas très convaincante mais de cela, je suis certaine.

J'espère qu'il m'a comprise à travers mes sanglots. J'espère qu'il a compris mes sentiments. Malgré mon intention d'éviter une scène, je crois que je viens d'en faire une. Surgi de nulle part, un serveur me tend une serviette propre, sans doute pour que je me mouche, et un autre, poussant le chariot à desserts, me donne une gigantesque tranche de gâteau au chocolat.

— C'est la maison qui offre, lance-t-il en toisant Phil.

Phil a un petit hochement de tête sec, se lève de table et me laisse pleurer dans une montagne de pâtisserie indigeste.

48. It Hurts Me
(Ça me fait mal)

Vendredi 13 août 2004

LAURA

C'est un mois d'août traditionnel en Angleterre : aujourd'hui, bruine ininterrompue du lever au coucher du soleil, et hier il a plu si violemment que le gouvernement a déclenché un plan d'alerte aux inondations-éclair. Encore. Contrairement à la plupart des gens, j'aime cette météo désastreuse. Elle est tout à fait adéquate. Pour moi, l'été s'est arrêté au moment où les roues de mon avion parti de Las Vegas ont touché la piste d'atterrissage. Et il n'y a rien de pire que d'être déprimée quand on est entourée de Londoniens en bikini dans les jardins publics.

Comment ai-je pu être aussi stupide ? Si empotée, si crédule ? *Encore une fois* – c'est ça le pire. Quand Oscar et moi avons rompu, je pensais que jamais plus je ne commettrais la bêtise de faire confiance à un autre homme. Je me suis juré de ne plus prendre le risque de voir à nouveau mon cœur réduit en miettes. Mais Stevie s'est frayé un chemin dans ma confiance, dans ma conscience et dans mon cœur. Et puis, sans prévenir, il a explosé, répandant à travers toute l'Amérique mon estime et ma connaissance de moi-même, ainsi que ma capacité à aimer.

Après le départ d'Oscar, je disais souvent que je ne tomberais plus jamais amoureuse. Je répétais inlassablement à tous ceux qui étaient assez patients pour l'entendre (public limité à Eddie et Bella) que je n'aimerais *plus jamais*, que je n'en avais même pas envie.

Je mentais.

Si je m'accrochais à ce mantra, c'était pour bluffer le destin. À présent je me demande si le destin est un enfoiré misogyne ou une salope malveillante. Le destin est probablement féminin, car il joue parfois des tours étonnamment finauds, et chacun sait que les femmes sont plus créatives dès qu'il s'agit de concevoir une vengeance.

Enfin bref, je pensais que si je niais haut et fort la possibilité d'un nouvel amour, alors cette vieille fée rusée du Destin me ficherait la paix, laissant Dame Fortune, son âme damnée, se faufiler jusqu'à moi, ou mieux encore : laissant Cupidon planter sa flèche dans un nouvel amoureux. Et ça avait marché, pas vrai ? En tout cas, pendant quelque temps je l'avais cru…

En rencontrant Stevie, je me suis dit que j'étais la femme la plus chanceuse du monde. Mais cet homme n'a jamais existé. Le compagnon sexy qui craquait pour mon fils n'était que le fruit de mon imagination. Stevie s'est révélé aussi menteur qu'Oscar. Son infidélité différait sur quelques points de détail, mais sur l'essentiel elle était identique. Il existe des millions de façons de quitter quelqu'un, mais au bout du compte elles sont toutes cruelles.

À présent, quand je dis « ça suffit », je le pense. Parce qu'à quoi bon ? Si Stevie et Oscar sont identiques, aussi différents puissent-ils paraître, alors la conclusion s'impose d'elle-même : *tous* les hommes sont identiques. Oh mon dieu, aide-moi ! Aide-nous ! La Femme n'a plus rien à espérer. L'évidence effroyable de ce raisonnement reste coincée dans ma gorge comme une pierre. Si solide soit ma conviction, je refuse pourtant d'y croire totalement. C'est une pensée tellement sombre, affreuse, lugubre, désolante, morne, cruelle. Comme si un trèfle à quatre feuilles n'était rien d'autre qu'une mauvaise herbe et le Père Noël un pervers obèse engagé pour la durée des fêtes par le grand magasin du quartier. Il n'y a plus de magie.

Depuis un mois, je pense à ça tous les jours. Je n'ai jamais été d'aussi mauvaise compagnie, ni aussi piètre réceptionniste. Sans relâche je ressasse et ressasse la trahison de Stevie. C'est un homme marié. Un homme *marié.* Et, comme si ça ne suffisait pas, marié à ma *meilleure amie.* Disons ex-meilleure amie. J'aurais pu lui pardonner le mariage s'il m'en avait parlé dès le début. Après tout, ils étaient séparés de fait – à supposer que son histoire et celle de Bella soient exactes. Une ÉNORME supposition : ils sont assez peu crédibles dans le rôle des témoins fiables. J'aurais même pu me réconcilier avec l'idée qu'il avait été marié, à une époque, avec Bella. Peut-être. Avec le temps, et s'ils avaient fait preuve d'honnêteté dès le départ.

Et ça n'a pas été le cas, pas vrai ? Ils m'ont tous les deux menti, ils se sont tous les deux fichus de moi. Ce qui amène à la question : pourquoi n'ont-ils pas été honnêtes ? La réponse coule de source : parce qu'il l'aime encore. Forcément. *Forcément.* Sa loyauté envers elle ne peut pas s'expliquer autrement. S'il me sautait, c'était soit pour la provoquer, soit pour rester près d'elle, soit pour servir de couverture à leur liaison. Je ne sais pas laquelle de ces hypothèses écœurantes est la bonne, mais c'est obligatoirement l'une des trois.

Si seulement j'avais juste à faire face à sa trahison *à lui*. Ça me laisserait au moins une issue de secours, un moyen de réparer l'image bafouée que j'ai de moi. J'appellerais Bella, elle m'inviterait à dîner chez elle ou elle rappliquerait en vitesse à mon appartement. Nous descendrions en une nuit l'équivalent d'une semaine complète d'alcool, nous mangerions des pizzas et du chocolat, traiterions Stevie de salopard et de queutard, puis j'éclaterais en sanglots et, entre deux hoquets, gémirais que je l'aime encore. Elle me mettrait au lit, me caresserait les cheveux et murmurerait : « Bien sûr, que tu l'aimes encore » (mais sans avoir l'air condescendante ou désespérée), parce que ça s'est passé comme ça la dernière fois. Mais aujourd'hui, je n'ai personne vers qui me tourner, et Bella me manque autant que Stevie.

Aujourd'hui, je n'ai éprouvé aucune culpabilité à quitter le boulot à l'heure pile, même si je n'ai pas terminé de classer mes dossiers. Sarah pourra s'en occuper lundi. Je suis toujours en train de bosser pour elle ; il est grand-temps que ce travail à mi-temps le soit vraiment. Je me traîne jusqu'au métro et emboîte le pas au troupeau qui s'engouffre dans le sous-sol. Nous piétinons les uns derrière les autres dans les couloirs gris, évitant de nous regarder en gardant nos yeux baissés sur les chaussures des voyageurs. Je suis tellement anesthésiée que je ne ressens aucun frisson quand je tombe sur une paire d'escarpins Jimmy Choo aux pieds d'une Japonaise. Elle les porte avec des socquettes, une audace qui me sidère. En temps normal, je noterais dans un coin de ma tête que je dois à tout prix en parler à Bella. Nous adorions ce genre de bavardage absurde. Triste journée que celle où je ne trouve personne à qui parler d'escarpins Jimmy Choo.

Je n'ai pour ainsi dire rien mangé de la journée. En

tout cas, rien d'un peu équilibré. Je me demande à quand remonte mon dernier paquet de chewing-gums (le déjeuner) et quand je peux en ouvrir un autre (quatre paquets de chewing-gums par jour, est-ce de l'addiction ou simplement de la paresse culinaire ?). Le jour où la décision fut prise d'équiper le métro londonien de distributeurs de chewing-gums est à marquer d'une pierre noire pour moi. Jusqu'à présent, j'avais échappé aux barres chocolatées (trop violent), mais les chewing-gums, impossible de résister.

Je glisse une pièce dans le distributeur. Ce n'est qu'une fois la pièce avalée par la machine que je vois le petit panneau « Cet appareil ne rend pas la monnaie ». Une livre le paquet de chewing-gums, ce n'est pas donné. Un message lumineux s'affiche sur l'écran : « Sélection indisponible, autre choix SVP ». Je n'ai plus de volonté. Comment se fait-il que ces petites contrariétés, qui sont le lot de la vie quotidienne, me paraissent insurmontables ces temps-ci ?

Je monte dans la rame et trouve quelques centimètres carrés de place libre à l'autre bout du wagon. Des centaines de passagers me suivent. Les portes s'y reprennent à deux fois pour se fermer. Je regarde un passager forcer le passage pour se glisser dans la masse du troupeau. Au passage, il tape dans une vieille dame lestée d'une quantité impressionnante de sacs. Elle bouscule à son tour le bras d'une fille en imperméable beige, qui renverse son Coca light. D'un côté je la regarde avec compassion (moi aussi, chaque fois que je porte un manteau clair, je m'empresse de le tacher), de l'autre je ressens une satisfaction mauvaise à l'idée que quelqu'un d'autre que moi passe aussi une sale journée. La souffrance ne m'a pas rendue plus gentille.

Je récupère Eddie au jardin d'enfants et, *in extremis*, parviens à simuler de l'intérêt pour son dernier cadeau artistique. Il a consacré sa journée à coller des pâtes crues sur une feuille de papier, ainsi que sur son sweatshirt et dans ses cheveux. Mon enthousiasme feint, au mieux assez tiède, est encore refroidi par la question d'Eddie :

— Il est où, Stevie ?

Il m'a posé cette question chaque fois que je suis venu le chercher depuis mon retour de Las Vegas il y a quatre semaines, six jours et bientôt dix heures. Une éternité, dans la vie d'un petit garçon. Je lui fournis la réponse standard.

— C'est redevenu comme avant, maintenant. Stevie ne viendra plus te chercher. Ce sera moi, tous les jours.

Avant le week-end à Las Vegas, j'avais pris l'habitude de confier à Stevie le soin de récupérer Eddie chaque fois qu'il le pouvait. Ça cadrait bien avec les horaires de travail de Stevie, ça nous donnait le sentiment d'être une famille normale. Mais nous n'avions rien d'une famille, et j'aurais mieux fait de m'en souvenir au lieu de me laisser bercer par l'illusion d'une fausse sécurité. Ironie du sort, Bella m'avait prévenue de ne pas laisser Stevie passer trop de temps avec Eddie. Oui, elle avait certainement ses raisons.

— Il me manque. Je n'aime pas « comme avant ».

Je devrais certainement penser à dire quelque chose de sage et de réconfortant à mon fils. Au lieu de quoi je glapis :

— Moi aussi il me manque !

Et je ne me risque pas à prononcer une autre parole durant tout le trajet. Ça ne servirait à rien de pleurer.

J'ouvre la porte d'entrée et suis surprise de voir Henryk dans la cuisine, en train de m'attendre. Surprise et un peu irritée. Je pensais que je n'aurais plus à le revoir. À sa charge, je précise que durant les six derniers mois, lui et son équipe ont transformé ma demeure bancale en un appartement sinon somptueux, du moins confortable, fonctionnel et agréable. Je suis sans doute la seule à voir du luxe dans des étagères montées d'équerre, une chasse d'eau en parfait état de fonctionnement et des fenêtres qui s'ouvrent et se ferment.

La présence d'Henryk ne peut signifier qu'une chose : il veut que je le paye. Intérieurement, j'ai un mouvement de recul. Tout en étant bien consciente qu'il ne procédait pas à la rénovation complète de mon appartement pour le bien des relations anglo-polonaises ou par charité, je n'avais pas tout à fait mesuré combien j'allais devoir débourser pour son travail. En matière de prévisions budgétaires, mon acte le plus retentissant a dû être d'acheter un jour deux billets de loterie plutôt qu'un seul.

— Salut Henryk ! Vous voulez un thé ?

— Non, merci. Je viens juste vous rendre les clés. Je ne veux pas vous déranger.

— Je mets de l'eau à chauffer, de toute façon.

Il ne lui en faut pas plus pour accepter.

— D'accord, alors. Pour moi, très…

— … léger, oui je sais.

Je souris et reconnais que ce n'est pas forcément une mauvaise surprise de tomber sur Henryk dans ma cuisine. Une cuisine vide m'aurait narguée davantage.

Aujourd'hui, je n'ai reçu aucun coup de fil ou e-mail personnel. Et le courrier du matin ne m'a apporté qu'une publicité adressée à Oscar. Bien sûr, j'espérais de longues lettres venues droit du cœur, remplies de demandes de pardon et de seconde chance, signées Stevie et Bella. J'espérais une succession de coups de téléphone éplorés. Mais je *n'attendais* ni l'un ni l'autre, et c'est aussi bien. Aujourd'hui, je me serais bien vu recevoir une de ces lettres « par avion » écrites par mes parents, ou un de ces e-mails « entre filles » qui atterrissent parfois, au gré des transferts, sur mon ordinateur. Rien. Le Destin me rappelle combien ma vie était un désert avant Stevie et Bella. Vous voyez ? Le Destin est une salope.

Je prends le temps de bien installer Eddie devant la télé, puis vais dans la cuisine et mets quelques saucisses à griller. Je sais que, si je ne mange pas avec Eddie, je mangerai seule ce soir, mais je ne veux pas éveiller de soupçon chez Henryk, aussi je sors juste assez de saucisses pour mon fils.

— C'était bien, vos vacances ?

— Pas vraiment, Henryk.

Je ne vois pas pourquoi je mentirais.

— Rupture avec le petit ami ?

— Comment vous savez ça ?

— Vous avez hésité, avec les saucisses. Alors je comprends : pas de dîner romantique au programme ce soir. Et puis, vous écoutez beaucoup de slows en ce moment. Des chansons tristes, et je comprends : vous avez le cœur brisé. J'allume la radio : Romance FM. Et les CD, près de la chaîne : Dido, Ella Fitzgerald, Céline Dion…

— Vous faites un sacré détective, dites-moi ?

Je ne sais pas si je suis gênée de voir ma vie privée violée, impressionnée par son sens de l'observation ou flattée que quelqu'un s'intéresse à moi.

— Vous voulez en parler ?

Il s'avère que oui. Nous vidons deux théières et quatre bières pendant que je raconte à Henryk toute l'histoire, détails sordides compris. La plupart du temps il reste silencieux, ne m'interrompant que pour lâcher un « Bon dieu ! » chaque fois que c'est nécessaire. Quand je lui apprends que mon petit ami était marié ou que ma meilleure amie était bigame, par exemple.

— Mais alors, pourquoi elle a épousé le vieux si elle était mariée avec le jeune ?

Malgré le sérieux de la question, je ne peux retenir un sourire. Le vieux, Philip, est d'au moins dix ans plus jeune que Henryk.

— Je ne sais pas. Elle non plus, je crois. Philip l'a demandée en mariage, qui aurait cru qu'elle accepterait ? Avec sa manie de la fuite… Elle prétend qu'elle l'aime.

— Peut-être que oui.

— Je pense que c'est Stevie qu'elle aime.

— Je suis perdu. Elle a quitté Stevie.

— À l'époque, oui. Parce que leur situation était un peu compliquée. Ils étaient jeunes, ils étaient pauvres…

— Beaucoup de gens sont très jeunes, très pauvres, et ils s'en sortent. Entre eux, c'est peut-être de l'attirance, pas de l'amour.

J'espère de tout cœur que Henryk ne va pas se mettre à parler de sexe. Ma journée a été assez difficile comme ça.

— Avoir vécu la même chose, c'est un début, ajoute-t-il. Ça ne veut pas dire que ces deux-là sont faits l'un pour l'autre.

— C'est vrai, quand sa vie prend un tour qui ne lui convient pas, Bella s'enfuit. Dans le boulot, dans ses différents logements, avec ses amis. Je ne pensais pas que son nomadisme s'étendrait aux maris.

— Vous désapprouvez ?

— Oui. Complètement.

— Vous êtes jalouse ? demande Monsieur H en attaquant une nouvelle bière.

— Encore plus complètement ! dis-je dans un sourire. Je n'arrive pas à passer à autre chose, à tourner la page, à tirer les leçons de mes échecs. Bella, c'est tout le contraire. Elle est incapable de rester en place plus de cinq minutes.

— À vous entendre, elle est très désagréable, votre amie.

— Ah oui ? Eh bien, non. Croyez-moi, je préférerais qu'elle soit désagréable. Mais c'est une rivale tout à fait acceptable.

— Parce que c'est ça ? C'est votre rivale par rapport à Stevie ?

Je préfère ne pas répondre, cette fois-ci. Question un peu trop éloignée du sujet, et un peu trop directe. Je m'en tiens à préciser le portrait de Bella.

— Elle est drôle, intelligente, très belle. Quand elle vous parle, vous vous sentez forcément flattée, appréciée… élue.

— Et avec ce Stevie, vous vous sentiez comment ?

Je réfléchis quelques secondes. Est-ce bien nécessaire, d'expliquer à Henryk qu'avec Stevie je me sentais vivante, vibrante, comprise et désirable ? Ou dois-je lui dire que la plus merveilleuse sensation que m'ait procurée Stevie, c'était d'être normale et d'avoir confiance en moi et en mon avenir ? Je m'en tiens finalement à :

— Heureuse. Je me sentais si heureuse…

— C'est vraiment impossible de réparer ça ?

Je lui lance un regard assassin. Les émotions sont des entités sacro-saintes, éphémères et fragiles. Une situation aussi pourrie et complexe que celle-ci ne peut pas être réparée comme une serrure cassée ou une fenêtre mal posée. Certaines fissures sont trop énormes pour les cacher derrière du papier peint. Henryk insiste :

— Bella ou votre ami, ils vous ont rappelée ?

— Bella m'a beaucoup téléphoné, au début. Chaque fois que je voyais son numéro s'afficher sur l'écran du combiné, je filtrais. Je n'écoutais pas ses messages, je les effaçais directement. Elle n'a rien à me dire que j'aie envie d'entendre. Quant à Stevie, il a essayé, juste une fois. Il m'a écrit une lettre.

— Qui disait quoi ?

— Je ne sais pas. Je l'ai jetée à la poubelle sans l'ouvrir. J'ai même failli écrire « retour à l'envoyeur » et la remettre à la poste mais je me suis retenue. Je ne voulais pas paraître d'humeur trop joueuse.

— Pourquoi vous ne l'avez pas lu ?

— Je n'en avais pas besoin. Il m'avait déjà dit tout ce que j'avais besoin de savoir en n'essayant de me contacter qu'une seule fois ! Il s'en fout.

Et puis, si j'avais lu cette lettre, j'aurais pris le risque de flancher. Si elle était pleine de supplications et de propositions de paix, qui sait si j'aurais eu la force de résister ? Et je dois à tout prix résister.

— Vous êtes une coriace, dit Henryk.

Ah bon ? Je suis étonnée. Moi qui avais peur d'être une mollassonne. En tout cas, Stevie et Bella me considéraient sûrement comme une abrutie.

— Vous devez lui parler.

— Je ne lui parlerai plus jamais, dis-je d'un ton sans appel.

— Pas le jeune. Le vieux. Vous devez parler à Philip.

— Oh, Henryk ! C'est quoi, ce plan à deux balles ? Moi et Philip, on devrait se mette ensemble, c'est ça ? Mais la vie, ça ne marche pas comme ça. Phil est un type sympa mais il ne me plaît pas. De plus, je suis am…

— … oureuse de Stevie. Je sais.

Il soutient mon regard de ses vieux yeux expressifs. Ce type sent le ciment et porte une chemise de bûcheron du Grand Nord mais il est plus profond et sensible qu'un poète romantique du XIXe siècle. C'est vraiment dommage qu'il n'y ait pas plus d'hommes de la trempe de Henryk. Des hommes comme lui, mais d'une trentaine d'années et sans la moustache.

— Bon dieu, bien sûr que je ne vous vois pas avec l'autre mari ! Situation déjà assez tordue… Mais peut-être que vous pouvez vous aider, tous les deux…

Henryk regarde sa montre et a un petit mouvement de surprise.

— Il faut que je rentre. C'est très agréable de parler avec vous, Laura, mais ma femme n'aime pas quand je rentre tard. Et moi, je n'aime pas la faire attendre non plus. Je dois y aller, et vous vous devez coucher votre fils.

Henryk me laisse son double des clés, m'assure qu'il me tient au courant pour l'envoi de la facture mais il a la bonté de ne pas me révéler son montant. Je le raccompagne à la porte et le remercie d'avoir pris le temps de discuter avec moi.

— C'est un plaisir. Vous êtes une femme bien et vous rendrez heureux un homme bien. Je le sais !

Sur ce, il dévale les marches deux par deux et part en courant, rejoindre le domicile conjugal. Tandis que sa chemise à carreaux verts et violets s'évanouit dans la pénombre, je prends ma décision : je veux la même chose que Henryk et sa femme. Je ne veux pas simplement vieillir en compagnie de quelqu'un d'autre, je veux vieillir avec un mari qui m'adore. Je veux que, sur ses vieux jours, il se dépêche toujours de rentrer le soir, et monte les escaliers aussi vite que possible pour ne pas me faire attendre.

Cela signifie-t-il que je crois encore un bonheur possible ? Moi et mon indécrottable optimisme ! Il *faut* que j'apprenne. Je ne dois pas me laisser aller à ce genre de pensées.

J'extirpe Eddy de la cabane qu'il s'est construit sous la table de la cuisine à l'aide d'un tapis de pique-nique et d'un tas de coussins. Je l'oblige à se brosser les dents mais n'insiste pas pour le bain car il est déjà 19h45. Il enfile son corps fluet dans son pyjama Spiderman préféré et, exceptionnellement, sombre dans un sommeil profond dès que je le glisse sous sa couette.

Je reste assise à côté de lui. Je caresse les boucles de ses cheveux bruns, qui refusent d'être domestiquées, et écoute les sons qui parviennent de la fenêtre entrouverte. J'entends la télé d'un voisin, un autre annonçant qu'il ferait bien un petit barbecue. Il faut reconnaître au moins ça aux Britanniques : ils s'y entendent comme personne pour mettre à profit chaque seconde de leur été. La pluie a cessé il y a environ une heure. Comment peut-on raisonnablement envisager d'allumer un barbecue ? Un couple dans la rue se chamaille au sujet du programme de la soirée télé. Au moment où ils passent sous la fenêtre, j'entends le type lâcher : « C'est bon, c'est bon, regarde ta connerie ! » Contrairement à ses paroles rugueuses, le ton de sa voix est affectueux.

Et je me demande…

Est-ce que je suis faite pour ça ?

Est-ce que je suis condamnée à rester toute ma vie sur le bas-côté, regardant mon fils grandir et écoutant mes voisins se quereller ? Aurais-je la chance de devenir une petite vieille hideuse dans les bras d'un homme qui l'aime comme au premier jour ? Ou est-ce vraiment : tu as eu ta chance deux fois, maintenant c'est fini ?

Sinistre. Pensée sinistre.

Je vais dans la cuisine, m'aventure tête la première dans le frigidaire et cherche ce que je pourrais bien me préparer pour le dîner. Rien ne me paraît spécialement appétissant – mais mon appétit est en dérangement. En revanche, mon ventre gargouille comme s'il craignait qu'on m'ait coupé la gorge. J'ai besoin de carburant. J'arrête mon choix sur des haricots en conserve. Je verse le contenu de la boîte dans la poêle et glisse deux tranches de pain de mie dans le grillle-pain.

Je fouille dans les tiroirs de la cuisine à la recherche d'une boîte d'allumettes. Et la loi de l'emmerdement maximum entre en action : au lieu de tomber sur les bêtes allumettes de l'épicier du coin, je sors l'étui du bar « Paris », à Las Vegas. Je lis la petite phrase imprimée : « Mes frères, venez vite ! Je bois des étoiles ! » Je regrette que la boîte ait atterri dans ma poche. Je n'ai pas besoin qu'on me rappelle cette merveilleuse soirée. J'ai besoin de l'oublier. Moi aussi, je croyais boire des étoiles. Je croyais que l'irruption de Stevie dans mon existence était un miracle. Un miracle stupéfiant, délicieux, pétillant, rien que pour moi.

Et je croyais qu'il pensait la même chose de moi.

Mais je me trompais.

Bon. Je dois absolument éradiquer le moindre résidu d'affection susceptible de se développer chez moi en quelque chose de beaucoup plus dangereux – la nostalgie, par exemple. Parce que si Stevie ne m'adore pas et ne veut pas vieillir bercé par mon adoration, alors qu'il aille se faire foutre ! Ce serait une grave erreur que de miser sur un cheval mort. Je ne suis pas une écervelée prête à attendre son Stevie, rongée par le désir, alors que c'est de toute évidence un enfoiré. Et puis, de qui je me moque, là ? Il est sûrement en train de se taper Bella, en ce moment. Ou il passe une soirée merveilleuse dans un restaurant (ou bar, ou club) fabuleux pendant que moi, je suis toute seule dans ma cuisine avec pour seule compagnie des haricots en conserve et une boîte d'allumettes. Mieux vaut ne pas perdre de vue que je ne pourrais pas lui tourner autour, même si je le voulais, puisqu'il ne veut plus rien vivre avec moi. Et encore heureux : c'est lui, le taré. Le mec indigne.

Ce serait une grave, une très grave erreur de vouloir me remettre avec lui. Une énorme erreur. Une catastrophe.

La seule erreur aussi catastrophique que je pourrais commettre, ce serait de ne *pas* lui tourner autour s'il veut encore vivre quelque chose avec moi.

Laisse tomber… Pourquoi est-ce si facile pour moi d'imaginer qu'il m'adore ? Que je peux vieillir à ses côtés ? Cette image mentale aurait dû être depuis longtemps expulsée de mon esprit. Cela fait plus de quatre semaines que nous avons rompu.

Je soupire.

Maintenant… puisque cette vision d'harmonie domestique et de vieux jours heureux est toujours fermement ancrée en moi, quel mal y aurait-il à ce que j'appelle Phil ?

49. Reconsider Baby
(Donne-nous une seconde chance)

Samedi 14 août 2004

PHILIP

Le coup de fil de Laura ne m'a pas surpris. En même temps, il n'y a pas grand-chose qui me surprenne en ce moment. Ça m'a fait plaisir de l'entendre. Elle m'a manqué. C'est une fille formidable, toujours prête à rire ; quelqu'un d'agréable. Bien sûr, je ne m'attends pas à ce qu'elle soit particulièrement agréable aujourd'hui. Compte tenu de la situation…

Elle ne s'est pas embarrassée d'excuses ou de préambules. Sans prendre le temps de souffler, elle m'a demandé de mes nouvelles. Une charge frontale, à la jugulaire. Elle avait besoin de me parler. Je lui ai proposé un dîner ou un déjeuner, elle m'a rappelé qu'elle a la garde d'Eddie le week-end donc j'ai convenu de la retrouver à Kew Gardens, pour qu'elle puisse l'amener avec elle. Eddie pourra terroriser les oies pendant que nous échangerons des points de vue sur la vie.

Elle est en retard. Rien que de très normal, et je me

sens étrangement rassuré par cette constante dans un monde tellement chaotique. Enfin, elle se profile derrière les grilles, silhouette superbe sous ce rare soleil d'été. Elle est ravissante. Elle porte une jupe qui flotte au vent, un truc de fille pour mettre en valeur ses jambes fines et puissantes, presque masculines. Eddie ferme la marche. Il a l'air excité et énervé ; un peu boudeur, un peu fatigué. J'embrasse Laura sur la joue et propose d'offrir une glace à Eddie. C'est comme si j'avais pressé le bon bouton : tout à coup, un grand sourire angélique illumine son visage de petit garçon. Si seulement c'était aussi facile avec sa mère.

Nous trouvons une cafétéria, prenons nos glaces et, remis d'aplomb, Eddie pique un sprint devant nous, heureux de pouvoir faire le fou.

— Comment ça va, Laura ?

— Très mal.

Elle sourit. Aucun apitoiement dans sa réponse, elle se contente d'énoncer un fait.

— Et toi ?

— Des hauts et des bas.

— j'imagine, dit-elle en léchant sa boule chocolat (deux boules, avec des copeaux).

Je saisis le taureau par les cornes. Autant aller droit au but.

— J'ai cru comprendre que tu ne parlais plus ni à Stevie ni à Bella.

Je mords dans mon sorbet aux fruits – un choix moins spectaculaire.

— C'est un reproche ? demande-t-elle, vexée. Ne me dis pas que tu penses, toi, que je devrais être à leur écoute ?

— Non. Tu ne leur dois rien. Mais peut-être que tu te le dois, à toi.

— Je les emmerde, si tu veux savoir ! Ils se valent bien.

Je n'ai aucune envie de les entendre se vautrer dans des confidences du genre « on n'a pas pu résister, l'attirance était trop forte », « c'est le destin qui nous a réunis », « on a essayé de tout arrêter mais c'était impossible »... Tu vois les conneries ?

Laura parle à voix haute. Même si, ces derniers mois, j'ai assisté, voire activement participé, à des disputes assez violentes, je suis toujours aussi peu porté sur les scènes en public. Je regarde autour de nous, puis emmène Laura dans une allée moins fréquentée.

— Je suis sûr que ce n'est pas ce qu'ils ont envie de te dire, Laura.

— Ben voyons. Ils ne doivent même pas ressentir le besoin de se justifier, répond-elle d'un ton amer. Trop occupés à s'envoyer en l'air.

— Ils ne baisent plus ensemble depuis des années.

— Qui te l'a dit ?

— Eux.

— Et tu les as crus ?

— Eh bien, oui.

Laura me décoche un coup d'œil bizarre. Difficile à interpréter. À mi-chemin entre l'incrédulité et la pitié.

— Je leur ai longuement parlé ces dernières semaines, et je crois que j'ai une meilleure idée que toi de ce qui s'est passé.

— Je présume que Bella t'a convaincu qu'elle n'était pas sur le point de s'enfuir avec Stevie ? Qu'elle avait choisi de rester avec toi avant même que Neil Curran ne vende la mèche ?

— Tout juste.

— Ah.

Le mépris à l'état pur sort des lèvres de Laura.

— Tu veux que je te dise ce que j'ai découvert ?

— Non, réplique-t-elle sèchement.

— Dans ce cas pourquoi m'as-tu appelé ?

Laura va s'asseoir sur le banc le plus proche. Eddie court jusqu'à nous et demande à sa mère de lui tenir son cornet. Elle le prend et continue de lécher sa glace tout en regardant son fils tenter des galipettes, des roues et des équilibres devant nous. Il n'a que quatre ans – loin d'être un gymnaste accompli, donc.

— C'est génial d'être un gamin, tu ne trouves pas ? dit-elle d'un ton rêveur. Regarde-le : il n'a pas peur de se blesser, de se tacher ou de mettre la main sur une chiure d'oie. Il veut juste rigoler. Je donnerais n'importe quoi pour retrouver cette insouciance.

Eddie nous fait signe et nous demande d'admirer sa galipette. Nous le regardons, il tente une pauvre acrobatie et se relève, tout heureux.

— Je le fais bien, hein ?

Nous rions et l'assurons que c'est le champion du monde de la galipette.

— Grâce à toi, il passe une enfance merveilleuse, Laura.

— Merci.

Elle se tait. Reprend :

— Stevie lui manque. Il est vraiment resté prostré pendant plusieurs jours. Même s'il ne l'a vu que quelques semaines, ils s'aimaient beaucoup tous les deux. Quel beau ratage, vraiment… Je n'aurais jamais dû laisser Stevie mettre les pieds ne serait-ce que sous la table de notre cuisine. Surtout pendant qu'il mettait une autre partie de son anatomie dans ta femme.

J'avale ma salive. J'ai déjà eu des discussions plus faciles. Laura perçoit ma gêne.

— Désolée. C'est dur aussi pour toi, je sais. Mais la délicatesse n'a jamais été mon fort.

— Ils n'ont pas couché ensemble, dis-je à nouveau.

— Qu'est-ce qui te rend si sûr de ça ? insiste Laura, toujours sceptique, même si quelque chose dans sa voix me laisse penser qu'elle ne demande qu'à être convaincue.

— Je fais confiance à Bella.

— C'est ça ! s'exclame Laura d'un ton de dérision et de colère.

— C'est vrai. Je lui ai parlé, et encore parlé. Elle m'a raconté leurs rendez-vous dans le détail, tellement dans le détail qu'elle ne peut pas avoir tout inventé.

Laura semble réfléchir à ce point. Eddie vient récupérer son cornet. Elle regarde les parterres de fleurs, mais je m'aperçois bientôt que ce sont les promeneurs qu'elle observe.

— Quel drame, quand même ! Je ne voulais pas que ma vie soit remplie de drames et de déceptions. Je voulais juste être normale, comme cette famille là-bas. Est-ce que c'est vraiment trop demander ?

Elle désigne un couple en train de pique-niquer sous un grand bouleau. On dirait qu'ils ont installé un campement pour toute la semaine. En plus de l'énorme poussette double et du panier de victuailles, ils ont déployé tout un arsenal de parasols, d'ombrelles, de crème solaire, d'imperméables et de vêtements de rechange pour trois enfants et un bébé. La mère ouvre un assortiment complet de Tupperware et sert à manger à sa famille tout en donnant le sein au nourrisson. Elle paraît épuisée. Le père, lui, semble au bord de la crise de nerfs. Il ordonne à plusieurs reprises à ses enfants de rester assis et de se taire mais ils n'en font qu'à leur tête. Le vent fait s'envoler plusieurs pages de son journal, il leur court après en jurant dans sa barbe. C'est une famille survoltée et tendue. Mais je sais pourquoi Laura les envie.

— Ils n'avaient pas de liaison, Laura. Ils ont juste flirté avec leur passé. Pas avec leur présent. Je crois qu'aucun d'eux n'est attiré par ce qu'est devenu l'autre. S'ils ont craqué, brièvement, c'était pour la Bella et le Stevie qu'ils étaient à seize ans.

— Jolie théorie, ironise Laura. Très pratique.

— En tout cas, c'est ma théorie et j'y crois.

— Alors ils ne se sont pas remis ensemble ?

— Non.

— Je suppose que tu lui as pardonné.

Je sens qu'elle me désapprouve avec violence, avec obstination.

— La vérité, Laura, c'est que je ne passe pas vraiment pour être un romantique. C'est un des inconvénients quand on est avant tout un type pragmatique et débrouillard.

J'essaye d'alléger un sujet terriblement pesant.

— Or, je suis un romantique. J'ai aimé Bella au premier regard, et je l'aime encore.

— Eh bien, je suis désolée pour toi.

— Tu n'as pas à l'être.

Je me demande jusqu'où je devrais insister. Dois-je laisser Laura à sa fureur, dans ce cul-de-sac sans espoir ? Ou dois-je essayer de l'en tirer ? Depuis un mois, je crois être devenu assez doué pour ces grandes discussions de fond, mais bon sang c'est épuisant, et ce n'est tout de même pas une seconde nature chez moi. Je décide d'essayer une dernière fois.

— Je sais que tu es meurtrie, que tu te sens trahie par Stevie.

— Stevie *et* Bella !

Ah, les femmes.

— Et Bella, dis-je prudemment, pour l'apaiser. Je sais aussi que tu as peur. Bon dieu, Laura, crois-moi, tu n'as rien à m'apprendre en matière de peur. Quand je me rappelle que Bella et moi ne sommes plus mariés, j'ai l'impression que je ne peux plus respirer. Et quand je mesure tout ce que ça implique, mes poumons manquent d'exploser. Je ne veux pas la perdre. Je sais ce que c'est que d'avoir peur.

Laura secoue la tête, obstinée.

— Elle a bien de la chance, ta satanée Bella. Elle retombe toujours sur ses pattes. Avant qu'elle te rencontre, elle avait toujours le choix entre plusieurs opportunités – même si elle finissait tôt ou tard par tout foutre en l'air. Et puis, elle t'a rencontré, et tu l'as adorée. Mais est-ce qu'elle t'apprécie ? Non, elle se fout de toi au point de t'épouser alors qu'elle est mariée avec *mon* petit ami. Et toi, tu ne vois toujours pas ça comme la pire des insultes ! J'hallucine. Rien que d'y penser, ça me donne la gerbe…

— Arrête de vociférer, Laura.

J'ai eu mon compte de femmes hystériques, ces derniers temps.

— L'amour est plus important que tout. Plus important que le certificat d'un mariage qui n'a plus lieu d'être ; plus important qu'un jugement de divorce à venir. L'amour est la seule chose qui compte et j'aime Bella.

Peut-il exister une situation plus embarrassante ? Qu'est-ce qui s'est passé dans ma vie pour que je me retrouve assis sur un banc dans un jardin botanique, à parler non pas de floraisons saisonnières ou de traitement anti-insectes pour mes plate-bandes, mais d'amour ? La réponse est évidente : Bella.

Depuis que Bella m'a ouvert son cœur au restaurant à Las Vegas, nous avons eu d'innombrables « discussions de fond ». Je n'ai jamais passé autant de temps que le mois dernier à parler de sentiments, de pensées, de certitudes et… oui, d'amour. Ça n'a rien d'effrayant, je trouve. Mais j'ai hâte de pouvoir enfin tirer un trait sur tout cet exercice. C'est un truc de femmes. Ce que j'ai à dire à Laura est très direct :

— C'est être avec Bella qui me rend heureux. Elle veut vivre avec moi, je veux vivre avec elle. Et je vais trouver une solution pour qu'on y arrive.

— Vous allez vous remarier ? me demande Laura.

À sa voix, je comprends qu'elle n'a pas spécialement envie d'être demoiselle d'honneur.

— Quand le jugement de divorce sera définitif, je la redemanderai en mariage.

Laura me fusille du regard.

— Pauvre crétin.

— Laura ! Être heureux ou malheureux est une question de choix. Je suis bien trop rationnel pour choisir d'être malheureux.

Pour un peu, je croirais l'avoir giflée.

— Tu penses que je suis responsable de ce qui m'arrive ?

— Pas du tout.

— Mais si. Tu trouves que je fais trop ma boudeuse.

— Non, Laura. Je crois que tu as peur, une peur insensée.

— Tu es dans son camp.

— Il n'y a pas de camp. Je suis en Suisse. Totalement neutre, sur tout, et prêt à signer tous les traités de paix et tous les accords commerciaux qu'on voudra.

Laura s'empourpre. C'est ma faute, j'ai toujours besoin de plaisanter quand je m'échauffe – d'autant plus facile que mes plaisanteries ne sont jamais très drôles.

— Je peux aimer Bella et t'aimer toi aussi, tu sais ?

— Je sais. Stevie en a fait la brillante démonstration.

— Laura, ton raisonnement est biaisé. Tu en veux à Bella de ne pas avoir fait le tri dans son passé et d'avoir laissé la situation s'embourber, mais tu es responsable de la même chose. Ta rupture avec Oscar a été si douloureuse qu'à présent tu te retires de tout ce que Stevie et toi pourriez vivre ensemble parce que tu as peur de souffrir à nouveau.

— C'est Stevie qui s'est retiré le premier en me mentant. En embrassant ma meilleure amie et…

Elle s'interrompt brusquement. Si elle accepte de croire que Stevie et Bella n'avaient pas de liaison adultère, et je crois maintenant qu'elle l'a compris, alors l'incartade de Stevie est nettement moins terrible.

— Où est-ce que tu veux en venir, Philip ?

— Eh bien, je crois que ce ne serait pas une mauvaise idée de te demander si Stevie t'a rendue heureuse.

— Tu sais bien que oui.

— Maintenant, demande-toi si tu es vraiment obligée de tirer un trait là-dessus.

Après quelques instants, Laura dit :

— Entendu. Je vais réfléchir à tout ça. Mais je ne te promets rien.

— Ça me fait très plaisir.

Je tente un coup de poker :

— Et ça fera très plaisir à Bella, aussi. Elle s'inquiète pour toi. Tu sais, ce dont tu l'as accusée – d'avoir une compassion déplacée, de ne s'intéresser aux autres que pour éviter de regarder ce qui se passe en elle –, je crois que c'est faux. Elle est en train de réfléchir à ses problèmes, mais elle s'inquiète aussi pour toi.

Les yeux de Laura se brouillent de larmes. Colère ? Frustration ? Indignation ? Tristesse ? Ça me dépasse.

— J'ai été un peu dure, admet-elle. J'étais tellement furieuse.

— Et choquée. Tu avais toutes les raisons de l'être.

— Oui.

— Mais ?

— Mais je sais qu'elle n'est pas aussi mauvaise que j'ai pu le dire. Ça me faciliterait la tâche, qu'elle le soit ! Je sais qu'elle a toujours été très bonne avec moi quand j'en ai eu besoin. Une fille en or. J'aimerais juste pouvoir envisager les choses comme toi. Avec la même simplicité.

— Tout le monde a droit à une seconde chance, Laura. Bella et moi. Stevie et toi.

— Je ne sais pas si Stevie a envie d'une seconde chance.

Cette remarque dépasse le champ de mes compétences. Je propose donc à Laura d'aller manger une pâtisserie au Café de l'Orangerie. Elle accepte, et Eddie n'a nul besoin d'être convaincu.

50. You Don't Have to Say You Love Me (Tu n'es pas obligée de dire que tu m'aimes)

Vendredi 22 octobre 2004

STEVIE

Je suis célibataire. Je suis un homme libre. Tout est simple pour moi. Je sais quelle case cocher en face de la rubrique « situation familiale » sur les formulaires administratifs. Je ne mens plus à mes employeurs, à mes amis, à ma famille ou à moi-même. Et ça fait un bien fou. J'ai reçu l'attestation *bona fide* du jugement définitif de divorce.

Si seulement j'avais pensé à la demander un an plus tôt.

Ou même il y a cinq mois et deux semaines, c'est-à-dire la veille du jour où j'ai rencontré Laura. Je précise au passage que je ne fais pas ce calcul chaque jour. Je ne me suis pas transformé en fille ou en fou furieux. J'ai juste regardé un calendrier et j'ai compté le nombre de jours depuis cette date. Deux mois passés en compagnie de Laura, trois mois et demi sans elle. D'accord, cette dernière phrase fait un peu « fille ». Il va falloir que je me surveille.

Bella et Philip semblent s'en être bien sortis. Ils sont

parvenus à laisser derrière eux tout ce merdier. Je les admire. Je suis ravi pour Bella. Inutile de nier qu'elle signifie beaucoup de choses pour moi, et qu'elle signifiera toujours beaucoup, donc je suis ravi qu'elle soit heureuse. Mais, de la même façon, à la froide lumière du jour et loin de toute l'énergie et de toutes les émotions dégagées par ce grand bazar qu'est Las Vegas, je suis certain que ce n'est pas une fille pour moi. Je pourrais énumérer toutes les raisons pour lesquelles nous sommes incompatibles, mais c'est de l'histoire ancienne, qui ne présente plus aucun intérêt, ni pour moi ni pour personne d'autre. Sauf peut-être Laura. Peut-être, un jour, si j'ai une chance folle, absolue, inespérée, me laissera-t-elle lui expliquer pourquoi Bella et moi sommes incompatibles.

Ou, plus important, pourquoi Laura et moi *sommes* compatibles.

Ou, pour mieux dire, pourquoi Laura et moi ne devrions plus jamais nous séparer. Enfin, à part pour nous rendre au travail, passer des soirées avec nos amis ou aller aux toilettes – ce genre de choses. Mais, au sens large, nous ne devrions plus jamais nous séparer. J'en suis persuadé.

En 1996, lorsque Bella est partie, je suis passé par tous ces stades du désespoir bien connus des amoureux largués sans ménagement. Je me remémorais en boucle tous les moments que nous avions passés ensemble, me demandant comment ils auraient dû se dérouler pour ne pas aboutir à ce dénouement. En rompant, Bella m'a brisé le cœur, laissé pour mort dans le fossé de mon existence. Ç'a été très dur, et je ne vais pas prétendre le contraire aujourd'hui, même si, depuis, beaucoup d'eau a passé sous les ponts. *Surtout* après que tant d'eau a passé sous les ponts.

Sur un certain plan, j'ai connu exactement les mêmes phases depuis que Laura m'a jeté, mais sur d'autres plans c'est entièrement différent. Je me suis rejoué tous nos moments, encore et encore. Mais cette fois les souvenirs ne me lacèrent pas les entrailles, je ne recule pas sous leurs coups, je ne me recroqueville pas. J'ai plaisir à les évoquer. Je ne me rejoue pas toutes nos disputes, parce qu'en fait il n'y en a jamais eu qu'une : la dispute finale, impitoyable, définitive.

J'avoue, je me suis demandé avec acharnement comment les choses auraient *dû* se passer mais, il m'en coûte de le dire, mon imagination à toujours échoué à leur trouver une issue heureuse.

Chaque fois que je me rappelle ce que j'ai vécu avec Laura, ou avec Laura et Eddie, je suis d'une humeur fantastique. Je me sens comme un héros, heureux de ma vie à 100%, bien dans ma peau. Je suis fier, enjoué, guilleret. Et puis, la réalité me percute de plein fouet, les souvenirs apaisants volent en éclats et je suis bien obligé de constater que je n'ai que des *souvenirs* – et pas assez, encore. Des souvenirs qui s'effaceront peu à peu et finiront par disparaître complètement. Je n'ai pas su garder cette fille. À ce moment-là, ma douleur devient cuisante.

Les circonstances de mes deux échecs monumentaux sont tout à fait différentes. Que Laura me jette, c'était non seulement justifié mais aussi compréhensible. J'irai même jusqu'à dire qu'elle n'avait pas le choix. Je me suis comporté comme le dernier des cons, je le sais. Jamais je n'aurais dû accepter de taire le secret de Bella. J'aurais dû déballer toute notre histoire sur le tapis pure laine de son salon, le soir du dîner en mai. Je n'aurais pas dû me laisser intimider par les huîtres.

J'aurais dû, je n'aurais pas dû, je ferais différemment si… Des excuses vieilles comme le monde. Parce qu'au final, je n'ai rien fait, pas vrai ? Et c'est tout ce qui compte, aux yeux de Laura.

Je lui ai écrit une lettre où je joue cartes sur table. Où je lui dis que je l'aime. La belle affaire. J'aurais dû le lui avouer depuis longtemps (*j'aurais dû, j'aurais pu, et si*, etc. etc.). Où je lui explique que je n'ai rien à perdre, puisque j'ai déjà tout perdu. Pas très romantique ni très positif, je sais. Pourquoi ne le lui ai-je pas dit une nuit, après l'amour ? Ou quand nous étions dans l'avion pour Las Vegas ? Ou même le dernier soir, quand elle préparait sa valise ? Est-ce que ça aurait changé quelque chose ?

Dans la lettre, je lui explique exactement ce que je ressens pour elle, pourquoi je pense que nous allons si bien ensemble et que nous avons le droit à une seconde chance. Je jette aux orties toute forme de fierté et je la supplie. J'emmerde la fierté, ce n'est pas elle qui nous tient chaud la nuit.

J'ai vraiment essayé de me mettre à la place de Laura et de faire ce qui était le mieux pour elle. J'ai compris que je lui avais fait vivre une situation traumatisante, aussi ai-je clairement dit dans ma lettre que je la laisserai en paix jusqu'à ce que mon divorce soit officiel. Alors, et alors seulement, je me présenterai à elle comme un célibataire, comme un homme libre. Je lui ai dit que j'avais conscience qu'elle aurait besoin de temps pour réfléchir à tout ça. Par conséquent, je n'allais pas la bombarder de textos agaçants, d'appels téléphoniques, de lettres ou de visites. Je le lui ai promis. J'ai quand même failli flancher à certains moments. En bas de la lettre, en guise de post-scriptum, j'ai écrit que *si jamais* elle avait envie de me contacter, de jour comme de nuit, je serai à ses côtés avant qu'elle ait le temps de dire *« All Shook Up »*.

Apparemment, elle n'a jamais éprouvé cette envie.

J'ai écrit plus de douze versions de cette lettre avant d'en obtenir une digne d'être postée.

Je m'en suis tenu à ma promesse de ne pas envahir son espace. Ça n'a pas été facile. Tous les jours, je devais me faire violence pour ne pas venir traîner devant chez elle, défoncer sa porte et la supplier à genoux de me reprendre. Mais j'ai pensé que cette réaction de macho était la dernière chose dont une femme dans sa situation devait avoir envie. Je dois à tout prix lui montrer que je peux être attentionné, délicat et compatissant – on ne peut pas dire que je lui en ai donné beaucoup de preuves jusqu'à présent. Ainsi, au prix d'un effort de volonté surhumain (Dave et John me confisquaient mon téléphone chaque fois que nous sortions dans les bars pour m'empêcher de passer des coups de fils éthylico-sentimentaux), j'ai réussi à tenir ma promesse et je n'ai pas harcelé Laura.

Mais aujourd'hui, c'est le grand jour.

Je monte dans le bus pour Sheperd's Bush. je vais la voir dans son cabinet médical. Au moins, là, elle ne pourra pas m'ignorer. Si j'allais sonner à la porte de chez elle, elle pourrait très bien ne pas m'ouvrir. Je programme mon arrivée juste avant l'heure du déjeuner. Elle n'aura pas envie de parler de sa vie privée devant témoins, et acceptera peut-être d'aller manger un sandwich avec moi.

J'ai juste besoin de quinze minutes. J'ai juste besoin d'une éternité.

Je déteste aller chez le docteur. Je suis presque toujours certain d'en repartir avec une maladie plus effroyable que celle avec laquelle j'étais arrivé. Évidemment, dès que j'entre dans la minuscule pièce qui sert d'accueil, quelqu'un tousse. Une méchante toux, rauque et tonitruante, et je sens les germes voleter jusqu'à moi, foncer dans mes narines et descendre le long de ma gorge. C'est dégoûtant. Je ne sais pas comment Laura fait pour tenir le coup dans ce boulot. Mais les cœurs fragiles n'ont jamais fait craquer les jolies fées. Je me ressaisis.

Laura est au téléphone, en train de donner un rendez-vous. J'aimerais dire qu'elle est très belle, mais ce n'est pas vrai. Elle a l'air fatiguée et au bout du rouleau. Je ne sais pas si elle souffre d'un rhume estival tardif ou d'un rhume hivernal précoce (les risques du métier), mais un bonne soupe de poulet au vermicelle ne lui ferait pas de mal. J'aimerais être l'homme qui la lui apporterait sur un plateau, dans sa chambre. Elle porte tout de même un joli haut. Je ne l'ai jamais vu avant. Une petite alarme se déclenche en moi. De nouveaux vêtements ? C'est la preuve indéniable qu'elle a continué de vivre sans moi. Bien sûr, je m'en doutais. Mais ça me terrifie. J'aurais voulu qu'elle reste figée dans le temps pendant que je démêlais les nœuds de ma vie. Et si, en plus de nouveaux vêtements, elle avait aussi un nouveau mec ? C'est une possibilité. C'est une horreur. Et merde... Ah, pourquoi a-t-il fallu que je fasse tout foirer !

Le cabinet est relativement silencieux. Tant mieux. Si je suis sur le point de subir l'humiliation de ma vie, je préfère qu'il n'y ait que trois témoins isolés, dont une vieille dame équipée d'un appareil auditif.

J'avance jusqu'au bureau de la réception et attends que Laura en ait terminé avec son coup de fil. Une fois le téléphone raccroché, elle écrit quelque chose sur un agenda puis, sans lever les yeux, me demande :

— Vous avez rendez-vous ?

— Non, mais je crois que vous m'attendez.

Elle relève la tête brutalement. Je souris. Elle a un air maussade. Je lui tends un bouquet de fleurs. D'énormes tournesols jaillissant d'un tas de feuilles vertes. Emballés dans du cellophane serré par un ruban de la taille d'une corde. Le tout paraît très cher. Et m'a coûté très cher.

— Je ne t'attendais pas. Si je t'avais attendu, toi et ton misérable bouquet de réconciliation, ç'aurait été fini entre nous depuis trois mois.

Et elle m'arrache des mains les fleurs, qu'elle jette dans la poubelle sous le bureau. Mais le bouquet est trop gros, alors elle doit forcer pendant quelques secondes. Le sol autour de la poubelle est jonché de pétales. Après les fleurs, c'est à mon tour.

— Et maintenant, Stevie, tu dégages !

— Mais je t'ai écrit une lettre !

J'ai tant de choses à lui expliquer et apparemment si peu de temps pour le faire.

— Tu l'as bien reçue ?

— Bien reçue, mais jamais lue. Maintenant va-t-en.

— Tu ne l'as *jamais lue* ?

Je n'y crois pas. Des heures de travail. Des mois d'espérance !

— Non.

Elle fixe quelque chose juste derrière mon lobe d'oreille droite. Je me retourne pour voir ce que c'est. Il n'y a rien. Soudain je comprends qu'elle évite simplement mon regard.

— Pourquoi tu ne l'as pas lue ?

J'espère que ma voix sonne aussi mortifiée que je le suis.

— Je pensais que si tu avais vraiment quelque chose à me dire, tu me le dirais une deuxième fois.

Qu'est-ce que c'est que cette logique féminine absurde ? Je décide de formuler différemment ma pensée, et m'en tiens à un simple commentaire :

— Ça ne tient pas debout.

— Si tu m'avais vraiment voulue, Stevie, tu m'aurais bombardée de textes, de coups de fil, de lettres et de visites.

Laura n'est plus du tout blême et fatiguée : elle est rouge pivoine et furieuse.

— Tu es vraiment un sale type arrogant ! Un sale type arrogant et feignant ! Tu m'envoies juste une pauvre lettre et après tu abandonnes ? Et tu as le culot de te pointer trois mois et demi plus tard avec un bouquet de fleurs pourri ? Et moi, là-dedans, je suis censée faire quoi ? Défaillir de bonheur ? Me jeter dans tes bras ?

Euh… oui.

Je dois clarifier deux ou trois points. D'abord, mes fleurs ne sont pas pourries. Je les ai choisies avec beaucoup de soin. J'ai évité tout ce qui était trop évident – des roses – ou bon marché – des œillets. Quant au fait de ne pas empiéter sur l'espace de Laura, c'était pour moi une *marque de respect.*

— Dans ma lettre, je te disais que je ne voulais pas te harceler.

Je jette au passage un coup d'œil aux trois patientes dans la salle d'attente. J'espère que Laura comprend mon geste comme une proposition de calmer un peu le jeu, ou au moins d'attendre que nous soyons seuls pour qu'elle se déchaîne. Mais elle pense que je la rappelle à ses devoirs.

— Madame Williams, vous pouvez aller voir le docteur, maintenant, dit-elle.

— Rien ne presse, ma jolie, répond madame Williams, qui a l'air de penser que le petit spectacle que Laura et moi lui offrons est bien plus efficace que n'importe quel médicament prescrit par le docteur.

— Laura, tu veux bien venir déjeuner avec moi ?

— Non.

Je me balance d'un pied sur l'autre. Ce n'est pas la réponse que j'espérais, mais elle n'est pas non plus complètement surprenante. Dans ce cas… Un cabinet médical n'est sans doute pas l'endroit le plus romantique ni le plus approprié pour une grande déclaration, mais je n'ai pas d'autre alternative. Laura commence à jouer avec les trombones et l'agrafeuse posés sur son bureau. Malgré ces gestes quelque peu menaçants, je me penche tout près d'elle et murmure :

— Si tu avais lu la lettre, tu ne te serais pas attendue à d'autres manifestations de ma part. Je te disais que je ne voulais plus te faire signe tant que je ne serais pas redevenu un homme libre.

Je sens que les patients tendent l'oreille pour essayer d'entendre mes chuchotements.

— Par « homme libre », tu veux dire quand tu auras divorcé d'avec ma meilleure amie ? demande Laura à voix haute.

J'entends nettement le public retenir son souffle.

Je hoche la tête, vaincu.

— Très généreux de ta part, ironise Laura, mais je fais semblant de prendre sa remarque au pied de la lettre pour sauver les apparences.

— Non, Laura. Mon attitude quand nous étions ensemble n'avait rien de particulièrement généreux ou mature. Seul le merdier était impressionnant. Je suis désolé.

— Pour quoi ?

— Pour tout.

Laura soupire. Après quelques instants de silence, elle me demande :

— Est-ce que tu as gagné ?

Je mets un certain temps à comprendre de quoi elle parle.

— Non.

Elle lève les yeux sur moi. Elle paraît vraiment choquée, un peu gênée aussi.

— Tu n'as pas gagné ?

— Non.

— Comment ça se fait ?

Elle n'en revient pas.

— Je n'ai chanté qu'une seule chanson, ce qui constitue une entorse au règlement. Et comme c'était « *Love Me Tender* » au lieu des deux titres annoncés, « *Jailhouse Rock* » et « *Are You Lonesome Tonight* », j'ai été disqualifié.

— C'est horrible.

— Bah, pas tant que ça.

Quand j'ai échoué en finale en 1996, j'ai accusé Bella. Cette fois, je n'accuserai pas Laura. Je ne perdrai pas de temps non plus à m'accuser moi. Certaines pertes sont autrement plus importantes.

— De toutes façons, même sans la disqualification je n'aurais pas gagné. « *Love Me Tender* » tout seul ne suffit pas pour montrer l'étendue de mes capacités, et puis je l'avais mal répété.

Le concours me semble à des années-lumières, à présent. J'y ai à peine repensé depuis que j'ai quitté Las Vegas. Ma tête était trop occupée par Laura.

— Mais bon sang, pourquoi tu n'as pas chanté les chansons que tu avais répétées ? Tu étais fantastique sur scène. Tu aurais gagné à tous les coups.

— Merci.

Une douce et chaude lumière envahit mon corps et vient se loger dans mon caleçon. C'est bon de savoir que Laura admire quelque chose, *quoi que ce soit*, en moi.

Je tousse.

— « *Love Me Tender* », c'était pour toi. Je pensais qu'il

restait une infime chance pour que tu sois encore dans le public. Et si tu avais été là, tu aurais pu… je ne sais pas… être émue, quelque chose comme ça. Peut-être même me pardonner. C'était un appel vers toi.

Je hausse les épaules. Dit comme ça, à des milliers de kilomètres de Las Vegas, plusieurs mois après la révélation de Neil Curran, ça sonne minable et désespéré mais, sur le coup, je m'étais senti obligé de chanter cette chanson, et seulement cette chanson.

— Stevie, espèce de crétin ! Tu as laissé filer le prix !

Laura secoue la tête, ébahie.

— Oui, c'est vrai. Parce que le prix, c'est toi Laura. Et je t'ai laissée filer. Après ça, perdre le concours n'avait vraiment aucune importance.

— Moi et un costume à 1600 dollars. Rude soirée, marmonne Laura, sans être aussi cassante que tout à l'heure.

Et soudain :

— Chante-là-moi maintenant.

Jamais à court de surprises, Laura.

— Quoi ?

— Chante-là-moi maintenant.

J'avais bien entendu la première fois. J'avais juste espéré me tromper. Je n'ai pas de musique d'accompagnement. Je n'ai pas l'esprit à ça. Bon sang, je suis à la réception d'un cabinet médical ! Trois vieilles femmes et mon ex furibarde ne sont pas exactement ce qu'on appelle un public stimulant. Je n'ai pas ma guitare, pas de CD. Surtout, je ne suis pas sûr d'être assez en confiance.

Laura me regarde, bras croisés sur la poitrine. Superbe nichons. (Pensée inappropriée, certes, mais sincère.) Ils m'ont manqué, tout comme le cœur qui est en dessous. Oh et puis zut ! Chanter dans une salle d'attente de cabinet médical n'est pas si bizarre, après tout. Si c'est ce que veut la dame...

Je m'éclaircis la gorge.

— Il va chanter ? demande une femme aux chevilles enflées.

— Je crois bien que oui, répond la femme à la toux rauque.

La troisième femme règle le volume de son appareil auditif.

— *Love me tender, love me sweet...*

Ça y est, je suis parti. Quel autre choix avais-je ? Les fleurs n'ont pas marché, des chocolats auraient été une insulte. Trois couplets tout simples de quatre vers chacun, séparés par un refrain. C'est une ballade profonde, riche en émotions si on la chante comme il faut. Désarticulée, elle se transforme en vieux tube aux paroles ringardes. Je demande à une fille de m'aimer vraiment, longtemps, je la supplie de m'aimer tendrement. Et, pour couronner le tout, je lui promets de l'aimer, moi aussi, pour toujours.

En temps réel, la chanson dure deux minutes. En temps-Stevie, elle s'éternise pendant des semaines. Voilà, ça y est. C'est *ça*, la prestation de ma vie. Je dois à tout prix séduire mon public. En l'occurrence, pas le trio funèbre – il s'évanouit, il disparaît. Il n'y a plus que Laura et moi. C'est Laura que je dois convaincre, Laura à qui je dois plaire.

Quand j'ai terminé, elle déclare :

— Pas aussi bon que « *Are You Lonesome Tonight* ».

— Non. Évidemment.

Elle ne tombe pas dans mes bras et elle n'applaudit pas à tout rompre comme à Las Vegas. La vérité, c'est que, selon toute apparence, elle n'est pas émue.

— Qu'est-ce que tu es venu faire ici, Stevie ? Qu'est-ce que tu veux ?

Je pourrais gagner du temps. Demander des nouvelles d'Eddie, parce qu'il me manque vraiment et que j'ai envie de savoir comment il va. Je pourrais tenter ma chance et voler un baiser à Bella, serrer son corps contre le mien, me rappeler combien c'est merveilleux de la sentir contre moi. Ou je pourrais lui dire que je veux être heureux à nouveau et que j'ai besoin d'elle pour y arriver. Je ne fais rien de tout ça.

Quelque chose me dit que la prochaine phrase qui va sortir de mes lèvres est la plus importante que je prononcerai jamais. La pression est presque insoutenable. Ma peur atteint des niveaux inconnus. Je donne tout ce que j'ai – parce qu'au fond, je ne peux plus rien faire d'autre.

— Quand on est jeune, on tombe amoureux un peu au hasard. Avec qui on se marie aussi, ça relève du hasard. L'acte n'a pas beaucoup de signification en lui-même, c'est de rester ensemble qui en a. Belinda et moi ne sommes pas restés ensemble. Notre histoire commune date du passé et ne signifie plus rien.

— Mais les documents sont là, note Laura.

— Il n'y a plus qu'eux. De la paperasserie administrative.

— Qu'est-ce qui change, avec l'âge ?

— Je t'ai choisie. J'ai été à droite à gauche, j'ai été à peu près partout et c'est toi que j'ai fini par choisir, toi entre toutes les autres. Et maintenant je te demande de me choisir.

— Qu'est-ce que tu racontes ?

Grande respiration.

— Est-ce que tu veux m'épouser, Laura ?

— Bordel de merde ! Mais qu'est-ce qui vous prend,

à tous les deux ? Pourquoi vous tenez absolument à vous marier ? Pourquoi tu ne me dis pas simplement, comme une personne normale, que tu veux être avec moi ?

Sa réaction enflammée à ma question a au moins une vertu : Laura s'est levée d'un bond et a fait le tour de son bureau. Elle est à présent à portée de main.

— Alors… c'est non ?

J'espère qu'elle n'entend pas l'apitoiement dans ma voix. Elle marque une pause.

— Non, ce n'est pas non. Pour autant, ce n'est certainement pas oui. Ni même peut-être. C'est…

Elle regarde autour d'elle, cherchant sans doute l'inspiration.

— J'y réfléchirai. Parce que si une partie de moi est furieuse contre toi et te déteste, l'autre pense que tu es la meilleure chose qui me soit jamais arrivée.

Je ne sais pas trop qui applaudit. Peut-être une des trois vieilles dames ? Peut-être une infirmière ou le docteur, qui sortent à l'instant de leur bureau, intrigués par l'assèchement soudain de leur filon de patients. Ou alors c'est moi. J'attire Laura contre moi et l'embrasse. C'est un beau baiser. Puissant, ferme, passionné. Il continue, il ne s'arrête plus. C'est le genre de baiser qui ne doit jamais s'arrêter.

Finalement, Laura se détache de moi et déclare :

— Je veux bien une copie de cette lettre. Et quelques garanties. Et le récit détaillé de ces derniers mois. Et d'accord, tu peux m'inviter à déjeuner.

Alors je lui souris, bêtement, parce que je ne suis plus qu'un gros bloc d'amour.

Épilogue

Samedi 18 décembre 2004

BELLA

J'ai épousé Phil hier. Nous nous sommes conformés à notre plan de départ : nous n'avons dit à personne que notre premier mariage était illégal. Nous allons laisser la majorité des gens à leur bienheureuse ignorance. La cérémonie était donc très différente de la première. Au lieu des deux cents invités, nous avions deux témoins : Amelie et un type nommé Freddie, l'avocat de Phil. Ces derniers mois, Phil et Freddie ont travaillé sur les aspects juridiques de ma situation. Comme on peut l'imaginer, Phil était soucieux de s'assurer que notre mariage était légal, cette fois. Mon crime a été signalé, mais par chance ni Phil ni la police n'ont porté plainte, donc mon casier reste vierge.

Nous nous sommes mariés à la mairie, pas à l'église. Je portais un tailleur-pantalon rouge. Il n'y avait ni grands chapeaux ni hommes en habit, ni demoiselles d'honneur ni petits garçons en kilt, ni pluie de confettis, ni lancer de bouquet. C'est resté une formalité administrative. Sans l'excitation de l'interdit que j'ai éprouvée en épousant

Stevie ; sans la splendeur et le romantisme de mon premier mariage avec Phil. Et pourtant, cet engagement était plus sérieux et plus important que les deux précédents.

Pour fêter ça, nous nous sommes offerts un extraordinaire déjeuner chez Claridges, rien que nous deux. Amelie n'a pas pu se joindre à nous car elle devait aller chercher les enfants à l'école, et Freddie devait retourner à son bureau. Nous avons bu beaucoup de champagne, et la table était décorée de grands lys blancs. Notre second mariage s'est déroulé un an jour pour jour après notre premier. Donc notre date d'anniversaire ne changera pas, seule l'année sera différente, ce qui n'aura guère d'importance quand nous en serons aux noces de vermeil. Et nous fêterons nos noces de vermeil, j'en suis convaincue. Parce que, si tous les paramètres ont changé entre nos deux mariages, il en est un qui reste immuable : j'aime Phil. Plus que tout, je veux être sa femme. Je l'aime plus encore que dans le passé. Je l'estime, lui fais confiance et l'apprécie. Et puis, depuis que Phil sait un peu mieux qui je suis, et moi aussi, notre amour est plus fort, plus entier.

Dès notre rencontre, j'ai eu le sentiment que j'étais la femme la plus chanceuse du monde. Hier, Phil m'a prouvé que j'avais raison.

Laura et Stevie sont à nouveau réunis. Amelie et Phil m'ont raconté que Laura l'avait mis à rude épreuve pendant un mois et que, finalement, son optimisme envers la vie et son amour pour Stevie avaient été les plus forts. Elle a abandonné son attitude pugnace et ne veut désormais plus qu'une chose : passer le plus de temps possible à être heureuse. Au Nouvel An, ils partent s'installer en Australie. Oscar a obtenu un poste à Singapour, par conséquent plus rien ne retient Laura à Londres. Elle a avoué à Stevie que son envie de voir du pays touchait à sa fin et qu'elle était prête à goûter à nouveau à la douceur du foyer familial et à l'affection de ses parents. Je crois aussi que les mois écoulés ont fait pas mal de dégâts. Selon Amelie, une source fiable, Stevie l'a suppliée de l'emmener avec lui. Laura a hurlé de joie. Apparemment, elle songeait à revenir vivre en Australie depuis le mois de juillet, mais elle ne s'y résolvait pas tant qu'il lui restait cette histoire à régler avec Stevie.

Il semblerait que ce soit une *happy end* pour Laura. Tant mieux ! Et pour Stevie aussi : il a trouvé une femme qui l'apprécie tel qu'il est. Et cette femme n'aurait jamais pu être moi. Je n'aurais pas supporté de partager mon homme avec un chanteur de rock mort, fût-il le King.

Ainsi, l'imbroglio inextricable que j'avais causé s'est dénoué. La stupéfaction s'évanouit peu à peu, la douleur s'atténue. Ça n'a pas été facile. Mais ça n'est jamais facile d'obtenir quoi que ce soit de valeur.

Quand Phil m'a laissée face à mon gâteau au chocolat, dans le restaurant à Las Vegas, la honte, le chagrin, la souffrance et le remords m'empêchaient presque de respirer. Je pensais que tout mon univers venait de s'écrouler. Je ne parvenais pas à imaginer qu'un jour la douleur cesserait – ma douleur et celle des autres. Comme on pouvait s'y attendre, je n'ai pas mangé le gâteau. Je suis sortie et j'ai traîné dans les jardins de l'hôtel. Après être passée une cinquantaine de fois devant les mêmes buissons et les mêmes arbres, je suis allée sur le Strip. Je ne sais pas combien de temps j'ai marché ni quelle distance j'ai parcourue. Je n'avais nulle part où aller, personne vers qui me tourner. Je ne me suis jamais sentie aussi seule. Une solitude glaçante.

Je n'avais presque pas d'argent sur moi. Après avoir acheté une bouteille d'eau, je n'avais plus un sou. J'ai pensé avec stupeur qu'il me serait très facile de tout laisser tomber, de sombrer dans le néant, de disparaître. Je m'étais déjà enfuie pour me réinventer ; mais cette fois, je n'avais pas l'énergie pour courir vers une autre vie ni la volonté féroce, née de l'insatisfaction, pour fuir mon ancienne vie. Sans Phil je n'avais rien : pas de métier, pas de but, pas de direction, pas d'image de moi. Je n'avais ni amis, ni famille, ni argent, ni maison. Pire : je me suis aperçue que même avec un métier, de l'argent et une maison, je n'aurais toujours rien si Phil n'était pas là.

Je suis restée sur le trottoir, cernée par des enseignes clignotantes qui me promettaient la richesse, le sexe et des promenades en hélicoptère. J'ai failli éclater de rire en songeant à la bizarrerie de cette vie où tout peut s'acheter sauf la paix de l'âme. Par le passé, j'avais appris à vivre dans une certaine confusion, au point que j'étais comme anesthésiée face à elle, mais soudain le gigantesque bordel en quoi j'avais transformé ma vie m'a percutée, menaçant de me laisser K.O.

Mes yeux sont tombés sur un clochard en train de fouiller des poubelles, sans doute à la recherche de nourriture et de bouteilles qu'il pourrait revendre pour 10 cents. À Edimbourg, Londres et dans toutes les autres grandes villes où j'étais passée, j'avais vu des gens dans des situations aussi désespérées. Je les avais *vus* mais jamais vraiment *remarqués*. Celui-ci avait noué des sacs en plastique autour de ses pieds et, même s'il fait toujours chaud à Las Vegas, il était vêtu de plusieurs couches superposées de vêtements crasseux et rapiécés. Je me suis demandé comment il avait pu tomber si bas. Je n'ai eu aucun mal à trouver un million de façons de foutre sa vie en l'air. Il a senti que je le regardais, s'est retourné et, en me voyant, s'est mis à pousser des cris de rage. Il ne voulait pas de ma pitié.

En cet instant, j'ai vu ce que je voulais faire de ma vie et j'ai trouvé l'énergie pour y parvenir. Je suis retournée à l'hôtel à toute vitesse, fendant la foule, refusant d'être distraite ou retardée par les hordes de touristes ou de vendeurs racoleurs. J'ai couru pour retrouver mon amour.

Quand j'ai ouvert la porte de notre chambre, Philip me tournait le dos. Il regardait par la fenêtre les lumières étincelantes de la ville, les centaines de voitures remontant et descendant le Strip. Il regardait des gens crier, rire, pleurer. Des gens saouls, des gens sobres, des gens heureux ou désespérés. Il ne s'est pas retourné, alors qu'il devait m'avoir entendue tourner la clé dans la serrure.

— Donne-moi une autre chance, Phil. Je sais que je ne la mérite pas, mais je te jure que tu ne le regretteras pas. S'il te plaît, Phil !

J'étais prête à m'humilier encore et encore, s'il le fallait. Prête à plaider ma cause, réclamer, raisonner, expliquer, et même me battre toutes griffes dehors. J'étais déterminée à ne pas perdre Phil. Je refusais de laisser passer cette chance. La chance, il faut la provoquer.

Quand il s'est enfin tourné vers moi, j'ai vu qu'il avait pleuré.

Et la chance que je ne méritais pas, il me l'a donnée. Parce que l'amour a ce pouvoir.

À notre retour en Angleterre, Phil m'a suggéré de prendre rendez-vous avec un psy. Bon sang ! Comme si je n'avais pas été suffisamment traumatisée ! Voilà que Philip Lawrence me donnait un conseil digne d'une bonne copine ou d'un ami gay ! J'ai refusé, insistant pour que nous réglions nos problèmes entre nous. Il m'a expliqué que chacun pourrait sans doute régler ses propres névroses, mais :

— Qu'est-ce que tu fais des autres problèmes, Bella ?

— Quels autres problèmes ? ai-je répondu, à peine sincère.

Après toutes ces années à pratiquer la politique de l'autruche, j'étais devenue championne du monde de l'esquive.

Phil répondit que si nous avions droit à une autre chance, peut-être n'étions-nous pas les seuls à la mériter. Mon père, par exemple, y avait droit lui aussi. Là, Phil allait vraiment trop loin. Impossible d'envisager une réunion de famille impromptue, même après une thérapie intensive. Mais j'ai compris qu'un psy pourrait m'aider à trouver un moyen de me réconcilier avec mon passé. C'était déjà ça. C'était déjà beaucoup, parce qu'alors je serais peut-être capable de prendre en main mon destin. Envisager un avenir avec un travail, des bébés, des opinions que je soutiendrais honnêtement et ouvertement. Y compris devant des chauffeurs de taxi. (Phil a eu l'air nerveux quand je lui ai dit que c'était l'un de mes objectifs mais je suis sûr qu'il me soutiendra. Même quand nous prendrons un taxi.)

Je me suis réorientée. Une fois n'est pas coutume. Je me suis inscrite à une formation en psychologie infantile. Personne ne pense que j'irai jusqu'au bout, sauf Phil. Et je compte bien lui prouver qu'il a raison. Je suis déterminée à décrocher mon diplôme.

Il s'avère que j'avais tort concernant ce qui fait de nous des adultes. Ce n'est pas prévoir des rouleaux de papier hygiénique d'avance dans les toilettes, ni stocker des ampoules de rechange dans un carton du garage. Être adulte, c'est avoir le cran de sortir du rang et l'humilité d'accepter que ça n'ira pas sans erreur. C'est vivre une vie *pleine*. Avoir le courage d'avouer, de se mettre debout, de crier, mais aussi de se calmer et de laisser passer l'orage quand c'est nécessaire. Hier, pendant notre cérémonie de mariage toute simple, je me suis sentie adulte.

Il me reste encore une dernière chose à faire. Je prends

le téléphone et presse la touche de numérotation rapide n°1.

— Bonjour Laura, c'est moi, Bella.

Génial. Même mon entrée en matière sonne douteuse. Aura-t-elle la gentillesse de comprendre que je précise « c'est moi Bella » parce que nous ne nous sommes plus parlé depuis des mois et que j'angoisse à l'idée qu'elle ait oublié ma voix ? Ou sera-t-elle plus dure en supposant que je souligne volontairement la différence entre Bella et Belinda ?

Pendant quelques instants, elle ne dit rien du tout. Et puis :

— Salut.

— Comment vas-tu ?

— Très bien, merci.

Elle ne me tend aucune perche.

— Moi aussi.

Tant pis si elle ne me le demande pas.

— La raison de ton appel, c'est… ?

J'aime l'entendre aussi dure et mordante. Ça montre que ses trois années de crise de confiance sont derrière elle. L'ironie veut que c'est exactement ce que je voulais pour elle quand nous étions amies et qu'il a suffi que je sois mariée à l'homme de sa vie pour… oui, bon, je plaisante.

— Je voulais t'annoncer que Philip et moi nous sommes remariés.

— J'ai entendu que c'était en projet, oui.

— En effet.

Nouvelle pause.

— Tu veux peut-être que je te félicite ?

Ça se fait, oui.

— Oh, c'est sans importance. Je voulais juste te l'annoncer moi-même.

— Tout s'est bien goupillé pour toi, finalement, pas vrai ?

Ça n'a pas l'air de l'enchanter.

— J'ai appris que tout allait bien aussi pour toi et Stevie.

— Oh, ça oui, dit-elle avec une pointe d'enthousiasme, avant de se ressaisir en ajoutant : Et ce n'est pas grâce à toi.

— J'imagine.

Cette discussion est une torture. Peu importe le nombre de fois où je m'y suis préparée avec mon psy, quand je ne me la jouais pas en boucle dans ma tête. Jamais je n'aurais pu prévoir à quel point j'allais me sentir mal face à Laura. Dans le passé, on se rendait toujours heureuses !

Une grosse larme tombe sur le magazine posé sur mes genoux. Oh non ! Moi qui ai toujours envie de pleurer en ce moment, je n'ai pas envie que ça arrive devant Laura.

— Tu pleures ? me demande-t-elle.

— Oui, dis-je à contrecœur.

— Tu es enceinte ?

L'intuition de la meilleure amie.

— Possible.

Je renifle et ris dans le combiné.

— Tu es la première personne à qui je le dis ! Je n'ai pas encore fait le test et je n'ai rien dit à Phil. Je ne veux pas risquer de le décevoir mais...

— Oh mon dieu, c'est génial ! s'exclame Laura en riant à son tour.

Puis, de nouveau prudente :

— N'est-ce pas ?

Elle se rappelle quelle était ma conception de la maternité, jadis. Notre échange est un vrai parcours en montagnes russes. Aucune ne sait sur quel pied danser avec l'autre, mais nous avançons dans la bonne direction. Je ne sais pas combien de temps encore je dois lui présenter mes excuses. Laura ne sait pas combien de temps encore elle doit être furieuse contre moi.

— Oui, Laura, c'est génial. J'ai vraiment envie d'être enceinte.

Et je me remets à pleurer comme un veau. Le fait de parler du bébé et de tout ce que ça implique, sans doute. À moins que ce soit parce que je perçois une vraie tendresse dans la voix de Laura ?

— Mais alors, tes cours en psycho infantile ?

— Dis, tu as planqué des micros chez moi ?

Elle rit.

— Ben oui, évidemment !

— Je continuerai à aller en cours, même si je suis enceinte. À mi-temps s'il le faut. Ça rallongera le cursus mais c'est tout à fait gérable. Tu t'en tires bien, toi, avec Eddie et ton travail. D'ailleurs, oui, comment va Eddie ?

— Super bien.

Est-ce que j'ose lui dire qu'il me manque terriblement ? Ou dois-je renoncer à ce droit ?

Soudain, nous ne trouvons plus rien à nous raconter. Je pourrais lui demander quels sont ses projets pour Noël ou comment ça se passe au cabinet médical, mais dans le cas présent, ce genre de propos badins risque de faire plus de mal que de bien. Nous savons toutes les deux ce que j'ai besoin de dire.

— Je suis désolée, Laura.

— Oui, je suppose.

Nous hésitons. Nous laissons ces deux phrases trouver leur place dans notre histoire.

— Alors comme ça vous partez en Australie ?

Je tente de mettre dans ma question autant d'enthousiasme que possible. Mais, à l'idée du départ de Laura, je me sens incroyablement triste. En même temps, je vois exactement en quoi c'est une bonne décision pour elle.

— Oui.

— Tu crois qu'on pourra s'envoyer des mails ?

Je ne veux pas perdre le contact avec elle. Bella Lawrence a passé toute sa vie à perdre de vue les gens, à les abandonner, mais tout à coup je veux m'accrocher à Laura, de toutes mes forces.

— Nous avons vécu tant de choses ensemble, dis-je en chuchotant.

— En l'occurrence, peut-être un peu trop. Je n'arrive toujours pas à croire que tu as été mariée avec mon Stevie…

— C'était il y a bien longtemps. Tout change. Nous avons changé.

— Je commence à m'en rendre compte. Et, Bella, je voulais te dire une chose : ça a été une sacrée aventure de te connaître.

Je ne sais pas quoi dire. Va-t-elle parler de moi au passé, maintenant ?

— Mais on s'enverra quand même des cartes à Noël, d'accord ? Et des photos d'Eddie et du petit Lawrence, quand on en aura envie ?

— Ce serait chouette, reconnaît Laura. Mais je crois que tu auras une fille.

— Ou un garçon.

— Oui.

Elle rit encore. Nous nous moquions souvent de ces trucs de bonnes femmes pour deviner le sexe de l'enfant à naître. Après tout, si ce n'est pas l'un c'est l'autre, pas vrai ?

— Je sais que rien ne sera jamais comme avant, dis-je. À cause de moi c'est impossible.

— Ce serait difficile, oui. Je ne me vois pas vous inviter, toi et Phil, à venir nous rendre visite.

— Je comprends. Mais où que tu ailles, Laura, j'espère que tu seras heureuse.

— Oui. Moi aussi, j'espère que tu es heureuse, Bella.

C'est au tour de Laura de manquer s'étrangler.

— Avant que tu me poses la question, précise-t-elle en reniflant, je ne suis pas enceinte. Juste émue.

Nous parlons encore pendant quelques minutes. D'Eddie, de mon psy, de ce qu'elle va faire de son appartement (le louer ou le vendre ?), de nos projets pour la fin de l'année. Je lui demande quelle société va se charger de son déménagement, parce que je connais quelqu'un dans cette branche et qu'il pourrait lui faire un prix. Nous allons et venons dans cette conversation que nous avions, presque chaque jour, depuis trois ans.

Enfin, nous nous disons au revoir. Et je ne sais pas si c'est la fin, ou juste le début d'un autre chapitre.

REMERCIEMENTS

Au risque de me répéter, je voudrais remercier mon éditrice Louise Moore et toute l'équipe de Penguin de leur travail si intense. Toutes les personnes du service éditorial, des ventes, du marketing et des relations presse ont travaillé avec un dévouement qui me stupéfie et me ravit. Je leur en suis très reconnaissante.

Merci à Jonny Geller, Deborah Schneider, Carol Jackson, Doug Kean, qui sont d'excellents agents et des amis.

Merci à Aly Barr de m'avoir aidé à vérifier des faits à propos de la pêche, de la météo et de l'Écosse. Merci à Kerry Barr de m'avoir expliqué le fonctionnement du système écossais des examens scolaires. Merci à Nicole Byford d'avoir fait la même chose avec le système australien.

Merci à tous mes lecteurs, à chacun d'entre eux.

Merci à ma famille pour son encouragement constant, son aide et son amour.

Le plus grand remerciement doit aller à Jim. Merci de ton amour, de ta patience et de ton assistance, et particulièrement d'avoir inventé d'aussi fantastiques idées marketing, conçu mon site Internet, fait des recherches sur les groupes de musique rendant hommage à Elvis. Merci de m'avoir conduit à Blackpool, relu mes manuscrits encore et encore, de m'avoir soutenue, relevée et plus généralement d'avoir donné un sens à ma vie et un bonheur tellement pur que je suis sur le point d'exploser.

Achevé d'imprimer sur les presses de
l'Imprimerie France Quercy à Cahors
N° d'impression : 60562/
Dépôt légal : janvier 2006